红船

黄亚洲 著

天地出版社 | TIANDI PRESS

图书在版编目（CIP）数据

红船／黄亚洲著 .—成都：天地出版社，2016.6（2021 年 5 月重印）
ISBN 978-7-5455-2026-2

Ⅰ．①红… Ⅱ．①黄… Ⅲ．①中国共产党－党史－1919 ~ 1928 Ⅳ．① D231

中国版本图书馆 CIP 数据核字（2016）第 082955 号

出品策划：華夏盛軒

网　址：http://www.huaxiabooks.com

红 船

作　者　黄亚洲
责任编辑　李建波　郭　淼　杨永龙
封面设计　蒋宏工作室
责任印制　王学锋

出版发行　天地出版社
（成都市槐树街2号　邮政编码：610014）
网　址　http://www.tiandiph.com
http://www.天地出版社.com
电子邮箱　tiandicbs@vip.163.com
经　销　新华文轩出版传媒股份有限公司

印　刷　北京文昌阁彩色印刷有限责任公司
版　次　2016年6月第1版
印　次　2021年5月第33次印刷
成品尺寸　170mm × 240mm　1/16
印　张　40
字　数　655千字
定　价　78.00元
书　号　ISBN 978-7-5455-2026-2

咨询电话：（028）87734639（总编室）
购书热线：（010）67693207（市场部）

红船精神的小说体现

——序黄亚洲长篇小说《红船》

万伯翱

作家黄亚洲的这部长篇小说，是他对1919年到1928年这十个春秋的中国革命史的文学把握。读毕，首先感到的就是重量与恢宏。

概括、描述、判断这纷繁复杂的十载风云，真的是一件不容易的事情。我们检索当代反映这一历史时期的长篇小说，还很难看见如此高屋建瓴的作品。

这部小说先后重彩浓墨地反映了震惊中外的五四运动，中共上海建党活动，中共“一大”，中共“二大”，孙中山广州蒙难，中共西湖特别会议，中共“三大”，第一次国共合作的发端与实施，国民党“一大”，黄埔军校建立，广东平叛，奇诡莫测的中山舰事件，北伐，上海清共政变，中共“五大”，武汉清共政变，中共八七会议，中共先后发动的南昌起义、秋收起义与广州起义，中共军队的三湾整编，井冈山革命根据地的创建与朱毛会师。十年中这种种波澜壮阔的历史大事件，作者却通过一群叱咤风云的历史人物的活动，不急不缓地徐徐道来，既把历史脉络梳理得一清二楚，又把人物性格刻画得活灵活现，粗细线条交错，疏密节奏得当。六十余万字的小说读毕，不由叫人掩卷感叹，拍案称绝：这笔力功夫实在是太不容易了！

如若用水墨绘画来形容，那就是又有写意又有工笔，两者兼济，很是耐看。

记得几年前我赶去杭州，使劲把亚洲动员出来写长篇小说《雷锋》。我后来知道，他那时其实就在专注这一大段中国历史的文学把握，但他当时也被我的动员所触动，兴致勃勃随我跑了东北、湖南等地采访，并且以很快的速度写就了长篇小说《雷锋》，然后又埋首于他的对近代中国革命史的细心研读与细致描绘了。

耕耘的精细，必导致收获的丰硕。

必须指出，这部长篇作品在很大的程度上表述了中国共产党在上世纪20年代诞生、发展、壮大的历史逻辑，这段历史也正体现了从南湖起航的红船一路劈波斩浪的艰难与辉煌。总书记就曾系统地阐述过“红船精神”，他认为“红船精神”是中国革命精神之源，并将其内涵提炼为“开天辟地、敢为人先的首创精神，坚定理想、百折不挠的奋斗精神，立党为公、忠诚为民的奉献精神”。

通读这部作品，显然，字里行间的那种波卷浪急，体现的就是这种难能可贵的“红船精神”。

这种精神，正是我们当前极其需要的。尤其是在全面推进深化改革的今天，牢牢把握“发展”这一时代主题，弘扬“敢为人先的首创精神”，显得多么迫切！我们今天仍然需要听见红船两侧激起的浪花，仍然需要速度与激情，尤其是需要进入深水区的敢于摸索、敢于实践的勇气。而说到“立党为公、忠诚为民”，这种奉献精神在当代的继承与弘扬也应该是急切的。可以看见，在红船惊涛骇浪的航线上，多少共产党人坚持全心全意为人民服务的宗旨，坚持一切为了群众、一切依靠群众的路线，用可歌可泣的自我牺牲践行了这一奉献精神。因此，只有牢记根本使命，坚持执政为民，党才能保持根本性质，才能始终得到人民群众的支持和拥护，行进的船体才不会侧翻。

字里行间，水声悠远。

所以说，这部长篇小说所写的，还不光是十年风云，其意义一直延伸到了现在。

作为亚洲多年的好友，我一直注意着他对中国革命史的小说把握，也一直为他的这种孜孜不倦所感动，他是我所见到的中国当代从事文学创作最为刻苦认真的作家之一。亚洲在成为浙江省作协主席之前，就是在红船侧畔的嘉兴担任嘉兴市作协主席的。他一直关注并且思考着中国近代史上的革命轨迹，试图从中找出历史发展的逻辑线索，也试图描述其中各色人等的鲜活与丰富，我不能不为他的执着点赞。

甚至，我时刻准备着继续为他点赞，因为我知道，他的创作努力还在卓有成效地继续。作为诗人、作家、影视编剧，他一直在征途之中握笔奋斗着，这是他一生的形象。

2016年3月19日于北京苹花书屋

目录

第 1 章
在水龙冲洗血迹的时候，可以把传单当作六月的雪花

1919年暮春的那些梦境，怎么会如此诡谲！

入得暮春，雨水充沛，陈独秀便一直多梦。梦乱且杂，伴鼾。有一次他还含含糊糊地说着梦话，甚至罕见地淌了口水，蓝花枕巾糊了一大块，硬是叫君曼掐人中掐醒。

支撑着陈独秀梦境的那些圆木很坚壮，黝黑而粗粝，像他的个头，以至于相隔百年，他的梦境还没有坍塌，而被今天的读者洞察。

圆木交叉着，顶端悬一口钟。钟什么形状，记不清了，他只感觉到是铜质的，音色如剑，有穿透力。龙华寺的法印和尚两年前对他说：尔命如钟。他一直弄不明白法印和尚指的是梵钟还是时钟。若说梵钟，他是不信的。他一直指佛国为虚妄之境，三宝则虽庄严但俱不足为信。若说是时钟，那就是一种流水的概念或者是历史的概念，大而无当的东西。

陈独秀当时并未细问，同是安徽籍的法印和尚也未细剖。第二年陈独秀就受蔡元培之邀离沪北上，再也不去龙华踏青，当然更不知道法印和尚在他任教北京大学之后三个月就圆寂了。

而他在1919年暮春的那些诡谲的梦境里，确乎是听见钟声的，一口小铜钟像是上岸的鱼一样翻着肚皮，不停地乱蹦乱颠。那是一种惊心动魄的声音。

梦里的天空是法兰西的天空，暗颜色。准确地说不是天空而是屋穹，一个大厅，其经纬点应是巴黎。

巴黎的凡尔赛宫华贵而压抑。由于梦境的缘故，陈独秀看不清大厅的边沿。一扇门他是看见的。他没经过那扇橡木门就发觉自己已置身于大厅吊灯的昏黄色之中了。他伸出手指，触到了那扇门，他觉得这两扇门坚硬得不成道理。

门边站着的那两个戴圆形高帽的拉门人，他也看见了。他们长着与他一样的褐黄色的眼珠，胸前一排排的纽扣像黄金一样闪光。他还顺着两位拉门人的褐黄色的目光，看见了会议桌周遭一大圈模模糊糊的人。这一圈人大多穿着黑色的燕尾服，一把把大剪刀挂在屁股上。他们走起路来，剪刀就无声地工作，把空气剪成碎片。会议厅里的空气一下子都叫这些剪子主宰了，这也是很不成道理的。

在听到铜铃声之前，陈独秀先听着剪子们的发言。发言很凶，残忍而又文质彬彬。但是这些出自枪管的残酷的声音很快就被一个女人的呼唤所取代了。

“当家的，醒醒，你醒醒！”他听出来了，这是君曼的声音。

接着就是人中被掐了一下。

已经日上三竿，瓦楞上和院子里满是阳光。高君曼要陈独秀先喝点大米粥，再给他擦个身子——他的白衫子浸透了汗。

高君曼告诉他，昨天夜里学生寻上门来的不少，说要拉起一个行动小组，响应陈先生对中国的“直接改造”，想听听先生的意见。

陈独秀一时没有听清夫人的话。空气沉闷而潮湿。太阳亮晃晃地停在他的额角上。他有点气喘。

陈独秀在这些令整个中国知识界都惊悸不安的日子里，不仅多梦，而且得了热伤风，热得厉害，每天早晨的衫子都是湿淋淋的。

陈独秀在喝了一大碗热粥后，眼皮子打架，继续回床上做他的梦。他累，不想说话。

高君曼说：“刮痧不顶用了，该给你拔拔火罐子。”

陈独秀没有听见高君曼说的，而是继续听见了剪子们的话。那些乌黑的剪子，每一把都闪着两条细细的白色的光。

有一把剪子从会议桌旁边站起来，用嚓嚓嚓的声音说：“我大英帝国的海军当时均集中于地中海，东部不免空虚。再说，德军又对我施行潜艇战略，我们不能不请日本相助。我也知道，我们当时所允酬谢日本之价，未免昂贵，但是，既然有契约在前，总不能成为一页废纸吧？而今战胜了德国，日本以实力援助战事，实功不可没。而中国，虽为战胜国，毕竟，未对此次战争出一兵一卒。所以，现在，对中国山东胶州问题，本总理与美国总统和法国总理的意见相同，认为还是应该让日本国继承德国之权利。”

响了几下掌声，陈独秀听见了。美国人和法国人都拍了掌。掌声里呆呆坐着五个中国人，既有北方政府的外长陆征祥、驻美公使顾维钧，也有南方军政府的代表王正廷。呆呆的中国人听见掌声，脸色一齐涨红，如龙华寺里的那些罗汉。

有个中国人拍了一下桌子，拍得不重。陈独秀从梦里看过去，认识那人就是上海嘉定人氏顾维钧。他听见顾维钧在喊叫。

“中国怎么是未出一兵一卒之战胜国？中国有十四万华工参加了这次世界之战，试问，哪个战场哪个角落没有我们中国人？”

“是穿军装的中国人吗？手里有枪吗？”有人说。

然后是笑声。大厅的回音使这些笑声听起来很厚实。

陈独秀又看见一位剪子从哄笑声中站起来。

“请允许我把草拟的《凡尔赛条约》的第156条念一下：德国将按照1898年3月6日与中国所订条约及关于山东省之其他文件，所获得之一切所有权及特权，其中以关于胶州领土、铁路、矿产及海底电线为尤要，放弃以予日本。诸位，听清楚了吗？”

陈独秀接着听见了上下牙齿咬出的吱吱的声音，他听出来了，这一声音发自于中国的陆总长之嘴，有如夜鼠磨牙。

那剪子还在嚓嚓嚓响：“本条款还有如下内容：所有在青岛至济南铁路之德国权利，其所包含支路，连同无论何种附属财产、车站、工场，固定及行动机件、矿产，开矿所用之设备及材料，并一切附随之权利及特权，均为日本获得，并继续为其所有。”

另一位黑剪子又念：“第158条，德国应将关于胶州领土内之民政、军政、财政、司法或其他各项档案、登记册、地图、证券及各种文件，无论存放何处，自本条约实行起三个月内移交日本。诸位同意否？”

陈独秀怒喊一声“放屁！”他觉得他此时不能不喊，但他用足了气力而声带却如棉絮一样没有共振。他的话，所有的剪子似乎都没有听见。

那洋人又说：“请陆征祥阁下到桌前来验看一下条款内容。”

陆征祥呆坐不动。

陈独秀靠在橡木大门上，觉得腿脚有些麻木。他很丧气。这时候他又听见了两个高鼻子拉门人的对话。

一个说："就我记忆所及，中国人自从他们的唐朝宋朝明朝以后，就没有站起来过。"

另一个说："就我记忆所及，他们中国人，自从他们的唐朝宋朝明朝以后，就没有发出声音过。"

陈独秀以头触门。他此时悲愤已极。他觉得整个大门都被他撞坍了，他自己也头痛欲裂。

"当家的，"又是高君曼的声音，"你怎么了？撞床档上了！"

陈独秀说："钟，打钟！"

他说这话的时候，眼睛陡地睁圆。

"那是座钟，都三点了！"

"那是巴黎的钟！"陈独秀两眼如铃，铃上遍布血丝。"钟很响，君曼，我听出来了，那是用中国人的骨头敲的，是骨头，腿骨！"

妻子扶他坐正，说："黑子喜子都要吃冰糖葫芦，买吧？"

陈独秀瞪着鼻子前面的空气说："噔噔噔，噔噔噔，你难道就没听见钟声？国内的南北和会，分赃！党派分赃！世界的巴黎和会，也是分赃，列强分赃！我这人怎么就这么该死？我怎么会说威尔逊是世界上第一个好人？'美国大总统威尔逊屡次的演说，都是光明正大，可算得现在世界上第一个好人'。君曼，我得的是眼病吧？眼睛瞎了！北大学生跑到美国使馆门口喊威尔逊大总统万岁，不就是我唆使的吗？"

"小心凉。披上褂子。"

"现在才听见钟声！什么公理战胜、强权失败，其实他威尔逊的十四条，没一条是给中国人想的！噔噔噔，噔噔噔，你听见没有？太可怕了，太可怕了，中国人还能不从被窝里爬起来吗？"

"汗那么多。"

"我的汗都是从泪腺里流出来的！天下最大的傻瓜就是陈独秀！我是陈独傻！"

"喝口茶，当家的，喝口茶。"

"把自来水笔给我拿过来。《每周评论》要出第二十期，我要敲钟了！要拿威尔逊的腿骨来敲钟，这条洋狗！"

“躺下吧！当家的，手都打抖，怎么握笔？”

“君曼，你是不是我老婆？！”

陈独秀说出这句咬牙切齿的话的时候，黑子和喜子就一起把小脸蛋伸进门里嘻嘻笑起来，两口参差不齐的小白牙像两棒没有长全的玉米。

毛泽东无梦。

毛泽东一向睡眠很好。近三个月天天冷水晨浴，使得他的夜眠更沉。无梦的毛泽东一天到晚听见铃声。他的圆口黑布鞋总是踩着铃声有力的节奏走过草坪，一路坑坑洼洼，走向教室。

手握小铜铃的老校工惊异于毛先生的精神旺健。昨夜毛先生寝室又麇集了一帮长衫人物，凑着油灯谈西洋谈巴黎，直至鸡鸣。毛先生送客关门的时候，他也披衣起身，看看学校大门闩紧没有。他心疼毛先生的身子骨，熬夜就是熬命。但是他又知道毛先生睡眠很好，帐钩一松鼾声便起，清晨出门井水洗身之时，眼圈子从来没见青的。老校工摇着铜铃想，教历史的先生与教其他科目的先生毕竟不一样，若是一样了，中国的历史也就没这么精彩了。

长沙修业小学四年级的孩子一见二十六岁的历史教员出现在门口，就刷刷地起立，齐喊：“先生好！”

喊毕，齐崭崭坐下，一阵风。

毛泽东把粉笔盒往讲桌上一放，看着大家，忽然高声说：“同学们，起立！”

孩子们迟迟疑疑起立。动作迟缓者都怀疑自己听错了，怎么又起立，刚才不是喊过“先生好”了吗？

“诸位同学，今天先生讲的课，是八国联军侵略中华。洋鬼子之所以一再打中国，就是欺侮我们中国人站不起来，腰杆不直。今天先生来讲这段历史，听课者还能坐得住吗？所以这堂课，先生愿意看见你们站着，你们愿意站着吗？”

“愿意！”满教室轰轰响。

有个男孩子雄赳赳说：“先生，我能站在凳子上吗？”

“凳子，是给屁股坐的，但是这堂课，凳子可以给鞋底子踩！”

大约有一半的男孩子呼啦啦站上了凳子，这么一站，中国的男人便伟岸了许多。

毛泽东说：“个头是高了，可是还有不少腰杆子没挺直！”

话音未落，腰杆子全都挺直了。

毛泽东环视教室，说："像中国人了！"

他于是夹起半截白粉笔，在黑板上写下英、美、德、法、俄、日、意、奥八个字，刚写毕，便听得远处传来七八声枪响，不知道是在处决还是在吓唬。长沙城一年四季老闻枪声，也是见怪不怪了。"堂堂乎张，尧舜禹汤；一二三四，虎豹豺狼。"张敬尧兄弟总是喜欢把自己治理的三湘之地放在准星前头，他们开枪就像啪啪啪扇男人耳光或者啪啪啪打女人屁股，日日夜夜随意得很，而这种暴政，又何异于黑板上的那八个字？

毛泽东转过身，面对一屋子耸得像宝塔一样的孩子们，心里寻思：今天晚上新民学会开会的时候，要自觉地把巴黎的火药味同长沙的火药味融在一起研究。

他嘴里说出的话却是："同学们，先生今天不讲八国联军了，讲什么呢？讲讲巴黎和会。这两桩事情，其实就是同一件事情，都是强盗之举。所以，同学们，你们不要坐下，你们依旧给我站着。淌鼻涕的，擤干了；有眼屎的，擦净了。你们都盯着先生看！若见先生讲得愤怒了，你们也可以跟先生一样，用脚跺凳子、跺砖地，因为你们今天长得跟先生一样高了，你们的跺脚会很有力。先生告诉你们，地球是圆的，长沙一跺脚，巴黎的街道也会颤抖起来！"

陈独秀后脖子上第四道紫红色的痧痕，是李大钊刮出来的。碎瓷碗片在李大钊手中柔润如玉，这使高君曼折服。陈独秀趴在床上，一缕阳光在他汗涔涔的黑背脊上涂了一层油膜。他说："痛，痛。"

李大钊说："那是寒气出肤之痛，忍着。"

陈独秀说："蔡先生后来怎么讲的？守常，说下去。"

他是指蔡元培校长几个钟头前在西斋饭厅的一席话。李大钊匆匆赶到箭杆胡同，就是来告诉陈独秀这番慷慨之言的。他知道陈独秀这些日子相当关注蔡校长的想法。一校之长在国家紧急之时的动静往往能成为火星子，点燃某一根导火索。

"我一点不怪蔡先生。"陈独秀喘着气说，"汤尔和这个人，先是荐我上任，现在又轰我下台，蔡先生也是迫于无奈罢了。"

陈独秀被免文科学长已有二十几天了。对于此事，他真的一点不怪蔡校长。顽固派对《新青年》围剿日甚，做校长的身处夹缝，采进两步退一步之策，当属情理之中。

“你轻一点。”陈独秀的声音闷在肥厚的枕头里，“守常，说下去。”

高君曼先是挤挤眼，后来又直接拉李大钊到门外，小声说：“李先生，我已经知道怎么刮了，您是不是先走一步？可不是我下逐客令，仲甫的急脾性，您是有数的。”

陈独秀在屋里听见个大概，急得拍床：“君曼你啰唆什么，快让李先生进来！”

李大钊对高君曼说：“君曼嫂子，你信不信，我给仲甫说两三句话，抵得上两三百道手上功夫哩！”

这是公元1919年5月2日黄昏，汗淋淋的陈独秀趴在自家的蓝花儿枕头上，瞪大牛眼，听着蔡元培校长的悲愤之言。

这些语言在经过转述之后，依然滚烫如泪，能炙痛人心。

蔡元培校长当时是说给参加《国民》杂志社例行社务会议的十余名各校学生听的。他说话的时候十根手指都在颤抖，以至于不能不握紧两只拳头。

“同学们，”他路过饭厅的时候，突然就冲进来，面对这十余名各校学生，神色悲怆。“失败了！我们失败了！晴天霹雳啊，我昨日一个晚上没有睡着啊！政府已经接到中国代表团来电，关于索还胶州租借的对日外交，失败了，彻底失败了！”

学生们一齐站了起来。

头发梳得光溜溜的这位北大校长语音哽咽：“同学们！政府的外交部长陆征祥，快顶不住了！他在血盆大口的威胁之下，已经想把我们的山东献出去了！他已经电请政府同意在和约上签字了！同学们，同学们，你们都应该知道，胶州亡了，就是山东亡了！山东亡了，国家就不成其为国家了！此时此刻，一个大学校长说这些话，心里悲愤啊！”

蔡元培说到这里，一个踉跄，穿灰长衫的学生许德珩赶紧一把搀住他。蔡元培站正了，又说：“昨日，我同外交委员会的汪委员长几个人，一齐给陆征祥外长打了一个十一字的电报！”

许德珩马上说：“同学们，电报稿在这里，我念一下。蔡校长的电报确是十一个字：公果敢签者，请公不必生还！听清楚了：不必生还！如果他陆征祥敢卖山东，他什么时候敢回来就什么时候打死他！”

“不必生还！”学生们挥拳击桌，“打死他！”

蔡元培说：“同学们呀，同学们！你们能想象得出，我们的政府会这般的软弱、这般的无能吗？他们一片又一片地向列强割我们国家的地，用割地的钱购来一批又一批的枪炮，再用枪炮镇压一省又一省的民众！你们是知道的，他们的枪口是对着百姓的，他们没有一杆枪口敢对着西方列强，敢对着小日本！同学们，你们都是国家的精英，民族的精英！政府不敢说的话，如今只有靠你们来说了！我作为校长，本来是千不该万不该呼吁你们离开书桌、走出教室的，但在国难当头之时，我只能痛心地请求你们大家放下书本，共图救亡大计了！你们可以写文章，可以打电报，可以向民众呼唤，唤起全国舆论，以阻止政府签约！同学们，山东在你们手里，中国在你们手里，你们要起来啊！”

好几个学生突然号啕失声，其中一个捶胸顿足，几乎要以头撞墙。

“我愿意以血唤起民众！”一个二十岁还不到的学生两眼通红，突然像兔子一样蹦起来。他的名字叫刘仁静。“我愿意自焚！我愿意死在总统府大门口！”

蔡元培说：“同学们，我呼吁你们行动起来，不是要你们做出过于激烈的行为！你们千万不要同刺刀对抗！热血是你们身上最宝贵的东西，你们一定不要白白洒掉！只有保护好了自己，你们才有力量呼喊正义与良知……你怎么了？”

蔡元培突然看见一个穿青布长衫的学生在咬自己的手指头，咬狠了，鲜血满手。

那青年哭着，在自己摊开的笔记本上，写下淋淋漓漓两个字：“血拼！”

蔡元培后来知道那个叫夏秀峰的学生还不是北大的，是高工的。他当时只感觉到，一直留在他自己眼眶里的那粒不曾流下来的泪珠儿，不经意之间，已经变成一粒非常耀眼的火星儿了。中国现代史后来证明，1919 年 5 月初的蔡元培对自己的判断是正确的。他在成为北大的一粒火星之后，北大就成为了中国的一粒火星。

蔡元培说的这些话以及这些话所引起的火爆场面，李大钊转述得绘声绘色。李大钊还不时摘下眼镜，擦拭一下镜片上的泪水。陈独秀听着，鼻孔也发酸，但是他没有掉泪。陈独秀从不轻易掉泪，他甚至忘记了上一次掉泪是在哪一年。他只有愤怒。

李大钊走后，陈独秀的牙关一直紧咬着。

这些学生！这个政府！这个国家！

这两天，他的妻子高君曼也很有点火气。

现在，她两手叉腰，又冲院子嚷嚷："干吗呀？再怎么着，也得凑个时辰呀！"

进北京两年一个月，高君曼说话也溜了，半腔京片子。

喜子和黑子跪在炕上，凑着玻璃窗看院子。院子里昏昏花花一片，挤着人，看上去都是长衫和眼镜。

干燥的5月2日之夜，星星眨眼，所有眼镜后面的眼球也如眨眼之星。这个夜晚是非常时刻，空气中有导火索燃烧的吱吱之声。在这样的时刻，学生们不能不黑压压地麇集于北池子箭杆胡同九号。中国思想界巨人的声音，对他们而言，至关重要。

就在几个钟头之前，《国民》杂志社的社务会议作出一项决定，决定立即通告北京大学全体同学，于次日晚上7时在北大三院礼堂举行学生大会，并邀高师、工专、农专、法专等校代表一起参加，讨论应急行动步骤。

但是高君曼像个门神。

从门隙中透出的灯光打在高君曼挺拔的鼻梁上，她的眼珠子像白天一样闪着黑色的光。

"我知道，全知道，"高君曼尽量压着声音说，"我知道青岛要亡了，我知道山东要亡了，可我更加知道这会儿陈先生病重，这会儿他烫得像块炭。同学们，他要这么劳累下去，他也得亡！"

"中国遭祸了，节骨眼上了，我们要听陈先生的声音！"一个名叫邓中夏的学生这样说。

又有同学说："师母，陈先生是我们的旗帜！"

"他受风寒了，知道不？"高君曼说，"风大，旗帜不能老插着，知道不？你们今天晚上把这面旗帜收起来，抽屉里放一放，行不？"

学生们没有动弹的，只见黑压压的沉默的一片。这年头，年轻人特别顽固。

高君曼气恨恨掩上门，这时候就听屋里的陈独秀在说：你良心坏了。

"你胡说什么？"高君曼脸上挂不住了，三步两步就跳进了屋。她看见丈夫乖乖地趴着，光背脊上吸附着三只小小的火罐。

“我要出去！”陈独秀低声吼，像头受伤的狮子，“君曼你今天良心坏了。”

“你自己想想，你今儿腿脚硬不硬？你额头烫不烫？你能下床吗？”

“你今天是叫我受刑！”陈独秀软绵绵的声音里有咆哮的味道。

高君曼不理他，自顾出门。

“你们的先生今天是病人，”高君曼仍然这样对顽固的学生们说，试图以情动人。“病人啥都不图就图个安静，你们今儿饶了他好不好？你们要真关心你们的先生，能不能帮我走一走药渣儿，带带先生的病？”

年轻的长衫们沉默。

高君曼端过一只药罐子，抓起药渣，冲着学生一把把地抖。学生们沉默地从两边让开。药渣如同失去了光泽的星星，粘连成一条模模糊糊的黑色银河，从台阶上一直蜿蜒到大门口。

学生们鱼贯而出。

布鞋底子上，皮鞋底子上，药渣发出了脆裂的呻吟。

在药渣的声音还没有结束的时候，随着一声大喝，房门开了。

陈独秀出了门，在门口昂首而站。屋内灯光漏出来，把他光溜溜的背脊打成斑马，而三只小火罐子依然颤颤地吸附在他的后背脊上。

“我知道你们为什么而来！”陈独秀把着急的妻子推到身后，“你们是为巴黎而来！我告诉你们，同学们，实际上，中国的外交不会断送于巴黎，而只会断送于沉默！”

陈独秀说到这里，把手挥舞起来，背脊上的小火罐随之颤动。

“你们要喊！诸位同学，你们要喊！陈先生今天喊不动了，而你们，你们要喊！”

学生们齐声说：“知道了，陈先生！”

“后天，也就是5月4号，”陈独秀挥动拳头，“请大家看《每周评论》第二十期，我在上面有篇文章。什么公理，什么永久和平，什么威尔逊总统的十四条宣言，都是一文不值的空话！”

“空话！空话！”学生们喊。

高君曼想扶陈独秀进房，陈独秀又一把推开了她。咣当一声，一只火罐掉落在地上。

“现在，到了直接解决的时候了！我一条喉咙，只能在纸上喊，而你们，你们喉咙多，你们要一齐喊，喊出声来！你们要喊得巴黎每一道街路都打摆子！中国不能没有声音！你们就是声带！中国只有你们是声带了！”

“我们会喊的，陈先生！”长衫们齐刷刷喊，许多眼镜后面泪光闪耀。

蔡元培听见了声音。声音使他心境复杂。

若是北大学子面对砧板和刀锋没有声音，他是着急的。他的“兼容并包”的办学方针以及聘任陈独秀之类的大胆之举，说到底，就是为了拓宽学子的声带。但是学生一旦热血上了脸，那就很可能不仅仅是涉及声带了。作为大学校长，他又不能不控制火候。

5 月 4 日午后，操场上不断传来口号，一阵狠似一阵。那是岩浆在运行，而且离突破口不远了。蔡元培听得出来。

“还我青岛！保我主权！”“取消二十一条！”“国民判决国贼！”“诛卖国贼曹、章、陆！”

蔡元培左脚那只已经裂了一条细口子的黑皮鞋，在校长办公室褪色地板上发出的咯咯的声响，像母鸡下蛋后的声音。蔡元培忽然发现自己此时的心态也是母鸡的心态，他很怕身子底下软和和的鸡蛋碎裂。毕竟是学子啊，手无寸铁！

他绕着写字桌，一步步走得很慢，似乎是怕惊醒什么。其实他明白，他怕惊醒的是自己心里的一个念头，这个念头是一道命令，命令他疯狂地跑下楼，在最后的一刹那，把学校的大铁门锁上。

他知道学生们要上街游行，地点很可能是天安门，甚至使馆区。他也知道政府听不得呐喊，政府对付学生自有一套包括刺刀在内的应对预案。

电话铃响起来。教育总长打来的，声音急促。

“学生是不是集合了？”

“有可能。”

“什么有可能？孑民兄，我电话里都听见学生的口号了，打雷一样。”

“天要打雷，总长阻得住吗？”

“阻不住也要阻。孑民兄，使学生勿生事端，是你我职责所在。”教育总长傅增湘声音顿时高了好几度。

“学生一腔爱国热情，怎么能叫事端呢？”蔡元培的倔脾气上来了。

“我告诉你一条消息，”傅增湘放低声音，“政府刚刚开完紧急会议，军队和警察都开始吹哨子了。”

蔡元培心里一紧。

“昨日夜间，北京大学千名学生聚会，大总统当夜就获知了。”

蔡元培仍然不吱声。窗户之外，闷雷似的口号愈渐激烈。

他又听傅增湘在电话里说：“聚会地点就在法科礼堂，京城十三所中等以上学校均有代表参加，场面如此张扬，孑民兄你不会一无所闻吧？”

蔡元培当然知道昨夜发生于法科礼堂的那场风暴。他虽未身处风暴中心，但那种啸叫声他是听到的。鸡叫三遍时他还独处书房，瞪着窗外的夜空。他很为他的学生骄傲，他知道这场风暴是属于整个民族的。自鸦片战争以来的民族屈辱，终于选择了一个直接的爆发点，这爆发点没选择其他地方，恰恰选择了他治下的一群学生的嘴巴。

“同学们！同学们！同学们！”他不知道跳到台上这样喊的学生姓甚名谁，有人当夜就来激动地告诉他，这位戴眼镜的是文科的学生。“外交危急！国事危急！民族危急！我们要以死抗争！要血，我们有血！要命，我们有命！我们坚决不准政府签署卖国和约！中国的土地可以征服而不可以断送！中国的人民可以杀戮而不可以低头！我们要上街游行！我们要唤醒国人！在这民族沦亡时刻，我们北大的莘莘学子若再保持沉默，若不奋起抗争，我们也就像曹汝霖、章宗祥、陆宗舆一样，是民族的罪人！”

有人还告诉他，一位姓谢的学生，大约是法科的，当场就裂断衣襟，啮破中指，血书“还我青岛”四个大字。

还有一个学生，叫刘仁静的，惟十八岁，却更是热血灌顶，当场取出一把菜刀，寒光一闪，说要割颈，要以死激励国人抗争，四五个学生拼命抱住他，才夺下了那把菜刀。

会上发言的学生有许德珩，有张国焘，有丁肇青，然后再是大会临时主席、法科学生廖书仑。这位临时主席慷慨激昂宣布：“同学们，大会作出如下决定：第一，联合各界，一致抗争！第二，立即通电巴黎专使，坚决不在和约上签字！第三，通电全国各省市，定 5 月 7 日为国耻纪念日，举行群众游行示威活动！第四，定于 5 月 4 日，也就是明天，北京学生齐集天安门，举行学界大示威！”

蔡元培之所以彻夜未眠，独坐鸡鸣，就是他在脑海里一遍一遍地演映着这场风暴。风暴将他的心情卷得很复杂。他知道这场风暴未来的去向可能是天安门，并且会狠狠撞上那道坚固的具有皇家颜色的天安门城墙。

“此次聚会通过两个宣言，大总统也知道了。”傅增湘电话里又说，“警察总监吴炳湘在学生中布置了不少耳目，孑民兄这你也该是明白的。你知道宣言的事吗？”

这两个宣言的手抄件，此刻就摆在校长室的写字桌上。一个是文言的，措辞厚重激烈，许德珩起草。

呜呼国民！我最亲爱最敬佩最有血性之同胞！我等含冤受辱，忍痛被垢于日本人之密约危条，以及朝夕企祷之山东问题，青岛归还问题，今日已由五国共管，降而为中日直接交涉之提议矣。噩耗传来，天黯无色。夫和议正开，我等之所希企、所庆祝者，岂不曰世界中有正义、有人道、有公理，归还青岛，取消中日密约、军事协定，以及其他不平等之条约，公理也，即正义也。背公理而逞强权，将我之土地由五国共管，侪我于战败国如德、奥之列，非公理也，非正义也。今又显然背弃山东问题，由我与日本直接交涉。夫日本，虎狼也，既能以一纸空文，窃掠我二十一条之美利，则我与之交涉，简言之，是断送耳，日亡青岛耳，是亡山东耳。夫山东北扼燕晋，南拱鄂宁，当京汉、津浦两路之中，实南北之咽喉关键。山东亡，是中国亡矣！我国同胞处其大地，有此山河，岂能目睹此强暴之欺凌我、压迫我、奴隶我、牛马我，而不作万死一生之呼救乎？法之于亚鲁撒、劳连两州也，曰：‘不得之，毋宁死。’朝鲜之谋独立也，曰：‘不得之，毋宁死。’夫至于国家存亡、土地割裂、问题吃紧之时，而其民犹不能下一大决心，作最后之愤救者，则是二十世纪之残种，无可语于人类者矣。我同胞有不忍于奴隶牛马之痛苦，亟欲奔救之者乎？则开国民大会，露天演说，通电坚持，为今日之要着。至有甘心卖国、肆意通奸者，则最后之对付，手枪炸弹是赖矣。危机一发，幸共图之！

另一个是白话的，气势更如火山喷涌，罗家伦起草。

现在日本在万国和会要求并吞青岛，管理山东一切权利，就要成功了！他们的外交大胜利了！我们的外交大失败了！山东大势一去，就是破坏中国的领土！中国的领土破坏，中国就亡了！所以我们学界今天排队到各公使馆去，要求各国出来维持公理，务望全国工、商各界，一律起来设法开国民大会，外争主权，内除国贼，中国存亡，就在此一举了！今与全国同胞立个信条道：

中国的土地可以征服而不可以断送！

中国的人民可以杀戮而不可以低头！

国亡了！同胞起来呀！

“宣言，当然可以，”教育总长电话里的声气又大起来，“然而聚众闹事，甚至于去外交使团所在地滋事，便是大险招啊。若真个招致鲜血涂地，则于学生，于教育界，于国家，都不是好事啊。孑民兄，你也是当过教育总长的，我刚才在紧急会议上挨了警察总监吴炳湘一顿训，又挨了警备司令段芝贵一顿训，钱总理也翻了我好几个白眼，我是感到了压力的，压力很大啊。此事你一定要帮帮忙，既是帮兄弟，也是帮你自家啊！你我去留事小，学生鲜血横流事大啊！”

这最后一句话，很有示警之意。“鲜血”二字，如两下重锤，重重砸在蔡元培的心坎上。

他的一夜难眠，就是在怕这两个字。真的，这两个字，只能涌动在他的学生的心头，而不能流淌在他的学生的脸上。

蔡元培想一想，还是对电话这样答复：“沅叔兄，元培愿如实禀告，如今国难当头，北大学生无法安坐于教室之中，拳拳爱国之心，殊属难得，元培实在不忍心拦阻学生！”

蔡元培停顿了一下。从隐隐约约的口号声分析，学生游行队伍已集合完毕。“对政府的干预，元培当然也有担心。”蔡元培继续大声说，“作为校长，元培又何尝不想千方百计保护学生？我不忍看到学生流血，更不忍看到学生牺牲，可是也不能出于此种担心，而闷住我们学生的救国呼声！”

说毕，电话啪地搁上。

蔡元培的嘴唇和电话线抖得一样厉害。

片刻之后，他拔腿冲出了校长室。他从来没觉得自己能跑得这样快。

蔡元培跑到学校大门口的时候，气喘得几乎站不住。管门的老校工说：

“校长，喝口水！”

蔡元培手一指，说：“拉上。”

老校工立马明白了校长的意思。管门的其实早就为“开关”二字忐忑不安了。

锈迹斑斑的铁门叽叽嘎嘎响，两个校工一齐推。

“快点！快点！”校长说。

口号声越来越清晰，蔡元培知道学生队伍已经起步了。

铁门拉紧，老校工双手捧出一把看起来很怕人的大锁：“蔡校长，在下还有大锁一把。”

“锁！锁上！”校长说。

老校工合起双掌，蹲个马步，以一种夸张的身姿，吧嗒一声合了锁。

蔡元培听着锁响，心里踏实了一些。

口号声如海涛般轰响，游行队伍已经临近大门了。放眼望去，队伍花花白白一片，真如涌动的海浪。因为许多旗帜都是撕破了白床单做成的，取其意为卖国贼曹、章、陆出丧，这也是昨日法科礼堂大会的倡议之一。

“取下！”蔡元培忽然手指大锁，“快取下！”

老校工愣住了，听不懂校长的意思。

“取下锁，听明白吗？取下这把锁！”

老校工听明白了，马上取出长柄铜钥匙，慌慌忙忙开启了大锁。

三个校工一齐动手，推开大铁门。

蔡元培顿脚说：“谁叫你们开门了？”

众人又一齐呆住。蔡元培说：“锁，拿掉！门，关上！”

铁门复又叽叽嘎嘎拉拢。

浩浩荡荡的学生游行队伍现在逼近了大门，白色旗号此起彼落，吼声如潮。

“还我青岛！”“取消二十一条！”“民贼不容存，诛夷曹、章、陆！”

蔡元培望着渐渐逼近的学生队伍，忽有遥看钱江大潮轰然而来的感觉。他不止一次去过海宁盐官，他知道大潮的威力。

大铁门。黑色栅栏。队伍被迫停下，口号也沉寂下来。

学生们看见了大铁门前的蔡元培，蔡元培也看见了他的血气方刚的学生们，以及走在队伍最前面的傅斯年、许德珩与张国焘。

蔡元培觉得自己应该开口了，于是他仰起脸，用自己最清晰的语音对大家说："同学们，你们游行示威，当然可以，但这么做，并不能扭转时局。我们北大提倡学术自由，颇为保守的政府和人物厌恶，被视为鼓吹异端邪说的洪水猛兽。这个情况，诸位都知道。现在，同学们再出校游行，如果闹出事来，显然就会授人以口实。请大家三思。"

学生队伍顿时发出了嗡嗡嘤嘤的嘈杂声，但张国焘显然明白他们的校长此刻说这番话表示着什么，于是拉一拉游行总指挥傅斯年，两个人一起走上前去。

张国焘用自己的两只手握住蔡校长的两只手，直视校长的眼睛，大声说："我们示威游行势在必行，校长事先也并不知道，那么现在不必再管，请校长回办公室去吧！"

说罢，轻轻一推一送，就把蔡校长送到了门卫房的门槛边。

蔡元培立即就不作声了，而张国焘也知道他们的校长再也不会拦阻了。双方这样的一番话，看来都是必需的。

走在头里的许德珩一声喝"开门"，游行总指挥傅斯年便把手像刀一样一劈，几个学生就冲了上去，协力一拨拉，紧闭的大铁门立即洞开。

游行队伍涌出大门，如洪流出闸，奔腾浩荡。

蔡元培避在门卫房内，神色安静地听着轰然涌动的脚步声和口号声。初夏的阳光照耀着一个浪头又一个浪头，浪头上白花花的泡沫就是那些不断举起又落下的白色小纸旗。

"校长做得很好。"有人在他背后字正腔圆地说。

蔡元培回头，见是李大钊。

图书馆主任李大钊身着黑色长衫，其目光透过圆圆的眼镜，格外深沉。他就这么深沉地久久地瞧着自己的校长。

"门是将关未关，锁是将锁未锁。"李大钊说，"若天下之领导者均以此种立场对待民意，则天下便有救了。"

蔡元培内心浪潮澎湃，嘴里却不吱声。他明白自己的内心被李大钊看透了。李大钊虽在学校执掌图书馆，但专长却是法政，也开课教授经济学，尤擅长马克思学说。半年前学校在天安门前举办了一场演讲会，李大钊就作了题为《庶民的胜利》的演讲，热情赞颂苏俄的工农革命，这一点叫蔡元培印象极深。他认为在北大也不妨传播马克思学说，学校应该给所有的"主义"

都打开大门。所以李大钊一说要成立一个马克思学说的研究会，蔡元培便十分慷慨地在红楼给他划拨了一间办公室。这两天北大学子们为巴黎外交的失败酝酿风雷，李大钊、马寅初那些教授们都是十分活跃地参与其中的。

这时候他听见李大钊又说："北大为有蔡校长而自傲。"

蔡元培叹一声，紧紧握了握对方的手，轻声说："唯守常知我最深。"

他再叹一声，看窗外。

窗外的钱塘大潮在持续地滚动，一波又一波，直往京城中心而去。

这场大潮，将会冲出什么来呢，在北京，在中国？

午后已过1时，新华门内总统府的宴厅里，依旧是觥筹交错，未有散席之意。

坐上总统宝座不满一年的大总统徐世昌兴致很高。他今天宴请三天前刚由日本归国的驻日公使章宗祥。应邀作陪者是国务总理钱能训、交通总长曹汝霖、币制局局长陆宗舆。徐世昌在设宴之前是这样想的：章宗祥的秘密对日外交殊为不易，也做得心力交瘁，必得好好抚慰一番，尤其是现在舆论上流传的消息对章宗祥很是不利。就在章宗祥归国的那一天，也就是5月1号，上海英文版的《大陆报》刊登消息，披露中国要求取消丧权辱国的"二十一条"的要求在巴黎和会上被否决，德国在山东的权益继续被日本继承。这个消息一时成了爆炸性新闻。紧接着，5月2号，那个嘴闲的外交委员会事务长林长民又在北京《晨报》上刊登文章，扬言中国政府的巴黎外交已遭惨败。这一下京城的舆论又呼啦啦动荡起来。再据京师警察厅总监吴炳湘密报，那个生性不安分的北大校长蔡元培在那一天又召集学生痛诉巴黎和会的种种惨象，更让学生捶胸顿足，痛骂政府无能。这两天京城气氛的诡谲，刚刚归国的章宗祥必定是感觉得到的。当然，曾经参加过对日秘密谈判的曹汝霖、前任驻日公使陆宗舆也都能感觉到。在这般气氛肃杀的时刻，对几位重臣的抚慰，实在是必不可少的。

所以在宴席之中，徐大总统频频举杯，尽量把几位赴宴者的情绪调节得高一点。他一再对章宗祥说："尔出使日本，多有操劳，不仅大大改善了中日关系，还为本政府谋取了新贷款之允诺，殊为不易。"

他没有注意到承宣官现在出现于宴厅门口，甚至神色有点慌张。那承宣官耳语站在门口的一位侍卫官说："队伍三千，已经到了天安门！"

侍卫官说：“知道了。”

承宣官问：“是不是要马上禀报总统？”

侍卫官摇头：“不必，再等一等，大总统正在祝酒。”

徐世昌大总统已经是第三次祝酒了。他甚至诚诚恳恳地站了起来，眼望众人，说：“望诸位务以国家为重，勿听流言，照常供职，共济艰难！来来，举杯！”

他还是没有注意到承宣官又来向侍卫官耳语：“学生要去东交民巷滋事！教育部次长在天安门当场劝阻，学生扬言：我们今天的行动，教育部管不了！”

侍卫官小声说：“步军统领李长泰不是去了吗？警察总监吴炳湘不是也去了吗？这个情况大总统都知道了，不能再继续禀报，不然这一桌酒宴怎么还能维持下去？”

承宣官说：“李统领、吴总监当然也阻止了，可是学生人多，一喊‘打倒卖国贼’，就疯了一样，根本堵不住！”

侍卫官也知道事情严重了，若是学生一到东交民巷，事情就不可收拾了。于是他赶紧侧过身，让承宣官进入宴厅径直走向徐大总统。

一听到承宣官凑着耳朵的密报，徐世昌大总统的脸立即就僵硬了，他的花白胡子抖了起来。

终于，他重重放下酒杯，对总理钱能训说：“打电话给吴总监，令其妥速解散学生，不许去东交民巷！”

一听这话，所有赴宴者的脸都僵硬得像石头一样了。

曹汝霖赶紧帮腔说：“总统说得对，宁可十年不要学校，不可一日容此学风！”

钱能训斜眼盯着曹汝霖，说：“学生群情激愤，难以控制。若是东交民巷去不了，会不会殃及其他？恐宜早作预谋。”

曹汝霖心头一惊，又一慌，心里想：这个钱能训，不仅能训，且能猜，把我这两日的担心都给点破了。

徐世昌想了一想，说：“教育部无能，北大校长无能，都放学生上街了，矛头对着了章公使、曹总长、陆局长，这是不公平的。但为安全计，席后请章公使、曹总长、陆局长暂勿回家，留在公府憩息。”

一听大总统发了这话，章宗祥与陆宗舆赶紧点头。他们都明白，这两天已经被越来越多的人骂为“卖国贼”，年轻人一愤怒，是会危及性命的，现在不回家应是上策。

但是曹汝霖想回家。他想，即便自己安全了，若是学生闹得自己家里人不安全，也不是个办法。只有现在赶紧回家，门窗紧闭，龟缩起来，或许能挺过这一劫。于是他赶紧站起来，说大总统慢用诸位慢用，我还是先回家吧。

曹汝霖回家了。这时候他还不知道，他这一连串的慌忙动作，就像一只准备扑火的飞蛾。

从“火烧赵家楼”现场仓皇奔逃的瞿秋白，一路气喘吁吁。他捂着胸口，觉得自己的心一直在往喉咙口跳。

在胡同拐弯处，他差点没撞在杨昌济和杨开慧父女身上。

人没有撞上，眼镜却由于脚步的骤止而掉落在地。瞿秋白慌忙捡起眼镜，对姑娘说：“对不起，警察追我，能不能让我也搀扶一下令尊大人？”

还没等杨开慧表态，病体虚弱的杨昌济便一把挽上了瞿秋白。他发现这位学生的手心都是汗，且很冷。教授关注着时局，这位学生为何气喘吁吁，他心里早已明白了七八分。

两个警察脚步踏踏地拐过胡同，见着老人就嚷嚷着问那个纵火的学生往哪边逃了。他们问得如此心浮气躁，以至没发现那个毕恭毕敬搀扶着老人并且竭力控制着自己呼吸的年轻人，就是他们的猎物。

杨教授嗅嗅鼻子，空气中确实有股淡淡的烟味。不远处就是赵家楼胡同，看来有些年轻人确实在那里放了一把火。

杨开慧举手，朝后一指，两个警察就跑了，像两只腿脚细长的猎狗。

瞿秋白松开手，脸上的白色少了一些，说：“谢谢了，老伯。”

杨教授问：“你烧了曹汝霖房子？”

瞿秋白一时不知怎么回答。火其实不是他放的。他随北大学生的人流冲进曹宅之后，一起打了玻璃门窗，砸了花瓶、衣镜。大家愤怒异常，他也愤怒异常。三千北大学生和各校学生先是天安门受阻，然后又是东交民巷受阻，呼吁救国却受国家打压，其悲愤之情可想而知。愤急之下，才有去卖国贼家惩罚卖国贼之举。瞿秋白打砸一阵，汗流浃背，后来看见一个冲到四合院北房的学生取出了洋铁扁壶，低喊一声“放火”，便从中倾倒出了煤油。煤油是倾倒在一块褐黄色的地毯上的，那块地毯被拉起来，架上了方桌。他后来知道那个放火者叫匡互生，好像是北京高等师范的。火焰蹿起来之后，雀跃不已的瞿秋白举着一块带火的木板，又在两三处引了一下，让火焰更大一些。等到李长泰和吴炳湘带着大批警察扑到曹宅的时候，东院的一排西式房屋都已烧得差不多了。那个时候，但见烈焰冲天，学生四逃，挤在胡同口的观看者大声吼喊，挤得密密麻麻。

曹汝霖被人从藏匿的卧房箱子间扶出来，铁青着脸接受警察总监吴炳湘的道歉这一场面，瞿秋白是不曾见到的。他当时早已逃出好远，已经穿过几条马路了。

瞿秋白觉得自己打从求学之后还从来没有跑得这么快过。

他现在喘气已经平和，于是他说："老伯，不是我放的火。"他鞠一躬，转身要走。

"你是北大的？"杨教授追问一句。

"不是，"瞿秋白边跑边说，"我是俄专的。"

杨开慧在陪着父亲踽踽走入胡同口一间标有"张公医寓"的四合院之后，还一直注意着升起在半空的那团黑烟。她趴着身子，凑着西院的木窗，盯视着乱纷纷的街道。

"爸爸，"杨开慧说，"抓了好多学生呢！"

学生被推得趺趺撞撞，他们的青布长衫或者黑布长衫的后面都像风帆一样鼓了起来，那是由于警察的撕揪。警察此时的手掌，皆如鹰爪。

"爸爸，"杨开慧再一次说，"好几十个学生被抓呢。"

杨开慧说的是对的。事后据报载，在火烧赵家楼一案中被捕学生三十二名，其中北大二十名，许德珩亦在其中。另有高师八名，工业学校两名，中国大学一名，汇文大学一名。

杨昌济坐于老中医桌前，盯视着眼前的一炷清香，始终不言语，脸色沉闷。

老中医愕然抬脸："杨老先生今日脉相有异，过浮过急。"

杨开慧说："大夫，警察抓人，我爸爸一路生气，心没法静下来，今日不搭脉只抓药行不行？"

大夫取过羊毫，开始开方子。

杨开慧走近父亲，小声说："我担心润之。"

杨教授也担心着毛润之。毛润之是他在湖南时最喜欢的学生，九个月前来北京就曾在自己家里暂且栖身，后来去了北大图书馆第二阅览室当了助理管理员，登记借阅者名单，月薪八个大洋。这份工作也是他杨教授出面，直接向图书馆主任李大钊谋得的。

女儿说："润之生性激烈，若在北京，这把火里，决计少不了他。"

杨教授心想，润之在长沙，长沙的闹腾气势也不见得会比京城弱。这个学生的血气，他是有数的。

"爸爸，"杨开慧说，"长沙城里，没什么好烧的吧？"

杨昌济知道女儿担心着毛泽东，但是他还是想说实话，他于是说："整个中国，可烧之物实在太多了，何况长沙！"

女儿一听，果然沉默了。

门砰地推开，几个油头汗脑的警察探进头来。

还没等惊愕的老中医开口，杨昌济忽然以杖击地，怒不可遏："滚出去！医家私宅，岂是你们可以随便闯进来的？！"

一怒之下，忽然便有痰上涌，咳嗽激烈，犹如枪管。

这一阵大咳，警察倒是被吓走了，却急得杨开慧一直捶背不止。父亲的病，这一年，越见重了。

京城5月，天越来越见闷热。

陈独秀伤风过后，每日都起得很早。他蹲在院子里，一边刷牙一边对妻子说："看见没有，不是我热伤风了，是北京城热伤风了。北京这场病生得好啊！"

陈独秀几乎每天都在箭杆胡同家中或是在骡马市大街米市胡同会见学生。《每周评论》的发行所就在米市胡同。这些天，许多学生都像朝圣一样地来聆听陈独秀。

时局发展迅猛异常。

5日，北京各大专院校学生代表开会议决，即日起一起罢课。6日，北京中等以上学校成立学联。9日，愤慨与痛心的蔡元培自辞北大校长，径直出京南下。11日，北京各校教职员联合会成立，对镇压学生大为不满的教育总长傅增湘也于这一天步蔡元培之后尘，毅然离职出走。19日，北京两万一千余名学生实现了总罢课，同时，各校的讲演团在京城、京郊、列车上乃至全国各地，开始了大规模的宣传，控诉政府的卖国以及军警的残暴。

陈独秀一边用热水洗脸一边对妻子说：“现在还是强盗世界，是公理不敌强权的时代，对外，我们要实行民族自卫主义，哪怕引起无人道的战争，也在所不惜。”

妻子说：“别提战争，我怕。黑子喜子也怕。”

陈独秀坚持说：“我在《每周评论》第二十一期上已经作了这般呼吁。还有，君曼，对内，我们一定要实行平民征服政府！政府腐败无能，非用民意强按牛头喝水不可！”

妻子叹着说：“你们这些教授哪，又拿政府薪水，又要征服政府，你们哪！”

晚上，陈独秀从米市胡同回到家，进门就说：“君曼，早上一句话叫你说对了。我既看透了人家，又不得不拿人家薪水养家，中国的教授哪，苦水亦在于此啊！”

陈独秀后来又想着妻子这句简单的叹息，两个时辰都没有睡着。

在长沙的毛泽东却睡得很死。

5 月 22 日深夜时分，毛泽东寝房窗上，连响三遍鸡啄之声，毛泽东都没有听见。这些天他累，眼皮也肿。

也许是 7 日那天冒雨参加长沙各校学生的“五七”国耻纪念大游行，又水淋淋地与张敬尧的兵打斗了一番，毛泽东这几天的梦中老是有水。

他在水里看见了一条游鱼。鱼很奇怪，黑红两色，背为黑，黑如墨，肚见红，红得鲜艳，伏在水中，一动不动，直视着毛泽东。毛泽东奇怪，浅浅溪水，何来这么肥的鱼，且色泽又这么鲜亮怪异，待伸手去碰，那鱼尾一甩，一下子没了。

就在这时，他听见了敲击窗玻璃之声。

毛泽东撩开打着补丁的破蚊帐，探出头来，听了一听，随后便下床，趿上拖鞋，推窗。

他看见了月光下的一张陌生面孔。一个青年。

毛泽东说，有门在，何必敲窗？

那青年答，没有门钥匙，只得敲窗。

说着，便有一封信函递进窗子。

毛泽东接过信，急忙点亮煤油灯，一看，笑了：“李大钊先生的信！这信还不是门匙吗？快进来！”

敲窗者名叫邓中夏，北大学生，也是新成立的北京学联的总务干事。信上写得很明白。

邓中夏说：“事情紧急，就请允许我翻窗吧？”

毛泽东启窗，笑着拉了他一把，邓中夏便如燕子般落了地。

煤油灯一直亮到鸡叫。毛泽东知道了北京风暴的暴烈程度。这下子，他就有些不满意长沙了，长沙的水远没有达到沸点。

毛泽东踩着鸡叫声，连夜找到了新民学会会员蒋竹如，又邀来陈书农、张国基，于月光下商议如何响应北京的学生运动。两天之后，各校代表二十余人便齐集楚怡小学聚会，毛泽东向大家介绍了半夜敲窗的邓中夏。一个小时之后，会议就作出了这样的决定：成立新的湖南学生联合会，同时，决定立即发动学生总罢课，向北京政府提出拒绝巴黎和约、废除一切不平等条约等六项要求。

毛泽东专门请邓中夏在南门喝了姜盐黄豆芝麻茶，另加两只白糖芦叶粽。他笑眯眯对邓中夏说：“你来敲窗之时，我正梦见溪涧之中有一大鱼，黑红两色。现在晓得啰，你就是专门从京城游来的大鱼。红者，是学生反抗之火，黑者，是政府镇压之鞭。要感谢你带来北京的消息，你把我们湘江的水搅得要破堤啦！”

邓中夏嚼着家乡粽子，嚷嚷说：“我还能是鱼？鱼放在砧板上都不发一言，我这个月可是咽喉都喊哑三回了！润之兄，中国人应当永远结束做鱼的日子了！”

毛泽东举起白瓷茶盅说：“为你对鱼的见解、对声音的见解，碰一杯！”

二十天之后，毛泽东为湖南学联创办了《湘江评论》，他写的发刊词为湖南大发其声：“时机到了！世界的大潮卷得更急了！洞庭湖的闸门动了，且开了！浩浩荡荡的新思潮业已奔腾澎湃于湘江两岸了！顺他的生，逆他的死，如何承受他？如何传播他？如何研究他？如何施行他？这是我们全体湘人最切最要的大问题，即是‘湘江’出世最切最要的大任务！”

所有不出声的鱼儿，因湘江之潮而一齐怒吼了。

而6月7日、8日、9日这三天里的陈独秀，由于连续在家宅里作狮吼状，已多次吓着了七岁的黑子和六岁的喜子。

陈独秀跺着卧房里干裂的地板，连声喊："无耻！无耻！天下再没有这般更无耻的了！"

如若他真是狮子的话，脖子周围的鬃毛该是根根直竖的了。

高君曼冲进房门说："别吓着孩子，当家的求求你，喜子都哭了！"

陈独秀安静下来，从地上捡起摔破的钢笔。

隔壁喜子的呜咽声和屋外零星的枪声，均清晰可闻。

自总统徐世昌下令撤换镇压不力的步军统领李长泰，以号称"屠夫"的王怀庆继任之后，北京城大开杀戒，由警棍殴打变为马队冲撞，变为开枪示警，凶猛异常。6月3日，学生被捕者已达一百七十余人，大多是北大的。6月4日，又捕学生七百余人。北河沿法科校舍被作为临时监狱，此处爆棚之后，马神庙理科校舍也被当作了临时监狱。

京城之杀戒震惊全国，上海学联驰电全国："政府摧残士气，惨无人道，一至于此！同属国民，宁忍坐视？务乞主持公理，速起援救，性命呼吸，刻不容缓！"

于是，6月5日，黄浦江畔汽笛大作。

上海实现了学生罢课、工人罢工、商人罢市的"三罢"斗争。中国后来的教科书上这样说：声势浩大的政治罢工，标志着中国工人阶级首次以独立姿态登上了政治舞台。

然而京城的王怀庆是永远不管上海如何全国如何的。这个老资格的北洋将领继续为大总统徐世昌及幕后的段祺瑞竭尽屠夫之职，对学生毫不手软，他坐在马桶上连续发指令。坐马桶是他的嗜好，他一直把他钟爱的老式红木马桶放在办公室里，他就这样坐在马桶上喝令他的部将，只要学生敢上街，就两人夹一个，三人拖一个，拖牲口一样尽往临时监狱里圈。王怀庆说，我这臭脾气也臭出名了，就让那些毛小子毛丫头好好闻闻我的臭！

陈独秀第一次感到了笔力的软弱，他这两天已经摔坏了三支钢笔，文章确实是不能再写下去了。

"卑鄙之尤！无耻之极！"陈独秀跺地不止，"不再做更大的直接行动怎么行呢？我也要直接行动了！"

高君曼说：“你真的别吓着孩子。”

陈独秀吼：“吓着中国孩子的，不是我，是他徐世昌！是他段祺瑞！”

登门造访的李大钊与胡适走进屋子，闻得此言，异口同声说：“对，对！”

“守常，适之，他们都是长了眼的，你们看见没有，这些军阀，谁演说就抓谁，监狱关不下就在北大关帐篷，真是暗无天日，惨痛，惨痛！上海的朋友一天三只电报，叫我南下，叫我躲一躲，我躲什么？我不想活了！我是盼望政府早日将我下监，处死了更好！这种毒气弥漫的社会，我不想再呼吸它了！”

胡适说：“仲甫兄，安静一些。你看你真的把黑子喜子都弄哭了呢。君曼嫂子，你还是去照管孩子。仲甫，依我看，下期《每周评论》上，我们再以笔作炮，轰他几响。”

陈独秀说：“我们现在写文章，还能满足于发表在刊物上？如今在北京，刊物已不成其为大炮，满街墙垣倒是壁垒！两位请看看，看看，我这篇文章，是要直接发表在墙头上的！”

陈独秀点着桌上的一页纸。

李大钊拿起稿笺纸，看见标题是《北京市民宣言》，不由一愣：“仲甫，你写的是传单？”

陈独秀取回稿纸，直视胡适：“适之，我要你帮忙，译成英文，我要送东交民巷！中文的，我要贴遍北京街头，撒向全体民众！”

两位同事还没有闹明白，高君曼的脸首先白了。她说，喂喂当家的，你真吃豹子胆了？你怎么能跟学生一样去撒传单？你听听，从昨天到今朝，枪声停过没有？

胡适说：“仲甫之心境，我理解。我一路而来，见大街上还有洋龙在冲洗血迹，便心如刀绞。可是话说转来，抛撒传单之举，一般非大学教授所为，仲甫兄不值得冒险。守常，你说呢？”

李大钊说：“官逼民反，民不得不反。我倒是赞佩仲甫之激情。”

高君曼差点哭出来：“李先生，你千万别往独秀的灶膛里添柴火！”

李大钊说：“当然，是不是要亲自上街，倒可商榷。”

砰，一拳打在桌上，陈独秀鼓成牛眼睛：“眼下都是什么时候了？鲜血流在大街上，学生关在牢房里，我们这些做教授的还能风雨不动安如山？适之，你是我安徽老乡，皖地多豪杰，你今天说一句话，敢不敢给我翻译？”

一纸稿笺，再次递在胡适面前。

“我译，我译。”胡适说，态度明朗。

“你呢，守常？”陈独秀转个方向，双目如炬，“他可以不上街，我是要叫你上街的！跟我一起上街！你刚才不是说赞佩我今日之激情吗？那么我就要拖你直接行动！我今天夜里就去印刷厂把《宣言》印出来，你明天就跟我上街去撒！撒呀，撒呀，如六月雪一样满街飞舞！让他徐世昌段祺瑞听个明白，这就是北京市民的声音！你去不去？”

高君曼要哭了：“李先生，求你别理睬独秀！他这几年越来越固执！你想想，他两个儿子延年和乔年在上海读书，他一个月生活费只寄五块光洋，多少人来说了，延年和乔年面黄肌瘦，饿了，啃大饼，渴了，喝自来水，这个当家的怎么说？他说这是锻炼！虽然延年和乔年是我姐姐生的，可是我总是他们的亲姨妈呀，我看了也心疼呀！他独秀就是固执，我半句话他都听不进去……”

“住口！”陈独秀拍桌，“君曼，有完没完？”

李大钊从陈独秀手里接过《宣言》，说：“君曼嫂子，仲甫有些事，做法是可以商榷，但是他做《北京市民宣言》这件事，字字情真意切，句句如火似雷，我倒以为没有做错。君曼嫂子，你听听：对于政府提出最后最低之要求如下：第一，对国外交，不抛弃山东省经济上之权利，并取消民国四年、七年两次密约！第二，免除徐树铮、曹汝霖、陆宗舆、章宗祥、段芝贵、王怀庆六人官职，并驱逐出京！第三……”

高君曼双手蒙住耳朵，说：“都疯了！都疯了！喂喂，几个教授上街撒传单，就能救学生了？”

李大钊说：“君曼嫂子，当初你跟仲甫毅然结伴离开安徽老家，双双出走，不也是吃豹子胆的吗？”

“那种胆大，不过是听几顿骂声！现在这种胆大，是要出人命的呀！”高君曼急得额上冒汗。

陈独秀喝一声：“妇人之见！”

李大钊说：“仲甫，我有一句话要说。来，出门说。”

“就这里说！”

“出门说，”李大钊拖他，“出门说。”

院子里星光闪烁。李大钊一出门便对陈独秀说：“嫂夫人所言，还是有几分道理的。”

“有几分？是话都有三分理，能听哪个的？守常，你说一句，你到底赞不赞成直接行动？”

“呼吁强权者开明的做法，多少有点幼稚。仲甫，真正的斗争在于革命，我们要多注意俄式革命！”

“你又是俄式革命！今天别俄式了好不好？守常，这是中国，这是北京！”

“仲甫，你听着，我正在写《我的马克思主义观》，我打算为《新青年》出一期马克思主义专号。我这些天来想得最多的一个问题是，若是高举‘德先生’‘赛先生’大旗的陈独秀先生，能够在旗帜上端端正正写上‘马克思主义’五个大字，我相信中国之天下，就会有另外一番气象了！”

说完这番话，李大钊便热热切切凝望着陈独秀，他盼望自己的一番话能使对方有所触动。

“我还是这个主张：先莫框入什么主义，包括你的这个马克思。”陈独秀的脸庞依旧黝黑如岩，甚至有些着恼，“中国之首务，乃革命，凡有助于在中国实现民主和科学者，实现新时代新社会者，《新青年》都鼓掌而纳之。”

“仲甫之所谓新时代新社会，究竟是什么样的社会？”李大钊不依不饶。

“很清楚，理想的新时代新社会，应是诚实的、进步的、积极的、自由的、平等的、创造的、美的、善的、和平的、相爱互助的、劳动而愉快的、全社会幸福的这样一种社会！我希望那种虚伪的、保守的、消极的、束缚的、阶级的、因袭的、丑的、恶的、战争的、倾轧不安的、懒惰而烦闷的、唯有少数人幸福的现象，渐渐减少，乃至于消灭！”

“相当美好！相信国人皆会拍掌而欢迎。”李大钊点首，随之话锋一转，“然而幸福社会，究竟要怎么一步步去获取？直接行动，我赞成。但究竟如何行动？这里，必有一个明确的主义问题。”

“我们两人别再就什么主义啰唆了，行不行？言不如行，明日撒传单，我是去定了，你到底去不去？一句话！”

“仲甫！”

“一句话，去不去？”

陈独秀一边逼问，一边抬起头来，出神地盯视着夜空。他听见了远处传来的隐隐约约的钟声，不知是教堂的钟声还是自己的幻觉。

尔命如钟。他突然想起从法印和尚嘴中缓缓吐出的这四个字了。召唤的力量，有时候，实在是至高无上的。

“俄式革命是动刀动枪的，你开口闭口马克思、俄式革命，连上街撒个传单都不能去？”陈独秀当胸抓住李大钊。

“好吧，我去。”李大钊说。

话音未落，屋内忽然就传出了尖厉的哭声，那是高君曼，高君曼实在忍不住了。

这个当家的，就不想当自己的家，想当国家的家。

第 2 章

郑重告诉儿子：监狱是研究室

“直接行动”，后果会怎样呢？

李大钊盘腿坐在床上，像尊菩萨，久久没有就寝的意思。赵纫兰推进门来说，睡吧，葆华和星华都睡着了。

李大钊揉揉两撇黑胡子，舒一口气。妻子问：“怎么了？”

在陈独秀连夜赶到北大讲义印刷所印传单的时候，李大钊长久枯坐，为第二天的“直接行动”费思量。

夜风吹过深深长长的后闸胡同。树叶子发出水一样的声音。一只猫跳过瓦楞子，碰得屋顶窸窸窣窣响。赵纫兰其实明白丈夫思虑的是什么。

“好，睡吧。”李大钊说。

睡到半夜的时候，他睁开了眼睛，却发现妻子不在身边，而在门外。

门外的妻子低垂脸庞，双手合十，悄声念叨着什么。李大钊披衣出门，问她什么时候信菩萨了。

“真的不会叫警察抓住？警察这两天很凶。”妻子说。

“我被抓，倒也罢，仲甫被抓，后果就严重了。纫兰，你应当是明白的，陈仲甫这个人，对于我们国家，影响实在太大。”

清冷的月光使李大钊的脸看上去白了一些。李大钊又说，仲甫这人，若是明确加盟马克思主义，其影响将无可估量。若是那样，中国的青年就有望了，中国就有望了。

“你同陈先生明天撒了传单都能安全回家，我同君曼嫂子就都有望了。”妻子这样说。

李大钊听了这话，不由一呆，接着就笑起来，说：“你倒是大实话。睡去吧，别信菩萨了，世上本无菩萨。”

李大钊后半夜又睡着了，而赵纫兰依旧睡不着。

要出事！这样一个念头总是在赵纫兰脑海里挥之不去。教授怎么能干这种事呢！陈先生一向冲动，守常怎么也会跟着跑呢？他以前可不是这样沉不住气的。但是赵纫兰半句话也没有出口，守常要做什么事，她从不拦阻，守常总有守常的慎思。

陈独秀却一点没想着会出事。他6月11日的血管一整天流淌的都是炸药。

川菜馆子浣花春的口味一向很重，陈独秀却一点不觉得香辣，筷子一搁，嘴巴一抹，账台上银洋一扔，趁着黑，就拉着高一涵上“新世界”游乐场去了。

昨日晚上，他也是拉的这位北大教员，在嵩祝寺边上的学校讲义印刷所忙活到后半夜。他提回了两捆油墨很香的传单。语句铿锵的《宣言》印在一页纸上，上半页中文竖排，下半页英文横排，字迹十分清晰。一赶早，李大钊就来敲门，取走一些，他说要赶回后闸胡同一带散发，还说要贴到附近警察署墙上去。胡适也来取走十数张，说也要贴到他的家居附近去，他有美国胶水，墙上一点便可粘贴上一张。陈独秀不肯平分传单，把大多数《宣言》都塞在自己的两肋间，一套白色西装为之撑得鼓鼓胀胀的。“你们不要劝我，”他对他们说，“我造的炸弹，我岂能不多甩几颗？十五年前我天天跟杨笃生他们试验炸弹，一心暗杀慈禧，偏偏一直没机会扔炸弹。今日造了这么多，我能不甩个爽快？”

陈独秀之所以要去“新世界”，是琢磨那里人多，人多便好办事。还有，那里的人也该死，都什么年头了，还在游乐，中国人也该醒醒了。

进门一瞧，果然楼上楼下的琴声灯影里皆是长衫短褂。剧场、书场、台球场，没一个地方不满当当的。国难当头，真还有这么多男女老少在这里寻开心。国人的德性！

点心摊主见着有人上楼就乐呵呵吆喝：“杏仁茶豆腐脑哎！”

高一涵说：“麻木！”

陈独秀对高一涵说：“唯其麻木，才该有一盆冷水当头浇下去。”

若要当头浇，就该上最高处。陈独秀扯了一把高一涵，两人便穿过一堵小门，寻得楼梯直往楼顶走。因为陈独秀已经看见游乐场的二楼平台上正在放一部露天电影，黑压压一片人头，若是天女散花一般从夜空砸下几百份文字炸弹，收炸锅之效是明摆着的，情景该很动人。

陈独秀紧一紧西装，就慢慢往楼梯上走。高一涵忽然很为陈独秀担心，因为陈独秀的步姿总有一种大肚罗汉模样。他人不胖，一套白色西装也很合身，但夹带一多，人形就不能不臃肿，一臃肿，就惹人注目。高一涵想分些传单，陈独秀硬是不肯。其实，陈独秀自己也知道，北京这几日鹰犬遍布，凡是人多的地方都有鬼祟之眼，但是陈独秀血管里流的是炸药，是使命在身之人。使命在身之人是顾不得许多的，大不了去监房，陈独秀狠毒地想，监房又怎么的？就跟学生关在一起吧，这样还能心安一点！这个国家，四面八方不是眼睛就是棍棒，空气恶浊透了，本身就是个大监狱。监狱复监狱，虱多不痒！

屋顶花园是个平台，有电杆而无电灯，漆黑一片。探头下望，只听电影放得热闹。电影本身是无声的，一班锣鼓手一到紧要关头，便一齐嘭锵嘭锵起来，营造紧张气氛。

陈独秀端详一番，猜出那电影便是《黑籍冤魂》，讲大户人家吸食鸦片而家破人亡之事，他上个月看过。

看人家抽鸦片容易，自己吸入大烟便不自知呢，这帮浑浑噩噩的男女啊！陈独秀一边这样想着，一边就抽出肋间传单。

他探出半个身子，猛地一挥。

“尔命如钟！”他嘟哝一声。

传单果然如大朵的雪花飘飞，夜空里白花花一片。在这种翻飞之中，确乎有当当当的钟声隐约在他耳边响起。

这种壮观之象，陈独秀也一时看得呆了。他随后便听见有人惊呼，有人喝彩，有凳子摔倒的声音。锣鼓班一时停了敲打。

“好！”陈独秀说，又猛挥一次手，“再来一场六月雪！”

真的又是一场六月雪。下面的嚷嚷声更响了。

他没有听见高一涵在楼梯口拍掌示警，等他听见时，已经晚了，黑暗中突然出现的几双粗壮臂膀扭住了他。

“混账东西，果然来了！”陈独秀一边怒骂一边拼命挣扎，“放手！放手！”

一个胖警察伸手插入陈独秀的西装，果然掏出一叠传单。

“你还嘴硬？《北京市民宣言》，宣你的鬼！”

“不是我！”陈独秀蹦跳着挣扎。

一个警官走上屋顶花园，厉声问：“抓到谁了？”

便衣警察七嘴八舌："抓到撒传单的了！就是他！"

警官分开众人，走到陈独秀面前，瞪出眼珠："就是你？"

"真是暗无天日，竟敢无故捕人！"陈独秀跺脚。

"不是你？"

"怎么能是我？瞎了？"

"不是他？"警官问便衣警察。

胖警察手举传单："就是从他身上搜出来的！他一进新世界我就发现他身上长肥膘！"

陈独秀拍拍西装："我哪有衣兜盛这些东西？"

胖警察鼓圆牛眼："敢耍赖？不是从你这个衣兜里搜出来的？"

"放得进吗？你放放看！"

胖警察气呼呼地把大叠传单塞回到陈独秀的内衣兜里去，然后，指着陈独秀，大声向警官报告："长官，小的不敢撒谎，刚才就是从这兜里搜出来的！"

胖警察的话音还没落地，陈独秀已以迅雷不及掩耳之势，从兜里掏出那把传单，手一扬，一股脑儿抛下屋顶花园。

一瞬间又是雪花满天飞舞。

警官惊叫："快抓住他！"

陈独秀哈哈哈仰天大笑，肆无忌惮的笑声犹如铜钟声翻滚。

他被推着下楼的时候，一路还大笑不已，笑得浑身哆嗦以至于撞来撞去，在最后一级楼梯上又故意一头撞在脸色发白的高一涵身上，喊一声"不是石头你挡什么道"。高一涵明白，这是陈独秀在叫他赶快躲避，免入虎爪。

许世英走到客厅门口，犹豫了好一阵子，才又举步。

作为北洋政府的代表，他奉命到上海求见孙中山，表达政府的善意。他推测到国民党领袖对于陈独秀的被捕，是会相当愤懑的，只是他还不知道孙中山是否会怒形于色，当面给他难堪。

要说难堪，徐世昌大总统这些天也真够难堪，拿下一个陈独秀，竟然激起全国舆论大哗，各阶层人士都跳出来指责政府的不是，各省各团体的电报雪片般疾飞北京，有齐声喊"政府利用黑暗势力，摧毁学术思想之自由"的，有大声骂"军警当局有意罗织以摧残近代思潮"的，上海工业协会的通电更是出言凌厉："大乱之机，将从此始。"连安徽省长吕调元也拍电报给安徽老乡吴炳湘，一边说几句陈独秀"好发狂言"，一边也拍胸脯保证陈独秀"与过激派无涉"，"务乞俯念乡里后进，保全省释"。一场六月雪于京城骤降，弄得大总统和警察总监的背脊骨这些天都凉飕飕的。

孙中山的态度自然举足轻重，这位于护法斗争中屡屡失败的英雄在全国政界仍享有着巨大的威望。他人在上海莫里哀路，却时时关注着五四之后的北京。风尘仆仆的许世英很盼望能在莫里哀路见到一张比较平和的脸，哪怕这张脸上并无笑容。

然而这位北洋政府的司法总长还是失算了，没等他进门，孙中山便从宽大的扶手椅上站了起来，大步迈向他，既未寒暄，也未握手，更没吩咐马湘泡茶。

廖仲恺紧追于后，低声说："先生，压点火气。"

孙中山的怒气丝毫未减弱："你们做的好事！"

许世英忙说："孙先生！"

"你们做的好事，很好，好在做出了一件证据，一件使国民相信我反对你们是不错的证据！你们想杀死他吗？"

许世英愣住，不知怎么回答。

"孙先生问你呢，"廖仲恺走上一步，"你们想动刀子吗？"

许世英瞟瞟廖仲恺，他知道孙中山很喜欢这位密友。"我不曾听说，真的不曾听说。"

孙中山冷笑一声："谅你们也不敢杀他！他们这些人，死了一个，就会增加五十个、一百个，你们要做，尽着去做吧！"

"不敢，不敢，"许世英心里想，这一趟霉气透了，上海6月黄梅天不是人待的地方。"孙先生，你放心，我这就打电报回去！马上去打，马上去打。"

许世英走后半个钟头，回到卧房的孙中山还在忧郁着，并没有看见一盅红枣莲子汤已端在案头。孙中山推匙不饮，对宋庆龄说："达令，这些年，我太喜欢点拨枪弹，是不是？"

宋庆龄望着孙中山，一时没听懂。

"而我看陈独秀这个人，"孙中山说，"却独喜欢点拨脑袋。这个安徽人我没见过，却像早就认识他。你想，开枪，是须眼睛瞄准的，眼睛是什么？

眼睛就是脑袋的枪口。眼睛和手指，皆听脑袋驱使。脑袋于人，最为重要。陈独秀这个人，就是看准了这一点。他是专门点拨国人脑袋的。真的，达令，自新文化运动以来，我就看得很清楚了，一二刊物，能使社会感受极大之影响。"

"达令，"妻子说，"枪也很重要。"

"当然，当然，联络滇军，说服桂军，抓这一批枪打那一批枪，也是费尽心思的。"

"不过，你说得对，"宋庆龄舀起一匙红枣，递到丈夫嘴边。"陈独秀先生编的《新青年》，还有《每周评论》，我也是喜欢看的。戴传贤那儿有，我看过好几期。那些文章真也像枪呢，字儿都如子弹呢，满纸的响声。"

"你马上叫戴季陶来，"孙中山把红枣嚼得吧吧响，"我要他也办一家刊物，最好也是每礼拜一期。陈独秀办《每周评论》，我们可以办《星期评论》，也要办得满纸都是响声。"

"我这就打电话。"

"欲收革命成功，必有赖于思想之变化。欲图救活中国，非使国民群怀觉悟不可！"

"你是又要抓枪弹，又要抓脑袋。"

"全国民众的最后希望都在国民党身上，我孙文不能辜负了这种希望。"

"达令，先不要辜负了这盅莲子汤，都凉了。"宋庆龄说话总是这般沁人心肺。

赵纫兰三天里已经是两次到箭杆胡同了。

"你看，"赵纫兰对高君曼说，"都是头版新闻呢，全国都在呼吁释放陈先生，所以你千万要宽心。来，起来，饭总是要吃的。"

喜子从门外探进头，说："妈，阿姨把饭都做好了。今天有鱼呢！"

高君曼从床上支起身子，说："难为你了，纫兰。我早说要闯祸的，要闯祸的，就没想到这么快。德先生也好，赛先生也好，陈独秀也好，早晚都是要捉到政府的牢里去的！"

"守常说了，政府的牢，纸糊的。只要全国老百姓一齐喊一声，那牢就得散架。"

"一家有一家事，你也有你的先生，你老来，我心里能安吗？独秀早点回家才是道理，孩子也需要爹。你说那牢房，什么时候能散架？”

什么时候？这还真不好回答。

“他不能不回来呀，”高君曼又呜呜抽泣，“他不能扔了这个家不管呀！”

“妈！”黑子蹦进屋，“有一篮鸡蛋，在门口，有人送的，我追出去看，那人就跑了。”

赵纫兰扶高君曼起床，走出院子去看。门口堆着的，哪里只是鸡蛋，还有果子、腊肉、酒坛子，甚至还有一只咸猪头。

四下探望，就是不见一个人影，高君曼觉着奇怪：“独秀怎么成庙里菩萨了？”

湖南督军张敬尧生得菩萨模样，心里却阴鸷得很。他去天津向段祺瑞表了一趟忠心，急匆匆返回长沙，便注意到了《湘江评论》。

他注意到这本刊物的时候，已是7月下旬。7月下旬的长沙街头，太阳很辣。他的手下在很辣的太阳底下停了车，抬枪就杀了一个摆水果摊的老头。张敬尧见车不动了，问是什么事，卫队长从前头嗵嗵嗵跑来，报告说一个老头的箩筐挡住了车道，或许是图谋不轨。

张敬尧下了车，慢吞吞往车队的前头走。

他一边走一边对同时下车的副官说：“啊，你继续念。”

“大帅，”个头矮矮的徐副官说，“刚才念的是《创刊宣言》。”

“再念。”张敬尧在太阳底下说。

“时机到了！世界的大潮卷得更急了！洞庭湖的闸门动了，且开了！”

张敬尧眉间一紧，说：“他要开闸放水？”

徐副官念：“浩浩荡荡的新思潮业已奔腾澎湃于湘江两岸了！顺他的生，逆他的死……各种改革，一言蔽之，‘由强权得自由’而已。各种对抗强权的根本主义，为平民主义。”

“什么意思？”

“禀大帅，就是说，用平民主义，也就是用老百姓，来对抗强权，也就是对抗我们。”

“妈的，这个臭秀才叫什么名字？”

“毛泽东。”

“毛泽东？”

徐副官说是，然后继续念："俄罗斯打倒贵族，驱逐富人，劳农两界合立了委办政府，红旗军东驰西突，扫荡了多少敌人，协约国为之改容，全世界为之震动。"

"妈的，吹俄国的大牛了。这个臭秀才又叫什么名字？"

"毛泽东。"

"还是这个毛泽东？"

"禀大帅，还是这个毛泽东。这篇文章的题目叫作《民众的大联合》。这里还有一篇，写陈独秀的。"

"陈独秀，不是抓起来了吗？"

"就是为了他被抓起来，姓毛的才写的。"

"说他好话？"

"大帅请听：陈君之被逮，决不能损及陈君的毫末，并且留着大大的一个纪念于新思潮，使他越发光辉远大……我祝陈君至坚至高的精神万岁！"

"万岁？"湖南督军陡地吓一跳，"万岁？"

"是的大帅，万岁。"

"这个人把陈独秀当皇上，喊他万岁？"

"是的大帅，乱喊万岁的人，都不是好东西。"

"唔……"张敬尧闭眼，想了想，"这个要放水的毛泽东是哪里人？"

"就是我们湖南人。"

张敬尧止了步。他现在站在车队的最前头了。他看见了尸体，看见了两只破烂不堪的碾扁了的竹箩筐，以及一地染血的苹果。

士兵们在拖开尸首。

张敬尧开始往回走，一边走一边继续问副官："那个毛泽东既是湖南人，怎么不说湖南话？"

"《湘江评论》，顾名思义，就是湖南人说湖南话。"

"不对，"湖南督军的眼珠子一突，"这个秀才没为湖南说话，他要淹死湖南。"

话音还没落地，忽然耳旁就响起一阵呼天抢地的喊叫。只见一个年近半百的婆娘半跌半爬地冲到车队前头，抚尸大哭，接着又朝汽车扑上去，咚咚咚直敲汽车的车头灯。

一个军官拔出手枪又是一枪，不见丝毫犹豫，只吓得街旁民众目瞪口呆，大气也不敢出。

张敬尧回头看一看，不作一声，仿佛什么事情也没有发生。他继续举步一边朝自己的汽车走，一边吩咐副官：“你去警告那个毛泽东，他若再敢在湖南乱放水，我张敬尧马上放他的血！”

被张敬尧的车队无缘无故放完了血的一对劳苦男女，现在进入了泥土。新填的黄土还泛着一丝潮气，闻在鼻子里有一股奇异的土香。

两个穿着补丁衫裤的孩子双双跪在坟前，脸颊上亮晶晶一片，都是泪。这是一个刚刚砌成的土坟，布幡招摇。父母这么惨死，谁见谁伤心。

男孩十五，名唤石头。他姐姐十六，名唤石花。风很大，石花的长头发飘起来，飘动如黑色的布幡。

好心的街坊们收了铁锹，拍拍他们的肩，示意他们可以走了。

孩子们不忍站起，复又呜呜大哭。

“咳，我昨日挖了三个坟坑，今日又是两个。”扶锹者惨然一笑，“尧舜禹汤，胡乱开枪；一个湖南，半省坟场。”

张敬尧警告毛泽东的口谕，在次日就被执行了。

徐副官带领着七八个士兵闯进学校的时候，首先就是几枪托，将门楣上“《湘江评论》编辑部”的木牌砸落在地。树上的蝉鸣立时止住。

编辑部设在落星田商专学校之内，几个学生编辑正在议论稿件，闻着响动便一齐愣住了。毛泽东倒是镇静，望望窗外，搁下手中狼毫，对在座的年轻人说：“水来土掩，兵来将挡，大家莫要紧张。”

徐副官双手叉腰，一脚踩在“《湘江评论》编辑部”木牌上，虎虎地喊：“哪个是毛泽东？”

学校门内门外渐渐聚集起一批吃惊的围观民众。身着灰布长衫的毛泽东闻声而出：“武将叫阵，文人出马，长沙的事情如今也像北京一样奇怪了。先生，鄙人姓毛，名泽东。”

徐副官仔细打量了一番对方：“你就是要把洞庭湖开闸的《湘江评论》主编？”

毛泽东笑，说：“不开闸门，何以成洪流？不唤起民众，何以反抗专制？你们军人有炸药，若是你们也来参与开闸，一声爆破，何愁湖南的革命形势不一日千里？”

一番话说得编辑部的同人们只想笑，提着的心放了一半。

“敢跟我要贫嘴？老实告诉你，我今天是专奉张大帅之命来警告你的，你乱写刁文，犯上作乱，犯了张大帅的虎威了！”

“我毛泽东这两个月写了很多文章，这不假，就像你们这两个月又抓了很多人一样。只是，请教长官，不知我哪篇文章犯上作乱，犯了张大帅的虎威？”

“你心里明白！”

毛泽东喊人取来《湘江评论》，簌簌翻开几页：“喔，是这一篇吗，《民众的大联合》？我毛泽东以为，实行社会改造，根本的一个方法，就是民众的大联合！为什么这么说呢？因为一国的民众，总比一国的贵族资本家要多。而且，历史上的运动，不论哪一种，无不是出于一些人的联合。较大的运动，必有较大的联合。占中国人口大多数的农民要联合起来，为减轻地租捐税、解决吃饭问题进行抗争！学生、教员、妇女各界也都要联合起来，最终实现民众的大联合！是这一篇吗，长官先生？我提倡的是民众联合，怎么就犯了张大帅的虎威了？”

围观人群窃窃议论，人越聚越多。徐副官恼了，拍拍腰间手枪说：“我不跟你说这一篇！”

“啊，那一定是这一篇，”毛泽东翻出创刊号，“一定是呼吁释放陈独秀先生的这一篇！”

“你称陈独秀万岁！”

“皇帝老儿称万岁，陈独秀的精神胜过皇帝老儿千万倍，怎么就不能称万岁？你看，我是这么写的：我祝陈君至坚至高的精神万岁！是这句话冒犯了张大帅的虎威了？”

“你为政府要犯鸣不平，不是犯上作乱是什么？”

毛泽东忽然脸色一变，勃然大怒，举手直指对方：“国家疲弱，民生艰困，陈独秀先生为之呼号，呼吁民主，呼吁科学，他犯哪条王法了？大家知道，6 月 11 号，陈独秀被政府抓起来了。政府为什么要抓陈独秀？那是政府怕陈独秀！陈独秀是中国思想界的明星，他说出了全中国民众的心里话，什么心里话呢？那就是中国没有民主，中国没有自由，中国没有科学！这些话，是专制的政府最怕听的，也是你们张敬尧大帅最怕听的！”

“胡说！”

“陈独秀入了大牢，我们就是要抓紧救援他，我们救他就是救民主，就是救科学，就是救中国！”

“住口！”徐副官终于把手枪拔了出来，“我看你今天是蓄意聚众煽动，蛊惑人心！”

“对！”毛泽东举起手中的一大沓《湘江评论》，迅速散发给围观群众，“你若一定要定我个犯上，定我个作乱，我毛泽东写的每一篇都可以说是犯上作乱！中国之专制，不能不犯！我告诉你这位长官，中国之现状，不能不乱！”

“放肆！太放肆！”徐副官恶向胆边生，“给我捆起来！”

“慢！”毛泽东说，“张大帅今天没给你抓人的口谕吧？长官先生，你冷静一点。”

“这个，这个……”徐副官忽觉进退两难，这话叫这个秀才说准了，“娘的，我就捆不得一个秀才？”

话犹未了，人群一阵骚动，只见石花和石头两个孩子大哭着奔来，分开人群，抓住徐副官就要拼命。

“你们还我爸爸！还我妈妈！”女孩子呼声凄厉。

“杀人要偿命！”石头尖利地喊，张口就咬人。

徐副官连连后退，但手臂还是被咬了一口，一声痛叫，推倒孩子就跑。一大批人冲他喊：“光天化日的，杀人就是要偿命！”

石头倒在地上大哭。人们围拥上去。孤儿的命运牵动众人的心。

毛泽东弯腰捡起“《湘江评论》编辑部”的木牌，发现已经碎裂了。

“毛先生！”人群中走出一个老头，“你莫伤心，我是木匠，我给先生刨一块更大的！”

尽管新的牌子第二天就挂了上去，但是一个月之后，也就是1919年的8月，《湘江评论》周刊还是被湖南军阀张敬尧下令查禁了，湖南学生联合会也被同时勒令解散。然而“湘江评论”这四个字人们是记住了的，一共出版了五期的这本势若大潮的杂志，成了五四时期全国著名的周刊之一，在20世纪初的中国思想界留下的印记已不可磨灭。

连胡适也作了这样热情洋溢的夸赞：“现在新出版的周报和小日报，数目很不少了。北自北京，南至广州，东从上海、苏州，西至四川，几乎没有一个城市没有这类新派的报纸……现在我们特别介绍我们新添的两个小兄弟，一个是长沙的《湘江评论》，一个是成都的《星期日》。”

就在毛泽东为陈独秀的被捕义愤填膺之时，号称“社会主义将军”的粤军总司令陈炯明，也在漳州的临时驻地打出了一面旗帜。那是一面红色布幅，紧绷绷地拉在枝叶繁茂的樟树之间：“南北齐努力，营救陈独秀！”

树干上绑着的还有一只老式留声机的喇叭，一遍遍响着略带沙哑的军乐声。

避居福建的粤军正在这军乐声中一队队操练，刀光剑影，步声踏踏，而百步远的地方，树荫下那块硕大的青石板地上，陈炯明盘腿席地而坐，笑容可掬。他正以他的独特方式款待十余位漳州豪富。

豪富们盘腿坐成一排，神色多有惶然。面对面与他们席地而坐的是一排气宇轩昂的粤军将校，粤军第二支队司令蒋介石也坐于其中。

几个炊事兵抬来几只大木桶。而后，盛着米饭和猪肉的粗瓷大碗便一只只摆到了众宾客的膝前。

宾客们感到了一种意外。

米饭很香，陈炯明吸了一口香气，满意地抽抽鼻子。他的两撇黑胡子很浓，他抽鼻子的时候，黑胡子就猛烈地抖起来。很明显，黑胡子就是一种威势。

陈炯明朗声说：“今日恭请诸位，虽是粗茶淡饭，却是一片至诚。诸位知道，北京徐世昌、段祺瑞之流，勾结倭寇，祸国殃民，倒行逆施，罄竹难书！最近竟又拘捕众人敬仰的北大教授陈独秀，举国震惊。本总司令已驰电北京，严正呼吁释放陈先生！今日，我特意奉告诸位，若北京方面执迷不悟，本总司令将率哀兵，敢以两万人之兵力，倾巢出动，通电讨贼！”

豪富们闻言俱愣，区区两万之众，怎敢放言北伐？连孙中山都避居上海一动不动了，流落在闽的粤军又如何能作此妄举？心里这么忖着，脸上却依旧笑容不减，纷纷应和：“陈总司令侠义胆肝，闽人早已闻之，但看今日风采，果然正气凛然！”“真不愧为举国闻名之社会主义将军！”

粤军将校们稳坐不动。蒋介石脸上隐有笑意，眼角瞟着陈总司令，心里想：这厮不仅对我演得一手好戏，处处防范，对他们说这些台词，也是宛若名角，炉火纯青。

陈炯明腰板笔挺，又出言道："话又说回来了，要讨伐反革命，就须有讨伐的资本。什么资本？有人，有枪，有粮，有饷！"

蒋介石帮腔说："兵马未动，粮草先行！"

陈炯明说："自然，这个道理，大家都懂。想必在座诸位也是洞明在胸的，自然也能一如既往，鼎力相助本军。"

豪富们如坐针毡。果然如此，鸿门宴。他们想。

"将来，革命成功了，诸位都是革命功臣。我要钱，但绝非中饱私囊，我这人，立志一生不存个人钱财，对此我是发过誓的。我要钱，是为了粤军，为了革命，为了救陈独秀先生！现在，我希望诸位慷慨解囊！"陈炯明目光炯炯，"革命功劳簿上，我保证给在座诸位各记一笔；而今日嘛，捐赠簿上，我先请在座诸位各记一笔！"

话说透了。

副官把捐赠簿轮流摊在各位宾客面前。豪富们看看威严对坐的粤军将校，一个个无计可施，只得提起笔。

陈炯明环顾四周，满面笑容，侧身嘱咐蒋介石："中正，是不是再走一趟上海？劳你面禀孙大元帅，本军的反击计划，即日拟就！"

蒋介石起立，应一声："是！"

蒋介石第三天就赶到了上海。

"戴先生，"他坐在小汽车里，对坐在身旁的戴季陶说，"陈总司令募集军饷确有本事。军饷足而士气猛，士气猛而无敌不摧。孙先生对粤军完全可以寄予厚望。"

戴季陶专门开车到火车站迎接蒋介石，他觉得自己捉摸不透这位说话总是一本正经的年轻军人。

"依你观之，"他说，"陈炯明这个人靠不靠得住？介石兄不妨直说。"

"戴先生一直都是这样在怀疑别人的？今天怀疑陈某人，明日就可以怀疑蒋某人。"

"介石兄何必说这种话？军队对于孙先生来说，实在是太重要太重要了。"

"每个中国人的面相，都是一部奥妙无穷的书，而我们中国的书，又是世上最难读的书。"

戴季陶点头："小弟颇有同感。"

“凭孙大元帅的学问，他能读懂中国任何一部书！”

“啊，”戴季陶佩服起来，“介石兄此言高矣！”

“十有八九之书，我尚不能读懂，包括陈炯明总司令这本书。但小弟可以奉告一句实话，粤军其实不能算真正的革命军，派系太多，陈炯明之惠州派、邓仲元之粤东派、许崇智之福建派，明里争，暗里斗，空气恶浊。我这个无派之人，在军中如何安然立足？再这么下去，我只有三十六计走为上计。”

“你老兄军事上雄才大略，孙先生怎么肯让你离开粤军？”

蒋介石微笑：“形势比人强啊！”

汽车转弯的时候颠动了一下，一片水洼中的积水飞起来，同时引来了路边两个年轻人的惊叫。

这两个年轻人正坐在一处门槛上啃大饼，泥浆不仅溅到他们脸上，也溅到大饼上。

“不长眼？怎么这么欺侮人？！”年长的一个虎地站起来，对汽车挥了两下拳头。这个沉不住气的短衫破旧的年轻人，正是陈独秀二十一岁的长子陈延年，他其时是上海震旦学院法科的学生。

汽车停了。

戴季陶的脸伸出车窗，脸色难看：“年轻人，敢骂人？”

陈乔年赶紧拉拉陈延年，说：“算了，哥。”

陈延年点点饼上的泥：“我骂烂泥！”

恼火的戴季陶推开车门想下车，被笑眯眯的蒋介石一把拉住。

“小不忍，乱大谋。亏戴先生还是个读书人。”他说。

戴季陶关上车门：“开车！”

汽车远去之后，陈延年兄弟还久久看着自己手中的沾满泥浆的大饼。

“吃吧！”陈延年用手撢一撢，咬了一口。

陈乔年也咬了一口：“泥土是有营养的。”

“对，老母鸡吃虫的时候，都要吃点泥。”

“给。”弟弟一边啃饼，一边摸索出一张火车票递给哥哥。

陈延年一愣：“火车票？你买来了？”

“你明天就动身去北京看爸爸吧。”

“你哪来的钱？你说，你哪来的钱？”

他忽然悟到什么，急忙捋起弟弟的衣袖，左臂看了，右臂也看了。

“别找针眼儿，哥，我没去卖血！”

“那你哪来的钱？”

“跟你说实话吧，这三天我都没有去学校上课，去八仙楼洗盘子了，车票是用我做工的钱买的。”

“爸爸若知道你不读书去做工，他会把对徐世昌、段祺瑞的火都发到你头上，你信不信？再说，白天要去做工，也得我们两个一齐去做，你怎么就瞒着我？”

“哥，你看看你自己，晚上拉大锯手都肿了，我都看见的。”

哥哥沉默了。乔年又说：“真的，你别看我的手，你看看你自己的手。哥，今天晚上，我们别去拉大锯了，你早点睡，明天你就去北京。你告诉爸爸，我想他。还有，安徽老家的妈妈也没有再骂他了，也盼他早出狱。”

“我都会说的。”陈延年答应。

监室内，一张草席铺于地上。脸容瘦削的陈独秀席地而坐，背向铁栅，持笔看书。这是他每天的姿势，达摩似的。大儿子进京探监，他是根本没有想到的。

监室西向，光线不足。他总觉得书上的字比往常要小。

京师警察厅监狱的饭菜还好，掺沙不多，尚可下咽，只是监室潮气逼人，日日都似老家安庆的黄梅季节，叫人难受。

那个脸上有三块老年斑的狱官，又像老猫似的蹑手蹑脚走近笼子，一张脸似笑非笑。

“恭喜陈先生，你家公子看你来了。”

“我没儿子。”

“陈先生是不愿见儿子，还是陈先生本来就没有儿子？”

陈独秀摇摇头，顾自看书，再不理会。

狱官摇了摇手中的钥匙，踱几步，又说：“书里的学问同过日子的学问，不是一个学问。过日子的学问与牢房里的学问，也不是一个学问。”

“这牢房里的学问，是什么学问？”

“此学问，名堂大得很，可称‘五子登科’。”

陈独秀合上书本："何谓'五子登科'？"

"大凡坐牢之人，整日所思所想者，无非五子：日子、刀子、银子、婆子、儿子。所谓日子，就是算日子，盘算究竟何日方可脱去牢狱之灾。所谓刀子，就是掂量掂量这一番罪孽，是否够得上砍头的。所谓银子，就是盘算家里的钱财尚有多少，有否欠人者，有否人欠者，一笔一笔都要算起来，平日糊涂的，三天大牢一坐，一毫一厘都清楚了。所谓婆子呢，就是思念老婆子，想想平日实在待她不好，今日坐牢，想待她好都没能耐了。所谓儿子，就是一坐大牢就特别念及子孙，自家失了名节，子孙万须保全。"

陈独秀哈哈哈笑起来。

狱官不以为然："人犯一收监，五子必登科，历来如此，陈先生又何必笑？依在下看，先生此刻，实实在在思想着一子。"

"哪一子？"

"陈先生是重犯，想必对于算日子，已不抱奢望。对于刀子的掂量，大概还不至于。说到银子，陈先生是读书人，家道不会殷实，也无所谓盘算不盘算家底。至于婆子，你老婆前日来探望，昨日又来探望，想必要说的话也都说了。眼下先生唯一要想的，就是儿子。据我所知，陈先生是有儿子的。"

"我儿年幼，世事不懂，想他作甚？"

"陈先生还有年长的儿子，常住上海。"

陈独秀愣了。他真的没料到上海的儿子会来北京看他。

狱官得意了："如何？"

"好吧，给你说对了，我陈独秀此刻朝思暮想的，就是儿子。叫他进来见我。"

"人家要我开恩，少不得要见一把碎银子。听你陈先生口气，倒像你是牢头禁子我是犯人。也罢也罢，不难为你，是秀才，敬三分，我给你传来就是。"

陈延年从一张木凳上规规矩矩站起来。

"官长。"陈延年说。

老狱官摸摸脸上的老年斑，斜眼瞧着年轻人，慢悠悠说："他是老子，你是儿子，平日在家里，一见老子面，少不得叩头行礼请安，那是家里的规矩。人一进大狱，那就没有老子儿子的讲究，统统是孙子。见了你爷，你也是见孙子，见了你爹，你也是见孙子，该说的话你要说，该放的屁你要放，一无顾忌，别怕他闻着臭，听见没有？”

陈延年点头，说听见了。

狱官又压低声音说：“让他闻点臭，是为他好！你爹是朝廷命犯，凶多吉少，眼下脾气还是犟得像牛，见谁都不买账。他不买朝廷的账，朝廷就买他的账了？大总统要取他的命，还不是就像拍死一只蚊子？这个理，他就不懂。所以，你今天去看他，就是做他的老爷子，摆下一副威来，好好训斥一顿，懂了？”

陈延年听得不耐烦，想发作，又觉得犯不着，想忍住，又忍不住，便尖声问：“官长你倒是让不让我探监？”

狱官的老年斑涨红了，说：“我这么啰里啰嗦，还不是为你爹好？这个道理，不懂？他编的《新青年》，我儿子都看得入迷，抽了烟土似的，什么‘德’呀，什么‘赛’呀，叫人听得心惊肉跳。你看你看，我把这话都跟你说了，你懂不懂？”

“懂，懂，懂。”

“年轻人，莫要不耐烦。好吧，跟我来！”

三分钟之后，陈独秀父子的目光就对接在一起了。隔在目光中间的，是一面粗黑色的锈迹斑斑的铁栅。

父亲的头发长了，胡子也长了，脸色发青。延年瞧在眼里，心里好大不忍。

“爸爸！”他发出一声带哭腔的呼唤。

刚唤出一声爸爸，就听陈独秀一声怒喝：“没出息！”

陈延年赶紧低下头，擦泪。

狱官则是吓了一大跳，腿一抽筋，退出老远。

陈独秀站起来，一个虎步走近监门：“到这里来抹什么眼泪？赶快回上海去！回去！”

“我知道爸爸会骂我。我同乔年商量了，就是挨骂也要来看你。全国都在营救你，我们不能不来看看爸爸。爸爸你还好吧？”

陈独秀不语。

“我刚下火车就来了。本来乔年也想来，但没有钱买车票。后来，乔年说，哥，还是你去吧。为了这一趟盘缠，我和乔年帮人家拉大锯，三个晚上没睡觉，乔年还去菜馆洗了两天的盘子。”

父亲的口气软了一些：“我没什么，我很好，每天看书。进大牢的前三天，我刚发表一篇文章……”

“《研究室与监狱》，我同乔年都看了！”

“我说，世界文明发源地有二：一是科学研究室，一是监狱。我们青年要立志出了研究室就入监狱，出了监狱就入研究室，这才是人生最高尚优美的生活！我觉得这里很高尚很优美！坐牢，怕什么，文王拘而演《周易》，这个八十二岁的姬昌要是没有坐上七年大牢，能把八卦演成六十四卦吗？能排出三百八十四爻吗？这个中国人不坐一回牢我们中国能出《周易》吗？所以坐牢也是高尚的生活！所以，你又来看我干什么？我不就在这几块青石板上安安静静研究中国吗？倒是你，时间都磨在火车轮子上，荒废学业！”

狱官在远处搔搔头皮，他听了这个犯人的话，脸上几块深褐色的老年斑又顿时暗黑了几分。他真的没想到陈家父子俩的见面，会是这么一番光景。坐牢高尚个屁！

这时候他又听见做儿子的说：“爸爸，我这就回上海。你的话，我都记住了。”

这时候，做父亲的声音又软了一些：“没想到你的头发跟我一样长。”

“没有及时叫乔年给我剪。这个月，格外忙。”

“每月五元钱生活费不够用？你们两个，果真像人家说的，饿了就啃大饼，渴了就喝自来水？就如这里牢房的待遇？”

“爸爸，我们都是按照你的嘱咐去做的。钱不够用，我们有两只手，我们会挣。我和乔年都认为，苦日子甜。”

陈独秀不语，倒背手，踱了几步。潮湿的石砖地嚓嚓响。

“爸爸，”延年又补充说，“再说，中国本来就是一个大牢，我和乔年都愿意这样坐牢。”

一听儿子这么说，陈独秀的眼睛便陡地滚圆了，猛地一个转身：“这话，有底气了！像我儿子说的！可见你们这两年的大饼，没白啃！”

“爸爸，我同乔年除了啃大饼外，这几个月还在啃巴枯宁，啃克鲁泡特金，我们觉得无政府的见解非常有道理。”

“不谈巴枯宁，不谈巴枯宁，什么无政府，徒喊口号而已。”

“爸爸，你不能这样说。五个月之前，我们在上海组织了‘进化社’，专门研究无政府学说，得益匪浅。”儿子激动起来，倔劲儿也随之显现。

陈独秀很喜欢儿子这样的性格，他喜欢自己独特的血脉在儿子身上流通，但是事关根本理论，他觉得还是需要告诫儿子几句，于是他这样说：“克鲁泡特金的文章，读读是不要紧的。但是你是我儿子，所以我必得告诉你，克鲁泡特金这个人，有两张面孔：他一面迷信个人的自由，一面又赞成社会的组织；他一面提倡大规模的交通工业，一面又主张人人自由退出社会；他一面主张抵抗的革命运动，一面又反对多数压服少数！这个人，又卖矛，又卖盾，你买他的货色，千万小心。你鞋带松了，延年。”

儿子系鞋带，不语。

陈独秀说：“鞋带都霉了，回去换一根。我再问你，李大钊先生的《庶民的胜利》《布尔什维主义的胜利》，读过没有？”

“读过。”

“要读三遍！”

“我会再读的，爸爸。”

“读到了李大钊先生的这句断言吗——试看将来的寰球，必是赤旗的世界？”

“读到了。不过，爸爸，我和乔年只服从真理。真理在谁之手，我们听谁。”

“哦，这话，也像是陈独秀的儿子说的！”父亲同意。

“那我走了。爸爸，你千万保重。”

“慢！回上海之前，去看一下李大钊先生，你转告他一句话。”

“什么话？”

“我这些天，最想念的一个人，就是他。”

儿子点点头。

陈独秀大声问：“听见没有？”

儿子赶紧答：“知道了，爸爸。”

陈延年离开笼子二十来步之后，老狱官的脾气便发作出来了。他摇动着一大把闪闪发亮的钥匙，一边摇一边狠狠训斥这个不知天高地厚的年轻人：“该说的话，你一句没说。”

“该说的话，我全说了。”年轻人不服气。

“看起来，”老狱官跺一脚，“你爹全无悔改之心，他是万万不能出牢房的了，免得又毒害我儿子。”

陈延年突然站住了，老狱官差点撞到他身上。陈延年忽然龇牙咧嘴地咆哮：“你白天把这儿当牢房，晚上把你自己家里当牢房！你还有儿子吗？你没有儿子了！你儿子成了你的犯人！你这个该死的老头子，你应当赶快向你儿子投降！”

老狱官半晌回不过神，最后，指着对方，抖着嘴唇说：“你小子大起来，是不是要砍我的头？！”

一个钟头之后，陈延年便出现在后闸胡同。

他饿了。院子里太阳很好。他坐在竹椅上，手中拿着鸡蛋烙饼，嘴里喝着香气扑鼻的小米粥。

李葆华、李星华满手糨糊，在糊一架风筝。葆华边糊风筝边好奇地看着陈延年。

他们真好，陈延年想，他们有爸爸，有妈妈。季节到了，他们就糊风筝。他们的爸爸甚至会带他们去放风筝。他们真好。

赵纫兰为陈延年添了粥，又悄悄踱到他身后，用手量量他的肩宽。

陈延年感觉到了：“师母，我不要做衣服。”

“破衣烂衫的，你爹看了不心疼，我看了心疼！”

“我爸说，年轻人，穿新衣服，不长骨头。”

“在上海，你听你爹的，今儿在我这四合院里，你听我的！”

葆华抬脸喊：“哥，你要听我妈的！我爸也听我妈哩！妈做什么，爸穿什么！哥，你来呀，帮我放这风筝。”

陈延年刚应声而起，李大钊便推门而入了，笑容满面说：“延年，看谁来了！”

门口站着高君曼。

陈延年赶紧把风筝递还给葆华。

高君曼的眼睛亮起来了，她高声喊：“延年！”

“姨妈。”陈延年声音很轻。

“家去！家去！”高君曼奔上几步，火辣辣拉他，“你看，到北京了也不家去！弟弟妹妹都想你哟！”

陈延年小声说：“我不去。”

“走，走，我包饺子给你吃。北方的饺子我学会包了，我做的肉馅特别香！你不信？”

葆华说：“我要哥哥放风筝！”

赵纫兰说：“葆华，懂礼貌！”

陈延年说：“我要赶火车。爸爸叫我马上回上海。”

高君曼脸上的笑容淡了下来。延年这么倔，她想过，但又没有想到。

李大钊拍拍延年的肩：“延年，我有一句话要对你说。”

“我爸爸也有一句话，要我转告你。”

“那就进屋说！”

进屋之后，李大钊拉开椅子，让延年坐。

“延年，”李大钊说，“你爸爸转告我一句什么话，你就是不说，我也知道。”

“是吗？”

“他说，他很恨我。”

陈延年吃惊地张大了嘴巴。

“他怎么能不恨我呢？我没有劝阻他，起码没有大声劝阻他。以往，好多事情，我常常对他说，仲甫，不必这样做，不必那样做。虽然我小他十岁，但他都听了我的。这一回，他气血上涌，一心直接行动，我非但没有劝阻他，反而跟他一起去撒了传单。这一撒，撒出了祸，造成身陷囹圄，他能不恨我吗？”

“李先生，我爸没这么说。”

“好吧，就算他不恨我，我也恨我自己。你爸爸现在不应该坐在监牢里，他应该站在刊物上，站在报纸上，站在演讲台上，全国民众尤其是青年人，现在都想听见他的声音，看到他的文章！政治如此黑暗，国民如何奋斗，陈独秀先生出来说句话，那就是黄钟大吕！可是现在，你想想，他却坐在黑狱里！谁的不对呢？我，我李大钊！是我没有劝阻他，我不好！”

两串眼泪顺着陈延年的双颊流了下来。

“李叔叔，你千万莫这么说。”

李大钊递过手绢，帮他揩了泪。陈延年说：“我爸爸，是要我这么告诉你的……”

李大钊专注地看着小伙子。

“他说，你去转告李叔叔一句话，就说，我这几天特别想念的一个人，就是他。”

李大钊听了，鼻子一酸，眼眶潮湿起来。

他心里说，仲甫，我知道你心里是怎么想的。以往许多突围不出去的问题，被铁栅一围，突然都有出路了。

“李叔叔，我自己也有一句话想问你。”延年又说。

“你问。”

“我读了巴枯宁的文章，还有克鲁泡特金的文章，我觉得无政府主义，对于黑暗的中国来说，实在是个好主义。我爸爸叫我别读巴枯宁，不知道我该不该听爸爸这句话。”

“不该听。”

“哦？”延年觉着了意外。

“对于青年人读什么书的问题，谁的话也不能全听。你不必全听你爸爸的，你也不必全听巴枯宁的。巴枯宁的无政府学说，自有他的理想主义之长处，也有他的幻想主义之不足。这是我的看法。当然，我之陋见，你也不必全然采信。”

“我明白了。”延年恭恭敬敬站起来。

“你坐下，”李大钊说，“现在该是我告诉你一句话的时候了。”

陈延年坐下。

李大钊点点窗外：“她是你的姨妈，现在也是你的妈妈。我知道你对你父亲娶小姨子这件事是一直不满意的。你不满意，乔年也不满意，你安徽老家的人都不满意。”

陈延年垂了头。窗外夕阳本来就映红了他的脸，李大钊的这番话又添了他一重红色。

“你母亲还在安徽老家？”

“在。她小脚，走不远。既不会走上海，也不会走北京。”

“听你这句话，”李大钊说，“你对你父亲还有气。”

“他如今在牢里，我怎么还敢有气？我像李叔叔一样，恨不得他今天就出了那铁笼子！”

“你在上海，一个月五块钱，缺衣少食的，能对你父亲没有气？”

“没有，”延年摇头，“我知道爸爸的良苦之心。一个月五元钱，他是买的一块石头。他是用这块石头在磨我，磨乔年。他把我和乔年看成是两把刀。”

“延年，你今天听李叔叔一句话：你既然能理解你父亲，你就该方方面面都理解她。”

陈延年盯着自己的鞋尖。这是一双黑面布鞋，大脚趾都快露出头了。

“我懂了，”他站起来，“李叔叔，我这就跟我姨妈回家。”

他于是就走出屋门，对院子里的高君曼说：“妈，我跟你回家去。”

妈？高君曼几乎不相信自己的耳朵，接着，一张脸就像花一样绽放开来。

回箭杆胡同之后，高君曼急急忙忙张罗着给延年煮了饭，又在灯下数出二十块银元，一定要叫延年伸出手来接。抄家那天，警察没有抄走银元。

延年不接。

高君曼说：“延年，你喊我妈，叫我高兴。你一定拿着，你十块，乔年十块。”

“不要不要！”陈延年一个劲躲，把挂在门边的一只木勺子都碰了下来。

高君曼使劲抓住延年的手，硬是一沓沓放入银洋：“你要不收，就是见外了。妈看见你这副样子，心疼！再怎么说，你和乔年的亲生母亲，也是我的亲姐，我能不心疼你和乔年吗？我跟你爸爸也说过不止十回二十回了，别苦了孩子，可他这颗榆木疙瘩脑袋，就是装不进我的话。说是磨炼，磨炼，你们身子骨还嫩，能这么磨炼吗？延年，你今天听妈一句话，饭一定要吃饱，衣服一定要穿暖，缺了啥，尽管来信说，你爸不睬你，妈睬你，啊？”

陈延年听话地点点头。

高君曼的眼泪忍不住流下来了。自打陈独秀入狱后，她还没有像今天这么高兴过。

第 3 章

因为你拥护真理，所以真理拥护你

这是天津火车站，陈延年把眼睛紧紧贴着车窗玻璃。他知道，火车要在天津站停半个钟头。

火车开始减速，喷出一团团白汽，缓缓驶入一大片激烈摇动着的标语纸旗和嘈杂之中。

陈延年离京南下。这一次坐火车，他拣着了一个靠窗的座位，比上京时蜷缩在人家脚边强多了。

麇集在天津火车站进行宣传鼓动的学生们一遍又一遍向旅客们呼喊口号，同时把墨汁淋漓的大标语往火车上贴。

陈延年听清了学生们轰轰然的呼喊声："声援北京同学！""立即释放陈独秀先生！"这时候，他的眼睛不由自主就湿了。

有学生把红红绿绿的传单递进车窗。

陈延年伸手接过，感动地说："谢谢！"

这是一个身材瘦削面目英俊的青年学生，他分发的是《天津学生联合会报》，一边分一边激昂地说："诸位先生，我们要联合起来，陈独秀先生一天不释放，我们一天不停止斗争！"陈延年其时并不知道此人便是天津南开学校的学生、天津学生联合会会刊的负责人周恩来。

"谢谢！"陈延年说。他看见这个年轻学生满脸是汗。

周恩来大声向他说："先生，你该知道，陈独秀先生是为国人的权利仗义执言的，政府逮捕陈独秀，其实就是逮捕我们每一个民众！"

陈延年脸上慢慢地流下眼泪。

"我知道，"他说，"谢谢你的呼吁！"

周恩来握紧拳头："要团结！拳头要握得紧。我们团结了，五指收紧了，拳头硬了，有力量了，政府就不能不答应我们的要求！"

汽笛响了，贴满了标语的火车开始移动。

“对，对。”陈延年的眼泪一直停不下来，像车轮一样在眼眶里打转。

周恩来目送着这个流泪的陌生人，很远了还向他挥挥手。周恩来觉得这个小先生很有点同情心。

有个学生跑过来，拍拍周恩来的肩：“你不是还答应人家排戏吗？”

“什么？”

“排戏！”

糟了！周恩来记起来了，扭头就跑出火车站。

邓颖超在做简单的化妆，用一支眉笔，勾画浓浓的双眉。

这是新剧《安重根》的彩排。这出戏是直隶女师的学生们即将推出的义演节目。十五岁的邓颖超大胆反串，饰演男主角、朝鲜抗日志士安重根。

舞台上的一位女同学看着台下的空座位，不明白了，问邓颖超：“文淑，昨天来采访我们的那个天津学生联合会会报的周恩来，是不是吹牛了？”

邓颖超嘟起嘴说：“我看也是吹大牛！”

她其实很不愿意说出这句话。若是她知道一脸油汗的周恩来正气喘吁吁地赶来广东会馆小剧场，就更不愿意说这样的话了。

“吹牛不花钱！还说愿意指导我们排戏呢，鬼影儿都不见！”那同学又说，“人长得标致，话不值钱。”

邓颖超站起来：“不等了不等了！排戏！”

周恩来赶到广东会馆，是彩排十分钟之后。他抑住气喘，一边目不转睛地看着舞台，一边沿木梯走上楼。

他在最后一排轻轻落座。

舞台上的邓颖超排练得很投入，念着安重根的诗句，手势激烈，字正腔圆：“丈夫处世兮，其志大矣。时造英雄兮，英雄造时。雄视天下兮，何日成业。东风渐寒兮，壮士义烈。愤慨一去兮，必成目的。鼠窃伊藤兮，岂肯比命？岂度至此兮，事势固然。同胞同胞兮，速成大业。万岁万岁兮，大韩独立！万岁万岁兮，大韩同胞！”

邓颖超昂扬地抬起脸，一抬脸双眼就霎时亮了，脱口喊：“周恩来！”

同学们顺着她的目光，也发现了楼座最后一排的周恩来。邓颖超喊：“嗨，你快下来呀！”

周恩来下了楼座，又笑眯眯走上舞台。

邓颖超说：“周恩来，你说来指导我们排戏，怎么就偷偷窝在角落里？”

“只有坐在最角落里，”周恩来诚恳地说，“才能发现演员的台词能不能响彻全场。”

“对。”许多女学生点头。

“你听清楚我的台词了吗？”邓颖超对自己的演技很有些忐忑。

“前几句还清楚，最后几句，不够响亮。还有，这个转身的动作嫌快，我感觉，要刚柔相济。安重根是抗日志士，内心世界是很丰富的，眼神特别重要。”

“你来你来！”邓颖超撑不住了，嘴巴嘟了起来。

周恩来笑一笑，并不推辞，摆开架势，眉眼一亮：“鼠窃伊藤兮，岂肯比命？岂度至此兮，事势固然。同胞同胞兮，速成大业。万岁万岁兮，大韩独立！万岁万岁兮，大韩同胞！”

舞台上下顿时一片掌声，于是邓颖超心悦诚服：“周恩来，我早就看过你演的新剧，你真是演谁像谁！”

彩排结束之后，周恩来亲自送邓颖超回家，以表示对迟到的“负荆请罪”。他对她说好话：“我那时候是男扮女装，你现在是女扮男装。其实你比我更难。”

“我们两个加起来，天下什么角色都能演了！”

周恩来笑：“啊，好大的口气。”

街口转弯之后，邓颖超停下步子，说：“我家到了，就这屋。你能进来坐坐吗？”

这是邓颖超的母亲杨振德租下的一间小屋。邓颖超估计周恩来是不会进屋坐的，她的估计对了。

“以后再登门拜访吧，我还有篇稿子要赶回去发！”

“义演的时候，你一定来看！”

“一定。”

“勾手指！”

两人勾了一下，然后互道再见。

邓颖超一进家门，就听见了熟悉的机声，那是一台织毛巾的小织机所发出的嚓嚓嚓的轻响，妈妈在操劳。

她脱了鞋，爬上床，扒着窗子看街道。周恩来的背影没入了夜色，很快就看不清楚了，只见一辆接一辆的洋车晃着灯盏跑过。

“谁呀？”母亲是个失业教师，守着寡。教师看学生，常常一目了然。

“他演得真好。”

“谁呀？”

邓颖超忽地拉开架势：“鼠窃伊藤兮，岂肯比命？岂度至此兮，事势固然！”

“谁呀？”

“安重根。”

“我不是问你演的谁，我是问你看的谁。”

“哎呀我的妈呀，”邓颖超一把搂住母亲，“干吗打破砂锅呀！”

杨振德心里好笑，便转了话题，不再难为女儿：“给你买来了，最新一期的《每周评论》。”

邓颖超接过，很高兴：“陈独秀关在牢里，他的文章是不会有了，有李大钊的没有？”

激进的青年们都关心着《每周评论》。《每周评论》虽暂失了陈独秀这位主将，但火药味未曾稍减，且照样惹祸。京师警察厅以猎犬之鼻时时嗅着这本刊物，嗅着刊物的主持者李大钊和胡适的思想踪迹。

这种嗅法很快就有了成果。

北大教员王星拱于7月20日的黄昏，紧紧张张奔入后闸胡同，他得到了一个可怕的消息。

“守常，”他一见李大钊就喘气说，“情形有些不妙！”

“不妙，不妙，”李大钊从椅子上站起，“我也正为这个生气呢！你看看，你看看，这个胡适之，都写了些什么！”

在院子里喂鸡的赵纫兰却从王星拱慌张的神情上发现了什么，急忙进屋问：“王先生，什么事不妙？”

“这还不明白吗？”没等王星拱解释，李大钊将手中的一本《每周评论》砰砰砰地拍给妻子看，“我们可爱的胡教授胡说了些什么呀！什么《多研究些问题，少谈些主义》，怎么能少谈些主义呢？他说谈主义是极容易的事，是阿猫阿狗都能做的事，是鹦鹉和留声器都能做的事，简直岂有此理！谈主义容易吗？正因为找不到好主义，中国才国将不国！鼓吹民主的关大牢，政府官员操屠刀！在这种时候，只谈问题的研究，不谈主义，就是糊弄青年！”

赵纫兰喊："当家的！"

"你看看今天出版的《每周评论》，第三十一期！你看看，你看看！"

"当家的！"

"怎么？"

"你先听听王先生要说什么！"

李大钊恍悟，忙问王星拱："你不是来说胡适的文章？"

王星拱说："守常，你快离开北京，京师警察厅已经认定你是极端分子，他们随时会动手！"

"什么？"

"他们要抓人！"

赵纫兰急了："消息可靠吗？"

王星拱说："我有个学生的表舅，在警察厅谋事的……"

"你别说了！"赵纫兰回脸，果断地对丈夫说，"学校放暑假了，你本来不就准备回一趟河北老家吗？"

"可是你看看胡适这篇东西！"李大钊又举起手中杂志，"既误国，又误人！不马上写一篇公开信回答他，我骨鲠在喉！"

赵纫兰吼了一声："回乡下能不能写文章？"

丈夫一时愣住了。

赵纫兰问王星拱："王先生，你知道不知道，今天京山铁路还有路过滦州的火车没有？"

"晚上可能有，但是说不准。"

"葆华！星华！"赵纫兰冲屋里喊。她此时的神情像个临阵的将军。"快穿衣服，马上准备出门！当家的，发什么愣呀，快去收拾你的书！王先生，谢谢你了，求你再帮个忙，去胡同口叫辆马车！"

坐在火车里的李大钊仍旧不安分，他还在为胡适突然抛出的那篇文章烦恼着。

他买的是三等车厢票，混迹于普通百姓之中。这么做，为的是不引起注意。屁股底下没有一等车厢那样的沙发座，只有长条木板，坐长了会疼痛。车窗也窄，不像一等车厢那样挂有绿呢子和乌纱做的两层窗帘，但是孩子们依旧很兴奋，一直趴在车窗上看窗外黑咕隆咚的田野以及偶有的灯光。

李大钊小声对妻子说："胡适是在号召学生回书斋去，他这么提倡，实在不合时宜！"

"别说话，求求你！你这两撇胡子，谁都能认出你！"

李大钊不说话了。妻子的警告是对的。李大钊看看对座，对座是一个一直在打瞌睡的脚夫模样的苦力，光着一双脏兮兮的黑脚杆。脚夫旁边坐着的，俨然一位前清遗老，一件暗纹大团花长袍，外套深绛色对襟马褂，也在闭眼打盹。三等车厢是个杂烩之地，什么人物都有。

李大钊的思绪随眼睛走了一圈，又回到胡适身上来了。这位翻译过《北京市民宣言》的胡大教授，如今宣的是什么言？

"军阀拼命用铁锁关学生，胡适也拼命用铁锁关学生，两者比较，异曲同工！"他又喃声说。

赵纫兰发现此时有警察挤入车厢，再容不得细想，立即拿起一块花头巾将李大钊的脸整个儿裹住。

"这是干吗？"

"闭嘴！乖一点！"赵纫兰虽是乡村女子出身，但紧要时分却能表现出异常的聪慧，这一点很使李大钊钦佩。

回到家乡昌黎之后，赵纫兰又催促他早日把文章写完，不让贪玩的孩子整日缠住爸爸。赵纫兰对丈夫说："既有鱼刺卡了喉咙，先生就早日吐了它吧！"

李大钊于是言辞犀利地写下了《再论问题与主义》一文。他觉得这个问题不争辩清楚，青年将无所适从。问题与主义之争，是马克思主义在中国传播过程中出现的第一次重要的思想论战。

李大钊一清早就去投了邮。他把这篇文章直接寄给胡适。李大钊走出邮政所，深深吸了一口气，他觉得昌黎的空气真舒坦。

轻易不激动的胡适教授这一回显得分外激动，他那双擦得油亮的棕色皮鞋不停地敲打着青砖地面。

"我马上发他的文章！我这一期就发！好家伙，《再论问题与主义》，像是要把我衣服一件件扒光了一样！我把它发在《每周评论》第三十五期上，君子坦荡荡，我马上就发！”

周作人好长时候才弄明白是怎么回事，并且仔细看了这一份寄自河北的手稿。

“守常之言，似也有他的道理。”矮个子的周作人慢吞吞说。

胡适还是激动，激动得声音都变了调：“他有他的道理，我自然有我的道理！我的衣服质地紧密，他轻易是扒不掉的！守常敢写《再论问题与主义》，我就敢写《三论问题与主义》《四论问题与主义》，世上什么道理我都可以不信，我只相信真理之灯越拨就会越亮！”

胡适绝对是个不认输的人。他认为青年人研究问题比研究主义强一百倍。李大钊尽唱高调。

周作人看见胡适的脸涨如猪肝，一个劲儿摇头：“你们一个河北人，一个安徽人，顶起牛来，都像我们浙江绍兴人。”

李大钊坐在床头，一时没有睡意。可能是电力不足之故，电灯泡的昏黄犹如老年人的瞳孔。

自暑假结束之后，眼见得形势平静了些，抓捕之风略敛，李大钊遂带家小自昌黎返回了京宅。叫李大钊揪心的是，陈独秀仍旧寝食于铁栅之中。两天前他邀高君曼带着黑子和喜子来后闸胡同吃了一顿饺子，但他的宽心话说得再多，也没能止住君曼嫂子的泪水。

李大钊决意去探视一次陈独秀，妻子很赞成。妻子说我陪你去。

这会儿赵纫兰进房了，坐上床头，手脚麻利，把煮熟的鸡蛋一个个往篮子里装。

“一个工字，一个人字，合作一块，就是一个天字。”李大钊若有所思，“工人，就是天。我们在天底下走，往往看地不看天。就是看着天吧，也没一回看得明白。我们对工人的境遇实在了解太少。而说到底，革命，变天，就是变工人坐天下！”

“这也是那个俄国人说的话？”妻子问丈夫，“俄国人能知道一个工字、一个人字，就是一个天字？”

赵纫兰知道丈夫近来走了一趟天津俄租界，去会了一个叫伯特曼的俄国人，那人是苏联共产党人。他们的见面是天津北洋大学的一个学生撮合的，那个学生叫张太雷。作为俄共布尔什维克中央西伯利亚局的工作人员，伯特曼很想会见一下中国的马克思主义信仰者。

张太雷当时对他说，中国的马克思主义者，舍李大钊先生，还有谁？

伯特曼于是说，张同志能牵个线吗？

李大钊自与伯特曼见面之后，老是说到工人阶级与工人运动，他以前不曾经常这样说。这个变化赵纫兰注意到了。

“不，不，”李大钊笑着回答妻子，“工字，人字，合成一个天字，当然不是俄国人能说的话。这是我的话。但是我想，这肯定也是伯特曼先生的意思。”

“你就是想跟陈先生说这些话？”

“说实在话，我得了个什么想法，第一个想与之交流的，就是仲甫。真的，纫兰，我确实很想把我的想法告诉仲甫。他说他想念我，我知道是为什么。他不是想我这个人，而是在想一种道理。他以前鼓吹德先生与赛先生，这是对的。但是他找不着一种切实的方法，一种交通器具，可以让这两位先生登陆中国。现在，他每天摸着牢狱的铁窗，开始懂了，知道吗，他开始懂了，知道非得用铁的手段来砸碎旧有的国家机器不可了。”

“所以他想你了。”

“就是这个道理。当然，我也想他呀。啊哟你看你，够了够了！”

“什么？”

李大钊跳下床：“鸡蛋！我是说鸡蛋！你怎么放那么多？你不能放这么多，放得多，感觉不好。”

“怎么？”

“仲甫坐牢，时间会很长。”李大钊这么说的时候，眼里甚至有了泪光。

妻子赶紧将满篮子的鸡蛋往外取。“也不知陈先生瘦成什么样子了！”她叹气说，“牢里能有什么吃的？你老家村头的那个二杆子，不是做过牢头禁子吗？他说他得的活钱，一大半都是牢饭里扣的。”

李大钊改变了主意：“那就放回去。”

他自己动手，将妻子取出的熟鸡蛋又一只只放了回去。

次日，李大钊与赵纫兰赶到京师警察厅监狱门口的时候，那个脸上有三块老年斑的狱官却怎么也不买账，咬定不能探监。

“上头有规定，不能探就是不能探。”狱官把一串亮晃晃的钥匙轮流往自己脸上涂刮，像刮胡须。“非亲非故，凭什么探视要犯？”

赵纫兰说：“长官，他们都是学堂里的同事，都是教书的。”

“北京大学教书的，十个有九个不是好东西。我儿子就是被你们这些乱党贼子教坏的，如今跑哪儿去了都不知道。早晚一天，咔嚓，砍了头。”

李大钊摸出一枚银洋：“先生，我是读书人，教书人，活了半辈子，没有求过人。今儿求您一回了，请高抬贵手，让我和陈先生见上一面。我同陈先生虽南北不同籍，然情同手足，您就闭个眼点个卯，算作是家属探监了。就这一回，行不行？”

狱官掂掂银洋，扔了回来：“要说平时，我也收在袖口里了，天下之人，谁个不喜财？只是这一回不行，上有谕令，说是严密提防乱党内外勾连！唉，也辜负了这块光洋了。识相点，走吧。”

李大钊不走。李大钊盯着狱官，心有不甘。这时候，他耳里，又隐约传来几声犯人受虐的号叫声。

狱官瞪着眼珠说：“还不滚？我越看你越像乱党！”

赵纫兰伸手，把丈夫拨拉一下，拨拉到身后，说：“长官，那就求您了，您把这篮子鸡蛋捎给陈先生。”

“不成！”

“鸡蛋不会说话，长官。”

“谁说鸡蛋不会说话？老话说，鸡蛋里都能挑出骨头！给我拎回去！”

李大钊终于忍不住了，抢上一步，从篮里取出一只鸡蛋，手心一掂：“捎一只也不成？”

“不成！”

李大钊一扬手，鸡蛋就飞了过去，噗一声，老年斑上打个正中。

老狱官猝不及防，捂脸惊叫一声。

“叫你说对了，”温文尔雅的李大钊罕见地瞪圆眼珠，咬牙切齿，“鸡蛋就是会说话！”

吓白了脸的赵纫兰赶紧扯上丈夫逃离监狱大门，幸亏狱官没有摸出哨子来吹。

离监狱老远，李大钊还愤恨不已：“做了半辈子文人，今日里倒做了一回武将！”

妻子问：“你小时候练过弹弓？”

“叫你说对了！”李大钊如有所悟，“我刚才看到的真不是一张麻脸，是一只麻雀！”

妻子忽然想起什么，不无担心：“当家的，你以后会……会拿枪吗？”

“形势逼急了，也只能如仲甫说的那样，直接行动！该打鸡蛋，就打鸡蛋，该打子弹，就打子弹！”

赵纫兰看着李大钊。

“别害怕，纫兰。”李大钊说。

赵纫兰低了脸，半晌，说：“嫁鸡随鸡，嫁狗随狗，嫁鸡蛋随鸡蛋，嫁子弹随子弹，我这辈子，也就这命了。”

李大钊眨眨眼，不吱声。

“我这话，说得挺不得体的，是吧？”赵纫兰忽觉抱歉了。

“不，”丈夫推推眼镜子，“这是你说过的最得体的话。我倒是在想，纫兰，我这辈子，怎么报答你呢？”

现在，老狱官站在陈独秀监房的铁栅外，满脸委屈。一只碎壳的熟鸡蛋，被他的两只手指颤颤地捏着。

“你那个同道，两眼近视，狗胆包天，斯文其外，横蛮其中，一看便知是个乱党！”狱官点点左颊上肿起的包块，“叫他滚，他还要泼，也不看看此地是何等场所！我非奏请上司将他捕起来不可！”

陈独秀心中疑惑，问：“此人何名何姓？”

“姓李，两撇大胡子！那胡子再长下去就像俄国老毛子了！”

“就是这个鸡蛋？”

“就是这个！就是这个！”

“给我看看。”

狱官把鸡蛋递进栅栏。

陈独秀接过鸡蛋，用尽平生气力，照着眼前的斑麻之脸狠狠投掷过去。

这一蛋比刚才那一蛋还凶。

“哇呀！”狱官捂住脸面，一屁股蹲坐于地。“什么年头呀，快来人啊，文武都乱套啦！”

与李大钊差不多，长沙的何叔衡也长着一嘴黑胡子。何叔衡那个年头在长沙楚怡学校任教，教高小的国文。他说话有点口吃，但一走上讲台，口吃症状就会顿然减轻，再加上说话风趣，学生们并不感到难受。这个私立学校十三年前系由教育家陈润霖创办，办得不容易，陈润霖甚至还用了其母变卖嫁妆的钱。黑胡子何叔衡便是陈润霖最早请到的一批贤才之一。楚怡者，“惟楚有才，怡然乐育”之谓，名字取得倒是特别自信。毛泽东在1919年的这个暑热之天，三天两头去楚怡找这位黑胡子朋友长聊。

这一回去楚怡，是毛泽东读了李大钊的文章，对胡适的“问题”之说陡然而生怀疑之故。在此之前，他几乎迷上了胡适的实用主义。一个胡适，一个陈独秀，早已取代了他心目中原先的偶像梁启超和康有为。

但是，李大钊的文章厉害，几指头，就戳到了胡适的要害。

天热，何叔衡煮了一锅绿豆汤，问毛泽东要不要喝。毛泽东摇手，他谈兴不减，无暇他顾。毛泽东这样对何叔衡说：“起始读适之文章，觉得有理。中国问题之多，一如过江之鲫，亦如湘江之沙。我略一开列，就开列出了一百一十四个问题，你看看我拟的这个问题名录。可是何老夫子啊，我一读到李先生的文章，便如拨云见天，豁然开朗。其实，问题之解决，非得依赖主义不可。主义是纲，问题是目，纲若不举，目何能张！”

“罢，罢，罢，”何叔衡举手，“我今天不跟你论主义，倒要跟你摆一个实际问题，此一问题，非你这一百一十四个问题中的一个，然而对你润之而言，此一问题，又是非解决不可之问题！”

毛泽东觉着了意外：“什么问题如此重要？”

“终身大事。”

“谁的终身大事？”

“毛润之的终身大事呀，难道还是我何叔衡的终身大事？虽说眼下兵荒马乱，然嫁娶之事终归不可轻误。我痴长你几岁，不能不关心你的成家立业。主义要管，问题自然也要管。”

“眼下的问题是要破湖南军阀张敬尧之家，而不是立湖南志士毛泽东之家！老夫子，不破他张家，不立我毛家！”

“你不是经常说起北京杨昌济先生的女儿吗？叫什么慧来着？”

“杨开慧。”

“子在川上曰，逝者如斯夫！岁月从不饶人啊，润之，你也二十六了。我们新民学会会员须遵守不虚伪、不懒惰、不浪费、不赌博、不狎妓之‘五不’纪律，但是没有说过要‘不成家’呀！”

“你这个前清秀才啊，今日我是特地来跟你谈主义的，不是谈问题的，你偏偏又弄出一个问题来！要说问题，也有问题，当今最大的问题，是要继续发动全国呼吁，呼吁北京政府立即释放陈独秀！唯陈独秀出狱，中国思想界才能有新鲜空气频吹！”

毛润之不谈杨开慧，偏谈陈独秀，倒也叫喜欢成人之美的何叔衡无可奈何。不过，陈独秀的事，倒也真叫人心焦，于是何叔衡说：“是啊是啊，都九十天了，他还关着，实乃举国一耻！我也写了一篇文章，呼吁释放陈独秀的，昨日邮给《京报》了！”

终于有了结果。

历史当记得 1919 年 9 月 16 这一天。这一天的午后，京城里有一扇厚重的门要打开。为一个重要人物跨出这道高高的门槛，全国的政党、团体、报纸喊哑了喉咙。

老狱官灰着脸去开牢门，心里不情愿，但是不情愿也得去开门。他从裤腰带上解下钥匙，挨个儿数出一把，叮叮当当打开牢门，然后退一步，仰脸，一声长啸：“陈——独——秀——出——狱——！”

陈独秀背脸看书，未加理会。

“聋了？我颊上的包还没退肿，你就开释了，听见没有？！安徽同乡会保你，全京城的狗屁报纸天天都在喊救你！也不知道你祖上哪辈子积的德！”

陈独秀回头，怒了：“别来烦我！”

狱官倒吸一口冷气，大受委屈：“要放你了！放你，知不知道？是放你出去，千真万确的，陈先生！”

他的口气显然软了。

“这几日秋蚊子够烦了，你还来添烦？”

狱官看着苗头越来越不对，背一躬，更加谦恭起来：“陈先生，在下说的是真的。监狱外头，许多人在等着欢迎你呢！许多小旗举着呢！在下不打诳！”

陈独秀仿佛没听见。其实老狱官真没说诳，确有各界人士两百余人肃静地聚候在监狱大门口，迎接陈独秀出狱，其中以北大师生居多。他们事先得到了确凿的消息。

来自北大的师生队列里，站着李大钊、高一涵、王星拱、许德珩、张国焘、邓中夏、黄凌霜等人，一个个长衫飘动。

这当然是一个激动人心的时刻。

高君曼带着两个孩子，站在人群的最前面。三个月来，高君曼几乎流干了眼泪。

静默着的人群那一刻还起了一些骚动，因为其时有一辆北大的黑色小汽车突然弯过街角，停了下来，喷出一股白烟。人群顿时大叫："蔡校长来了！"

蔡元培是久违了，人群的激动不难理解。只见长期自我放逐后回到北京才四天的蔡元培西装革履，昂首下车，走向迎候人群。

他首先与李大钊握了握手，又与其他教师轮流握手，但都没有讲话。

这时又有一辆马车匆匆赶到，跳下来的是喘着大气的胡适。

胡适见了李大钊，却站在数步之外，并不走过来。蔡元培见了，脸上浮起笑意，招招手："怎么不站在一起？两位还在作主义与问题之争？"

蔡元培一回京，就读了几期《每周评论》，知道他聘的几位老师之间的唇枪舌剑。

胡适似乎很大度，说："守常文章如矛，虽尖锐锋利，然小弟并不以为手中之盾已经破碎。"

李大钊言语不高，却针锋相对："我只请教胡教授一句话：今日北大如此多的师生齐聚监狱门口，仅仅为的是解决一个问题，还是为的欢迎一个主义？"

"啊呀呀，真吃不消守常的咄咄逼人。"李大钊的问话如此犀利，胡适只有苦笑，他转向蔡校长求援，"不知校长同情哪一边？"

"我虽然人不在京城，可是两位的高论都拜读了。我以为，我若是捧了一个，压了一个，那我这个北大校长就一定是世上最无用的校长！我若能让你们每一位教授各自海阔天空无所顾忌，那我这个北大校长就是举国最能干的校长！"

胡适闻言一惊，击掌而叹："精湛！精湛！"

监狱大门就是在此时洞开的，门内一下子站出两个木无表情的警察。这一响动顿时吸引了所有人的视线，学生开始骚动，报馆记者手中的镁光灯都举了起来。

然陈独秀还是没有出现。

陈独秀此时还在监房里，坐得很稳，一直只给老狱官一个纹丝不动的背影。

“陈先生！”老狱官的声调已近乎哀求，“先生是知道的，小的虽时常吆五喝六，然只是个当差跑腿之人，嘴都长在人家身上，官家扔个令箭，说要关，咱也不能每天在您先生面前晃荡个钥匙。官家发个话，说要放您，咱也不敢留先生您多吃一口饭。小的平日里吆五喝六不知天高不知地厚，今儿算是小的在您先生面前说软话了，小的只问先生，放不放小的一马？”

陈独秀缓缓回脸，点一点手中之书：“文章千古事，不可随意叨扰，懂不懂？”

“小的懂，小的懂！”

陈独秀终于放下书，站起，伸个懒腰，说：“前头带路！”

“是，是，陈先生。”狱官如蒙大赦。

陈独秀的发须都显得过长，在潮湿的甬道一路缓缓行走，恍若仙人踱步。他目不斜视，但已看见两旁铁栅内的暗黑之处，均亮有惊疑的闪烁不定的眼睛。

他站定，慢慢回身，冲着长长的空寂的监狱甬道大声说了几句话。

他知道他的话是有很多人听着的。

“我这会儿有幸出门了，你们老老幼幼的还得留着吃这儿的饭。饭是霉饭，菜是烂菜。你们谁想吃？你们谁也不想吃！况且我知道，你们的冤屈都大过你们的罪孽。我是个教书的，平日话多，我今不复多言，只奉劝大家一句话：你们日后要是出了大牢，别忙着打家劫舍，也别忙着偷鸡摸狗，要多想想是谁逼得你们无路可走的？房是怎么破的？锅是怎么碎的？往后，见着街上有撒传单的，多护着他们点儿，见到警察追打学生，给学生让个道儿。你们要晓得，只有他们，才知道国家的毛病出在哪里，只有他们，才是打心眼里体贴着你们！”

老狱官哀求说：“陈先生！”

陈独秀怒：“不想让我出门了是不是？”

“哪里话哪里话，”狱官苦起一张脸，“小的不是不让您先生说话，小的只是怕耽误了您先生时间。”

“前头带路！”

“是，先生。”

甬道两侧，不约而同地响起了老老幼幼的人声：“先生走好！”

陈独秀闻言，感慨地挥挥手。

快出监狱大门时，狱官忽然返身，哈下腰，双臂一伸，拦在陈独秀前面：“慢，陈先生。”

“还有什么事？”

“一桩小事。”

老狱官一招手，旁边便有个狱警上前，递上一页纸。

“须签个字，方能出狱，务请陈先生见谅。”

陈独秀看了满纸内容，冷冷地说：“什么今后‘不再做越出法律范围举动’？什么话？中国有法律吗？北京有法律吗？”

狱官赔笑：“此乃上峰指示，并非在下的意思。如若陈先生不肯做此具结，在下就实在没法子打开大门了。”

“拿笔来！”陈独秀寻思，反正是废话一句。嘴生在自己脸上，脚生在自己身上，思想如风一样翔于天地之间，谁能管得住？为今之计，还是出得此门要紧。

于是他签了字，龙飞凤舞。

狱官放心了，又说：“在下还有一句话相告：陈先生出狱之后，只能居住北京，不能再去外地，且每月都有警官来府上视察，看看先生有无越规之举动。”

陈独秀闻言，手指身后：“你带路！”

“怎么？”

“我回监房！”

老狱官慌了：“在下不敢再啰唆，这就请先生出狱！先生这边请！”

陈独秀终于出现在监狱大门之中，苍白的脸庞，过长的发须，炯炯有神的眼睛——“爸爸！”黑子和喜子首先挣脱了妈妈，直朝父亲扑去。

陈独秀紧紧搂住了两个孩子。他的面前，小纸旗与花束顿时沸腾起来。他同时听见了北大学子轰然而起的口号，那是张国焘与许德珩分别领呼的

“欢迎陈先生出狱！”“真理与陈先生同在！”“民主与科学万岁！”。

陈独秀长叹一声，迈开腿一路走出大门。高君曼迎面走来，为丈夫披上一件深色外衣。

“快回家吧，当家的，”她颤着嗓音说，“别磨蹭，你浑身的酸味，快回家洗澡。我雇了马车。”

陈独秀没有搭理她，因为此时他看见了蔡校长。他转身急走几步，与蔡元培紧紧拥抱。“我给蔡校长添麻烦了。”他说。

“我可以说是与仲甫同时出狱的。”蔡元培说。

陈独秀的表情有些讶异。蔡元培说：“政府没有抓我，但是我离开北京到南方做隐士去了。”

陈独秀说：“这我知道，蔡校长是抗议政府。”

蔡元培说：“但是我离校那么久，仲甫你是不会想到的。这也可以说是一次自我监禁。京城的空气，实在是难以呼吸。这期间，学生也派代表南下来寻我，政府先是下文罢免我，后来又出面来挽留我，戏文一场接着一场。国家的现实也就这么可怜。后来仔细想想，隐居也非我所欲，北大毕竟放心不下，三千学子都想要我回来，那就结束自我监禁，还是‘归去来兮’吧！所以，我在隐居一百六十天之后也下决心北上了，四天之前才回的北京。”

陈独秀听罢，感叹一声：“彼此同命，也彼此同心啊。”

“回北大吧，继续任教。”校长说。

“不想了。”

“为什么？”

陈独秀想一想，说：“孑民兄，你我算是至交了。十五年前我们就在一起谋事，试验炸药，搞暗杀团。三年前，孑民兄又三顾茅庐来邀我入北大担纲文科，还特许我把《新青年》杂志搬来北大办。我当时推荐胡适来北大文科任教，孑民兄也当场应允。知我者，孑民兄也；怜我者，亦孑民兄也；今又扶我，仍是孑民兄。孑民兄之情，我领了，但恕我不能应孑民兄之邀约了。”

蔡元培静静地看着陈独秀。陈独秀继续说：“有人是唇边抹糖，有人是嘴上长刺。想我独秀，恰是后一种。我不能再任教开口，我开口就会骂人。”

蔡元培笑起来，说：“好，锋芒未减，这是一个校长最愿意听到的一句话。”

陈独秀眼一热，与蔡元培再次紧紧拥抱。两人拥抱的时候，学生中又起了掌声。

蔡元培点点自己的车："上我的车，我送你回家。"

陈独秀随即回过头，简洁地吩咐高君曼："我上蔡校长的车。你跟孩子们仍旧乘马车回去。"高君曼应允了，脸上有一种掩不住的失望。

陈独秀正要上车，忽又看见了欢迎队伍中的李大钊，他见李大钊在笑，两撇黑胡子在抖。

"对不起，蔡校长。"陈独秀说。

"怎么？"

"我想坐守常的车走。"

"哦，"蔡元培通情达理，"请便，仲甫。"

陈独秀急走几步，走到李大钊面前："守常，你雇了车没有？"

"马车在后面。"

"我上你的车！"

两人突然展臂，紧紧拥抱。

胡适走上来，亲热地打招呼："仲甫兄！"

"你这个适之呀，"陈独秀忍不住直言，"徐世昌、段祺瑞把我这个做先生的关进大牢，你胡适之又想把做学生的关进书斋，你可安的什么心啊？你别以为我在大牢里就看不到《每周评论》了！"

胡适一时无法申辩，只笑一笑。陈独秀又说："什么《多研究些问题，少谈些主义》！我在监牢里，每日想的都是主义！"

"其实，我的本意也不是如此。"

"我曾经对蔡校长说过：胡适之才，胜我七倍。今日看来，此话要改：胡适之狭，不亚于我！"

胡适一听，又想解释什么："仲甫兄……"

陈独秀挥挥手："算了，算了，今日不跟你多言，我得回去洗澡了。一见适之面，浑身虱子痒！"

张国焘走上前，朗声道："陈先生，我们有一首欢迎诗，此时想献给你。"

"诗？"陈独秀听不明白。

李大钊微笑："仲甫，且听听学生朗诵吧。"

朗诵开始了。

三十几位北大男女学生，排成两列，一律抬脸，亮眼，扬眉，声情并茂。

你今出狱了，
我们很欢喜！
他们的强权和威力，
终究战不胜真理。
什么监狱什么死，
都不能屈服了你；
因为你拥护真理，
所以真理拥护你。

陈独秀听着，觉得眼里有点热。这些学生，这些北大学生啊！

你今出狱了，
我们很欢喜！
相别才有几十日，
这里有了许多更易：
以前我们的“只眼”忽然丧失，
我们的报便缺了光明，减了价值；
如今“只眼”的光明复启，
却不见了你和我们手创的报纸！
可是你不必感慨，不必叹息，
我们现在有了很多的化身，同时奋起：
好像花草的种子，
被风吹散在遍地。

陈独秀击掌，大声喊：“对！”

你今出狱了，
我们很欢喜！
有许多的好青年，
已经实行了你那句言语：
“出了研究室便入监狱，

出了监狱便入研究室。”
他们都入了监狱，
监狱便成了研究室；
你便久住在监狱里，
也不须愁着孤寂没有伴侣！

诗念完了，全场鸦雀无声。

陈独秀眨了好几回眼睛。他的眼睛一直热热的。陈独秀轻易不流泪，此时也没有流。

张国焘说：“陈先生，我现在要报告你这首诗的作者。陈先生知道是谁写的吗？”

陈独秀摇头。

“就是站在陈先生身边的李大钊先生。”

陈独秀回脸，久久凝视着面容敦厚的李大钊。好你个守常！

两人复又紧紧相拥。学生们报以一片掌声。

李大钊说：“仲甫，上马车！”

马车里很热。帘子虽已卷起，但也一路无风。京城9月之暑热，仍有虎威。

“守常，别挨着我，我身上真有臭味咧。”陈独秀在嘚嘚的马蹄声中说，“唉，这次研究室生活，整整九十八天。你可知道，这九十八天里，我最大的研究心得是什么？”

空气中飘来一股股久违的青草与烂泥的气息，陈独秀一边问一边大口呼吸，心里畅快得很。这时候他听李大钊说：“我不知道仲甫有如何的心得，我只知道，仲甫研究的，一定不是某个问题，而是某种主义。”

“你说对了，我就是在研究马克思。原先，我总觉着马克思学说还缺一块，缺一块民主。而今摸了九十八天牢墙，才知道要靠什么打掉这座墙。达摩面壁悟道，我也是做了一回达摩啊。我做达摩之时，手里握着一篇经，就是你的《我的马克思主义观》。君曼探监，我嘱她带《新青年》，第六卷第五号，啊呀，果然送来了经了，油墨香，你的立论也香。守常，我今日可以告诉你，你信奉的主义就是我信奉的主义，我决意加盟布尔什维克！”

“仲甫！”李大钊大为惊喜。

“我这句话，说错了？”

“你不是说了一句话，你是说了一篇宣言！”

“大而无当？”

“大哉斯言！”

“大可不必！”

两人哈哈笑，互相握手，手心里都是汗。李大钊说：“仲甫，我正想告诉你，我去了一趟天津，伯格曼的一番话，真的叫我很受启发。”

“伯格曼，谁？”

“俄共党员。他说中国革命若要成功，首要之务，是中国的工人必须组织起来。”

陈独秀闻言，两道眉毛顿时一跳，接着，又拧起来。这个伯格曼的话，他似乎不能同意。李大钊总喜欢听俄国人的话。俄国人建立了苏维埃政权，固然了不起，但俄国人的话也不可能句句都是对的。

于是陈独秀摇摇头，摇得就像白马脖子里的铃铛，当当有声。

“仲甫不能同意？”李大钊说。

“不能同意。”陈独秀说，“首要之务，不是中国的工人要组织起来，而是要在中国思想界呐喊马克思主义！要把这个主义喊得山摇地动。现在你看看，到处是无政府主义、工读主义、基尔特社会主义，连我儿子也一口一个巴枯宁。你说，当务之急是不是要大力鼓吹马克思主义？”

“伯格曼先生的意思也不是……”

“洋人知道什么！”陈独秀很快地打断对方，“最知中国者，唯你我！”

“仲甫，中国工人阶级数量已经很大，这是一个一无所有唯有镣铐的革命阶级，我们须要立即研究他们，发动他们……”

“够了！”陈独秀脸色通红，伸手一拍车挡，“停车！”

马蹄声停了。车夫回过头，一脸愕然。

陈独秀顾自跳下马车。着地的时候，陈独秀腿弯了一下，感到了膝关节的疼痛，毕竟牢坐长了。李大钊在车上喊：“仲甫！”

陈独秀没有理睬，虎着脸，走了几步。

后面一辆马车嘚嘚地赶上来，陈独秀回头看，正是高君曼的那辆。

高君曼大喊一声“当家的”，儿子和女儿一起招手：“爸爸！”

陈独秀于是便挤上了那辆双套马车，一把将黑子抱在膝上，黑子还高兴地说了一句“我可不嫌爸爸臭”。马车飞快地走了。

李大钊坐在自己的车上没有动弹，心里只叹息了一声。陈仲甫的固执是出了名的，但是他这样中途换马车，倒是没有想到。

陈独秀也很有些后悔。现在他光着脊背坐在大木盆里洗澡，木盆热气腾腾。妻子则手拎一束树叶子抽他的背。抽着，抽着，又觉得下不了手，一则是觉得累，二则是感到丈夫坐了三个月的大牢，怎么还能这么抽，这声音就像牢里抽鞭子的声音。

“抽呀，快抽！再重，再重！”陈独秀喊。陈独秀忽然觉得很恨自己，马车的蹄声，一直在他心里响。

“什么抽呀抽呀，哪有这样洗澡的！”高君曼说。

“欧洲洗法。”

“你不是不信洋人那一套的吗？”

“九十八天的霉气，不这么抽打能行？再说，我这人，也该抽。你说该不该抽？你抽呀！”

高君曼抽了两下，又停了树枝，说为什么该抽？假若你是指你我不该结伴离开安徽，我更不愿抽！是不是你坐牢之时想到这个了？

丈夫否认。女人之事，他从来不悔。

妻子说那又为什么？反正，我不忍心。

陈独秀说：“君曼，依你说，我这个人，脾气是不是太倔？”

“你那牛脾气，还用说！”

“守常今日所说，其实都是对的。我长牛角，这不错。我还不止一对，好几对呢。可是牛角，也该长在脑顶上才对，并不可横在耳道里，我这人，怎么就听不得话呢？九十八天里，我没有一天不想着守常，一朝见面，我怎么就又是上车，又是下车，脾气这么坏呢？”

“这么多年来，我头一回听你自己说自己脾气坏。”

“你抽我，抽呀！”

高君曼还是不想抽。陈独秀怒拍木盆，水花溅了出来：“抽！抽！我这么该死，你还不抽？！”

高君曼牙一咬，举起树枝就抽。啪，啪，啪，水花四溅。

陈独秀双手扶住盆沿，这一回才真正地感觉到了疼痛：“抽得好！抽得好！”

一对年幼的子女在外敲门，直呼妈妈不要打爸爸。

这一天，陈独秀一直觉得火辣辣的味道很好受。周身的虱子该是没有了，心气也平和了不少。君曼催他上床，他迟迟不解衣，只是大口大口喷吸雪茄。

吞云吐雾之间，他琢磨着有三桩事情，是必得马上做的。头一桩，走一趟后闸胡同，去守常家里吃一顿热闹的饺子。这一回，饺子是必须只只咬破的，要出鲜味，而自己的心底之味，李守常他应该能知道。第二桩事，是马上答应蔡校长之邀，开宋代文学课。讲台还是要紧的，学生等着他，再说，薪俸也不能等闲视之。第三桩事，召开《新青年》编辑会议，改众人轮流编辑为一人主撰。《新青年》再不能一张嘴巴喊多种声音。想着也荒唐，第五期由李大钊介绍马克思学说，第六期的带头文章又是胡适的《实验主义》，令读者无所适从是办刊之大忌。应该把李大钊、胡适、周建人、周树人、钱玄同、刘半农、沈尹默统统找来，定下新规矩，废止刊物的“同仁”之说，明确由自己主编。这么做，众人大约都是拥护的，唯胡适可能有异议。胡适显然是不赞成马克思而赞成杜威的，胡适会说：算了吧，还是轮流编辑好，黄莺儿也叫，云雀儿也叫，各种见解都不偏废，林子就热闹。他若真这样说，我便得严厉制止，我将如此出言：《新青年》已成为全国学界的思想之鼓，一面大鼓，决不能鼓面也敲，鼓帮子也敲，百只鼓槌，混乱不堪。现今两把鼓槌，须得一齐握在我手。鼓点节奏，全按章法，不使紊乱。我若是出言凌厉，料想胡适也不会执意反对。或者，这次编辑会议干脆就搬去胡府举行，以使他不便强力反对。

陈独秀在这么思忖的时候，大钟寺的钟声一直在远远传来。钟声虽隐约，然音色清亮，一声声，听着顺气。

陈独秀是这么想的，后来，也就这么做了，三桩事于三日内全部完成。

《新青年》自第七卷开始，全由陈独秀一人主编。陈独秀在第七卷第一号上发表了《本志宣言》，这篇宣言表明了这本著名杂志从宣传西方资产阶级文化，开始向宣传马克思主义的大转变。

陈独秀捧着这本新杂志抽着雪茄，想象着自己已经成了一个穿上新制服的斗士，不禁咧嘴笑了起来。他心里明白，在 20 年代的中国，无政府主义，还有各种各样的西方思潮，在追求中国变革的青年一代中，有着最为广泛的市场。自己在上海的两个儿子，都在孜孜不倦地读巴枯宁呢，而马克思学说、布尔什维主义，多少人会信呢？但是，只要钟声持续响着，什么都会起变化的。

尔命如钟，法印和尚许多话都是胡说，就这句偈言有一定道理。

第 *4* 章

驱张团悲怆入京，小骡车秘密出城

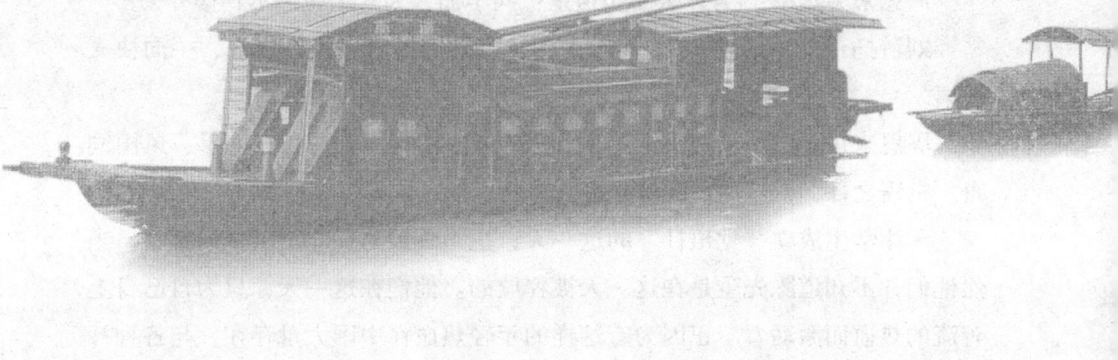

等人，总是心焦的。何况等的是他。

9月16日这一天，天津从早开始就是雨。天津学联会所在的那幢小砖楼，一直滴滴答答地掩在初秋的细雨之中。

邓颖超在砖楼上等得心焦。她与二十个同伴一起，一直在等待着一个核心人物上楼。刘清扬问邓颖超，他会来吗？邓颖超说，他怎么会不来，他最是言而有信的了。

大家期待着的脚步声，终于咚咚咚地响在楼梯上了，只不过这一回不是周恩来一个人的，他带了一群人，七八个，男男女女，看上去都是矮个儿，高颧骨，黝黑皮肤。

周恩来还是那副激情的模样，推门而入后就对在门内聚着的二十位年轻伙伴说："我带了几位南方的同学来，广东的，都是无政府主义学习会的。"

邓颖超和刘清扬一起说："欢迎欢迎。"

大家鼓掌。鼓掌的大多是女同学，白衣黑裙，红扑扑的脸，一朵朵花一样。邓颖超接着就忙着搬椅子，招呼大家坐。

周恩来突然说："为什么要坐这里？同学们，为什么我们不到楼外去？"

刘清扬奇怪了，说："外面有雨啊！"刘清扬直隶女师毕业，一向快人快语。

周恩来说："我们今天不是结社吗？结社目的，就是相互携手，风雨同舟。觉悟之社，就是觉悟之舟。舟既造就，缺风缺雨怎么行？"

天津学生成立"觉悟社"的这一天，正是陈独秀在北京出狱的日子。当然他们并不知道陈先生是在这一天被释放的。他们在这一天，只为自己身上奔流的热血而激动着。正因为有这样的年轻热血在中国大量存在，与各种社会主义思潮相联系的报刊和社会团体才会雨后春笋般涌现于大江南北。对于中国，时候确乎是到了。

“那还用说吗？”周恩来的风雨提议，获得了来自直隶第一女师的郭隆真和张茗茗的一齐欢呼，“走，迎风迎雨去！”

于是邓颖超也急忙跟着说：“出楼！出楼！”

来自南开等学校的十名男学生也轰轰嚷嚷地跟着女学生下了楼，立马冲入了蒙蒙秋雨之中。邓颖超激动得仰起脸，张大嘴，让雨丝直接落入口内。刘清扬问她吃什么，十五岁的邓颖超大声说：吃天呐！

“他山之石，可以攻玉。我们先听听广东朋友的介绍好不好？”周恩来这样提议。

“好！”二十位天津学生骨干一齐在雨中鼓掌，而来自广东的八位青年忽然齐刷刷站成一排。

一位广东男学生上前一步，做了个夸张的手势，像是登台演说：“无政府之社会，乃是人类最先进最完美之社会！”

一位广东女学生紧跟上，也是一个夸张动作：“无政府之世界，乃是人类最向往最渴求之世界！”

再一位男学生说：“完美之世界将必定是十三无：无地主！”

另一男学生接上：“无资本家！”

女学生接上：“无首领！”

就如说接口令似的，南方来的这八个精精神神的学生每人都喊出了一个“无”，并配以造型动作，掷地有声，势若万钧：“无官员！”“无代表！”“无家长！”“无军队！”“无监狱！”“无警察！”“无裁判厅！”“无法律！”“无宗教！”“无婚姻制度！”

喊完，造型即完毕。

“对不起，我们要赶赴北京，告辞了！”八位男女又一齐这样说，说罢，便呼啦啦迈步，照旧冒雨而行。

邓颖超羡慕地望着这群人的背影，大声说：“啊，真了不起！”

“太叫人激动了！”刘清扬也这么说。

马骏抹抹满脸雨水，声若洪钟地说：“我读过克鲁泡特金，无政府学说真是一个奥妙无穷的学说！”马骏是南开学校的，回族，平时少说话，一开口就显得激动。

“无家长，那我们连爸爸妈妈也不要了？”李毅韬忽然这么问。

"无婚姻制度，那就是别结婚了？"身为天津学联会会长的谌志笃忽然也发笑。

邓颖超试图纠正："不是不结婚，而是没有家庭的束缚。"

"结了婚，就意味着有家庭！"谌志笃说。

"家庭，代表着宗法。未来的社会，是容不得半点封建宗法的！"周恩来送走了广东学生，匆匆跑回来，严肃地指导大家。"来，我们现在就开始！"

邓颖超问开始什么，周恩来说："忘了？今天我们成立觉悟社，其宗旨就是：要本着革心、革新的精神，求取大家的自觉、自决！所以，第一个觉悟，也就是最基本的革新，便是彼此废除姓氏，互相称代号！"

郭隆真说，对了，纸阄已经做好了。于是周恩来敞开自己的衣服口袋，说："投进去！"

五六十只折叠好的纸阄被大家投入周恩来湿漉漉的外衣口袋，衣袋立即鼓满了。

周恩来将手擦干，伸入衣袋，使劲地来回搅动："赵钱孙李、周吴郑王，均为封建符号！生命一降世，便有家族宗法的绳索套上来，无疑是悲哀！我们觉悟社全体社员，作为新世纪的创造者，首先自身要做到反叛传统，割断历史！我们今天就废除姓氏，互相以秘密代号称呼！"

"万岁！"男女同学一齐欢呼。

周恩来宣布："把手擦干，伸进来！每人摸一个！"

"我二十九号！"马骏摸出一张，一展开就喊。

"我十三号！"郭隆真宣布。

"我一号！我一号！"邓颖超忽然欢喊，把打开的纸阄高高兴兴送到大伙眼前。

周恩来说："你拿一号真没错，每一回冲锋陷阵，你都在最前头！现在我来取一个。啊，以后，请社员们都称我为五号！"

"五号！"马骏喊。

"到！"周恩来雨中扬眉，立正姿势做得很标准。

众人笑，笑得雨丝乱颤。

周恩来又庄严了神情，说："我现在有一种非常崇高的感觉。"

大家看着他，安静下来。

周恩来说："我们今天为主义，牺牲了自己的名姓，算是小的牺牲。将来，为民族，为国家，为大众，我们还要准备牺牲自己的生命。我想，对于我们觉悟社社员而言，这应该是最起码的觉悟！”

“恩来，我也准备牺牲！”邓颖超表态最响。

“叫我五号！”

“五号，一号准备牺牲！”

周恩来说：“大家都有这个觉悟，我五号非常高兴。今日，应该就是我们为国为民奋斗终生的宣誓之日！”

马骏说：“五号，我提议，我们觉悟社的第一个活动，就是讨论一次无政府学说。”

“我不赞成。”

“为什么不赞成，恩来？”

“叫我五号！”

“为什么不赞成，五号？”

“你们有谁读了昨天出版的《新青年》六卷五号？读过的，请举手。”

“登了什么文章？”邓颖超好奇了。

周恩来介绍说是李大钊先生的文章，叫作《我的马克思主义观》，又说李大钊是北京大学的教授，学问极好。邓颖超摇头说没读过，大家也都说没读过，于是周恩来大声说：“我读了，昨天连夜读了。马克思真是个伟人。李大钊也是个伟人。今天是我们觉悟社的成立日，我五号提议，本社成立后的第一次活动，就是邀请李大钊先生来天津，给我们介绍马克思主义。”

邓颖超又表示了疑惑：“那你为什么今天要叫来无政府主义的朋友？”

“当今主义众多，五号以为，唯有比较，唯有鉴别，才有我们觉悟社的觉悟！”

邓颖超长时间盯着雨中的周恩来，忽然间觉得他非常聪明，以至她晚上与母亲睡在床上，还谈到这个浓眉毛的周恩来。

“今天我得了一号，”她对母亲说，“我想一定是爸爸在天之灵的缘故。他要我什么事情都冲个第一名！”

母亲笑。每次当女儿提到父亲，她听了都高兴。邓颖超几乎没见过流放于新疆的“犯官”父亲，三岁之记忆，早如雾气般散淡。七岁那年，父亲邓庭忠暴病故于西陲，孩子从此更无父亲之印象，然而杨振德就是喜欢女儿提到父亲。

邓颖超现在提到的却是另一个男人了。“周恩来这个人，真聪明！”她说。

母亲专注地看着女儿容光焕发的脸。哪怕在暗淡的光线中，她也看清了女儿的脸。女儿又说：“无政府主义什么都好，就是‘无家长’这一条不好。怎么能不要爸爸妈妈呢？妈，我从小没了爸爸，要不是你每天起早摸黑含辛茹苦，哪有我的读书呢？妈，你哭了？”

“文淑，你长大了。”

“妈妈，我还没有长大。周恩来说，真正成熟的人，是懂得救国之路的人。我们觉悟社的人，其实都还没有真正觉悟。譬如，马克思主义究竟是什么主义呢？能救我们国家吗？李大钊究竟是怎么样的一个先生呢？”

李大钊是个什么样的先生，邓颖超在觉悟社成立的五天之后，就亲睹其风采了。她不仅见到了两撇大胡子，更听到了随着大胡子的抖动而响彻全场的慷慨激昂的演说。李大钊此回应邀演说，接受得也非常爽快。他非常愿意跟天津卫的学生当面交流思想，就像他非常喜欢跟自己学校的学生在图书馆聊天一样。

李大钊登上了南开学校的讲台。他一边走一边微笑地注视着台下。他看见了密密麻麻的年轻的眼睛，他明白了什么叫渴望。他一直有这样的信念，中国之所以还没有绝望，就因为存在着中国年轻一代的如此焦灼的渴望。

应该给予渴望以真正的甘露，这就是我们这些身为教授的人应该做的事情。李大钊双手扶住讲台的边沿，这么想着。在他这么想着的时候，学生们的掌声渐渐平息下来。

李大钊选择了一个切入的角度。

“同学们，我还没有开讲，在台下就收到了同学们递的纸条八十多张。刚才我请周恩来同学帮我计算了一下，看看同学们关心的是什么。现在计算出来了，有三十六张纸条问的是马克思主义到底鼓吹什么，于中国适用不适用；有二十四张纸条是问巴枯宁的无政府主义是不是天底下最好的主义；还有十二张纸条问的是工读主义，四张纸条问的是实验主义，四张纸条问的是基尔特社会主义。说真的，同学们，从你们的问话里，我感觉到了中国的希望！”

所有的眼睛都如细细的萤火，麇集于一堂，李大钊感觉到了扑面而来的很强的光亮。

“你们不少同学都看过我写的文章，知道我是推崇马克思主义的。刚才，我走上讲台之前，就看见讲台上贴了一幅大胡子的马克思画像，当时我就想，你们天津南开的学生，一定是早就准备着我来大大地谈一番马克思的了。”

“不对，李先生，”前排边沿上有一位青年起立，大声说，“我们不管什么主义，我们只想听好主义。”

“对！”许多人附和。

那青年又说：“马克思，巴枯宁，他们虽然像中国人的姓名，姓马，姓巴，可是他们都是洋人，他们的主义是洋主义，难道我们四万万中国百姓只有选择走洋路，才能摆脱黑暗吗？”

坐在前排的周恩来明显地不安起来，他觉得前排的这位同学有点不礼貌。

“我就顺着这位同学的问题来说吧，我现在不讲洋话，先说说土话吧。我就从一双老土布鞋说起。”李大钊弯腰，除下自己的一只布鞋，举起来。“我今天来天津，就是穿这双老土布鞋来的。我穿了三年，鞋底磨出洞来了，我昨天还在鞋底上钉了两块皮掌。我一边看鞋匠钉鞋的时候，一边就在想，选择鞋子，很重要啊，一个人要走一条好路，必得要有一双好鞋子。有了一双合脚的好鞋子，即便走长路，走夜路，走险路，心里都踏实。我此刻有点好奇，我想知道，同学们今天都穿的什么鞋呢？是不是像我一样是一双圆口布鞋呢？如果可以的话，大家不妨举起鞋子给我看一看。”

会场一片骚动。这个提议太新鲜。

接着，便有许多鞋子举起来了。再接着，更多的鞋子举起来了。

绝大多数同学都举起了鞋子。而且，绝大多数都是皮鞋，黑色的或者是棕色的。周恩来举的是一双黑皮鞋，帮沿上甚至有了一条细细的豁口。邓颖超举的是一双浅棕色圆口皮鞋，几乎全新，上个月母亲才给买的。

李大钊说：“很好。我全看见了，八九成都是皮鞋。皮鞋，也就是洋鞋。中国原不产洋鞋，洋鞋都是从洋人那里舶来的。同学们，你们如果觉得中国人绝对不能走洋路，那又为什么个个都要穿洋鞋呢？”

许多听众闻言一愣。

“问得好！”有人回过神来，大声喝彩。

李大钊清清嗓子，继续说：“我们穿洋鞋，是因为觉得洋鞋牢固，便于走路。走什么路呢？大家在天津，在中国，肯定是走中国的路。由此可见，穿洋鞋，还是能走中国的路的。那么，我们是不是应该下这样的决心，在中国的土路上，走出一条洋道来呢？依我看，应该下此决心。马克思主义的洋道，你们以为平坦吗？并不平坦，并非一马平川，并非开满鲜花。这条洋道，说得透彻一点，是一条血路，殷红的血路。什么血？工人的血！农民的血！革命者的血！我们北方邻邦俄国的工人和农民们在驱赶沙皇的时候，他们的鞋面上，不都有血淌着吗？你们一定读过不少关于俄国的报章书刊，这种血，你们是可以想见的。所以，我说，穿洋鞋的同学们，你们一定不要听不得洋主义，一定不要拒绝走洋路。不管什么主义，什么路，只要能为中国民众谋到利益，能让帝国主义滚蛋，能让军阀下台，能让穷苦百姓过上好日子，我们都要欢迎，且是鼓掌欢迎！”

“说得太好了，我们为李先生这番话鼓掌！”马骏如一匹烈马一样兴奋地蹦起来，“我们就用这双鞋鼓掌！”

他啪啪啪地打击起手中的皮鞋来。

不少同学以皮鞋击掌，啪啪声一片。

邓颖超喊：“你们这样做，不礼貌吧？”

李大钊笑：“击得好，击得好！你们这么一敲，就让我听见了洋鼓声！洋鼓一敲，就是队伍开路了，就是士兵出发了！”

“对！”同学们齐声喊。

“我希望天津南开的学生们，扎紧你们的鞋，好好走路！走一条好路！我所说的好路，就是马克思主义之路！这是世界上最有希望的路！今天的演讲人李大钊的大胡子，同学们很快就会忘记掉，但是，有一个人的大胡子，同学们千万不要忘记，这个人就是马克思！”

李大钊的有力的手，直指贴在棕色讲台上的一张小小的马克思画像。这张画像是周恩来从一本书刊上精心地描下来的，面相描得不怎么样，一把胡子倒描画得很传神。

全场又卷起一片热烈的掌声。这次是手的鼓掌，而不是“洋鼓”之声。

周恩来两眼放光，冲着邓颖超的耳朵大声说：“一号，我们这回请李先生，请得太对了！”

邓颖超真喜欢周恩来这样对她说话，于是拼命点头。

长沙与天津一样，民众的思想热度一直不曾稍减。陈独秀被释放了，原想安静一会儿，结果还是闹腾，民众在街头像中了疯魔一样，一个主题接一个主题，红纸旗绿纸旗摇个不休，这叫治理着湖南的张家四兄弟心里很不是滋味。

这一天，张敬汤旅长倒背着手，阴沉沉地盯着河边的木笼子。现在是早晨，竖在河边的一排又一排笼子的粗粝木条上，结满了雪白的霜。

转眼就到了冬天，长江以北早已雪花纷飞。长沙呢，长沙虽未降雪，但进入 12 月之后，却也悄悄来了数次寒流，满街早早地走动起了破棉袄。

马克思主义的介绍与宣传，于 1919 年下半年以来，虽则在中国风势日猛，被新思潮带动的各种青年社团的拔节也有如雨后春笋之势，然而中国封建势力所端起的刺刀的寒亮程度，倒也是与季节同步的，凛冽而有力。比如张家四兄弟就一致认为，长沙不能再乱下去了，什么反对帝国主义，什么焚烧日货……长沙需要秩序。

旅长张敬汤现在举起了马鞭。河对岸的百姓越聚越多，他要用马鞭子点散这些人群，就像点穴道一样。刁民火气很易膨胀，但是，经不住点穴。只要镇压得法，来得快，也退得快。他是武夫，武夫相信马鞭。

他刚要爆粗口骂娘，那些检查站笼的士兵们先扯开了嗓子。

“硬喽！”一个士兵从木笼里抽回木棍子，这样喊。

三十几只站笼里，每只都关有一名人犯。由于站笼这一刑具本身的残酷，所有的“站人”不管是死是活，一律都是卡脖挺身的惨状。

冬日惨白的阳光照耀在这些惨白的仿佛都已死去的人的脸上。

士兵拿着一条木棍，挨个儿伸进站笼捅一捅，然后拉着声调喊：“硬喽！”

又是一个站笼，里面的人耷拉着脑袋。兵士捅一捅，喊：“硬喽！”

晚上天冷，果然有好几个站死了。

兵士又捅一个，发现是动弹的，便喊：“没硬！”

“也算硬了，”张敬汤厉声喊，“看见没有，尿了！这是临终尿！也算硬了！”

“是，”士兵挺身说，“硬喽！”

张敬汤冲着所有的站笼子骂：“娘的，站够了没有？我说你们怎么就没种呢？有种的，到日本去闹，在长沙胡闹什么？什么湖南民众要站起来，好吧，站起来吧，今儿就让你们站个够！现在站够了没有？站出滋味来了没有？”

长沙的焚烧日货大会，是他哥哥张敬尧亲自下令镇压的。张敬尧曾警告长沙一些蠢蠢欲动的学生和老师，斩钉截铁说：“你们不准开会，不准游街，不准检查商店，否则，本帅就要办人！”谁知这帮“暴民”根本不把张敬尧放在眼里，不仅游街举旗子，还要放火。那就对不起了，张家四兄弟都不能客气了。

张敬汤一接令箭，出手就快，两个钟头后就率领马队包围了长沙教育会坪。那是12月2号，风大，火也大，教育会坪上口号声更大：“抵制日货！”“抗议福州惨案！”“严惩日本凶手！”张敬汤实在看不下去：长沙人怎么一个个都平添凶蛮之气，折腾个不停了？就算福州出“惨案”，长沙百姓较什么劲？福建早已划入日本人的势力圈，偏福州学生多事，动不动就检查商店，焚毁日货，那就怪不得人家那个“日本居留民团”来同你冲突，打死你一个，打伤你七个。福州学生也太会闹，不仅不收兵，还电求全国，什么“衅由彼开，损失均在全国”，什么“只论强权，不问是非”，什么“请各省各地爱国团体团结起来一致反抗，一定使日本政府对其居留民行凶暴行加以严惩，并负法律上责任”。全国各界联合会便也跟着多事，通电尽是“警告全国父老，使知吾国危亡已在眉睫，迅与日人断绝国民交易，厉行抵制日货”之类。这么一来，长沙人岂有不跟着闹的？而且他哥哥还特意告诉他，要查查那个喜欢“开闸放水”的毛泽东，看他在湖南学联被强令解散、《湘江评论》被查封之后，是不是还在其中蹿跳，如若是他，此回严惩不贷，甚至亦可干脆一点，就地正法。

三十二岁的旅长张敬汤那天没有抓到毛泽东。这个又把湖南学联强行恢复的强人，估计是在火光里脱逃了。张敬汤的马队踏过火堆也踏过了所有的学生、妇女和商人。当时他只记得自己一路挥舞着马鞭，照着一张张湖南人的脸就抽。一个女孩子被他抽了一鞭，倒地之后，又被一个士兵迎面一枪托，打下好几颗牙齿来。当时他的马已经踏过去了，他没看见那个哇哇大哭的姑娘随后又从血肉模糊的嘴巴里吐出一堆牙齿来，他更不知道这个从此成了无牙姑娘的女孩子名叫石花，她的摆水果摊的父母亲在三个月之前双双横死在他哥哥的车队前面。

一万长沙“暴民”在他的枪刺和马鞭下四散而逃，强作反抗的便抓了起来，连夜送入了站笼。中国人要站起来，你们自己喊的，那就站吧。张敬汤为此请示了哥哥，张敬尧说：“站！”

张敬汤冷冷地想，站了一夜，就有站死的了，这些敢放火敢叫喊的暴民，也没几根腿胫骨是硬朗的嘛。

于是他又扬起马鞭子，恶狠狠地朝小河对岸的围观人群喊："都给我记着了，凡是不好好在家里窝着，贼着心想在湖南站起来的刁民，我张敬汤就开恩了，我让他这么站着！妈妈的，你们还有想站的没有？"

由于有兵士的枪刺所构成的警戒线，悲愤的长沙民众只得隔着小河相望。"当家的，你冤呀！"人群中有妇人哭喊，继而昏倒。

毛泽东和何叔衡挤在人群之中，只觉气血一股股上涌。

"黑暗至此！"何叔衡的眼镜后面有些泪水。这位前清秀才容易动感情。"黑暗至此！"

一名穿黑袍的外国传教士隔河拍照，仔细拍那些奇特的站笼子。毛泽东看见了，一路挤到他身边，咬牙切齿说："先生，你今天拍到了中国最黑暗的东西！"

传教士解释说："这种照片在伦敦卖，一张可以卖五个英镑。"

"你看到几个站笼子？"

"三十五个，先生。"

"数错了！"

"不会错。早上是三十六个，有一个坏了，拿去修了。"

"数错了，先生！在我眼里，是四万万个站笼子！"

"四万万个？"传教士放下相机。

"四万万个！四万万个最野蛮的站笼子！这就是我们中国的现实！"

"先生，让我给你照个相吧！"传教士一时间瞪大了蓝色的眼珠子，"我总算碰上一个能看到有四万万个站笼子的中国人了！"

毛泽东一把挡开他的照相机，转身对悲愤的民众喊："湖南的百姓，已无路可退了！大家每天唱的民谣，就是我们湖南的民意：堂堂乎张，尧舜禹汤；一二三四，虎豹豺狼！四贼不除，湖南无望！"

"怎么办，毛先生？"有人急切大叫，"我们听你的！"

"长沙已无说理之地！唯有上京城，请愿！要求政府立即驱逐张敬尧出湖南！"

"对！"何叔衡接口大喊，"张毒一日不出湘，湘民一日不安宁！"

毛泽东是个敏于行动之人。就在这气候凛冽的 12 月 3 日，他便出席了在楚怡小学召开的长沙各校教职员代表和学生代表联席会议，决定立即开展驱张运动，发动全省学校总罢课，并分派驱张代表团去北京、天津、上海、汉口、常德、衡阳、广州等地，扩大驱张宣传。

至于毛泽东自己，他选择了北京。他认为，最终能将皖系军阀张敬尧调离湖南的，还得是出自中南海总统府的令箭。

四天后，毛泽东就率驱张代表团北上赴京了，毛团长和他的四十余名团员集中的那一节车厢外头，糊满了红红绿绿的大小标语："北上请愿，驱除张毒！""张敬尧贩运鸦片！""张敬尧摧残教育！""代表三千万湘民请命！"

毛泽东那时候对"驱张"的困难显然还估计不足，他认为中南海必定会对湖南人民的愤怒作出正面的反应。当然，保持驱张代表团高昂的士气是个前提。因此，作为团长，他在北上的车厢里不停地对大家鼓劲："张毒暴行，已引起全国注目！只要我们联络各界，奔走呼号，他北京政府就不得不挥泪斩马谡，张敬尧滚出湖南的日子，绝对不会远！"由于毛泽东的不断鼓动，大家一时对驱张前景十分看好，有代表这样判断："十日之内，张毒必然出湘！"

"张敬尧赶走了，谁来呢？"有人说。这话说得含含混混，不看着说话人的口型听还真听不清楚。这是无牙姑娘石花，她是公推的驱张代表，她说她要把几十颗牙齿都带到北京前门去告地状。

对于石花的提问，毛泽东的回答很见自信："我们自己来！各界推出代表，组成会议，自己管自己！我们自当有这样的信念：湖南之事，应由全体湖南人民自决之！若是再进一步，湖南都可以宣布独立，建立国家！"

此言过于凌厉，许多代表闻之一愣，接着便有人鼓掌。鼓掌者多是学生。

"如此，湖南不就成了风中之烛？"一位胖胖的商界代表问。

毛泽东大笑，拍手说："你说，是全国一片黑暗好，还是一处略有光明好？我说，总是有一处光明好！有了第一把火，就会有第二把火！有了第二把火，就会有第三把火！一省一省的问题解决了，将来合起来，便可以得到全国问题的总解决！全国二十七个省，可以统统自治，变成二十七个小中国！"

车轮在响，有人轰然叫好，有人点头应和，有人茫然失色。其实对这个问题，毛泽东自己也没有想透，一省建国，是无奈中的一条思路。全国黑暗，中华民族自立自强的总建设一时还看不到头绪，那就不如索性去谋二十七个省的分建设。等他个十年二十年，各省的分建设都搞好了，再搞彻底的总革命，共同建设一个大中国。这是一条十分大胆也是十分冒险的革命思路，毛泽东一旦进入这个思路，就越想越觉得可行。他不管别人怎么想，不管“湘人自治”或者“湘区立国”，他都认为有理，虽然这种设想听起来很有点骇人。

毛泽东当晚又开始这么想，他坐在车厢的木条椅子上摇摇晃晃想着的时候，就睡着了。梦里，又有一条黑红相间的鱼向他游来，瞪着他，一动不动。毛泽东看着这条屏心静气的鱼，琢磨着它是不是正处于一种跳龙门之前的紧张状态。他想伸手去抓它，却怎么也抓不住，那鱼总是在他三尺远的地方盯着他，善解人意的样子。车轮哐当哐当，对整个驱张团北上之旅是一种无休无止的伴奏。毛泽东越睡越沉，直至睡得梦也没了，鱼也消逝了。

北京北长街的福佑寺，是一处几近荒废的喇嘛庙，大殿内外，皆是残垣破壁。但是由于四十几位摩拳擦掌的湖南志士的安营扎寨，福佑寺顿然有了生气。

大殿里开始了热热闹闹的打扫。

“请问毛团长，”一位兼管废庙的老年喇嘛开始同毛泽东谈论租金，这是个不大不小的问题。“贵团欲租用几个月？”

毛泽东哈哈大笑：“几个月？师父差矣，我们至多租十天便可返湘！明日，我们就去总统府请愿，兴许后天大总统便下令罢免张敬尧，交付国民审判，如此，三天便可退租！”

老喇嘛摇摇头。

“不相信？”毛泽东双手叉腰。

“看来毛团长是个讲理的人。”

“湖南百姓个个都是讲理的人。”

“毛团长知否，一个国家最不讲理的地方，是在哪里？”

“依师父说，是哪里？”

“就是京城。”

毛泽东想，喇嘛说得一针见血，道理很对，于是改了口，豪爽地说：“那我就预交半个月租金！半个月之后，我这位团长大人绝不再住在释迦牟尼佛住过的地方了。”

香案上都是灰，莲座也是空的，曾经的释迦牟尼佛像不知哪里去了。

当然，二十七岁的毛泽东还是把事情估计得太乐观了，六十四岁的徐世昌大总统自有他自已的逻辑，并不给毛泽东十天，也不给他半个月。徐世昌当天从报纸上见到一个名为“驱张团”的团体来到北京，便冷笑了一声。他知道这些人会给京城带来一些麻烦，但是想想这些毛孩子们，却也有些可怜。湖南张家四兄弟的铁腕，他是知道一二的，他们手太辣，迟早会在湘地闹出点事来。

第二日，果有承宣官来报，新华门外，皆是湘音。纷纷闹闹的人群中还夹着几只镁光灯，显然是北京报馆的好事之徒混杂于其间。

中南海积雪很厚，徐世昌裹起裘皮大衣漫步于松柏之间。他这几天一直觉得关节僵硬，不出屋活动活动怕是不行。但是要出新华门见人，尤其是见暴民，那是不可能的。

他哼着鼻音，对承宣官说：“调兵遣将之笔，向是总统所摄，这些湖南百姓，今日真的是想来握我徐世昌这支笔？”

“禀大总统，新华门外闹事刁民仅有四十余人。”

“哪只手敢伸，就打哪只手。这年头，个个都如孙猴子投胎似的，闹事闹出精来了！什么驱张团，倘若每个省都来一个团，这中南海还守得住？”

毛泽东组织的这次新华门请愿，果然又无果而终。虽然没有了张敬汤野蛮的马队，但是新华门军警的呵斥和推搡也是不留情面的。毛泽东在退走的时候，后腰上又被揍了一枪托，生疼生疼，而无牙的女团员石花则重重挨了一脚，扑通一声，倒在地上哇哇大哭。

毛泽东捂着自己的后腰，使劲搀起石花。他灰衫的袖口沾上了一抹一抹的血。这位姑娘的后脑勺被新华门外坚硬的砖地磕破了，一绺头发被血粘成了湿乎乎的一块。

回到瓦檐破败的福佑寺，毛泽东吩咐煮稀饭。饭热之后，他舀了一碗，亲自端着，送到神座后侧的铺位上，一勺一勺地喂这位可怜的姑娘。“还痛不痛？”毛泽东问。

石花摇头。

大殿里，有人烧大锅，有人睡大觉，有人嘴里咒骂不停，有人来回踱步不止。大家情绪都不高。

身穿紫红色破衣的老喇嘛踱到毛泽东身边，赔着笑说：“毛团长，依老纳看，您还是先交一个月的租金吧？”

毛泽东还没想好怎么回答，却突然眼睛一亮。一个穿着碎花小棉袄的姑娘出现在殿外的石阶上，四处张望。

“开慧！”毛泽东拔脚奔过去，“你是怎么找到这里的？”

杨开慧没有进殿，站在冬日的太阳里，朝他笑。

毛泽东有些内疚，好不容易到了北京，没有先去恩师杨昌济那里报到，却先向总统府报到了。

杨开慧告诉毛泽东，她父亲病重了，住进了一家德国医院。“润之，去一趟医院吧，医院可不会给你一枪托的。”她后来这样对他说。

毛泽东后来就去了那家德国医院，连着去了好几次。

恩师杨昌济瘦多了，双颊凹陷得就如他后脑勺枕着的两只大枕头，唯有一双眼睛，还算得炯炯有神。

杨昌济一直担心着湖南的“驱张”，他一再要女儿每日读报给他听，所以他很明了湖南民众驱张的决心，也很明了毛泽东率领的驱张团到北京之后的境遇。那境遇确实不是很妙，先是遭遇北京民众大量的同情，流在长沙的血和泪一齐上了京城各报的头版，随即下来就是同情之心的日渐散淡，京城舆论不再关心湖南的张敬尧，而门禁森严的总统府和总理府则始终拒见请愿者，门口总是枪托与警棍的飞舞，而请愿团在警棍飞舞之后紧急送到各报馆的文章也多数石沉大海。

杨昌济让毛泽东直接坐在病榻上，握住他的这位心爱的学生的手说：“驱张必成功之理由，说来我听听。”

毛泽东一说到驱张，就要站立起来。杨昌济说坐，坐，但毛泽东偏要站。

毛泽东站在病榻边，语音铿锵地说：“其一，公理在我不在他。我握有三千万湘民生灵涂炭之事实，他唯握有刺刀和绞索。”

“这我听懂了。”

“其二，兵士在我不在他。”

“这话我听不懂。”

杨开慧笑笑，与其兄杨开智对望一眼，意思显然是：毛润之这个理由，或许强词夺理，我们也听不明白。

“为什么兵士在我不在他呢？”毛泽东解释，胸有成竹。“他之军队，仅在湘境，小军也！我之军队，乃在全国，乃在各界，人心所向，拔世盖天，大军也。杨老师，现在每天都有京城各界人士前来驱张请愿团声援，我组织了一个平民通讯社，毕竟每天都有五十几条驱张消息稿发往全国各报馆！你说是他张敬尧的兵多，还是我毛泽东的兵多？”

杨昌济说：“虽则报馆之刊载驱张团消息，一日比一日稀少，但你的话还是有理，铿锵之中见着了气势。润之你说得好，说下去。”

“其三，气势在我不在他！他张敬尧现在四面楚歌，锋芒散尽，连驻守在衡阳的直系师长吴佩孚和驻守于常德的直系旅长冯玉祥都想借民众之势以倒张，湘军的谭延闿也对张敬尧不满，张毒之孤立显而易见；而我这个毛团长领三千万湘民之托，横心与张敬尧决一死战，加之驱张请愿团四十余位大将，各自代表一方湘界，扎营京城，奔走呼号，人人气贯长虹，个个破釜沉舟，如此军威，如此气势，何池不夺？何城不下？”

杨开慧和杨开智一齐笑出声来。

“润之啊，”杨昌济大点其头，“还是你那句话呀：时机到了！世界的大潮卷得更急了！洞庭湖的闸门动了，且开了！还有那一句：顺它的生，逆它的死！润之啊，你还是什么都不怕啊！”

每每当父亲这么夸毛泽东时，杨开慧心里就涌起甜蜜的感觉。这段时间毛泽东与她交往密切，有时候毛泽东不到福佑寺过夜，就宿在杨宅。她已经下了决心，这辈子非毛泽东不嫁。当然这一点也要毛泽东的配合，毛泽东必须违背自己的一个诺言，那就是他曾与蔡和森、蔡畅三人信誓旦旦发愿，此生绝不结婚。杨开慧知道此诺言，追问毛泽东还信守不，毛泽东笑着说，这诺言现在是我的敌人，我要像打倒张敬尧一样打倒它。听到这里，比毛泽东小八岁的杨开慧立时就拥抱住了他。在杨宅，杨开智每回见到自己的妹妹与这位热情如火的毛泽东偎依在一起的时候，就会借故离开宅子。

这一天，就在杨昌济对毛泽东的豪迈之言大为感慨之时，四位“驱张请愿团”的成员竟然也一路寻到了这家德国医院，气喘吁吁，显然是有急事找毛团长。

“毛团长！”那个胖胖的湖南商界代表看见了病房里的毛团长，喘着气向他招手，一定要毛泽东随他到病房外的走廊上，“我们想回长沙了。本来打算悄悄走的，转念想想毛团长平日情谊，不辞而别总是不好。”

他说话的时候，脸色发红，显得非常不好意思。

面对驱张团出现的这四位袖手耸肩的“逃兵”，毛泽东大觉意外。他思量半天，还是强抑怒气，好言好语说：“才这么几天，诸位的肚子里，就消化完了长沙万人送行大会上的壮行酒？徐世昌才三回闭门拒见，诸位就销蚀了破釜沉舟之决心？”

胖胖的商界代表脑袋垂得更低，然而心里意思的表达，依旧是清晰的：“毛团长，冰冻三尺，非一日之寒，亦非一日可融。到京之后，才发觉大总统与张敬尧是同裤之人，驱逐一事，谈何容易？驱张既不可速成，不如早日返湘，另图抗议之道。”

另外一位代表也怯怯地说：“毛团长，鄙人亦以为，迟走不如早走。”

病房内的杨昌济很不安，支起耳朵，勉力倾听着走廊上的声音。

他听见又一个怯怯的声音在说：“毛团长，我劝你也及早返回。早上，长沙方面又来电报，说令尊大人在韶山病重，家中亦盼望你早日回去探视。”

然后便是毛泽东的声音，毛泽东这样说：“家父病重，我早几日就已知道。侍奉父病，也是孝道。然自古忠孝难以两全，我此刻所念所思，皆是如何兢兢业业做好中华民族之孝子，而不是只做韶山毛贻昌一人之孝子！”

走廊上一片静默。

杨昌济叹口气，扭转脸，对杨开慧说：“润之此人，既资质俊秀，又大气磅礴，可倚可靠。”

杨开慧似乎听懂了父亲话中的含意，低头不语。

杨昌济剧咳几声，又问：“你听见了没有？”

聪明的杨开智说：“爸爸，妹妹听懂你的话了。”

二十几天之后，毛泽东的父亲毛贻昌在家乡病逝，与毛泽东的母亲文七妹合葬于韶山土地冲。毛泽东忙于驱张，在北京福佑寺中苦撑，终未能回湖南老家奔丧。

半个月之后，毛泽东的恩师杨昌济先生亦不幸病逝。杨昌济弥留之际，抖着手腕，亲笔向滞留上海的章士钊写举荐信，推荐毛泽东、蔡和森两人。他在信中这样说：“吾郑重语君，二子海内人才，前程远大，君不言救国则已，救国必先重二子。”

新年过后的元月 17 日，毛泽东在自己的黑棉袄外面，罩上一件白衫，去了北京南横街七井胡同内的一座寺院。那座古寺名为法源寺。杨昌济的灵柩在运回湖南之前，先按旧例停放于这座古刹。

毛泽东是以半生半婿之身份，陪同开智开慧兄妹俩，为杨昌济守灵的。

他托腮而坐，长时间不吭声，伴着灵柩，想着生，想着死。

他从个人的生死，想到驱张团的生死，想到湖南民众的生死，想到中国的生死。

远处大殿时有悠扬的诵经声传来。三个年轻人坐在寺庙右侧的一间空房内。天很黑了，屋外铺满了静静的积雪，厚如棉毯。

毛泽东一直没有言语，默视着白色的灵幔。灵幔后侧并排放着两条长凳，黑漆的灵柩就默默地搁在长凳之上。他的目光漫无目的地在灵幔上走来走去。

屋外，雪花无声地飘落着，无休无止。杨开慧拨一拨炭盆，问毛泽东："冷不，润之？"

毛泽东摇摇头。

"想什么呢？"

"想得多了。想杨老师一生，想驱张团，想国家，也想我自己。"

"润之，我从来没见你这么忧郁过。"确实，在与毛泽东这么多次的会面甚至过夜时，她都没有看见毛泽东的神情这么忧郁过。

毛泽东说："是啊，是忧郁，为你父亲。"

"不对，你只说了一半。"杨开慧的目光看到了毛润之的心里。

毛泽东说："是的。另一半忧郁，确实也是为我自己。开慧，这几日，我越来越忧郁。在人前，我总是作西楚霸王之状，挥刀举剑，永不服输，可是在人后，譬如说，在恩师灵前，或者说，在你面前，时常就有英雄气短之感。"

"短在何处呢？"

"就如你父亲，教了一辈子伦理学，一本《伦理学原理》说得至清至澈，有时候，却又越来越说不清理在何处。我也一样，脑子有时候很清晰，有时候又不知道路在何方，半夜都会惊醒。那天我坐起来，看着那个黑乎乎的莲座上没了释迦牟尼，我忽然心里紧，我的灵魂又去了哪里？"

杨开智站起来，踱了开去。这些话，他听着，觉得很沉闷。他在灵幔背后，拨了拨灯芯草，让长明油盏更亮一些。

杨开慧要毛泽东继续说下去。她很担心毛泽东。

"我今岁二十又七，"毛泽东继续低声低语说，"却已经信仰过世上许许多多东西了。小时候，信孔孟；更小的时候，跟我母亲信佛。我小时候的乳名叫石三伢子，你晓得吗？"

“石三伢子？”杨开慧摇摇头。

“我妈妈请人给我算八字，说我八字大，不拜个干娘难保平安。有一天我妈带我去棠佳阁外婆家，路上有块石头，像人，人家都说是石观音，妈就叫我跪下磕头，拜石头做干娘，从此我就有了个石三伢子的乳名。我们毛氏家族，都是崇佛的。”

“你会打坐吗？”杨开慧来了兴致。

毛泽东随即做了个打坐之姿，一边打坐一边说：“我曾有一句话：精神不灭，物质不灭，即精神不生，物质不生。既不灭何有生乎？但有变化而已。我这些话，看起来，与佛家的灵魂不灭也如出一辙。”

他大叹一口气。

杨开慧入神地望着他。

“后来，我不怎么信佛了，信康梁。表兄送我两本书，一本讲的是康有为的变法运动，一本是《新民丛报》，梁启超编的。这两本书我读了又读，直到可以背出来。说老实话，我非常崇拜康梁，尤其是梁任公。我还给自己取了个名字，叫‘毛学任’，也就是一辈子要学梁任公的意思，亏了你父亲的指点，我才把‘学任’改成了‘润之’。”

杨开慧点头：“听爸爸说过。”

“再后来，为追求德先生和赛先生，我又信奉工读主义、巴枯宁的团体无政府主义、克鲁泡特金的互助论。后来，又觉得马克思学说不错，俄罗斯革命有理。胡适先生说应该少谈些主义，多研究些问题，我就跟着来排列中国的问题，一排就排了一百一十四个。后来见李大钊先生批评胡适之文，又生顿悟之感。眼下，发奋驱张，想彻底改造湖南，一省首先建国。然而看看现状，驱张谈何容易，来京已一月，雾障重重，肩膀上挨了一枪托，屁股上挨了一枪托。开慧，真的，我有时候，简直不知道下一步路，究竟该往哪个方向走。”

“先前，你一直指点我这个道理、那个道理，从没听你叹过自己不明道理，今天你看，你一肚皮苦经。”

“这个月，蔡元培校长又在北京发起‘工读互助团’，呼吁各地青年实行半工半读的集体生活，要求遍地开花，将来再来个‘小团体大联合’，在全国实现一个各尽所能、各取所需的工读互助之社会。这个建议，似乎又不错，可是社会之改造，就这么实验实验便能成功的吗？开慧，这些天，我心中，真的是疑惑颇多。我简直找不到出路。我没有出路，亦即中国没有出路，懂吗？”

杨开慧忽然说：“能不去想这些主义吗？”

“那怎么行？”毛泽东顿时圆了眼珠子，他眼珠子很黑。“那，那做什么人呢？”

其实杨开慧早已明白了，毛泽东整个人就是为主义而生的，他的到处求学，他的雨中锻炼和水中锻炼，他的乞讨旅行自讨苦吃，目的都很单一，皆是为了寻找主义和播种主义，以图国之强盛。杨开慧不像别的姑娘那样不喜男人谈论国是，相反，她喜欢男人有肩。上天为什么要把男人的肩膀造得比女人宽一点呢？男人就应该是这样！

于是杨开慧便轻声说：“润之，那你就继续钻研吧。钻研主义没错。就像有人说的，蚯蚓无骨，一天到晚也在深处钻研呢。”

“可是，”毛泽东放松了坐禅的姿势，“说实话，如今，我于种种主义、种种学说，实在还谈不上有一个明确的概念。我好几次做梦梦到一条鱼，一条鲤鱼，半黑半红，像跳龙门之前的鱼，傻呆呆的。我几次想，我是不是就是这条鱼呢？我想跳龙门，也许主义就是龙门，可是我不知道龙门在哪儿。天下最惨之事，莫过于摸不着门，我若是那条傻傻的鱼，那也够惨了。”

“润之，”杨开慧说，“你真的常常这样苦恼吗？”

“真的，常常苦恼。只是我说过，我从不在人前表露罢了。”

“你在我面前痛痛快快表露了。”

“那是你呀，你是开慧呀！”

这最后一句话，这句拙拙的话，杨开慧特别爱听。她知道自己在毛泽东心目中的位置和分量，她觉着了一种温暖，于是她说：“也有一个人经常在我面前表示苦恼。”

毛泽东一怔，不明白姑娘的意思。

“就是他，”杨开慧点点白色的灵幔，“我爸爸。爸爸说过他的苦恼，他几次对我说过，我听着爸爸说苦恼，倒很喜欢。追求真理的人，都有这种苦恼，这是一种高尚的苦恼。”

毛泽东瞪大眼睛，说：“啊呀，我听见了一句很有见地的话。”

“爸爸临终前还对我说，他研究了一辈子人间伦理，可是最终的答案，他还是没有把握。”

“就凭杨老师这句话，今日我也该送他一只人间最大的花圈。可是，开慧，我实在是囊中羞涩，所有的钱都买了纸张印传单了，连一只最小的花圈都买不上。”

“花圈不算什么，你人都来了。”

“不，”毛泽东双腿一蹬，站起来。“这座法源寺，唐代就有了，那时候叫悯忠寺，其意为悲悯天下忠烈之人。你爸爸忠于理想一辈子，临终时还念念不忘人间伦理，如此高风亮节，我这个学生还不应敬送他一个天下最大的花圈吗？开慧，你等一等！”

毛泽东一边说，一边就大步出门。

他迅速融入了寒光烁烁的雪夜之中。

“润之，外面冷！”杨开慧不知他要干什么，但确实也拉他不住。

“妹子，”杨开智见妹妹要起身追出门去，便急忙拉住她，“别出去，外面风大。”

兄妹俩坐着，探头出门，使劲盯着月光下隐约闪动的毛泽东。

一会儿，他们就听见了急促而响亮的啪啪之声。

他们看见毛泽东弯着腰，手舞之，足蹈之，在偏房外的大片空地上，接连不断拍打着雪，声音清脆而响亮。

毛泽东全身开始发热，但是双手冰冷。他在厚厚的积雪上堆起一个雪坨子，然后狠狠拍击，再拍击，拍出了一个结实的雪团子。

就这样，在清冷的月色下，在泛着寒光的雪地中，身穿黑棉袄和白纱衣的毛泽东一刻不停地拍制着雪团子。他拍出的雪团子有膝盖那么高，滚圆的，一个接着一个，越拍越多。

惊异的杨开慧看不明白，还是走出了灵房，走到冬夜呼呼的寒风中，哥哥没能拉住她。

“你这是干什么？”她走到月夜的舞蹈者身边。

毛泽东喘着气：“快围成了。”

“什么呀？”

“花圈！”毛泽东终于停了下来，用手指着松柏下一大圈鼓鼓凸凸的雪坨子。“这是花圈！看明白了吧，花圈！我送的花圈！开慧，也许，这个花圈，是天下从未有过的最大的花圈。我想，对于一个一辈子追求人间至理的人，应当有一个这样大的花圈送他上路！”

“从没见过的雪花圈！”杨开慧忽觉眼眶湿了。

“每一回听杨老师上课，心灵都会纯净如雪，我毛泽东今天是以雪还雪。”

“我越来越理解你了，润之。”

“开慧，”毛泽东轻声说，“在我最没有方向的时候，你是一盏灯。”

“不对，”杨开慧纠正说，“润之，我没有办法成为你的指路灯，你还是应该寻找自己的方向。”

毛泽东点点头。

“没有灯光照着你的路，我也着急。”

毛泽东又点点头。听着这话，他心生感动。他后来告诉她，他要设法去见陈独秀。他看了最近的一期《新青年》，他在陈独秀的论述里见着有东西在燃烧。

燃烧？什么东西呢？杨开慧听不明白。

毛泽东也不明白。但是毛泽东说，他必得在北京期间，好好地请教陈独秀一番。陈独秀烧着了一些思想上的东西。

这一天，就在毛泽东快走近陈独秀宅院时，听见身后有急促的脚步声赶了上来，那是一种皮靴踩着积雪的嘎叽嘎叽之声。

毛泽东下意识地闪到一边，但肩膀还是被粗暴地推了一把。胡同很窄，后面的赶路者把前行者都当作了障碍。毛泽东没有发作，因为他看见的是一位警察，乌鸦般的黑色装束。这年头就数警察最没法子打交道。

警察径自走到陈独秀宅院门前，砰砰砰打门。这倒使毛泽东吃了一惊，他认出这个墙色斑驳的四合院就是陈独秀之宅。

毛泽东蹲下来，系鞋带。

警察见门不开，又踢一脚，再踢一脚，直踢得高君曼慌慌忙忙来开门。

警察声气很粗：“陈独秀在家吗？”

“在，在。”

“在哪儿？”

“卧房，头有点痛。”

“这些天做什么？”

“养养鸡，喂喂鸟。”

“有不检点行为吗？”

“看你这位警察先生说哪儿话，”高君曼叫起来，“鸡啊鸟啊的，能听得懂他的演讲吗？”

警察递过一张检视单：“画个押！”

高君曼便代替丈夫签了个字，警察收了检视单，嘴里叽咕着走了。

毛泽东一直等到警察绕过胡同之后，才趋步上前。“嫂子，我想见陈先生。”他轻声说。

高君曼一把拉进毛泽东：“里面说话！”

毛泽东走入门院，拍拍雪，说：“嫂子不认识我了？我叫毛润之，上回来过。”

“怎么不认识你呢？毛润之，上回是晚上来的，那时你还在北大图书馆做事。”毛泽东连连点头称是。高君曼又说：“你后来回湖南就办《湘江评论》，办得很好啊。我那位当家的老是夸你，说你写的文章有气势，说是山洪出闸！”毛泽东当面遭人这么夸，心里忽然有点不自在。高君曼却还继续夸：“其实我听我那当家的说，他没见你面就知道你了。你那时候的名字也不叫毛泽东，你叫‘二十八画生’。你那篇文章叫作《体育之研究》，是投给《新青年》的。我听我那当家的说，他当时一看着这篇文章眼睛就亮了，说好有气势。”毛泽东连连点头说是啊是啊，说《新青年》当时就刊用了，那是三年前的事。他说这话的时候，感觉到自己的脸颊有些微微发红，可是高君曼还在继续夸他：“一个男人要做到有气势，那是不容易的。我要没见到我那当家的，在安徽的演讲那么有气势，我也不会跟着他跑出来，还伤了我姐。当然这些事你们都是知道的，我也是多说了。”

确实，这些过往的事，高君曼从来是回避着说的，但今天不知道为什么说顺了嘴，就随口出来了。

毛泽东说：“陈先生一向对我厚爱。我今天特地再来请教他。”

“他不在家。”高君曼双手一摊。

“不在？”毛泽东一愣。

“不在。”

“不是养鸡喂鸟吗？”

“出北京了！”高君曼压低声音说。

“是吗？”

“先去上海。”高君曼说，“延年和乔年要留洋法国，他去送送。然后就去武汉，武汉的人要他去演讲。”

毛泽东暗自一惊，心想，坏了，这不是自我暴露吗？于是他提醒说：“一演讲，不就又要见报？一见报，北京的警察还不盯住他？”

“我也这么说嘛，可谁能拉转他那个牛头？”

话犹未了，忽又听得大门啪啪啪打得山响，末了，又是重重的一脚。

毛泽东大惊：“还是那个警察！”

“你快进屋。”高君曼推了他一下，毛泽东赶快躲进屋子。

高君曼打开门，果然是那个喉咙很粗的警察。“你代他画押不行，还是得陈独秀自己画押。叫他出来！”警察说。

“他头痛，躺着。”

警察推门而入：“那我进去。他躺着也不成！”

“先生，他咳嗽，喀喀喀，喀喀喀，还吐几口血呢！不染着你？”

警察犹豫了。高君曼又说：“怕是牢里带出的疾。”

警察急忙递过检视单：“那你递进去，叫他画个押，画这儿！”

“行。先生进屋坐吧？”

警察摇手：“不坐了，不坐了！”

高君曼走向屋子，心里打鼓。

北房偏冷，毛泽东坐在炉子旁边，伸手烤着。炉子是泥炉，胶泥搪的，像个大肚的酒坛子，外面刷着北京特有的大白粉。

高君曼掀帘进屋，悄声说：“我字儿写不好，烦你帮陈先生签个名。”

黑子说：“妈，这个叔叔是谁呀？进屋就烤火。”

“嘘！”高君曼取出笔墨，“黑子乖，别作声。”

毛泽东问：“陈先生的签名，有样式没有？”

“有。”高君曼取来一叠书，书上有签名。

毛泽东一瞧那笔画笔顺，心中就有数了。他在硕大的古砚上舔舔笔尖，一抖腕，便在检视单上签下“陈独秀”三字，龙飞凤舞。

高君曼挺满意，低声说：“亏得你今天来！”

她赶紧几步出门，把检视单递给警察。警察看一看，收在兜里，跺着脚说：“他姥姥的这雪也止不住！”

高君曼又邀请：“进屋喝碗热茶吧？他眼下也不咳了。”

“不用，不用，”警察慌忙说，“好好管住你男人就行了！”

毛泽东见警察一走，也匆匆离了箭杆胡同。没见上陈独秀，他心里有点不踏实。心里更不踏实的还有一条，那就是他担心陈独秀这一回又要出事。近段时间他很有点相信自己的预感。

就在毛泽东代替陈独秀签字画押的这个月的 29 日，秘密离京的陈独秀抵达上海。他一出上海火车站，就从上海报纸的号外中，得知了当日在天津发生的“一・二九”流血惨案。天津当局无理镇压抵制日货的爱国学生，重伤学生五十余名，并在直隶省公署逮捕请愿总指挥周恩来以及其他三名学生领袖。这个消息，像一记重锤，砸在他心头。

陈独秀双眉跳起，咬牙切齿，对报童说：“岂有此理！”

报童吓一跳，说：“先生您付钱！”

这是陈独秀头一回知道周恩来这个名字。虽说七年之后周恩来率领四位中共政治局常委来见这位失势的中共总书记时，陈独秀转过头去没有理睬他，但是，从总体上，还是应该这样说，对“周恩来”三字，陈独秀自始至终是尊重的。

邓颖超脚痛。痛得空气从齿缝中出来，嘶嘶响。在周恩来被揪入天津警察厅的一刹那，邓颖超的脚脖子扭了。其时她正像一只小兽般扑上去，扑向那些黑乌鸦似的警察。一个警察踢了她一脚，踢在小腿肚上，把她踢下了粗粝的石阶。十六岁的姑娘右侧倒地打了个滚，右脚脖子扭了。

脚脖子有点红，看看不起眼，但是不能碰，一碰就痛。杨振德从厨房里拧出一块热毛巾，走进卧房，敷在女儿脚上，热辣辣的。邓颖超一边龇牙咧嘴，一边说：“他会怎么样呢？”

“谁呀？”

“周恩来嘛！”邓颖超望着灯光里的母亲，母亲的双鬓里已经有了几根白发。“他们会对他怎么样呢？”

“没有好果子吃。”母亲说，“当初，你爸爸，也是这么被抓走的。”

“他们打人吗？”

“打几下，难免的，不伤骨头是万幸。”

“我要救他！妈，我一定要救他！”

“小超啊小超，你以为你台上演过花木兰，台下就是花木兰了？”

“妈，女儿认为，台上演戏和台下做人是一回事。台上做过花木兰的人，台下也得做花木兰；台上做过安重根的人，台下也得做安重根。”

母亲注视着女儿，半晌，说：“咳，这话，跟你爸爸当年说的一样！”

天津的邓颖超快近午夜还没合眼，不是因为脚痛，是心痛。她整夜整夜在盘算救助方案。而在这一天的午夜时分，到了上海的陈独秀，则终于打听到了自己的两个宝贝儿子在什么地方打工赚钱。

陈独秀独自行走，拐过一条小街，又转入一个里弄。街灯把他孤单的身影拉得很长。

他在里弄口停了步，向一位在路灯下卖茶叶蛋的老太太问路。茶叶蛋的香气，在冬夜里有一种穿透力。“请问老太太，图书馆在巷子里吗？”他一边问，一边把手中那张登有天津当局镇压爱国学生的报纸号外撕作两半，再撕两半，扔了。

“报纸撕破，可惜了，包茶叶蛋，正好。”

“老太太，有的报纸，能包鸡蛋；有的报纸，只配踩脚底！”说着，陈独秀狠狠踩了几脚破报纸。

老太太奇怪地看着这位皮肤黝黑的中年人，接着，用手指往身后点一点。

陈独秀折进里弄，高一脚低一脚。隐隐约约的锯木声越来越响。

在穿过一个门洞之后，他看见了一家小图书馆的工场。他上前几步，朝窗里望。

首先看见的是一把大锯，叽嘎叽嘎响，很有节奏感。接着就看见了两个拉锯人，一个坐得高，一个坐得低，两人身上衣衫单薄，脸上却已大汗淋漓。

我的延年！我的乔年！

陈独秀的心像被一只手捏了一把。

叽嘎！叽嘎！满地板的刨花，满眉毛的木屑。兄弟俩干得很欢，连着拉几十下，一点也没有停下来的意思。他们的周遭，摆着一些半成品的白木书架。

陈独秀站在窗外，久久看着自己的两个白天念书夜晚做工的儿子，看着他们瘦削的身躯和汗湿的破衣。孩子于出国前夕还在做工挣钱，很使陈独秀百感交集。

精瘦的陈延年擦擦额上的汗。精瘦的陈乔年也擦擦额上的汗。他们没有发现窗户上贴着一双百感交集的眼睛。

叽嘎！叽嘎！叽嘎！

陈独秀默默地转身，离开了图书馆工场。他不想干预劳动。他觉得他们现在的身姿很动人。

“这样很好。”他对自己说。

这个皮肤黝黑的中年人现在又站到了卖蛋老太太面前。茶叶蛋还是很香。

“先生，天冷，吃个茶叶蛋吧。”

陈独秀蹲下来。老太太从陶罐里夹出一个茶叶蛋，浓浓的汁液滴在地上。

“怎么知道我只买一个？”

“先生要几个？”

“我都要了。”

老太太吓一跳：“我还有九个。”

“我都要了。”陈独秀说，“里面，图书馆，有两个孩子，拉大锯的。你听见拉锯的声音了吗？你仔细听。对了，就是那儿，你给他们端去，都端去，一人五个，让他们吃完。听着，一定要叫他们吃完。还有，把这张纸条交给他们。”

陈独秀写了几个字，把纸条和钱一起交给老太太。

老太太听话地端起了陶罐，颤颤地走入黑黑的巷子。

陈独秀站在夜风里，一动不动，一直倾听着隐隐约约的叽嘎叽嘎的声音。他听着那声音，那是儿子心里发出的声音。

锯子声停了。终于停了。

陈独秀放心地点点头，慢慢竖起大衣领子，顺着夜街，走了。

两个钟头之后，陈独秀所住的旅馆房门，便响起了鸡啄米似的敲门声。陈独秀跳起来，急忙开门。是儿子，当然是儿子来了！

两个儿子现在就站在他面前。精瘦，但是精神。

老大皮肤粗黑，老二皮肤白皙。两人衣服均已换过，但仍然是两身旧得不能再旧的衣服。

延年叫一声：“独秀同志！”

乔年也叫一声：“独秀同志！”

陈独秀沉默了一会儿，说：“为什么不叫爸爸？”

“对于信奉无政府学说的人来说，宗族和家庭的概念不是一个先进的概念。”延年诚恳地说。

弟弟担心地看看哥哥，又看看爸爸。他觉得哥哥的这句话说得挺诚实，只是语气上冲了一点。

陈独秀说：“可是我毕竟是你们的亲爹！”

延年说：“所以我们看你来了，独秀同志。”

陈独秀想了半天，决定退却：“那么我也得叫你们延年同志、乔年同志？”

延年说：“可以这么称呼。”

乔年马上补充说：“你也可以把‘同志’两字去掉，叫延年、乔年。”

乔年这么说，延年也没有反对。延年蹭蹭脚，有点手足无措的样子。兄弟俩的鞋上都有明显的泥沙和木屑。

“那么，延年，乔年，都坐吧！”陈独秀拖开两张饰有黑色花纹的木椅子，“两位同志，一人五个鸡蛋是不是都下肚子了？”

延年说：“没有一人五个。”

“怎么没有？”

“他六个，我四个。”听延年这样解释，大家都笑起来，气氛顿觉缓和。

“延年，乔年，”陈独秀说，“除了送你们十个鸡蛋之外，今天，我还要送你们三样东西。”

他站起来，走到屋角，打开棕黄色的手提皮包，从中取出一包沉甸甸的东西。

“知道你们明天就去法兰西，我和你们姨妈都特别高兴。本来，去俄国留学，会更好一些，但是你们要去法兰西，我们也赞成。你们平日生活缺衣少食，做父母的都知道，每月接济你们也都有限。这一回，特地带来一百六十个大洋，一人八十个，祝你们两兄弟平安去欧洲。”

儿子却拒绝了。陈延年说：“独秀同志，你四年前叫我同乔年一起来上海读书，这四年来我们最大的收获就是思想上的自主和生活上的自立。我们在上海和在法兰西，都能依靠工读养活自己。钱，你自己用，黑子和喜子都还小，他们需要花钱。”

“我相信你们的两只手，就像相信我自己的两只手一样。”父亲说，“可是，延年，这一百六十个大洋是你姨妈上礼拜变卖首饰得来的，这也是她的一片心，明白了吧？你们要不带上，你姨妈会夜夜睡不着觉的。”

乔年说：“延年同志，带上吧？”

哥哥不吱声。

乔年从父亲手中接过银洋，说："独秀同志，我就代延年同志收下了。谢谢你，还有，谢谢高君曼同志。"

"我给你们带的第二样东西，就是这两册《新青年》，第六卷的第五号、第六号。虽已出版两个月，但由于有李守常的《我的马克思主义观》一文，便觉常读常新。知道你们看过，但我想请你们多看几遍。"

"我有这两册《新青年》。"延年瞥了一眼封皮，说。

乔年赶紧说："延年同志，带上吧？"

哥哥不置可否。

乔年便说："独秀同志，我代延年同志收下了，我们会多读的。"

"送给你们的第三样东西，是一句话。"陈独秀说。

两个儿子闻言皆一愣。

"是的，一句话。"父亲说，"临别之赠言。"

兄弟俩的神情都专注起来。

陈独秀走了几步，缓缓说："到了国外，不比国内，当街一站，便有八面来风。风中有沙，风中有叶，风中有腥，风中也夹有横贯宇宙之气。人类生存之道的善丑，眼下看来，都集大成于欧洲了。望两位小同志万勿拘泥于一成之见，若遇真理所在，便要顿生见异思迁之心，如此，头脑才不至于僵化。"

延年说："这就是你的临别赠言？"

父亲说："是的。"

乔年急忙说："独秀同志，我收下了，我也代延年同志收下了。"

他实在怕哥哥又说出什么唐突的话来。他知道哥哥的倔劲不亚于父亲，也知道父亲的倔劲丝毫未变。

延年说："不用乔年同志代，这句话，我自己收下。这句话好，我喜欢。独秀同志，谢谢你。"

此言一出，气氛更见缓和。乔年终于放下心来。

陈独秀凝望着大儿子黑瘦的脸，忽觉鼻子有些发酸。他说："这些年，让你们过了一些苦日子，但是，于今想来，我也不觉后悔。你们果是长大了，长得很快。明天你们就要登船去欧洲，今天，我能用欧洲的礼节拥抱你们一下吗？"

延年很干脆地走上前一步。

陈独秀与大儿子紧紧拥抱在一起。

“独秀同志，”延年忽然很动感情地说，“我们喜欢你！”

陈独秀松开大儿子，又与二儿子拥抱在一起。乔年的劲不比哥哥小，他抱父亲抱得更紧，父亲的两个肩膀甚至都给他夹痛了。而就在乔年与父亲抱成一团的时候，延年又上前一步，与他们两位拥抱在一起。

父子三人抱成了一块石头。

“我喜欢你，爸爸。”乔年说。

陈独秀忽然松开手，神情讶异：“你，叫我爸爸了？”

乔年望着父亲眼角深深的皱纹，又叫了一遍：“爸爸！”

延年迟疑了一下，也跟着叫了一声：“爸爸！”

父子三人复又紧紧地抱在一起。

陈独秀现在觉得自己的脸上真的湿了。两行眼泪不由自主地顺着他的鼻翼流下来。

“我……很高兴。”他的嗓音明显地哽咽了。

旅馆的电灯由于电压不足，昏昏黄黄，这就更使得拥抱在一起的三个人凝固得像一块黑褐的岩石。由于这一分钟的紧密拥抱，陈独秀的心弦得以彻底松弛。他觉得这几年花在孩子身上的心血全撒在要害处了，虽然这种心血的某种象征仅仅是每人每月的五块大洋。

1920年2月15日的午后，太阳刺眼。陈独秀的黑色皮鞋踩着正在融化的积雪，走上台阶，走入武昌文华大学第四讲堂。

掌声渐渐平息。他又看见了如星星一般闪闪烁烁的眼睛。这些眼睛所呈现的饥渴，与其说是对明星风采的仰慕，不如说是对思想力量的冀求。陈独秀喜欢面对这些眼睛。这些眼神像他大儿子二儿子的眼神一样。他已经很有一些时候没有面对这些眼睛了。

在上海送儿子赴法之后，陈独秀乘船溯江而上到达武汉。四天之中先后应邀在武昌文华大学、武昌高等师范学校等地作了立论鲜明的演讲，受到武汉各界的热烈欢迎，武汉报纸为此做了大量报道，全国各报都对陈独秀演讲的内容作了摘要刊登。

陈独秀每次演讲，都神情激动，辅以有力的手势。他现在这样说：“武汉乃九省通衢之地，国之心脏所在，我希望武汉知识界、武汉市民能尽力谋取工商业之发达，以心动力，成为中国外交的强劲后盾！我更希望，武汉市能开全国之先河，摆脱军阀统治，实行市民自治！”

全场响起掌声。

一位穿灰布棉袍的先生大踏步走上讲台，对陈独秀鞠一躬，躬成九十度，如日本人一般。

陈独秀转脸，问他什么事。那人说：“鄙人万分惭愧，然有些话不能不说。先生言论过激，当局已有微词，能否暂停演讲？”

陈独秀想一想，对全场大声说：“已经有先生要求我停止演说，说是当局不予许可，但我以为这张讲台并非当局提供给我，而是你们提供给我的，决定我陈独秀能不能说话的不在于当局，在于你们，你们愿意我继续演讲吗？”

全场愕然，但紧接着呼喊声就像暴风雨大作了：“请陈先生演讲！”“我们要听陈先生说话！”

“对不起，这位先生，我陈独秀向来鼓吹民主，这一回也不得不顺从民众之意愿，继续本人的演讲。”

灰棉袍先生瞠目结舌。陈独秀又笑着对他说：“鄙人也惭愧之至，就譬如唱京戏罢，那拖腔也是必须拖到底的。”

那位先生说了一句“请便”，低脸而去。

“好吧，诸位先生，”陈独秀继续他的演讲，“我现在想谈谈社会改造的方法与信仰。我的主张是，未来之社会，必须消灭私有财产制。社会改造的方法有四：第一，打破阶级的制度，实行平民社会主义！第二，打破继承的制度，实行共同劳动工作，不使无产的受苦、有产的安享！第三，打破遗产的制度，不使土地归私人传留享有，应归为社会的共产。不种田地的人，决不应该享有田地的权利！”

陈独秀每次讲话，不管在何处，总是辐射全国。

现在，北京中南海里，一名承宣官手持一份来自武汉的报纸，急匆匆往内廷赶。

白雪铺地，承宣官滑了一下，差点跌倒。北京这几日连续下雪。承宣官手里的《国民新报》是通过京汉铁路直送北京的，油墨未干，“陈独秀”三个大字醒目地嵌在粗黑的标题之中。大总统前几日还问到过陈独秀，答复都是说他“尚知检束”，如今此人却像长了翅膀似的，公然在黄鹤楼畔大放厥词，此事骇人已极，不能不紧急禀告。

大总统徐世昌此时正身着西服，端坐于书案前。案桌上堆有一叠又一叠从各地查抄来的各类“异端”书报和小册子。警察总监吴炳湘躬身在侧，一一向大总统细作介绍。步军统领王怀庆也侍立于侧，双眉紧皱。

徐世昌翻翻第一堆书报。这些书报是《新青年》《每周评论》，上海的《解放与改造》，湖南的《湘江评论》，天津的《天津学生联合公报》，援闽粤军陈炯明所办的《闽星》杂志。

吴炳湘躬身指点说：“大总统，这一类书报，宣传的多是马克思学说，主张俄式革命、阶级斗争、工农做主。这一类的报刊取缔者亦有不少，比如《湘江评论》，湖南督军张敬尧已明令查禁。”

徐世昌思忖了一会儿，轻声问：“马克思？哪里人？”

“德国人。”

王怀庆惊异地说：“德国？他们不是打败了吗？”

“多嘴！”徐世昌不满地瞥了他一眼。步军统领自知说话唐突，再不敢吭声。“这些呢？”大总统指指面前的第二堆书报。

这些书报是由吴稚晖创办的上海《劳动》杂志，北京的《奋斗》《北大》《学生周报》《社会动态》杂志，广州的《民风》，山西的《革命潮》。

吴炳湘说：“禀大总统，这些是宣扬无政府主义的，所谓无政府者，就是不要政府。”

“不要政府？”徐世昌用手摸摸唇边两条肥肥的白须，“这不对。天下之事，都是要章法的。哪怕日月经天，也须循规蹈矩。政府就是管秩序的。社会失却政府，那不是乱套了吗？街上马车踩死人，谁来管？农人种田不纳粮，谁来管？粮车不进城，城里人不都饿死了吗？”

一位长相精瘦的承宣官趁大总统说话的间隙，轻声奏报：“禀报大总统，还是有驱张请愿团人员麇集新华门外，不肯退走，非求见大总统不可。民众围观很多。”

“你们看，你们看，这些湖南人就是不要政府！”徐世昌大叹一声，“不要政府，湖南的土地能长粮食吗？嗯，你再介绍下去。”

瘦瘦的承宣官迟迟不肯离去，王怀庆挥挥手：“就说大总统今日不在总统府！”

承宣官应声而退。吴炳湘接着介绍第三堆书报。这些书报是《太平洋》

杂志，北京学生办的《曙光》，上海张东荪办的《时事新报》。

“这一路是宣扬基尔特社会主义、资本主义的，主张社会改良。还有这些，是宣传新村主义、工读主义，主张社会实验……”

“好了好了，”徐世昌两绺长长的花白胡子抖动起来，“实验？国家呀，国家呀，国家能实验吗？他们全然不懂社稷之重、重于泰山之理！”

承宣官再一次入房，说：“禀大总统，请愿团已麇集一百余人，欲强行闯入新华门！”

王怀庆厉声说：“闯入一步，格杀勿论。”

徐世昌举起一只手，示意且慢，接着他缓缓地把第一堆宣传马克思学说的书报，从案桌一股脑儿推落到地上，说：“他们，不懂中国。”

书籍发出零乱的噼噼啪啪的声音，如一大堆波涛撞破在礁石上。

徐世昌又伸手，推落宣扬无政府主义的书报：“他们，也不懂中国。”

接着，第三堆书报也从案首稀里哗啦掉落：“他们，也不懂中国。”

徐世昌站起来，从这些书籍上踩过，每走一步，他那两撇上翘的花白胡子就重重地抖一抖。良久，他摇摇头说：“张敬尧一介武夫，也不懂中国。他若懂得中国，湖南民怨也不至于沸腾到这一步。”

众人听着，皆不吭声。

“唉，说到底，我徐世昌，也不懂中国。然我懂得一条道理，我中华泱泱大国，绵延数千年，诸多问题，冰冻三尺，绝非一朝一夕可以化解！请愿、请愿，撤职、撤职，毛孩子徒会喊叫，光喊叫，能成事吗？再说，张敬尧有兵有枪，我徐世昌在北京下一纸空文，能革得了他的职吗？承宣官出个面吧，代表本总统见一下，敷衍一番便是了。”

承宣官应声而去，还没走到门口，另一位手持武汉报纸的承宣官又出现了。

这位承宣官上前一步，低声禀报：“请大总统审看昨日湖北报纸。陈独秀在武汉演说，张狂得很。”

“陈独秀？他不在北京吗？”徐世昌一听说“陈独秀”三字，便有些吃惊，转眼看定警察总监。

“他能在武汉？”吴炳湘说，“不会吧？”

“这还有假？”王怀庆一把接过报纸，瞅着，大声念，“陈独秀发表题为《社会改造的方法与信仰》的演讲，他认为社会改造的方法是：第一，打破阶级的制度；第二，打破继承的制度；第三，打破遗产的制度！”

徐世昌举手，制止王怀庆继续念下去，然后眯细眼睛，看定吴炳湘，说：“你不是每回都报告，陈独秀释放之后，‘行为安详，闭户读书，仅拜客数次，行动尚知检束’吗？”

吴炳湘自知失职，嗓音明显地怯弱：“禀大总统，警员每月都去陈宅视察，不曾懈怠。《受豫戒令者日记表》上，回回都是这么填报的，且有陈独秀本人的签名。警察厅实不知他已擅自离京。”

徐世昌走几步，又长叹一声：“不是本总统要对他怎么样，实在是他自己过于张狂。就这样吧，此事，着京师警察厅重新办理，严加惩处。”

徐世昌现在说话，再不能不带一点肃杀之气了，他知道，窝在天津的段祺瑞早就在评说他的手腕过于柔软，这种评说，自然用心叵测。看段祺瑞兵权在握，新华门里的大总统开腔，总也不能不吐几颗子弹了。

当日下午，一脸阴气的吴炳湘便带着一帮随从，直闯北京外右五区警察署大院。

慌慌张张的署长奔出来迎接，还没站稳，脸上就挨了吴炳湘重重的两个耳刮子。

“我问你，陈独秀在不在北京？”

署长目瞪口呆，讲不出话来。

吴炳湘跺脚：“紧急集合。”

捂住脸庞的署长转脸大呼：“紧急集合！”

警员集中之后，吴炳湘直接如此这般地布置了一番。他要求此番设伏擒拿陈独秀，必得万无一失，切勿打草惊蛇。于是五六个警察受命进屋脱去警服，换上各式小贩的便装。这些衣物，署里都是早先准备着的，派过好几次用场了。

警察署长命令：“吆喝一声！”

一个装扮成小贩的警察便拉长声调喊：“切糕喽！豌豆黄喽！艾窝窝喽！”另一个喊：“吃艾窝窝喽！白糖桃仁芝麻馅儿喽！又糯又软喽！又香又甜喽！”又一个喊：“冰糖葫芦！”

警察署长喝一声：“行了！”

此时，从京汉铁路返京的陈独秀正挤出前门火车站，踩着嘎吱作响的积雪，扬手招呼马车。一辆围着棉围子的单套马车应声而至，棉围子外面镶着蓝边，挂着金黄色的流苏，模样挺漂亮。

“先生，这是新车，车价不涨！”

陈独秀钻入马车。他吩咐车把式挥鞭紧走，以便及早返家。外出数日，家小安全如何，他其实心里也惦念得不行。

飘动着金黄色流苏的单套马车马上跑了起来，蹄声踏踏。陈独秀撩开棉围子看，街旁的屋顶和店铺招牌上都是积雪，白花花地刺眼睛。

他不知道，就在此时，在他所居的箭杆胡同口，脸上挨过两耳刮子的警察署长正在悄悄部署便衣警察的潜伏位置。

“四子，你在这儿！”警察署长说，“刘疙瘩，你到那个胡同口！别吆喝，一发现案犯回来，就堵上去！”

就在署长的布置接近完成的时候，一片蹄声由远而近地响起来。

漂亮的新马车抖着流苏，转过弯来，一路擦过警察身边，嘚嘚往前走。

坐在马车里的陈独秀眯着眼，冥思默想，一时没有注意到棉围子外面有什么动静，而那些特殊的小贩们一时也没有想到这辆跑过去的马车，载着的就是他们的猎物。

陈独秀打门的时候，警察还没有发觉。开门的是儿子黑子，脸颊红红的，手上握着雪团子。

“爸爸！”

父亲搂住了孩子。儿子把冰冷的小手伸到父亲的脖子里，冻得陈独秀咯咯咯笑。

警察们没有听见这番笑声，但是他们现在已经悄悄走进胡同，逼近了九号门院。

警察署长亲自部署了一个最重要的伏岗，这个岗位就设在九号门院外。

“你就在这里，眼睛给我盯着两边。”他对一个卖冰糖葫芦的便衣说。

“是。”

“吆喝一声。”

“冰糖葫芦！”

吆喝的腔调还真是那么回事儿。

“行了。”署长说，“我走了，你们脑前脑后都给我多长几颗眼珠子。”

署长举步回署，觉得心里踏实不少，脸上的火辣之感顿然消失。布下如此严密的罗网，不怕缠不住回京的陈独秀。

举着冰糖葫芦的便衣一直在九号门院外站得笔直，而另一个穿黑制服的警察则准备敲门进屋，此人的任务是以日常检查为名，向家属刺探户主的回京时间。

已经回宅的陈独秀丝毫不知门外的布局，他刚在火炉子旁换上一双老棉鞋，便听得黑子说："爸爸，冰糖葫芦。"

陈独秀知道是门外那声悠扬的叫卖勾起孩子的馋劲儿了，于是他又问喜子要不要，喜子也说要的。

高君曼为丈夫端过热茶，说："黑子，喜子，别缠爸爸，让你爸喘口气。"

陈独秀兴致勃勃说："我去买，我去买，冰糖葫芦嘛！"

他兴冲冲地穿过院子，一拉开门就愣住了。

刚要敲门的警察，一见拉开宅门的陈独秀，一时也愣了。两人面对面地愣了好长一会儿。

"你是谁？"警察的脑筋转不过弯来。

"我是谁你不认识？"陈独秀没好气，"姓陈名独秀。"

"你不是陈独秀。"

"什么话！我坐不改姓，行不改名。"

"你是陈独秀的兄弟？"

"你怎么比我还犟？我再说一遍，我就是陈独秀本人。"

"不对，陈独秀昨日还在武汉宣传阶级斗争，你不是陈独秀。"

陈独秀心里一惊，说："既然先生认定陈独秀不在家，那我就关门了，关门之前，我要买一串冰糖葫芦。嗨，卖冰糖葫芦的！"

那个卖冰糖葫芦的小贩却并不上前做买卖，反而与那个穿制服的警察耳语了几句。

警察便又对陈独秀说："你若真的是陈独秀先生，那么是否可以给我一张名片？"

陈独秀想一想，便伸手从衣袋里摸索。果有名片，尚未分完。他犹疑着递出一张。

警察读了一遍名片，又狐疑地朝对方打量了一番。

"好吧，你就待在家里，不要外出。"警察说完，很快走了。

陈独秀复又招呼那个卖冰糖葫芦的："你来！你来呀！你到底卖不卖冰糖葫芦？"

那个小贩一动不动，只是冷冷地盯着他看。

陈独秀完全意识到什么了，这个突如其来的感觉让他心里一跳。他不再说什么，缩回脖子，轻轻关上了门。

黑子奔过院子："爸爸，我要冰糖葫芦！"

陈独秀不语。

高君曼走出卧房，见他神态不对，走上几步，惊问其故。

"坏事了！"陈独秀说。妻子没听懂。陈独秀又说："外面有警察。"

高君曼拉开丈夫，轻手轻脚地拨开门闩，将木门拽开一道细细的缝。她把目光投入门缝，果然看见外面已经聚拢了许多可疑的小贩，一齐在那里探头探脑，指指点点。

"坏了！"高君曼立即把门合上，"门封住了。"

陈独秀阴了脸问："怎么办？"

"你得走！"

陈独秀一时没了主意："往哪走？"

"除了监狱，往哪走都行！"

"怎么会这么快呢？"

"你又在外面大骂政府了，是吧？"

"不骂政府还叫陈独秀？"

"那你就赶快走，我可不愿意再给你送牢饭了！"

黑子忽然"哇"的一声哭起来。高君曼赶紧捂住孩子的嘴。

远在外右五区警察署里的署长倒不会听见孩子的这声慌哭，他只是把一张名片放在手心里，颠来倒去地琢磨。如果是陈独秀，他怎么会回来得这么快呢？他又一次长翅膀了？

"就是他！"他忽然想明白了，一拍桌子。站在他面前的所有警察都吓了一跳。"还愣着干什么？吹哨子，集合！"

尖厉的哨子声立即响了起来，惊得屋檐下所有挂着的冰凌都跌落了水珠。

高君曼不是以耳朵而是以心听到了警察署的哨子声。她知道时间不多了。她爬上木凳，把北房厨房内熏黑的窗栅小心翼翼地拆取下来。陈独秀站上小凳子，伸头朝外面看了看。冷清清的，没人。这是另一侧胡同。

“快一点，当家的！”高君曼说。她的手心戳进了一根木刺，很痛。

“你不要紧吧？”

“快点，求求你，别磨蹭了。”

陈独秀拼命蠕动身体，以图挤出窗子。但是姿势不对，一只肩膀出去了，另一只肩膀无论如何出不去。高君曼使劲托他，托得快要哭了。

“哎呀你轻一点！”

“已经在打门了！你快一点！”

陈独秀怒：“这是骨头，不是面团！”

黑子冲了进来，哭丧着脸说：“妈妈，他们在砸门！”

“你倒是出去呀！”高君曼鼓着劲儿帮助丈夫使力。

陈独秀终于出去了，扑通一声，仿佛是摔在雪地里。高君曼的一颗心也同时落了地。她吁口大气。

“顶起码，”她对自己叹一声，“不用送牢饭了。”

接着她就听见了窗下传来笨拙的啪嗒啪嗒的脚步声，脚步声在迅速远走，像是一种退潮。她一时觉得很欣慰，一时又觉得很沮丧。儿子和女儿什么时候依偎在她两侧，她也浑然不觉。

在胡适家里，任何时候都有调得很可口的咖啡。

咖啡冒着热气。陈独秀久久地盯着气雾看，看了半天。

随后，陈独秀举起瓷杯，一仰脖子就喝完了，喝完之后咂咂嘴，一边咂嘴一边观察着胡适的反应。

胡适踱来踱去，黑皮鞋敲着新铺的木板地面，发出咯叽咯叽的声音。他的神色很有点忧郁。

“该说话了。”陈独秀说。

于是胡适就说了这样的话：“不是我胆小怕事，仲甫，实在是因为你我之密切关系，校内校外都是一清二楚的。我是由于你的力荐才进的北京大学，我又是你的《新青年》和《每周评论》的主要编辑者，警察在你家抓不到人，第二个目的地肯定就是我这里……”

“好了，”陈独秀打断他，“你的意思，我全明白。”

小壁炉烧着几根木柴，噼噼啪啪响。“仲甫，不要误会，你不要以为我说这些话是我胆小，门缝里看人把我看扁了。”胡适这样说，说得很诚恳。

“你扁不扁圆不圆现在都无关紧要，要紧的是我必须躲过警察的抓捕。我不能再有九十八天了。”陈独秀站起来，拉开门就往外走。

胡适追上几步：“仲甫，盘缠有没有带够？”

“你家里唯一正宗的，是咖啡味道。”陈独秀笑一笑，举手点点他的鼻子，走了。

“仲甫你不能这样说，你这么说，我伤心。我虽说话没有你尖锐，但也是个有决断的人。你躲藏于我家，肯定是不可行的。你再仔细想想，我不是为我，我是为你。我不止一次说过，在现今中国，不能没有你。如果你硬不相信我的这番话，你就住下来。到时候警察来逮，坐大牢，我俩一起去。”胡适不急不慢地说，并且拦在他面前。

“好吧，我收回我的话。”陈独秀想一想，觉得胡适的考虑还是周全的。“那么你也保重，适之！”

胡适让开了道，叹了一声，有点百感交集。

现在该去哪里呢？出了门的陈独秀，一时还真没了主意。

先叫一辆马车吧，他想。

雪停了。

满口无牙的石花用手指头在窗上抠了个洞，神情木然地朝外观看。北京老是下雪，真的比湖南冷多了。

福佑寺的大殿外，一柄斧头在寒风中扬起又劈下。毛泽东热得只穿一件无袖短褂，一段段粗大的树根在他的利斧下纷纷碎裂。石花看着飞溅的木屑，呆呆想着自己的牙齿。

毛泽东捧着一大堆木柴，用肩膀推开大殿的木门。福佑寺大殿门楣上，写有“平民通讯社”字样。

殿内，一架已两日没有工作的油印机和一沓沓传单摆在香案上。一盆柴火烧于殿堂中央，火势微弱。二十几个驱张代表袖手围坐火盆，情绪显得低落。

帮毛泽东放下木柴的一位戴皮帽的姓刘的代表说：“毛团长，我有句话，说出来很唐突……”

“说吧，说吧，”毛泽东说，他有点明白这位刘先生要说什么，“嘴辣才是湖南人。”

“毛团长，事情明摆着，眼下是进也不得，退也不得。总统府口里说要罢免张敬尧，楼梯轰轰响，不见人下来。北京的风，也是每天轰轰响，冻得骨头都痛。不撑下去，难为大家离乡背井一腔热血；撑下去，又怎么个撑法？毛团长，我们平民通讯社一天发出五十条消息，北京报馆现在连三条也用不上。”

“你想怎么做？你说实话。”

“我也没想妥。”

“你已经想妥了。”

“那就恕我直言，毛团长。已经有人回去了，我也想回去。”

“你姓刘，你知道你有个了不起的老祖宗吗？”毛泽东慢条斯理地穿衣服。

“刘邦？”

“他那个时候险不险？险得很哟！你说，他打了多少回败仗？最后，硬是赢了！”

“我知道毛团长的意思。毛团长是说，哀兵必胜。”

“就是这个理。楚虽三户，亡秦必楚。这就叫得道多助。你们看，天津学联刚刚又来一封电报，念给你们听听：代表团诸君不堪强权压迫，不远千里，奔走赴京，从事驱张运动，奋斗精神，实可钦佩……”

“毛团长，别念了！”另一位代表忽然从火盆旁边跃起来，拍拍灰屁股。

“怎么？”

“另辟驱张思路成不成？我们别一条胡同走到底，成不成？”

毛泽东一时不说话了。他确实发现许多双眼睛此时都在悄悄看着他，而且眼睛里的光是一种颜色的。

毛泽东扣上所有的衣纽，忽然腰一叉，大声说：“都怎么啦？我们湘人，是不是都是吃辣椒长大的？北京风冷，可是三千万湘民的心还热着，他们每日都在等北京的消息！有人想拔腿，那就走吧，我毛团长不强求，既非出家之人，何必庙里常待？请便，请便。你们别管我毛泽东，我毛泽东是学过打坐的，我不想轻易挪屁股，我认定一条死理，只要他张敬尧还在湖南一日，我就一日不返长沙！”

大殿一片肃静，唯有守庙的老喇嘛如一匹老猫在殿外廊沿下悄悄走动。

李大钊的声音就是这个时候传进来的，毛泽东一惊，殿外分明是他熟悉的爽朗的声音：“喂，你们毛团长在哪里？”

毛泽东快步出殿。他看见李大钊正在指挥两位工友将送到的两大车木炭卸下。“润之，快来，两车木炭是我们北大图书馆送的。这筐鲜辣椒，不知道对不对湖南人的胃口？”

毛泽东一时感动得不知说什么才好：“李先生！”

“还有，我联络好了，明天八所学校联合举办慰问驱张代表团大会，你们要推派代表发言哦！润之，你怎么了？”

毛泽东揉揉眼。他觉得鼻子一阵阵发酸。他此时确实有些百感交集，不在福佑寺苦撑两月有余的人是体会不到这种心情的。李大钊探头看看大殿内压抑的气氛，又看看毛泽东，心里明白了大半，于是便说：“润之，找个地方聊聊！”

老喇嘛打开了福佑寺后院的小屋，拨旺一盆炭火，让这对师生促膝。

毛泽东坐在李大钊面前，什么话都想痛痛快快地说。他细细谈了两个月来的驱张，又提到杨昌济，再讲到陈独秀，最后还说到了湖南一省独立的前景。他对三湘之地率先于全国实现民主的潜在可能性，始终抱有抑制不住的热情。

“从中外历史来看，湖南建国是有条件的。”他这样对李大钊说，“以西方国家而论，湖南可以做希腊的斯巴达，做德国的普鲁士。从中国历史看，春秋战国，魏晋南北朝，还有五代十国，各省各地不都建有国家？我以为，湖南完全可以先行一步，率先建国，以成为全中国的先进省！”

李大钊不语。毛泽东更加激动起来：“唐代诗人谭用之那一句‘秋风万里芙蓉国’，叫湘人千年自豪不已。如今全国冰冻，若湖南率先开放一批芙蓉之花，不也很好吗？李先生，您说呢？”

“先要把张敬尧赶出湖南。”李大钊拨拨炭火。

“对，此为前提。”

“想把他赶到哪个省？”李大钊忽然说。

李先生提了这么个怪问题，倒叫毛泽东打了个愣。李大钊笑着说：“千万别把他赶到我们河北来哟，要这样，就逼得我也要率团驱张喽！润之，说实在话，我是实心实意祝愿你们驱张成功的。但依我看，恐怕必须有一个根本的解决。你旁征博引，引了斯巴达，引了普鲁士，我也来给你引一个外国的例子……”

毛泽东猜到了：“俄罗斯？”

“俄罗斯！”李大钊拨拨炭火，细白的灰烬扬了起来。“以俄国而论，如果罗曼诺夫家族没有颠覆，经济组织没有改造，它的一切问题，统统不能解决。今日呢，统统解决了！政治问题解决了，法律问题解决了，家族制度问题解决了，女子解放问题解决了。一切的前提，就是经济基础问题的解决。这就是马克思的唯物史观。润之，你是知道的，胡适不喜欢谈主义，而我，是越来越喜欢谈谈布尔什维主义的了。”

毛泽东拧紧双眉。

李大钊站起来，走了几步。炭火把他的脸烤得很红。

“所以，光是向强权者呼吁，没有太大用处，独裁者的耳膜一般都是铁皮打成的，唯有刺刀，锐利之刀，才能戳得进去！”

“李先生，很难想象，这是一个大学教授打的比喻。”毛泽东从来没听李大钊说过这般的凌厉之言。

李大钊坦坦白白说：“我是管图书库房的，不是管刀枪库房的。依我本性，不想说刀，也不想说枪，但是，看起来，也只有在刀枪说话之后，一个国家的教授才能真正像个教授。”

“李先生，”毛泽东说，“您的话，总是能说到问题的骨子里头去！学生要好好想想。”

刘姓驱张代表推门进来，问：“毛团长，留客吃饭吧？”

毛泽东急忙说：“留饭留饭！”

李大钊站起来：“不用不用。”

毛泽东急问那位刘姓代表：“几点了？”

那人掏出一只旧怀表，一看，指针却是停着的，摇一摇，还是不走。

李大钊从怀间摸出一块打璜金表，递给毛泽东：“润之，赠你一块表。你驱张日以继夜，如何能没有时间？”

毛泽东吃一惊：“李先生，这怎么好意思？”

“我别的送不起，一点时间还是送得起的。”

毛泽东思忖了一会儿，收下表，退一步，鞠躬，说：“谢李先生。”

这时候他们听见了几声撕裂心肺般的尖叫。叫喊声发自大殿前面的雪地。三人循声奔出，只见满口无牙的姑娘绝望地跪在雪地里，高举双手，向苍天狂喊。

“老天啊，你开开眼吧，你怎么还不叫张敬尧滚出湖南啊！张敬尧杀了我爸爸妈妈啊，他是魔鬼啊，他打光了我的牙齿啊！求你老天用天雷打他啊！打他出湖南啊！”

含含混混的呼喊声嘶力竭，令众人动容。姑娘几乎快昏死过去了。

毛泽东急奔过去，把石花扶起。湘人们一拥而上，围着姑娘，心里都堵得慌，大家说：“莫哭，石花，莫哭，你放心，老天会长眼的，啊？老天会用天雷打他的，啊？”

毛泽东叹口大气，站起来，回脸对李大钊说：“看着中国百姓如此受苦受难，我也真想不出用什么办法来救助他们，提出建‘湖南国’，盼望一省先行民主，也是没有办法的办法。嗨，大家先把石花抬进殿里去，别冻着了她！”

恸哭不已的石花刚被七手八脚抬走，却又有人摸进福佑寺来了。这是一个女人，小脚，颤颤的，喘喘的。

有人喊：“李教授，夫人找您来了！”

李大钊吃了一惊，仔细一看，果然是夫人。“怎么了？”李大钊真想不到赵纫兰会寻到这里来。

赵纫兰拉直袖口，抹抹额上的细汗，把丈夫拉到一边，俯耳说了几句。

“是吗？”李大钊双眼瞪圆了，心也咚咚跳了起来。

事关陈仲甫！

仲甫再也不能出事了，李大钊急速地想，再也不能了，再也不能了！

李大钊夫妇是乘马车赶回后闸胡同的。马蹄一路敲着急鼓，像他的心。

“仲甫，”他一见屋里的陈独秀，就用马蹄似的急迫节奏对他说话，“三十六计走为上计，我一路想过了，你不能再待在北京，马上出京，去天津！再从天津坐火车，去上海。而且，不能直接从北京走，前门火车站已经不安全了！”

陈独秀双手叉在胸前，高跷起二郎腿。刚才跳窗的时候，右膝盖碰了一下，有点痛。葆华要给他揉揉，他说：“小朋友，不要。”

对于李大钊所提的这个火急火燎的出京建议，陈独秀皱眉，大不以为然。离开北京干什么？兴师动众！他想。

“大不了再进一回研究室。”他这样对李大钊说。

“仲甫，别犯糊涂！你可以不需要自己，可是社会与百姓都需要你！你想想，你在武汉仅仅几场演讲，就在全国造成了如此大的反响，你怎么能轻易就叫自己闭拢嘴巴？我再说一遍，你不只属于你自己！”

陈独秀想了很长时间。“上海就上海吧，怎么个走法？”他问。

一听陈先生同意避险，赵纫兰的心便如井轱辘一样突然松了。这时她也感觉到了自己脚痛，刚才这一路奔，太急了。

李大钊说：“我送你走！我可以借一辆骡车！”

“骡车？”

“坐骡车，图个安全。我赶车送你！我会赶车，你不相信？”李大钊举手，作挥鞭状，“驾！吁！信了吧？我从小就是个把式！”

李大钊没有打诳，他的一手红缨鞭确实甩得有板有眼，裂得空气啪啪响。骡车是雇来的，雇了个长趟，来回脚，直放天津。李大钊亲做“赶脚”。陈独秀则扮成下乡收债的店家掌柜，头戴一顶厚厚的毡帽，身上的那件小背心则是向王星拱借的，油腻滑亮，感觉像是小富人家。李大钊对陈独秀唯一的警告是不准开口，以免漏出皖音，叫人起疑。沿途一切交涉，均由李大钊办理。李大钊是河北乐亭人氏，开腔溜圆，面相朴实，一眼看去活脱脱就是个店家帮手。

李大钊的这一筹划，实行起来，前前后后果然顺畅，除了出朝阳门时迎面遇到一队警察造成一阵心悸之外，其余均告无恙。

原野上积着厚雪，骡车的车辙一路如犁，黑黑地描画着道路。车走到空旷之处，李大钊便开始大着胆子跟陈独秀说话。在说话之前，他先把一本从图书馆借出来的英译本《共产党宣言》交给了陈独秀，请他到了上海之后托人翻译成中文，这是思想的武器，在中国要是没有《共产党宣言》的中译本，中国的布尔什维信奉者挥舞什么？总不能上了阵就要空手道吧！在陈独秀答应尽快翻译、出版这本《共产党宣言》之后，李大钊便顺理成章地说了一件他想了很久的事情，他觉得现在该说了。这是一件大事，他觉得实施此事火候已到。

“仲甫，”他凝视着白雪茫茫的道路，郑郑重重说，“我有个想法，也想得长久了，我想必得跟你磋商。”

“说就是了。”

“仲甫，我以为，尽速筹组一个强固而精密的革命的党，是中国走俄式道路的必经之途，也是当务之急。”

陈独秀把棉帘子掀大一些，举起手中的《共产党宣言》点着赶车的说：“嗨，你说什么？”

“吁！”李大钊吆喝一声，铃铛和蹄声便一齐停了。“你下车吧。”李大钊平静地说，转过脸。

“我为什么下车？”

“你忘了你五个月前下我的车？你一生气，必得下车。”

“你今日是存心想叫我这个店东活活给警察缚去？”

李大钊哈哈大笑起来，一团一团的雾气从他的嘴里喷出。陈独秀很少见他这么开怀。

一架单挂马车迎面而来，嘚嘚而过。一声鞭响之后，蹄声便如风声一样远去。

“你小看我了，李守常先生！”陈独秀声气很重地说，“我这人倔，天下任何人物任何旗号，我都不会对之投降，但是有一样东西，我是要投降的。岂但投降，俯首帖耳是也！”

“什么东西呢？”

“钟声。”

“钟声？”

“你看我面相如钟否？”

“不像。”李大钊仔细看一看，摇摇头。

“对了。”陈独秀说，“那就是人家的钟声了。”

“到底什么钟声？”

“真理的钟声。”陈独秀说，“一闻真理之钟声，我这人的血就活了。俯首帖耳，欢呼雀跃，冲锋陷阵，万死不辞，我陈独秀生来就是这等货！守常，从你刚才的话里，我就听见了钟声。既闻如此钟声，又何来跳车之理？”

“好，好，”李大钊极为高兴，“驾，驾！”

骡车嘚嘚地开步，铃铛清脆地响。

“仲甫，组党一事，关乎全局，要做，便得快做。”

“孙逸仙倒是在上海重新改组了国民党。”

“依孙先生的建国大纲，”李大钊说，“并不能叫工农阶级坐天下。靠他那个国民党的方针策略，亦无法发动俄式革命。你同意此说否？”

“我同意。”

李大钊凝视着雪白道路和两边雪白的原野，一字一顿说：“我们一定得筹组自己的政党，一个真正劳动者的政党。”

陈独秀几乎要站起来：“守常，我一向是敏于行动之人！”

“仲甫，你牵个头，联络各方，要抓紧。国家形势至于此，已是时不我待了！”

“确实时不我待。”陈独秀咬牙切齿，“我也觉得我们这个民族，已经被人家按在砧板上了。”

“我打算先组织一个马克思研究会，从中再形成核心。”

“这样吧，上海是中国产业工人聚居之地，我去上海发动南方，守常你发动北方。”

陈独秀就是这脾性，性急。他不知道刚才他的这句话，其实已可视作发号施令了。但是李大钊喜欢他的这种发号施令，他希望看到陈独秀坐稳战车，号令众人，隆隆前行。陈独秀的号召力，在现今中国，无人可出其右。

“驾！”李大钊喊，一边喊一边想，我这车，其实并非骡车，乃马车。

马克思之车。

这么想着，他就笑了起来。白白的气雾又从他嘴里大团大团地喷出，一路飘散在太阳下干燥的冬风里。

第 5 章

《共产党宣言》，是否就是行船的帆呢？

有时候，一种很细微的声音，也会很锐利地穿透好几层门板。

一个人影从卧床上忽然翻身坐起，倾听着黑暗中隐约传来的声音。这声音听起来像是呻吟声，很远，但也很清晰。

这是1920年4月的某个春夜，窗外雨声滴答。在这种令人心烦的檐水声里，上海亚东图书馆的老板被一种突如其来的痛苦的呻吟声所惊醒。

一会儿有，一会儿又没有了。

汪孟邹仔细听那断断续续的呻吟声，最后断定是陈独秀的声腔，就来自他卧房的隔壁。他赶快从床上跳了起来。

亚东图书馆坐落于上海五马路棋盘街，规模不大，两间门面。门都是玻璃门，一共四扇。门贴上写着这样的字样："经理北京大学出版书籍，发售图书杂志仪器文具。"陈独秀自2月间逃离北京抵达上海后，便一直借住于这位安徽老乡的图书馆里。住在老乡这里，他放心。

汪孟邹比陈独秀长两岁，但从当年毅然资助"皖城志士"陈独秀创办《安徽俗话报》起，他一直将陈先生奉为最尊敬的兄长。当年也是陈独秀积极鼓励这位汪孟邹离皖赴沪创办实业的。汪孟邹于沪打拼，"亚东图书馆"一步一个脚印，逐步积累，颇获成功，从龟缩于四马路的偏僻弄堂惠福里，一举迁到了五马路棋盘街的西首，盘下原先的"中德药店"，重新装修一番，高高挂上"亚东图书馆"五个楷体大字。亚东图书馆所谓的"经理北京大学出版书籍"，也是端赖于陈独秀在北大的协助。

陈独秀避祸上海，没有二话地就栖身于这家图书馆了。老乡汪孟邹赶快把自己楼上卧室的隔壁间清理了出来，摆下了陈独秀的卧榻。甚至，汪孟邹还雪中送炭，赠了他一个"馆外名誉编辑"的头衔，月薪三百大洋，顿时解了陈独秀经济上的燃眉之急。

而这一刻，汪孟邹听见隔壁传来的断断续续的呻吟声，心里着慌，急忙抓起枕边的圆形黑框眼镜戴上，跳下床，三步并两步推门出房，一转身推门进入陈独秀卧房，果见他的这位兄弟在铁床上捂肚呻吟。

“哪里痛？”汪孟邹慌忙扶起陈独秀。

陈独秀点点自己胃部。

“拉肚子没有？”汪孟邹按按陈独秀的肚子。

“没有。”

“怎么跟弟的病一样！仲甫，别急，弟有上好的胃药。”汪孟邹急忙去自己房中取来了胃药，倒了杯水，让陈独秀服下。

陈独秀服药时神情很乖。胃痛起来，比肚中其他地方痛起来都要命。

“这药很灵，一忽儿就能雨过天晴。”汪孟邹耐心地在床边坐下，“这房间原先是个小书库，名声不好。上回一个孕妇来这里借书，跌了一跤，早产两个月。看看，这回，兄又肚子痛。”

“你是话中有话。”

“听出什么味了？”瘦削的汪孟邹眯起眼睛问。

“你想赶我出门。”

“啊，兄说准了！仲甫，不是弟舍不得把这屋子当栈房，而是老兄，该有自家的住房了，该把嫂夫人和孩子都从北京接来了。弟再怎么嘘寒问暖，总不如老婆侍候周全。”

“一个人过，也有一个人过的好，省心。你是知道的，我那老婆唠唠叨叨烦人。”

“肚子稍稍好受一点，就说这些没良心的话！”

陈独秀仔细按按肚子，脐左侧按按，脐右侧按按，一下子就高兴起来：“什么灵丹妙药，如此立竿见影？”

“仲甫，你我兄弟，弟说一句贴己话，兄不动气吧？”

“说就是了。”

“兄前日去铁工厂演讲，昨日又去小沙渡演讲，奔东奔西，饱一顿饥一顿的，铁打的菩萨也得闹出病来。能不能有个根本的解决办法？兄不是老喜欢提根本的解决办法吗？”

“怎么个根本解决？”

“能不能不干这个活了？”

“什么活？”

“革命。”

陈独秀一愣：“你是说，要我金盆洗手？或者回头是岸？你当年是怎么支持我办《安徽俗话报》的，整整二十三期？你当年呼吁革命的喉咙不比我弱！”

汪孟邹慌起来，连忙说：“兄别动气，兄别动气。”

窗外，檐水一直在响，夹着隐隐约约的敲竹梆子的声音。那架撑着伞的馄饨担子不知走在哪条深巷里。“孟邹啊，我不动气。我肚中唯有胃气，现在好不容易驱散了，我还能再动什么？再说，你这劝慰之语，也算是人之常情，我能动什么气呢？我老婆也常这么唠叨我，我耳膜都起茧了。可是你想想，孟邹，一个人，靠什么支撑着才活在世上？睁眼闭眼，也就那么几十年，白驹过隙，一忽而已。你说，靠什么撑着？你说呢？”

“兄说吧，兄一向是弟的先生。”

“无非两个字，”陈独秀伸出两根指头，“理想。”

“弟当然明白，就如弟亦有理想一样，一辈子卖书、借书、印书。兄为弟写的联‘推倒一时豪杰，扩拓万古心胸’，弟都带来上海挂在厅堂上了！弟焉得没有理想？”

“听明白了，我所信奉的，就是你的这个理想：卖书。我叫卖的，是主义。我的目的，是要叫全中国都迷上这本书。你我的国家太苦了，知道吗？你我的民族太苦了，知道吗？已经苦了多少代多少年了，我见着不忍心，知道吗孟邹？我陈独秀不忍心！我生到人间来，就是为这个才活着的！我先前叫卖的是子弹，因为我参加过暗杀团，造过火药，后来我明白，一粒子弹，在中国，打穿不了什么。我明白了这个理之后，我才开始叫卖主义，我觉得主义才是最厉害的火药。你现在劝我不要干这码子活了，就等于给我一根绳子，叫我悬梁，给我一把刀子，叫我割颈！”

“弟明白了。”汪孟邹站起来，“仲甫，孟邹既无意给兄绳，也无意给兄刀，今日之言，算孟邹都是废话。我这个人，书库里待久了，也快迂腐成一条书蛀虫了。兄别在意，兄安生睡。”

他走到门口，拧灭灯，关上门，忽又在片刻之后轻轻推开门。

“仲甫，”汪孟邹在黑暗中说，“兄是一个伟大人物，真的，兄一点也不比我书架上的那些世界伟人逊色。”

“又是一句废话。”

“真的，我们皖人脸面有光了。”

“还是废话。”

北方邻国果然秘密地来人了。

京城 4 月，尘沙大，浮灰和阳光搅在一块儿暖融融地下来，这就使得街面上有了春意。京城厂甸一带有几条吃食街，带着浓郁京味儿的叫卖声整日在这里响成一片。

“豌豆黄！驴打滚！来块大切糕喽！”

“糖豌豆来，江米粥！扒糕，凉粉，老豆腐！”

一伙外国男女满面笑容地走过这块热热闹闹的京城繁华之地。连片的吃食摊、风筝店、风车铺，使这些初到中国京城的人很觉稀奇。就在陈独秀于上海闹胃痛的这一天，李大钊在京城诚恳地接待了几位来自北方邻国的客人。

他们是秘密来的，公开的身份不是共产党，是记者。

领头的是魏金斯基，他是共产国际远东书记处派往中国的代表团负责人，他在俄共党员、翻译杨明斋的陪同下，来北京接洽李大钊。魏金斯基四十多岁，中国皇城的一切对他来说都很新鲜。他问李大钊，小贩们的这种美丽的吆喝是不是就是中国京戏的一种唱腔。李大钊告诉他，不是唱腔，但这种吆喝确实很像京戏里的道白。流动小贩们在大宅院门前的吆喝要比在这街路上的吆喝更见悠长，“开了锅的喽，炸豆腐呵”，一句长腔，要长到几层院子里的太太小姐都能听个明明白白；而在这街路上的呢，则讲究个短促、响亮，让路人听了耳膜一振，而耳朵是直接连通胃部的。

魏金斯基哈哈笑。

笑完之后，魏金斯基便要品尝小吃，李大钊连连说不成。为人东道，吃炸豆腐，这哪成？不成体统！但是路过一家切面铺，魏金斯基却是死活不走了，他的妻子库兹涅佐娃以及他的秘书夫妇也一齐停了下来，大家一个劲指指点点，看起来都要吃小吃。

切面铺子不大，门口照例挂一只竹箩圈，用红纸剪成的流苏糊了一圈，给人的感觉又厚道又温馨。

山东汉子杨明斋再三对李大钊解释说：“李同志，苏联朋友说，他们真的愿意吃这儿的面条。”

“这怎么行？”李大钊还是觉得过意不去，“太寒碜，太寒碜。前面就是番菜馆，有俄式大菜，说啥也总得让我在像样的饭馆里做一回东道。杨先生，你再跟他们建议一下。”

杨明斋用俄语叽咕了一阵，看来不奏效，魏金斯基一行仍然表示对简陋的小面铺有浓厚的兴趣。于是，李大钊双手一摊，说：“那就进吧，恭敬不如从命。”

门一推，掌柜便迎了上来。“来面还是来饼？”掌柜在油晃晃的围裙上擦擦手，笑容满面，“本店有葱花饼、大小薄饼、窝丝饼、家常饼、炒饼。”

“面条呢？”李大钊问。

“炸酱面、打卤面、热汤面。”

“面式不多。”

“本店还有几样炒菜：醋熘白菜、炒麻豆腐、肉丁酱。依在下看，每位先生还是来半斤炒饼，一盘醋熘白菜，一小碗酸辣汤，每份不过铜元五十枚，只合一毛多钱，本号讲究的就是这份经济实惠。”

杨明斋听得有道理，说：“我看就这么着，每人再加一碗打卤面！”

李大钊说：“那就真的太寒碜了。”

“李同志，我告诉你，魏金斯基同志说：比起他们攻打冬宫那几天吃的东西，这儿就算是天堂盛宴了！”

“我发现魏金斯基先生很实际。”李大钊笑。

杨明斋小声说：“魏金斯基同志接着要谈的话题，将更实际。”

靠窗的座位上，一行人坐了下来。店里没别的客人，环境安然，唯听掌柜的刀在砧板上的那种鼓点般的敲击声。

通过杨明斋的翻译，魏金斯基诚恳地对李大钊表达了以下的意思，温文尔雅与直言不讳的风格同时体现在这位年轻的俄罗斯人身上。“共产国际和列宁同志都对中国共产主义者的斗争表示了极大的钦佩和寄予了极大的希望。中国应当有一个像俄国共产党那样的组织。我们渴望能早日见到共产国际的东方支部。”

李大钊完全明了对方的意思。说实话，李大钊也早就期待着这一次的对谈了。“我可以告诉魏金斯基先生，在中国，党的组建工作，实际上已经在酝酿过程中。党的名称，还没有商定。我建议魏金斯基先生尽早与陈独秀先生见面。”他这样说。

魏金斯基不明白李大钊所荐之人。“陈独秀？”他问。

杨明斋说：“我们不清楚陈独秀。伯格曼同志，还有北大的俄籍教授柏烈伟，都只介绍过你李大钊同志。”

“不，我跟陈独秀先生还是不一样。陈独秀先生是中国最有号召力的刊物《新青年》的创办人和主编。”

“我听说过《新青年》。”魏金斯基说。

“我三年之前回到祖国的时候，就向《新青年》投了一篇文章，叫作《青春》。陈独秀先生就是通过《青春》认识的我。”

“啊，明白了，你说的陈，就像是一只善于孵蛋的母鸡！”俄罗斯人说。

“中国已经有成千上万的年轻人破壳而出了！”

“我明白了。”魏金斯基很满意自己的比喻以及这位李同志对这一比喻的自然引申。他觉得这位面相敦厚的中国同志非常聪慧，同时也一下子明白了他所说的“陈独秀”这三个字的含义。他到中国来，为的就是见这样的领袖人物。世上再强大的主义也不过是车轱辘，而领袖人物则是轮子，他们才接触路面。

“来啦！”掌柜用京剧唱腔喊。

面条端上来，碗碗冒着热气。客人们饶有兴趣地用筷子卷着长长的面条。

杨明斋吃了几筷，悄声问李大钊：“真有必要与陈独秀商谈？”

“杨先生，对你，我想谈一点我的感想。”

“请讲。”

“你很会走路。我知道你十九岁那年就从山东老家闯关东，一闯就闯到海参崴。你这叫万里投荒，一身是胆。这一回，你又走了万里路，带俄国朋友一路从海参崴来到北京。我请求你马上再走个万里路，从北京赶到上海去。我知道你特别有胆量走路。陈独秀先生会在上海欢迎你，你们的想法与陈独秀先生的想法将很快成为同一个想法。”

“北京到上海，我想，一万里路，大约是没有的。”

“不，”魏金斯基停止了对面条的笨拙的转动，“我同意马上就去上海。我们既然来中国，就有走长路的准备。中国造座城墙，就有一万里。你看，李同志，连你们中国的面条都有一万里长！”

魏金斯基尽管把手举得很高，但他筷子上挂下来的面条还是顽固地与油晃晃的大碗粘连在一起。

李大钊哈哈大笑，他后来对吴廷康，也就是现在这位魏金斯基说，你们俄罗斯人打比喻与中国人打比喻一样频繁，也一样传神。那是他与魏金斯基已经很熟的时候说的话。魏金斯基几次去了李大钊装饰优雅的图书馆接待室，见了他的诸如邓中夏、张国焘、罗章龙、刘仁静之类的好学生，也散发了《国际》刊物以及英文版《震撼世界的十天》等书籍。他们无话不谈。而当后来李大钊知道了魏金斯基曾是学统计学的，于是他更加直截了当地对魏金斯基说，你要把十月革命之后苏联工农业生产的这些增长数字，统统搬到上海去说，陈独秀将会更懂这些数字的含义，他会把这些数字制成节拍供自己跳舞。他是中国最为优秀的思想舞蹈家。

一个月之后，杨明斋便带着魏金斯基走入永定门火车站，坐上了南下上海的列车。

5月，气候大幅复暖。午后的车厢暖和和的，夹着些许臭味。

一名铁路警察见有洋人上车，便立即狐假虎威地喝令男女同胞让出座位来。“起来起来！不准坐！”警察以木棍指准一个老头，“没见着人家洋大人上车？”

“老总，”老头嘟嘟哝哝说，“他是人，咱不也是人……”

“少给我废话！”警察劈胸揪起老头，又对已经靠窗而坐的高君曼恶狠狠说，“你也起来，长耳朵没有？”

高君曼说：“先生，我带着孩子……”

“你也废话？”警察瞪眼。

“老总，你看我有那么多箱子包裹……”

“耳朵聋了是不是？”

魏金斯基看不下去，手指高君曼，说了几句话，杨明斋立即翻译给那个警察听：“洋大人说了，别赶这位女士，大家挤一挤，可以一起坐。挤挤暖和嘛，这是讲究世界大同嘛。”

“是，是，”警察赔笑，“洋大人鼻子高，气就宽。”

铁路警察随后又沉下脸，举起黑色警棍，威吓高君曼：“洋大人让你坐着，你就坐着，坐规矩一点。你小心了，说话别冲洋大人的脸，走路别踩洋大人的脚！”

这番话说完不过几分钟，情势便立刻起了变化，起变化的缘由是两位穿黑袖衫的便衣警察从站台急急忙忙挤上了这节车厢。他们紧盯着已经坐稳的魏金斯基夫妇，互相耳语几句，接着便又与那位穿制服的铁路警察耳语了几句。

铁路警察的表情迅速起了变化，显得阴沉起来。

“喂，”铁路警察与两位便衣一起挤到魏金斯基面前，“你们是从俄国来的？”问话显得很不客气。

杨明斋代为回答：“是的。”

“俄国的皇上现在叫列宁了是不是？”

杨明斋耸耸肩膀，一时不知怎么回答。

“你们是列宁派来的？”

“不是，他们是记者。”

“记者？”警察取过魏金斯基递上的记者证，左看右看，没看懂。“你们是俄国的过激分子吧？”

魏金斯基说：“我们是苏联著名报纸《生活报》的记者。”

警察瞪出眼球：“干什么来了？”

“我们希望在贵国筹办一个华俄通讯社。”

“去上海干什么？”

杨明斋代为解释：“上海，那是人最多的地方，他们想去看看。”

“找谁？”

杨明斋火了，装出高等华人的派头，拖个长腔：“人家是外国人，你们啰唆什么？”

“找谁？”两个便衣警察挤上来逼问，气势汹汹，毫不客气，脸拉得很长，“找谁？你们一定有谁要找！”

杨明斋说：“找谁还不一样？采访嘛。”

便衣不依不饶：“你说，老毛子要找谁接头？”

坐在一旁的高君曼忽然高声说：“别问个萝卜不生根，他们是找我丈夫去！”

警察一愣：“你？”

“你丈夫是谁？”便衣盯上来。

高君曼尖着声音说：“我丈夫姓高，上海办大报纸的！我丈夫请他们去上海走走，犯了哪家子法了？他们一不偷，二不抢，坐坐火车还不成吗？徐大总统不乐意了是不是？”

三个警察一下子都被这个泼辣的女人镇住了，不由得面面相觑。

高君曼又尖叫：“火车都误点了，你们还磨蹭什么？你们不赶路我们还得赶路呢！”

这时候旅客们都开始声援了，左一拨儿右一拨儿的都在说：“都误了点儿了！这是干吗呀！”

三个警察撑不住了，开始撤，一边踢着边道上的箩筐和藤箱，一边骂骂咧咧。

在火车开动之后，杨明斋凑近车窗，小声地对高君曼说：“这位大嫂，谢谢了。”

高君曼没有理睬，只是看着窗外。窗外的树木跑得越来越快。

黑子爬上母亲的膝头，细声细语问：“妈妈，爸爸姓高了？”

火车入津浦铁路，渡长江后又入沪宁铁路，一路走走停停，跑了两天一夜才到上海北站，弄得高君曼疲惫不堪。出站后，她坐上了汪孟邹早就叫好的马车。喜子还依稀认得汪孟邹，在母亲的提示下叫了一声“汪伯伯”。

马车在离开北站之后，便一路小跑，叮叮当当，进入法租界。

汪孟邹指点着前方马路，对高君曼说：“转个弯就到。这是霞飞路，你以前常逛的。那幢房子我看真的很合适，仲甫一定能谈下来。”

“租金不知贵不贵？”

“都是安徽老乡亲，陈独秀又是他老部下，能敲竹杠吗？”

马车刚到门口，喜气洋洋的陈独秀就奔出门来。

黑子跳下马车扑了上去：“爸爸！”

喜子也扑了上去：“爸爸！”

陈独秀说：“租下来了！租下柏公馆了！楼上卧房里什么都有，大钢床，红木柜子，大书桌！他们甚至说不收我租金！”

高君曼笑了，连声说：“来搬东西呀！”

汪孟邹说：“仲甫兄，夫人接到了，孩子接到了，弟也该归还令箭得胜返朝了吧？”

他笑着跳上马车就走了。

还没等汪孟邹的马车在亚东图书馆门口停下，老门房便推开玻璃门出来，大惊小怪地冲马车报告：“有洋人等着！俄国来的！”

魏金斯基夫妇和杨明斋都坐在营业房里等汪孟邹。柜台上摆着的三杯茶已经凉了。杨明斋说：“您就是陈独秀先生的房东汪先生？这两位是俄苏记者，专门来上海见陈独秀先生的，有要事相商。李大钊先生的亲笔信在此。”

汪孟邹半信半疑地接过李大钊的亲笔信，一瞅，吓一跳，赶紧拉开玻璃门，冲到街上，大声招呼那辆正在松缰离去的马车。

“马车！回来，马车！”

他叫了一辆，又叫了另一辆。

两辆马车嘚嘚地赶到了老渔阳里。刚由柏公馆改为陈公馆的这幢二层宅邸此时却是静悄悄的。汪孟邹几次大呼仲甫，均不得回音。

于是汪孟邹便轻轻走上楼梯。卧房的门闭着，他唯见黑子和喜子趴在门外光滑的地板上打玻璃球。所有从北京带来的箱笼和包裹，还堆在门外没有打开。

“爸爸妈妈呢？”汪孟邹蹲下来。

黑子点点紧闭的卧房门，一边继续认真地用大拇指击球。

汪孟邹敲卧房门：“仲甫兄！仲甫兄！”

不见动静。

汪孟邹心里苦笑，下楼，对客厅里坐候的白皮肤男女客人说：“陈先生可能不在家。”

杨明斋奇怪了，一再说：“汪先生不是说过，陈先生刚搬入这间新居吗？”

“那……那我再去找找。”汪孟邹复又上楼，踌躇一番，终于又开始敲卧房的门，他这回劲儿使大了一些。

“仲甫兄，我是孟邹，我知道你们都累了，”汪孟邹压低声音说，“有客人来拜见你，远道来的！”

房里终于传来陈独秀瓮声瓮气的嗓音：“叫他明天来！”

汪孟邹下楼梯，走了几级，想想不对劲，复又犹豫着上楼，冲门缝轻喊：“是北京李先生介绍来的。”

“哪个李先生？”

“李大钊先生。”

“怎么不早说！”陈独秀声气很粗，一会儿就开了门。他赤着脚，披着一件条纹睡衣。“人呢？”

“在下面。”

“信呢？”

“在下面。”

看陈独秀急步下楼，汪孟邹急了：“仲甫，你这样子？”

陈独秀也觉得不妥，复又上楼，数分钟后才整整齐齐下楼。他仿佛根本没看见客人，先问汪孟邹要信。

“信呢？”他大声说。

汪孟邹取出信函。

陈独秀读罢，眼睛便烁烁地亮。他非常明白李大钊的用意。这是一种契机。北京的李大钊从心底里感觉到了这种契机，而希望上海的陈独秀同一时间用肩头来感觉它。

于是陈独秀凝视着魏金斯基的蓝眼睛，以英语说：“魏金斯基先生，我就是陈独秀。可以说，我早就盼望着你来了。我期待着我们之间的讨论和合作！”

“这是我最愿意听到的一句话。”魏金斯基立即像大鸟一样展开双臂，与陈独秀做了一个拥抱的动作。

随后，陈独秀便优雅地吻了吻魏金斯基夫人的手。刚吻罢手，楼梯上就出现了容光焕发的高君曼。而这位女士的出现，则顿时叫魏金斯基夫妇和杨明斋目瞪口呆。

杨明斋一时口吃：“陈独秀同志，这位是……是您夫人？”

“贱内，刚从北京来的上海。”

“啊！”魏金斯基大笑着说，“在没有与陈同志合作之前，我们已经与陈夫人紧密合作过一回了！”

下楼的高君曼笑得抿紧了嘴巴。她认出了火车上的朋友。魏金斯基夫人冲了上去，与高君曼紧紧搂抱在了一起。

当夜，陈独秀睡不着。在孩子们轻微的鼾声里，他对着高君曼的耳朵说：“你知道有一种绳子，能够同时与二十四口铜钟牵在一起吗？我听人说过，俄国有一个教堂，东正教的教堂，就有这样一条大绳子，那绳子复杂得简直就像一件绳衣，穿在敲钟人身上。那敲钟人手也动，脚也动，屁股也动，如同跳舞，一跳，就扯得二十四口钟一齐当当响。”

高君曼抚着丈夫厚墩墩的肩膀，她不明白他说这个故事是什么意思。

“我觉着，”陈独秀又把热热的风吹到高君曼耳朵里，“那个敲钟人的面相，那种模样，就是今天那个魏金斯基。你别奇怪，我感觉着就是这样。”

“睡吧。”妻子说。

“魏金斯基真是个跳舞的人。他的绳子很长。上海有口钟，他也牵着了。”

“睡吧。”妻子说。

半夜时分，高君曼又被雪茄烟雾呛醒了，她看见枕头上方有烟头明明灭灭。

“他也不是那个敲钟人。”她又听见丈夫这么说。

“敲钟人是谁？”

“列宁。”丈夫说。

高君曼第二回醒来的时候，已是黎明。海关大楼方向传来了隐隐的钟声，里弄口也有了刷马桶的沙沙声。陈独秀站在露台上，背影黑黑的，雪茄的青烟一阵阵地笼罩着他的后脑勺。

高君曼叹息一声，走上露台，拉陈独秀回房。

陈独秀纹丝不动。

“想什么呢？”

“想我自己。”

“不只想你一个人吧？还在想别的什么人吧？”

“你说什么？”陈独秀回脸。

“你在上海，是不是有女人了？昨日你跟我亲热的时候，我就有这感觉。”

“你感觉奇怪，问得也奇怪。”

妻子不作声。妻子知道丈夫在北京期间去过许多不该去的地方，起码是一个大学教授不该去的地方。小报上老登这些花边新闻，而陈独秀见着这些花边从来不以为然。

女人对陈独秀而言，如同空气一样不可缺少，而且还要求是新鲜空气。高君曼完全明白这一点。

“女人，虽然重要，”陈独秀继续说，“但是对我而言，君曼，你要记住，我来这个世界，从根本上说，不是为女人来的，而是为理想来的。”

高君曼为丈夫披上衣服。陈独秀盯着东边的晨曦，又说："人生一世，一副皮囊几十年，若不紧着为国人谋利益，徒活而已！"

"你这个人呀，不是叫女人神魂颠倒，就是叫女人心惊肉跳。"

"魏金斯基来了，钟声响了，往后，你心惊肉跳的日子还有呢。"陈独秀徐徐说。

"我也常纳闷，捏捏耳垂子，肉也不薄，怎么就这么没福气？我自己没福气，倒也罢了，只是想着孩子们可怜……"

"此言差矣，君曼，你要知道，孩子们并不可怜！做陈独秀的子女，是一种福气。"

"做陈独秀的女人，也是一种福气，是不是？"

"就我所知，君曼，你已经多时没说过有志气的话了，就这句话，见了志气。我不管是坐牢，还是砍头，你都要当作一种福气来享！"

"你说疯话？"

"我没疯。我只不过想告诉你，我这个人，命里就不安分，是会永远直接行动下去的。不过，这一回，这个人不会再做孤胆英雄去上街撒传单，他是要结成一帮同党，群体行动，以马克思学说为宣言，拯四万万同胞于水火！这件大事要做成了，就驱除国家黑暗而言，无异于日出东方。"

"我发现我越来越听不懂你的话了。"

"啊哈，君曼啊，你说出了应该由我对你说的话。"

"你这人好没良心！"

"魏金斯基太太，就是那个漂亮女人，她就永远不会这样骂她丈夫。"

高君曼无言。高君曼就这样重新开始了上海的生活，实际上她从第一天开始就处在一种莫名的紧张之中，无论是对陈独秀的主义，还是对陈独秀本人。

这种感觉一直伴随到她带着两个孩子离开上海去南京。她去南京之前，已经从陈独秀身上，明明白白地闻到了另一个女人的气味。

陈独秀确是敏于行动之人。在与魏金斯基交谈数次之后，他决定立即组建上海的共产党组织，借以推动全国各地共产党组织的建立。要动手，就须快。

但是那个早上，陈望道携着《共产党宣言》的中文翻译稿在他寓所门前出现时，他还是觉着了意外。

那是 5 月的一个早上，三个西装革履的男人兴致勃勃地来敲他家的石库门。敲门的中年人一手拎着一瓶日本清酒，另一手把门敲得山响，一看就是个性急之人。此人是上海《星期评论》的创办人之一、前两年当过浙江省议会议长的沈玄庐。

沈玄庐身后的一位，则是提着一只小藤篮的年轻人，面皮黝黑，颧骨凸出。他对清晨的强行敲门似乎感到不安。“太早了吧？”他惴惴地对沈玄庐说。这人就是陈望道，原是浙江第一师范学校的语文教师。

“好事不怕早！”沈玄庐嘴上的两撇小胡子翘了起来，“是不是，季陶兄？”

他身后站着的就是戴季陶。戴季陶自恃是陈宅常客，便安慰陈望道说：“不用担心，仲甫哪怕要发火，迎面一个喜讯，也不怕他不乐。”

陈独秀穿着睡衣下楼，脸上果然不悦。他昨夜握笔撰文，一写就没个停，一直熬到鸡叫。

“什么大事啊，一个个都属公鸡的，天不亮就嚷嚷！”陈独秀瞪眼，“哟，这不是陈望道先生吗？”

陈望道说：“陈先生！”

陈独秀心里忽地明白了，脸上顿起笑容：“好好好，我已经知道沈玄庐为什么提着酒了！”

沈玄庐哈哈大笑。

陈望道进门入院，便急急打开手提藤篮，规规矩矩取出一册英文书籍，双手递给陈独秀：“完璧归赵。”

“这叫完璧归陈！”戴季陶笑眯眯纠正，“还有一册，要完璧归戴！”

陈望道果然又取出一册书，恭恭敬敬说：“归还戴先生！”

戴季陶收下书，对陈独秀解释说：“我给他的是日文版的《共产党宣言》，是我从东京带回的。他主要是根据日文版翻译。你那本英文版的《共产党宣言》，供他译时作重要之参照。仲甫，你知道不知道，陈望道先生可是躲到他义乌老家，挑灯夜译，一间柴屋、一张板桌、一盏油灯，实足三个月工夫，苦死了哟！陈先生，快取译稿，给仲甫兄过眼！”

陈望道从藤篮中小心翼翼捧出一大沓译稿。

沈玄庐说：“仲甫，我这位浙江老乡可谓是不负众望，你说呢？”

陈独秀翻开稿本。陈望道的字迹很是娟秀。陈独秀轻声念：“一个幽灵，共产主义的幽灵，在欧洲徘徊……啊，啊，仅读几行，便知陈望道先生译笔之漂亮！来来，客厅坐！”

沈玄庐坐下，手指陈望道说：“仲甫，陈望道先生这一回来上海，就不回浙江了，我已经同季陶商量妥当，聘他为《星期评论》的编辑。”

陈独秀喝一声：“酒呢？”

沈玄庐说：“在呀！”

陈独秀跺脚：“怎么不喝？”

高君曼出现在楼梯口，头发蓬蓬乱乱：“当家的，你要当心，这两天血压高！”

陈独秀说：“共产主义幽灵进家门了，血压再高也不能不举杯！喝！”

沈玄庐跟着喊：“喝！”

陈独秀吩咐说：“君曼，快上酒杯！柜子里有五香花生米！我昨日买的！”

高君曼端来了白瓷酒杯，叮叮咚咚排开，众人一一斟上。

陈独秀举起手中酒杯说：“一为马克思和恩格斯，二为陈望道，三为专门借我这册英文版的李大钊，四为贡献出日文版的戴季陶，五为诚聘陈望道来上海共事的沈玄庐，干杯！”

众人听得高兴，齐喊“干杯”，正待痛饮之时，只听陈独秀喊一声：“慢！”

陈独秀说：“我今日兴奋，再多说几句。这本《共产党宣言》，可以说是全世界共产主义者的圣经。起始是德文版，后来出了英文版、俄文版、法文版和西班牙文版。在中国，一直没有全译本。北京、南京的报章上，断断续续译出一点章节的，倒是不少。我与守常先生不止一次谈起，什么时候才能有中文版的《共产党宣言》呢？我南下上海之时，守常专门借来了英文版的《共产党宣言》，托我到上海之后找人翻译，争取付梓出版。后来，我就找到了这位浙江义乌人氏！我给了他英文版，季陶给了他日文版。啊哈，亏得你陈望道是义乌人氏啊，义乌人素以骨头硬朗著称啊。当年戚继光抗倭，专门招募义乌人组成戚家军，攻无不克。你陈望道看来也是攻无不克，必是戚家军之后。望道你今日立下大功了！你为全中国的共产主义者望了道了！来，来，为中国共产主义者有了自己的全译本圣经，干杯！”

陈望道得了如此赞扬，心里开心，三个月的艰辛一扫而空，满满干了一杯以后，小声说：“这个宣言不寻常，我愈是翻译，心里愈是敬畏。若是走马，此便是马前的旗；若是行船，此便是船上的帆。”

陈独秀一听，连称这个比喻好，马上与陈望道又单独干了一杯。

沈玄庐扯扯陈独秀的衣袖，小声问出版经费问题。一本书要问世，绕不过一个“钱”字。他知道陈独秀手中无钱。

陈独秀告诉他洋人肯出钱资助，沈玄庐听不懂，问是哪方洋人，陈独秀说了一句魏金斯基，沈玄庐便明白了，同时也放了心，不然，他这个小财主少不了又要慷慨解囊。他不是不舍得施舍银子，实在是他已经连续两年减免了佃农的粮租，账上有些吃紧。

众人都为书稿的翻译和出版不成问题而开心，一齐举杯，正待畅饮，忽又听陈独秀豪情万丈地说了一声“慢”。陈独秀环视大家，说：“还有一句重要之言，必得先说。”

沈玄庐大大地不满意了，说：“唉，这杯酒怎么这么难喝？说到底，还不是你陈家之酒，是我沈家的酒！”

陈望道想笑，不敢笑。

陈独秀激情难抑地说：“你陈望道既已译了《共产党宣言》，就是半个共产党人了。你戴季陶你沈玄庐虽为国民党员，但向以《星期评论》为喇叭鼓吹社会主义，又联合翻译了考茨基的《马克思的经济学说》，第一次向国人介绍了马克思的《资本论》，这么说，也该是半个共产党人了。既为同道，便是同党，我们上海的共产党组织也该应运而生了！”

大家尚未接口，忽有一戴眼镜者闯门而人，连呼：“这个主意好！这个主意好！”

李汉俊来了。李汉俊也是考茨基那部书的译者之一，也算上海《星期评论》的创刊人，三个月前《星期评论》编辑所从爱多亚路新民里五号搬到了他的白尔路三益里十七号私宅，他更成了这本明星杂志的中坚。陈独秀常去白尔路，他也常来渔阳里，双方都是直进直出，不拘礼节。高君曼赶紧补送一只酒杯，沈玄庐为李汉俊斟了酒。

李汉俊说：“共产主义信仰者若没有自己的组织，没有实际行动，只是做文章说空话，绝不能推动中国革命。仲甫兄昨日还跟我说过这个意思。”

陈独秀大笑，拍拍李汉俊的肩，说：“什么我的意思，中国要成立无产者之政党，最早还是你汉俊的意思嘛！”

陈独秀记性好，说的没有错，李汉俊确实是中国最早提出需要成立无产阶级政党的中国人。去年秋天，李汉俊从日本人手中翻译了《世界思潮之方向》后，就在译文中写下了“人家叫我民党或革命党，我应该有切实的打算”。陈独秀读过译文本《世界思潮之方向》，体会得到译者李汉俊的激动，实际上他当时在北京读到李汉俊这句话的时候，心里也是一动的。

李汉俊说：“仲甫既然拿了主意，我岂有不来啸聚的？”

陈独秀于是问：“那么，诸位意下如何？”

沈玄庐嚷：“这还用说？我们以举酒代替举手，先把这杯酒干了吧！”

见酒杯一只只举起来，陈独秀又把手一挥，说：“慢！”

沈玄庐愕然了：“你还慢、慢、慢，你今天存心不让我们有口福，是不是？”

陈独秀说：“一个党的取名，如同一个人的取名一样，必得响亮。名亮则路宽，路宽则人众，人众则事成。我们既然组党，必先要取一个亮堂堂的名称。”

“啊，也对，也对，”戴季陶说，“就如安庆有亮堂堂的独秀之山，安庆人就有亮堂堂的独秀之名。”

陈望道说：“我们按不按马克思的取名呢？”

陈独秀斟酌一番，说：“那就取名‘中国共产党’，如何？”

李汉俊赞同：“我看可以。”

“依我看，不妥。”戴季陶表示了异议，“中国信仰共产主义者并不多，凤之毛，麟之角，还不如取一个更易于大众理解的称谓，比如：中国社会党。”

“更是不妥，更是不妥，”李汉俊摇手，“天津的江亢虎就成立过中国社会党。”

沈玄庐寻思半天，说：“体肤为社会党，骨肉为共产党，也是一法。”

陈独秀说：“兹事体大，我还是写封信去北京，与李守常商议之后再定。”

沈玄庐忽然大叫：“管他什么名，先把这杯酒干了好不好？举得手都发酸了！仲甫，不准你再说慢了，你敢再说一声慢，沈某人跟你拼了！”

陈独秀说：“干！干！”

酒杯互碰，叮当一片，众人终于喝成了酒。沈玄庐带的酒还是好酒，“月桂冠”牌，陈独秀避难日本时就喜欢喝这牌子。

陈独秀当夜就喷着酒气，提笔给李大钊写了封长长的信。

这一天的暮色之中，李大钊走入后闸胡同，一推门进家，妻子赵纫兰就迎了上来。“这么迟才回来？开会了？”

李大钊说：“复了一封长信，很紧要，寄上海的。”

赵纫兰猜出来了：“给陈先生的？”

李大钊接到陈独秀长长的信函后，旋即也复了一封长信，郑重建议中国共产主义政党的名称，还是叫‘中国共产党’为好。

赵纫兰为丈夫换上拖鞋。李大钊说：“仲甫在上海已经开始行动了，我在北京也须加快步伐。明天我就想找几个人谈谈，好在湖南的毛润之为驱张之事也在北京。”

赵纫兰一拍手：“啊呀，忘了告诉你，那个毛润之前两天来家里找过你。”

“他来过了？”

“说是辞行来的，他要去上海，有一批湖南青年要去法国勤工俭学，他说要赶去送行。”

毛泽东挽起裤管，把自己的光脚放入溪泉中。

这里是山东曲阜孔庙，松柏长得密密麻麻。

毛泽东在南下上海途中，特意在山东的泰山和曲阜等地停留。来曲阜，自然是想看看孔子的故居和墓地。

毛泽东揩干净双脚，穿上黑面布鞋，径往大成殿而去。

入了空无一人的大成殿，迎面便是孔子塑像。毛泽东觉着了一阵阴凉，顿感气氛庄肃。

孔子的面相发黑。毛泽东观视塑像良久，末了，一屁股坐下来。

他一时觉得有满腹的话，闲坐无事的孔子恰可以做他的对谈者。

“孔老夫子啊，孔老夫子，三千年前，你的弟子在树下躲了雨，我毛泽东今日也在孔府的树下躲了雨；你的弟子洗了脚，我毛泽东今日也洗了脚。既已濯足，便为弟子，不管你相认不相认，我毛泽东自今日始，算是你孔老夫子的弟子喽！”

说到此处，毛泽东前倾弯腰，鞠了一躬。

“去年这个时候，北京大呼要打倒你的孔家店，我在湖南，也挥拳高呼砸烂孔家店。如今想一想，你老夫子开过店吗？你不是开店之人，你当不了掌柜的。你就是开店，也开不出一家好店来！你呀，老夫子，你无非就是一匹马，一辆车，坑坑洼洼到处走罢了。你既未开过店，我们为什么要跟你这个假店主过不去呢？你想过这个道理没有？看来你没有想过。我倒是想过了，我今天告诉你，其中之关键，是你的文章没有做好。”

孔子沉闷不语。毛泽东摇了摇头。

“你虽述而不作，但是你之所述，其实，也并不漂亮。大约是你老了，所以蠢话很多。你用你的语言搓了一根绳子，这根绳子本来是挂你的店牌的，你却没有去挂，反而拿来束缚国人的手脚，尤其是我们青年人的手脚。这一缚，就缚了两千多年。须知束缚是有代价的。既有束缚，便有反抗。所以我们这些晚辈就认定你有一家店，便要用石头来砸你这个店。我小名石三伢子，我这块石头虽不大，也是砸着见痛的哟！”

说到这里，毛泽东笑起来。

“但是你不要怕，”毛泽东又说，“你连个店号也没有，你怕什么？如今要怕的，倒是我们这些石头，包括我这个石三伢子。我们砸了你的店子，我们又开什么店呢？我们能卖什么东西呢？其实，老夫子啊，我们也没个店号，我们再怎么盘算，也盘算不出有哪一票扎扎实实的货于今可以卖给国人。所以，没法子啰，我毛泽东今天还是愿意跑来这里，来你老夫子面前洗一回脚，做一回你的弟子！好歹你还有个‘学而时习之，不亦说乎’，我愿意听；你还有个‘有教无类’，我愿意听；你还有个‘未知生，焉知死’，我愿意听！我这么说，你老人家该满意了吧？”

毛泽东等了半天，没听孔子言语，便长叹一声，起身，袖子一挥，走了。

大成殿前松柏摇动。毛泽东一步步踱于松柏之下，神思凝重，凝重之间还颇有些怆然。中国叫孔夫子摆弄了这么多年，什么东西都集“大成”了，积重难返，要改变一点什么，真个是难，但是一个民族总是要有新路摆在眼面前的，孩子一代一代生出来，路总是要不断地走下去的。孔夫子之后，该走什么路呢？中国总不能再走死路吧？虽说死路两旁一直是松柏常青。

毛泽东到了上海，到处打听陈独秀，都没结果。

他来上海，其目的，除了送别赴法勤工俭学的湖南青年之外，就是想求教陈独秀。他觉得陈独秀应是孔夫子之后的“集大成者”，虽然还没见陈独秀端出自己完完整整的主义，但是站在其身旁的两位先生，一位赛先生，一位德先生，却早已在中国知识界深入人心了。

而陈独秀这一时期却没有多谈这两位“先生”，他谈工人，他现在已经明白去年李大钊老是谈工人的意思了，他连续几天都忙于在上海纺织工人集中地小沙渡作演讲。中国产业工人的人数虽还有限，但其觉悟和组织程度，已越来越为此时的陈独秀所关注。

讲台下人头攒动，刚下班的满脸疲惫的纱厂女工们慢慢汇聚在这里，一齐睁大眼睛听陈独秀演讲。

“诸位工人师傅都知道自己的力量吗？”陈独秀现在的演讲，握拳头的动作越来越多。这里是沪西小沙渡工人补习学校前面的露天讲台，陈独秀面对的是密密麻麻的纺织女工的眼睛。这些眼睛总是明亮者少，灰暗者多。“我们扯《山海经》的时候，总是说，我们不过是个小小的工人，能有什么力量呢？工人师傅们，你们是有力量的！你们看看四周，我们每一个人穿的衣服，不都是你们纺的纱、织的布？要是没有你们，所有的人不都要活活冻死吗？商人还能做生意吗？兵士们还能打仗吗？小孩子还能长大吗？街上还有人走吗？”

一个小个子工人慌慌忙忙挤进人群，又挤到演讲台边上，看他那副紧张如满弦的神情，十有八九隐藏着坏消息。果不其然，当他把李汉俊召下演讲台耳语几句之后，李汉俊的脸色也顿然变了。

李汉俊跳上台，捅捅陈独秀后腰，低声示警：“警察马上要到，停止演讲！”

陈独秀不睬，继续打手势，他正在兴头上。

“你们要懂得，这世界，本来就是你们创造的！没有你们便没有世界！但是，你们创造了世界，世界却仍旧叫你们受穷，你们辛辛苦苦，起早摸黑，饿了，吃不饱！冷了，没衣穿！病了，缺钱抓药！生下孩子，念不起书！工友们，兄弟姐妹们，你们要团结起来，改善自己的境遇啊！”

工人们听得专注，许多眼睛在慢慢亮起来，而李汉俊心里的鼓点此时也越来越响，细细密密的冷汗从他的额上渗了出来。他摘下眼镜擦一擦，擦的时候他觉得自己的手指在打抖。他很不满意陈独秀的故作镇静，这不是革命者应有的风度。

“仲甫，还是走吧？”他又悄悄伸手，扯陈独秀的西装衣襟，扯得很有力。

陈独秀烦了，一把将他搡开，继续大声说：“工人兄弟姐妹们，你们要想改进自己的境遇，不结成团体，那是不行的。但是，我要告诉你们，像上海的工人团体，就是再结一万个也都是不行的！新的工会，一大半是下流政客在里面出风头，旧的工会公所里面，一大半也是店东工头在那里包办。他们不会给你们谋取任何利益！觉悟的工人啊，你们要另外联合起来，组织起你们真正的工人团体！你们要用自己做工的双手，替自己谋利益！”

“对！”人群中有人喝彩，“陈先生说得好！”

陈独秀大声喊：“工人兄弟姐妹们啊，团结，就是力量啊，五指捏拢，就是拳头啊……”

话没讲完，李汉俊一把扯住他，就往台下跑。陈独秀正待发火，却已经听见有人惊叫“警察”。人群哗的一下开始大乱，女工们一齐发出尖喊声，这喊声犹如几百块窗玻璃同时碎裂。

李汉俊迅速翻过讲台后边的一堵围墙，有工人托了他一把。然而陈独秀却不行，接连爬了几下，虽手上都是青苔，却还是没有翻过围墙。陈独秀心里骂，屁股底下这五六双手怎么都轻绵绵的，还不如高君曼那双手，他家厨房里那扇窗子那么高那么窄，他还是能像条鱼一样钻出去。就在这么想着的时候，他觉得自己已经像朵云一样飞了起来，接着便与小半堵墙一起轰隆而坠了。他觉得屁股痛，而一动弹，又觉得右脚比屁股还痛。他喊李汉俊，没回音，不知是被接走了还是被抓走了。

“过激分子跑了！翻墙了！”墙隔壁有人喊，并且有警笛嘟嘟响。

陈独秀咬着牙站起，一瘸一拐奔逃。他想，再痛也得忍着，不逃不行，上海警察不见得比北京警察心肠软。但是在翻过一道黄泥土墙之后，他只感到脚踝钻心般痛，刚想喘气，忽又听见了警察沙哑的喊声：“在这里！”

陈独秀心里急，想使劲跑，又想干脆不跑了，娘的，站下来不跑，又怎么样呢？正在犹豫当中，忽然耳边响起一个女人的声音“快进这儿”，接着他就感觉到有一只手狠狠拉了他一把。

这是一个暗黑的门洞。陈独秀闻到了女人的气息。这个女人在暗黑之处使劲按着他的头，不让他动弹。

门洞外响起纷乱的脚步声，间杂着警察的大呼小叫声，如同一股浊流，哗哗而来，又滚滚而去。陈独秀在暗黑之中抬起眼睛，想看清这个女人的脸，但是他看不清，只感觉这个女人脸很白。

“你是谁？”他问。

“医生。”

“医生？你是医生？”

“我是医生。”

“为什么我伤了，就会有医生出来？”

“我一直在听你演讲。你说话真是有力。你其实应该记得我，你来我的诊室里看过病。你说你是胃病，肚子里经常痛。你说自己病情的时候都像是在演讲，我一下子就记住了你，而你是不容易记得一个医生的。现在你想起来了吗？”

陈独秀点点头：“好像想起来了。”汪孟邹带着他看过上海的好多家诊所，医生有男有女，他确实也记不得哪一个了。但是经这位女人如此一说，他脑海里似乎也有了点印象。他问她，你一直在听我演讲吗，你为什么要听？女人说因为你讲的话有道理，我每天看的是人的病，但是我知道，这个社会有病了。

陈独秀觉得这个女人这样回答很合自己的意，而且对方的声音也很好听。

女人又说：“你的脚扭伤了，你该用点药。”她说话虽然轻柔，但是不容分辩。陈独秀点点头，靠着她的身躯，努力站起来。几分钟后，她扶着他穿过一个门洞，又穿过一条窄窄的里弄。陈独秀现在才看清了她，她一张脸很漂亮，眼睛和眉毛都很细，鼻梁挺挺的。陈独秀一直没有吭声，任凭那女人叫了一辆黄包车，坐了上去，几个弯之后，他又被扶进了一间旧旧的平房，平房里都是质地很厚重的家具，空气中弥漫着一股药水味儿。

按照女人的吩咐，陈独秀倒在一张竹躺椅里，然后把右脚高高架起。

女人叫他忍住痛，脱了他的旧皮鞋，又脱了他湿漉漉的袜子。浓浓的臭味从空中一阵阵散开来。女人闻着，也不回避，也无表情。她先用毛巾，再用酒精，净了他的脚，然后调和着一种褐色药膏，仔细地为他敷抹。陈独秀龇牙咧嘴，感觉到又凉又痛，但是他没有发出任何声音。他在心里已经确认她是个医生了。医生这种职业，他一向是敬佩的。女人问他痛不痛，陈独秀说：“稍微有一点。我在北京也翻过一次墙，脚也扭过。”

“那就是陈伤了。”女人说。

一个男孩探进头来，四五岁的模样，脸很圆，头发盖在眉毛上。他看看陌生人，又看看女人，说：“妈，我要吃番薯。”

“自己去锅里拿，乖！”女人说。

孩子走了。陈独秀问：“你先生呢？”

“别提他。”

为什么别提呢？陈独秀木然，后来又摇摇头。

女人笑一下，说：“我是一双他穿过的鞋子，说扔就扔。扔了都五年了。”

陈独秀瞧着自己的光脚丫子出神。

“你叫什么名字？”他问。

“施芝英。”

“你真的喜欢听我演讲？”

女人说真的喜欢，不过今天也只是第一次，她是偶然路过那儿。陈独秀来了兴致，追问女人，听自己的演讲，到底是什么感觉。

“没听你讲话之前，我是这个感觉。”施芝英伸手，按熄电灯，房间顿时一片灰暗。“听你一番讲话，就是这个感觉。”

她复又打开了灯。

陈独秀觉得这女人聪明。

“书生之言，不会有这番功用吧？”陈独秀淡然地说，一边说，一边心里振奋。他完全明白自己讲演的那种冲击力。

施芝英的回答态度诚恳：“不然，我也不会救你。我一个弃妇，敢背你敢扶你吗？”

陈独秀盯着这位穿着碎花儿布衫的女医生，仔细盯着，长时间盯着。突然，女医生发出了一声笑，笑声碎碎的，同时，她的笑容也很妩媚。

就在这一刻，相隔四个街区的上海半淞园里，站在九曲桥边的毛泽东兴致也很高。“诸位，诸位，”毛泽东高高举起手，来回摇着，招呼众人，“离别时分，大家来合个影！你们到法兰西，我留在岳麓山，又要几度春秋不见故人喽！”

一群来自湘江岸畔的男女青年在上海半淞园聚会。几天后，其中的六位就将登轮赴法留学。

“润之！”赴法留学青年萧子璋忽然举起双手，按在毛泽东肩头，两眼直瞪，“你说实话，你是不是舍不得抛下你的杨开慧？”

“哪里话！”

“那就横下一条心，走！两天之后，跟我们一起登船，到法兰西喝咖啡去！那名单上，本来就有你毛润之嘛！”

有人附和，都说要毛泽东同去。毛泽东笑，摆摆手，他是铁了心不留洋的，于是他让大家安静下来，用很诚恳的语气向大家摆出了自己不肯留洋的理由："第一，毛泽东不懂洋文，怕到了法兰西受气。子暲，你忘了？那天跟你学法语，三天没记准一个词。第二，大家都走了，总还要留个把人看看家吧？开开窗呀，扫扫地呀，看看这个很不干净的家到底还得怎么打扫呀，家里弄干净也很要紧啊，你们日后就不回湖南老家了？"

"有理，有理，"好几个人笑，"润之说话总是强词夺理。"

"我毛泽东还有几句话要说。"毛泽东的表情有点严肃起来。

"讲！讲！"大家点头。

"大家在湖南，学习很诚恳。到了法兰西，好学风务必不要丢掉。我有个建议，无论到什么地方，只要有三名以上的会员，就要组织起学术谈话会，交换知识，养成好学的风气。"

萧子璋说："这一条，我们能做到！"

"既然如此，"毛泽东说，"我还有个请求。"

"讲！讲！"

"你们远涉重洋，为的是西天取经。我在家中守门，是就地打坐念经。大家一个目的，都是苦苦探求救国之真理。我希望诸位游僧发现了什么，悟到了什么，必得来封信跟我这个在家和尚通通气，大家一定要互相启示，一齐得道，共同成佛！"

众人觉得这句话说得好，于是一起鼓掌。

"那么，八方和尚，一起拍照了！"毛泽东再次指挥，把大家唤在一起。

众人刚站齐，闻得咔嚓一声之后，便又听得一声尖厉的叫，那是一位年轻人跑进了半淞园，把手挥得像风车一样。

"毛润之！"那人喊，"你要找的人，在印刷厂！过去不远，辣斐德路上！"

毛泽东果然是在印刷厂见到的陈独秀。

他先找到辣斐德路，又按墙上写着的地址找到了成裕里 12 号。印刷厂不大，也没几个工人，门楣上挂着一块牌子，上书"又新印刷所"。

两人刚见面，他就发现陈先生瘦了一圈，不仅瘦了，脚也有点瘸。毛泽东后来知道，这是他爬墙摔的。

陈独秀见到他就笑，心里高兴，缓步地走在机器旁。毛泽东始终从一旁扶着他。印刷机在滚动，机声嚓嚓，很有节奏。

“脚上不要紧吧？”毛泽东问。

“上了药膏，过几天就好。今日封建军阀扭了我的脚，明天我们就会唤起民众扭下他们的脖子！”陈独秀一说起伤脚，就有点咬牙切齿。

“陈先生的言谈和文章，始终犀利如青锋。”

“世间最犀利者，”陈独秀说，“莫过主义。”

“对，对，”毛泽东兴奋起来，“我近一个时期啊，一直在苦思这个问题。我到处追寻陈先生之足迹，就为的讨教主义之问题。”

陈独秀闻言，笑了，扭头问他见过马克思、恩格斯的《共产党宣言》没有？毛泽东说见过零散的章节，还是几个月之前在北京那座破喇嘛庙里看的，很觉新鲜，但因难窥全豹，所以也没有特别的感觉。

“那么，”陈独秀手指印刷机，“你看看我今天特地来校印的东西是什么？”

毛泽东的视线落在印刷机上：“《共产党宣言》？”

他很奇怪，一直没有见到这本书有中文译本，却在这里发现了。陈独秀告诉他，这本全世界共产主义者的“圣经”，一翻开就是锤子与镰刀的乒乓之响，就是浓浓的火药味。有了中文全译本，在上海也找不到一家印刷厂敢印，所以是一个叫作魏金斯基的苏俄客人给了钱，办了个印刷厂，自己来印。所以这本《共产党宣言》也是这家新开张的印刷厂制作的第一本书。

“来，介绍一下，这位就是立下大功劳的翻译家陈望道先生。”陈独秀高兴地说。

陈望道从印刷机旁走了过来。

“久仰先生！”毛泽东微鞠一躬。

陈独秀说：“该‘久仰’！该‘久仰’！十多年前，同盟会员刘师培在日本办的《天义报》上，译过《共产党宣言》，不过只译了个序言。去年4月，我们在《每周评论》第十六号上，刊登过《宣言》第二章的一部分。这一回，可就要全文出版了，陈望道先生真的功不可没哟！”

“哪里，哪里！”一向斯文的陈望道照例斯斯文文说，“润之先生的《湘江评论》期期拜读，文气磅礴，才是久仰！陈先生，你们那边去谈，校样出齐，我来叫你。”

陈独秀把毛泽东带到印刷厂西头的一个小纸品仓库，一落座便直接问他："润之为什么不去法兰西？"

毛泽东想一想，说："陈先生，说不想去，假的，我其实也很想去。只是，若是大家都走了，中国的虎豹豺狼，谁打？你看湖南张敬尧，至今还在吃人。最起码，驱张成功，我毛泽东再去法兰西！虎豹豺狼有兵，新民学会有理，人说'秀才遇到兵，有理说不清'，我偏不信。我这人好斗，我就不信我毛泽东今生今世一定斗不倒他张敬尧！"

"人不可无傲骨。革命家更不可无傲骨，我看你很自信。"毛泽东的这种脾性，陈独秀很是欣赏。

"见笑于先生了。"

"不不，我喜欢这脾气。你我性灵，彼此相通。毛润之，你知道我加入过暗杀团吗？"

毛泽东不甚了了。

"也就是你这个年纪，不，比你还小两岁。也就是在此地上海，天天摆弄炸药，发了誓，要刺杀慈禧太后。此时听来，好笑吧？仅凭一身热血，要挽天下之危。这就叫只见个人，不见社会，不见阶级。从那时候起，我陈独秀留洋，办报，坐牢，奋斗，实足摸索了十七年，至今才算彻悟，明白救国之路，别无他途，唯马克思主义，唯俄式革命！"

陈独秀这么明确地赞赏马克思主义，毛泽东倒也是没有想到。陈先生与李先生所思所想，看来是一样的。

"李大钊的《我的马克思主义观》，读过没有？"陈独秀果然又这样问。

"读过两遍。"

"考茨基的《马克思的经济学说》，读过没有？"

"已经借得，尚未就读。"

"要读。还有，日本人河上肇写的《马克思唯物观》，亦可一读。再有，这一套《共产党宣言》全译本的校样稿，你可以带回去，先睹为快。"

"谢陈先生。"

陈独秀不顾脚痛，还是站了起来，走了几步，他的激情来了："润之，我已经抱定一个信念，四万万中国同胞要站起来，所倚仗者，必马克思主义无疑！我们中国的脚，像我一样，已经扭伤了，在世界上已经站不直了，不赶快倚仗一种坚实可靠的主义，很难走路。你记住我陈独秀的话，中国，唯有倚仗马克思主义，才能真正迎来德先生，迎来赛先生，才能使四万万中国人迎来永久之光明！”

毛泽东凝神看着陈独秀，胸中似有闸门渐渐升启之感。

十六年之后，毛泽东在延安与美国记者斯诺的谈话中，还回忆起了1920年在上海的这次不平凡的会见。对于毛泽东而言，这次会见确实颇具震撼力。毛泽东说：陈独秀谈他自己信仰的那些话，在我一生中可能是关键性的这个时期，给我留下了深刻的印象。毛泽东还说，到了1920年夏天，在理论上，而且在某种程度的行动上，我已成为一个马克思主义者了，而且从此我也自认为是一个马克思主义者了。

当晚，毛泽东便在上海的下榻之处，细细读了《共产党宣言》的全文。第二天，太阳照着这间哈同路民厚南里二十九号的时候，毛泽东还没有睡意。他看见大门前“湖南改造促成学会”的油漆木牌被东升的太阳照得熠熠发亮。他想，湖南也可能要亮起来了。这种亮，可能会很快，而且这种亮，跟张敬尧在不在湖南，可能并没有关系，而且跟湖南是否一省先行建国的设想，可能也没有关系。

可能这是一种解决问题的根本之道。

就在他这么细细琢磨着的一个月之后，张敬尧终于被逐出了湖南。张敬尧并不是被民众的抗议声所驱逐，而是在直皖军阀之间的混战中败走麦城的。身居上海的毛泽东在获知这一消息时，却显得格外沉着。他已经不再相信湖南只走一个张敬尧便会出现新气象，而是深信唯有动员民众参与革命，工农坐了天下，湖南才能真正亮起来。他想，一定是这样的。

毛泽东买好去长沙的船票之前，又专程去了一趟老渔阳里。不巧的是，主人又不在家，这一回，依旧是女主人高君曼给客人沏上一杯茶。

之前，毛泽东在弯起手指敲门的时候，门外还有个身材修长的蓝旗袍女人，悄悄地闪在了一边。毛泽东当时并没有注意到这个女人，他进屋之后，只注意到沏茶的女主人神色有些憔悴。

“我是来辞行的。”毛泽东对高君曼说，“请师母转告陈先生，湖南之事，务请他放心。我回湖南之后，第一，马上就创办一个文化书社。湖南人现在脑子饥荒实过于肚子饥荒，青年人尤其嗷嗷待哺，我的书社愿以最迅速的办法，把救国之主义介绍给他们。师母，你在听我说吗？”

他发现女主人的眼睛老是瞄着窗外。

“我听着，毛先生。”

“第二，我打算组织一个湖南俄罗斯研究会，以研究俄罗斯一切事情为宗旨，再发行一份《俄罗斯丛刊》。师母，我觉得，俄式革命的研究，对中国而言，实在太重要了！”

“哦，哦。”高君曼心不在焉。

“第三，我要派湖南青年去俄罗斯实地考察，不要一提勤工俭学，就是法兰西，我于今特别推崇俄罗斯。师母，是不是门外有客人？”

“别去理她。”

“是谁呀？好像有什么事，我去开门。”毛泽东站起来去开门。高君曼想拦，没来得及。

开了门，他便见着了那位身材修长的蓝旗袍女人。“请问你找谁？”毛泽东问。

施芝英说：“有样东西，要带给陈先生。”

她文静地举起一瓶药膏。

“药？”毛泽东说，“你送进去就是了。”

“她不收。”施芝英说。

“那我送吧。是陈先生用的？”

“是的，”施芝英转身走了，“谢谢先生。”

毛泽东回进门，将药瓶置于桌上。“有人送来药，说是给陈先生用的。师母，我先走了，务请你转告陈先生，请他注意听我们湘江之涛声。”

高君曼不言不语，伸出手，一抹，便将桌上的药瓶子抹下桌面，打落在地。

砰！碎片四溅，直叫毛泽东吓一跳。

高君曼双泪流出，歇斯底里起来：“陈先生是你们的一个好兄长，一个好先生，可是他实在做不成一个好丈夫！”

毛泽东离开老渔阳里的时候，心间阳光又减了几分。他觉得这位师母的做法有些过，以陈先生思想界播火者的身份，烧着一些男女，结交一些男女，原是寻常之事，摔罐子摔瓶子之举，过了，何况还是药。再说，你高君曼也是新潮女子，观念并不囿于大成殿，当年跟随亲姐夫双双远走高飞，不也是惊世骇俗之举？毛泽东在十六铺码头登轮之时，江风一吹，额头凉了，他便又开始从另外一条思路来思考这户人家。他想，陈先生作为思想领袖，若能立身谨严，自洁自强，那就更叫人高山仰止了。陈先生是不该叫自己的夫人这么难过的。湖南新民学会会员一律立誓不赌不酗不嫖，陈先生若能入这样的会，那就太好了。

但是，这是不可能的，轮船鸣笛的时候，他又这么想。一人一个活法，亦何必指点人家？再后来，除了湖南的事，他就什么都不去想了。

第 6 章

中国的天平，似乎正在向上海倾斜

终于提堂了。

警察推开一间办公室，动动下颏，示意周恩来进入。

周恩来一进门，就看见外号“杨梆子”的天津警察厅长仰坐在靠背椅上。杨梆子斜起眼睛，不屑地看看进门者，他说：你代表谁呀，小兔崽子？

浓密的头发与络腮胡遮住了周恩来的大半张脸，唯有眼神仍然锐利，犹如刀剑，但是杨梆子感觉不到锋芒，小兔崽子能有什么刀有什么剑？杨梆子要摆平这个“小兔崽子”。

就在毛泽东离开北京南下上海的这个月里，被无理关押在天津直隶省警察厅长达七十余天的周恩来，终于秘密地串联起他的难友，作出了一项果敢的决定。他觉得他必须有所行动，现在，他要把这项决定面对面地告诉这个决定关押他的人。

“怎么不说话，小兔崽子？”

“我今天见你，是代表先后被捕的二十四名天津爱国学生！”

“你今天就代表你自己吧，小兔崽子，有什么屁快点放。”

“我们全体被捕学生，决定绝食！”

“绝食？”警察厅长惊愕了，一敲桌子，“在我这里？你们绝食？敢？！”

“我告诉你，警察厅长先生，你们拘捕我们两月有余，既不交法庭正式审判，又拒绝释放，我们认为：第一，这是明目张胆违背民国约法！第二，这是公然违反新刑律的规定！”

周恩来尽量把话说得很平静。这两条理由说得越平静就越有力量。

“好一个刁嘴之徒！”杨梆子干笑一声，把眼睛眯起，细细察视这个胡子拉碴的刁顽之徒。世道果然变坏了，他想，年纪这么小，就敢咬得这么狠。“你懂法还是我懂法？！”

杨梆子没有料到他的这个“小兔崽子”突然发作了。只见周恩来猛然举起带铐之手，往下狠狠一劈，铁铐便击在木椅扶手上，咣当一声，如同被刀劈一样将木椅削去一只角。周恩来吼道：“我们限定你们警厅在三天之内发往法庭进行公审，否则，我们全体绝食！由此引发的所有后果，你警察厅长杨以德负全部责任！”

杨梆子顿然知道事情有点不妙，对手看来是有相当准备的。他呆了半天，正待发作，后腰被人轻轻戳了一下，同时他听见了一个警官的耳语：“厅座，天津各报馆记者二十多人已集聚门外，要求紧急采访杨厅长。”

“采访什么？不采访！”杨梆子觉得有点突然，也敏锐地感到狱内狱外已经有了勾连。

又来了一个警官，推门而入，蹑手蹑脚走到杨梆子身后，说：“禀报厅座，来了许多学生，都在门外，闹事的！”

“许多？多少？”杨梆子瞪眼睛。

“许多，许多，一大片，数不过来。还有许多小旗子，红红绿绿，十字路口都堵了。”警官有点语无伦次。

坏了，杨梆子的神经本能地一抽，看来又是一场大戏。自打去年 5 月以来，天津市面三天两头不安分，再怎么捕怎么压都难见太平。坏了，又要挨段祺瑞训了，只要天津地面一颤，段府的电话线就跟着颤，然后他杨梆子脑门上的青筋也跟着颤。

“我的话说完了。”杨梆子听见周恩来又这么说，也看见他从敲破的木椅上站了起来。“我要回去了。”

杨梆子说：“你坐下。”

周恩来以命令的口吻对警察说：“前头带路，回去！”

“慢！”警察厅长站起来，“周先生，我们是不是再谈谈？”

这时候他的口气已如落入汤锅的面条，一下子软了下来。

周恩来头也不回：“可以谈，三天之后。”

这兔崽子！杨梆子久久摸着下巴，看着这个小年青的背影。这兔崽子有谋略呢，知道收放呢，知道张弛呢，大起来若能拉一支队伍，跑不了能当个段祺瑞。

后来的三天，杨梆子过得越来越不是滋味。到了第四天头上，警察厅门口又来新花样了，值勤警官慌慌张张向他报告，说是有人自愿投牢，想当囚犯，还不是一个两个。

杨梆子问有多少人，警官说是二十四个，有男有女，全是学生，都带着铺盖，说是铁了心了。

这次带着铺盖冲击警察厅的举动，是邓颖超的策划。牢里的伙伴们，一直使邓颖超牵肠挂肚。她前几日对妈妈说，她要学朝鲜的安重根了，妈妈还没弄清楚女儿的真意，邓颖超已经在三天后开始了“直接行动”。带铺盖的行动，极具个性，报馆记者肯定会喜欢，所以邓颖超事先联系了他们。

砰！一只鼓鼓囊囊的铺盖置于警察厅门外，溅起一股沙尘，其后一个女学生便稳稳地坐在铺盖上。然后，又是一只铺盖落地，又坐上一位女学生。尽管守卫在门口的警察大呼小叫“不准放！不准放！”，但越来越多的铺盖仍然无视禁令，直至密密地封堵住了警察厅的大门。

二十四只铺盖和二十四个坐在铺盖上的学生吸引了密密麻麻的路人，报馆记者用各种角度拍照。邓颖超看起来就是个挑头的，所以她被拍了好几个特写。各校学生来了上千个，纸旗摇得天都花花绿绿了。

警察拥出大门，荷枪实弹，如临大敌。杨梆子则站在窗玻璃后头观察，心里烦躁。他观察到一个白衫黑裙的小姑娘特别活跃，兔子一样蹦着、跳着，一忽儿坐在铺盖上，一忽儿冲向刺刀，用胸膛抵着，手指直点警察的鼻子，凶得很。杨梆子听不清她在喊叫什么，只在想，什么样的家庭才能教出这么猖狂的小姑娘来？

邓颖超喊叫的是一遍遍的大白话：“什么人敢带铺盖？不怕死的才敢带铺盖！我们连死都不怕，还怕你这把吓唬人的刺刀吗？”

举刺刀的警察手软，刺刀一寸寸后退，邓颖超则步步进逼：“我们二十四个学生带二十四个铺盖，就是为的坐牢！我们自愿坐牢！我们愿意替换关在牢里的二十四个学生！天津的监牢太有名气，关人不审讯，抓人无罪名，我们愿意见识见识这样的监牢！”

“讲得好！”民众喝彩，报馆记者也喝彩，人们挤到邓颖超身边，像围追一位明星。

步步退后的警察突然一拉枪栓，声嘶力竭吼叫：“散开！不准闹事！你这个小姑娘，你再走一步我就开枪了！”

邓颖超回身几步，抓起铺盖，顶在头上，铿锵有力地大叫：“坐牢去啊！”

二十四只铺盖呼啦一下子顶在二十四颗头颅上，二十四个嗓门一齐震耳欲聋地嚷："坐牢去啊！"

"娘的，"杨梆子急得在窗子后头跳脚，"一个女娃都顶不住！给我顶住！开枪！"

警察果然是开枪了，朝天开了好儿排枪，又挽手结成链子，才得以把那些发狂的铺盖一直挡在大门之外。双方对峙了好几个钟头，学生和民众才散去。

晚上，精疲力竭的邓颖超在被窝里搂着母亲说，其实，她不是不害怕，而是真害怕，很害怕。

杨振德其实就在现场。她是听到消息之后，扔下缝纫机赶往警察厅的，但是她没有拉女儿。她一直在圈子的外面看着，她为女儿的胸脯与刀尖之间的距离感到骄傲，她当时就判定警察不敢下手。女儿这一辈的斗争方式比父辈要高明多了，她的父辈们的牺牲有时候太快，民众还没有看清楚怎么回事他们就已经倒下去了。

"是吗？"母亲奇怪了，用手掌托住女儿的双腮。"我怎么一点也没感觉你害怕呢？你用胸膛顶着刀尖向前走的那会儿，我看你脸色，没见一点害怕。"

邓颖超说："妈妈，我害怕的不是刺刀，我害怕的是我们年轻人的斗争总是没有胜利。真的，妈妈，我们不怕流血，真的不怕，可是，太惨了，我们流下的血，总是不能使花儿开放。"

母亲紧紧搂着女儿。女儿又说："周恩来在牢里，也怕。他说，他不是怕绝食，不是怕警察厅长，只是怕斗争没有个头。自打去年以来，我们冲锋陷阵一年多了，中国还是那么黑暗，军阀还是那么猖狂，民众呢，还是像牛像马像羔羊。妈，你说，哪儿是头呢？"

"是啊，"母亲忧伤起来，"自你爸爸走了之后，我也总想，你爸爸的血不会白流的，可是我今天又差一点看到女儿流血。咱国家呀，天那么大，地那么大，怎么就没见着哪儿有光明呢，哪怕一线线呢！"

听着母亲的这些话，眼泪顺着邓颖超的脸颊流了下来，流到嘴边，咸咸的。

"小超，别哭，你已经很勇敢了。"

"周恩来也很勇敢，可是他还是被关着，而且绝食了！还有，他的学籍，也已经被开除了！"

母亲默然。她也听说了，周恩来一个，马骏一个，均被南开大学开除了。

还有一个马千里，一个时子周，也被迫辞去了教职员职务。学校，打骨子里说，也是政权的一个组成部分，说超脱，那是有限的。

邓颖超又抱着妈妈抽噎起来，她一时觉得非常伤心。

这一伤心在7月17日这一天却转化成了喜悦，邓颖超火急火燎赶往天津地方审判庭的时候，带着一只粉红色的花环。花环是她自制的，她在前一天亲手采集了许多带露水的杜鹃花。她与许多同学料定周恩来会被判为当庭释放，天津当局在对抗舆论和民众方面，已经力不从心了。

但她从旁听席上看见周恩来与他的三个同伴一个接一个站到被告席上的时候，还是禁不住心里发酸。她看见他们四个人全都骨瘦如柴。

小铜铃叮叮叮一阵猛摇，法官连呼“安静”，然后便拉着腔调问：“被告周恩来，你带头聚众冲击直隶省公署办公室，扰乱政府正常秩序，知罪否？”

“我知罪。”周恩来点点头。

旁听席顿起喧哗。邓颖超心里一个咯噔，也瞪圆了眼睛。

周恩来随之仰脸，大声说：“我知罪，是因为我已经明白在天津、在中国，什么叫作犯罪。什么叫作犯罪呢？爱国是犯罪！抵制日货是犯罪！谴责日本浪人的暴行是犯罪！保护民族利益，向直隶公署呼吁、要求见公署专员是犯罪！”

满堂起波涛。许多人哈哈大笑。

法官摇铃，说：“被告太过分了，公然混淆是非！”

“既然本人混淆是非，所举之例，均非犯罪，那么试问，警察用枪托殴打学生使他们流血是不是犯罪？警察厅拘捕社会公共团体的成员并且几个月不予审讯是不是犯罪？”

“今天是你审问我，还是我审问你？”法官越来越恼。

“当然是我审问你！”周恩来举手直指法官，“真理在谁手上，谁就是法官！今天是我代表真理，代表爱国学生和爱国民众，审判一切践踏民权的兽行！”

法官一时不知说什么好。他有心想让事情了结，知道在这件事情上天津的司法已如渔网一样漏洞百出，但他也觉得不能全失了面子。他昨日接到了方方面面的电话，明白今天演的是终场戏，他只知结局，但是不明对手戏的戏子也不明戏谱。一时间，他竟不知如何举手投足。中国的法官是世上最难当的法官。他想。

“你知罪否，被告？”他又干巴巴一句，他知道自己的声音已经非常乏味。

他的声音已经混在压抑不住的喧闹之中，黑白两色的法庭里现在已是一片缤纷。青年人手中的鲜花纷纷飞过围栏，抛在四个精瘦的青年人身上。

邓颖超爬在黑漆斑驳的围栏上，喊一声“五号”，然后也扬手扔去了花环。周恩来顺势弯了弯腰，花环竟然准确地从他头顶而落，直挂胸前。旁听席上的学生与民众大拍巴掌。

也有好几朵鲜花是抛向法官的，那是几个男学生扔的，他们手劲大，湿润的花瓣擦着法官们的油脸以及他们的黑袍的时候，三位审判者顿然间有了一点给面子的感觉。“周恩来、马千里、郭隆真等人妨害安全及骚扰一案，经本庭审理，宣布期满释放。”主审法官立即扯着嗓子说。他说得很快，说完就起身离席，离得也很快。他们消失的时候法警也消失了，就像一些黑鼠刹那间全都进洞一般。

围栏被挤倒了，旁听者如潮水一样拥向被告席。一面写着“欢迎被拘代表出狱”的大红旗帜抖了开来，左右飘动，如花一样盛开在法庭上，让报馆记者们啪啪啪地拍照。

邓颖超忽然蹲在地上，哭了。她忽然觉得再也没有气力爬围栏了。这时候谁也没有注意到她。她听见审判庭外有几辆汽车喇叭齐鸣，等着载送出狱代表去天津商会，那里还有欢迎大会在等着。她知道周恩来此刻已经被许多肩膀扛着了，也知道周恩来正在向四面八方招手。这就够了，她这几个月来的不眠之夜统统值了，更何况周恩来的脖颈上挂着她精心编织的杜鹃花环呢。她流了很多眼泪，直到所有的人都如潮水般退出了审判庭之后，她才从两排坚固的椅子中间慢慢站起来。这时候有一个女人穿过水门汀的甬道，走到她的面前抱住了她，这是她的母亲杨振德。

邓颖超的心意开始放在毛线上。针织，恐怕最能体现感情的细密。

一个月之后，杨振德买来几个大萝卜，汗淋淋地推开家门。她发现女儿一如既往，仍旧坐在卧房窗边，安安静静织她那件棕黄色的毛衣。

毛衣已经织成，女儿现在是用蓝色丝线在毛衣上绣字。

母亲放下萝卜，来了好奇心：“小超，绣什么字呢？”

“不给看！”

“不看不看。”

“看吧看吧，没什么了不起，同学友谊嘛。”

母亲取过宽大的毛衣，看女儿绣上的六个蓝色小字，字迹细腻而端正：给你温暖，小超。

“给谁温暖呢？”

“不说！”

“不说不说。”

“刚才不是说了嘛，同学友谊嘛！”

“大热天的，就送毛衣了？”

“他要漂洋过海。”

“谁呀？”

“又问谁了，不说嘛！反正他要漂洋过海，要去法兰西。”

“勤工俭学？”

“我若筹得到钱，我也要去。妈，记得你给我念过屈原的诗：路漫漫其修远兮，吾将上下而求索。妈，国家那么黑暗，怎么求解放，怎么争自由，青年人谁不在想这个问题，谁不想求取真理？我是很支持他去的。”

“是啊，年轻人，该有志气。”母亲应和着，进厨房去了。她心里有些不踏实，漂洋过海，这可不是小问题。其实，她当然知道女儿这件礼物是送给谁的。

杨振德开始切萝卜，切着切着，就听见房门响，有人在敲，接着又听见女儿开门的声音和快活的招呼声。

“伯母！”一会儿，一个年轻人的头探进厨房。果不其然，是周恩来。

“啊，周恩来，你请坐！”杨振德说，“小超，给客人沏茶！”

杨振德继续切萝卜，但是切得很轻。她尽力捕捉着客厅里传来的谈话。她听见周恩来在说：“谢谢你，一号。这件毛衣，一定伴随我去法兰西。”

她又听见女儿问：“你那首诗真是给她的？”

她于是一惊，而坐在客厅里的周恩来也是一惊。周恩来问：“哪首诗？”

邓颖超不言语。许多事不问也罢。算了，不问了。但是敏感的周恩来猜出来了，那是他6月初在河北地方检察厅看守所里写的，觉悟社社员李愚如要去法国勤工俭学，他便给她写了首诗，托人带出大狱，那诗里有这样的句子：“到那里，举起工具，出你的劳动汗，造你的成绩灿烂。磨炼你的才干，保你天真烂漫。他日归来，扯开自由旗，唱起独立歌。争女权，求平等，来到社会实验。三月后，马赛海岸，巴黎郊外，我或者能把你看。”

邓颖超想不问，后来打熬不住，又问了他，问他去法国，目的之一，是不是为了“或者能把你看”？

“我是去求学的。”周恩来搓搓手，表情严肃起来，“一号，你知道，在监狱里，我们组织了几十次晚间演讲会，我讲了好几课，先讲马克思的唯物史观，后来讲阶级斗争史，后来又讲马克思经济论中的剩余劳动和剩余价值学说。但是我还是讲不透啊。我必须到法国，到英国，到德国去，去看看那里的工业是不是像时子介介绍的那样，去看看那里的工人究竟是什么样的生产状况和生活状况，我必须去感觉马克思的博大和深刻。我就是这个目的，我没有别的目的。”

“好了你别说了。”这时候杨振德又听见了女儿的声音，“四季冷暖，你自己当心。”

然后又是周恩来的笑声：“看你，小大人似的！熬过炼狱的人，还能照顾不好自己？我虽说是个独身主义者，但是，独身，并不是说不善待自己。”

女儿沉默了。杨振德听见的是长久的沉默。她琢磨得出女儿此时隐秘的心思。接着，她就听见了客人告辞的声音。

“伯母，我走了！”周恩来微笑的脸庞再一次探进厨房。

“请再来玩！”杨振德满面笑容说。

客人出门之后，杨振德怔了半天，她忽然觉得自己应当对这个英俊的年轻人说些什么。于是她放下菜刀，解下围裙，急急推门出去。

外面热，满街烈日。杨振德紧着快走几步，追上了夹着毛衣的周恩来。

周恩来站住了：“伯母？您也出门？”

杨振德将周恩来拉到树荫下：“太阳大，这里站一会儿吧。我有话说。”

“伯母，您说吧。”

“你父母还健在吧？”

周恩来沉默了一会儿，说：“我还是婴儿的时候，就过继给了叔父。但是我的继父没过多久就过世了。我生母，是在我九岁的时候过世的，第二年，我那个很会讲故事的继母也过世了。”

杨振德心里说：可怜的孩子！她又问：“你是江苏人？”

“出生在江苏淮安，祖籍是浙江绍兴。伯母，为什么问这些？”

杨振德踌躇了一会儿，说：“恩来，我女儿她，她年纪还小，她也从来没有对什么同学表示过什么。我从这件毛衣上，能体会到我女儿的一种心情。”

周恩来的脸色有些不自然。他看看烈日下的街道，街道上踏踏踏跑着的洋车，又看看自己的鞋尖。

“当然，我也听见了，你是独身主义者，不会有成家立业的观念。但是，我希望你理解我女儿的这份心情。她从小就失去了父爱。”

“伯母，您的女儿，虽说年岁小，可是她很成熟，她甚至敢用身子去顶杨梆子的刺刀。她的热情，她的魄力，她的对真理的追求，使我一直很敬重她。”

“希望你在天涯海角，也能记住我们这个家庭。”

“我记住了，伯母！”周恩来伸出手，握住对方的手，“我从小就没了母亲，我看着您，也就像看着自己的母亲一样。伯母，您一定要把小超照顾好，我不会忘记我在天津的这段生活，不会忘记小超带着铺盖冲警察厅的壮举。伯母，真的，我永远不会忘记！”

“你走吧，恩来，多保重。”杨振德舒口长气，招招手。她一直站在树荫下，目送着这位青年矫健的背影，她觉得自己多多少少为女儿做了一件事情。后来女儿好几次追问母亲对周恩来说了些什么，母亲淡淡地说，没说什么啊，我跟他说，漂洋过海的，要多注意身体！

这一天，在浙江省的萧山县，一对露出皮肉很多的男女在太阳底下游泳，边游边咯咯咯笑，一点也不含蓄，而且还很有些肆无忌惮的样子。他们的招人围观，不光是身上皮肉暴露的问题，更惊世骇俗的是身份的问题：一个是公公，一个是儿媳。

这是一个清粼粼的大池塘，现在塘边已经围了一大帮男女老少，尽管这样的场面这个月已经发生了不下十回了。这个水花飞溅的池塘位于萧山县的衙前乡，知了在围观者的阵阵惊叹声中叫得很欢。

在这个炎热的夏季，正当中国大批有志青年纷纷漂洋过海去西方寻求救国强国之路时，陈独秀在中国产业工人最集中的城市上海，踏踏实实地开始了组建共产党的行动。8月份，他决定召开一次极为重要的会议。这个会议的出席者之一，就是扑腾在这个池塘里的一个泳者。

泳者作蛙状，蹬腿有力，他一时没有听见急匆匆奔来的一个瘦高个青年的喊声：“爸爸，上海陈先生叫你回上海去！”

这是儿子沈剑龙的喊声。沈玄庐在儿子叫第四遍的时候，从水里探出头来。他的儿媳妇此时也探出头来。这是个十九岁的年轻姑娘，她也听见了丈夫的声音。

自然，公公与媳妇身穿内衣裤衩，同游一池，在中国是件极稀罕的事，但对于萧山衙前乡的这个池塘，却已是发生多起的事。沈玄庐的媳妇叫杨之华，刚嫁给沈剑龙不久。沈玄庐创办农民学校，不能不招徕一批思想新颖的教员，杨之华就是一个，她是浙江女子师范学校毕业的，先是教书，后来很快就成了沈玄庐的儿媳妇。

沈剑龙看见了两颗黑脑袋，又喊："爸爸！"

沈玄庐双手急划一下，双脚踩稳了池塘，仰起脸，怒气冲冲地纠正儿子："沈玄庐！"

儿子急忙改口："沈玄庐，上海陈独秀捎来口信，要你明天就回上海，要开会！"

沈玄庐划到塘边，走出池塘，一边用手巾上上下下擦着自己湿淋淋的身子，一边大声训斥儿子："跟你说过多少遍了，民主须从一家一户做起，天下人皆生来平等，无分上下，应一律直呼其名，以示民权，听清楚没有？"

儿子说："听清楚了，沈玄庐。"

杨之华也上了岸。内衣很窄，显露出了她苗条的身躯。她没有注意到围观者大惊小怪的嘁嘁喳喳，或者说故意不去注意。

沈玄庐转向她："你也听清楚没有，杨之华？"

"听清楚了，爸爸。"儿媳妇捋捋淌水的短发。

沈玄庐瞪眼："沈玄庐！"

杨之华忙说："听清楚了，沈玄庐！"

沈玄庐擦干身子。他看见池塘边的那些佃农像看西洋镜似的看着光膀子的自己和自己光膀子的儿媳妇。

"看什么？"沈玄庐对观望的农人们喊，"好看吧？好看就多看看！既然诸位乡亲喜欢欣赏新事物，那就再念一首我沈玄庐的名诗给你们赏赏！"

农人们大声叫好。对沈老爷经常出现的怪异举动，他们早已习以为常了。

沈玄庐念自己的诗。他是诗人，近来在写一首长诗，取名《十五娘》，写得酣畅淋漓。而他此时念的是自己的一首极短的诗，诗虽短，但他自己很满意，已在不同场合朗诵过多遍。于是他很大声地念，辅以手势，抑扬顿挫：

赤裸裸的天，

赤裸裸的地，
赤裸裸的人！

何处藏身？
不必藏身，便是藏身！
藏身处，不知道是天是海，
只是光明！

“好！”喝彩声热热烈烈，也不知喝彩者听懂没有。

“诸位，我奉劝大家，不要眼睛看斜了。”沈玄庐挥着手中的手巾喊，“这是一个池塘，不是一张床。若是一张床，我沈玄庐今天就不能跟儿媳妇下水。这是池塘，人所共有。这些天以来，我们翁媳一直同泳，这就体现了男女平等，权利同享，没什么好奇怪的！这是一种民主精神，平等精神！大家听清楚没有？”

佃农们齐声说：“听清楚了，三老爷！”

沈玄庐怒：“沈玄庐！”

佃农们齐声喊：“听清楚了，沈玄庐！”

沈玄庐又说：“还有，我沈家今年的租子，我在这里宣布了，再减免一成！”

佃农们几乎要欢呼了：“谢三老爷！”

沈玄庐又怒：“沈玄庐！”

佃农们赶紧说：“谢沈玄庐！”

沈玄庐接过用人递上的湖绿色绸子衣服，披上，束紧腰带，问儿子：“叫我什么时候走？”

“明天。”

“你看，刚吃了你们的喜酒，几天不到，又得走，可见陈独秀这个会议之紧要。临走有句话，剑龙，我必得告诉你！”

“我听着。”儿子作出乖样子。

父亲突然面露凶相，咬牙切齿：“沈剑龙，你给我识相点，结婚才几天，就像苍蝇闻着腥一样，要往那些不干不净的地方钻了？杨之华如今不是外人了，我今天之所以要当着她的面警告你，就是要你识相！”

杨之华捋捋头发，神色忧郁，沉默不语。她慢慢地披上宽大的外衣。她知道她这婚，结得快了一点。

沈剑龙不敢看新婚妻子，搔搔头皮，嗫嚅地说："我会识相的，爸爸。"

沈玄庐跺脚："沈玄庐！"

沈剑龙立即大声说："我会识相的，沈玄庐！"

沈玄庐天不亮就起身，由萧山经浙赣铁路，转沪杭铁路赶回上海。回得上海，已是午后。他顾不得脑门上的青筋还在轰隆轰隆作铁轨之响，就直接赶往了法租界霞飞路。他明白这是个什么会，陈独秀要组党，明明白白说过几回了。

霞飞路的新渔阳里六号是戴季陶寓所，陈独秀把这个会召集于戴宅，自有他的想法。

沈玄庐推门推得很重。他大步流星进门，进门首先喘气，然后抱拳。

"抱歉，抱歉，诸位，来晚了！"沈玄庐一屁股坐到嗡嗡作响的英国产电风扇前面，掏出皱巴巴的手绢擦擦满脖子的汗。"仲甫，我是最后一个吧？"

陈独秀看看怀表，皱眉说："还缺一个重要人物，此户户主戴季陶。"

沈玄庐一时听不明白。看看同党人物，倒也是差不多了。《星期评论》的编辑同人李汉俊在，在杂志社帮忙工作的俞秀松在，李达在，《共产党宣言》的翻译者陈望道也在。

沈玄庐擦净汗，问户主去哪儿了。戴季陶与他一样，是《星期评论》的创办人，关键是他又是孙中山的随从秘书，若是这样的人物也能参加共产党的组党，那当然是再好不过了，但沈玄庐此时见陈独秀脸上涌起乌云。陈独秀说："这老兄，家里钥匙倒是留了，人却不见影儿！说了的话，总不至于变卦吧？我们等他，再喝一杯茶吧！"

戴季陶知道家中高朋满座，议的事也是要紧的事，也想早点返回寓所，但是一时难以抽身。他此时正在莫里哀路孙中山宅邸。孙中山会见俄苏客人，一定要他作陪。孙中山把这次会见看得很重要，因为访客是魏金斯基。

身穿草绿色制服的孙中山坐在宽大的扶手椅里，以锐利的目光注视着客人。魏金斯基正襟危坐，不亢不卑。宋庆龄走进来，将一只精致的水果碟放在魏金斯基身边茶几上，碟里盛的是去核的龙眼。

"请用，很新鲜。福建陈炯明将军捎来的。"孙中山微微欠身，做了个客气的手势。他的话通过宋庆龄译成英语。“对于列宁先生领导之俄国革命，孙文始终敬佩有加。贵国建国初始，我便给列宁先生拍了致贺电报。布尔什维克党是俄国民众福祉之所在。”

魏金斯基说：“我们很感谢孙先生对共产主义事业的理解。我们俄国革命者全知道您的名字，知道您是伟大中国人民的导师！”

宋庆龄在翻译这句话前，柔声对客人说：“魏金斯基先生，我冒昧提个请求，如果可以的话，请别赞扬太多。我丈夫坎坷一生，目前急需的是鼓励而不是评价。”

魏金斯基看看宋庆龄，笑一笑说：“我极为理解。”

这位夫人，魏金斯基心里想，真个了得。

孙中山说：“我正在努力改组国民党。这将是一个代表全国民众利益的党。”

戴季陶补充说：“孙先生在做非常大的努力。”

“在这方面，共产国际有何指教？”孙中山欠身问。

魏金斯基迟疑了一下，说：“我祝孙先生成功。”

“谢谢。”

“请问，孙先生什么时候重返广州？”

“快了。”孙中山显得很有信心，“广州即将从反革命的桂系军阀手中获得解放，我将在那里再度设立革命政府！遗憾的是，广州与贵国相距太远，此种地理位置，使我们无法与你们进行迅速有效的联络。”

“也许，通过无线电，可以建立这种联系。”

孙中山趁势建议：“贵国政府能在海参崴建立大功率的无线电台吗？”

“这个建议很好，我将及时向我们的政府报告。”

孙中山很高兴，尤其是在整个谈话过程中，这位来自苏俄的客人并没有强烈地向他兜售共产主义，他就更高兴了。因为戴季陶向他透露过，魏金斯基这一趟来上海，有一个很主要的任务，就是想在中国组一个共产党。

魏金斯基走的时候，孙中山亲自送出大门外。戴季陶要跟着走，说有点事，孙中山却又留他，说：“中正从奉化赶来了。我想请他回粤军，不知他肯不肯。我们一起见见。”

这么一说，戴季陶就走不脱了。

孙中山进入书房的时候，一身灰布长衫的蒋介石依然如军人一样，啪的一个立正：“中正晋见孙先生！”

“坐，坐，介石。”孙中山说，“每日静坐默读，还在坚持吗？”

“中正每日坚持不懈。”

“还在默读孟子养命章、曾文正公主静箴？”

“不，中正每日之默祷，现改为八项：一、建成党国。二、救济民生。三、人心趋正。四、母亲寿康。五、英公无恙。六、二子成立。七、智德日进。八、功业成就。”

“好！好！”孙中山来了兴致，“你蒋中正是青年才俊，你有军事才能，只是杀气重了一点。你在日本的时候不是写过这样的诗吗？——腾腾杀气满全球，力不如人肯且休？光我神州完我责，东来志岂在封侯！”

蒋介石很吃惊，孙先生怎么还记得他曾经朗读过的诗？

孙中山说：“你的诗写得好，有豪气，所以我记住了。你这诗啊，革命志气是表露无遗了，只是杀气过重了。革命自然要杀人，但重要的是，要用主义来服人，这才是根本。所以，我才鼓励你坚持默读孟子养命章、曾文正公主静箴。不过，你改为每日默念八项，也是好的，也是大义所在。我呢，准备请你重回粤军，你一定要回去，你的军职是第二军总参谋长。”

蒋介石刚要申辩什么，孙中山立马制止了他。

“我知道你要说什么。”孙中山说，“陈炯明这个人，不属牛，但是，有牛角。不过呢，有我的面子在，他也不会再像过去一样对待你。你的军事才能，他还是很赏识的。他不是对你说过‘粤军可百败而不可无兄一人’吗？他心底还是敬重你的。至于你自己，介石，肚量放大一点，还是要善与陈炯明共事。来，今日，我书一联赠你。”

孙中山走到书案前，取一支湖笔，沉吟片刻，饱蘸浓墨，挥毫书写了两行字：“穷理于事物始生之处，研几于心意初动之时。”

孙中山念了一遍，复又写上“书赠中正”字样。

蒋介石极为感动。这种感动之情，孙中山看出来了。孙中山说：“事物始生之处，心意初动之时，都是最要紧的关节，一定要善加把握。介石，你的静坐默祷之举，是符合此理的，我很赞成。季陶，你是不是也要注意这个‘心意初动之时’呢？”

戴季陶一愣，似乎知道孙中山所指为何，于是便小心作答：“先生教诲极是。我要注意。”

蒋介石听出话中有因，问戴季陶：“怎么了？”

戴季陶低声说："陈独秀要组织共产党，跟我商量了几次。此事，我也跟先生说了。"

"共产党？俄苏的那种党？"蒋介石脸色一阴，"你怎么说？"

"我说，我要考虑考虑……"

"考虑考虑？"蒋介石脸色大变，"还能考虑什么呢，你不是已经有党了吗？有了自己的党，还要参加什么党？"

"是的，是的。"戴季陶一面应声，一面察看着站在窗前的孙中山，"我是极珍视自己的党籍的。"

孙中山慢慢回转身，直视自己的秘书，勉强咧嘴笑一笑："你既珍视自己的国民党籍，又要去参与别的党；你既说自己是三民主义的信徒，又要去信奉共产主义。这种自打嘴巴的行为，是你戴传贤做得的？"

"亏你追随先生那么多年！"蒋介石忽然用很大的声音这么说。

这句刺耳的话，让戴季陶吓了一大跳。蒋介石当年跟他一起在虞洽卿的证券公司玩股票的时候，也是这么一惊一乍的，喊得他耳膜嗡嗡响。

戴季陶明白，蒋介石这话一半是说给孙先生听的，蒋介石要表忠心，但是，此言也体现了蒋介石顽如石头般的朋党意识。他承认，蒋介石的血性比他烈得多。

陈独秀扔掉手中的雪茄，他的耐心有限。

"不等了！"他说，"你看，就算是在孙中山那里磨蹭吧，也不能没个时间！现在魏金斯基先生也到了，杨明斋也到了，就他这个主人还不来！开会吧，秀松，把门关上，我们开会。"

俞秀松合门闩的时候，手势很轻。

"诸位，"陈独秀环视众人，"今天这个会，乃是结朋党之会。朋党所结为何？只为四万万受欺压受剥削的中国同胞谋取福利！朋党何名？我与守常商量了，就叫共产党！我们创办的又新印刷厂已经将陈望道先生翻译的《共产党宣言》出版了，首版一千册，现在发给诸位，每人一册。"

陈望道给每人送上一册，一边送一边作吟哦状："一个幽灵，共产主义的幽灵，在上海徘徊。"

"啊，啊，对了，"陈独秀笑，"陈望道此刻口译一句：在上海徘徊，那就是点出今天这个会议的主题了。我们今日之举，就是要正式地严谨地成立上海共产党！”

沈玄庐说：“对，幽灵进门，水到渠成！”

魏金斯基想说话，向杨明斋动动手指头。

杨明斋马上说：“魏金斯基同志说，他想说几句话。”

陈独秀同意：“请他说。”

杨明斋听了一段急促的俄语，然后翻译说：“魏金斯基同志说，中国现在关于新思想的潮流，虽然汹涌澎湃，然而局限颇多。第一，太复杂。有无政府主义，有工团主义，有社会民主主义，有基尔特社会主义，五花八门，没有一个主流，使中国思想界的现状，成为混乱局面。”

陈独秀插言说：“此言一语中的。”

“第二，没有组织。在报纸上写文章的多，在生活中做具体工作的少。中国的革命不是靠空话推动的，必须要有坚强有力的政党的领导。所以，对于陈独秀同志今日筹建共产党，我们共产国际远东书记处认为是极富远见之举，我们祝愿中国同志成功！”

众人轻轻鼓掌。掌声尚未止歇，便闻咚咚咚敲门声。众人听着皆一惊。

俞秀松欲去开门，陈独秀说一声“慢”，自已先离座，警觉地走到门口。

“谁敲门？”他问。

“我，仲甫。”戴季陶的声音。

大家一齐放了心。

戴季陶进门，口还没开，眼圈就先红了，接着，泪水扑簌簌流了下来。

“即便迟到，也不至于这样呀！发生什么事了，季陶？”陈独秀十分讶异。

“我对不起诸位，对不起诸位！共产主义党的组建，季陶是全然赞成的。陈望道翻译《共产党宣言》，也是季陶委托的。季陶原本是准备做一名共产党员的，只是，季陶现在想来，自有种种不方便之处。”

所有这些话，他都是抽噎着说的。这种抽噎，就使得李汉俊首先皱眉了，“戴传贤你想退出？”

戴季陶用手绢按按眼，说：“季陶其实是不想退出的……”

沈玄庐忽然悟到了什么，用手指着戴季陶的鼻子叫一声：“季陶兄，是孙中山骂你了吧？”戴季陶不答话，还是抽噎着擦泪。

“戴传贤先生，你是自由身，”陈独秀以手指敲桌面，声气很重，“脚长在你身上，想走就走，想留就留，全然不必顾虑，你只消留下一句话就是了。”

戴季陶忽然又号啕起来，大把大把的鼻涕喷在手掌上。

沈玄庐摇头道：“唉哟哟，唉哟哟，如丧考妣。”

陈独秀说：“看你这阵势，季陶，还是走吧。虽说你是此房房主，我看还是回避为好。”

戴季陶止了泪，说：“我心里，委实是吊桶十五，七上八下。仲甫，说句兜底的话，只要孙先生在世一日，季陶就不能加入别的党。”

“走吧走吧，”陈独秀牵上他湿乎乎的手，送他到门口，拉开门闩，“你那位孙先生，还在等着你呢。”

戴季陶忽然说：“这房子，我也不想住了，留给你们用好了，也算是传贤一片心意。说实的，仲甫，要是传贤不顾忌孙先生……”

“知道知道，走吧走吧，你自己保重！”陈独秀送其出屋，随后，很快地返身关门。大浪淘沙，也是没办法的事情。

陈独秀看看大家，看得出大家的心情都很沉闷。

“也好也好，”陈独秀说，“一起步就发现有人骨头软，也好。怎么不好？好！山高路远的，省得以后骨折。现在，还有没有要掉眼泪的？有没有要声言退出的？沈玄庐，你当过大清朝的县官，也当过浙江省参议会议长，你头上的共产分子的帽子戴不戴得稳？你想不想退出？”

“仲甫兄看扁我沈定一？我沈定一能像他戴传贤那样不识相吗？！我儿子结婚一礼拜不到，我就跌跌撞撞赶回上海，一脸的喜酒还没醒呢！我图什么？我就图个共产主义，我就赞成俄式革命。我沈某人是什么人物？我把省议长的帽子都扔了，还有什么舍弃不了的？我可不是他戴传贤这只小老鼠，一挨孙中山的骂就缩头了。”

“那好，汉俊，把你准备的红被面拿过来。”

李汉俊应声取出半床红色绸缎被面。他与俞秀松一起，踩上一张吱嘎作响的太师椅，将之悬挂于墙。

半堵墙顿时红了。

陈独秀说：“诸位同志，权当这就是一面赤色大旗，象征赤色革命。诸位既愿加盟共产党，就请举拳宣誓。”

魏金斯基通过杨明斋提出一项建议，他说，这面旗帜还不像党的旗帜，应该剪把镰刀和锤子的标志贴上去。陈独秀愣半晌，说算了算了，现在来不及了，现在就是我们这些人了，以后工人农人加入了，再来镰刀锤子不迟。

陈独秀后来对月底赶来上海的张国焘说，想不到这个魏金斯基还有点迂气，不过总的说，这个人心地很好，有书生气，有书生气者免不了都有点迂气。

1920 年 8 月 22 日是礼拜天，天气炎热。上海共产党组织就这样诞生了。人员起始是八位，后来增到十七位，是这样的一些姓名：陈独秀、李汉俊、李达、陈望道、沈玄庐、俞秀松、邵力子、沈雁冰、李启汉、杨明斋、林伯渠、施存统、李中、周佛海、沈泽民、袁振英、李季。陈独秀为这些人的书记。“书记”一词，也是北方邻邦带过来的，起始叫不习惯，多说说也就顺口了。

凑巧的是，在上海成立共产党组织的那些日子里，列宁正在莫斯科主持召开共产国际第二次代表大会。他在大会上作了《民族和殖民地问题》的发言，将目光投向了东方。在中国上海滩同时响起的钟声，他或许也隐隐约约听到了几下。

而在一个多月之后的中国北京，李大钊也召集了会议，他把地点选在北大图书馆的亢慕义斋。

亢慕义斋挂有一副对联：“出实验室入监狱，南方兼有北方强。”北京 10 月的阳光，就透过窗玻璃，折射在这副对联上。显然，这副对联的内容，源于陈独秀的那段著名之言。

李大钊认为选在这个房间开会特别有意义，所以他说：“诸位，我们在亢慕义斋，也就是在共产主义室，召开共产党组织的成立会，意义尤为重大。我们先请张申府把从上海带回来的《共产党》周刊创刊号发给大家。”

张申府时年二十五，北京大学刚毕业就做了学校的讲师。他为张罗英国名人罗素来华讲学的事去了一趟上海，在陈独秀那里住了半个月，所以带来了陈独秀对北京建党的意见，也带来了上海党组织印发的刊物。

张国焘、刘仁静、罗章龙、黄凌霜这些人，一拿到刊物就翻起来，书页嚓嚓作响，响出了油墨的香味。

“真是抓得紧啊，”李大钊说，“上海建党之后，立即出刊了《共产党》。李达主编，立论犀利，大家看看，倾盆大雨，痛快淋漓啊！”

张申府也补充说：“诸位看看，这个叫沈玄庐的，写的文章注意到了中国农民——中国农民占人口的大多数，无论在革命的预备时期还是在革命的行动时期，他们都是占重要位置的，设若有了他们的阶级觉悟，可以起来进行阶级斗争，我们的社会革命、共产主义都有了十分的可能了！——写得多好！”

黄凌霜啪的一声合上刊物，当作扇子摇起来。他闭了一会儿眼睛。“我有个意见要发表，李先生。”

李大钊注意到了他怪异的神色，说：“你说，凌霜。”

黄凌霜点点自己和另外几位同伴，说：“我们几个，既认为共产主义是合理的，亦认为无政府主义是崇高的……”

“嗨，嗨，”刘仁静说，“我们今天可不是来讨论无政府主义的。”

“我反对你的偏见。”黄凌霜站起来。他很看不起这位自以为是的小个子。“无政府社会有什么不好？无政府的社会是去除一切强权的社会，由平民自己建立各种团体管理自己，比如办教育就有教育会，办农业就有农业会，这是何等美妙的境界！苏俄的无产专政，也并不见得赛过无政府主义。李先生，你是知道的，我去年在《新青年》五卷五号上就发表过《马克思学说批评》，我就这样说：苏俄之专政，也无非是建立私权，保护少数特殊幸福的机关。我主张的共产主义，是无政府之共产主义，这一点，我是很明确的。”

李大钊劝黄凌霜坐下去，他说：“凌霜，我们今日的议题，是建立党的组织……”

黄凌霜又站起来，说：“我就是这个意思，我们今日成立组织，也应照着理想去做。我们不应有任何形式，不要有束缚。今日的会议，也不要有主席，不要有会议记录！今后，也应当这样，人人都是自由者，人人都是主人！”

这样的提议，倒是叫温文尔雅的李大钊也皱眉头了。

张国焘恼了，说：“我们是成立一个政党还是烧一锅稀饭？这么稀稀拉拉，行吗？”

李大钊赶紧说：“凌霜说的，也有道理。党内倡导民主，没有独裁。但是分工还是要的。党内工作，我看这样安排，职工运动的发动工作，请张国焘负责；由黄凌霜编辑一个周刊，可以起名《劳动者周刊》；罗章龙、刘仁静、张国焘一起负责发起社会主义青年团；我本人，分担联络的任务。这种安排，大家以为如何？”

张国焘有点犯难，说：“分工我做职工运动，我是同意的，只是，活动经费的筹措……”

李大钊说：“这样吧，国焘，我每月捐出薪俸八十元，为活动之需。”

李大钊顺利地分了工，使会议的结局得以圆满。李大钊总有这个本事，把一个很难画的圆圈画成了，而且画封闭了，画严实了。在这次会议之前，9 月份，他其实已经与张申府、张国焘开过了一个三人的会议，三双手握在一起，算是成立了共产党的北京支部。此次人员的扩大，也算是圆满的。黄凌霜这几个人，共产主义之旗号还不鲜明，这事儿有缺陷，但此事也须文火来煮，着急不得，眼下主要是看其有无为革命献身的理想，有无一腔热血。

11 月份，秋风吹成冬风的时候，湖南的毛泽东也加快了步伐。为建党一事，他几次去楚怡小学找何叔衡商量。他告诉这位前清秀才，湖北的另一位前清秀才董必武，也已经在他武汉自家宅中召集过一个会了，建立了湖北的共产党组织，称作“武汉共产主义研究小组”。他们推荐一个叫包惠僧的当了书记，那个包姓青年人是北大文科的肄业生；还推荐一个叫陈潭秋的，负责组织工作。湖北动了，湖南也得赶快动。

何叔衡笑眯眯说：“润之，还是先说开慧吧。”

毛泽东一愣，说：“扯什么呀，何胡子，我说的是开会。”

“先说开慧，后说开会。”何叔衡放下手中的紫砂茶壶，认认真真地说，“我表侄是开花轿店的，我给你备一顶花轿吧？”

“何谓花轿？”毛泽东听不懂。

“人生大事，没一顶花轿，怎么抬得动？”

毛泽东知道何胡子说的是什么事。人生大事固然是人生大事，但是人生大事也并非一定要别人抬着来完成。抬，不是个好听字眼。尤其是在中国，众人所抬，可能不是新娘，而是孔老夫子。

“何胡子，”毛泽东严肃起来，“你我是不是新民学会会员？我们是不是立志要反对封建陋习？”

“润之我告诉你，花轿，也不光是小姐太太坐的！你以为，劳苦大众只有一辈子抬的分儿，连一回坐的分儿也没有？”

“何胡子啊何胡子，我说东，你偏说西，不跟你说开慧了，还是跟你说开会的事。你先看看这封信，这封信太要紧了。”

毛泽东递给何叔衡看的一封信是来自法兰西的，蔡和森写的，信上力陈建党之必要。蔡和森的意见，毛泽东一直是看重的。毛泽东昨夜在湖南一师附属小学的宿舍里睁眼到天亮，所念所思，不是开慧，却是好友和森，是和森对国内局势的判断。

几日以后，毛泽东便约了五个人，一起踱步在青山祠侧畔的一块空坪上。毛泽东不作室内开会之举，只作坪上踱步之状，为的是安全。湖南乌云蔽日，形势依旧险恶，革命者不能不防。老省长张敬尧是走了，新省长赵恒惕不见得和善。青山祠是一师附小的教师宿舍，祠畔有一大块空坪，阳光融融，正好散步。

这个会开得奇，是迈步子的会，毛泽东想，正好，寓意行动，共产党说到底就是行动之党。

于是毛泽东停下步子，这样对大家说："蔡和森从法国寄来的信，诸位都已经看过了。和森说，无产阶级革命有四种利器，一个是党，一个是工会，一个是合作社，一个是苏维埃。尤其是党，党是革命运动的发动者、宣传者、先锋队、作战部。所以和森力主明目张胆正式成立一个中国共产党。他的想法，与陈仲甫先生委托我在湖南成立党组织的想法，殊为一致。我已经复信和森了，我说，你的想法，我没有一个字不赞成的。"

何叔衡说："润之，道理都明白，莫多讲。再说，北鄂已动，南湘安能不动？我看，今日大吉，就算成立了吧！"

毛泽东取出一页纸，说："今天来的，都是信仰共产主义的同志。我们一边散步，一边就算结盟了。请诸位都签上自己的大名。"

何叔衡说："无奈已是初冬，北风无情。若是春季，此地满眼桃花，我们今日便叫作桃园六结义。"

众人笑，先后签名。

会散之后，毛泽东特意留下何叔衡，说："何胡子，我还有一项私人请求。"

"何言请求？说就是了。"

毛泽东还不好意思开口。何叔衡说："润之从不开金口求人，如今相求，定是要事，赶快说吧。"

"你真的有一个表侄开花轿店？"

"是啊，此店开张十年有余了！"

毛泽东犹豫说："我想……"

何叔衡笑："这就是说，润之真的要跟杨教授的女儿成亲了？"

"嘘！"

"嘘什么？男女作合，天经地义，还怕什么耳朵听到？润之，你都二十七了，你还以为小？结党结婚两不偏废才对。"

“我想，成亲也是一件大事，既是办大事，好像也该有一顶花轿。”

“什么叫敬酒不吃吃罚酒？说的就是你润之的这顶花轿！我早说过，百姓成亲也该坐轿！”

“本来我想，大家都是新民学会会员，该是提倡节俭，反对陋习，花轿鞭炮之类，理应统统取消。可是昨日有个王老师跟我说，你这个做校长的，只晓得拿刀枪反封建，不晓得拿杆秤称称女人的心。”

“何谓称称女人之心？”

“他说，女人，一辈子就是两抬，一次抬进门，一次抬出门。”

何叔衡眼一圆，说：“不假，一为婚礼，一为葬礼。”

“这两抬，都是女人最风光的时候。抬进门时，是笑的，抬出门时，是哭的。”

“不假，为人一世，唯哭笑二字。”

“这就叫悲欢人生。”

“是啊是啊，人活一辈子，无非一个悲字，一个欢字，除却悲欢二字，人还剩什么？”何叔衡大点其头。

“所以我想，女人一生两抬，若是少了进门这一抬，两抬剩一抬，便是月缺一半。悲欢两字丢了一字，岂非人生一大憾事？”

“所以你今日想吃罚酒，来跟我讨一顶轿子抬抬了？”

“就托托你那位表侄吧，”毛泽东不好意思地说，“无须四抬大轿，一乘轻兜小轿即可，只求个意思罢了。”

杨开慧身穿一件绣花小棉袄，肩背一只鼓鼓的书包，走过板仓村外的小木桥。她今日走路感到特别轻松，胸也挺得很高。今日是成亲日，她要步行到妙高峰青山祠去，她的新郎在那儿等她。

哥哥杨开智一路送她出村。

“回吧，哥，别送了。”杨开慧说，她看见哥哥憨厚的脸上有一些泪痕。“哥，别伤心，照顾好妈妈，我会经常回来看你们的。”

“你看你，就这么一只书包。”

杨开智一想到妹妹出嫁如此简单，心里就紧。倒是母亲劝他：你知道天上的龙是怎么走的？是飞的，是爬的，是拱的，是滚的？你爸爸早就说过人家毛润之是龙行之人，龙行之人自有龙行之福。你就省点心，万不必管你妹妹和妹夫的方圆尺寸。

杨开慧笑着对哥哥说："人家毛泽东不送一点儿聘礼，我又带什么嫁妆呢？其实，人家现在是小学的主事了，薪水也不低，吃的也有，用的也有，啥都不缺，我带上几件衣服，还不成？"

"总觉寒碜。"

"爸爸生前是做什么的？"

"教书的。"

"教什么书？"

"伦理学。"

"哪种伦理学？"

"新伦理学。"

"既然爸爸都那么开通，'理'字前头带上了一个'新'字了，我还能再做一个守旧的女子吗？"

"去妙高峰，路也不近。既然有轿子，总是要坐的。毛泽东说好有一顶花轿要来，你就性急。"

"我不要坐轿。坐什么轿！"

"何必呢，开慧？"

"哥，你想，妈妈跟了爸爸一辈子，到长沙，到北京，可谓是亦步亦趋。我如今有了可以托付终身的人，也该做到亦步亦趋。我就从今天结婚之日做起，亦步亦趋，一步一步走到他身边去！"

杨开慧在桥头辞别哥哥，开始了她的"亦步亦趋"。她想，今日是起步，我一辈子对润之都要这样，我愿意这样，一个女人的美妙应该全在亦步亦趋之中。

走了两里山路不到，她的前额上已有了细细的汗珠。她紧一紧书包，继续迈步。此时她已经听见身后传来焦急的喊声。

杨开慧回脸，发现一顶两人抬的轻兜小轿正在匆匆忙忙赶上来。

两个轿工，一个年长的，一个年轻的，均走得气喘吁吁。

那个年轻的轿工名唤石头，其姐姐，就是那位参加过赴京驱张团的满嘴无牙的石花。聪慧的石头也是经何叔衡介绍，最近才被雇在轿店里的。

老轿工喘气说："新娘子，快请上轿。我们来晚了，新娘子多包涵。"

新娘子不买账："多谢多谢！你们返回吧，我走路去。"

老轿工大为吃惊："那怎么行？我们东家是受何先生之重托，专门派我们两个来侍候新娘子的！"

"我喜欢走路呀！"杨开慧说。

"不成不成！"老轿工停了花轿，拦在路中，"新娘子你今天非得坐上花轿，不然我们哪里回得了家！"

石头也帮腔说，你新娘子要不坐，我们回去要挨手心板子哩！杨开慧听见这话，又见着两张被北风吹红了的脸，心就软了一些。"一定要坐？"她问。

"一定要坐！"

"好吧！"杨开慧掀开轿帘，小心翼翼踏进花轿，"既然一定要坐，我就坐一坐。"

"来呀，石头。"轿杠上肩，老轿工的一张脸顿时就生动了。他极有韵味地喊，"抬起来呀，去成亲呀，花好月圆，万万年啊！"

石头呼应着喊，也喊得很有节奏，那是他新近学的："凤凰双飞，鸳鸯游啊，白头偕老，子孙稠哇！"

两位轿工刚在兴头上，便听轿子里发出一声喊："停轿！"

轿工不知出了什么差错，急忙放下轿子。杨开慧像只兔子一样蹦出花轿，高高兴兴地说："好了，两位师傅，我轿子里晃荡过了。既然新娘子坐过了，你们也可以回去交差了。"

老轿工闻言，几乎要哭，说："新娘子，是嫌我们抬得不好还是怎么的？"

杨开慧说："我说实话吧，这花轿，外面的布围子是新的，可是我发现里面的坐垫子是旧的，非但旧，而且磨破了，烂棉破絮都露出来了。我想，一定已经有成百上千个女人坐过这顶轿子。"

"成百上千？该有，该有的，没错。"

"一个女人，就是一个故事。也就是说，这轿子，藏着成百上千个故事了。"

老轿工点头说："是啊是啊，哭的，闹的，笑的，成百上千，没错。"

"在这成百上千个故事里，没有一个故事是像我这样，才钻进去，又走下来的吧？"

"没一个像你，没错。"

"这就对了。你们回去，告诉你们东家，你们今天认认真真抬了，抬了一个全新的故事，你们已经完工了，你们抬得很好。这么说，行不行？这么说东家还不能饶你们？"

老轿工摸摸后脑勺，叹气说："看这模样，今天新娘子是存心不要我们侍候了？"

"我今天只是没有赏钱给你们。"

"看你新娘子说哪儿去了！"两位轿工无可奈何地抬起空轿，"那我们就回了，对不住你新娘子了！"

"多谢了，两位师傅！"

轿工走了。轿工只觉得这新娘子怪，世上少有这样的新嫁娘，一身粗布棉袄，一双布鞋，鞋面上花也不绣，还一定不肯坐轿上门。

"脚上沾泥的新嫁娘，怕是会一生尘埃呢。"老轿工这样对新轿工石头说，他心里很觉得惋惜，坐轿者，不一定没福啊！

毛泽东全然没想到他的新婚妻子是一路走来的。其时他正在忙碌着抹桌搬凳。

青山祠教师宿舍内的天井里，摆开了一张褪色的八仙桌，毛泽东和他的一群同事正忙着拾掇板凳和碗筷。铁锅很旺，一只肥鸡尚在热水里褪毛。毛泽东花了六个银洋摆了一桌酒席，这六个银洋占了他每月薪水的一半，酒席算是很排场了。这时候，忙得不可开交的毛泽东就看见何叔衡慌慌张张跑进门，一迭声说："润之，来了，来了！"

毛泽东一喜："花轿到了？"

何叔衡脸上不好看，说："没轿，走来的！"

杨开慧没坐花轿，这倒是叫毛泽东一怔。毛泽东急步走到门外，遮眼望，果然就远远地看见了新娘子。新娘子走在阳光里，一头短发，英姿勃发。毛泽东大声喊："开慧！"

杨开慧招招手，笑，一步一步就走近了，走近之后便冲着毛泽东大大方方伸手，说道："握握手吧。"

新郎新娘握手，双方都笑容满脸。何叔衡叹口气说："罢了，罢了，一不拜天地，二不拜高堂，三不夫妻对拜，也只好这样握握手了。"

杨开慧知道何叔衡为什么不高兴，所以当酒宴开始的时候，她站起来，头一杯酒就要敬他。何叔衡慌忙起立，说："不敢当，不敢当。"

新娘说："我敬你，是表示歉意。你好心送来一顶花轿，我却不领情。"

"不打紧，不打紧。"

杨开慧咕嘟嘟饮下一杯米酒，然后开始作说明：“我为什么不想坐这顶花轿呢，因为我看着花轿，心里难受。”

何叔衡一惊：“为何难受？”

“为何难受呢？我也在问自己，花轿抬的是欢喜，为何难受？何校长，我说实话，我之所以难受，是因为我看着花轿里外不一。轿子外面，是红围子，新的，还缀着流苏，漂漂亮亮。轿子里面，那坐凳，却是磨破的，破棉烂絮都露了出来。看着这样的轿子，我想到什么了？我忽然就想到女人了，想到我们中国的女人了，我们周遭许许多多的女人，不都是这一顶轿子吗？”

毛泽东想，这开慧，是在做一篇锦绣文章了，已经有了一个好的起头，于是便说：“对，开慧，说下去，为什么女人是一顶轿子？”

“女人出嫁，头上蒙着红盖头，缀着流苏，漂漂亮亮，可是实际上呢，骨子里呢，悲哀啊，没有自主的命，任人牵，任人磨，只能是一团给人坐破的破棉烂絮。说句实话，中国许许多多的女人，都是这种可怜的轿子命！”

“对，对！”一桌酒客一齐点头。新娘子名不虚传，果然才女。

毛泽东含笑说：“开慧不是轿子命，所以开慧不能坐轿子！”

“润之说出了我的心里话。所以这第二杯酒，我敬润之。”杨开慧大大方方站起来，敬夫君，酒杯齐眉。

毛泽东小高高举杯，说：“开慧，你不是一顶轿子，我毛泽东既不会坐你，也不会抬你。你我的人生，就是一起牵着手走路，你搀我，我扶你。”

杨开慧闻言，忽觉鼻子一酸，两滴眼泪夺眶而出。

所有的酒客都受了感动，尤其是何叔衡，眼睛也有点红。

“今天这顿喜酒啊，”这位前清老秀才说，“喝出点味道来了。”

两根红蜡烛已经点了一大半了。蜡烛也是细心的何叔衡买的，说洞房花烛夜，无烛不成洞房。

毛泽东坐在床上，杨开慧的脸偎依在他胸前，两人都没有睡意。

毛泽东轻声说：“关于轿子的一番话，开慧你说得很好。”

“我还有一句话想说。”

“说吧，今天让你说够。”

“你在酒宴上对我说，你既不会坐我，也不会抬我，是不是？”

“是。”毛泽东没多喝酒，他记得是说过这样的话。

“我要你抬我。”

“这怎么说？”毛泽东看着妻子。十九岁的妻子脸庞很红，双颊明明暗暗的跳动着烛光。

“你不是说一个女人一辈子有两抬吗？润之，我想求你抬我。抬进门，我不求，你今天看见了，我宁愿走进来，我愿意亦步亦趋跟随你。可是还有一抬，我想求你答应我。我要抬出去。今天新婚之日，我也不避讳了，我只求我的丈夫能答应抬一次我，我不求今日风风光光抬进来，我只求日后风风光光抬出去。”

毛泽东闻言，愕然半晌。

他没料到妻子会在红蜡烛旁边说出这样的话。但是这样的话，却也道出了一个女人一辈子的希冀，以及对丈夫的信赖。这番话，委实如花烛之泪，又心酸又喜庆。

“润之，你能答应我吗？我要你答应我！”

“开慧，你这是……这是什么意思呢？”毛泽东轻声说。他心里其实很明白妻子的意思，但是他不想伤妻子的心。他在琢磨怎么样回答她。

“意思是很明白的。那就是若我死在你前头，我求你把我风风光光抬出去。”妻子又这么说。

“今天这日子，怎么说这样的话？”毛泽东一边搂紧她，一边心里还在琢磨，怎样实实在在地回答这个问题，同时又不至于伤她的心。她今天走了几十里地，脚都走痛了。她是实践着她的亦步亦趋，他心里明白，她是要他回应她的这种亦步亦趋。但是，这个问题实在不好回答。毛泽东不想说假话。

风吹过青山祠。不知哪根枯枝断了，咔嚓一声掉落在窗外。

杨开慧轻轻推开毛泽东，用眼睛正面瞧着他。她说：“润之，从今天起，我就是你的人了。我说这句话的意思，有两个，一是盼望我们两人白头到老，二是盼望你能管我管到底。也就是说，两人厮守，厮守到底。”

现在，她把话说透彻了，再透彻不过了。

毛泽东沉默了一会儿，说：“这句话，还真不好说。”

红蜡烛跳跃着，没有声音，继续流泪。

“我早料到你会这样说。”杨开慧垂了眼睛。

“开慧，你也是青年团员了，你是知道的，我们两个，都是准备为布尔什维主义献身的人。我们渴望幸福，但是国中豺狼虎豹当道，东南西北虎视眈眈，作为革命者，我们得准备着应付任何不测的事件。”

新娘点点头。

毛泽东又说：“假如不能厮守到底……”

“那也算了，那是缘分。”

“但是，开慧你记住，我会尽一切能力保护你。”

“我记住了。”

“开慧，面对花烛说这些话，你心里，真的一点不沉重吗？去年我们去香山骑马，你不说；去北海划船，你不说；在法源寺为你父亲守灵，对着长明烛灯，你也不说这样的话。如今面对花烛，你怎么就挑了这么个话题？”

“我就是想在做新娘的时候，把你我之间的一切事情，都说明白了。”

“你也像个做理论的。”毛泽东感叹一声，“你像你父亲！”

不能不说杨开慧的这一番话带有一种预兆。十年之后，杨开慧被捕，受尽拷打，遍体鳞伤，就义于长沙浏阳门外识字岭，当时毛泽东正在井冈山率领红军抗击国民党的第一次大规模围剿，他在妻子牺牲的两年之前设法从井冈山寄出了一封信，给杨开慧报了一次平安，说的是“开始生意不好，蚀了本，现在生意好了，兴旺起来了”。他明白杨开慧惦记着他，但他不知道杨开慧在 1930 年 11 月 14 日的中午时分离开了人世，血溅野外，也不知道是当地的农民之肩，抬起了这位二十九岁的血迹斑斑的女人遗体，将之偷偷运回板仓下了葬，更不知道其时他的三个年幼儿子为血肉模糊的母亲哭得死去活来，小儿子岸龙甚至说“我要跟妈妈睡在一道”。毛泽东后来在得知这个血光盈盈的噩耗时，说了这样八个字：“开慧之死，百身莫赎。”他那时真有点后悔，后悔在十年前的新婚之夜，对杨开慧的“一抬”之求，拒绝得太干脆太冷静。人间有许多话，原本是不该说得太决绝的，哪怕后来一遍又一遍地写“我失骄杨君失柳”也无可弥补了。

李达一直在渔阳里的外头叫黄包车，一边举手拦车一边打寒噤。上海的冬风带着似有似无的雨丝，阴阴湿湿，往骨头缝里钻。

越是心急，黄包车越不见影儿，难道是骤然天冷之故？

他要拦车给陈独秀。陈独秀急于赶去轮船码头。

就在湖南的毛泽东成婚的几天之后，在上海的陈独秀决定南下广州，接受广东省长兼粤军总司令陈炯明之邀，去那里当教育委员长，主持广东教育。

他觉得此时的广东，民智之开，冠于全国，主义的传播也相对容易一些，正可以趁势把广东的党组织建立起来。再说，“教育委员长”这个职务也便于做事。关键在于陈炯明省长的邀请诚挚不诚挚。

广东的形势确实有点振奋人心。一个半月之前，陈炯明已兵分三路击溃桂军，广州城头变换旗号，重又成为革命之营垒。大喜过望的孙中山也已从上海赶回广东，以最快的速度重建了他的军政府。陈独秀觉得，陈炯明主政广东，高呼革命，又再三电催自己前往襄助，此心应是可鉴。

对陈独秀离沪赴粤，李达不置可否，而李汉俊是坚决反对的。他在陈独秀决定成行的最后一天，还陪坐在陈独秀书桌边，试图做最后努力。陈独秀没有理睬他的絮絮叨叨，顾自疾书。陈独秀想起草一个党章，留在上海，让代理书记李汉俊据此运作组党之事。党章很重要，李汉俊是主张民主分权的，自己是主张中央集权的，这第一步若走歪，党就不成其为党，若是朋党成了茶馆，人人鸦噪，如何了得？所以陈独秀既想赶早去广东，又有点不放心上海的事。

李达三步并两步奔上楼梯，进屋就说：“快走，黄包车叫好了，三辆。一辆仲甫坐，一辆送客的坐，还有一辆装书！”

陈独秀伏案疾书，似听见，又未听见。

高君曼催他穿衣下楼。她已经把丈夫要带的两皮箱书都用线绳一包一包扎好，又在皮箱外扎了两道粗绳。她是个细心的人。她对丈夫说，既要走，就快一点，轮船不等人呢。

陈独秀搁了笔，奇怪地看看旁边的李汉俊。李汉俊仍旧固执，一张嘴还在絮叨，说若是可以不去，还是推托吧，那个教育委员长，有什么当头，上海诸事之紧，不逊于广东。

陈独秀恼了，拍拍桌面上的轮船票：“你有完没完？票都买了，还多说！”

李汉俊也恼了，说：“如鲠在喉，不得不说。”

陈独秀说：“我为什么不去广东？出掌教育委员会，不就是个传播新文化的好机会吗？还可以趁势在广东发动共产主义者组织！李守常都来信赞同这个意见了，你还啰唆！”

李达说：“仲甫兄，你若现在马上起身，跑着下楼，可能还来得及。”

陈独秀开始点雪茄：“我还只写了如何培植党员这一款，再等一等。”

李达愣了一会儿，说：“依我看，已经迟了，现在再赶去轮船码头，也来不及了。嫂夫人，你去楼下退黄包车吧。”

陈独秀顾自写字，头也不抬：“这一趟轮船没有，不等于下一趟轮船也没有！”

李达闻之发愣。

“鹤鸣，”李汉俊把李达拉到楼梯口，悄声说，“我也真闹不懂了，你怎么就那么赞成他走？”

“仲甫之牛头，你能拉得转？”

“眼下各地共产党组织都已经建立，组建全国共产党是箭在弦上，仲甫却离沪南下，一大堆党的事务扔给我，我能扛得动？又把《新青年》编辑部交给陈望道去扛，我看陈望道也吃力。总之，仲甫离沪，这事太玄，你也要为全局考虑考虑！”

“广东省教育委员长，也是个不小的官哩。”

“我先前不知道仲甫有官瘾，现在知道他瘾头大得很。”

“我告诉你，汉俊！”陈独秀尖锐的话从屋里清晰地传来，“广东没有官位，只有壕堑，我不是去抖官翅子的，我是去扣扳机的！”

说话声气很重，震得李汉俊和李达都不吱声了。

“让他去吧，”李达压低声音说，“既然请你代理书记，你就把书记代理好，我们撑你！”

门外的嘁嘁喳喳终于使陈独秀写不下去了，他啪的一下扔了笔，仰于圈椅上。他想，真是岂有此理，连官位与壕堑也分不清楚。即便是官翅子吧，共产党人去抖一抖，有什么不好？翅子嗡嗡作响，亦为主义之声，不可能是别的响动。

这个李汉俊啊，虽说中文英文的马克思学说、社会主义学说的书籍读了几十本，但毕竟是学数学出身的，关键时分就是一板一眼，脑子不肯转弯。

高君曼俯着丈夫耳朵说：“我倒不是叫你不要去，有个委员长当当也好。”

陈独秀斜视她一眼，心里想，又是妇人之见。高君曼接着说：“只是，我想跟你一起去，孩子也去。”

“你不要去。这官儿，做得长不长，难说。或许，三两个月，就打道回府了。”

“是不是你在广州也有女人了？”

陈独秀火气突然大了，指着门外高声说：“他们烦我，你也来烦我？你知趣一点好不好？共产党人每天提着脑袋做文做事，你一个女人还胡乱猜忌什么？”

于是高君曼再不吱声。过了几天，12月17号那天早上，她去轮船码头送别丈夫，最后的一句叮嘱仍然是：时间待得短，你别找女人，时间长了，我也管不了，你好自为之。陈独秀没吱声，暗里想，这句临别赠言，怎么说得跟施芝英一模一样？关于女人，自己还是拿得起放得下的，过去在北京，不失放浪，该去的地方也都去过了，小报记者也拿这题目做过花边新闻了，现在在党了，这一页就翻过去了。高君曼也好，施芝英也好，其实都不明白自己。

广东以暖和和的天气以及陈炯明暖和和的笑颜迎接陈独秀，而北京的这个冬天却格外寒冷。根据计划下到工厂的邓中夏和张国焘，更是感受到了这种寒冷。刚过元旦，凛冽的北风就一直席卷着长辛店一带的村庄和厂区，一片虎吼之声，雪粉弥漫空中，也一直呈狂舞之状，长辛店工人补习学校的每扇窗户都抖得簌簌直响。

张国焘又哈手又跺脚，说这天真是贼了，阴冷阴冷！

住在这个学校已经好几天的邓中夏和张国焘现在正在把长凳集中起来，搁上棉絮，铺成一张床。他们每天都这样，长凳白天是学生的座椅，晚上是教师的床。

黑板上那些粉笔字还没有擦掉，是张国焘的笔迹：“天为什么下雨？为什么打雷？”“穷富是命里就有的吗？”这些貌似简单的问题，两位老师往往要讲得口干舌燥。

学校就是在元旦那天开学的，作为创办人的张国焘和邓中夏一直住在学校里，再往后，教员准备轮换。应该说，志愿到长辛店来为工人授课的，大有人在，李大钊的名单上已经有一大串名字了。长辛店是京汉铁路北段的一个大站，设有机修厂，铁路工人集中，离北京只四十华里光景，不太远。

张国焘和邓中夏打的旗号是“提倡平民教育”，先从教育职工子弟着手，借此扩大影响，组织工会。李大钊很赞成这一策略，他觉得张国焘自接受了职工运动的分工之后，工作相当见成效。李大钊很为北大的学生自豪，他们书也念得，苦也吃得，牢也坐得，真乃国之精血。

邓中夏比张国焘瘦，更觉得冷，他捅捅小煤炉子的火，说：“那个姓郑的工人师傅，又送来两床棉絮，总不会像昨天晚上那么冷了。”

话犹未了，那个姓郑的方脸膛工人便披着一身雪花，风风火火走了进来。

“走走走，两位老师，过节去。”名唤郑大虎的工人敞大嗓门说，一边举着手里的两块大毛巾。张国焘听不懂，问过的什么节，郑大虎说是洗澡节，于是邓中夏奇了，说洗澡怎么有节?

郑大虎啪啪地拍雪，笑着说，这年头缺煤，长辛店有澡堂子，也不给咱工人开。今天，总算轮上一回，这还不像过节？两位老师在这里住一礼拜了，吃的窝窝头，睡的木凳床，为了咱受教育，咱的娃受教育，大老远地跑这儿来遭罪，谁见了谁不忍心！咱这儿没什么请的，就请老师寒冬腊月暖暖和和洗个澡。张国焘与邓中夏一合计，都同意去。天贼冷，过洗澡节是好事。

澡堂子不远，大池也不见大，雾蒙蒙一片。他们脱了衣服便浸入池中，一会儿就觉得全身骨头都长了一寸似的，特舒展。

忽然间，两人都觉着了奇怪。

“咦，”邓中夏在蒙蒙雾气中说，“怎么就我们两个？”

“是啊，”张国焘说，“工人怎么不进来洗？”

邓中夏冲积满水珠的天花板高喊：“郑师傅！郑大虎！”

外间只传来应声，就不见人进来。脱了衣服的几十个工人全都静静地挤在外间的小锅炉房边，有的端脸盆，有的披毛巾，像得了令似的，谁都不进澡堂子。邓中夏湿淋淋奔到外边，急了，拖人，“郑师傅，快进去洗呀！”

郑大虎说，老师洗，老师洗，我们急啥呀，我们不着急。所有工友都一齐说，不着急，不着急。

邓中夏弄不懂了，追问为什么不一块儿洗。郑大虎躲着说：“京城来的老师身子干净，我们一浸，水就脏了，老师慢慢洗吧，我们待会儿会洗的。我们不急。”

邓中夏与张国焘一下子全明白了，感动了。

“一起洗！”张国焘喊，“一起洗！天下最干净的，就是工人！”

在两个学生的推拉之下，赤条条的工人们全都轰轰隆隆下了池子，他们一边往自己的光膀子上拍着水，一边还不住地喊谢谢老师，谢谢老师，仿佛亏欠了两位老师一大笔。

邓中夏说，我们哼歌儿吧，今天教的，大家忘了没有？众人都说没忘，于是放开喉咙唱起来：

如今世界大不平，
重重压迫我劳工。
一生一世做牛马，
思想起来好苦情。
……

“停！”邓中夏忽然跳了起来，“魏师傅，你的手怎么啦？”邓中夏发现洗着澡的魏老头左臂膀没有了，只见一个红红的圆形大疤。

魏老头说，不提它，不提它。有人告诉邓中夏：邓老师，是机器咬的。

张国焘游过来说：“机器怎么咬得那么狠呢？”

“我两天没合眼，”魏老头用毛巾捂住大疤说，“没合眼吧，走路就打跌冲。工头逼我加班，把我往机器上推，这一推，机器还不吃人？机器可是浑身嘴巴！一条命捡回来，算是祖上没坑过人，积了德。”

“邓老师，”郑大虎说，“魏老头要厂方给医药费，跪了整两天，厂方都没理睬，我们帮他说话，上头就派警察，凶啊，用棍子打！”

邓中夏站起来。他一时很想说话。于是他干脆站到池子边沿上，向雾气中所有光身子的男人说：“工人师傅们，你们叫我们老师，其实你们才是我们的老师。魏师傅这只断手，叫我们实实在在看到了中国产业工人受欺凌受压榨的现状！我们这些在京城里读书的大学生，如果不能援助中国民众改变自己的痛苦命运，我们读书又有什么意义呢？”最后一句话，邓中夏是哽咽着说的，泪珠和汗珠一齐凝结在他的脸上。

“劳工万岁！”张国焘在池子里喊。

满澡堂子都喊：“劳工万岁！”

张国焘又喊：“劳工神圣！”

满澡堂子都是声音，打雷一样：“劳工神圣！”

晚上挤在同一个被窝里的时候，张国焘对邓中夏说：“长辛店的工人运动太有希望了，工人又质朴又有冲劲，若是中国的工人都像长辛店一样，保不定共产社会早早就能实现了。”

邓中夏想一想，说：“我们中国产业工人实在人数太少，比不得俄苏。人数多寡其实是很要紧的，中国工人若超过中国农民，陈独秀早就成了列宁了。”

他们感叹到半夜。两天之后，这两位学生准备回北京，要换老师。郑大虎用巡道车送他们。雪野茫茫，北风冻着大家的耳朵。

独臂魏老头赶上来了，一脚深一脚浅地奔跑在雪野上，手举一支钢笔，牵着他的十来岁的儿子，拼命向远去的巡道车招手。他很懊丧，要送老师，没赶上。他大喊："邓老师，你的自来水笔！你的笔掉啦！"

巡道车停了，邓中夏从椅子上站起来，双手围在嘴前喊："魏师傅，我是留给你儿子的啊！我写了条子啦！"

声音透过风声传过来，听不清楚。魏老头急了，喊："我儿子一个大字不识，不用笔！"邓中夏喊："你儿子已经识十个字了！你别小看他！他会有文化的！你要叫他报名上学！"

魏老头垂手，看看儿子，打愣。他问儿子："傻小子，真认字了？十几个字了？"他的傻小子点了点头。

魏老头突然哭起来，以他的独臂举起黑杆子钢笔，喊："邓老师，你让我有手啦！这根笔就是我的手！我们工人有手啦！"儿子紧紧偎住激动的父亲。父亲的泪水流过粗糙的脸颊，一滴，一滴，滴在儿子的黑头发上，结成了冰珠。

父亲的这种激动没过两年便终止了，他的聪明的傻小子在认到第三百个字的时候，也停止了文化攀登。他们两人都倒在 1923 年 2 月的雪地里，魏师傅剩下的那条独臂也被刺刀劈断了，他的儿子则是肚子饮弹。那一年的白雪慢慢吸收着他们的血，成了一团又一团粉红色半透明的东西。

倒在雪地里的工人还有不少，一堆一堆的，犹如黑色的灌木丛。郑大虎的胸膛也被刺穿了，半柄刺刀断在他胸前。那是二七大罢工之后的事，军阀们充分地使用了手中的子弹和刀刃。

工人想出头就是这下场，那一年刽子手们吹着枪口上的青烟，这样说。

北大图书馆的主任室是经常有敲门声的，但是李大钊没有想到这一回齐刷刷敲门的竟是五位同党，而且均黑着脸。

那一刻李大钊正在审读张国焘的一份报告，张国焘在报告里说，已有必要立即在长辛店筹备组织工会，因为工人不喜欢工会这个名称，认为有工头操纵之嫌，所以还是称工人俱乐部为好。李大钊很有兴趣地刚读到这里，他的五位年轻同志就敲门进屋了。

五个人一齐站着，以黄凌霜为首。李大钊指指炭盆，示意可以围坐，这样暖和些，然而五个人均站如木头疙瘩，一动不动。

“出什么事了？”李大钊惊异地看着他们。

黄凌霜的神情局促不安，说：“我们找你，李先生……有点事，要谈。”

“坐吧，取取暖。”李大钊点点炭盆，知道事情不妙，“有什么事，但说无妨。”

“这个……李先生，”黄凌霜吞吞吐吐半天，忽然抬起脸，明朗地说，“我们五个，决定了，从今日起，退出北京共产党支部。李先生，您别误会，我们的退出，并不是害怕政府或是害怕军阀。”

李大钊心里一惊，说：“我们拢共十个，你们今日要退出五个？”

“李先生，您的教诲，我们终生难忘。但是我们终究信奉巴枯宁和克鲁泡特金。我们无政府主义者与你们共产主义者，实在无法同坐一船。”

李大钊耐住性子说：“我们能否把彼此的分歧抛开一些，譬如说，我们都为无产阶级和人民大众的利益而奋斗。我希望你们……”

黄凌霜打断李大钊的话头：“现在已不是希望的问题，而是现实的问题了。再见，李先生！”

五个人一齐向后转，低垂着脸面，脚步沉重地退了出去。李大钊直直地站着，不发一言。他觉得胃部有点痉挛。

门忽然又开了，探进了黄凌霜的头：“李先生，你出来一下。”

李大钊走到门外，见五个人正在他面前默默排成整齐的一行，这种状况使李大钊有些诧异。

沉默中，五个人忽然一齐弯腰，向李大钊毕恭毕敬地鞠了一躬：“李先生！”

李大钊沉默了一会儿，也双脚靠拢，立正了，向对方微微鞠了一躬。

五个人终于一齐后转，低着头走了。

李大钊一回到自己的写字桌旁，就开始研墨。他觉得必须马上给广州写信。他此时的心情不能不复杂，原有的盟友在分化，而北方的产业工人则正在被唤起，看来形势已迫切要求真正的马克思主义分子迅速组党，道理是明摆着的，以党团积聚力量则力量强，以力量团结民众则民众厚，唯此，才是拯国拯民于水火的上上之策。陈独秀在广州，那里是南国，热，他希望陈独秀的心也同样炽热。

陈独秀在广州确实心热，心热的一部分原因，是受煎熬之故。他此刻正在走入珠江岸畔的一座宴楼，他的脸色又红又紫。

对于非常大总统孙中山统领下的革命大本营里窝有这么多蝇营狗苟之辈，他是估计不足的。

估计不足的，还有这个陈炯明。当初这位省长力邀他去广东，几天一个电报，情真意切。然而共事之后，却发现他脸上的笑容有一半是堆出来的，并不真诚。陈独秀本来是拒绝出席这次邀宴的，但是有些话想同陈炯明当面摊牌，因此他还是夹起皮包钻进小包车，从教委赶了过来。

东道主陈炯明迟到了，他一进宴厅就注意到了陈独秀，并且特意把陈独秀从左桌拉到主桌上来，说："啊呀仲甫兄，三日不见如隔三秋，来来来，这里坐，我们碰一杯！"

既然如此来请，不妨就坐过去。红木太师椅上铺着厚厚的织锦垫子，软得很。这位撇着两抹黑胡子的省长，今日之表情如椅垫子一样软软和和，看来正好与之对话。

陈独秀自沪抵穗后，处事雷厉风行。一方面，他提出改革教育的三大纲领，大幅度地刷新教育；另一方面，他积极创办革命报刊，创办宣讲员养成所，创办工人夜校，火火热热地进行共产主义理论宣传。他的这种革命活动的声势不能不引起广州封建势力的惊恐，于是暗箭乱飞，报纸上的聒噪之声日益刺耳，惹得陈独秀经常在他居住的永汉路看云楼里发火。"看云楼"这三个字是他给自己的住所题的名，他写了三个大字贴在门楣上。广东的革命形势虽有风起云涌之势，但还是值得细细分辨的，云层里花样很多。

这两天，他终于看出一点蹊跷来了。针对他的污言秽语之所以越积越厚、麇集不散，是因为应该吹出朗朗清风的陈省长压根儿没有张嘴。

没错，根子就在陈炯明这个所谓的"社会主义将军"身上。

此时，还没等陈炯明举杯，陈独秀首先举起拇指大的白瓷小酒杯，"省长，我敬你一杯。"

陈炯明略显浮肿的脸上堆出笑容，"啊，好！好！"他说。

"碰杯之前，我有一句话。"

"啊，说！说！"

"广东高师由国立改为省立，本是省长亲自决定的，而现在，孔教徒守旧派均借此围剿独秀，言语之恶毒，不堪入耳，省长知道不知道？"

陈独秀出言锐利，使宴桌旁的所有脸孔都变了色。陈炯明作惊讶状："有这样的事？"

"有人说我鼓吹'百善淫为首、万恶孝为先'，省长也不曾听说？"

陈炯明微笑："不曾，不曾！"

"还把本人的名字陈独秀改作'陈独兽'，省长也没有听说？"

"什么？陈独兽？孤独的野兽？啊，哈哈哈哈……"陈炯明一时笑得发抖，"没听说，没听说。不过，倒是听说过一句话，说你组织了一个什么'讨父团'，是吗？"

"省长相信了？"陈独秀目光炯炯。

"不，不，我不相信，仲甫怎么会发动儿子讨伐父亲呢，这不是开玩笑吗？仲甫自己认为呢？"

省长这么一说，所有宴客的视线便一齐罩住了陈独秀。陈独秀冷笑一声，说："我想，我的儿子倒有资格组织这一团体。而我，我连参加的资格也没有。因为省长知道，大家也都知道，我陈独秀自幼便是一个没有父亲的孩子！"

陈独秀的这一略含挖苦的妙答，使得几张宴桌均起笑声。陈独秀在笑声里目光一转，直逼省长："不过，凭省长的这句问话，也说明，外间所有的谣言和攻击，省长其实全是知道的。"

气氛一时尴尬了。陈炯明扁扁嘴巴。

"嗯，也算是知道一些吧。不过，我从来没有理会他们联名写的罢免书。"他说。

"要罢免我，也行，省长发一句话便是。"

"哪里话，哪里话，仲甫何必多疑！来，来，诸位，一起举杯，我们为广东革命政府干杯！"

"且慢，我还有一句话。"陈独秀大声说。

陈炯明停了酒杯，说："有话就说，有话就说。"

"我这句话是个长句子。"

"但说无妨，但说无妨。"

"我这句话也不是对省长一人说的，是对在场诸位说的。那边桌子上，有几位报馆记者，那么我这句话，也可以说是对所有广东民众说的。"

陈炯明沉脸一想，说："仲甫之言，本当洗耳恭听，但恐句子冗长，有耽误本省长公务之虞，是否允许先行退席？"

“不，我这句话，非请省长一起听不可。”

陈炯明复又坐下，脸上的笑容开始僵硬。他想，这个陈仲甫，可能要叫我今日下不了台了。

陈独秀此时便发作了，脸色通红，语言铿锵而锐利。“诸位先生都知道，”他说，“我自应邀来粤，在各学校各团体之演讲，众耳共闻！在各处的演说辞，回回都登在报上，众目共见！有人造谣污蔑，说我在演讲中主张讨父，主张仇孝，主张公妻，主张妇女国有，鼓吹‘百善淫为首、万恶孝为先’，我倒要问问他，他究竟在何时、何地听我作过这种鼓吹？此种谬论究竟出自我口，还是存于己心？”

陈炯明皱眉，盯着面前的酒杯。

陈独秀继续说：“我们虽然不主张为人父母翁姑的，专拿孝的名义来无理压迫子女儿媳的正当行为，但是，我们却从来不反对子女儿媳孝敬父母翁姑，更不说孝是万恶之首，要去仇他！至于‘百善淫为首’这句话，我想，除了极为不堪的政客，除了做淫秽小说的新闻记者，除了姬妾众多的大腹巨贾之外，没有任何人肯主张的吧？”

整个宴厅一声不吭。陈独秀知道自己的话有如投枪，见着血了，于是益发严厉：“现在，广东就有无耻的懦夫，不敢与我正面为敌，却专门躲在人后，造下流谣言，以攻击中伤为能事。今天，我借省长一杯酒，郑重声明，今后，各处倘有印刷物公然传载此类谣言者，即认为有意损害鄙人名誉，我陈某人将立即诉诸法庭，以儆邪僻，决不姑息！”

他一口饮干了手中之酒。

“谢谢诸位恭听！”他说，“我还有个演讲会，只好比省长先走一步，抱歉之至！”

言罢离席，大步而去，头也不回。

全宴厅鸦雀无声，面面相觑。

陈炯明愣了很长时候才说出一句“诸位畅饮吧”，这才使宴厅恢复了杯盏之声。陈炯明很不高兴，再一次觉着了悔意：真是“陈独兽”，不该来广东！

陈独秀的小包车刚在惠福路巧心茶园停下，候在门口的几位旗袍女郎便噼啪鼓掌，献来一束花。陈独秀应邀在这里发表演说，因为沈玄庐一定要他来这里讲几句。他进门前抬头，看见茶园门楣高挂一块红幅：“欢迎陈委员长莅临妇女解放恳谈会指导！”

陈公博和一位神色高傲的青年在门口候着陈独秀。陈公博是北大毕业生，脾性率直，能言善说，陈独秀委他担任省教委的宣讲员养成所所长。陈公博一见陈独秀下车进门，便赶上去，手指那位青年说：“陈先生，等一等，他要马上见你，他说要退出社会主义者同盟。”

陈独秀认识那人，那人也是北大毕业生，著名无政府主义者区声白。陈独秀虽觉意外，但也保持着镇定，他目光严厉地盯着那位青年，盯视良久。

已经来广州主编《劳动与妇女》杂志的沈玄庐慌慌忙忙从茶园奔出，一见陈独秀就喊：“啊呀，仲甫，各界妇女代表都在里面翘首以待呀！快进去，快进去！”

陈独秀说：“我同这位年轻人有事要谈，你先进去，你请别人先说几句！”

“好！好！”沈玄庐叹口气，奔上台阶。

陈独秀又沉默了一会儿，然后对区声白说：“观点不合吗？”

“陈先生，我们不能再沉默。”区声白说话低声，但神情倔强，“陈先生虽是我师长，但我们无政府主义者决定为捍卫自己的主张而奋起。我们主张绝对自由，反对劳动阶级专政。我们没有办法不宣布退出社会主义者同盟。”

“请便吧！”陈独秀说，声音淡淡的。

“我已写了文章，批驳先生的，将要发表。”

陈独秀加重音量：“我将反驳！”

“谢谢先生！”区声白骄傲地点点头，返身而去。

陈独秀怒不可遏，将手中花束狠摔于地。区声白并不回头，似乎并未听见摔花之声。

沈玄庐又奔出，拉住陈独秀的西装衣袖不放，也不管他脸上什么表情：“啊呀仲甫，那个人讲了三句话就没词儿啦！”

“你接上嘛！你不是演讲家吗？”

“好，好。”沈玄庐无法，复又奔入。

陈独秀对陈公博说：“北京的无政府主义分子退党，广东的又来唱双簧！主义之问题，不能不澄清。我以为，召开党的全国代表大会，统一全国共产党人的行动，确已时不我待！”

“听说共产国际也是这个意思。大家都在等陈先生下决心呢。”

“我已经请汉俊加紧起草党章了，他拟了一个，我看根本不行，五指握不成拳的党，算什么党？我已去信了，叫他重起炉灶，一俟拟就，即召开各地代表会议。会议地点，我们也合计了，就在上海召开。”

“仲甫！”身后传来沈玄庐的大嗓门。

陈独秀回脸，愣了，只见满眼的旗袍与粉黛，三十余位打扮各异的妇女代表一齐笑盈盈地排列在茶园大门口的台阶上。

沈玄庐一屁股坐下，冲陈独秀眼睛一翻：“会议代表都在这儿了，你好歹不肯进门，就在这里演讲吧。”

“既如此，我就在这里演讲了！”

沈玄庐惊得跳起来：“什么？”

陈独秀说：“此地空旷，我就在此演讲。今天既为妇女演讲，题目便叫作‘无政府主义与妇女运动’！”

沈玄庐抽口冷气：“题目也变了？”

街人越聚越多，很多人赶过来看稀罕。陈独秀大步站上台阶，昂起头，说：“我现在对于无政府主义深恶痛绝！无政府主义，乃革命之大患！我们的北邻俄罗斯，若是以克鲁泡特金的自由组织代替了列宁的劳动专政，我敢断言，不但资产阶级会马上恢复势力，连旧帝政的复辟，也必定在所难免！”他不管台阶上的那些妇女代表有没有兴趣听，只是狠狠地批驳无政府主义。夜间，陈独秀返回看云楼时，还在思考着无政府主义的问题。他知道今天听讲演的妇女一大半听不懂他在讲什么，但是他不能不把心中的愤懑发泄出来。广东的云，不管从哪个层面看，都是越来越看不得的了。

这一刻，周恩来正坐候于巴黎一家医院的前厅里。他捧着一大束鲜花，等人。

中国广东的无政府主义者于 1921 年春天公然与陈独秀决裂的时候，在欧洲的巴黎，两派观点不尽相同的勤工俭学学生，却通过周恩来的调停，走到一起来了。在这家医院的前厅里，周恩来坐等了很长时间。空气中药水味儿很浓，夹着阵阵花香，闻着挺特别。

医院乃弥合创口之地，周恩来想，我今天一定要把他们弥合在一起。

周恩来等的人终于到了。走进门的一群，是来自克鲁邹的中国勤工俭学学生，七八位，其中几个还穿着有铁屑味的工装，一看就知道是劳动的一群。

打头的是四川籍的赵世炎，还有一位叫李立三。在里昂做工的陈延年和陈乔年兄弟俩也夹在他们的行列里。他们的步子都很大。

“谢谢你们，你们还算是准时的。”周恩来迎上去。

赵世炎一握住周恩来的手，就连珠炮似的说：“我们很痛心中国学生的血流在巴黎街头，但是我们更痛心的是为什么会作出这种请愿的决策。我们中国学生有能力在法国活下去，我们不做寄生虫！我们有一双手，世界上所有的东西都靠手撑着的！我们就是基于这一点才不去包围中国公使馆。‘蒙达尼派’里有人乱说，说我们是驻法公使陈箓的走狗，这是乱咬！我们再三再四地重申这一点，我们没有理由乞讨！”

李立三附和，言简意赅：“乞讨的政策只能导致镇压！”

这群在克鲁邹做工的中国学生对2月28日包围中国公使馆之举，一直是不满的。他们认为，所谓工读生活，打工本来就是应有之义，缺钱了当然靠自己挣，而补贴留学，并非有志青年所为。策动学生去包围公使馆，挨了打，头破血流，酿成个“二八事件”，何苦来着？

对于克鲁邹一派的想法，周恩来研究了半天，认为不无道理，但是蒙达尼一派的英勇斗争以及他们马克思主义的理论倾向，也是非常值得肯定的。周恩来一夜没睡着，凌晨时分他向克鲁邹方面打了电话，希望他们一定赶来巴黎医院探视伤员。快近中午的时候，周恩来去花店买了一大束花，花很新鲜，瓣叶上都是露珠。周恩来认为，中国的乌云那么沉重，革命营垒本来就势弱，若再刀枪无序、锋芒杂乱，又如何能成就大事？他觉得，今天的鲜花就是他的武器。他要在营垒内部打一个小小的仗，这个仗非打不可，花瓣上的露水就是最晶莹的子弹。

所以这一刻，他凝视着赵世炎的眼睛，说出这样的话：“我很欣赏你们在探望之时也能坦率地谈出你们自己的意见。确实是这样，只有坦率的交流，才会有彼此的谅解。但是，在诸位今日进入病房之前，我想提三条小小的要求。第一条要求，请诸位说话的声音尽量放轻一些。”

周恩来领探望者一路上楼。楼梯是褐黄色的，呈弧形，颇有贵族气派。

“第二条，”周恩来边走边说，“诸位进房之时，请务必面露笑容。”

这句话立即使赵世炎展露了笑容。陈延年兄弟俩也换上了笑脸。

周恩来在大病房外面停了步，最后说：“第三条，请大家都从我手上取几枝花，然后，我们进门。”

来自克鲁邹的中国学生推门进去，就看见了蒙达尼的朋友的惨状。

他们的脸色、纱布、绷带和他们身后的墙壁，都是同一种颜色。

蔡和森坐了起来，王若飞坐了起来，李维汉坐了起来，全病室的中国留学生均坐了起来，他们感动地看着探望者进门，一时不相信这些不同意见的朋友会结伴来探望。

周恩来笑容满面地说："来自克鲁邹工厂区的同学们来看你们了。他们带来了鲜花，也带来了他们的意见。你们也知道，克鲁邹的同学对这次请愿是有不同看法的。"

赵世炎和李立三走来走去，把手中的花分别插在伤者床头。赵世炎说："本来，我是很想对在蒙达尼读书的同胞们发表一通意见的，可是现在看见了你们的血迹，我倒反而说不出口了。我现在只想说一句，你们受苦了！"

李立三的嗓音也像赵世炎一样，像绷带与纱布那么柔和，"我们只是这么认为，中国留法学生不用靠政府救济，应当到工厂做工，通过做工了解工人，养活自己，取得工人运动的经验。当然，我们这些想法，也可能失之肤浅。"

"我倒不想说什么了，"陈延年说，"我只想打一个比方：街头的鲜血是一切革命者的黏合剂。"

听了这些话，躺在床上的学生们都显出了感动。蔡和森仰坐起身子说："说实话，我们在蒙达尼读书的学生，也很钦佩你们克鲁邹学生的顽强，只是，我们不想便宜那帮华法教育会的蛀虫。"

一时间，双方都沉默了。花香很淡，但是飘了开来。

"诸位，我说几句吧，"周恩来坐在蔡和森床头，绽开笑容，一副大哥哥模样，"虽然我来欧洲才两个月，但是依我看，双方的大目标是一致的。这一次流了血的同学是想利用一切可能得到的经济力量，潜心研究欧洲社会，求取救国之真理；坚持在工厂做工的同学，则是要就近研究和推动工人运动，也是求取救国之道。用一句中国成语说，这叫殊途同归。诸位知道，本人在国内，也坐过牢，也挨过打，也流过血，今天就让我们大家以中国青年之血的名义，互相融通，互相理解，让所有革命的留法学生都拧成一个拳头！"

陈延年忽然激动起来，说："我又想打个比方了，蒙达尼和克鲁邹，其实不是两个城市，而是一条壕堑！"

"我们没有理由不走在一起，"赵世炎说，"和森，你说呢？"

蔡和森说："我想也是。你看呢，若飞？"

王若飞的那只露在绷带外面的手与蔡和森的手使劲互相一握，说："我也打个比喻，一把筷子折不断。"

赵世炎忽然说："我有个想法，干脆，发起一个全法的中国勤工俭学会，协调我们的行动！"

周恩来一听，眼睛就圆了，说这个主意好，蔡和森也表态说："我参加。依我想，我们这个病房的所有同学，我们蒙达尼的所有同学，都会参加的。"

赵世炎很为此刻的气氛感动，说："恩来，要谢谢你的花，今天双方相会，全靠花为媒。"

"不是花为媒，"周恩来纠正说，"是血为媒，你没听见陈延年刚才的比喻吗？"

陈延年的激动还没有平静下来，又说："我想再补充一句，或许，是马克思的学说让我们黏合在一起了！说实话，我跟乔年，原先都是信奉无政府主义的，自从到了法国，读到了许多马克思主义者批判无政府主义的著作，一篇篇的很有道理，我们原先的信仰一下子崩溃了，我这里再打个比方，那就像一座高楼忽然倒坍一样，轰隆轰隆，这种倒塌，很痛苦，也很兴奋。向真理投降，真是一件天下最幸福的事。我跟乔年都这样感觉。现在，我们也更理解我们的父亲了。我这样想，只要我们大家都信马克思主义，一起来研究和摸索，我们的拳头会握得越来越紧！"

周恩来喝彩说："此言精彩！不是陈独秀之子还真说不出来。咦，我什么地方见过你？"他一下子觉得陈延年此人面熟得很，黝黑的皮肤，炯炯有神的眼睛，这副面容是不是在哪道历史的缝隙里隐现过？

陈延年笑了，点出了那个地方："一个火车站！"

"火车站？什么火车站？"

"天津。"

"天津？"周恩来的记忆突然清晰了，"是的，是的，你在火车上，我塞给你传单，那时候我们正在呼吁释放陈独秀！"

由于一些长出来的花朵和一些采下来的花朵，巴黎的春色越来越浓了。在市郊阿利昂法语学校的一间教室里，灯光下，周恩来独自一人伏案写字。这一段时间，他一直很兴奋，心坎里的春色很浓。

他在写一封信。

他的笔尖沙沙地移动着这样一些句子:“小超，我要告诉你三件事。第一件事，是你送给我的毛衣确实织得密实，很温暖，我每天都穿着它。第二件事，是两千留法中国学生的团结，已经得到了加强，勤工俭学会成立了，相当的活跃。下一步，还准备在留法学生和华工中，组织少年共产党。第三件事，是我受旅欧的张申府和刘清扬介绍，加入了中国共产党。在诸主义中，我彻底地信奉了马克思主义。过去我们受无政府主义影响实在太深，无政府是个虚幻的主义，我们要及早抛弃它。当然，我的独身主义也将随着无政府主义的抛弃而一起抛弃。小超，我建议你也多读一些宣传马克思学说的小册子，共产事业是一个崇高的事业，为之奋斗一辈子，是值得的。”

嚓嚓的缝纫机声停下了，杨振德吃惊地看着女儿，她不明白女儿何以这么激动。她是像一阵风一样卷进家门的，双颊被早春的风吹得很红，像搽了两块胭脂，当然这种红色也可能不是风带来的。

母亲问她怎么了，“他来信了！”她喊。母亲问是谁。

“妈，我要彻底信奉马克思主义了！无政府主义是个不切实际的主义！”

“怎么了，小超？”

“妈，他说他抛弃独身主义了！”

杨振德早就猜到了八九分:“你是说谁呀？”

“周恩来呀！”

母亲把十六岁的女儿拉到身边，摩挲着她的手。女儿年纪尚小，这年纪，按老话，虽可称“年方二八”，但谈论婚嫁毕竟还早。当然，经过风风雨雨的打磨，小超也早已不是这个“十六岁”一词所能涵盖的姑娘了。

“妈，”邓颖超若有所思，“你说，为什么他要把放弃独身主义这个消息告诉我呢？”

邓颖超仰着脸，那神情，明显是要从母亲这里获取一种她渴望得到的支持。

“小超，你还小。”

“虚岁都十七了。”

“说实在话，妈妈也挺疼爱这个小伙子。”

“妈！”女儿一声叫唤，有些不好意思了。

“他既然把这个消息告诉你了，你也应当把你的消息告诉给他。”杨振德及时换了一种思路。她觉得女儿的早熟说到底也是一种成熟，并无特别担心之必要。

“我有什么消息啊？”

“你的心里话就是你的消息。小超，你胆挺大的，像你爹啊，你爹就说过，他上天敢揪鹏，下海敢逗龙，所以，这方面的事儿呢，你也别胆小，想什么，就说什么，也要像你爹。恩来小伙子离了家乡，一个人漂泊，也是很孤单的。”

女儿听话地点点头。她很感激母亲能说这番话，能说这番话的母亲是不多的。“妈，他是共产党员了，我也想参加共产党。他这个‘五号’一赶，就远远赶到‘一号’前面去了。”

“早晚你也会赶上去的。”

“天津不知有没有共产党？天津要没有，我就跑北京去参加，李大钊先生早就叫我们笃信马克思主义，他肯定是共产党。”

“天津早晚会有的，全国都会有的。”

“我的妈呀，你像是诸葛亮似的！”

杨振德的预言没有错，1921 年 6 月 3 日，意大利“阿奎利亚号”轮船驶进上海，一贴催化剂滴入了这个中国最大的城市。

来自荷兰的共产党人马林手扶舷栏，在夕阳下注视着这个城市的岸畔高楼。那是一些锯齿形的建筑，东方的天空被切割得轮廓分明。他对身边的一个同伴说：“这个城市与爪哇的城市非常不一样。”

那个同伴说：“你应当说，远东地区的城市都一样。”

“为什么？”

“都是暴政横行，人民苦难。”

“不，”马林注视着江面，“这句话应当再反过来说。”

“怎么说？”

“哪儿都是人民伟大，暴政虚弱。”

“说得好，”同伴拍拍他的肩，“这也许就是你的使命所在。”

马林的身份是共产国际执委会委员，原名叫亨德利库斯·斯内夫利特。他是受列宁和共产国际的委托，专门来中国查明是否需要组建共产国际的办事机构，并考察社会政治情况的。然而，进入上海这个城市还不到半个小时，这位性格刚烈的荷兰人就忽然来了一次大打出手。

其时他正路过一条悬挂着红灯笼的街道，从悬有一盏铃兰型门灯的妓院内，突然窜出一个袒胸露腿的洋女人。女人个头很高，嘴唇在暮色之中如同着了火。“要陪陪吗？先生，你是法国人吗？”她熟练地把一只手搭在马林肩头。

马林推开女人的手：“你是哪国移民？”

“这并不重要，我的先生！”

“从彼得格勒来，还是从莫斯科来？”马林言辞犀利，如一柄解剖刀切开了对方。

“你也是俄国人？”俄妓显然大为吃惊。

“回自己的祖国去！不必把自己的人格拿到外国去贩卖！”

俄妓退一步，冷静下来，笑一声：“人格？人格早已被苏维埃毁灭了。我的父亲战死了，他是陆军少将。”

马林沉下脸说：“苏维埃会使每个人都得到新生，回你祖国去！到建筑工地上去，到义务劳动现场去！尊敬的女士，我建议你尽快抛弃你的仇恨，人民会原谅你的！”

突然传来尖厉的喊叫声。又一个胖胖的俄妓冲出屋子，一路追逐着一个穿长衫的瘦男人。那男人尖嘴猴腮，边躲边笑。

“给我钱，不能赖钱！”俄妓喊。

瘦男人被追急了，突然回身，扬起拳头，来了个拳击动作，竟把那个高大的俄妓揍倒在地上。

“娜塔莎！娜塔莎！”她的同胞姐妹扔下马林，惊奔过去。

瘦男人还想挥拳，手刚举起，便被一双更强有力的手制止了。马林的体魄非常强健，有如海员。“欺侮女人，你混蛋！”他用英语怒骂。

瘦男人说：“哈罗，洋大人，关你什么闲事？”

马林出手一拳，对方便一声不响，像掏空的口袋一样倒了下去，但这个人又迅即滚地而起，带着一脸血，摆开了马步，模样像一只黑猴。

小街顿时骚乱起来。长衫与旗袍开始加快脚步避逃，而短褂们则开始聚集围观。

瘦男人舔舔嘴边的血，左左右右晃动，“娘的，我抢了你的女人了？”

他一拳打在马林身上，马林纹丝不动，而马林打过去，对方便又仰脸跌了下去。瘦男人跌下去的时候，忽然又出现了几个穿黑衫的男人，像从地里一下子钻出来一样，群猴般围住马林。马林心想，糟了，还没斗上中国军阀，就先跟地痞流氓斗上了，在爪哇传播革命的最艰困之时，他也没有过这种经历。他咬咬牙想，打吧，也只能以拳制拳了。他大喝一声出拳，接连几个直拳勾拳，把几个黑猴子打得遍地滚动。

警笛声突然大作。马林下意识地抓起旅行袋想跑，他知道要是被带往警局就十分麻烦了。进入中国，他用的是化名。

而那位俄妓却用英语对他说："你，不用担心警察的。"

果然，气咻咻赶到的警察只朝围观华人猛舞短棍，"滚开！滚开！"其中一个警官冲到马林面前，靴子后跟一碰，啪地立正，用英语磕磕巴巴说："三分局二队警官王长胜！先生有什么吩咐？"

"上帝，"马林看着警官，耸耸肩，"这真是一个奇怪的国家！"

当晚，寄宿于南京路永安公司楼上的大东旅社之后，马林还在思索着这种奇怪的现象，他觉得中国与爪哇还是有着某种共同的东西的。他在这么想的时候，便听见了敲门声。他知道是谁来了。

在马林到达上海的时候，二十三岁的俄共党员尼克尔斯基受共产国际远东书记处的派遣，也几乎同时抵达上海。他的使命与马林大致相同，也是考察中国共产主义运动的情况，并相机推动中国共产党的建立。

大东旅社设在顾客熙熙攘攘的永安百货商场的楼上。马林认为住在这里最为妥当，越是人流进出繁杂，越是隐蔽。再说，大东旅社也是上海装饰最豪华的旅社，与东亚旅社、远东旅社齐名，号称"三东"，居住在这里很是舒适。

马林打开三十二号客房的房门，与来访的瘦高个子热情拥抱："幸会，亲爱的尼克尔斯基同志，我们几乎是同一时间到达了远东这座最负盛名的城市。"

尼克尔斯基说："而且我们肩负的使命也相同。"

"尤其是，我们所受到的监视也是相同的。"马林补充。

来客显然吓了一跳。"你有证据吗？"尼克尔斯基看看已经关紧的门，又看看窗。

"我唯一的证据就是我的预感。你知道我有被驱逐出境的经历吗？我在爪哇从事共产主义活动，被荷兰殖民当局无情地驱逐出境？"

“我知道。”

马林告诉对方，他已经化名安德烈森，身份是日本《东方经济学家》杂志的记者。他说：“亲爱的朋友，我们必须非常小心地行事。”

尼克尔斯基掀起窗帘的一角，看看外面的街道，除了街角有一个安南巡捕在百无聊赖地溜达，他没有发现什么。

“马林同志，”他说，“在做秘密工作方面，我没有什么经验。我两年前才从赤塔的一所商学院毕业，又去军队当了两年兵，刚放下我的步枪不久。但愿我们能在圆满地完成我们的使命之前，不被任何人驱逐出这座城市。”

马林说：“你说得很好，所有的经验都是靠积累的。你并没有放下你的枪，亲爱的同志。”

尼克尔斯基说：“还有一点我必须请你帮忙的，那就是，我几乎不会说英语。我好像没办法跟中国的同志交流，但是远东书记处告诉我，我必须出席他们的这个代表会议，不管他们乐意不乐意，因此我也必须讲话。所以，我想，我只能用俄语少讲几句，请你转译成英语，让中国的同志们听懂我说什么。”

马林哈哈笑起来：“你怎么这么可爱啊，我亲爱的同志！”

两位背负红色使命的白皮肤共产党人不知道，就在他们这次谈话的三天之后，上海法租界工部局的巡捕房里，一台英文打字机正在嚓嚓嚓地发出某种不祥的声音。

神色阴沉的奇琼巡长在打字机旁边踱来踱去，像只老猫。他用猫一样阴郁而略带尖厉的声音，口述一件公函，让打字员记录。

“法租界工部局警务处巡捕房致荷兰驻上海总领事馆：现已查明，荷兰共产主义活动分子马林，原名亨德利库斯·斯内夫利特，在乘意大利苏尔特利斯提诺公司的阿奎利亚号轮船于 1921 年 6 月 3 日抵达上海后，即借宿南京路东方饭店，化名安德烈森，并已于 6 月 14 日离开，住进麦根路三十二号公寓。现正处于我巡捕房的密切监视之中。”

打字员说已经打印完毕，奇琼轻快地吐出一口烟说：“好吧，派专人送荷兰领事馆！”

上海麦根路三十二号是一个德国家庭寓所，好客的德国主妇忙碌于厨房，她对客人的接待是极其周到的。

马林只有住到这里才觉得安全了些，尼克尔斯基也是同样的感觉。三天后，李汉俊和李达赶到了麦根路。马林已经知道李汉俊是上海共产党组织的代理书记，是陈独秀离开上海的时候指定的，目前正担负着召开成立中国共产党会议的重任，所以他握李汉俊的手时握得特别紧，摇了又摇。

李汉俊于是向他介绍，会议通知函已经发出。会议代表计十三名，代表全国的五十七名共产党员。

“为什么是十三名代表？”马林问。

李汉俊说：“各地共产党支部派两名，也就是说，北京两名，上海两名，广东两名，湖南两名，湖北两名，山东两名，这样是十二名。再加上东京的旅日共产主义小组一名，便为十三名。”

尼克尔斯基通过马林的翻译问：“在巴黎，不是还有你们的共产主义组织吗？”

李达说：“非常遗憾，由于地理关系，他们已经不可能派代表于7月份赶到上海了！”

马林诙谐地说：“早知如此，我轮船上就顺便带一个来了！”

大家笑起来。马林还是很有幽默感的。马林这时候又说：“请你们将这一阶段的工作计划和预算，报送一份给我。我要转报共产国际。”

李汉俊一听，一愣，顿时收了笑容。他想，转报共产国际的问题，所牵所涉，那就大了，于是他小心翼翼地说：“刚才我提的就是工作。我们另外没有正式的计划和预算。”

马林的表情肃然了，从沙发上站起来说：“中国的布尔什维克将是共产国际的组成部分，因此，我们要求你们有正式的书面报告。财务方面，共产国际也将予以支持，每一位会议代表可以先发一百元钱的路费，会议结束之后，再给五十元。”

这一下子，李汉俊的冲劲上来了：“马林同志，尼克尔斯基同志，恕我直言，中国共产党目前还没有正式成立，是否加入共产国际，目前根本无法作答。”

马林听了这话，便知面前的这个人脾性倔，而且对共产主义运动的了解也肤浅。在爪哇，他也接触过这样的人，这样特立独行的人还不在少数，于是他鼻子哼了一声。

尼克尔斯基通过马林的转译，知道了双方分歧所在。他冲李汉俊笑一笑，耐心说：“总是要加入的嘛。世界工人阶级是一个整体，一个伟大的整体！”

李汉俊争辩说：“即便说，中国共产党成立之后，加入了共产国际，将来与共产国际所派代表之间的关系如何处理，也有待研究。共产国际在经济上援助我们，我们愿意接受，但也应由我们按实际工作的情形，加以自由支配。”

马林大皱眉头：“上海怎么比苏门答腊还要闷热？我们是不是休息一下？”

李达和李汉俊知道洋人不悦了，互相看看，均沉默不言。

马林走了一圈，和缓了口气，微笑着说：“我这个人，脾气不太好，嘴像枪管子。但是我们的心，就如共产主义的旗帜一样，是赤热的。若是你们的领袖人物陈独秀同志在这里，他将会明了这一点。”

马林说错了，陈独秀根本不会这样想。

陈独秀与李汉俊一样，一开始对马林就有了一种反感，虽然他这一刻还没有见到这位体格魁伟的荷兰人。他停止了踱步，对摇着蒲扇的包惠僧说：“他怎么能一到上海就打人呢？汉俊来信说，他打的是上海瘪三。就算是瘪三，那也是中国人嘛。”

草拖鞋踱在地板上，发出吱吱的声音。陈独秀心里也有一种吱吱的声音，像被什么啃着似的。什么中国的布尔什维克将是共产国际的组成部分，他有什么资格这么说？中国的党怎么就成了外国的党？何况这个党还没有正式成立呢！

包惠僧笑着说：“马林要打瘪三，就让他打吧。有些中国人，也是该打。岂止该打，而且该杀！陈先生当年磨刀霍霍要杀慈禧，慈禧太后不也是中国人？”

“慈禧要杀，也该我杀，轮不到洋人杀。”

包惠僧听着这句话，相当感慨：“陈先生，你哪，你是最像中国人的中国人。”

“他若是诚心来帮助我建立共产党组织的，我自然没有理由不欢迎。嗨，也不知怎么的，我总是想起那个魏金斯基，又会俄文，又会英文，温文尔雅，你不把话说完他绝对不插嘴。这个马林，说话不用舌头，却用拳头。李达的评价是对的，他说这个洋鬼子骄傲。傲者，说话便是打拳，打拳便是说话。

以后，我倒可以介绍这个马林到上海大世界去摆擂台，或者开武馆。而现在的问题是，马林摆开了一个马步，对付的，却是我们。”

包惠僧笑起来。

“他说：来！来！来！你想，我能去吗？”陈独秀摇摇头，又摇摇头，“他什么意思呢？也就是说，我们中国共产党还没有正式成立，就已经是人家的一个支部了，合乎逻辑吗？李汉俊说他当场就脸黑了，我还嫌他的脸不够黑！”

包惠僧说：“那就请陈先生自己去上海开会，也摆个马步给马林看看。”

“你说得轻松，我怎么走得开？”陈独秀摊摊手，“修校舍的专款眼看要有着落了，若是我这个兼职预科校长一拍屁股走人，这笔专款还能批得下来吗？校舍还修得起来吗？惠僧你去，你代表我参加，开完会之后，你仍旧回湖北工作。广东还有一位代表，我请陈公博去！”

门突然被推开，陈公博满面笑容走进来。

“太感谢了，陈先生！你的推荐，我都听见了。”陈公博笑得像花一样，“我的蜜月之行，首选就是上海！”

陈独秀一拳揍在他肩上：“开会，乃是首务！”

陈公博笑哈哈说：“两者并非矛盾，一般而言，开会总安排在白天，又一般而言，蜜月总体现在晚上！”

包惠僧听了，忍不住乐。陈独秀说：“你再嘴油，我另换代表了！”

“不敢嘴油，不敢嘴油，”陈公博收了笑，“陈先生你放心，会议第一，蜜月第二，主次有序，我保证把会开好就是了。我到上海，一定认认真真地把广东的革命形势向代表们好好作介绍，行不行？话说回来，陈先生，你去上海出席会议，其实才是最合适的。”

陈公博说的是不错的，陈独秀理应赶赴上海。对于这个不与会的问题，在上海的马林也百思不得其解。

“陈独秀同志怎么能不来开会呢？”马林专门带着尼克尔斯基去白尔路三益里李汉俊家，询问这个上海商务印书馆的年轻编译，“按理说，应当由他主持会议，会议的主持怎么能不来呢？”

“他的脚只接受他的大脑指挥。”提起这个问题，李汉俊心里也有隐隐的火气。陈独秀原本就不该南下，再说，为修校舍筹一笔款子，真的比组一个党更要紧？陈先生有时候也会昏头。

“广东真有那么重要？”马林又问这个问题，心里发狠。

“在中国历史的进程中，广东一直是一个举足轻重的地方。”

“是不是我以后也要去？”

“你应该去。”

“问题是陈同志现在应该来！”马林真的生气了。

“问题是他认为他可以不来！”

“真有意思，”马林搔搔他的淡黄色的头发，“真有意思。”

马林久久看着李汉俊，实在琢磨不透他面前的这些中国共产党人都是些什么脾气。陈独秀是中国新思想的旗帜，他自然是必得来上海的。这个党需要陈独秀坐镇，拢共五十七个人，这个党没有陈独秀坐镇并且立即下狠劲儿大发展，能在有四万万人的中国出息起来吗？

看来，陈独秀也是个怪人，比面前这个李汉俊更倔。

尼克尔斯基通过马林的转译，又平心静气地提出了一个问题：“那么，李同志，我想再提个问题，这次代表会议，我们能见到北京的李大钊同志吗？”

李大钊也来不了上海了。此刻，李大钊正躺在医院里，北京顺治门的“首善医院”。

他满额头缠裹纱布，纱布上依稀可见丝丝血迹。张国焘和刘仁静守候在他床头，神情都显得焦虑。李大钊对他们说：“我是想去上海的，很想去，想见见各地的同志。可是，徐世昌用刺刀挽留了我。今日新华门前的惨状，你们是亲眼目睹的。天理何在？教员们是活不下去，才上新华门请愿的，可是请来的却依旧是警棍，依旧是刺刀！”

上午的请愿惨状，李大钊一闭眼，就活生生尽在眼前。他知道前面的墙很厚，但是他不能退却，非但不能退，甚至要不惜以额撞墙。他作为公推的八校教工代表联席会议的代理主席，不能不坚定地站在上百名北京高校教职员工队列的最前面。他要为同事们谋饭吃，谋饭是百姓最基本的要求，也是反抗暴政最朴素的呐喊。他当时的个头显得很高，他是被两个教工抬在肩膀上的，他冲着戒备森严的新华门挥拳，厉声疾呼：“从 2 月份到今天，政府没有给各大学的教职员工发过一分钱的薪金！你们可以不要教育，可是我们拿什么养家？我们怎么面对学生？我们怎么养活老人和孩子？你们端着刺刀，可是你们也有父母！你们应当帮着我们一起抗议政府！”

然后，就是教职员工的齐声高嚷“抗议政府残害教育”“不准克扣工薪”；然后，就是刺刀的寒光；然后，就是血，衣服上，旗帜上，一朵，一朵，如撕碎的花。

李大钊一闭上眼睛，就是血花，自己的血花和别人的血花。

张国焘俯脸说：“李先生，别太激动，你伤口还在流血。”

“你俩去上海吧。八校教工代表联席会议之斗争，正值关键，这个情况你们都是看到的，我实在是无法离开北京了。”

刘仁静的脸色却有些犹豫，他说：“我去合适吗？要是作为党员代表，罗章龙与邓中夏都比我合适。”张国焘用手肘搡搡他说：“既然李先生叫你去，你去就是了，去一趟上海有什么不好的？”

李大钊伸出手，抚抚刘仁静的手背，轻声解释说：“我也考虑过让罗章龙跟国焘去，但是罗章龙这几天都在长辛店搞工人运动，实在抽不出身；也考虑过让邓中夏跟国焘去，但是邓中夏也抽不出身，他要去南京参加少年中国学会的年会。”

刘仁静说：“南京这个会我也去参加的啊。”

李大钊说：“邓中夏开完南京的会也急着要赶回北京，他也要赶去长辛店。仁静你开完南京的会就直接去上海吧。你虽然年纪轻，二十还不到，但是马克思的书、社会主义理论的书，确实读了一大摞了。你最近写的两篇文章，都锐利有如投枪啊。你可以开好这个会，可以说出有分量的见解。去吧，别犹豫了。”

听着李大钊如此恳切的话，刘仁静心里涌起一阵暖意，他说好吧，请先生放心，我一定把会开好。这时候他就看见李夫人赵纫兰走进门来。李夫人的神色似乎有点仓皇，她对李大钊耳语说：“院方说，不能赊账。”

坐在床边的张国焘听清了李夫人的这句话，迅即取出腰间荷包，哗啦啦倒出所有铜板。刘仁静也听见了这句话，也在自己衣兜里掏，掏半天，掏出一枚贴肉珍藏的银元。

“这是干什么？”李大钊瞪眼，“都收回去，收回去。”

刘仁静泪眼迷蒙了，说：“先生您一向待我如骨肉，我每次交不上学费，都是您垫的，这一回，您无论如何让学生我尽一份心意！”

赵纫兰毅然捋下左腕上的银手镯，说：“守常，我们有了！”

李大钊指着手镯，让妻子赶快去办手续，然后推开了学生掏出的钱，继续对他们说：“你们，一定要谦虚，要尊重各地共产党支部的同志，要尊重共产国际的同志。代我问同志们好。还有，我今日受伤之事，千万不要告诉仲甫。”

张国焘说：“知道了，我们不告诉他。共产国际的同志，我们当然是百分之一百要尊重的。”

在张国焘乘火车南下上海的途中，湖南的毛泽东却为去上海的船票钱犯了愁。黄昏时分，他走进了长沙“和记”典当行。一年之前李大钊在北京送给他的那只打璜金表，他不能不忍痛割爱了。

毛泽东跨过高高的石砌门槛，边走边撩起青布长衫，在腰间摸索。他摸着了那只带有体温的打璜金表，连同表链子。他在柜台上放下金表的时候，又犹疑了一会儿，最后，手一伸，五指分开，啪的一声，金表就沉甸甸地置于柜案上了。

当铺的判子是个胖胖的中年人，他那双黑色瓜皮帽下的细眼，一直亮着，他从一开始就打量着这位高个子顾客进门后的一举一动。

面对这只光闪闪的金表，判子无动于衷：“本号不收。”

毛泽东惊异了：“为何不收？”

“这不是东西。”

“怎么不是东西？打璜金表，英国产，判爷你取起来仔细看看。”

“我不取也知道这是洋东西。这年头的行情，就数洋东西不是东西。”

“这是什么道理？”

判子的细眼里放出光来：“去年抵制洋货，长沙死了多少人？伤了多少人？本典当行虽小，也算是爱国店家，本号东家有规矩，凡洋东西，一律不收！”

毛泽东说：“听判爷这番话，倒也是见了骨气。”

“收回去吧，莫看它金灿灿一件物事，还不如先生你身上一件旧长衫值钱。”

“若是这身旧长衫可以典当三十大洋，我马上脱了它。”

“莫脱，莫脱，这件旧布衫子，脱下来也是一钱不值，穿在你们读书人身上，还见着了一身斯文。”

“斯文？我毛润之早就视斯文为粪土了。”毛泽东转身便走。

判子听了这话，忽地瞪圆小眼睛。“你说什么？”他叫喊一声，“先生你回来，你刚才说毛润之，你，你就是毛润之？”

毛泽东回身道：“鄙人毛润之。”

“《湘江评论》主编毛润之毛先生？”

“英雄也有气短之时。”

“我一个堂弟，就是去年为抵制日货，被张敬尧用站笼站死的。全仰仗毛先生主持公道，专门上北京呼吁驱逐张毒，四面游说，八方奔走，为湘民申冤，毛先生做得好啊！在下今日给毛先生行礼了！”

判子站起来，冲柜台外的主顾鞠了一躬，肥脑袋差点磕在铁栅上。

毛泽东再次把腰表放在柜台上：“那就烦劳判爷把这件洋东西也当成一件东西吧。”

“毛先生，按理说呢，洋东西，也是东西，典于本号，暂为保管，也无大碍。只是此只腰表，我看毛先生也是很舍不得典当的，毛先生端进端出，难舍难分。依在下推想，此表，怕也是有所来历的。既然毛先生今有急用，在下就先垫支若干吧？”

“不，”毛泽东态度明确，“我今日进的是当铺，不是钱庄。不留抵押之物，如何得取银洋？这只打璜金表，还是留在判爷处，两月之内，我必来赎，如今只求判爷妥为保管，勿与他人。”

判子想了一想，同意了：“就依先生所言，在下妥善保管便是。”

毛泽东与何叔衡是6月29日在长沙小西门轮船码头上的船。从湘江拐入长江，东走上海，一路都是顺风顺水。

毛泽东以为何叔衡不知道船票钱的来历，然而何胡子接过船票上船之时，却说：“嘻嘻，我知道这船票怎么来的。”

“你知道什么？”

“上船吧，”何叔衡拉毛泽东，“到时候我把谜底揭给你。”

毛泽东笑说：“算了吧，何胡子，秀才不出门，焉知船票事？你猜到天边也不会猜着，你以为俄苏朋友给的盘缠真的已经寄来了？我告诉你，其实没有。上海的李达说要到上海才给，一人一百大洋呢，回程再加五十大洋，真个不算少。但是眼下，我们还没有听见银洋的声响啊。”

何叔衡说知道知道，嘴角一直漾着神秘的笑意。

毛泽东扶何叔衡走过上船的跳板，边走边说：“洋钱，倒是无所谓，只要洋主义适合中国百姓，就是上上大吉了。”

他们刚踏上黑乎乎的船舷，小火轮就哇一声呜叫起来，像是一只被突然踩伤的动物。

第 7 章

红船！红船！

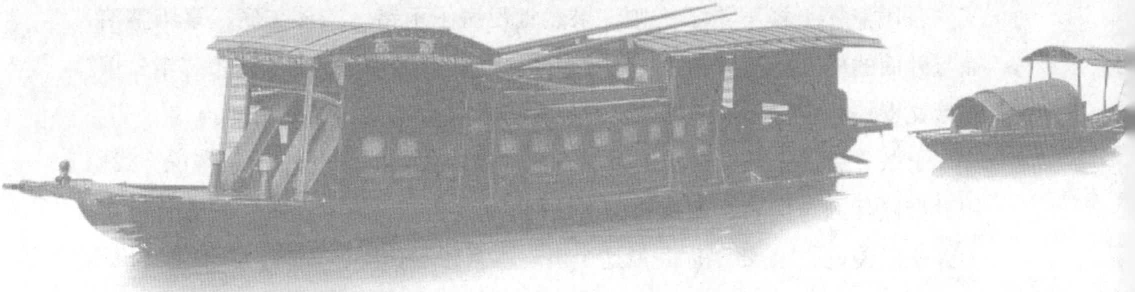

张国焘走路风快。

上海一入 7 月，便暑热难当，行人自不消说，在街角转来转去的安南巡捕，两个肩膀也都是湿的，这时候就盼海风。

长着一张国字脸的张国焘动作一向迅捷，他是外地代表中头一个到达上海的。当日下午，他就在李达的陪同下，叩开了李汉俊的住宅。

这是望志路一百零六号，一幢青砖石库门房子，黑漆大门上装饰着红色浮雕。李汉俊一见张国焘，就很开心："说曹操，曹操到。我昨天还同鹤鸣讲，头一个到的肯定是你！坐，坐！"

张国焘满头大汗，进门以后才感到了阴凉。他接过李汉俊递过来的一把折扇，一边摇一边问："鹤鸣告诉我，会址，就选在你家？"

"看看，不错吧？这是我哥哥李书城的房子。他住那头楼上，我住这头楼上。他去湖南办事了，人不在，不在好啊，正好用来开会。"

张国焘听说过李汉俊的哥哥李书城。李书城也算得是同盟会元老，夫人三年前去世后，刚娶了一个十五岁的卖唱女孩，此乃奇话一段，不去细究它了。张国焘楼上楼下走了一遭，果然觉得房子不错，二楼二底，素雅整洁，而且外面的望志路与贝勒路均不显繁华，尤其值得称道的是，这个"李公馆"与博文女校相距很近，而博文女校正是各地代表报到的住宿之地。

上茶之后，张国焘马上询问了一个他极为关心的问题："听鹤鸣说，我们跟共产国际的洋代表，关系处得不是很好？"

李汉俊说："正要跟你商量这个事。本来想写信同你说的，怕信上又说不清楚。你先期到沪，正好当面商量。"

"他们说话很冲？"

李达说："那个洋人，叫马林的，荷兰人，跟列宁见过好几次面，傲气十足，有一种白人社会主义者的优越感，什么事都想包办。他说一，我们就要做一，他说二，我们就要做二，这怎么行呢？我们是中国，中国又不是苏俄，又不是荷兰。总之，我同汉俊已经很难跟他说话。他知道你要来上海，急于跟你会面。”

李汉俊说：“既然仲甫来不了上海，守常也来不了上海，你就赶快先跟他们见见面吧，以期求取谅解。双方老是僵着，不是个事。”

张国焘一听这话，就知道僵得还挺厉害，很有点吃惊。他说，别急，我明日就去拜会他们，双方取得谅解应该不是问题。他嘴上这么说，心里却想，人家冒着风险千里迢迢赶来中国，图的也是革命，干吗非要跟人家闹别扭呢？上海这地方看来不能待长久，长久了，人也会莫名其妙地傲起来，什么都难以商量。

第二天，在南京路大东旅社屋顶花园里，张国焘就与马林和尼克尔斯基喝上了咖啡。咖啡很好喝，沁人心脾。张国焘西装革履，迎着一阵阵来自海上的风，通体舒畅。这种优雅的环境比之长辛店的那种北风呼呼，恍若隔世。张国焘向两位洋代表介绍了北京共产党支部的情况，介绍了长辛店，并以更多的篇幅介绍了自己成为马克思主义信徒的经过。张国焘的坦率、通达以及热情，给马林和尼克尔斯基留下了深刻的印象。

这个同志没有狭隘的学究气，善于沟通，并且情绪饱满，马林一边搅动咖啡一边想，这是个真正有献身精神的布尔什维克，若是此次代表会议由这样的同志来主持，更易达成圆满。

他对张国焘充满了好感，只是在谈话的最后，含蓄地提醒了他一个问题，因为张国焘讲到马克思主义一词的时候，嗓音太响。

“这是你们国家人口最多的城市，”他亲切地对张国焘耳语，“因此，根据常识，这也是一个眼睛最多和耳朵最多的城市。”

这个眼睛最多和耳朵最多的城市，一时并没有掌握清楚一个后来被中国历史证明是最重要的情况。这是热浪滚动的 7 月中旬，上海间或下几场短促的暴雨，但是气温凉不下来。

“北大暑期旅行团”的九位寓客，便先后踏着这热浪，悄悄住进了博文女校。

九位寓客一走进女校，都感觉神清气爽。整洁的楼院里皆是盆花，白色的麝香百合尤其香气扑鼻，而红色的牵牛则攀着细细的竹竿，一直把头伸到二楼窗口。

女校校长黄绍兰是北大文学系黄侃教授的夫人，曾在黄兴手下当过差，生性爽快，听得李达夫人王会悟介绍有来自北大的旅行团，自是一口答应收留。王会悟是浙江嘉兴人，当过一阵子黄兴夫人徐宗汉的秘书，而这个徐宗汉，也正是博文女校的董事长。借着这重重关系，位于法租界白尔路上的这幢青红砖二层楼房，便悄悄地热闹了起来。

李达在代表们报到的当天晚上曾由衷地对妻子说："真要谢谢你的帮忙。"这时候李达还不知道，他妻子在一个礼拜后还会帮他一个更大的忙，她将赶去她家乡联系一条漂亮的船，而那条船的窄小的船舱将催生出某个政党的政治局。

王会悟领着湖南的代表走上博文女校楼梯的时候，神情显得特别抱歉。"怠慢了，房间实在简陋。"她说。

何叔衡一路摇着芭蕉扇，闻言说："子曰，君子居之，何陋之有？再说，都还是红漆地板芦席铺地哩！一人一席，直睡于地，闻花香而眠，周身焉能不生习习凉意？"

朝西有一小间，支着一张木板床，光线特别暗。王会悟探头看一看，说："这里可以睡一个人。"

"板铺，我住！"毛泽东喜欢住单人房。他摸摸硬邦邦的床板，又撩起他的灰色土布长衫，在床沿坐一坐，感觉特别满意。"我喜欢硬床板，不错！嫂夫人，这学校看上去很清静嘛。"

王会悟说："学生都放暑假了，我以北京大学暑期旅行团的名义订的房间。没人会注意到这里！"

李达摇着一把大蒲扇乐呵呵走上楼梯，圆眼镜后面眯着一双笑眼。毛泽东一见他就说："鹤鸣，嫂夫人有南阳孔明之才啊！"

"她哪里来南阳之风？浙江嘉兴人氏，小桥流水人家，无非心眼细一点罢了！去，见见汉俊去，他在隔壁，正招呼他老家湖北的代表呢。"

湖北来的两位是董必武与陈潭秋。鄂秀才董必武见到湘秀才何叔衡，自是一番欣喜，想不到当年挟着四书晃着辫子的中榜秀才，如今都成了马克思主义信徒。但是长衫还是依旧，董必武灰色，何叔衡黑色。董必武说："我知道你中得秀才之后不愿到县衙门管钱粮，宁可在乡下办私塾哩，我还知道你讲课讲到文天祥，讲到鸦片战争，每一回都吧嗒掉眼泪哩。”两人大笑相拥，知道彼此心近。

毛泽东则向李汉俊报喜：“汉俊兄，你那本《马克思资本论入门》，在我的长沙文化书社，一次就卖出两百本！”

李汉俊大乐：“一定是润之亲自上柜推荐的吧？”李汉俊去年秋天译了《资本论》，改名《马克思资本论入门》出版，知识界交口称赞。这是中国人第一次系统地接触马克思的这部经典巨著，梦醒拍案者真个是不少。长沙书卖得好，李汉俊自然高兴。李汉俊又问董必武湖北销路如何，董必武摊摊手说没有长沙卖得好。去年秋天李汉俊专门走了一趟武汉，一方面吆喝书，另一方面介绍董必武加入了共产党，随后董必武就与陈潭秋、包惠僧、刘伯承发起成立了湖北共产主义小组，动作很快。

正说着湖北的情况，忽然又有一个湖北佬匆匆上楼来，那是拎着一网兜菠萝的包惠僧。董必武见着就大惊小怪：“啊，说曹操曹操到，我们湖北的书记来了！你现在怎么算是广东代表了？嫌弃老家了？”

包惠僧一边动作很快地给大家分菠萝，一边介绍情况，说自己会开完就要回湖北的，然后对李汉俊说：“我带来了仲甫亲笔信。”

李汉俊展信，知道广东来的另一代表是陈公博，便问：“他人呢？”

“他自己找旅馆住下了。他说这里不方便。”

“不方便？”王会悟委屈起来，“怎么不方便呢？”

包惠僧低声说：“他是带新婚妻子李励庄一起来的，蜜月！”

李达对妻子说：“度蜜月，总不能叫人家睡地板吧！”

大家都笑，王会悟也笑，说，倒也是。

南京路大东旅社的四楼客房，面积不大，但是干净，一出旅社尽是商铺，买东西也方便，陈公博对住在这里很满意。他为自己泡上一杯乌龙之后，便细心地剥好一小盘鲜荔枝，递给娇妻。

李励庄优雅地取起一个，手势却于半空转了个弯，水汪汪的荔枝送入陈公博口中。

陈公博大口嚼着，一脸幸福感，他对妻子说：“你也应该算是代表，会外代表。”

妻子说："可别吓着我。"

"你吓什么？我才吓呢！我参加的是秘密会议，按旧话说，这就叫作'密谋造反'，一旦东窗事发，少不得株连九族。你呢，逛逛外滩，逛逛商铺，优哉游哉，一点心事都不用担。"

李励庄的脸色却变了，说："公博，我们离开上海吧？"

"什么话？刚住下，就走？"

"你以为我真的不害怕嫁给一个要株连九族的人？"

"没有事，没有事，"陈公博急忙拥住娇妻说，"我是吓唬吓唬你玩啦，当什么真啦！眼下是民国，早没有诛九族一说啦。励庄你别害怕，我们行事那么秘密，看这乱哄哄的十里洋场，哪条狗能嗅得到我们？"

妻子看看窗外，窗外映着十里洋场的红绿彩灯，安静而吉祥，好半天，神情终于渐渐松弛下来。

陈公博在吃第二颗荔枝的时候又说："励庄呀，无所谓风险，也就无所谓成功啦。男人嘛，风险总是要冒冒的，不然何谓男人？再说，就开几天会，忽而风聚，忽而风散，哪里来什么风险啦？"

风险自然是存在的，陈公博这话，说得大意了。7 月 21 日黄昏时分的一辆马车，就是从陈公博根本没有预料到的风险中驶出来的。马儿在法租界工部巡捕房门口收蹄急停，让车厢震了一下。热乎乎的马背上有一群苍蝇打旋。

跳下马车的是两个黑衣人，汗水渗透了他们的黑色府绸短衫。

安南巡捕将这两个身材魁梧的便衣带入巡捕房，径直带到奇琼巡长面前，报告说："淞沪警察厅长徐国梁派来两位先生，要见巡长。"

黑衣人立即递上一份公函，木无表情。奇琼展开公函，仔细浏览。函件果然是徐国梁亲署的，为了说清问题，函后还特意附了一份荷兰公使馆的通电。通电这样写："荷兰驻华公使馆根据荷兰中央情报所业已查明的资料，并根据本馆掌握的情况，已及时通知了中国政府：斯内夫利特系受莫斯科共产国际执行委员会指派，专门前往远东地区进行革命煽动。此人在途经科伦坡、巴东、新加坡、香港之后，到达上海，并在上海频频与中国人联系。中国政府答称，他们将知报上海租界当局，共同监视斯内夫利特的行踪，谨防过激党密谋举事，以图不轨。"

奇琼放下公函，皱眉说："荷兰人斯内夫利特？过激党可能集会？好吧，知道了。两位请回，告诉贵厅徐厅长，这类集会，巡捕房会管。”

两位黑衣人依旧站得笔直，没有走的意思。奇琼不乐意，指脚下，提高音量说：“两位，这里是法国地界！”

两位黑衣人只好离去，离前深鞠一躬。奇琼鼻子哼一声，心里想，过激不过激，因时因地而异。即便过激，也是思想过激。光凭思想过激，也不可轻言缉拿。中国人就是敏感，要管到人家脑髓最深处，一天到晚就是这类事情！这时候，他又听见安南巡捕向他悄声报告了一句，这一句报告倒是叫他略略惊了一下。

“还有个消息，那个荷兰人，不见了。”

“什么？”奇琼眉间扭结，“他最后一次露面在哪里？”

“麦根路。”

“再早一次呢？”

“大东旅社屋顶花园。”

奇琼的笔尖在墙上的地图中画了圈，“好吧，严密控制这两个区域！”

安南巡捕大声应：“是！”

奇琼巡长走几步，叹口气说：“有些事，查得太严，有违于法兰西的思想自由精神，但若不加管理，酿成事故，又会扰乱公共秩序，那些中国人又要来烦。这就好比握一条鱼，握得松，滑了；握得太紧，也滑了。”

时任巡捕房华人探长的黄金荣，好几次在背后嘲笑这位自命不凡的法国巡长。“鱼要握着做啥？”暗地里开着赌馆和戏馆的黄金荣说，“用钩子一戳鱼嘴，提上来就是，还用握？洋大人做事就是这么文绉绉的，只有我们才从骨子里晓得中国人怎么对付。”黄金荣的说法是有道理的。六年后蒋介石要对付在上海的一大批中国人的时候，全仗黄金荣、杜月笙的短衫部队打头阵，他们的戏演得无可挑剔，铁钩子一扎就扎准了鱼嘴。

而奇琼巡长，却有自己的思路。他在这个炎热的夏季里不动声色，只是慢慢地按部就班地沿街路嗅着。他相信，那个大个子马林走过的街路，总是会留下一些荷兰气味或者爪哇气味的。

1921 年 7 月 23 日晚上 8 时，马林出现在法租界望志路一百零六号。由于门窗紧闭，远处海关大楼缓缓敲响的八下钟声，他没有听见。

在中国现代史上，这是个相当重要的时刻。虽然这一时刻在当时仅仅被一盏柔和的电灯照耀着，以及被十二把黄色圆凳和四把有靠背的紫色椅子团团固定着。

一张铺着白桌布的长形餐桌，桌中央是房屋主人数月前结婚时刚买的一只玻璃大花瓶。

十六个座位。十五个坐着的人。

李达、李汉俊、毛泽东、何叔衡、董必武、陈潭秋、王尽美、邓恩铭、包惠僧、陈公博、张国焘、刘仁静、周佛海，共产国际代表马林和尼克尔斯基。

十五双眼睛互相扫视着，深邃而又机警。一个全国性的革命政党就在这样的目光之中，渐渐显露出了雏形。

“这是一个极为庄重的时刻。”开场白自然是李汉俊来说，“为将代表会议顺利开好，首务之项，是推定一位会议主持人。原先，诸位都是推仲甫来主持会议的，这当然最合适。但仲甫事务缠身，无法来沪，而我们上海共产党支部，作为发起组，无非是先起一个四方联络的作用。目前，任务已经完成，在会议上再担任主持，也不一定合适，还是另外慎选一位同志为好。”

周佛海响应：“唔，这是一个民主的开端。我从鹿儿岛来上海的船途中，晕得不知东南西北，今日一听汉俊之言，便如饮警醒之药，振奋，振奋，这个提议真是民主得很！”

刘仁静熟谙英语，凑在马林耳边低声作现场翻译，让马林能听懂中国各地的方言。马林又择要翻译成几句俄语，耳语给坐在身边的尼克尔斯基听。

董必武说：“还是上海同志主持吧。汉俊，鹤鸣，你们为这个会议操劳数月，就不必谦逊啦。”

周佛海忽然看定张国焘，发现张国焘的大眼睛也正在看着他，于是他说：“国焘怎么样？你同国际代表很说得来，沟通得特别好，由你主持会议，就更方便。”

马林闻言，立刻表示了赞成：“张同志可以主持。你们北京共产党支部开展工人运动的状况，很使人高兴。”

大家觉得亦有道理，于是目光纷纷移到张国焘身上。张国焘也爽快，并不推辞，说：“好，既然有各地同志的推举，有国际代表的同意，我就勉为其难，做一回主持吧。”

说到这里，他顿了顿。这时候他很为自己的出语果断而自得。什么时候该说什么话，话又该怎么说，是一门学问。他在北大当学生讲演部的部长，早已练就了说话拿捏时机的本领。现在他已经知道这次重要会议由他来主持是没有什么疑义的了，在一种很自然的气氛中由大家公认了，这是个很好的起步。

于是张国焘的表情更为诚恳，他加重语气说："本次聚会，是中国历史进程中极为重要的一幕。希望诸位协助本人主持好此次会议。现在，我们是不是推举两位同志担任会议记录员？"

一番推举和谦让之后，毛泽东和周佛海担任了记录员。

李达伸出两个手指，在光滑的餐桌上推一推，把一册记录簿推在毛泽东和周佛海面前，"润之，记录重要的历史，还得仗你这一手漂亮的字！"

毛泽东笑一笑，说："历史历来比文字本身更漂亮！"

张国焘看毛泽东打开记录本，便严肃了表情说："诸位同志，我简要提一下本次会议的议题。诸议题中，首要的，就是制定中国共产党的纲领和实际工作计划，还有，就是选举党的中央机构。"

张国焘的主持算是相当干练的，说话有条不紊。在提出会议的议题之后，他又将陈独秀委托陈公博带到会议上的信，念了一下。陈独秀在信中谈了四个方面的意见：一是党员的发展与教育，二是党的民主集中制的运用，三是党的纪律，四是群众路线。

李汉俊听得陈独秀大谈集中，心里便有些隐忧，他害怕陈独秀的党会类同孙中山的党，凡事只听一个人的。他认为陈独秀一定会被缺席选为党的领袖，事实上也确实非他莫属，那以后怎么办呢？他一声咳嗽就是一道金牌？

接下来的马林致辞，李汉俊也没有听清楚，他在走神。马林一致辞便是几个钟头，越讲越激动。听着听着，李汉俊也渐渐听懂了。他是无须听刘仁静翻译的，从英语演讲中他就直接听懂了马林的意思。他一边听心里一边打鼓。他看李达，李达也是一脸凝重。

因为马林用很大的篇幅讲到了共产国际与各国共产党的关系，马林认为这一关系是必须从一开头就讲透彻的。马林这样说："我须强调指出，共产国际不仅仅是世界各国共产党的联盟，而且，与各国共产党之间，保持着领导与被领导的高度统一的上下级关系。共产国际以世界共产党的形式，统一指挥各国无产阶级的战斗行动。各国共产党，则是共产国际的支部。我相信，我在中国共产党成立的时刻，指明这一点，是十分必要的。同志们，列宁同志在莫斯科会见过我，列宁同志对中国充满了希望，他期望着在中国建立共产党，期望着在世界之东方，建立起工农当家做主的社会主义制度！我本人，马林，可以说，就是列宁这一理想的一个勇敢的实践者。如果你们不反对的话，我想列举我在爪哇工作的经历。”

于是他谈起了他在爪哇的作用，据他说，印尼共产党就是在他有效的工作之中得以建立的。

马林口若悬河，讲了将近四个钟头。刘仁静虽然年轻，但也口译得筋疲力尽。会议记录员毛泽东的手腕明显地发胀，而另一个会议记录员周佛海在记满了一页纸后，就干脆扔笔不记了。

另一位共产国际代表尼克尔斯基的话就比较简洁，他先用磕磕巴巴的英语说了几句，然后就使用俄语。他的话通过马林的转译，表达了这样几层意思：一是向这次中国共产党全国代表会议的举行表示祝贺；二是建议会议向设在苏联伊尔库茨克的共产国际远东书记处拍发电报，报告会议的进程和成果；三是介绍一下共产国际远东书记处的大体工作状况；四是介绍一下不久前成立的“赤色工会国际”的情况，强调中国共产党成立以后必须重视与开展工人运动。

尼克尔斯基本来还想讲得更简短一些，但是由于这几层意思必须表达，所以他只能劳烦马林多翻译几句，为此，这位二十三岁高颧骨凹眼窝的高个子青年觉得自己很不好意思。

因为时间毕竟已到子夜。

马林宽厚地朝他笑笑，低声说：“没有关系。在非法的情况下，共产党人一般都应该成为夜猫子。他们中国的同志也都会习惯的。”

参加完第一次会议的代表们陆续走出李公馆时，夜已相当凉了。在路口竹榻上摇着蒲扇的老人们都已经缩回了各自的石库门。

但是手腕酸痛的毛泽东依旧很兴奋。他回到博文女校之后还无一丝睡意，觉得刚才这个洋代表的发言虽有天马行空之感，但在理论上算是浑然天成的。他对何叔衡说，他很想连夜给在法兰西的蔡和森写一封信，想告诉他，蔡和森盼望着的统一的中国共产党，已经在上海的法兰西地界诞生了，而且已经被来自苏俄的代表们纳入到世界共产党组织的体系里头去了。

毛泽东这么叙说着的时候，何叔衡的呼噜已经起来了。毛泽东推了他一把，没有推醒。次日，中国共产党第一次全国代表大会举行第二次会议。各地代表向大会报告了本地区党团组织成立的经过、开展的主要活动，以及进行工作的方法和经验。会议在张国焘的主持下开得很紧凑，马林与尼克尔斯基虽然没有出席这一天的会议，但是听着会议的汇报，心里还是比较满意的。

经过25日、26日的两天休会，《中国共产党纲领》《中国共产党决议》等会议文件均已起草完毕。27日、28日、29日三天，大会又接连举行了三次会议，集中讨论了起草小组提出的文件草案，代表们各抒己见，气氛渐趋激烈，有时甚至可以闻着火药味。刘仁静年纪虽小，火药味却是最重的一个，“共产党人绝不能去做资产阶级的官！当然，我这么说，并不是只针对陈独秀同志，我只是说，我们不能同情和采纳国会制这样的形式！”

对于刘仁静发言的剑锋寒光，有一些代表是不满意的。陈公博就听着不高兴，因为他也有一个“官职”，是广东“宣传员养成所”的所长；李汉俊听着也不高兴，他认为没有这么绝对的事情，共产党以后的工作重点还是“议会选举”，因此“官职”的担任不担任并不是什么大惊小怪的问题。

当然也有不少代表还是很赞同刘仁静的意思的，都知道刘仁静读过三遍《资本论》，雅号“小马克思”。在马克思学说理论的阐释上，这个十九岁的北大学生还是有些能耐的。

包惠僧听着听着就不满意了，他认为对陈独秀的行为不能作这样武断的攻击，虽则刘仁静满腹经纶，但他毕竟不是大马克思。于是包惠僧用手指敲敲桌面说：“我要申明这样一个立场，刚才有的代表谈到广州的军政府和北京的北洋军阀政府是一丘之貉，孙中山是‘孙大炮’，一味依靠军阀。本人以为，这种观点，错了！不是一般的错，是大错！因为这种观点抹杀了根本的界限。”

在争到筋疲力尽的时候，大家也就不想再争论下去了。一个折中意见占了上风，那就是大家都认为政府中那些“部长”“省长”的大官是不应该做的，但是一些不怎么重要的行政职务，比如“厂长”之类，但做无妨。至于陈独秀目前在广东担任的“教育委员会委员长”，大家在发言中都不再提及，善意地忽略掉了。

刘仁静很为自己在几次会议中的据理力争感到满意，他觉得自己不应该辜负李大钊派他来出席这次会议的初衷，那就是要发挥自己的理论专长。因此在另一个非常重要的议题上，他又坚持了自己坚决的立场，那就是赞同国际代表马林在第一次会议上所发表的意见，也就是中国共产党在组织上必须服从共产国际的领导，成为共产国际下属的一个坚不可摧的战斗堡垒。但是在这个问题上，刘仁静却没有得到大多数代表的赞同。大多数的意见是在中国共产党党纲上写明“联合共产国际”，也就是说，注重联合行动，但不是“领导与非领导”的关系。李汉俊在表达自己对这个问题的立场时，显得特别激动，甚至站了起来，起劲地挥舞着他的手臂。他说，我们中国共产党开展的所有活动都应该是独立自主的，我们中国共产党凭什么要听从他国共产党的指挥？我们不能听，即便它是“共产国际”。你们不要以为两位国际代表今天不在场我敢说这话，即便他们在场我也要说这话。其实我说这话也不是第一次第二次了，我在马林面前已经说过好几次了。我知道他对我不满意，但是没有办法，我心里想什么嘴上就一定要怎么说。其实，说白了，我这意见，也是陈仲甫的意见。

在这个问题上的唇枪舌剑，也持续了很长时间。后来根据大多数代表的意见，在党纲上还是只表达“联合”之意而不表达“上下级”之意。

刘仁静耸耸眉毛，不再说话。他已经猜想到国际代表马林将为此冒火。

这几次会议，两位洋代表均未参加。他们知道，自己作为外国人，不能老是出现在望志路，这样会惹人注意。但是每天会议的情况，大会主持者张国焘都汇报得非常详尽。他们非常赞赏中国同志的互相争辩，争辩体现着会议的正常秩序，但是他们又对以李汉俊为首所表达的某个立场有明确的反对意见，那就是共产国际与中国共产党的关系问题。马林踱着步说：“什么叫联合？联合，不就是肩并肩吗？”

张国焘在马林怒火上脸的时候，一般都是不吭声，或者小心地说：“肚子饿了吗？茶叶蛋要吃吗？”他进一步笑着解释说：“茶叶蛋就是把鸡蛋搞成满脸皱纹，再请鸡蛋喝茶。茶就是东方的咖啡。东方与西方，有些东西确实不是完全一样的。”

这么一说很有效，马林的注意力很容易转移。

7月30号晚上，又举行第六次会议。会址仍旧在李汉俊的哥哥家里，原定主要议题是通过中国共产党的纲领和决议，然而这个议题并没有如愿展开讨论，因为这个晚上委实太不寻常了；马林也确实没想到，他冒险来参加的这次最要紧的会议，果然以出现险情而告中止。他原先准备作慷慨激昂的发言，以坚决纠正某些中国同志的片面想法，然而这一纠正却被另一种力量无情地纠正了，他根本没有来得及发言。

“在审议中国共产党的纲领和决议之前，我们先请共产国际代表马林同志发表意见。”张国焘当时刚说完这句话，门就被推开了——突如其来的吱呀一声。

所有的视线都集中了过来。门口出现了一个陌生人。

此人獐头鼠目，小眼睛迅速横扫全场。

李汉俊猛然跳起，他觉得全身的毫毛都竖了起来，“你找谁？”

“我找社联王主席。”

“这里不是社联！”

“啊，啊，对不起！”陌生人迅速缩回头，退了出去。

李汉俊火速跑到门口，探出头张望了一阵，似乎没有发现什么新的情况。当他回屋时，却发现每一个望着他的代表都神色严峻。

毛泽东首先问他：“这附近，确有个社联吧？”

李汉俊想一想，想起来了，说：“数过去第三家，是有个叫社联的组织。但是那个社联没有姓王的人，而且，也没有设主席。”

马林闻此言，迅速起立，以他那只多毛而骨节粗大的手，猛击一下桌：“一定是包打听！我建议，会议立即停止，大家分别离开！”

这一厉言反映出马林多年从事地下工作的直觉，这句话也是共产国际代表在中国共产党首次代表会议上所说的最后一句话。此话一经刘仁静翻译，代表们顿时脸色大变。许多人站了起来，靠背椅子一阵阵响。

李汉俊说：“诸位注意，分批走，后门走几个，前门走几个。”

毛泽东一边收拾记录簿一边提醒大家：“各自携带好文件！”

一直坐着的陈公博在众人纷纷离去之时，却是坐得纹丝不动。李汉俊催他走，他却说不走。李汉俊有些奇怪，陈公博却说我干脆留下陪陪你吧，我怕你一个人应付不了这些场面，有个人陪陪总好一点。

陈公博这么讲义气，李汉俊倒是没有想到。陈公博说，你不知道，我还是个武人呢。我父亲当过广西的提督，你知道吗？我从小就练棍棒刀枪，你知道吗？我九岁的时候，家里就给我请来了教习拳师。要是来两三个坏人，我一个人就能对付；要是来一大群，我就陪陪你也好。

李汉俊听了这话却生出了一些感动，说好吧，你就陪我一会儿，也许并没有什么事情，我们聊几句天也好。

李汉俊巡视了一遍客厅，又说：“那我们先看看，有没有文件散落，未雨绸缪。”

果然，他们发现一张靠背椅上还留着一页“共产党纲领草案”，于是李汉俊赶紧拾起，塞进桌子抽屉里。他原先是想放到楼上卧室中去的，但是来不及了，因为此时可疑而杂乱的响动已经从大门外传了进来。

李汉俊刚合上桌子抽屉，门就突然被推开了，一伙铁青着脸的洋人和华人冲了进来。奇琼巡长走在头里，两个法国侦探和两个华人侦探紧紧跟上，三个翻译走在最后，更有一个全副武装的法国大兵堵在门口，不准人进出。

陈公博一看，知道今天不是自己施展拳脚功夫的时候，便默坐不语，同时心里却有些恐慌上来，心想这个阵势不小，而且来的是巡捕房的洋人，要是不幸被逮进捕房，那在大东旅社苦苦等着他回去的新婚妻子怎么办？想到这里，额间已有些细汗渗了出来。

他镇定着自己，把长桌上摆放着的那一听长城牌香烟移到自己面前，抽出一支就抽了起来。

奇琼巡长看着屋里两个穿西装的年轻人，出言凌厉：“我们是租界巡捕房的。你们不要动。搜！”

一帮人马一听搜查号令，立即开始楼上楼下搜索起来。一会儿，楼板上就传来书柜移动的声音。

娘的，李汉俊心中骂了一声。他不能不骂，虽说平日里他最讨厌人家骂娘。

这一刻，一根接着一根拼命抽烟的陈公博也始终为抽屉里的文件提心吊胆，两只眼睛时不时往屋角瞟。怕就怕证据，一有证据，进班房大抵就是跑不了的。

万幸的是，搜索桌子的法国侦探竟没有把那份共产党纲领草案当作一回事儿，也许那页纸字迹太草，看不出名堂。法国侦探把那张纸放回了抽屉。

半个钟头之后，楼上楼下的搜索均告结束，似乎没有查出什么结果。至少，没有发现枪械，也没有刀具。

奇琼巡长走下楼梯，以其凌厉的眼神仔细看看李汉俊，又看看陈公博。“谁是主人？”他问。

“我。”

“什么名字？”

“李汉俊。”

“干什么的？”

“学校教员，兼商务印书馆编辑。”

“你们开什么会？”

“没有开什么会呀！”李汉俊显出几分惊讶，“不过是我请北京大学的几位教授和学生，一起来谈谈编辑《新时代丛刊》的问题。”

奇琼巡长突然眉毛一跳：“那两个外国人是什么人？”

“啊，那两位都是北大教授。暑假期间，特地请他们来沪谈谈。”

奇琼巡长眯起蓝眼睛，紧逼住对方：“是哪国人？”

李汉俊明白了对方的意图，对方一定是在嗅某种荷兰味或是俄国味，于是他毫不含糊地回答：“英国人。”

“荷兰人吧？”奇琼巡长厉声说。

李汉俊不慌不忙说：“英国人。”

“为什么藏书之中，有社会主义书籍？”

“我兼任商务印书馆的编辑，自然是什么书都要看呀！”

奇琼巡长把目光转向抽烟一刻不停的陈公博：“你又是谁？哪里来？”

陈公博很佩服李汉俊刚才的对答如流，也在心里告诉自己要沉着，或许回答得好就万事没有，若回答得慌张那后果一定不堪设想。

陈公博徐徐喷出一股烟，缓缓地说：“我是广东法专的教授，趁暑假，来上海玩玩。”

“住什么地方？”

“就住这里。”陈公博指指李汉俊，又接上一根烟，用火柴点燃了。“朋友待我很好。”

奇琼巡长走了一圈，扶扶这张靠背椅子，又扶扶那张靠背椅子。他忽然笑了一下。“你们两位先生听着，”他说，“从屋里的藏书中可以确认，你们是一伙社会主义者。今日，本来也可以封房子，捕你们。但看来你们还是有知识有身份的人，所以，通融办理，不抓你们了！注意，今后，在法租界，不准有聚众滋事行为，不准从事非法政治活动，听见没有？”

李汉俊马上点头答应：“听见了。”

奇琼巡长一听这话，点点头，带着一伙人走了，走得像来时一样干脆。

陈公博一拍手，说："唉哟，那份党纲，天保佑，没露馅！"

李汉俊赶紧拉开桌子抽屉，掏出那页纸，折叠了，藏于贴身衬衣口袋。

陈公博想走，刚一站起，忽然发觉自己的腿肚子有些无力，或许是刚才的一阵惊吓所引起的，于是干脆又坐下，从那听长城牌香烟里又抽出一根。

李汉俊见他不急着走，也趁势劝他再待一会儿，兴许那伙警探又杀个回马枪呢。有时候，保持一份镇定比什么都重要。陈公博听着，觉得有道理。

两人刚窃窃私语了这几句，忽然吱呀一声，又有一张脸悄悄探进门来。两人都吓一跳，一看，却是包惠僧。

"汉俊，怎么样？"包惠僧压着嗓音问。

陈公博手里的烟卷差一点掉落在地上，他说："哎呀你可把我吓死了，干吗贼头贼脑的！"

"果然有警察来搜查过了。"李汉俊回答包惠僧。

"没查出什么吧？"包惠僧蹑手蹑脚走进餐厅。

陈公博猛抽一口烟，说："也亏得汉俊机警，搪塞过去了。你干吗呀，走路都像那批安南巡捕？"

"看来此地是不能再继续开会了。"包惠僧说。

陈公博说："还开什么会呢？会议要紧，大家性命也要紧。我看议题讨论得也差不多了，到时候请李汉俊给大家通个信，集中一下意见也就完事了，何必再聚？"

"惠僧，"李汉俊说得很简洁，"你赶快去告诉鹤鸣，再在我家开会，已经不可能了。而且，我也难以再离开这里，我一动，就会有眼睛盯着。"

包惠僧点点头，答应赶紧去老渔阳里。李达一家其时正与陈独秀一家合住着，一起住在老渔阳里二号。包惠僧说他马上去跟李达会商。

陈公博在包惠僧走后一刻钟，也辞离了李公馆。他觉得自己的头有点晕，可能是烟抽多了。他出门的时候，只听得李汉俊发出一声惊叫："公博你是怎么抽的烟，一下子把四十八根烟都抽完了？"

陈公博走在路灯昏暗的街路上，走了一百来步路才感觉头脑清醒了一些。他一边走一边想，怪不得李励庄早上跟他讲，旅馆房间的窗台上很奇怪地停着一只鸟，后来一推窗那鸟就"呱"的一声飞走了，仔细一看，却是乌鸦。他听着，起先还没在意，现在想来，确是个不好的兆头。

陈公博在这么想的时候，忽然觉得身后就有两只乌鸦跟着，回头一望，果然是两个黑衣人，不紧不慢地黏着他。陈公博顿觉咽喉发干。坏了，他想，是突然回身用拳脚把那两家伙打倒，还是想办法甩掉这两个尾巴？若是前者，凭自己自小练就的拳脚功夫，问题不大，但是要防着这两人后面还有更大一伙人随着，那样就不是他三拳两脚所能对付的了。

还是想办法甩掉尾巴要紧。

正好，此时他见着眼前有一辆黄包车走过，赶快招呼："黄包车！"

陈公博坐上车后，仍不停地转头朝后打量。路灯下，似乎也有一辆黄包车在后面不紧不慢地跟着。他仔细看，真的还就是那两只黑乌鸦。陈公博立即吩咐车夫直奔兰维蔼路上的"大世界"游乐场，黄包车一停下，他赶紧下车混在人群里往"大世界"里钻。

"大世界"人多，摩肩接踵的，笙歌声和浪笑声此起彼伏，香脂气和汗酸气弥漫于各个场子。陈公博连转三个弯，闪进书场，悄悄坐下，听说书人把一块惊堂木拍得啪啪响。而屁股还没坐稳，他又悄悄站起，像个影子似的从侧门溜出。几分钟之后，他就坐上了第二辆黄包车直奔南京路。看看身后，已没有了黑乌鸦，他这才长长地舒出一口气来，心里想，我的宝贝新娘子总算免了一次寡妇之灾。

一刻钟后，陈公博便在大东旅社四楼四十一号客房的痰盂里燃起一小堆火。他开始认真地焚毁文件、信笺和小册子。他这时候还没有告诉妻子被跟踪的情况，他只说会议场所遭到了警察的注意，他现在这么做也是为了更保险起见，因为他不想让妻子太过害怕。

但是妻子的眼泪仍然顺着小巧的鼻翼流下来，她说："叫你别去造反别去造反，你又不是没吃没穿。"

陈公博注视着火光说："亲爱的太太，你别对我说这样的话。我不是没饭吃才造反的，我是信奉社会主义。我胆子也不小，刚才会议上人家都跑光了，就我还敢坐下来，陪着屋主人定定心。我从小舞刀弄枪，我怕什么？我现在烧文件，是为了防止万一。而且最主要的，也是考虑你的安全。你跟上我，不容易，作为丈夫我当然要对你负责。所以你不用担心，你刚才说的我全明白。"

李励庄听了这话，紧紧抱住了丈夫。她发觉丈夫坚实的躯体也在轻微打战。她问丈夫再开不开会了，丈夫皱着眉头说，也许，应该再去一趟老渔阳里，走散的代表们大概都已经聚集在李达那儿了，不去好像也不太好。

但是他后来又说，他不想去了。

新婚妻子感动了，再一次抱紧了丈夫。

陈公博没有说错，在这个炎热得有点异样的 7 月 30 日深夜，走散的会议代表都不约而同地汇聚到了老渔阳里二号。

李达推推眼镜，文文气气地说："好了，除了汉俊和公博，人都齐了。惠僧刚刚回到李公馆看了一下，果然有巡捕房来搜查过，也幸亏马林机警，大家逃得一劫。下一步，怎么办，大家商量个法子吧。"

大家都说，会议总是要开完的。

"关键是会议地点问题，"张国焘说，"李公馆目标大，只能改地方再开。国际代表招人注意，再开会，也就不一定请他们到会了。"

董必武说："有始必得有终。不论洋代表来不来，我们总得把纲领通过了，总得把中央机关选出来。我看，地点，就放在博文女校行不行？"

不行不行，许多人摇头。那里怕是早几天就有人注意了。

何叔衡说："依我看，在上海开，怕是不行了。既是十里洋场，怕亦有十里洋枪。"

这话有趣，刘仁静忍不住掩嘴笑。山东代表王尽美也笑了，笑后问："不在上海开，又去哪里开呢？"

周佛海忽然提议："杭州西湖如何？"

邓恩铭一听就赞成："上有天堂，下有苏杭。去杭州好！"

周佛海说："我为什么提杭州呢？去年，我在西湖智果寺住过三个多礼拜，那里真个是安静。"

包惠僧反对："杭州好是好，只是火车一坐六个钟头，远了一点。"

"刚才，我内人倒给我提了个建议。"李达说，"她家乡嘉兴，是个县城，民风淳厚，环境幽雅，居沪杭铁路之中点，距上海，仅两个钟头火车。"大家一听，便一起看着李达的夫人王会悟。王会悟便说："我提嘉兴，是因为嘉兴有个南湖，这湖连通运河，环境幽静。这个季节，游船很多，可以租一条大船。你们一边游湖一边开会，这样非常安全。"

董必武说：“啊呀，南湖烟雨楼，有名得很，我几次想去都没去成哩！”

王会悟笑着说：“乾隆皇帝六次下江南，船经烟雨楼，先后八次登楼玩呢！”

董必武一听就乐：“皇帝老儿去得，我们当然也去得。”

李达想了一想，又补充说：“我听邵力子说起过，他的绍兴老乡陈仪是浙军的一个师长，部队就驻防在嘉兴一带。要真出了事情，邵力子也可以去找他的绍兴老乡给以通融。”

这么一说，大家似乎就更加放心了。张国焘于是问大家：“你们看呢？”

看众人神态，似乎都不反对，何叔衡说：“大丈夫以断为先！”

张国焘一拍掌，意思是定了。

“会悟，”李达立即吩咐妻子，“你现在就去打听一下往嘉兴的火车车次，我们明天一早就走，分批出发。”

张国焘忽然想起，说：“李汉俊与陈公博呢？”

李达说：“汉俊恐怕是不能动了，他的背脊上都是眼睛了。公博住在大东旅社，还是我走一趟吧，我去通知他。”

李达赶到陈公博住处时，痰盂里的余烬刚刚熄灭。

“公博，”李励庄在李达还没有敲门时就这样对丈夫说，“我们明天去杭州吧。上海这地方人太多，人多的地方没有不出事的。”

敲门声就是这时候响起的。坏了，警惕的陈公博像只皮球一样蹦起来。

“乌鸦！”他说。

“是我，鹤鸣。”门外的人似乎知道门内的紧张，立即通报了姓名。

陈公博拉开门，顿时松了神经，“鹤鸣，你也来吓我！”他说。

“啊，祝贺新婚哪！”李达用轻松的口吻说，“嫂夫人漂亮若天仙哪！”

陈公博请来客坐，客人却不坐，说只有一件事通知，客人说：“公博，会议明日，不不，今日，你看，天都要亮了，今日早上，我们大家都去浙江的嘉兴开会，清早的火车，开得顺利的话，今天晚上就可以回上海。”

正在倒茶的李励庄闻得此言，茶水有一半洒在了茶杯外面。“公博！”她叫唤了一声。

陈公博搓搓手，语气坚决地对来客说：“我不去了。我和我太太决定了，也是今天的火车去杭州。鹤鸣，我太太心情很紧张，我要陪她。若是会议一定要开下去，那你们就开你们的。以后，会议情况向我转达就是了。”

李励庄端上一杯热茶，声音柔柔地说：“先生，你就原谅公博吧。说实话，一个人的一生，只有一个月的心情才会特别的好，我说的就是蜜月。先生，我们是在度蜜月。”

李达沉默，沉默之后，是笑。他不知道自己该说什么才好。陈公博的眼睛则一直注视着痰盂，那里，一些主义和一些纲领如灰蝴蝶的翅膀一样在微微飘动。

还没等李达开口说什么，忽然就传来一声惊心的枪响，响声震耳，似乎近在咫尺。陈公博唬了一跳，李励庄也惊叫一声，两人一下子抱在了一起。

李达也受到惊吓了，他走到门边，听一听，想一想，说：“不要紧张，我去看看。”

李达刚闪身出门，李励庄就哭出声来：“我受不了了……”

“别慌，别慌。”

“你就别革命了，革命就是玩命，公博，命玩不得呀！”

陈公博抱紧妻子，不知怎么安慰她才好。过了好一会儿，李达回来了。“还好，不碍事。”李达反手锁上门说，“就是隔壁，四十二号房。”

陈公博松开妻子，问：“四十二号房怎么了？”

“好像是自杀殉情什么的，茶房在这么说。警察已经到了。”

李达说的大致没有错，第二天的《申报》和《新闻报》都披露了这场发生在大东旅社的殉情惨剧，男的枪杀了女的，自己却又下不了决心死去，开溜了。也就是说，起先相约同死，后来却演变成了他杀。

“鹤鸣，我去杭州，不去嘉兴。这是我最后的决定。”陈公博这样对李达说。

李达平静地注视着陈公博。

陈公博注视着自己的脚尖。

李达还想再争取一次：“公博，你出门一下，我跟你说句话。”

“我还能出门吗？”陈公博激动起来，“鹤鸣，你想想，我就住在出事房子的隔壁，我一出门，警察就会要我当证人，我不是就自己戳到枪口上去了吗？鹤鸣，你走吧，祝你们开会顺利，我实在无法与会了。你走的时候千万小心，天已经亮了，不要叫人看清你。你快走吧。”

李励庄忍不住，又一次呜呜哭泣起来。紧张的丈夫捂住妻子的嘴，不叫她出声，而他自己，此时也有些眼泪汪汪了。

李达出门的时候忽然想起了戴季陶。戴季陶也曾经眼泪汪汪，也是在一个会议的关键时刻退了场，且理由充足。

也好，让愿意退场的人退场吧，李达想，趁早退场比戏演到一半退场要好，否则救场更苦。

再说，陈公博这一次的退场也有他的难言之隐，人家毕竟是在度蜜月。

党纲是在船舱里呱呱坠地的。通过这个文件的时候，所有的手都举了起来。两个洋代表不在也好，省却了中国共产党到底应该不应该是共产国际的一个支部的争论，否则，小小船舱不免有一番风浪之中的晃荡。

船走得相当平稳，船尾长橹咿呀不停。划船的船娘柔和地扭动着腰肢，舞蹈得单调而从容。因为漫无目的，自 10 点多钟客人上船起，船就一直自由自在地在湖中心兜圈子。

王会悟则一直坐在船头。一只纳了一半的鞋底作为她的道具，始终握在她汗涔涔的手心里。她静观着四周水面，目光相当机警。

航道上，不时有农家小船晃晃悠悠摇过。

阴云弥漫之处，有时会露出窄窄的缝隙，一线阳光就会从缝隙里及时扑下来，在湖面上映出奇光异彩。王会悟对能租到这只游船是满意的，双夹弄的大号船虽没有了，但单夹弄的中号船也够用了，连租费带一顿午餐费再加上小费共花了八只大洋，并不贵。这种游船当地叫画舫，也叫灯船，早就改了起初捕鱼的性质，设了楹梁、檐柱，布置了炕榻、八仙桌，专供有钱人水上游乐之需，或作嫁娶之用。一批着洋装者或穿长衫者，于夏日泛舟湖上，应是极自然之事，不会引起疑心的。

王会悟听着从船舱里传来的隐隐约约的声音，有时候听得清，有时候听不清。而张国焘的京腔是清楚的，这时候她听见张国焘在这么说："现在，请记录员毛泽东同志宣读中国共产党党纲。"然后就是毛泽东的声音。毛泽东湘腔甚重，但语句也是听得清楚的，"《中国共产党纲领》全文是：一、我党定名为中国共产党。二、我党纲领如下：第一，以无产阶级革命军队推翻资产阶级，由劳动阶级重建国家，直至消灭阶级差别；第二，采用无产阶级专政，以达到阶级斗争的目的，消灭阶级；第三，废除资本私有制，没收一切生产资料，如机器、土地、厂房、半成品等，归社会所有；第四，联合共产国际。”

毛泽东念到这里，好像停顿了一下，接着，便响起了掌声。掌声也是隐隐约约的。王会悟事先关照过，不是不让拍掌，拍掌时须用轻力。

过了半个钟头，王会悟站起来，向船娘打了信号，该用午餐了。船娘笑，用手指着前面说：“大小姐看见了划子没有？”

一艘小划子拖着长长的水线，在正午时分，准时靠拢了画舫。

一只又一只的竹编大笼屉被递上画舫。这是从城里鸳湖旅馆送来的定做的饭菜。

船舱内的那只八仙桌，现在成了热热闹闹的餐桌。菜色是丰盛的：虾、鲜藕、菱角、鲢鱼、新鲜蔬菜。

李达用筷子夹起一只菱角说：“我太太一直称赞嘉兴南湖里的菱角最美味，不仅煮熟的好吃，生吃其实更鲜嫩。而且长在南湖里的菱，与其他地方的都不一样，没有角，看见了吧？”

毛泽东也用筷子夹起一只菱说：“我们如今是革命者，理该浑身长角，所以我们要坚决地把这些无角的东西嚼得粉碎！”

大家一听都笑起来。

李达说：“哎呀，吃着这么美味的东西还能说出这么多的道理来。只可惜了汉俊和公博，他俩没今天的口福。”

董必武说：“也可惜了马林和尼克尔斯基。”

张国焘夹起一片藕，说：“藕断丝连啊，洋代表虽然没能来南湖，彼此的心还是连在一起的。”

众人点头，一片啧啧之声。何叔衡挨近毛泽东说：“润之，连吃三碗，还没吃饱？”

“饱了，饱了。”毛泽东有些不好意思，“你看这饭碗，比长沙的要小一半。”

“既已肚饱，便来个饭后神聊如何？走，船首坐坐。”

毛泽东跟何叔衡走至船首。

四望湖面，碧波荡漾，真不能不叫人心旷神怡。要不是会议这般秘密，毛泽东真想脱了衫裤，在南湖里做一个钟头的鱼。

毛泽东随后就听见何叔衡发出了这样的感叹：“唉，今日所见，天也年轻，水也年轻，船也年轻，人也年轻，就我老了。”

毛泽东讶异，说：“何胡子，此话怎讲？”

“我都四十有五了！国内代表里，我最大，比湖北来的董必武整整大十岁。比比两个国际代表，我也最大，我比那个荷兰人马林大七岁！你看看北京来的刘仁静，这个小马克思，娘哟，才十九！”

毛泽东笑：“大又何妨？识途者，老马也。”

船首的舱板很光滑，何叔衡一个盘腿坐下来：“我前几日算过一笔年龄账，十三个国内代表，外加两个国际代表，平均年龄，二十八岁。”

“二十八岁？嗬，正巧是鄙人年龄。”毛泽东也盘腿坐下来。

“对，你二十八了。”

“是啊，倏忽之间，也二十八了。人生能有几个二十八啊。”

“你说，润之老弟，”何叔衡远眺湖面，“经过我们这番聚义奋斗，再过二十八年，中国将会是一个什么样子了呢？”

“再过二十八年，那就是公元 1949 年了。”

“是啊，1949 年。那个时候，恐怕工农阶级已经在中国坐了天下了。”

“那是一定的。”毛泽东眯细眼睛，“那个时候，凡中国之工人，都有工做！中国之农民，都有地种！中国四万万同胞，一个个皆是国家之主人，谁也不会在正午时分喊肚子饿！”

二十八岁的毛泽东虽然大胆断言二十八年之后的中国已是工农坐了天下，但他此时怎么也不会想到，二十八年之后，正是他本人率领着中国共产党的领袖们登上天安门城楼，面对人群和鲜花的海洋，向世界大声昭告新中国中央人民政府的成立。

何叔衡从腰间摸出一块金表，说：“润之老弟，你既有如此大胆的推断，何不让时间来作证？看看眼下是几点钟。”

毛泽东忽觉对方手中的这块腰表眼熟。“眼熟是不是？”何叔衡得意地笑，“现在该是我揭开两张船票钱的秘密的时候了吧？”

毛泽东一时有些发傻。

“老弟几点几刻进的当铺，几时几分出的当铺，何胡子我全明白。”

毛泽东还是没有回过神来。

“我告诉你，”何叔衡笑眯眯说，“和记当铺的那位赵判爷，是我读蒙馆的同桌。他焉能不把《湘江评论》主编的轶事告之于我？我焉能不把李大钊先生一年半之前赠与你的金表赶紧给赎回来？”

毛泽东终于恍然。

何叔衡说：“一表周游七国，今当物归原主。”

他大笑着，把那只打璜金表重重地拍在毛泽东掌心，谁知拍得过急，毛泽东一时没接稳，腰表从掌心滑落，跌到船舷上，接着又扑通一声跌入湖中。

一朵小小的水花冒出湖面。何叔衡与毛泽东惊得面面相觑。

打璜金表拖着一条细细的金链，在暗绿色的湖水中缓慢下落，闪着奇异的光。

一根柔软的水草拂过它。

又一根水草拂过它。

腰表闪烁的金色光芒越来越暗淡。

金表若是有耳，它应能听到湖面上传来的毛泽东的笑声：“哈哈哈，何胡子，这是天意啊！”

“什么天意？”

“嘉兴的南湖，把我毛泽东关于二十八年之后的断言，当作承诺，留在这儿啦！”

金表在缓慢下落，一条黑红两色的鱼游过它身边。

现在，淤泥托住了下沉物，金表的一半已经轻轻地陷在淤泥里。水底寂静无声，唯有嚓嚓嚓的表声仍然清晰。时间是无情的，时间也是有情的，时间是经常愿意在人类历史的阶梯上作出各种各样的证明的。

午后时分，虽无太阳，湖面温度还是升高了，湿热的风不断地掀开中舱的那几块绿色窗帘，停留在中共全国代表会各位代表汗涔涔的油脸上。王会悟后悔没从嘉兴的鸳湖旅馆多带几把蒲扇上船，她原以为湖上还是凉爽的。正在这么想的时候，她忽然惊愕地看见了警察。

警察是贴着水面而来的。那是一艘汽艇，开得飞快。纳着的鞋底从王会悟的膝盖上掉了下来，她当时惊得张大了嘴。而此刻她听见船舱里隐约的声音还在不断传出来，那是张国焘的嗓音，相当厚实的京腔。张国焘在说：“我们现在通过第二个文件，即《中国共产党第一个决议》。此决议分为六个部分，即：第一，工人组织；第二，宣传；第三，工人学校；第四，工会组织的研究机构；第五，对现有政党的态度；第六，党与共产国际的关系。”

话犹未了，王会悟跑进船舱，手一抖，哗的一声，将一副事先从鸳湖旅馆借来的麻将牌甩在八仙桌上。

众代表惊得站了起来，船舱一阵晃动。“怎么？”李达瞪圆眼睛问妻子。

王会悟说：“警察！”

这么一说之后，麻将牌就响了，李达和包惠僧动作最快，迅速伸手叉动。

舱外果然传来突突突的汽艇声，马达越来越响。于是更多的手开始叉动，麻将牌发出海浪般的响声。

王会悟回到船头。她坐下，捡起鞋底，竭力使自己呼吸平稳。

汽艇很近了，前甲板上晃动着好几个黑制服警察，并且传来持续不断的嚷嚷声和笑声。王会悟低首纳鞋底。

汽艇很近地擦过画舫，马达声盖过了麻将声。只一刹那间，汽艇便突突突远去了，留下两条长长的水浪以及警察的笑声，其中一个警察还向王会悟笑喊一声“嗨”，招招手。

王会悟抬起脸，松了一口气。接着，她站起来，把头伸进船舱，小声说：“警察局的汽艇，也是来游湖的，没事了！”

麻将声立时停止。

热烈的讨论在继续，下一个议程是讨论《中国共产党第一次代表大会的宣言》草案。张国焘主导着讨论，他强调说，现在中国已经有一百多万的产业工人，还有一千多万的手工业工人。由这一千多万工人所构成的中国工人阶级，已经能够担负起社会革命的使命。工人阶级现在受着帝国主义与封建势力的双重压迫、双重剥削，已经陷于水深火热的悲惨境地。只有奋起革命，推翻旧的国家机关，建立自己劳工专政的国家，建设社会主义的经济，才能得到自己的幸福生活。

通过《宣言》的讨论，没有费太多的时间，代表们的意见还是比较统一的。

中央局的班子是在黄昏时分选定的，这也没有太多的分歧。大家请张国焘最后宣布一下，张国焘便清清嗓子说：“中国共产党的中央领导机构为中央局。中央局负责领导党的工作。本次代表会议一致选举陈独秀为中央局书记。陈独秀不在上海期间，书记一职由周佛海代理。”

众人鼓掌，声音轻轻的。

“选举李达为宣传主任。选举张国焘为组织主任。”

再度响起掌声，也是轻轻的。

李达起立，抱抱拳，说：“李达深知肩上之重任，誓不辜负诸位重托！”

张国焘马上补充：“我也是！”

掌声又响。

董必武在掌声里建议：“诸位，我们，呼几句口号吧？”

何叔衡说：“要得！”

邓恩铭说：“我同意！”

张国焘手扶桌子站起来，说：“那就请代表们起立。”

李达有点担心：“万请诸位小声一点。”

张国焘领呼口号：“共产主义人类的解放者万岁！”

“共产主义人类的解放者万岁！”众人齐呼，低沉而有力。代表全国五十余位共产党员的这些年轻人和中年人，此时都感觉到了一种空前未有的神圣感。

毛泽东把手举得很高，同时感到鼻孔有些发酸。他突然想起了破败的福佑寺，又想起了森严的大成殿，他在那些殿堂里都没有见到真经。

他随着又跟张国焘轻声呼喊：“共产党万岁！”

“共产国际万岁！”这是第三句口号。

毛泽东看见所有的代表们都动了感情。这是1921年7月31日黄昏，阴天，厚厚的云层之隙偶有阳光闪动。他们脚下木质的土地，也在随着口号声一起晃动。

由于烽火年代的档案资料难以寻觅，人们长期无法查证中国共产党第一次代表大会召开的确切日期，1938年5月，毛泽东与董必武在延安商定，就用7月的头一天作为中国共产党的诞辰纪念日。反正，那是一个炎热的日子，这一点没有疑问，那一刻，谁心里都有一种真正的灼热。

第 8 章

这个马林不懂中国，他不是马，是牛，比牛还牛

太阳如此猛烈，上海这条用柏油浇就的卡德路都快烤化了。

张国焘心里的焦急，简直比这暑热天还甚。

从嘉兴回到上海的半个月之后，张国焘一直为这件事心烦意乱。这一刻他正短裤短褂，匆匆在热辣辣的卡德路上寻找。他必须尽快找到周佛海，并且把他揪回来。

他怎么能失踪呢？

马林为中国共产党代理书记的失踪，都快急死了。

张国焘先是撞到报童身上。汗淋淋的报童从他胁下钻了过去，边跑边喊："请看湘鄂大战最新消息，直军占领岳州，大败湘军！"紧接着他又撞到一个大个子龟奴身上。龟奴纹丝不动，只朝他笑笑。龟奴肩头搭一块大毛巾，出局妓女妖艳地骑着这肩，一路吐着瓜子壳儿，不断地向洋人和华人抛媚眼，现在又把瓜子壳儿轻巧地吐在张国焘脸面上。

晦气！张国焘咒了一声。他把瓜子壳儿扒下脸面的时候，便已经到了卡德路祥富里一百零六号门口。他看看门牌号，没错。

打门半天，门开了，探出一颗乱蓬蓬的脑袋。

果然是周佛海，面孔蜡黄，眼睛肿得像两节豆荚。

"要不是有人指点，我还真不知道你躲在这儿。"张国焘没有好声气，心里想，纵欲也该有个度。"五天了都找不到你，你一直睡在这个杨女士家里？"

"天坍了？"

"你湖南老家不是有老婆的吗？还有一子一女！"

"是男人吗，怎么这样问？"周佛海揉揉眼睛，"我是中央局代理书记，你是中央局组织主任，有你这么审问书记的吗？"

"走走走，你好歹还知道你的职务！"张国焘一把抓住周佛海的衣袖就往外拖。周佛海着急地说放开放开，又说你这么野蛮干什么，张国焘说干什么，干革命啊，但是周佛海还是拼命地挣脱了，他衣袖上的一粒扣子被张国焘捋了下来。

张国焘狠狠盯着周佛海，说老兄啊老兄，你的革命豪情去哪里了？陈独秀教授夸你年少志高，说你中学时候写的那首诗就有济世之豪情，他说能写这样诗的人自能堪当大任。他还把你的那首诗念给我听过，我都还记下来了，是你读中学那会儿题在一座佛庙的墙上的，你大概自己都忘了，我现在背给你听，我也认为这是一首好诗：登门把酒饮神龙，拔剑狂歌气似虹。甘处中流拦巨浪，耻居穷壑伴群峰。怒涛滚滚山河杳，落木萧萧宇宙空。不尽沅江东逝水，古今淘尽几英雄！你听听，我没背错吧？我还曾经把你这首诗谱成曲子唱过呢！你如今“中流拦巨浪”的豪情去哪儿了？你倒是说啊！

周佛海听对方朗读诗的时候，神情已经平静下来。他低头想了一会儿，抬起脸说，诗歌我是喜欢的，马克思学说我也是敬佩的，但是读书与学业也是要紧的。我是想回日本完成我的学业去了。

张国焘再也不听他解释，用更大的气力抓住他的手臂往街上拖，一边拖一边扬手，拦下一辆黄包车。“你呀你呀，还这么啰唆！你失踪五天，马林他们都快急疯了！”

马林确实是个急性子的人。他弄不懂中国人做事何以这么慢慢吞吞。依他看来，一个新兴政党成立之后应当是一天一个气象。在这一点上张国焘倒是有点理解马林，他知道马林是在为中国着急，因此他这一天几乎是硬拽着才把周佛海请到永安公司楼上的屋顶花园的。

马林脸色不好看，周佛海一瞥就知。虽说这张咖啡桌摆在花园的最角落，一个冷僻暗黑之处，但是马林和尼克尔斯基的那两张阴脸还是一目了然的。周佛海心一横，想，什么大不了的，我千里海路从日本赶回国内，也不是为的来看一个荷兰人的脸的。

马林这么对他说：“我并不关心那位女子是你的太太还是你的情人，我深信坠入情网是一种令人羡慕的经历。但是我想指出一个事实，新选出的中国共产党中央局代理书记扔下他的同志们失踪将近一个星期，这是不可原谅的，这不能不使人惊愕。”

周佛海仰脸看星星，似乎在回忆一些过往的日子：“没那么多天吧？”

此时，坐在周佛海两边的张国焘、李达与包惠僧均沉默不语，他们听任洋人发火，他们不觉得洋人发的这些火有什么不对。

马林看看围桌而坐的众人，接着说："8月是贵国的火炉，但是就在这样炎热的日子里，张国焘同志在上海建立了中国劳动组合书记部，毛泽东同志在湖南创办了一所自修大学，开设了马克思主义课程。这些同志，非常努力。而中国共产党中央局的统盘工作，由于代理书记的经常缺席，就像沙子一样不能捏拢，据说这是一句贵国的成语。"

他从近旁栏杆边沿上的一只花盆中抓起一撮干燥的泥土，让其沙沙地流下。

李达说："一盘散沙。"

马林说："对，一盘散沙。贵国总是有一些很好的成语。"

周佛海笑一笑，回答说："马林同志，既然你已认定这些都是沙子，那么，恕我直言，我也没有本事加以捏拢了。另外，我须指出的是，我即便想捏拢这盘散沙，捏的时间也没有了。我的暑假即将结束，我必须返回日本，以便完成我在京都帝国大学经济系的学业。对我本人而言，这是要务。现在，尊敬的马林同志，尊敬的尼克尔斯基同志，还有几位尊敬的本党同志，对不起了，请允许我继续失踪吧！"

他站起来，客气地鞠个躬，然后大步绕过桌子，离开了屋顶花园。

没有办法，事到如今，只有破罐子破摔了。

他知道他此刻的背脊上落满了惊愕的目光，但是他不后悔。主义的美妙不等于主义的强制，他受不了咄咄逼人。

周佛海不久就返回日本京都帝国大学继续读书了，三年后毕业回国，同年脱离中国共产党。1938年他又追随汪精卫叛国投日，十年后病死于南京监狱。他对自己人生的一切决定，似乎都是很果决的。

而在周佛海果决地离开上海大东旅社屋顶花园的那一刻，马林的思维就转了一个向。他把目光从离开者的背脊上收回来，顺理成章地向围桌而坐的几位中国人问了这样的一个问题："那么，我们尊敬的陈独秀书记什么时候才能回上海呢？"

张国焘、李达、包惠僧面面相觑。

李达知道马林的火气正在越来越旺，但也只好老老实实回答说："说不准。"

马林忽地站了起来，他果然发火了："天下哪有这样的事情，被选为中央局书记却不肯到任！还没有哪一个国家的共产党书记独自一个人在资产阶级政府里做官的。请问，他的官瘾真有那么大吗？"

尼克尔斯基说："请轻点声，马林同志。您最好坐下来。"

张国焘在马林坐下来后，赔着笑脸说："跑到军阀那里做官，我历来反对。据我所知，李达同志和李汉俊同志也是历来反对的。也真不明白陈独秀同志是怎么了，就是不回上海，这官儿是越做越来滋味了。"

包惠僧听张国焘这么说陈独秀，有点不满意，再怎么着也不能在洋人面前给本党的领袖抹黑嘛。这时候他听见马林扭过脸很客气地问自己："亲爱的包惠僧同志，你能不能回广东一趟，直接劝劝他？"

于是包惠僧跑了一趟，于是包惠僧也劝说了，还好，对包惠僧的一通苦劝，陈独秀这一回没有固执己见，他虽不同意马林指责他喜欢在资产阶级政府里做官的说法，但为了党的工作的全局，仍然接受了包惠僧之劝，两人一起前往上海。陈独秀临行前，陈炯明再三挽留，不准陈独秀辞职。但陈独秀去意已决，终以回上海治疗胃病为由，于 9 月 12 号这天，随包惠僧登上了赴沪的海轮。

在回上海途中，陈独秀一直为这个要求向他汇报工作的洋人耿耿于怀。他拍拍舷栏，问包惠僧："马林这个人，到底怎么样？"

这个问题，陈独秀不止问了一遍。

陈独秀的提问带有一种海浪般的咸味，包惠僧支支吾吾说不出个所以然。

浪花溅上甲板，湿了陈独秀的白皮鞋。舷边风很大，海鸥的叫声听上去有些惨。

陈独秀说："这个马林，在我们的党代表会上声称，中国共产党是共产国际的一个东方支部，一听这话，我就烦。他到底说过这句话没有？"

"说过。"包惠僧觉得这个问题好回答，"第一次开会，他致辞的时候，就说了。"

"现在中国共产党算是他们的支部不是？"

"没有作出这样明确的决定。只是在党的决议的第六部分中说：党中央委员会每月向共产国际报告工作。"

包惠僧嘴里回答了这个问题，心里却想，虽然党的决议没有明确中国共产党是人家共产国际的一个支部，但是在共产国际驻中国代表马林心里，你中国共产党就是共产国际的一个不折不扣的支部，这是毫无疑问的。而且，中国共产党中央委员会向他马林报告工作，就等同于向共产国际报告工作。陈独秀虽然现在心里不服，但是到了上海，面见了马林，也就由不得他陈独秀不服了。

既然成立了组织，就有组织的规矩。

但是陈独秀现在的脸色，却如轮船舷旁的海浪一样灰暗。“不是人家的一个支部，却每月要报告工作，你说正常不正常？而且，烦不烦？”

包惠僧不想回答，只搔搔头皮。

陈独秀又敲敲白色的铁栏杆，说：“我这个人，最恼恨的，就是听见别人对我吆喝。会吆喝的是谁呢？以前，衙门里头，那些拍惊堂木的人会吆喝，两旁打板子的衙役会吆喝。革命之后，衙门没有了，还有谁吆喝？也有吆喝的，那是我两个儿子，我的儿子就这么对我吆喝，独秀！独秀！他们信奉无政府主义，政府都不信了，还信什么爹娘？！所以敢吆喝。眼下，我在法兰西的两个儿子，统统信奉了马克思主义，也不再对我吆喝了，可是却有人借马克思主义之名，又想来对我吆喝，要汇报这个，汇报那个。惠僧，你说，中国人自己组党，自家的事情，凭什么要向洋人汇报？”

“陈先生！”

“怎么？”

“不管怎么说，人家是代表共产国际的。陈先生，我们说话，无论如何，须得音量适中，不能太低，也不能太高。”

陈独秀闻言，长吁一口气，注视着起起伏伏的海面，说：“你呀，砸了半天孔家店，还是孔夫子的中庸之道！当然，惠僧，话也得往回说，凡中庸之言，均十分中听。”

陈独秀回到上海的第二天，马林就找上门来了。那时，在伊尔库茨克的共产国际远东书记处工作了一段时间的张太雷回到上海不久，正好给马林做翻译。其实陈独秀完全可以用英语与马林对谈，但是他不愿意，他要说中国话。

高君曼一直提心吊胆地关心着客厅里的谈话，她知道丈夫与这个洋客人都是炸药脾气。

谈话的气氛开始还算是好的。马林一见陈独秀就握手：“啊，你就是陈独秀！我是马林！”

“我不是陈独秀。”

“是吗？”马林颇觉意外。

“我只是那个喜欢在资产阶级政府里做官的人。”

马林哈哈大笑。

“你也不是马林，你是牛林。”

张太雷觉得不好翻译，就对马林说：“陈独秀同志说你像一头牛。”

陈独秀比画着解释：“你头上有两只角，所以你叫牛林。我头上也有角，不过，不是两只角，是一只角，故名独秀。”

张太雷对马林说：“他称赞你的身体健壮得像头牛，性格也像头牛。”

陈独秀不满意了：“太雷啊，你就不肯如实翻译，你怕得罪这个洋人是不是？”

张太雷小声说：“陈先生，我也只能这么翻译。”

马林说：“我若是一条荷兰奶牛就好了，可能会有更多的人喜欢，可惜，一条公牛而已。有咖啡吗，陈同志？现煮的？”

在高君曼为他们冲泡了第二杯咖啡之后，两个人已是一句顶一句，争吵得相当厉害了。问题自然还是组织关系，马林特别强调这一点，不然他觉得在中国简直无法开展工作。

马林铁青着脸说：“请注意，全世界的共产主义运动，都是在共产国际领导之下！”

陈独秀点起一根雪茄，回敬说：“没有听说过。”

“正因为陈同志没有听说过，所以我要告诉你！而且我还要强调，这种领导是直接的，中国共产党不能例外。”

陈独秀突然站起，大声说：“我也要强调一点！”

张太雷心里一紧，笑嘻嘻打断他：“陈先生！”

一旁的包惠僧也马上说：“陈先生，再来点咖啡吧？”

陈独秀不理会他们，继续按自己的思路说话：“马林同志，我也要再三强调一点，我虽然没有出席中国共产党的全国代表会议，但是我也没有听说会议上通过了任何一项有关的决议，指明中国共产党是共产国际的一个支部！我告诉你，马林同志，要我们接受指导，是可以的，但是不是接受领导，再说吧！”

“你是中国共产党的书记，对于这个非常重要的问题，我不能不跟你继续协调。”

“我们换个题目协调协调吧！或者，改天再协调吧！对不起，我刚回上海，跟我儿子女儿都没有协调好呢！改天吧，改天吧！君曼，送客！听见没有？送客！”

一晃就起秋风了。

望眼五马路，一片铺天盖地的黄绿色梧桐树叶。在阵阵秋风之中，这些树叶一齐摇曳成一片橘黄的色彩。而此刻远远传来的警车的鸣叫声，更平添了一种寒冷之感。

若是从楼顶看下去，弯曲的马路，便似长蛇一样伏在树叶下面隐约伸展。来自淞沪警察厅的两辆褐黑色警车，就如同两粒斑点，在蛇皮上蜿蜒爬动。

警笛尖声鸣叫，路人纷纷闪避。站在警车踏脚板上的警察向行人一路挥舞枪械。

这一天陈独秀正夹在路人之间，闷头沿墙而行，看上去心事重重。

警车的呼啸越来越响。陈独秀怎么也没料到，两辆狂叫的警车竟会在他身边戛然刹住，并且闪电般跳下十来个黑制服警察。

陈独秀转身想跑，已经晚了，只听挥动手枪的警察厉声喊：“靠墙！靠墙！”

警察们一边喊，一边如乌鸦般飞进一家绸布庄。

看来目标并不是自己，这一判断使得陈独秀略略定了心。他同七八位路人一起面壁而立，双手按墙。

良久，他忽然觉得自己应该动一动。

一个警察喊：“别动！谁在那儿探头探脑？”

陈独秀默立不动。一会儿，他趁门口守望的那位警察不留神，竟然顾自掸掸手上的泥灰，悠然转身，扬长而去。

这一大胆的行动让那些仍在面壁的路人们吃了一惊，纷纷转了眼珠，偷瞥着这位穿浅灰西装的勇敢者，但是没一个人吭声。

警察转过脸来：“别动！你们谁敢动？找死？”

陈独秀慢吞吞走过亚东图书馆大门，忽一个反身，又走回来，悄悄推开玻璃门。

与年长两岁的乡兄汪孟邹相对而坐，陈独秀才感觉到了一种自在。

他很久没有这样的感觉了。

汪孟邹见陈独秀久坐无语，便说："《尝试集》快出版了。"

陈独秀啊啊地应着。胡适的白话诗集《尝试集》由亚东出版，陈独秀早已听说，对此他是支持的。几千年的诗国，也该老枝新葩，推出自己的白话诗集了。

汪孟邹又告诉他，侄儿汪原放已标点完毕《水浒传》和《儒林外史》，古典之作一经新式标点，想必一定畅销。陈独秀继续啊啊着。汪孟邹又说，《红楼梦》和《西游记》也在作标点了，不是今年就是明年，也要出版。至于《独秀文存》，亦在编辑之中，准备尽早出版。陈独秀盯着哗哗转动的电扇叶子，一直不吭声。

汪孟邹忽然悟出了对方来意，便站起来说："拿点钱吧？知道兄广州回来，手头紧了。兄这个清官啊，也太清了！"

"说来惭愧，连给孩子买糖的钱都没有。"陈独秀不好意思了。

汪孟邹拉开抽屉，取出十元钱。陈独秀一见，摇摇手。汪孟邹说："拿着拿着，算是预支《独秀文存》版费，这还不能拿？"

陈独秀还是有些犹豫。

"花自家钱，有啥呢？踏实！往后，手头紧了，电话吩咐一声就行。"

陈独秀收了钱。

汪孟邹坐下，不无担忧地说："仲甫兄，你脸色不好，很不好。恕弟直言，兄是心中有淤，七窍不畅。"

"我在会一个洋客人。"

"会客何难？兄一直教化弟：有朋自远方来，不亦乐乎？我办这书店，也是全仗朋友。"

"小时候你挨过父亲打吧？我记得你是挨过打的。"

汪孟邹拍拍自己屁股道："难忘。"

"若是客人手里老举着一块板子，你能不能做到不亦乐乎？"

"兄可以不去约会嘛！"汪孟邹笑起来，"小时候，一见父亲拿板子，我的办法就是逃！"

“我逃不掉！”

汪孟邹明白对方的心境了，沉默一会儿，轻声说：“仲甫兄，弟有难处之时，兄曾劝说弟多次，弟都是记着的。八年前，兄与柏文蔚劝弟闯上海滩办书店，弟二话不说，带着原放就来上海了，艰险几度，也算是站稳了脚跟。五年前，兄建议亚东与群益书社合并，主持发行《新青年》，弟也是听了，从此亚东一路顺境。这些，弟都要谢兄。今日，弟兄对坐，掏心剖腹，弟不免也想劝兄一句，不知兄听不听得进。”

“说吧。”

“一句话，别办党了。”

“什么？”

“当个编辑算了。日月如梭，年寿渐增，本是一介书生，不求学问还求什么呢？举义反满，也奋斗过了；新青年大旗，也举过了；北京大学学长，也当过了；广东教育厅长，也做过了。神农遍尝百草，算是功德圆满了。仲甫兄啊，再下去，办党举事，那真是险棋一着，其险，不亚于兄当年投身暗杀。这着棋，若是走得顺当，众人一齐来为兄拾柴，倒也是一说，但是看兄近期之相，心气尤为不顺。弟前几日还同郑超麟他们谈起兄，说陈仲甫这个人向来是秃子打伞无法无天的，若受人制约，那还不怒发冲冠翻江倒海？仲甫兄，真的，眼下既如此受制，又何必冒险举事？兄虽小我八载，今岁也届四十有二，再过八载便是知天命之年。兄今日好歹听弟一句劝，明智之选，还是在文化界寻一份可靠工作，或著书，或编辑，或翻译，一则研习学问，二则颐养余生，衣食丰裕，岂不快哉？说句大实话，有了稳定的收入，好好养家糊口，也是一个男人应尽之责。”

“男人应尽之责，不光是养家糊口。孟邹，你今日这番话，多言了。我记得一年半之前，也是在这里，你劝我别革命了，腔调是一样的。孟邹，我不会听你的。”

“当然当然，”汪孟邹说，“弟之言你可以不听，为党是重要的。可是养家糊口，也不是不重要啊。兄知道嫂夫人好几回去洗烫店做工挣钱吗？”

去洗烫店做工？做什么工？陈独秀闻所未闻。

傍晚回家之后，他就对妻子瞪起了眼。

“我在广州不是每个月都给你寄钱的吗？我在上海不是还有几笔稿费

吗？再怎么着也不至于饿死嘛，何必扔下孩子偷偷给人家洗衣裳？”

高君曼一听眼睛就湿了：“当家的啊当家的，凭你那点稿费，能过什么日子啊？想买只鸡给你给孩子补补身子，都得算计来算计去，你倒还来瞪我的眼珠子！喊你当家的，你当什么家啊！”

陈独秀一时无言。高君曼扔下锅铲就哭起来。就在这时候，陈独秀听见黑子在门外喊：“爸爸！来客啦！是洋人！”

黑子高兴这时候来客人，他知道，爸爸的火气只有在泡茶的时候才能浇灭。但是孩子这一回错了，这位洋客人所带的礼物也是火气，一杯龙井根本无济于事。

马林说：“请允许我再说一遍，陈独秀同志，我迫切地想了解中国共产党在这一周的活动情况。”

陈独秀从桌子抽屉里取出一册《共产党》月刊，模样极不情愿，瓮声瓮气说：“李达仍然在编《共产党》月刊，这是本月号。张国焘忙于在全国建立劳动组合书记部的分部。就这样。”

这几句话，两人都用英语直接交谈了，担任翻译的张太雷便显得无所事事。张太雷冲黑子做怪相，先鼓腮，装猪八戒，再捏鼻托腮，装狐狸。

马林说：“没有了？”

陈独秀说：“没有了。”

“建立分部，扩大党的工人阶级基础，非常重要。请谈谈详细情况。”

“哪能每周都有情况！”陈独秀终于忍耐不住，双眉一跳，几句中文说得声色俱厉，“哪有那么多的情况！我这客厅又不是字纸篓！真是笑话，笑话，笑话！”

张太雷吓一跳，不敢翻译。马林无法听懂中文，但是明显看出了陈独秀的不悦，于是便说：“请耐心，陈独秀同志。我听说国民党很注意在各地招收党员，因此，对目前只有几十名党员的中国共产党，我不能不表示更多的关切。”

陈独秀又说英语：“请问，共产国际总部在哪里？”

马林不无惊异，说：“莫斯科呀！”

“莫斯科离上海多少路？”

马林瞪圆眼睛。

陈独秀说：“你从荷兰赶到中国来，路上走了几天几夜？”

马林还是不明白对方什么意思。

陈独秀说："中国有句俗话，叫天高皇帝远！皇帝远了，你再汇报，他也听不见。凭什么要我一礼拜汇报一次？累不累？你不累我累！"

马林总算听明白了，并且无可避免地发怒了："请注意，陈同志，我马林不是代表我马林，我马林代表共产国际！"

陈独秀突然一拍桌子，砰的一声，茶水晃了出来。

"我再一次告诉你，马林同志！"陈独秀用中文大声说，"各国革命有各国的情况！我们中国，是个生产事业落后的国家，我们的革命，有自己的特点！我们要保留独立自主的权力，我们要有独立自主的做法！我们人少，人少又怎么样？人会慢慢多起来！你再要我汇报，我张嘴也吐不出人来！我告诉你，我们有多大的能力，我们就干多大的事，我们决不让任何人牵着鼻子走！"

翻译张太雷愣呆了。

陈独秀指指马林，大声对张太雷说："你把我的原话翻译给这个洋人听！你别对我儿子装狐狸！"

张太雷不敢翻译。

陈独秀怒："太雷，你太不会打雷！你现在给我打雷！"

马林问张太雷："陈同志说什么？"

"他对我生气了，他嫌我的翻译错误百出。"

陈独秀听了，对张太雷说："对自己的名字，我是对得住的，你对不住自己的名字，你不敢打雷！"

晚上，黑灯以后，陈独秀一直辗转反侧，睡不稳。大钢床摇得吱吱嘎嘎响。高君曼劝丈夫："洋人有洋脾气，你总是要客气一点。"

陈独秀按亮了灯，起身靠在大钢床的床档上，点起一根雪茄，说："上回来的那个魏金斯基，倒是和颜悦色，秀才脾气，你不把话说完他绝不插嘴。这个马林，不是马，是牛，比牛还牛。"

"你也够牛的。"

"我牛，是因为我牛得起来。我懂我的国家，我也懂我的党。我们什么都在做，《新青年》被封了，但是我们还在出版。李达的《共产党》月刊也出得很利索。张国焘的劳动组合书记部的工作，也特别卖力，毛润之在长沙已经办起了劳动组合书记部的分部，正在酝酿工人罢工。我们还要办一家人民出版社，再出他十几本共产主义小册子。我觉得我也够牛了。他呢，他凭什么牛？他牛，说明他实在不知天高地厚。他连我们国家有几个省都数不过来，他牛什么？”

听丈夫这么说，高君曼也不能说什么，便叹口气，抬手熄了灯。

窗外路灯把树叶的影子花花地照进来，铺满了半堵墙。不知哪儿有自鸣钟响，叮叮当当，如秋虫子叫。

陈独秀烟头一亮，黑暗里又说：“我这人，先前，听得钟声，心里便急，血都会涌起来，江浪似的。现在，听得钟声，眼面前晃动的不是一口钟，而是打钟的人。打钟的人牵着长绳，一扭，一扭，钟就响起来。这很危险。”

危险什么呢？妻子不明白。

这很危险，陈独秀继续缓缓地说，危险在于一个血性汉子的血，在这种鼓动之下，并不容易涨起来。对于有献身精神的男人来说，这是最险最悲之事。

妻子听了，没有吱声，过一会儿，忽然抽抽噎噎起来。陈独秀奇怪，问她是不是还在担那个洋人的心，说我的事，你就不必要多担心了。高君曼说：“不是担心洋人，是担心你。当家的，你不让我担心，我能不担心吗？你刚才说献身，你到底献身献给谁了？你好几个晚上都不回渔阳里睡觉了。”

“又担心我在外头有女人？”陈独秀冷笑，灭了烟头。

灭了烟头的陈独秀在黑暗中告诫妻子，不必再提起有关女人的事。把陈独秀与女人扯在一起的花边新闻，北京和上海的报纸上从没有断过。既做了陈独秀的女人，就别再提陈独秀与女人的事。他在外边过夜的根本原因不是女人而是地下斗争的需要。这一点，作为陈独秀的女人，尤其要心明如镜。再说，自打到了上海之后，他陈独秀在外过夜的次数确实是少而又少了。

絮叨半天，陈独秀才让高君曼的那颗受伤的心扎上绷带。可是此后没过一个月，这颗心又流泪了，且是大泪滂沱。1921 年 10 月 4 日下午 2 点多钟，这真是一个不幸的时刻，一群法探和华探冲进渔阳里二号，以窝藏查禁刊物为名，逮捕了陈独秀。同时被捕的有高君曼、杨明斋、包惠僧、柯庆施四人。

这次突如其来的磨难，在其后的发展中，倒是带来了一个意想不到的副产品，它奇迹般地消弭了陈独秀与马林之间几乎是剑拔弩张的对立。

案子其实不复杂，巡捕房这回的逮人，并非冲陈独秀而来，而是冲查禁之刊《新青年》来的。所以，陈独秀在捕房化名王坦甫，蒙了对方好长时间，最后才露了馅。陈独秀在暴露身份之后，对捕房说，我太太是家庭妇女，另外的人，都是跟她叉麻将的，我的事，与他们无关。捕房后来就相信了这样的解释。陈独秀的这种好汉做事好汉当的结果，最后造成了他独自一人的羁绊。

对此，马林急坏了，到处找人保释他。刚当了中国共产党的领袖才两个来月，就入了捕房，这算是什么事！刚刚成立的共产党不能有这样的挫折！

马林毅然大笔动用了他这次来中国所带的公款，先是花钱力求法国著名大律师巴和出面相助，他知道巴和律师在上海的影响力，此人要么不开金口，一开金口，齿缝间便生风暴，这种风暴已被多次实践证明能收摧枯拉朽之效。马林坚信巴和的能耐，因此愿意打通种种关节请动巴和。其次，马林又设法打通法租界总巡捕房的关节，送交了五百两白银。此外，马林又通过张太雷联络上海的各界社会名流，让大家都出面要求保释陈独秀。

陈独秀本人这一回也做好了长期坐牢的准备，文王拘而演《周易》，他从来不怕坐牢，他也不知道马林在为他的这一次突然蒙难而到处挥汗奔波。他在被捕当天就对难友包惠僧说："你会马上释放的。他们没有证据。"

"我陪你一起坐牢。"包惠僧当时这样说。

陈独秀脸一沉，说："傻话！我告诉你，家里有马林给我的信。如果他们搜出来，可能要判我七八年刑。这一回，我是没指望了，打算坐长牢。你们呢，出去之后，继续干。不愿干，也不必勉强。"

包惠僧大声叫屈："你也太小看我了，陈先生！"

陈独秀长叹一声，说："我已经第三次受铁窗之累了。一次在安徽，一次在北京，这一次在上海。我觉得这一次，受难要受长了。虽有出师未捷身先亡之感，对不起本党同志，但牢狱这个东西，对于我，从来就是一块磨刀石！"

"陈先生，"包惠僧眼泪汪汪起来，"你别叹气了。你这么一叹，做学生的，心都要碎。"

狱内人心碎，狱外人的焦虑不亚于狱内之人，上海的共产党人对此无不忧心万分。李达已连续两夜未眠，他一再问张太雷："联系褚辅成出面保释有没有可能？褚辅成是浙江名流，在上海滩颇有影响，人也热心。"

张太雷说："我已经联系过了，恐怕力道不足。"

李达说："或者，我直接打电报给孙中山，请他出面试试！"

张国焘不相信孙中山有什么力量，说："孙大炮？有用？"

李达说："试试总比不试好！"

电报飞入广州观音山南麓的大总统府之后，孙中山立即把他的政府财政部次长廖仲恺召来了。

“上海李达驰电，呼吁我出面营救陈独秀先生，这个，我是一定要出这个面的。”已经就任非常大总统五个月的孙中山这样说，态度非常坚决。

廖仲恺说：“先生此意甚好！”

“那么，仲恺兄，以我的名义，马上打电报给法国驻沪领事，吁请他们立即释放陈独秀！”

“仲恺马上去办。还有，张继不是正在上海吗？”

“你的意思是？”

孙夫人宋庆龄微笑着说：“仲恺的意思是，请张继出面，先行保释陈先生。仲恺，是这样吧？”

“你猜对了。”廖仲恺非常钦佩孙夫人的洞察力。

孙中山说：“那么，就打电报给张继！马上就打！”

国民党的宣传部长张继一接到广州来电，当天就设法去疏通关节，并且设法进入了巡捕房监狱，直接探访陈独秀。

陈独秀被带入探视室，一见访客，很有点吃惊：“溥泉先生？”

他知道是孙中山在出面活动了，心里自是感激，但是他也同时知道，北洋军阀政府并不把孙中山和他的国民党当作一回事，孙中山的呐喊总是音量有限。

张继对他说：“放心，仲甫，没天大的事。”

“问题是他们搜出了《新青年》。”陈独秀灰着脸说。他的面容与他身上的囚衣同为灰色。囚衣宽大，衣号为“9323”，很醒目。

“想法子大事化小，小事化了。”

“难就难在化解不了。”

“广州孙先生已经给法国领事拍了电报，吩咐我出面保释你。”

“能成？”陈独秀相当怀疑。

张继摇摇头，实话实说：“孙先生是广州的非常大总统，不是北京的非常大总统，也不是上海的非常大总统。”

“也难为他了。”

“我还在托人，想法子。”

陈独秀摇摇头：“没用了。”

“不，孙先生的面子，北京政府可以不卖，而那位法国领事，对这张面子多少还是要卖一点的。我同褚辅成出面，使你得到假释，还是有一点把握的。但是要结案了断，难。我听说法国大律师巴和很厉害，到他手里的案子，没有翻不过来的。我已经去请过，吃了个闭门羹。唉，若真能请到他，事情就成一大半了。”

陈独秀说：“溥泉兄，算了吧。注定有牢狱之灾，绕也绕不过去。”

这一刻陈独秀根本不知道马林正坐在法租界的巴和律师楼里，以英语与这位大律师细细磋商。“我很高兴我终于能够说动您，使您接受我的委托。”马林从黑皮包中取出一大包钱款，放于桌上。“法国总巡捕房的各个关节，也委托巴和律师疏通一下。”

巴和推回钱款，褐色的眼珠子里一片和蔼之光。

马林微笑着说：“我明白这与律师的准则不符，但在租界之中，这已是惯例。况且，我知道，疏通一事，也不用您本人出面，您自有妥当的办法。”

“我佩服你的聪明和善良。”

“只因为我和陈独秀先生是生死之交。”

巴和想一想，点点头，收下了那包鼓鼓的钱款。

26日，法庭果然结案，结论很简洁，称：查《新青年》已被封闭禁止出售，被告明知故犯，罚洋一千元，销毁查抄书籍，释放陈独秀。而在一个礼拜以前，被抓的高君曼、包惠僧、杨明斋、柯庆施也都被放了出来。

陈独秀从日式澡盆里爬出，还没刮胡子，便闻门声响，马林来了。

一身浴衣的陈独秀急走几步，与进门的马林紧紧拥抱在一起。陈独秀用英语大声说：“我知道是你请的法国巴和大律师，花了很多钱！你打通了会审公堂的各个环节！马林同志你太能干了！”

马林高兴地说：“说这些干什么？不说了，不说了，我们荷兰是航海之国，我们习惯看前面的水，不习惯看后面的水。”

“你这是说荷兰的话，我还是想说中国的话。我告诉你，尊敬的马林同志，‘患难朋友’这四个字，在我们中国语言里，地位非常之高。”

“这个词汇，在我们荷兰语言里，地位也同样很高。”

两人哈哈大乐，再次拥抱。

马林松开对方，又说：“陈同志，人在兴头上的时候，是不适合当头浇一盆凉水的。可是，我这脾气，又想让我立刻说出我非常想说的话。”

“说吧，马林同志。现在你无论说什么，我都不会拍桌子。”

“我对中国共产党目前的工作状况很不满意，党员人数太少，工作效率很低，我甚至有一种中国共产党是早产儿的感觉。”

陈独秀的笑容立时凝固了，显然，他的自尊心受到了重挫，“你怎么能这样说？”

马林微笑：“那边有桌子，你去拍一下吧。”

陈独秀走过去，走到桌子边上，但是没有拍桌子。

高君曼端来一盆热水，取出一块洋皂，要给丈夫刮胡子，问丈夫方便不方便。陈独秀说，现在就刮！

陈独秀一屁股坐上方凳，仰脸。肥皂沫立时将他的下巴弄得白花花一片。他不理会马林，只管自己刮胡子。早产儿，他想，说出这个词汇的人才是早产儿。

马林踱步在陈独秀旁边，用英语说：“我这话，也许说重了。可是我这半个月以来，一直在思考这样的问题，中国共产党，也该是一粒很明亮的革命火种了，可是为什么中国这个大干柴堆，就是燃烧不起来？”

陈独秀含含混混地说：“中国有句俗话，叫作欲速则不达。”

他说话的时候，嘴唇上白花花的皂沫不时地鼓出气泡。

“别说话！”高君曼瞪眼，“你知道我手势不熟！”

“可是，我告诉你，时不我待！”马林走来走去，“中国的工人和农民都在深渊之中苦苦挣扎，军阀和暴政照旧横行。我希望中国的共产党人在年内至少能达到两万人，可是到目前为止，连一百个都没有。亲爱的陈同志，我不知道你心里急不急。”

“我怎么不急？”陈独秀来气了，“我在监狱里每天想的也都是这件事。可是‘早产儿’这个字眼，我希望你扔到荷兰的海水里去。”

“当家的，”高君曼啼笑皆非，“你别跟这个洋人啰唆了好不好？你自己看看！”

胡须刀上的皂沫里，出现了淡淡的红色。

陈独秀对妻子说：“这不是你的错，是我的错。道理是明摆着的，一心急，就有血的代价。”

“我想走一趟广东。”马林忽然说，“我想去考察一下。听说那里的革命形势相当高涨。我想跟孙中山见面。”

“我也很尊敬孙中山，这回又是他出面叫人保释我，但是，我必须提醒你，马林同志，他的党依本质而言，并不代表工人阶级。”

“就为的这个原因，我想实地考察。张继先生已经为我安排了。张继说，孙中山准备北伐，攻打吴佩孚。而且，张继说，孙中山的这种准备，是非常认真的。”

“我出来了，你倒要走了。”陈独秀叹口气，“你走吧，去孙中山那里看看也好。我是看过广东的，并且是从广东逃出来的。不过，你走之前，我愿意再重申一句，中国共产党人，人虽然少，可都是一个顶十、十个顶百的！他们优秀啊！面前的张国焘、李达，你是最熟悉的；北京的李大钊那就更不用说了；还有湖南的毛泽东，都是实干家！”

陈独秀心目中的实干家毛泽东，现在正在江西安源煤矿的矿井里爬动，矿壁摩擦着他的短衫。他两个手肘的皮都擦破了，火辣辣的生疼。

巷道一片漆黑，像年岁一样。这是1921年的腊月，毛泽东在这个月的18号来到安源煤矿。他是受中国劳动组合书记部的派遣，来到湘赣交界的这个大矿区的。安源虽属江西，但由于有铁路直通长沙，所以张国焘决定，这个大矿的革命火种，还是由湖南的党组织去点燃。这个矿有工人整整一万七千人，轻忽不得。

毛泽东随几个工人在黑暗中爬动，由于动作慢，落在后面了。他一年前来过这个矿一次，知道这里有工人足足一万七。所以前几天，马林与张太雷南下广东路过长沙的时候，他就对马林说到过这个矿区。马林很感兴趣，说一万七千矿工，那是绝对小看不得的地方。马林也鼓励他去矿区，尽快发动工人。毛泽东没有下过矿洞，这次来安源，他想，一定要去掌子面看看。工人的苦难与资本家的乐趣，都是由那里的镐头一镐一镐奏响的。

现在他听见了镐头声，知道掌子面近了。

这时候他又听见一个清晰的带稚气的声音，声音就在耳旁：“先生，我给你点上灯。”

隐隐的，便亮起了一盏点油的矿灯。光影里晃动着一个孩子的黑脸，孩子露出白色的牙齿说：“先生你用嘴咬着，爬过去。”

“谢谢你了，”毛泽东试了试牙齿，“你叫什么？”

“都叫我小油灯。”孩子说。

“小油灯，几岁了？”

“十四岁。”

“十四岁，读书的年龄，不该下井的哟！”

小油灯笑起来，暗黑之中又露出一排白牙。

“你爸爸带你下井的？”

孩子又笑笑。

有人远远喊：“小油灯，给我点灯了！”

“黑筐叔叔叫我了。”小油灯说。一个灵巧的转身，他就爬进了另一个巷道，像只敏捷的小黑猫。

毛泽东用嘴衔起油灯，双手摸索着前行。

小油灯爬过另一条巷道，为一位脸型方方正正的年轻矿工点灯。小油灯说：“那位先生说，我十四岁，不该下井。”

“不下井，干什么？”黑筐说。

“读书。”

黑筐点他鼻子：“小油灯呀小油灯，你是读书的命吗？你是拉煤点灯的命！”黑筐一说话，矿洞里就响起嗡嗡嗡的回音，像沉重的鼻音。

黑筐又说：“命苦知道不？你，我，所有的井下人，命里都是黄连，命里不该有的，就是没有。知道不？”

“我不说要读书了。”孩子说。

“真懂事！”

“那先生是谁呢？”孩子又问。黑筐摇摇头，说不知道，反正是个先生，下矿井的先生偶尔也是有的，那是来看个稀罕。那个先生是宋黑脸带下来的，估计也是图个稀罕。

其实宋黑脸也不知道毛先生是来干什么的。爬过巷道的毛先生现在坐下来，请他唱歌。这是一个稍微宽敞一点的巷道，毛先生从掌子面上下来，就坐在这里，现在他执意要请宋师傅唱歌。

“李立三哟，”毛泽东分别冲着两侧的巷道喊，“过来哟，爬到这里来，听宋黑脸宋师傅唱歌子啰！”

李立三嘴衔矿灯，猫腰爬来，脸上也如毛泽东一样，灰一块，黑一块。毛泽东笑着说：“我的老同学哟，你上个月还在法兰西喝咖啡，这一回国，就要爬矿洞子，从天上，一头钻进地下，不习惯吧？”

李立三闻言也笑，白牙一闪一闪。

李立三是与蔡和森、陈毅一道，被法国政府强行遣送回国的，一共一百零四号人。这些中国留学生在法国就是不安分，闹事，9 月 21 日这一天甚至为抗议“被剥夺入学权利”而闹到了强行占领里昂中法大学的地步，于是法国警察上起雪亮的刺刀动了真格。刺刀当天就戳散了“争取教育平等”的呼声，一百一十三名学生被扣押，接着，其中的一百零四名，被强行押上了开往中国的轮船。性格暴烈的李立三很悲愤，在海轮上呕吐了好几夜。他在上海见到陈独秀的时候，面黄肌瘦。陈独秀对他说，有什么好悲愤的？中国警察一身黑，法国警察也是一身黑。在法国也是斗，回中国也是斗，不一个样？陈独秀当即派他回湖南，叫他跟毛润之做工人运动去。李立三听了，二话不说，马上回了湖南。此刻，他听毛泽东招呼，猫腰爬过矿洞，膝盖上的皮磨去一大块，他不觉得有什么不习惯，只是感到膝盖有点疼痛。

李立三回答毛泽东说：“润之，我很习惯。依我看，全世界工人的生活状况，都无质的不同。”

“啊，你这话说得好！现在再让我们来听听宋黑脸的歌子唱得好不好！宋黑脸，唱吧，喂，工人师傅，大家都过来听听！”

掌子面上的“煤黑子”都聚了过来。他们一个个浑身漆黑，几乎一丝不挂，唯有眼睛闪着白光。

在矿灯的光亮里，这位叫宋黑脸的年过半百的工人哑哑地唱起来：

不见日头起，
不见日头落，
从来就做鬼的活。
碗里盛不满，
娃儿衫子破，
娶了老婆也跑脱。
比牛还辛苦，
比驴还难过，
爹娘生我为什么？

宋黑脸唱到这里，忽然哽咽，唱不下去了，黑脸上蜿蜒了两行亮晶晶的东西。

毛泽东说："师傅们，这歌子唱得好啊，唱出了你们的苦处，听着这歌，鼻子就酸。师傅们，你们想过好日子，就要团结起来，团结起来干什么？斗争！你们要理直气壮地站到大老板面前去，叫大老板加工钱，自己的利益要靠自己争取！"

黑筐发言了，黑筐忍不住不发言："没用，先生。一说加工钱，就挨打。我这边耳朵就是叫工头打聋的，现在还听不清楚，嗡嗡嗡响。一点没用，先生！"

毛泽东问："你叫什么？"

"黑筐。十岁以前，叫小黑筐，十岁之后，小字丢了，叫黑筐。"

"宋黑脸、黑筐，名字里怎么都带一个'黑'字？"

黑筐说："有什么法子呢，天这么黑。"

毛泽东拍腿："这话说对了，天黑！黑筐你是一针见血啊，天黑！不仅天黑，这煤巷子也黑。可是这些黑，都比不过人心黑。你们想想，那些军阀、矿局老板、工头的心，是不是比煤还黑？"

"当然黑，"黑筐说，"他们还能白了？他们只有脸蛋子白！可是他们有枪，有棍子，有鞭子，我们有什么？我们赤膊，还赤卵！我们啥都没有，我们只有煤筐子，煤绳子。"大家附和说，就是这话，没错。毛泽东说："我打个比喻，你们要不要听？路上有个小石子，大老板抬脚一踢，就踢开了。要是把许多小石子掺上沙子，掺上石灰，合成团，大老板还踢得开吗？"

宋黑脸说："苦就苦在我们没文化。"

毛泽东拍拍身旁的李立三，说："这位李先生，有个想法，要到安源来给大家办工人补习学校，学文化，学道理，大家看好不好？"

工人们一齐露出白牙说："敢情好！"

这句话还没落地，远处忽然就传来几声沉闷的声音，以及一声隐约的惨叫。

宋黑脸喊："不好！"

黑筐喊："坏了！"

远处有嘶哑而伤心的喊声隐隐约约传过来："小油灯！小油灯！小油灯！"

顶棚塌方了。宋黑脸与黑筐蹦起来，发疯般地朝黑暗的巷道爬过去，一边爬一边嘶声大喊：“小油灯！小油灯！”

果然是小油灯出了事。顶棚落下来好几块大石头，他整个后脑勺都砸糊了。

当日傍晚时分，细雨霏霏之中，一个新坟头垒起来了。

许多脸上黑乎乎的工人站立着，毛泽东与李立三也站立着。这里离矿工们住的棚户区不远，好几排新坟如馒头般散落于山坡，每个坟前的粗竹片上都写着歪歪扭扭的姓名。

毛泽东上前一步，弯腰，将手中的一柄暗红色的油纸雨伞撑在新坟上。

毛泽东轻声说：“小油灯，你才十四岁，我对你说过，你是不该下井的！”

红色油纸伞护着新坟，毛泽东则淋在细雨中。黑筐看了，心里感动，不由一声呜咽：“这苦孩子，活着的时候，从来就没打过一次伞。”

李立三举过自己的一柄破伞，走到毛泽东身边，护着他。毛泽东环顾工人，问：“小油灯的父母呢？没有来？”

宋黑脸指着新坟后头两座矮矮的土丘，说：“这个是小油灯的爹，这个是小油灯的娘。”

毛泽东轻轻叫了一声“啊呀”，他与李立三均感愕然。

宋黑脸此时就冲着两座旧坟哭出声来：“老哥呀，老嫂子呀，我宋黑脸对不住你们哪！我这么快就把小油灯送到你们这儿来了，我没照顾好他呀！他每天为我们大伙儿点灯，他自己的灯油却干了呀！他像爹娘一样命苦呀！”

毛泽东觉得有必要说说命苦的问题，人的反抗意识总是从宿命论破茧而出的。回到宋黑脸的棚屋后，毛泽东就在一只破矮凳上坐了下来，环视一张张永远洗不白的黑脸，谈起了命的话题。

毛泽东这样对工人们说：“依我说，谁的命，都不苦，只有认命，才是苦。朱元璋知道吧？朱元璋原来就是种田的，他的命里只有土豆和红薯，但是，他不认命，后来他就做了开国皇帝。你们的命，也不是生来就做牛做马的。你们若是认牛认马，认命了，你们就只能做牛做马，而且累及你们的孩子也是牛马之命。你们若不认呢？你们的鼻孔里就不会被人穿了绳子！你们想过没有，矿井的支架为什么长年不修？通风为什么经常坏？瓦斯为什么经常爆炸？工人的尸体为什么年年月月都会从矿洞里抬出来？你们还没说几句响亮的话为什么脊骨都要被打断？你们不要把苦难算在命的分上，要算在不团结不吭声不斗争的分上！”众人听得屏住声息，都觉得这个毛先生说得在理。

“毛先生说得很对！”李立三说，“工人补习学校办起来之后，我们可以天天给大家讲毛先生刚才说的这些道理！当务之急，是办学！”

忽然有一个细细的声音说：“我也要上学。”众人一起回脸，看见千疮百孔的破帐幔后面，躲着一个孩子。

“这是谁？”毛泽东招手，“过来！”

宋黑脸却拼命挥手，像赶什么：“去去去！”

黑筐告诉毛泽东：“毛先生，那是宋黑脸的儿子，小小油灯。”

毛泽东一愣：“小小油灯？小油灯十四岁下井，所以叫小油灯。你叫小小油灯，那就说明你也下井？宋黑脸啊，他是不是下井？”

宋黑脸没回答，模样很有些尴尬。

“来，你过来。”毛泽东说。于是，小小油灯走过来。

“我也要上学。”小小油灯又说，怯生生的。

“你几岁？”毛泽东搂住他。他看上去只有七八岁。

“九岁。”

“你真的下井，给叔叔伯伯点油灯？你告诉我。”

小小油灯看看父亲，不敢吭声。

“来，给我看看鼻子。”毛泽东仔细看他鼻子，两鼻孔里分明都是黑的。

“才九岁！宋黑脸，你孩子才九岁呀，这就是你的不对了，你怎么就忍心让九岁的孩子下井呢？孩子是你亲生的？”

宋黑脸垂了头，手指关节继续按得咯咯响。

“他也没法子，”黑筐悄悄对毛泽东说，“宋黑脸为他老婆赎身，现在还欠着大洋呢。”

“他老婆呢？”

“死了，肺病。死两年了。”

宋黑脸泪水晶莹，脚尖抖抖地蹭着泥地。门外有人喊：“毛先生，李先生，火车要开了！”

毛泽东慢慢起身，拉过孩子，说：“我下次来矿上，再也不要听到人家叫你小小油灯了，好吗？”

小小油灯看看父亲，又看看毛泽东，不敢吭声。宋黑脸最后才勉勉强强说：“好吧，我就代孩子应一声吧。”

毛泽东走出棚屋之后，看见天还在下雨。他一时觉得自己的心情很有些闷。

宋黑脸赶出屋棚，硬是要将自己一顶补过的破纸伞塞在毛泽东手里。

毛泽东不接，说你自己用。

“毛先生，你一定要收下。这把伞跟你的那把伞一样，也是红纸伞。你的伞遮着小油灯了，这把伞你无论如何带上。”

他为毛泽东打开伞，毛泽东还是不肯要。宋黑脸低声说：“毛先生，你放心，我再说一句，我不让孩子下矿井点灯背煤了。我知道这道理了，我们工人，也是人。”

“有你这句话，黑脸，我就借了你这把伞了。不过，你要保证！”

宋黑脸哽咽地说：“我保证，我再不让孩子下井了！”

毛泽东的背影就是在他的一片泪光之中消失的。

在毛泽东和李立三到安源的一个月之后，安源工人补习学校就成立了，紧接着又成立了以李立三为主任的安源路矿工人俱乐部。安源的煤，从此开始发出一种悄悄的异样的光彩。而马不停蹄一路赶到中国南方的马林，却惊异地发现，中国的南部，早已是一片烈焰奔腾的景象了。12 月 23 日，他与张太雷一到广西桂林，放下行囊，就兴高采烈地参加了城市里的大游行队伍。他真的没有想到在孙中山设立了北伐大本营的这个山水城市，会卷动起这么一种山呼水啸的气势。

满街都是红红绿绿的旗帜和标语。由工人、市民和零星粤军将士组成的民众游行队伍浩浩荡荡。“北伐必定成功！”“打倒军阀，统一中国！”“孙文万岁！”滚雷从这条街道涌到那条街道，从早到晚撼动着人心。

爪哇有段时候也是这样的状况，这是火山的喷发，激动的马林这样对张太雷说，于是他们两人都不由自主地夹进了队伍，被游行的人群挤着，夹着，推拥着前行，他们又挥手，又跺脚，又狂喊口号。

马林在呼口号的间隙，大声问一个工人模样的年轻人：“你是国民党员吗？”

张太雷翻译说：“这位洋人问你是不是国民党员？”

青年工人大喊：“我这个月刚参加！我们都是国民党员！我们效忠孙大总统！”

马林又问：“你相信孙中山的北伐能成功吗？”

“这还有什么怀疑？”那人瞪眼说，“俄国不是成功了吗？”

马林击掌大喊：“说得太好了！”

青年工人忽然逼上来：“你们英国佬是支持吴佩孚的！”

马林急忙说：“不不！我不是英国人！我跟你们站在一起！”

青年工人紧逼不放：“你也要效忠孙中山！”

马林看见许多目光包围了自己，忽然就用中文振臂高呼：“北伐成功！孙文万岁！”

“孙文万岁！孙文万岁！”众人向他欢呼，好像他就是孙文似的。满街旗帜摇动。马林左右挽起了两个青年游行者的手臂，大踏步前进，他自来中国之后，周身的血第一次有沸腾的感觉。

回到下榻的广西银行客房，吃罢晚饭之后，他还是兴奋着，手举小纸旗，在窗前走来走去，用生硬的中国话一遍一遍呼喊：“北伐成功！”“孙文万岁！”

张太雷端进木盆，准备洗脚。马林告诉他，中国话其实也不是太难学，只是对舌尖的要求高一点。

“亲爱的张同志，”马林又告诉他，“我想重申一下我的感觉，唯有在你们中国的南方，我才真正地感觉到了热度。请注意，我不是指气温，也不是指你的这盆水。”

张太雷把双脚浸在滚烫的水里，边龇牙边说：“同感，同感，我也同感。”

“国民党这个党，不可小看。在上海，我甚至感觉不到它的存在，可是在贵国的南方……哎哟！”马林忽然惊呼一声，推窗而望。窗外的夜街一片光亮，竟然自北向南涌流着一条灯笼之河。“你快来看！张同志，你快来看！”

张太雷赤着脚扑到窗口，仔细一看，说：“啊，提灯大游行！”

他们同时又听到了滚雷般的口号声：“打倒军阀！”“北伐胜利！”

果然是提灯大游行。这样的灯河在桂林已经接连流淌过好几个夜晚了。

油纸糊的各式灯笼在整条街上起起伏伏，像是一条遍身鳞片的火龙。火龙呐喊着，吼声在夜空中震耳欲聋：“民主万岁！”“打倒军阀统治！”

马林和张太雷各提着一盏油纸大灯笼，夹在人群中欢呼雀跃。对马林而言，不流入这样的灯河当夜是无法安寝的。红灯笼是两个学生模样的人送的，他们很高兴看见洋人加入游行队伍。

马林很激动，又学着喊中文口号："誓师北伐！""统一中国！"

由于他的灯笼舞动得太厉害，纸壳烧了起来。马林退到马路边的草坪上，依旧舞着火球，兴奋地用中文狂喊："北伐成功！""孙文万岁！"

火球舔着了马林的衣角，衣服也同时着了火。急慌了的张太雷猛推马林，用英语大喊："打滚！打滚！"

马林连打了好几个滚，衣服上才没有了可怕的火苗。"哈哈哈哈！"他坐在地上狂笑。张太雷也忍不住笑，"哈哈哈哈！"

马林搂住对方肩膀猛摇："张太雷同志，我着火了，你看见了没有，我着火了！"

"是的，你着火了。"

"在中国南方，我着火了！"

"你衣服都烧破了！"

"我愿意着火，张同志，你懂吗？我希望贵国的火焰越大越好，你懂吗？"

"我懂！马林同志，我也这样希望！"

"我们能让国民党和共产党一起燃烧起来吗，张同志？"

张太雷听不明白："你说什么？"

"一盏灯笼不是火，一街灯笼才是火！你明白我的意思吗？"马林的声音激动得打颤。

张太雷在夜色之中努力想看清马林的脸。马林握着自己的拳头说："明天见孙中山的时候，我一定要跟他说这个道理！我希望中国所有的灯火都聚到一起，烧成大火！"

张太雷想，马林这个人，脑筋确实快。

黑夜中有人颠颠地跑过来，大声问："你们是住在广西银行的客人吗？"

张太雷说是，那人就说，孙大总统有请，要见你们。

马林顿时急了，说："我能换件衣服吗？"

马林很快换了一件衣服，与张太雷及时赶到桂林独秀峰下王城之内。桂林王城是广西前咨议局所在地，现为非常大总统孙中山驻节的北伐大本营。其时虽为黑夜，仍可见里面树木花草，亭台阁轩，精巧而气派，

"哈哈哈，"孙中山在厅堂里与马林会面，一听说提灯游行之事就乐了起来，"我应当赔你一件衣服和一条裤子！"

马林也乐，说："没想到贵国南方的火势这么猛烈。"

宋庆龄说："应该再赠送一双鞋子。鞋子虽然没有烧破，可是马林先生从莫斯科一路走到上海，又从上海一路走到桂林，太辛苦了！"

马林闻言很开心，他觉得孙夫人既漂亮又优秀，从中也可以看出孙中山择偶的不俗眼光，于是马林坐正姿势，极为认真地说："我要坦白地谈谈我的观感。我在这里看到的革命形势，近似于俄国 1917 年的形势，我深为孙先生的北伐意志和南方人民的革命热情所鼓舞！"

孙中山用英语作答说："我们中国有句古话，叫作'得道多助'。孙文得了道，民众自然相助，不仅民众相助，军队也助孙文。我已经在桂林集中了五万大军，全力准备明春北伐！马林先生感受到的桂林气温，应当说是准确的。"

孙中山也非常优秀，马林想。

于是，马林又说："孙先生！"

"请讲。"

"关于苏俄政府正式承认孙先生的中华民国政府的问题，甚至两国结盟的问题，只要孙先生有意愿，我可以立即向列宁同志报告。"

孙中山思索了一会儿，未作回答。

马林用深邃的眼睛盯着对方："孙先生！"

孙中山慢慢呷一口茶，双唇蠕动，轻轻吐出一片茶叶。宋庆龄心里也有些发急，轻声催促："先生！"

孙中山缓缓说："两国联盟，兹事体大，容再商议。对于苏俄政府的极为友好的态度，我非常感谢。"

显然，孙中山有顾忌，这个迹象很明显。宋庆龄赶紧说："马林先生，请不要介意。"

"这没有什么，"马林莞尔一笑，"我对孙先生刚才所说的得道多助这句话十分赞赏。我以为，你如果有中国共产党的帮助，那就有如老虎添上了翅膀一样。据说这也是一句贵国的成语，我不知引用得对不对。"

孙中山说："我想，你指的是陈独秀先生吧？这人每一次被军阀政府逮捕，我都呼吁释放他。他是一个很有见地的人物，但是，他，不一定是老虎之翼。"

"不，"马林说，"我不是指一个人，我是指一个党。虽然这个党成立还不到半年，但是它倡导社会主义，它在中国的工人和农民当中具有很大的号召力。”

孙中山忽然站起来。灯光将他的半边脸庞映得通红。“真正有号召力的是谁，知道吗？”他大声发问，然后，不等马林回答，立即又斩钉截铁地说，“在中国，真正有号召力的不可能是别人，只能是我孙文，以及我孙文所创建的国民党，知道吗？”

马林沉默。孙中山说话这样自信，他没有料到。

孙中山又语音铿锵地说：“国民党是全体民众的政党，自然也包括全中国的工友。我告诉你，马林先生，光是在广州，与国民党有联系的工人，就有五万多人！”

张太雷小心翼翼地说：“孙先生，对于这一点，其实，马林先生是有同感的。”

孙中山继续说：“国民党在年轻军人中的吸引力，也如磁铁一般。你愿意听听我是怎么发展一批青年军官入党的吗？”

“我非常愿意听。”马林沉着地说。

“我认定那是一批很有前途的军人。我向他们讲课，一共八天，每天八个钟头。我向他们再三解释，我，孙文，是中国从孔夫子一直到现代的伟大的中国改革家的嫡传。我将领导他们进行天翻地覆的革命，拯中国同胞于水火之中。如果在我生前，中国不发生伟大的变化，那么，这个古老的国家必将再等六百年，才能得到进一步的发展。”

孙中山这段话，倒是叫马林听得非常有兴趣，于是他问：“后来，他们都加入了国民党？”孙中山的回答斩钉截铁，“他们是流着眼泪宣誓的！”

“啊，”马林点头，“非常生动。”

“至于马林先生刚才说到的社会主义，”孙中山气宇轩昂地踱了几步，“国民党也是竭诚拥护的。我对列宁同志领导下的俄国革命，敬佩有加。”

“如果国民党能与共产党真诚合作……”

“不，不，”孙中山连连摇手，“现在谈不上合作，说句实话，我甚至还不了解陈独秀先生手里到底有几个党员！”

孙中山的副官带着一位中年妇女匆匆走到厅堂门口，一时不敢传话，倒是宋庆龄看见了，及时把来客请了进来。来人是廖仲恺夫人、出征军人慰劳会总干事何香凝。何香凝用响亮的嗓音向孙中山报告：“对不起，先生，仲恺要我赶来桂林，有要事向先生面禀。”孙中山问什么事，何香凝说：“香港的中华海员工会联合总会派人来联络，他们准备罢工，要财政援助，仲恺请先生决断。”

孙中山沉思片刻，说：“我们义不容辞。来，香凝，门外谈。”

借孙中山暂离之机，马林对宋庆龄说：“在两党合作事宜上，能不能请夫人做点促进工作？”

马林觉得自己能够说这样的话，因为他看出来了，孙夫人明显地对苏联友好，而且也有过人的智慧。

“我与我丈夫结合六年来，自以为一直是他伟大事业的促进者。”宋庆龄想了一想，这样回答，她的脸上一直是笑盈盈的。

“啊，我不是这个意思，”马林见孙夫人有些误会，赶紧作解释，“我知道夫人最近组织了一个出征军人慰劳会，亲任会长，四处奔波劳军，深受官兵爱戴。我的意思是，在促进国民党与共产党的两党合作方面，夫人能不能多给予帮助？”

宋庆龄把一只剥开的水果递给客人，含笑不答。

“夫人，您知道，我曾长期在爪哇从事革命活动。”

“听说过，也听说过您是荷兰人。”

“完全正确，夫人。现在我想说的是，我记起了在爪哇的一段经历。我曾经动员印尼的两个革命团体进行了联合，不是外部联合，而是内部联合。夫人，党的内部联合，您明白吗？假如中国共产党党员都加入中国国民党，您丈夫会同意吗？”

张太雷翻译完毕，便专注地盯着宋庆龄，看来宋庆龄是完全听懂了马林的意思的。马林的设想非常大胆，连张太雷都心里一惊。

宋庆龄表态非常干脆：“如果这样做，我丈夫，也许会同意。您要知道，他是个自尊心很强的人。”

显然，孙夫人觉得这个方案可行，于是马林笑了，说：“自尊心强并不坏。你们的国家需要自尊心。”

宋庆龄说：“您这句话说得很好，我听着顺耳，马林先生。”

孙夫人的回答平添了马林的信心。他回到下榻之地，躺到床上之后，也对自己的大胆设想感到了某种吃惊。但是直觉告诉他，他的设想是合乎道理的。幼小的中国共产党，必得要靠一种契机，才能迅速壮大，以实践自己的政治使命，这种契机必须是大胆的，必须是具有创见的。

张太雷也一直觉得新鲜，对马林的这个提议思前想后，难以入睡，他侧过身子，问马林：“共产党与国民党真的可以进行党内合作？”马林说可以尝试，“那么，”张太雷问，“难道说，共产党员一齐加入国民党？”

“唯有如此，中国的干柴，才有足够的火焰去燃烧！我不后悔我今天提出的建议。要是我衣服不着火，我兴许还不会提出这种类似着了火的建议。我发现那个孙总统都像被火烤着了。”

“共产国际，能批准这种方案？”

“你问共产国际吗？啊，他们应该是能加以批准的。”马林显得很有把握。

“孙中山能同意吗？”

“问题的症结就在这里。我想，多说几遍，或许能行！他不可能是共产主义者，他不希望在他的国家出现苏维埃政权，但是他不一定反对共产党人都参加他的党，在他的党旗下宣誓。谁不希望自己的阵营壮大？我相信我能说服他！”

“陈独秀同志能同意吗？”

马林皱眉，半天，说：“我有一个感觉，这件事，要说服陈独秀，比说服孙中山困难。”

“孙中山也不是说说就能同意的，马林同志！孙中山如今是非常大总统，我相信没有非常的必要，他不会做出非常的举动。”

马林大摇其头：“张同志，你的绕口令，不一定正确。”

孙中山夫妇这一天晚上对坐在一盏铜杆灯下，夜已经很深了，两人都没有睡意。“达令，”孙中山吹一吹手中的茶盅，若有所思，“说实在话，我内心，很敬佩列宁先生和他的事业，但是，要同他们结盟，难，有些难。”

窗外，树叶沙沙抖动，宋庆龄拧紧了窗栓，回身说：“难在哪里，先生？”

“我必须回避俄国对广州政府的承认。”

“为什么？”

“你看今天马林先生动气了吧？”

“好像不至于。”

“如果我与俄国联盟，美国、英国将更加忌恨我，必然千方百计帮助直系军阀压制我，我的北伐就没希望了。所以，今天，我只能与苏俄作一些道义上的联络。将来北伐成功，我们到了北京，中俄建交，也不迟。”

“先生，我很担心你。”宋庆龄的手轻轻按在丈夫的手背上。丈夫的手背，微微鼓凸着弯曲的青筋。“你在走钢丝。”

孙中山一愣，然后轻轻笑起来：“达令，你不是不了解我，我这五十多年，一直在走钢丝。”

“走钢丝之人，手中总有一柄伞，或是一支竿，外加十分的小心，才能保持他的不偏不倚。达令，你手中既无伞，又无竿，唯有一份小心，你怎么才能做到不偏不倚呢？”

孙中山想说什么，嘴张了张，没说出口。

电话机丁零零作响。宋庆龄走到床边，拎起听筒：“喂，哪位？哦，孙先生在！——达令，伍廷芳打来的。”

打来电话的是在广州代行总统职务的外交总长，老头七十九了，脾气仍旧犟得不行，此刻正气得像年轻人一样浑身打战。

“他们仍然拒绝承认我们！美国不承认，英法意葡便都不承认，华盛顿会议的中国代表席位，他们仍然邀请直系军阀！”伍廷芳这样报告。

孙中山想一想，缓慢地开口，一字一顿：“我，不愿意与孙中山直接通信，纵然我有时同情他们所宣称的主张和目的。”

伍廷芳在电话里大声说：“我听出来了，这是三年前美国总统威尔逊对您电报的批示。”

“我永远不会忘记威尔逊的这句话。这些西方列强，惯于亵渎公理而不知羞耻！”孙中山这句话说得咬牙切齿。

他搁下电话很长时间，脸色都不好看。

宋庆龄直截了当对丈夫说：“先生，普天下，你的朋友很多，笑容也很多，可是，恕我直言，大多数是戴着面具的。”

“也有不戴面具的。”

宋庆龄说：“列宁先生。”

孙中山看着夫人。夫人总是能说到他心里去。他站起来，走了几步，说：“今天，马林有条建议，倒是非常合我心意。”

“哪条建议？”

“他建议我创办军官学校，作为建立革命武装的基础。他说，苏俄可以提供枪支弹药。马林这个人很有头脑。我倒是想请他为军队作个报告，介绍一番俄苏情况。”

孙中山提出的这个关于作报告的建议，马林非常愿意配合。几天之后，他就应邀前往原清朝藩台衙门八桂厅作报告。八桂厅现为粤军第二军总参谋长蒋介石居住，院子里山石叠翠，林木扶疏，别有一番雅趣。

此刻，院内长桌上，茶盅和军帽横列两行。身穿灰布军装的粤军军官们正襟危坐，倾听马林介绍苏联形势。马林足足讲了两个钟头，粤军军官们听得很入神，其中蒋介石尤为专注，他的眉间一时紧，一时松。

张太雷最后说："马林同志的意思是，关于俄苏革命情况和俄苏军队情况，他就介绍到这里。现在，他欢迎诸位指教。"

一位二十六岁的粤军工兵营长当即起立，朗声说："作为革命军人，演达深为俄苏社会主义革命所鼓舞！为中国百姓也能过上没有军阀没有剥削的好日子，演达愿誓死拼战！"

蒋介石皱皱眉。邓演达营长这种空洞的表态，他很不以为然，但是随后一位军官的讲话，倒引起了他的注意。

"俄苏革命固然令人振奋，但依照中国国情，我看，布尔什维主义的实行难乎其难！"那位胖胖的军官直言不讳。

"此言过分！"蒋介石砰然击桌。众军官闻声大惊，一齐看定这位总参谋长。

"依我看，俄苏的今日，就是中国的明日！"蒋介石迎着大家的目光说，这句话他说得语音铿锵，毫不含糊。蒋介石觉得，此时此刻，自己应该这样表态，而且必须及时。孙先生叫马林来给军官讲课的一番深意，他多少有点明白，他认为孙先生自有新的战略考虑，在这样的问题上，必须斩钉截铁，不能辜负孙先生的意思。

果然，马林高兴了："我很欣赏蒋中正先生这句话。"

蒋介石很恳切地说："我所欣赏的，是俄苏军队之中设立党代表一举。军队由党所握，实为至要。如蒙大总统允许，我想去俄苏实地考察一番。"

马林听完张太雷翻译，喜形于色，独自站起来，冲蒋介石噼噼啪啪鼓掌。"应该这样，"他说，"参谋长先生的这个决心下得好！"

有这样的军队参谋长，这支军队才有可能是真正意义上的革命军，马林想。

不仅对南方的民众，对南方的总统，甚至对南方的军队，马林都充满好感。这种好感像一只填得很充足的软枕头，马林许多日子以来一直枕着它，并且深陷其中。

第 9 章

毛泽东刘少奇踩水车：必须同时两条腿

在他面前，陈独秀总是窝火。

陈独秀发火，有好几次都是这样的：拔出没吸完的一根雪茄，扔到地上，用鞋底狠狠碾磨一阵子。烟丝散了，像一团细细的小虫子爬在地板上。尽管陈独秀其时并不出声。

马林假装不在意陈独秀的窝火，继续表达自己的意见。他的声音保持着坚定和清晰。

必须说服陈独秀，马林这样对自己说。

“孙文万岁！北伐成功！这毕竟是整个中国南方一致的声音！工人这样喊，农人这样喊，商人这样喊，市民这样喊，你们中国共产党应当听到这种声音！”

马林的声音不疾不徐。

陈独秀想解释什么，又被马林用手势及时制止了。马林继续用英语清晰地说：“请先听我把话说完。我想着重指出的是，孙中山有巨大的威望，但是他的党组织极为松懈，就像你们中国人所形容的，叫‘一盘散沙’。现在，我想对你提出建议，中国共产党人应当加入中国国民党，共产党员应当以极大的热情到国民党当中去活动，去宣传，去改变国民党的策略。”

“你刚才说什么？加入？”陈独秀不相信自己的耳朵。

“我重申我的建议，共产党人不妨加入到国民党之中去……”

“我简直不敢相信，这句话，会从一个共产党人的嘴里说出来！”陈独秀愤怒了，坚决打断了对方的话。高君曼在楼梯上大声咳嗽，他也没去理会。“马林同志，你是共产国际的代表，是老共产党人，你完全应当知道，我们共产党与他们资产阶级的党派，有本质的区别！”

“我马林，也许，不了解也不知道有这种区别？陈同志，你把我马林当傻瓜？”

“我没这么说，你是自称！”陈独秀觉得自己的头发都竖了起来，“君曼，怎么还不开灯，没见天都黑下来了吗？”

“第一，”马林尽量耐住自己的性子，“陈同志，我不认为国民党仅仅代表资产阶级的利益。我必须提请你注意，孙中山的国民党与中国工人之间的联系，是非常紧密的，光是在广州、香港、汕头这三个地方，就有一万两千名海员加入了国民党！我认为，中国国民党是一个多阶级的联盟，不仅仅只代表资产阶级，甚至可以说，中国国民党是中国的一个革命的政党！”

陈独秀及时吐了一口痰。他盖上痰盂盖的时候，手势重得要命。

高君曼在楼梯口向下喊：“当家的，你可不可以轻一点？人家请律师救过你命！”

“第二，”马林说，“国民党是一个在中国各界具有很大影响的大政党，而中国共产党呢，我重申一遍，到目前为止，党员不足一百人。”

陈独秀取出一支雪茄，大声说：“不对，已经超过一百人了！”

马林直视陈独秀，说：“你作为书记，难道没有看到你所领导的如此弱小的党，对中国的政治生活没有什么价值吗？”

陈独秀一怔，突然大怒，抓过一只茶杯，厉声说：“要不是看在你救过我命的分上，我不把这只茶杯砸在你脚下我不姓陈！”

马林针锋相对：“我倒愿意再重述一遍我曾经说过的话，依我的看法，中国共产党诞生得太早了！说得确切一点，这种勉强缀合，太早了！”

陈独秀高高举起茶杯，半天，没砸到地上，却重重地砸到了自己的脚背上。

茶杯碎裂的声音。一种发钝的碎裂声。

楼梯上又出现了高君曼惊慌的脸：“当家的，怎么了？”

她奔下楼梯，看见鲜血渗出了陈独秀脚上的白袜子。

“陈独秀同志，也许，我得请你原谅了。”马林也看见了血。

陈独秀说：“不管你提出什么设想，我们都可以商量，甚至争吵。但是，你小看我们中国的党，这一点，无论如何，不能原谅！”

“痛不痛？”高君曼小声问，“快把袜子脱下来，上点红药水。当家的，求求你，别跟这个洋人吵。”

马林沉默了一会儿，轻声说：“我愿意为我刚才的这句话，向你，中国共产党的中央局书记，正式道歉。”

“没关系。”陈独秀说。他现在才感觉到了脚背上的痛。

“陈同志，痛吗？”

“我这只脚，两年里，已经是三次受伤了，伤得都习惯了。好吧，马林同志，你现在跟我走。”

陈独秀不说话，伸手取下门背后挂着的呢帽，扣在马林头上，又取下一条大围巾，将莫名其妙的马林围得只露出一双蓝莹莹的眼睛。

“怎么了，陈同志？”

陈独秀看看怀表，语气是明显的命令式：“跟我走！”

“上哪？”

“中国奇事很多，我请你开开眼界！”陈独秀微微瘸着脚，推开门。

“红药水不搽了？”高君曼追在后面问，“当家的，上哪去？”

一辆黄包车拉过三四个路口，把陈独秀和马林拉到了上海商务印书馆。

捂得严严实实的马林被陈独秀领着，于夜色之中，一前一后弯进商务印书馆大门。门房迎出来，说：“哟，是陈先生！”

陈独秀问：“张继先生来了没有？”

“来了！来了！在上头。”

职员都已下班，商务印书馆楼内很安静。楼梯顶端，有灯光透出。陈独秀一路领着马林上楼，上楼之后，便叫他别发出声响，只悄悄站在窗外观看。

马林透过玻璃看着窗内，窗内大屋里一盏灯高高吊着。灯光下，映着一幅孙中山画像和一面国民党党旗。孙中山看来画得不像，但从方方的脸形上能看出这应该就是孙中山。马林又看见两位穿长衫的青年人先后伸出手指，蘸上红印油，在一份表格上认认真真捺下指印。

他又看见了张继，张继郑重点首，说：“可以。”

两位青年于是一齐倒退两步，面对孙中山画像，依照口令，规规矩矩三鞠躬。张继说：“现在宣誓。”

两位青年立即举拳，开始朗读誓言。显然，这是一场正在进行中的国民党入党宣誓仪式。马林瞪眼半天，悄声问陈独秀：“他们说些什么？”

陈独秀不答话，将迷惑不解的马林带下楼，带出商务印书馆，一直带到寒风呼呼的街口。

“他们在宣誓效忠孙中山！”陈独秀气呼呼说，“还要打手模！就是按手印子！要加入国民党，就得这么做！他们的入党誓言是在推崇孙中山本人：‘我总理大智大仁大勇’，知道吗？还说‘服从为负责之本’。请问，这是在加入封建行帮，还是在加入革命政党？”

夜街已阒无人迹，路灯昏黄着。枯萎的树叶在两个人的脚旁打旋，把地皮刮得嚓嚓响。马林看着陈独秀激愤的脸，半晌，说：“这当然不妥当。”

“照你的意见，我们共产党人，无产革命的先驱者，一个个都得这样打手模吗？效忠于个人吗？”

“但是请你注意，中国国民党的性质毕竟是民族主义的，它反对封建军阀，反对外国统治，它在争取民主，争取一个公民应该享有的人的生活！”

“请你把好字眼多留一点给共产党！”

“冷静一点，陈同志！”

“不要压我！”陈独秀虽然咬牙切齿，但还是尽量压下心中的愤懑，用一种勉强磨去棱角的声音对马林说话。“马林同志，我请求你不要压我。你救我，我感谢你；你压我，我不能服你。”

“不服从我，自然可以，但你必须服从真理。事关中国共产主义运动的重大问题，我要立即向共产国际报告。”

“请注意，中国共产党并不是共产国际的下属支部。”

“我愿意再一次提醒你，共产国际始终担负着领导全世界无产阶级革命运动的重大责任。”

“共产国际的同志，并不个个都有你马林一样的脾气，起码魏金斯基就不是这样。我要给他写信！喂，黄包车！”陈独秀大声喊住一辆黄包车。“送这位洋先生到大东旅社！”

马林喊：“喂！陈……”

陈独秀转身就走，十来步路之后，又忽然转脸，偏不对马林说话，而只对黄包车夫喊：“钱我付！在这！”

他蹲下身子，把一张钞票压在一块路石下，然后起身就走。他的脚现在看上去一点也不瘸了。

陈独秀当夜就写信，心里恼，所以笔触很重，自来水笔在信笺上簌簌移动。魏金斯基现在已经担任共产国际远东局的书记，所以陈独秀有一种倾吐的感觉，他觉得魏金斯基应该并且也能够站出来制止马林的异想天开。

陈独秀在书桌前写字的时候，张国焘一直在他椅子后走来走去。在这个事关原则的问题上，他是完全赞同陈独秀的。

陈独秀放下笔，有点不放心："列宁同志该没有马林的这种意思吧？"

"绝对没有！"张国焘斩钉截铁，"列宁同志只问我，共产党与国民党能不能合作？他对中国革命很关心，他是在病榻上接见我的，他只是问一问可能性。"

三个月前，张国焘见罢列宁回国，曾详细向陈独秀汇报过莫斯科之行的情况。这次共产国际召开"远东各国共产党及民族革命团体第一次代表大会"，张国焘当了中国代表团的团长，率团员三十八人，真是浩浩荡荡。代表中的中共党员有十四人，瞿秋白、王尽美、邓恩铭、任弼时、柯庆施、萧劲光都去了。张国焘在会上作了发言，语音铿锵，很引人注目，所以患病中的列宁见了他，也见了国民党的代表张秋白。列宁先问张秋白，国共两党能否合作，后来又以同样的问题问张国焘。张国焘的表态当然是斩钉截铁的。他说，在中国民族和民主的革命中，国共两党应当密切合作，而且可以合作。又说，在两党合作进程中可能发生若干困难，不过这些困难相信是可以克服的。中国共产党成立不久，正在学习着进行各项工作，当努力促进各反帝国主义的革命势力的团结。张国焘的话说得是如此明晰，所以列宁也就没有再问下去。张国焘后来对陈独秀说，列宁只是表达了一个原则，即两党可以合作，但并没有说共产党人可以一齐投入到国民党里头去。张国焘说："两党平行合作，当然可以，而且是中国革命的必需，至于什么党内合作，共产党人都参加孙大炮的国民党，那样做，有什么意思？我们还叫什么共产党？"

"列宁确实没有说，共产党员要统统参加国民党吧？"陈独秀还是有点不放心。

"确实没有，我相信自己的耳朵。"

"这样就好。国焘，你说得对，这个国民党，实在是毛病太多啊，"陈独秀摇摇头，"注重上层，勾结土匪，投机取巧，易于妥协，内部分子复杂，明争暗斗，不一而足！马林怎么会把那么多的好字眼都丢给这个党呢？"

"在重大问题上，我怎么都与仲甫同感？"

"国焘，你听听！"陈独秀搁下笔，推椅站立，大声念读刚刚拟好的信件，"马林君建议中国共产党及社会主义青年团均加入国民党，余等则持反对之理，如左：第一，共产党与国民党革命之宗旨及所据之基础不同；第二，国民党联美国，联张作霖、段祺瑞等政策，和共产主义太不相容；第三，国民党未曾发表党纲，在广东以外之各省视之，仍是争权夺利之政党，共产党倘加入该党，则在社会上信仰全失，永无发展之机会。”

“好，这一条实为高瞻远瞩！”张国焘拍腿。

“第四，”湖南的毛泽东在收到陈独秀函件的抄件后，立时向他的同志们作了传达。现在他坐在一张矮凳上，持章而念。“广东实力派之陈炯明，名为国民党，实则反对孙逸仙派甚烈，我们倘加入国民党，立即受陈派之敌视，即在广东不能活动。”

妻子杨开慧递上茶水。毛泽东呷一口茶，环视一下大家。毛泽东是半年前搬到长沙小吴门外清水塘居住的，这清水塘二十二号是一处平房，围墙环绕，僻静，不为人注目，房东收的租金也不贵。毛泽东一看就喜欢上了这里，于是他把湖南的共产党支部设在了这里，党员们常来毛泽东书记的租住地商研问题。

何叔衡听毛泽东念信念到此处，便表示了疑问：“陈先生这种说法，好像把陈炯明的力量估计得太高了吧？”毛泽东马上说：“我同意何胡子的看法。我们是干革命，不是请客吃饭，要看某一个将军或者大元帅的脸色。现在我再念下去：第五，国民党孙逸仙派向来对于新加入之分子，绝对不能容纳其意见，及假以权柄。喔，仲甫这一条，倒又是贬低孙中山了嘛！”

好几个人笑起来。看得出，毛泽东与何胡子都对陈独秀的激愤有些不以为然。后来，会议快散的时候，毛泽东表示，我们湖南同志的表态，不宜违逆中央的意思，但是，他打算给北方的李大钊写封信，请他劝陈仲甫再好生想一想，有些建议看上去荒诞不经，但也可能是绝处逢生的一招棋。湖南的党员都说这样好，这样就万全了。

此时的李大钊，坐于北大图书馆的主任室，也正认真地念读着陈独秀的重要来信，但是他念读得很平和，嗓音中并没有把陈独秀的愤懑之情表达出来：“第六，广东、北京、上海、长沙、武昌各区同志对于加入国民党一事，均已开会议决，绝对不赞成，在事实上亦已无加入之可能。共产国际倘议及此事，请先生代陈上列六条意见为荷。”

李大钊放下信函抄件，看看桌前端坐的刘仁静，思索了一下，说："各地的同志，其实，也不是绝对的不赞成。长沙毛润之给我来信，就写了这么九个字，大家看。"

李大钊拉开抽屉，取出一张信笺，上面龙飞凤舞写着九个毛笔字：穷则变，变则通，通则久。

刘仁静感到意外："湖南的同志倒是求变！"

"是啊，"李大钊关拢抽屉，摸摸胡须，"中国革命怎么个革法，也不一定只见华山一条路，尽管马林之说，有点唐突。"

刘仁静不同意李大钊的模棱两可，说："我倒觉得，陈独秀先生信上讲的六条，条条在理。从政党的本质理念上看，我们共产党与他们国民党，是两条船，不是一条船。李先生，您怎么想？"

李大钊走到窗前。北方早来的春风使他的黑发微微飘起来。刘仁静在他身后说："李先生，这关系到中国共产党的一个最重大的战略决策。我仍旧这样看，共产党与国民党不能合作！我个人，赞成陈先生这封信！"

春风把李大钊的头发吹得很乱。一种崭新的迅速壮大自身的战略方案，其是否可行，在幼年期的中国共产党人脑海中，不能不引起苦苦挣扎般的思考。

"我很想听到李先生的意见。"刘仁静催促着说。

"马林就要来北京了，我想亲耳听听他怎么说，然后我再说。"李大钊离开窗子。

"李先生总是这么稳健。"刘仁静不满意。邓中夏两边看看，没说话。邓中夏自认为自己的马克思主义理论水平，远逊于"刘克思"。

李大钊说："这个，仁静，你就猜度错了。我的心，与你一样，如同这季节，四月飞花，纷乱得很哪！"

会议没有结论。

马林一到北京，李大钊就请他吃饭。这回请客，是李大钊在自己家里请的，赵纫兰包的羊肉水饺。

这位荷兰汉子胃口大开，陪客刘仁静和邓中夏也是胃口大开，一脸盆热气腾腾的饺子一下子就被几只大碗瓜分完了。

马林抹抹油嘴，继续吃，一边吃一边大谈其爪哇之经。他在爪哇催生的两党紧密合作，一直是他津津乐道的成就。他这样说："当时，我在爪哇领导着东印度社会民主联盟，也就是共产党的组织。这个组织是我发起的，我们人不多，但是有战斗力。那个地方，另一个组织，叫爪哇伊斯兰教联盟，群众基础非常广泛，影响很大，也反帝，也反对本国的反动政府……"

邓中夏停了咀嚼，睁大眼睛说："很显然，马林同志是将这个组织类比为中国的国民党了！"

"为什么不呢？伊斯兰教联盟虽然有个宗教名称，但却有强烈的阶级性，是个革命团体。但是，它的组织形式却非常松散。我再打个不确切的比喻，它就好比这碗饺子汤。"马林指指面前的一只大碗，又将另一碗中的水饺夹起来，一个接一个地投入到这碗饺子汤中去。

李大钊颇有兴趣地看着他的动作。

马林说："请同志们看，完全可以这样投进去，投进去，投进去！一个、两个、三个、四个、五个，请再看一看，这个碗的实力是不是就极大地增强了？我当时就是这么干的，我坚决要求这么干！在我的坚决要求下，社会民主联盟的成员都以个人名义参加了伊斯兰教联盟。"

李大钊通过刘仁静的低声翻译，完全明白了马林的饺子比喻，于是便问："效果呢，马林同志？"

"效果非常明显，双方合作得很好。一个联盟的实力大大增强，另一个联盟也得到了发展。我在共产国际的第二次代表大会上，专门介绍过这个经验！"

邓中夏说："不过，你看，马林同志，汤都溅上桌面了！"

马林说："啊呀，这就是效果呀！桌面代表整个中国，你看，中国立刻受影响了！"

李大钊笑起来，笑得前俯后仰。刘仁静也笑，笑得有点勉强，不过他想，既然能在共产国际的二次代表大会上介绍这个经验，也可能有这个经验的道理。

赵纫兰从桌下抽出抹布，擦拭桌上的汤水。

邓中夏说："啊呀，师母，这可不能随便擦啊，这是革命效果呀，你这么胡乱一擦，你就代表了徐世昌大总统啦！"

大家笑过一阵之后，李大钊极诚恳地对马林说："我以为，国共两党，不是不能合作。在一个深受帝国主义欺侮的封建国家里，无产阶级的革命运动是应该与民族解放运动相结合的。我相信您在共产国际的二次代表大会上介绍这个经验，是得到共产国际的赞许的。再说，在我们中国，孙中山先生是反帝反封建的革命先行者，在中国人民当中，确实有很大的号召力。”

“对极了！”主人的这番话使马林得到很大的鼓舞，“希望李同志能多做做陈同志的工作。据我所知，陈同志是很敬重李同志的。”

李大钊摇摇手说：“不对，这话应当反过来说。陈独秀是中国共产党的中央局书记，我们都敬重他，也都很尊重他的意见。”

马林感到了某种失望，笑容消失了，他耸耸肩，又摊摊手。

李大钊说：“不过，马林同志的关于这碗饺子的比喻，我觉得也很新鲜。我们愿意研究。我认为，革命的拳路并非一成不变，一切都可以试验。”

马林一听，忽然重燃希望：“我同意李同志的意见！”

刘仁静低脸，不吭声。他对马林的看法现在有些改变。马林这个荷兰人，是有一些独到的嗅觉的，去年夏天在上海，要不是他闪电般跳起来，大喊一声“一定是包打听！我建议，会议立即停止，大家分别离开”，他刘仁静保不定现在还在牢里坐着，甚至被北洋军阀取了脑袋。

李大钊这时候又说：“总而言之，中国的情况不同于俄国，也不同于爪哇，经验并不一定能照搬。但我深信一条，只要真正对中国革命有利的经验，中国共产党最终都会借鉴并加以运用。”

马林吁口长气：“我非常钦佩李同志！”

李大钊说：“你必须先钦佩我妻子和我儿子做的饺子！”

马林立即埋下头，冲着那碗已经“力量充实”的饺子，大咬大嚼起来。

陈独秀连续几天心情不好，施芝英很明白。她从床上坐起来，一粒粒扣上衣纽，动员他去看戏。

她建议：要么去天仙茶园看新剧，一出《家庭恩怨记》这两天演得红火；要么去街口的大戏院听戏，一出《水漫金山》，这几天锣鼓也很热。

“听听戏，心情会好一点。”她说，语气很柔和。

陈独秀穿上皮鞋，看着施芝英。现在，女医生换上了一件紫色碎花旗袍，更显出了身段。陈独秀笑一笑，叹口气说：“我也不是心情不好，人之心情，应如花常开，何必要不好呢？既然那个洋人一定要两党联合，北京的李守常也来信说赞成，湖南的毛润之也说可以试一试，共产国际的魏金斯基也说这样可以，我一个人又何必固执呢？兴许他们都是对的呢！唉唉，做了党的领袖，许多事情的拿捏，都不由得我以前的性子了。我三天之后就要去广东，我可以去见孙中山，表明我党的诚意，握手吧，联合吧，团结吧，可是他孙中山，就肯跟我联合吗？我这么小的党，他那么大的党！他是居高临下看我，我是仰视他，这一点，我非常难受！”

施芝英拉他的手：“去听戏吧，你心情还是很不好。”

出家门，转过街口就是大戏院。他们进门时戏已经开演了，锣鼓爆响，震得耳膜痛。施芝英坐下之后，手就一直抓住陈独秀没有放。当戏台上开始“水漫金山”，白素贞、小青、法海、监寺、船家、各色水族搅得花团锦簇之时，她忍不住又说话了。

“陈先生，”她在他耳边悄声说，“看见法海和尚旁边的那个瘦和尚吗？他是我前夫。”

陈独秀大吃一惊：“是吗？”

“他抛弃我的时候，说过一句话。他说你这个女人，这辈子，永远不会找到一个好男人。我想，我怎么会找不到呢。我今天就是要你陪着我，到这里来。”

陈独秀叹口气说：“他在台上，也看不见我们。”

台上，白蛇青蛇与法海和尚厮杀得厉害，似乎有阵阵水花从台上泼到下面来，锣鼓越敲越急。这时候施芝英说：“可是我，我已经看见我自己了，我看见我们两个人了。陈先生，有你坐在我身边，我就满足了，我什么都不怕了。”

陈独秀一遍遍摩挲着对方的手。他知道这女人此刻已经是满目泪水了，虽然光线不亮，他看不清她的面容。

“我很怕失去你。”她在锣鼓声中又这样说。

“怕什么？”陈独秀附耳说，“你是医生，你医我。我呢，也是医生，我医国家。在行医方面，你我志向一致。我看，我们是不会走散的。”

“陈先生，你做事，一定要随缘。不要事事刚硬。若是太硬，就容易断裂，像我们打针的针头一样。”

这句规劝之言，陈独秀听着，心里忽然有些触动。

走出戏院之后，陈独秀还在想着施芝英的这句话。他没有问她法海旁边的那个瘦和尚姓甚名谁，也没问她那男人是正儿八经的戏子还是客串角色，他只为这个瘦和尚抛弃了施芝英感到可惜。此人无眼也无福，半个法海。

陈独秀对施芝英说："若说女人都是水做的，我看，高君曼这个人就是浊水做的，你呢，是清水做的。跟你在一起，我心境就好。"陈独秀这话，说得很诚恳，陈独秀自己也这么认为。女人听了这话当然也高兴起来，于是说："先生，你能多陪陪我吗？能不去广州吗？"

"不，"陈独秀正色说，"你不要拦我，男人都拦不住我，何况女人呢？广州我是要去的。我代表的是一个党，我一定要去说服孙中山。"

施芝英想，男人都这样。她抱着他到天亮，听着他的鼾声，心里一直不好受。

陈独秀猜对了，孙中山确实不买他的账。

孙中山英气勃勃，一身戎装，步子一路迈得很大。他今天视察杀声阵阵的新兵集训营。新兵营设在韶关，每日龙腾虎跃。

孙中山边走边对身边的廖仲恺说："什么叫两党党外合作？太不知深浅了吧？我们国民党是什么党？他们共产党是什么党？"

"先生，人既来了，也不妨谈一谈吧？"廖仲恺轻声建议。

"不谈不谈。要谈，待北伐军打下武汉，攻破北京，我们在颐和园里谈！"这一番话，孙中山说得格外踌躇满志。

"先生，北伐大业，能否顺利实行，仲恺心里，一直忐忑。"

孙中山不悦了，停了步子，说："仲恺，你要有信心！孟夫子有言，求则得之！革命成功，首先在于信念！"

"光有信念没有用！"

"你说什么？"

"若是后院起火，先生便无法前瞻！依我观察，国民党里有魏延！"

"谁是魏延？"

"先生知道。"

"你指陈炯明？"

"应该立即将他逮捕，以谋反论处。"

"你这是要我的命！"

"我这是保你的命！"

"你太过激！我还是要争取他！他反对北伐，我已经撤了他的总司令。

但他还不至于反对我！毕竟是我亲手把二十个营交给他，让他建立粤军的！没有我，就没有他陈炯明！”

“现在是相反，没有你，才有他陈炯明！”

“仲恺，你胡说！”孙中山怒形于色了。

廖仲恺坚持：“先生，我没有胡说！”

孙中山强压火气，说：“仲恺，疑人不用，用人不疑。你要记住，陈炯明毕竟是 1909 年的同盟会员，是有战功的。我打算重新请他以陆军总长身份办理两广事务，统帅两广军队，你看怎么样？我以为，如此安排，我与他之间，可能会相安无事。”

“先生，我真想哭！”

“仲恺兄，我劝你适可而止。过分怀疑，草木皆兵，是为不智！”

廖仲恺再不能说什么，缄了口。

有军官前来报告，脚后跟咔地一碰：“报告大总统，新兵集合完毕，请大总统训示！”

孙中山点点头，示意对方退下，又对廖仲恺说：“你今天就回广州，告诉陈独秀，本大总统目前一心北伐，天大的事，也日后再议！”

廖仲恺心里一沉。他很想再说什么，但是孙中山又拦住了他：“仲恺，眼下已是中国革命的紧要关头，一切当以北伐为重，你不必杂念太多。我已经派孙科和兆铭去奉天了，我相信，奉粤联手，南北夹击，吴佩孚必败无疑！”

奉天的 5 月，街树叶子已经发绿了。来自南方政府的两位代表走过长长的甬道，踏上张作霖元帅府的台阶。“立正！”随着一声威武的口令，礼兵们将雪白的枪刺举成崭齐的两行。

矮矮胖胖的一位，是孙中山的儿子孙科，时年三十一；另一位，是美男子汪精卫，时任广东教育会会长，三十九岁。两人看着张作霖亮出来的枪刺，相视一笑。

枪刺之下，这两位年轻人均步履稳重，力图保持一种使者的风度和威仪。奉粤联手，夹击直系，是一种合纵连横之大战略，两人都充分感觉到肩头那种苏秦张仪的分量，但是他们没想到，在东北王张作霖的心目中，他们本身的分量并不重，南方政府并不是一个什么了不得的筹码。

刚被北京政府免去东三省巡阅使的张作霖忙着抽大烟，烟瘾未足之时，他似乎不想见客。公子张学良不便进屋，一直恭谨地站在走廊上。

烟榻上，烟灯如豆。打烟泡的是一位穿紫色旗袍的女人，手势游龙戏凤，一杆纯银的打烟泡的杆子不停地在烟灯上晃动，一会儿便打出了奇巧的花样。

她把打好的鸦片烟泡递给斜卧烟榻的四十七岁的东北王，声音千娇百媚："大帅，这烟泡子有个好名称哩，唤作狮子滚球。"

于是张作霖便深深地吸了一口，鼻孔里滚出两条长长的烟龙，他的深邃的目光一直伴随着烟龙游动。

他开腔了，冲着雕花窗户喊："妈拉个巴子来的真是孙大炮的亲生儿子？"

张学良在窗外答："是，父亲。"

"还有一个呢？"

"就是那个当年炸摄政王的汪精卫。都已经在厅堂恭候。"

张作霖又吸一口，把长长的烟分成几段慢慢呼出，然后说："我想，我还是不去见，小六子你去见。"

"父亲！"张学良为难了。

"妈拉个巴子不就是求援吗？给钱给枪好啦！日本人在海参崴的那个军械库，我们不是买下来了吗？"

"是，父亲。"

"那里有两万支步枪，拨一批给孙中山就是了。奉天兵工厂出的野炮，一三式步枪，妈拉个巴子也给一点。"

"给多少，父亲？"张学良把耳朵贴近窗缝。

张作霖又吸一口烟，眨眨小眼睛，说："先嘴巴上给。"

儿子一愣："什么？"

"到底给不给，还得看他们争气不争气！那帮广东人，人嘛人没几个，枪嘛枪没几支，只会唱三民主义高调，我可不想把银洋白白扔进珠江里！"

张学良真正地犯难了，说："父亲！是不是……"

张作霖又一次觉得自己的儿子实在不谙谋略，不高兴了，冲窗户喊："六子，应付一下就是了嘛，还是不懂？你告诉他们，这个月，直系已经把我赶出北京了，徐世昌妈拉个巴子免去了我张作霖的所有职务，我要是不跟南方孙大炮联合，我还能联合谁？告诉他们，打垮了曹锟吴佩孚，我张作霖一定选他孙中山做正儿八经的中华民国大总统，听见没有？叫他孙中山做大总统，我张作霖决不食言，妈拉个巴子行不行？”

张作霖的盘算没有错，张学良两个月以后，就明白了父亲的英明，那时候孙中山已被陈炯明赶出了广州，在海上漂泊了半天，终于逃回上海去了。什么南方政府，南方政府纸糊的。

而这一刻，陈独秀却为没法见到南方政府的掌门人而烦恼。他本来就不主张与这个架子摆得很大的孙大炮谈联合，被马林与魏金斯基那帮人逼着，没有法子，而现在，果然，在气候炎热的南国坐上了冷板凳，一坐就是大半天。

广州中华民国总统府的会客厅宽敞而冷清，唯听一只大自鸣钟的钟摆滴答作响。总统府位于观音山下，潮湿的五月风从窗外一忽一忽吹进来，夹着花香，沁人心脾。但是花香再浓郁，也唤不出陈独秀的好心情，他此刻与张国焘以及时任中共广东支部组织部长的陈公博，均按捺着性子，端坐于宽大的扶手椅上，耐心等待回话。

门外传来脚步声，客人们抬脸，果然是廖仲恺。廖仲恺脚步很快，满脸歉疚的笑。“大总统原在桂林设立了北伐军大本营，”廖仲恺说，“由于陈炯明将军的不合作，被迫班师。现在，又重在韶关设立了大本营。大总统已于四天之前亲赴韶关督师北伐，军情紧张，实在无暇与仲甫会商两党大事了，特托本人转告，抱歉之至！”

陈独秀重重地将茶杯一放，说：“我只是觉得可惜！”

张国焘冷笑一声，跷起二郎腿说：“其实，也不足惜！”

廖仲恺知道会有这么一种局面，这种局面叫人尴尬，拿冷屁股去贴人家热脸孔，人家会高兴吗？孙先生的自负，实在有点过了，但这是廖仲恺无法改变的，于是廖仲恺硬着头皮解释说：“贵党的诚意，仲恺心里，是很明白的，只是，眼下军情紧迫……”

陈公博打断对方说：“我以为，陈炯明将军一向拥护社会主义，不至于对孙大总统离心离德，现在被迫下野，政府方面是不是误解他了？”

廖仲恺对这种说法很不以为然，马上说：“陈炯明这个人究竟怎么样，大总统自是明察秋毫。”

陈独秀不想参与这种争论，起身说：“人家忙，我们就走吧。”

“仲甫！”廖仲恺急忙举手，陈独秀止了步，回脸看他。

廖仲恺很恳切地说：“本月1日，仲甫在第一次全国劳动大会上发表的演讲《劳动节的由来与意义》，讲得实在是好。四天前，仲甫在社会主义青年团第一次代表大会上的演讲，将马克思的学理阐发得十分精辟，我听说了，也是敬佩非常！”

这几句话说得还行，陈独秀道一声“谢谢”，但是口气依旧淡然。他继续偕张国焘、陈公博往外走。廖仲恺又追上几步：“仲甫！”

陈独秀再次回脸。

廖仲恺说：“仲甫，你不要怨孙先生。他呢，也有他的道理。现在两党差异太大，平行合作，恐怕条件尚不够。”

陈独秀毫无表情，也不答话，只是伸出手，与廖仲恺握一下，然后甩腿又走。

廖仲恺追出大门外，又说：“仲甫，贵党党员若是能加入国民党，孙先生当是万分欢迎的！”

陈独秀头也不回，而张国焘却大声回敬一句：“若是国民党员统统加入共产党，共产党也是万分欢迎的，不过，十个里要开除九个半！”

陈独秀一愣，斥责一句：“什么话，国焘？！”

张国焘说：“就这话！”

陈独秀说：“别瞎说！”

张国焘说：“太气人！”

廖仲恺怔怔地目送客人们的汽车开走，半晌，长叹了一声。确实，他很为孙先生惋惜，在他眼里，这些共产党人，都是中国极为难得的精英，孙中山要图伟业之功，哪能离得了这些精英人物。陈炯明面皮上贴着“社会主义将军”之标签，五个月前还连续会见到南方考察的马林，长谈三次，表示坚决拥护俄式革命，而骨子里，绝对是个见利忘义的新军阀。对此人，廖仲恺心里是有数的，只是孙先生还蒙在鼓里，蒙成一幅“醉卧枪丛”之画，再三唤也唤不醒，叫人揪心。

整个一个月，廖仲恺心里都很难受。

陈独秀下决心会一会陈炯明，孙大炮不见，就见见“社会主义将军”吧。陈炯明不赞成北伐，主张“联省自治”，他在广州市建立了立法、行政、财政、审计机构，大力鼓吹基层自治、精兵简政，提倡与民休息，这种说法与做法，也不是一点道理没有。有一个时期，对陈炯明的做法，陈独秀还是很欣赏的，当然对陈炯明大力兴办公私学校、推广“免费义务教育”的举措，陈独秀更是赞不绝口、欣赏之极，所以当陈公博力主陈独秀秘密会见一次陈炯明时，陈独秀便同意了。

陈公博激动地对陈独秀说，陈将军一再相邀你呢，你蹲京师警察厅大狱之时，陈炯明不是在福建漳州发表过营救通电吗？你托病扔下广东教育委员会委员长的头衔擅回上海，爱才如命的陈省长不是好几次跌足大叹吗？陈独秀说公博你这个人怎么这么啰唆，我不是已经答应去一趟了吗？你安排吧，我们去一趟惠州，老实说，这一回去，也是做做陈将军的工作，让他继续保持“社会主义将军”本色，别跟孙大炮作对，大家共襄革命盛举吧。

陈公博一联系，陈炯明就表示了欢迎。不等陈炯明派出小汽车，陈公博就安排陈独秀上了一辆去惠州的军用大卡车，火急火燎地出发了。

卡车载着他们一路吼叫着前行，穿过一重又一重的铁丝网障碍物和露出枪管的沙袋掩体。这是一辆满载军粮的货卡，陈独秀和陈公博摇摇晃晃坐在驾驶室内，直接驶往惠州的陈炯明司令部。

陈独秀一路看着粤军的备战之势，心弦吃紧，他不无紧张地搡搡陈公博，说：“嗅到了吧，满鼻子的火药味？看起来，陈炯明真是要打。”

陈公博不相信，摇头说：“不会，顶多是一种防范举措。你不知道，他必得防范，孙先生对他也很狠。”

陈炯明是在遍挂作战地图的办公室里见客的，他见着来客后表示万分高兴，说真是想念陈仲甫先生啊，随之便是一脸无辜模样。

“仲甫啊仲甫，我哪里想开仗呢？”仅保留陆军部长一职的陈炯明大叹苦经，“我一生追随孙总理投身国民革命，信奉自由民主科学，拥护社会主义，拳拳之心，天下谁人不知？这世上，唯有他人负我，我从不负他人，唯有他人革掉我各项职务，我从不对他人心怀愤恨。天地良心，我哪里想与大总统为敌呢？喝茶，喝茶。”

陈公博啜一口苦丁茶，说：“将军素有理想，光明磊落，战功卓著，拯粤人于水火，世人有目共睹。将军的联省自治主张，也不无道理。我是素来钦佩陈将军的。”

陈炯明一听，高兴了，嘴唇上两撇黑黑的胡须抖了起来：“公博先生乃提督之后，文武双通，我也素来钦佩公博先生。仲甫先生呢，我更是敬佩有加。去年，仲甫坚辞广东教育委员长，我再三挽留也没能挽留住。今日巧了，三人同姓，胆肝相映，你陈独秀，你陈公博，我陈炯明，三百年前统统是一家！来来来，今日以茶代酒，干一杯如何？”

陈独秀稳坐于椅，不思举杯。

“陈将军！”他说，“既然你拥护社会主义主张不变，干脆做一名中国共产党的党员如何？你要加入本党，这西南一片的党务工作就交给你了！”

陈炯明一听，黑胡子抖得更欢了：“仲甫先生这么看得起炯明，炯明真是感动之至！不过，炯明不认同马克思学说中的按需分配的原则，马克思的生产方式和分配原则，符合人类社会发展的自然法则吗？不，炯明以为，并不符合。所以我不符合一名共产党员的条件。还有，炯明对贵党目前做劳工运动也有不同看法。”

陈独秀心里不是很高兴，但也彬彬有礼地说：“请讲。”

陈炯明不客气地说：“仲甫先生对炯明多有忠告，现在炯明对贵党也有一句忠告，在现阶段，中国的劳工运动，只宜做劳工教育运动，最不好的做法是拿劳工做政治本钱，这是恶劣的风气，这种恶劣风气一旦开了头，往后就不可收拾。”

这话说得有点锋芒毕露，陈公博不由得担心起来，忙着看陈独秀脸色。陈独秀倒是神色未变，只稳稳地说：“陈将军说的，我都听在耳里了。我也对陈将军有一句忠告。”

陈炯明放下茶杯，大笑：“仲甫先生对我，也总是有忠告，有告且忠，炯明有哪一回不洗耳恭听呢？”

陈独秀于是说：“你与孙先生之间，主张各有不同，然纵有天大之事，也可以商议解决，不需拔刀相向。火并，实为世人所不齿。岂不闻‘恃德者昌，恃力者亡’？”

“那是当然，那是当然。”

“中国一团漆黑，唯见南方光明。革命任重道远，自家人万万不能自相残杀，以免曹锟、吴佩孚之流坐收渔翁之利。”

陈炯明收了笑，微露不耐烦的神色，连说“对，对，对”。

“孙先生一向倚重陈将军，依靠将军之力他才得以重任大总统，这是我们都看见的。望陈将军一定与孙先生精诚团结，共图国民革命大业。”

“唉，”陈炯明叹息一声，“大总统一味鼓吹北伐，未免性急。我以为，敌我力量悬殊，当前，仍需以保境安民为要……”

“报告！”这时候，一位副官大步进门，“电报！”

陈炯明阅完电报，双眉一跳，道声失陪，便匆匆离了办公室。

陈公博注视着陈炯明的背影，想一想，堆起笑，扭脸对陈独秀说，看起来，陈将军的态度还是真诚的，你说呢？

陈独秀却不答话，一直隔窗凝望司令部外面紧张的备战情况。一刻钟之后，陈独秀越来越心神不宁，推门而去。

他沿走廊走了几步，左察右看，发现每个房间都挂有作战地图，军事参谋人员则进进出出，一个个神情紧张。

陈独秀一把拉住跟在身后走的陈公博，低声说：“公博，你今天是鼻子塞住了？这么重的火药味，竟未闻出一丝一毫？陈炯明磨刀霍霍，居心叵测！听见磨刀声了没有？”

陈公博头摇得像拨浪鼓一样，说：“仲甫啊，即便要起冲突，也是孙中山欺人太甚，他老是北伐北伐，有这个实力吗？不得民心嘛！起码是不得粤人之心嘛！要说陈将军是军阀，孙中山更是军阀，而且其军阀名头还特别响亮，‘孙大炮’是也，是不是？而陈炯明这个定威将军，依我看，真的是信仰社会主义的，无非是主张联省自治和平统一中国，其实他的这个策略是有道理的，再说，他打仗也特别勇敢，两次大败广西军阀，在我们广东真是甚得民心，有人喊陈炯明‘万岁’呢。”

“胡扯！”陈独秀突然剑眉扬起，“公博你胡说什么？孙先生为中国革命呕心沥血，何来军阀之说？我们共产党人一向尊重孙先生。”

陈公博听陈独秀说话这么冲，也不高兴了，头一扬，神态倔强地说：“我不认为陈炯明将军有什么过错。我虽为中共之一分子，但我坚持我的立场！”

“那你可以退党。”陈独秀回答得非常干脆，同时扬起手，拦住迎面走来的一位副官。“我想走了，现在就走。这位先生是陈将军最好的朋友，他不走，他愿意继续留下来做客。有车没有？”

副官回答：“门外有辆汽车，可以带陈先生出门。”

“很好。”陈独秀表情阴冷，“我有两句话，请你转禀陈将军。”

副官动作熟练地打开公文包，作记录状。

“第一句话：未能面辞，请陈将军多多包涵。第二句话，若不识时务，执意与孙中山火并，决计没有好下场！”

副官一时愣了，瞪眼看着陈独秀昂首走出司令部。

陈公博一直站着，没有送陈独秀，甚至楼也未出，这位党首如此倨傲，他是没有想到的。他从窗子里看见陈独秀钻进一辆小汽车的时候，咬牙切齿地嘟哝：“你以为我陈公博就不敢退出你这个小党？去年在上海开会，我就见你们心不齐，一有情况就作鸟兽散，就我还坐得纹丝不动，抽了十几根烟。我是一个有主见的人，我九岁就舞枪弄棒一身的胆，我就喜欢依着自己的心思做事，跑哪儿没饭吃，就稀罕你这个党？没门！”

时隔一月，陈炯明在孙中山的北伐军攻下赣州之时，公然叛乱。两个月后，一贯为陈炯明辩护的陈公博果然也宣布退出了中国共产党，这位自小就自诩“文武双全”的人物没有丝毫的犹豫。

1922 年 6 月 15 日的广州之夜，注定是一个染黑历史版面的夜晚。这个夜晚在开始的时候跟往常一样，没见着什么异样，大总统府的越秀楼客厅依旧如昔般灯火通明。

在明亮的灯光下，宋庆龄与何香凝正在兴趣盎然地探讨一件男式上衣的款式。上衣是何香凝带来的，一件灰色半成品，半似马褂，半似西服。

“他说衣领最好有个褶子，这么翻过来。”宋庆龄转达丈夫的意思。

何香凝看来看去看不懂：“反领？这像什么？”

“我这位先生就这么固执！”

“那干脆像西服，硬领子，敞开！”

“不能敞开，他还非得扣紧，说门禁森严才是华夏气派！嗨，先生，是不是？”宋庆龄向写字间方向转过脸去，提高了音量。

写字间里传出孙中山的声音说：“是的，夫人。”

宋庆龄说：“你看！”

何香凝忍不住掩嘴笑。宋庆龄又说：“两个口袋也不够，他说要四个。”

“下面再添两个口袋？”何香凝更闹不懂了，“这像什么？先生做的究竟是衣服还是布褡子？”

“他说衣袋多了办事方便，文本书报随身可取。”

“毕竟是中华民国大总统，又不是驮书的骡子！”何香凝说，说毕，舌头一伸，自己也感到玩笑开过了头。

“香凝，就顺遂他的心吧。你手巧，弄个样子看看！”

孙中山搁了笔，走出写字间，步入客厅，说：“而且，四个口袋最好都加上软盖，这样，骡子驮的书报就不容易跌落出来。”

何香凝叫：“哎呀先生，我这张嘴太没遮拦！”

“才女嘛，总是出语惊人！”孙中山笑。

“先生才惊人啊，连衣服都要剪裁得那么奇怪，不中不西！”

孙中山正色说：“不中不西才是好，既打倒封建，又打倒列强！”

宋庆龄说：“达令，那你穿的就不叫衣裳，叫宣言喽！”

孙中山接着话头说：“对啊，就是一种宣言。见孙文之衣，便如见孙文之人！这种服装，若要命名，可称之‘孙文装’！或者，‘中山装’！”

“中山装？这名号别致！”何香凝抿嘴笑，“日后，这种不中不西的‘中山装’在全中国大流传，也说不定呢！先生，请坐下，容我再量一量领子！”

何香凝用软布尺仔细量一下孙中山的脖子和双肩，一边量着，一边小声对孙中山说：“先生，你别把仲恺的话放在心上，他是一时气话。”

孙中山说：“仲恺这人呀，用心良苦。过于良苦，又容易弄巧成拙。他不该老是往外推陈炯明。”

宋庆龄说：“其实，达令，廖先生的警告，也不是空穴来风。”

孙中山皱眉：“哎呀，你们呀，你们呀，陈炯明对我确有隔阂，有误会，我也给了他一些惩戒。可是，人家毕竟跟我出生入死二十余年，没有他反攻广州，也没有我大总统府的建立。即便他对我罢他的职有所不满，扬言要这么那么的，我也有所宽容。总之，我孙文不诛功臣！”

他站起来，又说：“归根结底，他不会负我，也不敢负我！”

他看何香凝，何香凝低头不语，顾自摆弄着软尺。

孙中山又说：“北伐军节节胜利，前天已拿下赣州。此时此刻，内部之团结，最为紧要。不利团结之言，大家要再三缄口。”

何香凝收起衣服说：“先生，我告辞。你的话，我都听明白了。中山装，我再回去试试。”

宋庆龄一直将何香凝送上小汽车。孙中山在满城谣传甚嚣尘上之时，还如此地评价陈炯明，宋庆龄听着也觉得不对劲。

何香凝进了汽车，又弯腰出来，说：“孙夫人，惠州情况异常，我真的很担心。仲恺昨日应陈炯明之邀去惠州，至今杳无消息，我心里七上八下的。”

“这几天，我也有点提心吊胆。不过，孙先生的脾气，你也是知道的。”

“不是我说孙先生，孙先生太相信陈炯明了！”

宋庆龄看看满天星光，叹息一声说：“脑后长没长反骨，有时候，眼睛还真看不出来。那个陈炯明将军，反对北伐是真的，但要他公然背叛孙先生，可能还不至于呢？”

“孙夫人，你们自己千万小心，总统府卫队一共才五十几个人，我看今天晚上就不要睡觉了，不是我怕，是广州天气阴阳脸，实在拿不准。”

何香凝见孙夫人点了头，才钻入汽车。

汽车离开观音山，还没转上两个弯，便在一个路口被挡住了。一大群荷枪实弹的士兵阴沉沉站在路口，一声不吭，如黑暗中一团凝固的蜂群。

何香凝心里一惊，急忙推开车门下车。她想看个究竟。

“不准过去。”一个军官迎面举起手。

“为什么？”

“戒严了！”

坏了，何香凝头皮一炸，说：“谁叫你们戒严的？你们听谁的？总统府没有发布戒严令！”

“听谁的？还能听谁的？听陈总司令的！”

何香凝一听这话，迅速钻回汽车，命令司机：“快回总统府！快去报信！快！”

刚倒完车，车灯前便又出现了几个晃动的士兵。

“不准回头！”迎面摇动着好几双手。

何香凝把头伸出车窗：“既不准往前走，又不能往后退，你们到底要我们往哪走？”

“就让你们窝在这儿！”一个士兵冲轮胎就是一刺刀，轮胎砰地爆了，像枪响。

何香凝觉得自己打了一阵很大的寒战，她知道最可怕的兵变真的发生了。当然，她这时还不知道总统府即将遭受猛烈的炮轰，在惠州坐镇指挥的陈炯明早已指使他在广州的部下血淋淋地分工了：军长熊略为攻城指挥官，洪兆麟的二师攻击越秀楼的孙中山卫队，炮兵司令王恺庵负责向总统府开炮。孙先生已经陷入了巨大的危险之中。

何香凝使劲推开车门，跳下车，她觉得周身来了一股劲儿，竟至双手一按，爬上了车头，她要对士兵说话。

她挺直了身子。她现在已经是站在小汽车的顶棚上了。她屏足气力，在黑夜里冲黑压压的沉默的士兵们大喊："粤军士兵兄弟们！你们是当兵的，当兵的当然听司令的，这没错！可是，如果陈总司令命令你们把枪口对准你们的父亲母亲，你们听不听呢？孙中山大总统毕生致力于打倒满清王朝，打倒帝国主义，打倒军阀统治，他就是你们的父亲母亲，你们能把枪口对准他吗？"

士兵们继续沉默，像没听见什么。

"你这婆娘瞎说什么？下来！"一个军官挥舞着手，走近汽车。他手上有手枪。

何香凝厉声喊："士兵兄弟们，你们有谁是国民党员？"

士兵们说话了，嗡嗡嘤嘤一片："我们都是国民党员。"

何香凝顿时火气冒顶："你们都是国民党员，党员怎么能把枪口对准党的总理呢？你们入党的时候，不是都打了手模的吗？不是都表示效忠的吗？士兵兄弟们，你们要擦亮眼啊，千万不能用刺刀捅你们的父亲母亲啊！"

军官怒了，伸出手，狠狠一拨拉，何香凝的脚就歪了，接着整个人摔下了汽车，乒乒乓乓一阵响。

摔在地上的何香凝痛得直叫唤："哎哟！哎哟！"

军官说："把这婆娘塞回汽车去！"

士兵们七手八脚一阵忙。何香凝一边挣扎一边喊："孙夫人啊，广州变天了啊！你快叫孙先生离开总统府啊！"

她嘶哑的尖喊声就像浓重的夜空在断裂。沉默的士兵们继续沉默。广州城在这个诡谲的夜晚，落满了黑色的碎片。

就在何香凝被塞进开不动的汽车三分钟之后，广州的夜空突然颤动起来，火龙一道道划过夜空，观音山方向传来震耳欲聋的爆炸声以及炮弹的尖啸声。

就在这一天的深夜，或者说，是在 1922 年 6 月 16 日凌晨 2 时，蓄意谋反的"社会主义将军"终于发动了叛乱，陈炯明下令炮轰总统府，毫不犹豫地将广州置于血泊和火光之中。大吃一惊的孙中山开始还想坚守，吩咐警卫一营营长叶挺顶住大门，吩咐警卫三营营长薛岳把守后门，但是叛军在炮火停了以后的七八次集体冲锋，终于让总统府警卫团顶不住了。于是孙中山被迫戴上墨镜，穿上长衫，在警卫一营、三营的前后簇拥下，冒着枪林弹雨和“活捉孙中山”的号叫声，趁夜紧急避乱于岭南大学钟校长的宅所，后来又转移到珠江江面的永丰舰，在军舰上悲愤交加地指挥平叛。孙夫人宋庆龄也历经磨难，直至化装成村姑才得以逃脱广州城。两天后，她登上永丰舰与孙中山会面，孙中山立即令她离舰，先行去上海，在上海呼吁全国民众支持南方政府的平叛斗争。

宋庆龄还是要保护好，孙中山在心里对自己说，哪怕自己殉党殉国了，也不能叫庆龄陪着殉难。宋庆龄却不肯走，说这个时候我怎么还能离开先生？我跟先生在东京结婚的时候先生送我的结婚礼物是什么？这时候宋庆龄便摸出了一把精巧的毛瑟手枪，问孙中山说你还认识它吧？你七年前把它交到我手里的时候是怎么说的？“一把毛瑟手枪，二十粒子弹，十九粒为敌人准备，最后一粒，在危机时分，留给自己！”是你说的吧？现在就是危急时刻了，先生，我必得与你同生死！

孙中山当然认得这把手枪，他很为自己的妻子感动，但他软硬兼施，说了一番又一番的道理，最终逼使妻子离开军舰赶赴上海。上海还是很重要的，很可能是东山再起的地方。

平叛的日子又紧张又难熬。激动、无奈、失败、恐慌等情绪日甚一日地弥漫于永丰舰的甲板。孙中山在白天还是精神抖擞的，眼角眉梢方寸不乱，虽说现在属于他的国土只是脚下的这几块不大的甲板，但是他明白，统帅的威仪与镇定，在历史紧急时刻乃是要务；而在深夜，在密闭的亮着圆形舱灯的卧舱里，他却忍不住地怒火中烧，他的一双近乎痉挛的手一遍遍地抓击着铁制的床档。

“陈炯明啊，你这个叛逆贼子！”

铁床档子被撕揪得哗哗直响，像是一阵又一阵金属的碎雨。

就在孙中山于珠江江面悲愤地揪着床档的这一夜，远在上海的一家法国医院里，一位来自中国云南省的中年汉子，也在痛苦地敲击着床档。这两个人内心受煎熬的剧烈程度，几乎是相同的。

中年汉子的双手摇晃床档，这种摇晃是如此猛烈，以至于整个铁床都哗哗地响起来。女看护出现了，是奔跑着赶过来的。

“怎么了？”她弯腰凝视着这个大汗淋漓的病人。她不知道这个病人原先是滇军的少将旅长，还当过云南省警察厅的厅长。

朱德呻吟着说：“没事，你，你给我出去。”

“要不要喝水？”

朱德突如狮吼：“出去！我没事！”

女看护赶紧退出病房，拉上门。她从门缝里看见病人在继续挣扎，她这一刻真的是不忍心，便对着门缝大声说：“你要挺住，先生，戒鸦片烟，真的如过刀山下火海一样啊。”

豆大的冷汗流在朱德的下巴上。朱德觉得有一大群麻麻辣辣的虫子蠕动在他的肚子里和血液中，他的五脏六腑此刻似乎都是虫子的食物。

女看护大声说：“有事，请叫我。”

朱德痉挛的手继续抓住床档，像是要折断它。

另一个女看护一路小跑而来：“病人怎么了？”

门边的女看护叹着说：“这人不是病人，是一个真正的男人。”

这个三十六岁的真正的男人果然在上海圣公医院治愈了由戒鸦片引起的后遗症，大夫和女看护在分别时分都警告他要小心复染，他只笑笑，复染？笑话！那还叫男人？没有这点毅力，他能甩了“有枪便是草头王”的山头？没有这点毅力，他能遣散所有的姨太太？没有这点毅力，他能强制自己告别鸦片烟？

要开始过一个男人的真正的生活，做这些都是必然的。麻烦的是另一件事，那就是寻找同党。单个的人是不能救中国的，须有朋党，这道理他懂，所以他开始到处找共产党。他看了一些小册子，觉得唯有这个政党，能像俄苏一样，代表工农大众的利益，能治疗这个几乎不可救药的国家，就如他自己发狠心，治愈了几乎不可救药的顽症一样。满上海找，找了一圈，没找着，他又买了火车票去北京找，京城找了一圈，报社跑了，书店也跑了，但是谁也不知道哪里有共产党，于是他又返回上海。7月中旬之时，他终于打听到了陈独秀先生在霞飞路老渔阳里的住址。

这人是党首呢，有人极其秘密地把消息透露给他。

朱德总算舒了口气，他的盘缠已经不多了。

陈独秀不在家，高君曼见这位来自蜀地的仰慕者谈吐特别朴实，便起了慈悲心，给了他一个临时地址，那地址是李达的新家。她不知道这一天中国共产党第二次代表大会的开幕式就在李达寓所举行，若是如此，她也不会随意介绍一个热血汉子去那里见陈独秀了。

朱德获了地址，立正，向高君曼行举手礼，标准的军人姿势。

这一天，来自长沙的毛泽东也在寻找这个开会的地方。同样是寻找，区别在于朱德是握有地址的，而到达上海的毛泽东摸遍口袋，也找不着他曾经记下来的这个会址。陈独秀寓所在上海何处，他也忘了。他在7月16日的太阳底下转来转去，就是无法找到会场。毛泽东其时的懊丧之情，不言而喻。

衣衫褴褛的报童大声叫喊着，叫得街路震颤："《申报》！看《申报》啦！孙中山坚守永丰舰，北伐军回师讨伐陈炯明！"

毛泽东疲乏地停下步子，撩起灰布长衫掏摸零钱。买了报纸之后，他靠在一家古董铺门边浏览标题。古董老板横眉竖眼地冲他挥手，示意他走开。

毛泽东只好又走。

在英租界南成都路的一个里弄口，毛泽东走进一家卖洋皂洋线的杂货店。"来碗凉茶。"他掏出一枚银毫。

老板娘用细嘴茶壶筛出一碗凉茶，还示意客人可以坐在门边的一张条凳上。

疲乏的毛泽东刚坐下，便见一个脸廓方方正正的中年汉子迈着大步朝他走过来。

朱德问他："请问先生，这里是南成都路辅德里吧？"

毛泽东摇摇头："对不住先生，我也不知。"

朱德转脸，又问了老板娘。老板娘指指里弄，点点头。

朱德忙说："谢谢诸位！"

老板娘说："不客气。"

毛泽东端着茶碗摇头："没事，没事。"

朱德进弄而去，甩着双臂，仍旧是他的军人步伐。

丢了地址的毛泽东并不知道，离他现在靠着的这面砖墙不远的地方，就是中国共产党第二次全国代表大会开幕式的会场，一排红砖与青砖相间的楼房，南成都路辅德里六百二十五号，也就是李达的寓所。同时，毛泽东也不知道，刚才以浓重的四川口音向他问路的那位中年汉子，就是六年之后将要与他在井冈山会师的朱德军长。如果这一天他们握手相识的话，朱毛会面的时刻将在中国近代史上整整往前推移六年。

此时，在南成都路辅德里六百二十五号李达寓所内，客堂已经布置成了会议厅的模样。

与会的是十二位代表，他们的名字是：陈独秀、李达、张国焘、蔡和森、高君宇、施存统、项英、王尽美、邓恩铭、邓中夏、向警予、张太雷。他们代表的是全国一百九十五名共产党员。代表中引人注目的是从法国归来才半年的蔡和森。蔡和森不仅当年与密友毛泽东在湖南创建了名气很大的“新民学会”，1919 年底去了法国之后又大声疾呼成立共产党，并且着手组织了旅欧共产主义青年团，因为领导“占领里昂大学”而被法国政府以“扰乱治安”之罪驱逐出境。他的传奇之处是带着母亲葛健豪、妹妹蔡畅、女友向警予一起去法国“勤工俭学”的，投身革命的志向大得很，所以大家见着他都很尊敬，他也不怎么说话，在木椅上坐得规规矩矩，同时也规规矩矩地听着陈独秀的发言。

陈独秀的发言总是那么犀利。他不停地以弯曲的手指敲着会议桌。他说：“第一，中国共产党要与革命叛徒陈炯明划清全部界线，发表谴责陈炯明的声明。凡中共党员，谁再为陈炯明帮腔，便给谁以公开警告！第二，我们坚决支持孙中山，但是坚决不加入国民党。若要合作，党外合作！”

“这两点，国焘都投赞成票。”坐在门边的张国焘表态干脆，“不过，现在，独秀同志，有个人等着见你，在隔壁小房间。”

“毛润之来了？叫他进来。”

张国焘说不是毛润之。陈独秀奇怪，说毛润之到底怎么回事，他应该来的呀。

蔡和森插言说：“他说过要来上海的。”

毛泽东是给蔡和森写过信，说要来上海开会，蔡和森记得清清楚楚。

李达也表示了奇怪：“是我写信告诉他地址的呀，写得明明白白的呀，莫非他丢了信？”

张国焘却小声催促：“独秀同志，你先到隔壁见见那个客人。”

“什么客人？”

“他口口声声要参加共产党。”

觉着了奇异的陈独秀走到隔壁，便看见了一位不速之客。他坐下，与这位冒昧求见的浓眉汉子会晤了几分钟，但是，显然，他们的谈话过程不甚融洽。

“我们中国共产党，自然欢迎一切革命者，但是，你的情况特殊。”陈独秀说话直截了当，“你刚才说，你当过云南陆军宪兵司令部司令官，是不是？”

朱德点首：“是的。”

“少将？”

“是的。”

“还当过云南省警务处长兼省会警察厅长，是不是？”

“是的。”

“还抽过鸦片？”

“戒了。”

陈独秀走了几步，说：“朱先生，共产党是工人阶级的政党，我们现在着重在工人和贫苦农民中发展党员。恕我直言，像你这样出身的人，投身工人阶级的解放事业，并且准备为之牺牲，是可贵的，但也是不容易的。你需要长时间的学习，需要真诚的申请，明白吗？摇身一变，恐怕不行。”

朱德急了：“陈先生，我很崇敬你。《新青年》上，我拜读过你的文章。先生立论，犹如灯塔。我认定解救中国者，唯中国共产党。我确实是个旧军人，正因为如此，我殷切盼望新生！我反复研读过《史记》《汉书》《三国志》，但从历史身上我找不到中国的出路！而独在中国共产党身上，我看到了光明！陈先生，请你准许我加入贵党，我是铁了心的！陈先生，我千里迢迢来上海，就是想把我的心掏给你……”

陈独秀从椅子上站起来，说：“对不起，朱先生，我今天很忙。”

朱德说：“我想去欧洲一趟，访问马克思的故乡。我愿意为中国人民……”

“很好，很好，”陈独秀急于结束谈话，“参加共产党，须要以工人阶级的事业为自己的事业，以工人阶级的宇宙观为自己的宇宙观，对你这样行伍出身的老军人来说，恐怕真的需要一个脱胎换骨的思想转变。我想，朱先生是会明白我说的意思的。我看这件事，是不是以后再说？”

朱德沉默良久，立正，行个举手礼，然后僵硬地后转身，退了出去。

张国焘追上几步，说："先生，这边请。"

朱德发现走错了，立即换个方向，走出大门。

陈独秀对张国焘说："我们要及时注意转移会场。每天开会，都要换一个地方。"

"不过，这个人，"张国焘说，"像是真心实意的。"

"革命潮涨，鱼龙混杂，难说。"陈独秀叹口气，结论简洁。这类人，他见得多了。

朱德没有也不会听见陈独秀的这句评论，他依旧迈着他的军人的步伐，他的步伐与他的心情一样沉重。

朱德走出南成都路的时候，明白了这样一个事实，自己刚刚治愈的失眠症从今天起又得犯了，起码今夜将是一个烦躁而痛苦的通宵。但是，他也明白，他自己探求真理的决心就如彻底戒除鸦片烟的决断一样，是异常坚定的。他找的是政党，而不是党首。党首说话，不一定代表整个政党，尽管政党与党首密不可分。政党是主义的化身，对于救国救民的主义，他是要坚定不移地找下去的。两个月之后，他便登上去法国的邮轮，离开上海赴欧洲留学去了。

其实，陈独秀的心境跟朱德一样，这些天一直不舒服。中共第二次代表会议通过的一些决议案，在他心里结起了好几个疙瘩。他首先想找李达谈谈，于是在这个晚上，他把李达约到了黄浦江边。

陈独秀与李达在冷僻的船码头旁边席地而坐。月光下的黄浦江，炎热而冷清。

"鹤鸣，我不知道你怎么看这些决议案。昨日会议是闭幕了，可我的眼皮子，一整夜开着。"陈独秀一边说，一边注意着李达的表情。

李达瞧着月光下粼动的江水，许久，不知怎么开口。

开了一个礼拜的中共第二次代表会议，制定出了中国革命的最低纲领和最高纲领。十二位代表通过辩论，认识基本一致：在现阶段，中国人民的迫切需要，并非进行社会主义革命，首先是要推翻帝国主义和封建主义这样两座大山。当然，党的最高纲领，仍然是在中国实现共产主义社会。中共"二大"还通过了《中国共产党加入共产国际的决议案》《关于"民主的联合战线"的决议案》等九个决议案。会议选举陈独秀、邓中夏、张国焘、蔡和森、高君宇为中央执行委员会委员，中央执委会选举陈独秀为委员长。应该说，会议还算是开得顺当的。

陈独秀约李达出门走走，目的之一是解解李达的心结。李达对国共合作一直持有异议，此次也未被选入中央领导机构，他的宣传一职由湖南代表蔡和森接替。李达在闭幕那天晚上，一人喝了半斤白干，他以往是不怎么喝酒的。对李达这个难得的理论家，陈独秀觉得应当好好抚慰一下，尽管陈独秀对通过的一些决议案自己也芥蒂颇多。

陈独秀推心置腹地对李达说："鹤鸣啊，这几个决议案中，我心里最存疙瘩的，是加入共产国际决议案。全世界的共产党五指握拢，共同打帝国主义一拳头，这是对的。可是一定要我们中国共产党成为共产国际的一个支部，咸咸淡淡都得听人家吆喝，这总归是一个问题。"

李达说："我也这么想。太上皇体制，殊为不智。"

"于情于理，皆为不通。"

"仲甫，说实话，这几个决议案中，我心里最存疙瘩的，就是那个《关于"民主的联合战线"的决议案》。虽说，这个决议案也提出要保持共产党的独立性，'绝不是投降附属与合并'，但是，我们党小，他们党大，一旦合作，往往小者为大者所吞并，工人阶级政党就会消散于无形，毁于一旦。想来，心里就怕啊。"

"我知道鹤鸣心存芥蒂。"陈独秀叹口气。

李达忽然就激烈起来："你是党首，我们是党羽，首脑转弯，羽尾不得不转。可是身子转了，这里偏偏难转。"

李达指指自己的脑壳。

陈独秀知道李达的不满已经很深。

"你是湘人，"陈独秀咧嘴笑一笑，"湘人说话，辣味重。蔡和森也是湘人，我听得出来，他对两党合作，也有看法。你们湘人，都是辣手辣脚。辣一点，也好，辣是一种志气。马林每次见着我，也总像是见着一根辣椒，龇牙咧嘴的。鹤鸣，对这个问题，你怎么看呢？两党合作，我原先也是反对的，这你知道。现在呢，收回意见了。为什么？马林的压力很大。但是，我虽改变主意，同意两党合作，然坚持必须党外合作，也就是两党平行合作。马林说我们共产党人应当向国民党党旗宣誓，戴上国民党帽子，我听着这就不是一句话，而是一个屁！鹤鸣，这一点，你能接受吗？"

李达想了半天，仍不表示同意，仍然说陈独秀的骨头不应该软下来，哪怕马林再凶。

陈独秀说服不了李达，有点扫兴。这时候他看见刘少奇领着黑子和喜子从江边的玩耍之地过来了。陈独秀说："哟，又有一个湘人走过来了。"

刘少奇刚从莫斯科东方大学毕业回国，来上海之后，暂时在中国劳动组合书记部工作。他晚上和陈独秀一起出来，先带上陈独秀的两个孩子玩耍，不叫孩子干扰陈独秀与李达的谈话。黑子现在蹦跳着告诉爸爸，他捡了一条死鱼。

刘少奇笑着说："委员长同志，您的两个孩子也真有些顽皮呢。"

陈独秀蹲下来说："黑子，喜子，该回家了。"

黑子说："爸爸，我还要玩。"

陈独秀忽然抬脸说："少奇同志，你这个湘人，是不是也该回家工作了？"

刘少奇规规矩矩蹲下来，说："我？"

"你回到湖南去工作。毛泽东同志认识吗？"

"听说过毛泽东大名。"

"他是湘区的书记，也是中国劳动组合书记部湖南分部的主任。你去他那儿，做工运工作，同时，也参加湘区党委。"

刘少奇说："我马上动身。"

"你带一套'二大'文件去，交给毛泽东。你要问他，为什么不来上海开会。这几天，说实话，关于两党合作问题，我特别想听听他这个湘人的看法，可就是不见他人影儿。"

李达说："润之一直是有独立见解的。"

陈独秀说："毛润之这个人，骨子里硬，硬度像我，说话的那根舌头，却特别软，会打弯，有迂回战术，不至于像我这样常会惹得共产国际发怒。少奇同志，你回老家，跟毛润之一块儿工作，我想你很快就会有长进的。"

陈独秀这句话倒是没有说错，刘少奇回湖南工作确实合适，后来的事实也证明是这样的。

他初见大名鼎鼎的毛泽东时，毛泽东正在踩水车，是腆着已有七个月身孕肚子的杨开慧带他去见毛泽东的。杨开慧一路引导刘少奇往屋子东侧的水塘方向走。三湘 8 月，旱情持续，酷暑难当，杨开慧走了几十步路，就觉得气喘了。

树间一片蝉鸣之声。刘少奇说，慢些走吧，我不急。

杨开慧指着远处，那是一架正在踏动的水车，笑着说："看见了吗？润之正起劲呢！"

刘少奇有些发愣："毛书记怎么在踩水车？"

"天旱，农田都裂了。润之从上海回来之后，这几天都在帮农民踩水车。"

刘少奇又一愣："什么？他去过上海了？"

杨开慧笑："走了个空，地址丢了！"

刘少奇拍拍自己的脑袋，这个毛书记怎么会犯这种错误呢！

毛泽东踩水车倒是特别熟练。他踩的是一架狭长的龙骨水车，水车被踩得叽叽嘎嘎响，努力汲取着水量已经不多的水塘。毛泽东见着来报到的刘少奇，显得高兴，一打听，发现彼此的家乡相距不远，于是更加高兴。毛泽东当即邀请刘少奇踩水车，刘少奇说不会踩。

你会走路吧？毛泽东说，你不是从湖南走到上海又走到莫斯科，又从莫斯科走到上海又走回长沙的吗？你会走路就会踩水车。毛泽东这么说着的时候，几个在沟渠边导引水流的菜农则一直偷偷地笑。

刘少奇一试，果然就会踩了。毛泽东说："你看，你很会走路嘛。"

毛泽东边踩边对刘少奇说："你要去安源。安源那里有一万七千工人，一万七千人起来了，湘东就红了。你要去学做工人运动。何谓运动？运动，就是踩水车。你看，水怎么提上来？靠腿，腿一上一下，水就哗哗哗出来了。这就是运动得法。运动二字，学问大了，你要到实际当中去学。"

刘少奇说："我有这个信心。"

"你年轻，才二十四嘛，一定学得快。前两脚踩不准，后两脚就踩准了！"

刘少奇后来就提到了两党合作的议题，他说："陈独秀委员长本来很想在会上听你谈谈两党合作问题。对这个问题，他有点儿犯难。"

"这个会，到底在哪儿开的？"

"南成都路。"

"南成都路？哎呀呀！"毛泽东想起来了，"我硬是走过这条南成都路的哟！我还买过一碗凉茶喝呢！"

刘少奇笑："这就叫失之交臂。"

毛泽东说："两党合作，仲甫犯什么难啊？合作就是了！比如我现在踩水车，我就在想，我这两条腿可是有名有姓的，不叫左腿，也不叫右腿，一条姓陈，叫陈独秀，一条姓孙，叫孙中山，你看，两条腿轮流走，一前一后，一前一后，水就大了。大不大？”

刘小奇说大，很大。

“若光是一条腿走呢，少奇你下去，看着！”

刘少奇下了水车，看毛泽东使劲趴在横杆上，用一只脚踩水车。

毛泽东踩着，踩着，水流小了，水车也随之卡了壳。

刘少奇点头，说：“我明白了，缺了孙中山大总统不行，缺了陈独秀委员长也不行！”

毛泽东下了水车。好几个菜农喊：“谢谢你了，毛先生！”

毛泽东挥挥手，又回脸对刘少奇说：“我要是不丢地址，一定在会议上好好发个言，给仲甫打打气。我知道张国焘有想法，蔡和森也有意见，李达也想不通。其实七嘴八舌，本是好事，只要把分歧摊在桌面上就是了，会讨论到一起的。”

刘少奇点头称是。毛泽东又说：“说实话，我非常赞成共产党与国民党紧密合作。先前，只怕是国民党以大凌小，不肯收我们这个小弟弟，从眼下来看，事情倒会有转机了。”

刘少奇不明白，说：“什么转机？”

“孙中山大总统现在何处？”

“报纸上说，他在一条军舰上反抗陈炯明。”

“我告诉你，少奇同志，军舰，只能浮在水上。水不是土地，站不住人，更支撑不住一个政府。孙中山已经是没有根基的大总统了。没有了根基，他是很难受的，他一定要找根基。中国的根基是什么？中国的根基不是军阀，是工农，也就是代表工农的共产党，明白吗？孙中山大总统，现在，应当是明白这个道理喽！”

刘少奇一声大叫：“毛书记！”

“怎么？”

刘少奇跺足道：“哎呀，毛书记，你真是不该丢了地址！”

“对，”毛泽东说，“我应该在这次会议上，用我的脚说话，好好踩它一通水车！”

毛泽东对孙中山的这个分析，李大钊深以为然。这一年夏季，李大钊一直逗留在上海、杭州一带，参加各种革命活动。他也这样预计，反攻无望的孙中山最终将会离开广东，来到上海，上海必将是筹划国共合作的主要舞台。

这是1922年的8月初，江南的盛夏。从车窗望出去，沪杭铁路两侧，皆是大片大片的绿色，生机勃发的样子。李大钊坐火车从杭州回上海，他一边擦着脖子上的汗，一边注视着窗外变幻无穷的水乡夏景。他想，到底是江南啊。

亮晶晶的水塘里，静静地露着黑色水牛的鼻子。

他又想，孙中山呼吸的余地也是很狭窄的了。确实，被叛将陈炯明驱赶出广州的孙中山在这一年夏天，处于苦苦反攻的困境，已经使李大钊看见了国共两党紧密合作的前景。毛泽东给他写过一封信，他很同意毛泽东的类似分析。

车厢闷热而嘈杂。李大钊注意到坐在斜对面的一位摇黑色折扇的老者，正在发表时局评论，这种居高临下的评论吸引着好几个年轻乘客的耳朵。

“孙大炮这回是没指望了！”折扇老者这样说，“他有几门大炮？他光是嘴上的大炮，你们说他那条永丰舰，能有几门大炮？”

壮年乘客插嘴说：“永丰舰硬是了不得哦，是大清海军统制萨镇冰专门向日本定购的，排水量七百八十吨，《申报》上有分析哩！”

折扇老者笑一笑，脱了自己的圆口黑布鞋，指着鞋说：“诸位，兵舰火炮，再怎么说，也是无根之炮，能敌得过岸上火炮的群起攻之吗？”

老者随后便撮起一堆葵瓜子壳，分批丢向布鞋，丢完了，又把几块香蕉皮也扔过去，布鞋一下子“满载”了。老者哗地收拢折扇，啪一声敲在掌心：“孙中山还不完？”

众人都点头说有理，李大钊忍不住插言说：“看似有理者，并非一定有理。岂不闻有句古话，叫作‘置之死地而后生’？”

折扇老者闻言转脸，看定李大钊，说：“先生是国民党员吗？”

李大钊摇头：“不见得。”

折扇老者说：“鄙人倒曾是国民党员，也曾打手模效忠孙总理，不过，三日前，已退党了。”

李大钊说：“这又为何？”

折扇老者说：“党已为悬崖之党，我又何苦松缰放马？理想之破灭，我心里也是惨痛啊。孙总理这一回实在是玩不转了，他的几个左膀右臂也都折了，他最得力的那个廖仲恺，现在也被陈炯明关在牢里，生死未卜。广州政府，算是兜底儿完了！人间沧桑，可叹可泣哪！”

李大钊暗中点头，这位老者说的话，确也入木三分。但是他的入木，也仅仅三分，中国这棵大树的根底，他其实并不明白。凡千年挺立之大树，自有除旧布新的能力，凡眼难窥。

而老者所提到的廖仲恺，倒确是很叫李大钊担心的。国民党若是失散了这些坚定的“左派”，那就不光是国民党的损失，也不光是共产党的损失，而是民族的损失。

廖仲恺的囚禁地，是在广州城以西的石井兵工厂，而且是在这座兵工厂的地下室。何香凝费了好大劲，才打听到丈夫被囚的确切地点。她花了很多力气才打通了关节，被准许与丈夫见一面。

她上百次想象着丈夫的面黄肌瘦，但是一旦相见，囚室内的惨相，还是叫何香凝惊得说不出话来。

廖仲恺胡子拉碴，身上被三道铁链子锁着，手上脚上腰间各一道，锁死在一张铁床上。一身单夹衣被汗水污得不成样子。“仲恺！”何香凝一下子扑了过去，悲恸之极。

廖仲恺倒显得沉静，他缓缓说：“香凝，不要难过，倒是要想一想，我们的革命，怎么革到了今天这一步！”

他这么说话，可见思路还是非常清楚的。妻子强压住啜泣，轻轻抚着他的额头说：“只怨孙先生，太相信陈炯明。”

廖仲恺说：“不怨先生，我也太相信这个叛徒了，不然，我也不至于自投罗网。唉，何人为友，何人为敌，孙先生不甚明白，也怨我进言不够！香凝，不要哭，你一向是坚强的。”

“我是买通了一个军官，才来看你的。”何香凝打开随身包袱，取出干净衣服，扭脸问卫兵，“喂，能开锁吧？只开一会儿，换件衣服？”

卫兵说不行，脸色犹如铁铸。何香凝大怒说：“良心叫狗啃了？！”

卫兵仍是漠然。何香凝铆足劲儿，果断地撕开丈夫的衣服，吃力地将新衣服替他换上。身上三道铁链，这换衣之难，可以想见。

廖仲恺心里感动，一边挣扎着配合，一边嘟哝着问：“这是什么衣服？”

“这叫中山装，孙先生亲自设计的。”

“我很想念孙先生，无时无刻不想。”

“你会见到他的！我一定想法子救你出去！我想过了，我要直接找到陈炯明！我会闯到他司令部去！”

“我对他不抱幻想。我准备就义。我作了一首诀别诗，你记下来。”

何香凝说：“不，我不能叫陈炯明枪毙你！你不会死！”

廖仲恺忽然瞪圆眼，大声说：“备笔！”

妻子取出随身所带的纸笔。她感觉到了自己手指的哆嗦。

廖仲恺望着妻子，缓声念：“后事凭君独任劳，莫教辜负女中豪。我身虽去灵明在，胜似屠门握杀刀。”

两滴泪水落在纸上。何香凝赶紧拭去泪水。

“还有一首写给孩子的，取题：《诀醒女、承儿》。你记下来——女勿悲，儿勿啼，阿爹去矣不言归。欲要阿爹喜，阿女阿儿惜身体。欲要阿爹乐，阿女阿儿勤苦学。阿爹苦乐与前同，只欠从前一躯壳，躯壳本是臭皮囊，百岁会当委沟壑。人生最重是精神，精神日新德日新。尚有一言须记取：留汝哀思事母亲。”

何香凝扔了笔，呜呜大恸。她实在忍不住了。

廖仲恺又瞪圆眼，说：“别哭，让卫兵看笑话！”

何香凝止声，用衣袖揩干泪，忽然转脸，冲卫兵大骂：“我不是哭自己，也不是哭仲恺，我是哭你们！你们这帮反动分子，末日不远了！”

卫兵瞪眼，反骂：“谁末日了？你这个臭婆娘胡说！孙大炮才末日到了！他几只破兵舰，能撑到什么时候？”

孙中山在海上的抗击，李大钊也认为撑不了几天了。

他与陈独秀并肩走进老渔阳里的时候，这么说：“孙中山撑不了多久了，数日内必来上海。仲甫，你应加紧与之联络。两党联合之推动，其为时也！”

陈独秀推开房门，说：“你是这么判断的？”

“他很难有第二个地方可去。忠于他的北伐部队回师攻打陈炯明，丢盔弃甲，连连受挫，他还能回得了广州？”

“是啊，只有来沪一途。”陈独秀同意李大钊的判断。

“我的第二个判断是：孙中山遭此磨难之后，再不敢看低我党，必对我党采取更加诚恳的态度。两党之合作，将会开创新局。”

“有此可能。”陈独秀拉开大客厅的一张椅子，示意对方坐下。

李大钊坐下，说：“孙中山此次遭难，可用‘五内俱焚’形容。但是五内经此焚烧，就像太上老君开了炼丹炉一样，晶莹剔透了。烧过的心，便更加明白了谁是仇家，谁是朋友；烧过的胆，便更加胆魄过人，励志图新。路人评说，说孙大炮从此完了，国民党从此完了，我认为说这话的人，根本不明白孙中山长着一副什么骨头，根本不明白他的世界大同理想的顽固程度，根本不明白中国的民心所向！”

“守常，”陈独秀寻出一双草拖鞋，“那我们就一起在上海恭候这位非常大总统，你须在上海多住些日子，你我多商量商量。多留江南温柔乡，嫂夫人不会有意见吧？”

李大钊笑：“哪里话！”

高君曼走出来，把一柄大蒲扇递给李大钊，凑客人的耳根子悄声说：“李先生，无论如何多住几天，好生劝劝他，这个陈独秀真的是越来越不像话了！”

正在换鞋的陈独秀似乎听见了什么，忽然恼了，说：“君曼，又嚼什么舌头？”

高君曼委屈地说：“李先生，你看看，他对孙中山的态度是一天比一天好，对我的态度却是一天比一天坏！”

陈独秀怒：“有你这么比喻的吗？”

李大钊笑出声来，还没打出一个哈哈，忽然就敛了笑容。他听见门外传来报童的叫喊声。

“看报！看报！”报童嗓门又亮又尖，“看孙中山寡不敌众，撤离永丰舰！——看报！看报！看孙中山前来上海！”

“啊呀！”陈独秀大叫，“说到曹操，曹操就到！”

第10章

党首们在另一面党旗下宣誓

海水呈灰蓝色，水花在浪涛的举托下，不断溅上甲板。1922年8月13日的这天上午，蒋介石迈着军人的步伐走到孙中山舱室前，笔挺地立正。他的裤管上都是海水。

俄国皇后号邮船自南海进入东海。风越来越大。

“孙先生！”他对着紧闭的舱室门喊，“先生！中正有事报告！”

无人应答。

奇怪，蒋介石又用他的江浙官话喊：“大总统！大总统！”

还是没有声音。

在永丰舰上坚持平叛五十五天的孙中山，终因孤军无援，于8月9日离开广州海面，转道香港，乘皇后号邮船赴沪，中国的第二次护法战争遂宣告失败。孙中山其时心情之恶劣，可以想见，但是紧闭舱室不睬他人的习惯，他是不会有的，所以蒋介石此时便疑惑起来。

蒋介石是接到孙中山急电，特意从老家浙江奉化赶来永丰舰襄助孙中山操持军事的。共同蒙难一个多月，彼此都觉得心更近了，而今叫唤半天不见孙先生开门，倒是大觉奇怪。他狠劲一推，舱门竟开了，探头一看，舱内无人。

门口走进一个小个子勤务兵，气咻咻拎来一壶热水。蒋介石急问：“大总统呢？”

“在呀。”

“人呢？”

勤务兵探头一瞧，也觉奇怪，跟着说：“对，人呢？”

蒋介石厉声说：“你是怎么照看大总统的？大总统这几天胸口发闷，叫你寸步不离，你长耳朵没有？”

勤兵务傻眼了，不敢回话。蒋介石转身便走，下舷梯，嗵嗵嗵走到汪精卫舱室，推门问："兆铭兄，见大总统没有？"

"没有啊，"汪精卫一骨碌翻身下床，"他不在自己舱室？"

蒋介石忽然意识到了什么，叫一声："糟糕！"

汪精卫也慌了："我陪你去找！"

蒋介石首先就往船尾找，军靴踏着甲板，像一路敲响铁皮鼓。

船尾水花翻腾，如蛟龙喷水，雪茫茫一片。蒋介石与汪精卫趴在舷栏上，不顾水雾扑面，一直察看着船尾。汪精卫一迭声说不至于吧，不至于吧，脸色都变了。

蒋介石大声问一名站在船尾的俄籍水手："你有没有见到我们的孙大总统上这里来？"

水手闹不明白："孙……中……山？"

"是啊，孙中山先生！"

俄籍水手摊手，又耸肩，表示没有见到这个人。

这时候，孙中山正款步走入皇后号邮轮的炊事舱。

砧板上在剖鱼，几位俄籍厨师和华人厨师满手都是鱼鳞与鱼血。厨师们听见响动，一回头，便看见了这个面熟的人。

"你是，你是，你是，孙中山大总统？"华人厨师认出他来，表情顿时很惊喜。

"孙总理，我是中国国民党党员，"另一位华人胖厨师立即摘下白帽子，奔几步，鞠一躬，"向孙总理问好！向大总统问好！"

孙中山说："先生们好！晚餐吃鱼？"

胖厨师说："吃鱼。"

"什么鱼？"

"鲢鱼。不是海水鱼，是淡水鱼。"

孙中山弯腰观看，手指砧板："这是鱼肠？"

厨师说："鱼肠，大总统。"

"这颗绿的，就是鱼胆喽？"

"鱼胆，大总统。"

孙中山伸手，挖起一颗鱼胆，凝神而视。炊事舱所有的人都看着孙中山，不知这位大总统要干什么。

舱门外，只听小个子勤务兵一声尖叫“大总统在这儿”，嗓音如释重负，紧接着便见着了气喘吁吁的蒋介石和汪精卫。

孙中山并不回头看蒋介石与汪精卫，他双目炯炯，只盯着手中这粒小小的鱼胆，一时似有千言万语要说。

厨师说：“大总统，鱼胆腥气！”

孙中山出言，掷地有声：“遥想当年，越王勾践，为图复仇，卧薪尝胆。今我孙文，漂泊海上时近两月，有意卧薪，却无薪可卧，幸亏还有一粒苦胆可尝，孙文今日就以胆励志，尝了它吧！”

华人厨师大为吃惊：“不能吃，大总统！”

蒋介石急说：“先生，生食不可咽！”

孙中山早已将鱼胆放入嘴中，一口吞下。

汪精卫蹦上一步，举双手合成碗状，紧急置于孙中山嘴前，苦起脸说：“请先生一定吐出来！”

“既已食下，何言吐出？”孙中山拍拍自己的肚皮，大声说，“本大总统腹中，已有胆了！”

汪精卫一愣：“先生是说，先生有胆了？”

“对！”孙中山说，“你们听清楚没有，我孙文今日有胆了！”

这句话，他连说了三遍。一刻钟之后，在自己的舱室里，他召集了一个部属会议，这句话，他又重复说了三遍。

然后，孙中山厉声说：“孙文昔日也不是没胆，只是有许多话，想说的，一时不敢说！有许多事，看准的，一时不敢做！看看左面，左面有无狼？看看右面，右面有无虎？英雄气短，豪杰生怯，何其悲也！”

部属们鸦雀无声。

蒋介石专注地看着孙中山，脑子动得飞快。汪精卫也在思索，脑子同样飞快。此时只听孙中山又说：“孙文率领同志为民国而奋斗，先后三十年。这中间真可谓出生入死，艰辛备尝。失败的次数，也是不可胜数。但失败得最惨、最烈、最叫人痛彻心扉的，莫过于这一回。而且，最叫人寒心的，是我们这一次的敌人，不是曹锟、吴佩孚，不是黎元洪，竟是追随我二十年的党徒陈炯明！”

“先生！”蒋介石厉声请求，他感到自己眼眶里有了泪花，“别再提陈贼姓名！可恨贼子，廖先生现在还被他扣押，生死未卜！”

汪精卫顿足说："先生，围攻总统府的四千名叛军官兵，大多数是中国国民党党员！"

孙中山说："所以我今日壮胆，也是逼出来的！我早知国民党积弊甚深，但是难以展刀除腐！我早知北方邻邦友我真诚，但是不敢公开友俄而怕西方列强不悦！我早知陈独秀之共产党真意助我，但是怕党内有疑而不敢接纳！我孙文还是无胆啊！然今日，大海作证，你蒋中正作证，你汪精卫作证，我孙文有胆了！"

汪精卫立即大声说："作为国民党员，精卫也要鼓起胆气，以精卫衔泥填海之毅力，跟随总理改造本党，改造国家！"

"好！"孙中山满意，"兆铭刚才要我从速吐胆，此刻要不要我吐胆了？"

汪精卫立正："不要了！兆铭唯总理马首是瞻！"

"很好。"孙中山说，"我到上海之后，将立即整顿党务，革新政策，壮大阵线，力图自强，还望诸同志继续襄助于我，勿起背离之念，勿生颓废之心。"

汪精卫说："先生，精卫还想斗胆问一句。"

孙中山点首，同意他发问。于是汪精卫问，问得尖锐："先生是否确已萌生联俄友共之意？"

蒋介石听得汪精卫这句问话，便抬眼细观孙中山的脸色。他明白，这是一个方向上的决策，足以影响党的盛衰。

孙中山想了想，说："国民党是我的孩子，现在，眼看着就要淹死！我向英美呼救，它们站在岸上，嘲笑我孙文！这时漂来一根俄国稻草，我在快要灭顶之时，想抓住它。英国和美国在岸上向我大喊：千万不要抓那根稻草！但是，不抓稻草，他们就打算帮助我了吗？没有！"

所有的人都凝神屏息。这是一个有趣的比喻。

"我也知道这是一根稻草，可是总比什么也没有好！或许，这还不是一根稻草，是一根草绳呢？或许，这还是一根很坚实很诚恳的绳子呢？他们倡导共产社会，我的大同理想，不也是共产社会？说到底，我孙文就是个共产主义者！我孙文拉着这根绳子，或许三步两步就上岸了呢？"

汪精卫击掌说："是啊，这也说不定。先生说得对，我们心底里，其实都是共产思想的信奉者，我们与共产国际并无矛盾！"

孙中山指着汪精卫说："兆铭你说得对。俄罗斯人、共产党人，在我最困难的时候谴责了陈炯明。共产党说‘即与之断绝关系，并一致声讨’，这不叫患难见真情还叫什么？敌友泾渭，此时此刻，我孙文应该是有所判明的了！”

大家从孙中山舱室出来的时候，天已黑了，大海在夜色中泛着依稀的白光。汪精卫与蒋介石一时都没有回自己舱室，而是站在邮轮的舷栏边，听着水声。白天听水声，很单调，晚上再听，水声复杂起来。

“介石老弟，”汪精卫说，“情形很明白了，大总统所言之胆，就是联俄联共。”

蒋介石不语。舷边有水珠溅到他的嘴边，他舔一舔，发咸。

“国民党这条船，眼看就要有新的航向了。”汪精卫又说。

蒋介石说：“船长还是老船长。”

“这话对。”汪精卫说，忽又觉得还没有听明白蒋介石的真意。“你这话，究竟是什么意思？”

蒋介石笑一下，语调冰凉地说：“中正从来没有别的意思，中正唯以孙先生的意思为意思。”

夜海茫茫，海与天的交界处有航标灯闪烁。

汪精卫不知道蒋介石心中闪烁着什么。他于是说：“介石老弟，你的城府总是比我深哟！”

蒋介石手扶舷栏，用他的宁波官话，缓缓地说：“抬头看天，天高不可测；低头看海，水深不可测；两耳听风，风长不可测。天地自然均如此，何况人乎？”

汪精卫默然半晌，说：“城府深不可测，源于前途险不可测也。我这句话对不对，介石老弟？”

蒋介石依旧咧嘴干笑一声，没有回答。

在这个炎热的季节里，中国共产党的六位重要人物与一位更为重要的来自共产国际的代表，也在一片白花花的水面上说着事关中国共产党与中国国民党的极为重要的话。簇拥在他们周围的水，是 8 月的杭州西湖。

夏日西子湖的船游，自古为一大赏心乐事。

湖水波动，木浆咿呀，船娘含笑，但见环湖四周，一片深绿，一片长蝉，精致的手划游船载着七个人物，此刻正往湖心的三个小石潭而去，划桨划出了一种诗意。

西湖十景之一的“三潭印月”美景，确实使游船上的乘客都感觉到了神清气爽，尽管船中话题始终沉重，起码在陈独秀的思绪里，这条船上所承载的话题几乎是重得不堪忍受的。

七个人是这样的七个人：陈独秀、李大钊、张国焘、高君宇、蔡和森、马林及其翻译张太雷。这样的七个人所扛起的话题，不可能不沉重，尤其话题是马林提出来的，也可以说是他强加的。因为马林说这个话题太重要了，本来是应该在中国共产党第二次代表大会上加以认真讨论的，但是因为马林本人其时不在中国，未能出席这次大会，所以中共“二大”也没有就这个问题进行深入讨论。这个缺憾，必须由党的领导机构再召开一次重要的会议来加以弥补，而且这个会议要开得快，事关重大，不能再拖。

陈独秀当然知道这个重要议题是什么，是个争吵过不知道有几回的老问题了。他一想到这里，肚中肠子就打结。

马林对这个议题的热情，却简直有如火山喷发。他从莫斯科返回中国以后，这份热情就更加高涨了。尤其是从现在看，有些走投无路的中国国民党党首孙中山已经表现出了这方面的强烈意愿，这显然是个不能放弃的历史机遇。

疲惫不堪的孙中山于 8 月 14 日抵达上海之后，李大钊多次会见了这位几乎陷于绝望的国民党领袖，表示愿促进两党合作，共同推进国民革命。马林也第二次见到了这位首次会面时还不恰当地高昂着头的领袖，但马林不计前嫌，依旧用最热情的语调建议两党合作，甚至直接建议“党内合作”，即共产党员统统参加到国民党里头来。孙中山对这个方案表现出了浓厚的兴趣，这当然好啊，他党首孙中山就可以领导全体的共产党员了，哪怕他们同时还要听从共产党党首的领导。但是说到底，共产党的党首不也是国民党党员吗，不也照样要在国民党的党旗下宣誓，并且要对孙中山表示效忠吗?

这有什么不好的?

这一次见面，孙中山很有些对马林刮目相看。

马林的情绪也很振奋，他知道孙中山的这个态度来之不易，但是陈独秀对这个战略方案的抵触乃至反对，他也是知道的，这叫他心里很不爽。甚至，他还听说陈独秀绕过他，直接给共产国际远东局的魏金斯基去函，希望魏金斯基能出面来制止他马林。

陈独秀太顽固。

要改变陈独秀的观点与立场，那就非得有共产国际的明确态度不可，不然，凭什么也压不服陈独秀。考虑到这一点，马林发了狠心，从海路绕道欧洲去了莫斯科，直接向共产国际总部进行汇报。对此，马林有充分的信心，他相信共产国际最终是会支持他的，因为他手上毕竟握有在爪哇推进革命运动的成功经验，他知道列宁是非常重视他的这一经验的。

马林没有失望。

莫斯科动作异常迅速，当月就把一位老资格的外交官派到上海来与孙中山正式会谈。这位名叫越飞的外交官原是苏联政府驻柏林的大使，也是个思路敏捷的人。这个代表共产国际又同时代表苏联政府的外交官越飞对孙中山热情地表示，苏联政府愿意帮助国民党依照共产主义的路线加以改组，使之具有战斗力，同时又说，他对中国的现状非常理解，中国目前并不具备实现共产主义制度的条件，当前之首务是实现国家独立和统一，共产主义是以后的事，以后的事到以后再说，早着呢，而且还要看那时候的情况。越飞信誓旦旦表示，苏联政府是无私的，除了继续控制在三年前得到的中长铁路外，将放弃任何在中国的特权。

这些话，孙中山统统都很入耳。尤其是越飞表达的不准备一下子在中国引进共产主义秩序的说法，孙中山更是高兴，他觉得苏联人现在是相当通达了，他们已经明白共产主义不一定适合中国国情了。当然，危险还是有的，也就是“共产主义是以后的事，以后的事到以后再说”这层意思，似乎是伏笔，叫人不能完全放心，但是越飞若能代表苏俄政府明确表态一定不在中国实行苏维埃制度，则完全可以与苏联人亲密合作。

总之，孙中山对与越飞的会谈，充满了成功的憧憬。这天晚上，宋庆龄也在孙中山枕边说，这个越飞是个好人，他带来了光亮。孙中山高兴地说：那就这样再跟他谈吧，我们的革命看来也是没有别的路径了，再谈几次之后，我就跟越飞发表一个“孙越公报”，把大政方针敲定下来。

越飞确实很配合，也很懂得谈判的技巧。在孙中山的一再坚持之下，他同意《孙文越飞宣言》的第一条作如下斩钉截铁的表述：“孙中山博士认为，共产主义秩序，乃至苏维埃制度不能实际上引进中国，因为在这里不存在成功地建立共产主义或苏维埃制度的条件。越飞先生完全同意这一看法，并且进一步认为，中国当前最重要最迫切的问题是实现国家统一和充分的民族独立。”

孙中山的高兴是不言而喻的，他说签字签字，这份宣言太要紧了！

显然，这是孙中山一生中最具历史意义的转变。他下定决心调整航向，由走旧的民主革命道路，转变为走“联俄、联共、扶助农工”的新的民主革命道路。他按照马林和越飞的建议，迅速开始了改组国民党的工作。当然，对于共产党与国民党的合作方式，他始终反对平行的两党党外合作，而赞成共产党员以个人名义加入国民党的两党党内合作。他很警惕这件事，在这个问题上，他不想失控。

对马林从莫斯科带回来的共产国际支持“两党党内合作”的方案，陈独秀还是大吃一惊。他起先根本不相信马林的说法，甚至还怀疑魏金斯基有没有收到他的那封言辞恳切的长信。但是当马林在这个炎热的季节呼啦一下脱下自己的白衬衣，并且把衬衣递在陈独秀眼前时，陈独秀才从极度的怀疑中惊醒过来。

他觉得自己已经很久没有这样震惊过了。

衬衣上有英文的字样。这几行英文印在白衬衣的背面，是用英文打字机打上去的。文字不多，但是陈独秀依旧是读了一遍又一遍，一边读，一边只觉得两侧的太阳穴一阵阵发紧。

这是共产国际远东局致中国共产党中央的指示文件，文件是由魏金斯基签署的。

文件的全文表达了一个简洁而明确的意思：“根据共产国际主席团 7 月 18 日的决定，中国共产党中央委员会在接到通知后必须立即把地址迁到广州，所有的工作都必须在菲力浦同志紧密联系下进行。共产国际远东局魏金斯基。1922 年 7 月。莫斯科。”

魏金斯基所说的菲力浦同志，就是指的马林。

事件很明显，中国共产党的工作重心要移到广州的孙中山那里去了，马林的那一套异想天开的“两党党内合作”方案已经被列宁认可了，魏金斯基收到了陈独秀的信，而且明确地裁示马林设想的战略是正确的。

作为下级支部，中国共产党必得按此方略执行。作为中国共产党的党首，对于这件散发出马林体味的白色衬衣，态度必得是明朗的。

面对这位摇着扇子、胸毛浓密的赤膊马林，陈独秀显得无奈。他在读了六遍白衬衣上的字样后，用沉闷的口气说，那好吧，我们再开一次会，我马上就发通知。

会议定在杭州召开。浙江嘉兴的那只画舫现在摇成了杭州西湖的一条游船。摇船的依旧是船娘，嘉兴那位船娘与杭州这位船娘的年纪也仿佛差不多，说话的腔调也都是吴侬软语。

西湖船娘把这条带有白色布篷的游船摇出六公园码头不久，马林便故技重演，当着六位中共要员的面脱下了他的那件有着“尚方宝剑”意义的白色衬衣。这一鲁莽的行为倒是叫船尾的年轻船娘惊呼了一声，然后掩住嘴哧哧地笑出声来。

这一行为其实并不鲁莽，而是必经的工作程序。除了陈独秀之外，船上的其余五位“游客”都细细传阅了这件衬衣。翻译张太雷用英语大声读了一遍，然后又大声将它转译成了中文。

船上所有的“游客”都明白，事情要往这个方向走了。

游船的船顶虽有篷布，但是炽烈的阳光还是能渗下来，把每个人的脸庞都映得通红。

陈独秀注视着湖面，长时间没有吭声。他的目光有些发呆。

马林在穿回那件白色衬衣后，开始传达共产国际执委会主席团关于中国问题的指示和决定。他讲到了莫斯科对他的战略思想的高度肯定，又再度讲到他在爪哇的成功实践，他说“实行国共两党党内合作”实在是一条迅速壮大自己力量的革命途径，真心希望中国的同志好好考虑。

党内合作与党外合作，虽只一字之差，却有天壤之别。陈独秀盯着在阳光下微微荡漾的湖水，心里想，大家都向中国资产阶级政党的党首举拳效忠，中国共产党是干什么吃的了？“一个幽灵”干什么到中国来徘徊了，回欧洲去得了！

马林此人，实在太牛，但是列宁怎么也都听信他呢？难道中国必定就得仿效爪哇的经验？

他听得翻译张太雷此时正在说：“马林同志刚才介绍的，是共产国际八月指示的第二条，全文是：共产国际执委会认为国民党是一个革命的政党，这个政党坚持辛亥革命的使命，并渴望建立一个独立的中华民国。”

“什么叫革命的政党？他们的革命是资产阶级革命还是工人阶级革命？”陈独秀终于耐不住了，阴着脸，站起身来。

船娘赶紧说："这位先生坐稳了。"

马林说："委员长同志，现在，还是请允许我把共产国际的这份指示读完。"

李大钊打圆场，说："仲甫，你先坐下。你一起身，这船的重心就偏了。我提议，还是先听完。听完之后，细细品味，然后各人再发表各人见解，如何？"

大家都说好。陈独秀也慢慢地坐了下去。

马林一时倒没有心思念下去了，在游船慢慢擦过小石塔的时候，他忽然伸出他多毛的手臂，搂住了石塔的底部，直叫船只一阵摇晃。坐在船尾的船娘惊得尖叫一声，继而又捂住嘴，觉得这个洋人今天的表现一直很好笑。

马林说："同志们看见没有，石头的坚定性和船只的机动性，都是革命党人应当具备的品质。"

张国焘说："马林同志，小心翻船！"

蔡和森附和说："如此，非翻不可！"

"不，不，"马林大笑，"船已经靠岸了。"

陈独秀站起来，拍拍马林的肩，手指小石塔，小声说："马林同志，你的依靠对象，根底并不深。我看你有点自以为是。"

马林问张太雷："陈同志说什么？"

张太雷说："他说你这个姿势很好，可惜没有照相机。"

马林哈哈大笑起来，金丝框眼镜在阳光下闪闪烁烁。

他猛一推小石塔，船儿便晃悠着退开了。

但是随着马林这一用力的手势，一道淡淡的金光便离了他的手腕，直落湖中，溅得湖面扑通一声响。

"我的表！"马林大惊。

一只在当时的中国还相当稀罕的戴在手腕上的小金表，就这样落入了湖水。

在厚重的湖水里，手表缓缓下落，带着它的越来越暗淡的金黄的光芒。

一条黑鱼的鱼尾轻轻扫了一下表带。

这只无奈的金表现在听见了湖面上传来的马林的声音："还是一个瑞士商人送给我的，是新表，才戴了一年！"

这声音听起来很沮丧，但是金表不能不继续以优美的姿态下落，一直落入软和的淤泥之中。

半个表面露在外面，嚓嚓嚓的机械声依旧非常清脆。水面上的马林似乎还能听清湖底的走表之声。马林的嗓音继续在响："那个瑞士商人告诉我，这只表，起码能走三十年！能捞得起来吗？"

当然是捞不起来的。张太雷把马林的这个愿望告诉了船尾的船娘之后，就听得船娘笑了起来。

船娘的回答是，西湖如果干涸了，见底了，那才有可能发现失物。

张太雷对马林说："问过船娘了，她说捞不起来的。"

李大钊说："马林同志，就让这只表留在西湖里吧，让它在碧波之中作证，你马林同志当年是如何努力推动中国革命政党之间的合作的。"

马林听罢张太雷的翻译，挥挥手，也笑了。

"好吧，"马林说，"让我的表在湖水里走三十年吧。"

"喔，三十年。"蔡和森扳扳手指头，"今岁是1922，过三十年，就是1952了。哈哈，这只表要记录1952年的中国。"

"啊，"马林激情澎湃，"中国同志们，如果我们现在就毫不犹豫地推进两党合作，我的这只躺在中国西湖里的手表就能够作证，三十年后，也就是1952年，中国共产党和中国国民党的合作将如磐石般紧密！"

"马林说些什么？"陈独秀大皱眉头，"这个荷兰人，根本不懂中国。"

陈独秀这句话，看来是有道理的。马林的关于三十年之后的中国状况的断言，并不确切，这说明这个外国人当时还并未透彻地理解中国，但是坐在游船中的李大钊却越来越认为，马林的这项得到共产国际支持的大胆提议，是有其科学性的。他此刻很为陈独秀的固执担心。在这一时刻，李大钊觉得，必须好好安慰一下马林，马林的气质和智慧里确实有一种高瞻远瞩的东西。

要中国人接受一种全新的理念，正面交锋或者正面说服往往不行，中国人的面子观念比天还大。

游船靠拢岳坟，在众人离船上岸休息之时，李大钊特意走在马林身边，借着张太雷的翻译跟他慢慢攀谈起来。他夸赞马林的体格健壮，以及他的莫斯科之行的决策及时。

在岳飞元帅的圆形大墓前，李大钊与马林并肩站了好些时候。

“如果我的脾性如铁，”马林对脾气和善的李大钊说，“陈独秀同志的脾性就如钢，他总是比我要硬一些。”

李大钊听了张太雷的翻译，含笑不语。

马林手指岳飞之坟，说：“中国人不是历来就有听话的传统吗？皇帝多发几道金牌，岳元帅阁下不也就回心转意，接受皇帝之命返回首都了吗？”

李大钊笑嘻嘻地说：“就这个问题，您愿意听我的想法吗，马林同志？”

“李同志，”马林说，“我希望你能勇敢地说出我在你家里吃饺子之时你所发表的那些意见。”

“不，我不会说。”李大钊微笑，“起码我今天不会说出这样的意见。马林同志，你不必着急，也不必将共产国际比作发金牌的封建皇帝。谁说的有理，我们中国共产党人最终就会听谁的。”

“当然，李同志这样的立场，我是同意的。”

“晚上，我打算找陈独秀同志好好谈谈。”

马林终于听懂了对方的意思，愣了一会儿，感叹了一声：“李同志的和风细雨，总是比我的急风暴雨水量更大。”

张太雷翻译了马林的这句话以后心里想，我看也是这样。

晚上，李大钊如约找到了陈独秀，他觉得自己能够说服倔脾气的党首。

其实，陈独秀吃罢晚饭之后就一直歪在旅馆床上生闷气。在李大钊进门之前，张国焘一直陪着他，为他放下蚊帐，拿起一把扇子哗哗地驱赶蚊子。

张国焘边赶蚊子边说：“我就觉得马林的战略还是有点问题的，在所有的共产理论上都找不到类似的依据。他这一回搬来共产国际的指示，把一件衬衣抖成了十二道金牌，这种事有点欺负人。”

“你怎么老是屁股后面扇扇子？”陈独秀一个翻身坐起，“你船上怎么不吭声？”

“我……我本来是想发言的。”

“仗义执言，光明磊落，才是丈夫之为。”

“好，好，学生明日就发言。”张国焘赶紧表态，“当然，学生也想，共产国际既有明确指示，那也是必定要贯彻的，违背不得。但是我们中国共产党人也必须阐明自己的立场，要对这个战略方针作出修正，不能什么都听马林的。列宁上回跟我见面的时候，根本就不说党内合作这一茬，现在他马林又满口列宁列宁的，谁知道列宁的本意是什么。反正，我明天一定说话。明知不可为，偏要为之。”

李大钊便是此时推门进来的，一见陈独秀便呵呵一笑：“仲甫，窝在蚊帐里养痱子，也不是丈夫之为。白居易诗言：最爱湖东行不足，绿杨荫里白沙堤。还是去白堤吹吹西湖夜风吧？”

陈独秀便起身，跟李大钊走。他也有些话，想跟李大钊说说。

两人出了昭庆寺，又走过断桥，任潮湿的夜风迎面吹拂，却一直默然无言，直到闻到白堤上的一个油炸臭豆腐摊子的浓烈的气味，陈独秀才稍稍来了点兴趣。

“请你吃臭豆腐。”他大声说，舌头两侧有口水涌出。

“太臭，不惯，不惯。”

“闻闻臭，吃吃香。”陈独秀拉着老朋友，蹲下来，“这是江浙口味，知道你燕赵之人不习惯，但只需咬上一口，就知道滋味。”

李大钊从陈独秀手中接过一串，闻一闻，小心地咬了一口，口舌间慢慢一运，说：“果然。”

“嘿嘿，”陈独秀有些得意，“怎么样？”

“你说得在理，”李大钊边嚼边点头，“闻闻臭，吃吃香。这乃是一个深奥的道理。鼻子反对的，口舌不一定跟着走；嘴巴接受的，鼻子也并不一定要顺着跑。仲甫，许多事情，真的不能观念先行，须得实践起来再说。”

陈独秀一愣，脸一沉：“你指什么？指马林的观点？”

李大钊笑一笑，另起话题：“延年、乔年在法国都好吧？”

陈独秀嚼着臭豆腐，走到湖边，凝望黑黝黝的湖水。“两个犬子，大有长进，都开始信奉苏俄革命了。”他说。

李大钊说：“他们两个啊，过去只信无政府主义，你我都担心他们转不过来弯。你看，如今起变化了吧？看来法兰西也有臭豆腐卖。”

“我每回去信，都嘱他们不要墨守成规。他们还是听了话的。”

“墨守成规，一定坏事。”

“当然。”

“仲甫，你是不是也该给自己发这么一封信呢？”

陈独秀想，这个李守常，真的能拐啊，一拐，两拐，又拐上这个话题了。“守常，你尽是话中有话啊，是马林叫你把我拖出来逛西湖的吧？”

“仲甫，”李大钊说，“不谈马林，只说你我。我现在吃了臭豆腐，你或许会认为我李大钊说的话满嘴臭气，这是你鼻子的观点，你的鼻子可能是对的；但是仲甫，我请你以你的心来倾听我的话，你的心或许会认为我的话并无异味。”

陈独秀冷笑一声，听李大钊继续说，于是李大钊以更恳切的声音说：“仲甫，我以为，今日马林传达的共产国际意见，并非瞎说一气。我们耐下心来，换个角度，细细想想，兴许也会有柳暗花明之感。依这一种设想走下去，或许，真能踩出一条中国革命的新路来。你看，爪哇共产党加入了爪哇伊斯兰同盟，英国共产党加入了英国工党。中国当然不是爪哇，中国也不是英国，但是爪哇和英国既然都出了经验，那么我们中国共产党人，是不是也可以认认真真研究它一番呢？”

陈独秀冷冷说：“对于你的话，我还是相信我的鼻子。”

李大钊一听这话就笑了，笑得很宽容。他已经相信，现在，陈独秀全身的器官中，并非只有一个鼻子在工作。所以他后来决定独自一个人慢悠悠地逛回旅馆，让陈独秀多留在湖边坐一会儿。多坐一会儿好，湖边空气湿润，还夹着荷花的清香，这种湿润的香气能透过鼻孔，慢慢挤走胸间的焦躁。后来当着急的张国焘提出要去湖边找陈独秀时，李大钊拦住了张国焘，他说：“国焘，莫着急。有时候，一湖静水，是一罐最好的汤药。”

张国焘说其实他也对共产国际的规划有怀疑。李大钊按着他的肩膀说，你可别往陈先生的灶膛里送柴火，这是大局。共产国际有了明确的指示，我们完全可以试一试。我甚至有个意见，中国革命之火的燎原，可能就看这一着了。张国焘见李先生的话说得这么重，也就不言语了，但是心里仍有点不服气。他睡到半夜还在想，明天该不该发言支持陈先生呢？

第二天下雨。杭州的夏雨本来很短促，这次却下得无休无止。中共特别会议第二天的会址选在保俶塔一侧的山亭里。

由于瓢泼般的雨水，整个宝石山顶无一游人。

会议的争论也有些无休无止。陈独秀听着，只吐烟雾不说话。李大钊也暂且保持沉默，他知道陈独秀最后是会说几句明白话的。

却是张国焘说得比较多。

张国焘还是觉得自己今天应该发发话了，今天再不开口，不能不挨陈委员长的训，而且，也不能不挨自己的训。他一向对共产国际的人很尊崇，基本上言听计从，但对于共产党员统统加入国民党这一说，他也一向心里有疙瘩。共产党员统统变成国民党员，这算什么名堂呢？这无异于全面缴械嘛。尽管共产国际有了指示，尽管马林一再强调，尽管党内也有应和之音，尤其是李大钊、毛泽东都倾向求变，但是他还是想说出自己的保留之言。于是他清清嗓子，在哗哗的雨声中说话了。他口齿清晰地说："作为一名共产党人，我觉得应该公开地负责地说明我的立场。我很抱歉昨日我没有吭声。我现在愿意声明，我坚决反对共产党员以个人名义加入国民党！再道一声抱歉，马林同志。如果说，中共全体党员都加入了国民党，而且都在国民党内担任实际工作，那就是说，陈独秀委员长也要在国民党内担任实际工作，接受国民党的指导而忙得不可开交，那么，还有什么中国共产党的独立性吗？"

马林脸色阴沉地听完张太雷的翻译，腮帮像蛙似的鼓了鼓，不吱声。

蔡和森听罢张国焘的发言，忽然也来了劲，接口说："国焘同志的意见，是有道理的。党与党的这种方式的联手，我在欧洲没有听说过。当然，共产国际的指示，也是来自欧洲的。总之，实行此事，需要慎重。"

马林听到这里，再也忍不住，站起来大声说："中国国内独立的工人运动并不强大，中国共产党还相当年轻，同志们应当看到这个现实状况。我愿意再次重申这一点，共产国际已经正式决议，中国共产党党员参加中国国民党是适宜的！"

说到这里，正好来了一下雷声，好像惊叹号似的，加重了马林的斩钉截铁。

"甚至，"马林更大声说，"我有一个断定，中国革命的前途只有两个：或者是，中国共产党人统统加入中国国民党，或者是，共产主义运动在中国终止！同志们，我们面临的抉择，就是这样！"

天打个闪，又是一声炸雷。从山顶看下去，整个雾蒙蒙的西湖都在抖颤。

马林竟然把话说得这么不留余地，这使得大家都不安起来。张国焘脸色发白，身子不由自主地扭来扭去，像条蛇一样。

陈独秀咳嗽了一声，慢慢地从兜里摸出了一根雪茄，说："我说。"

大家都静下来。雨声越来越急，啪啪地打在亭瓦上，发出一种类似铜铃般的响声。

陈独秀又咳嗽一声，慢慢地点燃雪茄，神色平静地说："既然马林同志这么说，那么我的意见是，可以同意中共党员以个人身份加入国民党。"

“陈先生，你说什么？”张国焘不相信自己的耳朵，站了起来。

“对，对，”马林说，“我听明白陈同志的意思了。陈同志说得对，请继续说下去。”

张国焘径直走到陈独秀面前，说：“你说错了吧，委员长同志？”

“我可能没有说错。”陈独秀嘴中喷出雪茄烟，喷在张国焘黑色衬衫的第三粒纽扣上。

“陈同志说得很对，他说出了正确的意见。”马林说，“请他继续说下去。”

陈独秀说：“我说下去。现在我要说一句丑话，丑话应当说在前头。我们服从共产国际的决议，但是这种服从，是有条件的服从。请注意，我说的是有条件！国民党虽说是各阶级的革命联盟，但是封建色彩很重！共产党人难道能向个人宣誓效忠吗？我们能打手模？而这些场面，都是马林同志亲眼见过的！”

马林点点头。他是见过，他也觉得这不好。

陈独秀说：“只有孙中山取消打手模，取消宣誓服从他个人的入党办法，我们才可以考虑加入。”

“而且，”李大钊站起来，他觉得他此时应该说话了，且是大声说话。这是一个政党的十字路口，也是一个历史的十字路口，共产党人再不能犹豫了。“而且，我补充一句，国民党必须根据民主的原则进行改组！再而且，共产党员以个人身份加入国民党之后，中国共产党必须仍然保持自己的完全独立地位！在这样的条件下，中国共产党和中国国民党是可以精诚合作的。”

张国焘一屁股坐下，对李先生的这番表态，他深感失望。于是他声音不轻不重地说：“我做梦也没想到，我张国焘这辈子会是一个国民党员！而且，我也没有想到，本党委员长昨天一个腔调，今天又完全是另一个腔调！”

张国焘说完这句话的时候，忽然，山亭外，大雨戛然而止。

中共中央的西湖特别会议，圆满结束。

在这个不平常的 8 月的最后一天，两辆黑色小汽车在黑暗中徐徐弯进了张继的视线。候在上海国民党本部门口的张继几步上前，躬身拉开车门。

先后走出汽车的是陈独秀、李大钊、张国焘、蔡和森和张太雷。上海滩又闷又热，五个下车人的脸上都蒙着一层油汗。

“欢迎欢迎！”张继说。他今天是这五位共产党主要人物加入中国国民党的介绍人，因此心里一直忐忑。孙先生的困境，他心里自然明白，但孙先生一口答应立即取消向个人宣誓效忠以及打手模的入党办法，马上欢迎共产党头面人物入党，并且亲自来主盟入党仪式，这种快速的变脸，他也是没有想到的。

当李大钊跟这位当年早稻田大学的同窗热烈握手，连称“老同学专门迎候，不好意思”的时候，张继也只是咧嘴笑笑，显得不冷不热。

内厅的墙上，一面崭新的国民党党旗早已高高悬挂好了。孙中山长袍马褂，兴致很高。他吩咐，宣誓之前，先上香茶。孙中山端着茶盅笑嘻嘻说：“我们国民党内啊，成分过于复杂，人格不齐，大多数党员都把加入本党，当作是做官的终南捷径，这实在令外人看不起。此次陈炯明反叛，便是一例，诸位都是看到的，竟有那么多国民党员开枪开炮来打我这个国民党总理。”

陈独秀说：“孙先生幸免于难，也是国人之福。”

“教训实在残酷啊！”孙中山摇头，“可以这么说，国民党正在堕落中死亡，要救活它，不能没有新鲜血液！你们的建议是对的，本党必须彻底改组，去恶留良，把那些不良分子设法淘汰。不如此，国民党无望！”

张国焘心里想，这话，孙中山倒是说明白了，看来这个党魁还是懂事理的，于是心里的抵触又减了几分。

而张继越听，心里疙瘩却越大，于是提议：“总理，开始吧？”

孙中山高兴地说：“好，开始，开始！”

张继说：“请诸位起立，站于本党党旗下。”

五个中共领袖人物面对国民党党旗，站成一行。李大钊忽而一笑，对张继说：“溥泉兄，你又带我宣誓一次了。”

“是吗？”

“学兄忘了？”李大钊说，“当年同窗早稻田，我们中国学生登山宣誓，为中华革命，不惜捐躯。领誓人，也是溥泉兄！”

孙中山说：“对了，你们是早稻田的同窗！我以为，你们当年宣誓，今日宣誓，均乃秉承同一理念，皆为复兴中华民族！”

“对，对，”李大钊说，“请溥泉兄领誓！”

张继说：“谢谢！”

他取出入党誓词，说：“我念一句，请诸位跟念一句。”

张国焘举起右拳，忽然又放下，说：“我可以先看一看吗？”

“请便。”孙中山很宽容。

张国焘从张继手中接过誓言，阅读了一遍，忽然心里猜疑，不是说不对孙中山个人表达效忠吗，这入党誓词却满篇都是强调孙中山的丰功伟绩？他疑疑惑惑地把这张纸递向陈独秀，说：“独秀同志看看。”

李大钊问：“国焘，你认为如何？”

张国焘迟迟疑疑回答：“好像……可以。”

李大钊果断地说：“你认为可以，就可以了，仲甫亦不必再看。”

陈独秀完全放心地说：“我不看了，我不看了。就这样吧，请入党介绍人张继同志领誓。”

于是张国焘不再说话，宣誓仪式就开始了。

他们宣誓的声音并不很大，但是这些嗓音传到正厅隔壁的一个侧室里的时候，还是十分清晰的。

许多耳膜聚在这间侧室里，默默地消受着这种宣誓声。这里光线昏暗，人脸上的颜色更加昏暗。在这里坐着或者站着的，是五六位国民党的重要骨干，他们清楚地听见了慢悠悠的被诵读得参差不齐的入党誓词：“总理立承先启后救国救民之大志，创造三民主义五权宪法之宏规，领导国民革命，兴中华，建民国，于今全国同胞，皆能一德一心，共承遗教者，斯乃我总理大智大仁大勇之所化，亦即中国列祖列宗所遗天下为公大道大德之所感。今革命基础大立，革命主义大行，而内忧外患，与革命之进展，同时加重。凡我同志，应知吾党上对亿万世之祖宗，下对亿万世之后代，中对全国国民与世界人类，所负之责任，更千百倍于往昔……”

这些倾听者脸上铁一般的颜色越来越沉重，重得像要一块块掉下来。

这些人物中，有戴季陶，有时年五十又五的原护法国会参议院议长林森，有五十三岁的国民党广州支部长邓泽如，有国民党元老方瑞麟。他们是冒着一种显而易见的风险集中到这里来的，他们知道他们无法阻止这五个中共分子在国民党党旗下宣誓，但是他们又无法阻止自己在危急时刻不向党首进言。他们认为，孙中山在冷过头之后，现在肯定是热过头了。

孙中山确实心热。他在五位新党员宣誓完毕后，依次与新党员们紧紧握手。他满脸是笑，连声说：“谢谢你！……谢谢你！……”

握到一半时，孙中山忽然停了手，重新返回，回到队列的头上。他用湿热的目光望着五位新党员，说：“我，能再重来一次吗？”

还不等陈独秀作出反应，他已上前一步，激动地张开双臂，与陈独秀紧紧拥抱。

陈独秀心一热。这个孙大炮，真是一门热乎乎的大炮呢。

孙中山又与李大钊紧紧拥抱，他说："我太高兴了！"

李大钊说："我也如此。"

孙中山说："我为有像李同志这样的优秀国民党员而荣耀！"

李大钊说："孙先生，我同时也是共产国际中国支部的成员，我不能脱去共产党的党籍。"

陈独秀听见了这句话。

这句话说得及时，陈独秀想。

"不打紧，不打紧，"孙中山再一次紧紧拥抱李大钊，"你尽管一面做共产国际党员，一面加入本党帮助我！"

接着，孙中山又依次与张国焘、蔡和森、张太雷紧紧拥抱。他意气风发地大声说："诸位同志，三天之后，我就将召开改革党务座谈会。明日，就请陈仲甫同志、李守常同志，到莫里哀路敝寓所细细会商！"

张国焘心里想，这句话，这个明白人又说得很明白了。

孙中山送客，一直送出大门外。两辆小汽车驶远之后，他高高挥起的手臂才落下来。这时候，他才发现张继神色有异。张继一直没有吭声，也没有高高招手。他问张继怎么了。

张继说："先生，还有几位本党党员想见你，就在此刻。"

孙中山不明白，张继说："请先生跟我来。"

他将孙中山引入内厅隔壁的侧室，一进门，孙中山就吃了一惊。

沉默之中，五六位党内元老站成整齐的一行，一齐面对他低首肃立，一个个皆面有戚色。

孙中山愕然说："你们这是干什么？"又问张继，"他们这是怎么了？"

张继忧郁地看看孙中山，竟也举步走入孙中山面前的这一行奇怪的队列，以同样的姿态向国民党总理低首肃立。

孙中山大声说："诸位到底想干什么？干什么都作如丧考妣之状？"

林森抬起目光，开口了，浓重的福建官话："一年零四个月之前，先生在广州就任非常大总统，林森其时为国会议长，代表国会和国民授予先生大总统印绶，此情此景，先生还记得吗？”

“当然记得！”

“我在致辞中说，民国前途，唯公是赖，毋负国民重托！先生还记得吗？”

“能不记得？”

林森厉声说：“恐怕先生是不记得了！”

孙中山同样厉声说：“何以见得？”这时候的孙中山只觉得有一股热血冲上脑顶，他很久没有这样的愤懑之情了。这个林子超，真是越来越不像话。

然后他就听见不像话的林森继续说：“那些彻底不相信三民主义的人，现在被先生彻底相信了！”

“请子超兄把话说清楚了！”

“先生，允诺共产党之党魁加入本党，究竟吉凶如何，先生想过没有？于国于民，是利是害，先生想过没有？”

“自然是吉！自然是利！”孙中山咬牙切齿。

“请问先生，难道本党党员中，真的没有人才了吗？哪怕要改组国民党，本党中也大有立志改革的才俊！”

方瑞麟也上前一步说：“务请总理三思！”

邓泽如亦上前一步，言语犀利地说：“国民党是国民党员的国民党，不是共产党员的国民党，万望先生实行本党主义！”

张继此时也说话了，语音沉重：“我虽奉先生之命，担任中共首领之入党介绍人，然亦五内惶恐，万思不安！”

孙中山愕然半天，才慢慢回过神来。他叹一口气，对大家说：“本党党员确为人才者，毫无疑义，自然信任，自然重用，自然实行本党主义，若本党党员中贤才不足，自然求借党外，这有什么好担心的，啊？这不是一个最简单的道理吗，啊？”

一直没有吭声的戴季陶，此时开口说：“先生所言，当然正确。然而，CP 毕竟信奉共产主义，与三民主义不符。我们这些同志，心里不踏实。”

孙中山皱眉想，这个戴季陶，前年差一点还成了 CP 的元老呢，今日也来摆苦相，戏码有点过了。但是这些国民党元老今日之大集合，也算是一个警讯，说明要联合新兴的共产党，改组芜杂的国民党，绝非举党一致之事，只怕今后举步维艰，关山重重。不过，往好的地方想，这些元老恐怕也是一时紧张，怕坏了本家祠堂，其忠心，仍是可嘉，时间长了，国民党的肌体康健起来，这些人也就不至于心悸神乱，因此，此时此刻，还以多加安抚为好。想到这里，孙中山便和缓了口气，说："诸位同志不必杞人忧天。本党为求新生，为顺利北伐一统中国，以今日计，唯有添加新血液一途。此乃上策，并非祸党之计，更不是亡党之途。我愿意告诉诸位，只有让共产党人统统加入国民党，置于我国民党严格领导之下，才可防止他们制造阶级斗争，而一旦北伐胜利，纵使他们共产党想破坏国民革命，亦是不能的了！诸位说，是不是这个道理？"

张继与戴季陶几乎异口同声地说，先生过于乐观了吧？孙中山见大家依然顾虑重重，又说："我愿意再告诉诸位，我已备好一个法子，对加入本党的共产党人予以防范！"

见孙先生有锦囊妙计，大家便竖起耳朵来听。原来孙中山说的是祭出国民党的严格纪律来，党内今后谁敢破坏党的纪律、违背三民主义，严惩不贷，执行纪律的机构便是党的中央监察委员会。孙中山说："我要设五名监察委员，五名候补监察委员，这十个名额，都不让共产党人占有，一个都不让他们进来，本党纪律就由这十名忠勇的本党党员来严加监察，一旦有共产党人图谋不轨，即行开除！如共产党整党有纷乱我党之阴谋，就断然绝其提携，一扫于本党之外！你张继，你泽如，都可以当监察委员嘛！我如此安排，诸位放心了吗？"

听了孙中山这番话，大家虽心绪稍安，但仍心里打结，十五个吊桶七上八下。孙中山见状马上说："诸位今日再不必多言，天晚了，都回去休息吧，好好想想，自然就通达了。若再有什么话，也日后再说。"

见孙中山主意坚决，一帮人也就不再说话，摇头的摇头，叹息的叹息，皆垂眉垂眼，鱼贯而出。

孙中山这一夜久未成眠，宋庆龄让他服了两粒安眠药他也没有睡意。他既为陈独秀、李大钊的加盟而欣慰，又为林子超、张溥泉的进言而烦心。凌晨之时他刚有点迷糊，忽然又被电话铃声刺醒。宋庆龄接了电话，好像很高兴的样子。他闭着眼睛问是谁打来的，宋庆龄不告诉他，他硬要问，宋庆龄只好捂着电话筒说，是何香凝打来的，何香凝说，她冒死直闯陈炯明司令部大骂了一通人，陈炯明被逼得无法，只好把廖仲恺释放了。

孙中山浑身一抖，睁眼大叫："快叫仲恺来上海！"

第 *11* 章

难啊，去欧洲才找到了中国共产党

运煤的机车停了下来。

亮晶晶的铁轨一路爬过9月的草坡，直往矿区蜿蜒。

放眼看去，高高低低满坡的野花。所有的白花黄花都开得清清爽爽，虽说空气中总是会飘来一丝又一丝的煤粉味。

毛泽东跳下机车的司机室，客气地向司机挥挥手，以示告别。他神清气爽，一袭青衫，一把油伞，走在去矿区的路上，步子迈得很大。

风把他的头发吹得蓬蓬松松的，这已是他第三次赶赴安源。他这次是去安源指导安源路矿工人正在酝酿的罢工斗争的。一个礼拜之前，陈独秀、李大钊等五位中共党员在国民党旗帜下举了拳头，毛泽东知道了这个消息，意识到中国革命的新局即将展开，但毛泽东同时认为，不管国共两党合作的前景如何开阔，中国共产党人必须尽力推动工人运动，为改善中国劳苦大众的生存境遇而斗争，同时要赶快发展自己的党员，这是工人政党的使命，共产党人做这种事情的步子，一刻也不要慢下来，这是党的生命所在，在这方面，一刻也不要等国民党的指示，不管国民党日后有没有这种指示。

毛泽东赶到路矿工人俱乐部门口时，发现大门口正黑压压围着一大帮人，嘈杂声一片，间杂着争争打打之声。他站了一会儿，听了一会儿，马上明白了事情的原委：几个警察要封俱乐部的门，被闻讯赶来的工人制止了。毛泽东看见黑筐站在头里，双手叉腰，像个黑色金刚似的。黑筐不依不饶地骂人："娘的，谁敢封工人俱乐部？他敢封这门，老子封他娘的门！"

"胆敢聚众闹事？你们这些黑花子都不要命啦？"手持封条的警察气急败坏地喊。

黑筐脱了褂子吼："老子豁出去了！"

眼见要斗殴，毛泽东赶紧分开众人，急走几步，挤到一脸凶相的警察面前。“来封门的是哪一家？”毛泽东问。

警察说：“娘的，县政府！”

毛泽东接过封条，仔细一看，果然有萍乡县政府的官印。“这就不对了！”毛泽东抬起眼，神情有些大惊小怪。

警察弹出眼珠：“怎么不对？”

“萍乡县的知事大人是姓范吧？”

“姓范。”

“叫范子宣吧？”

“范子宣范大人。”

“这工人俱乐部是今年 4 月由范子宣范大人亲自批准成立的，开张才五个月，怎么就封了呢？”

“上峰有谕，必封不可！这个俱乐部办消费合作社，拉拢工人，横敛钱财，对抗矿上，作恶大得很，不封还了得！”

毛泽东说：“办消费合作社是为穷苦工人效力呀，买东西便宜呀，大伙儿没几个工钱，买东西是不是要图个实惠呀？”

一听这话，工人们便一齐大声喊：“是！”

毛泽东说：“警官先生，听见大家的声音了吧？凡民众赞成的东西，我相信范知事是绝对不会来反对的，更不消说要查封了。范知事一向爱民如子，你们难道不知道吗？你们一定是弄错了！”

警察听得这话，也有些疑惑，说：“是我们局长叫我们来封的呀。”

毛泽东说：“你们快回去，叫你们局长再问问范知事，封的究竟是哪扇门户，是封街上的鸦片馆，还是封工人的俱乐部，问清楚了，再来封门不迟！”

为首的警察一时没了主意，思量半天，一挥手，三个警察便一齐跟着走了，走得没精打采。工人们哄笑起来。

警察走远之后，毛泽东对大家高声说：“工人师傅们，我已经听说了，这两个月，你们提出要增加工薪，矿上不理睬，你们提出要改善劳动条件，工头要打人。现在，工人俱乐部千方百计为大家办好事，警察又要来封门。这种苦日子，还怎么过？！老话说：官逼民反，民不得不反。民一反，官也得怕民。刚才大家几声吼，不就把警察吓走了吗？只要我们横下一条心，抱成一团，拉汽笛罢工，矿上再凶也不敢凶到哪里去。工人师傅们，人的活路，就是从脚下踩出来的，若是不去踩，我们面前就什么路都没有！”

“毛先生说得对！”黑筐大声说，“我们早就想拉汽笛了！”

毛泽东刚要继续说话，忽然觉得有人在扯自己裤腿，低头一看，是一张孩子脸，满脸灰黑。

毛泽东认出来了：“小小油灯？”

已经十岁的小小油灯仰着脸，眼睛里都是泪水。

“你看，你两鼻孔还是黑的！这么说，小小油灯，你还在下井？你那个不心疼你的爸爸呢？”毛泽东记起了宋黑脸，“我借了你爸爸一把伞，我还要还他伞呢！”

小小油灯想说话，又说不出话，脸颊上的泪水像是断了线的珠子。

毛泽东愣了。小小油灯一直抱住毛泽东的腿，像一片抖动的小草叶子。

黑筐对毛泽东解释：“有条煤坑道要坍了，刷刷地下石头，宋黑脸不肯爬进去，结果叫工头一脚踢了进去。没过两个钟头，坑道就坍了。一共死了三个，只拉出宋黑脸的一个头和一只手。”

毛泽东心里一阵堵，半晌，说：“为他喊冤了吗？”

“喊冤了，”许多工人说，“一喊就挨打！工头打得凶哟，黑筐他就挨了三个嘴巴子。”

“爸爸呀！”小小油灯终于发出了声音，仰脸大哭起来。

毛泽东赶快抱起哭泣的孩子，低声说，他要去坟场见见宋黑脸，有把伞，他要还。

数月不来，坟场上又添了一批土坟，黄土都是新的。几根高高低低的布幡在夕阳底下凄凉飘动，像几只白色的鸟翅在扇动。毛泽东站在坟前，心里阵阵发紧。中国工人受打挨宰的悲苦命运，何日才能有个头呢？他给宋黑脸的坟深鞠一躬，说：“去年，我的纸伞插在小油灯的坟上。今年，我来归还你宋黑脸的这把伞，却又还到同一个地方。”

坟包前的小竹牌上，“宋黑脸之墓”五个字，已经被雨水冲刷得模糊一片。

毛泽东叹息：“宋黑脸啊宋黑脸，此地并非打伞之处啊！”

小小油灯跪在地上，呜呜哭。黄昏的风吹着他单薄的身子和脑门上几根稀稀拉拉的头发。毛泽东弯腰伸手，把浑身打战的孩子抱了起来。

当夜，毛泽东就睡在宋黑脸家。他为小小油灯洗了脚，并且与他睡在同一张木床上，盖着死人宋黑脸盖过的薄被子，被头一股煤味。小小油灯双手一直勾着这个叔叔的脖子，睡得很踏实。毛泽东想，下个月，开慧就生孩子了，中国的孩子，千万不能再有小小油灯的命运。这盏小灯，虽是亮着，却亮得太惨。

在上床睡觉之前，毛泽东已约安源中共支部的蒋先云和宋少连研究了工作，准备立即发动工人罢工。策略定为“哀兵必胜”。毛泽东写了一封信，叫人带给正在醴陵的李立三，要他立即赶回安源，具体组织罢工。

还有刘少奇，毛泽东说，我明天回长沙，马上把刘少奇也派过来。安源的汽笛，不能不拉响了。

汽笛没拉响，枪声先响。

安源拉响大罢工汽笛之前五日，粤汉铁路武汉、长沙段三千多工人先行罢工，岳州段工人奋斗最激烈，“驱逐工贼”旗帜一打，便在徐家棚卧了轨，阻了交通。安源路矿俱乐部的黑筐带了一大帮工人赶赴岳州段支援，谁知刚一到就遭逢了枪声。

军阀派兵是从不犹豫的，兵丁开枪也是从不犹豫的。镇压令箭由鄂督萧耀南亲自扔下，令箭一下，枪声立时就交杂成一片。

工人死伤七十余人，铁轨和枕木上都是血。消息传出，全路惊骇。黑筐捂着血臂指挥：“伤员抬上车厢，送长沙救治！牺牲的，也要抬尸游行！赶快都送长沙！”

被阻的列车上涌下一大群善良的乘客，纷纷扶伤员上车。刚才对卧轨者的血腥射击，这些乘客都是亲眼看见的。

“死人怎么抬？”有人喊，“抬上煤车吧？”

“不，”几个年长的旅客说，“他们不是煤，他们是人，他们不能像煤一样被拉走，他们苦了一辈子了，要把他们放在人的位子上！”

“那我们就腾出一节车厢来，”有人提议，“专门安放死难工人！”

几十具血迹斑斑的尸体就这样被抬进车厢，安放在乘客座位上。

僵直的手臂耷拉着，随着轰隆声不停地摇晃。这些死人手臂上爬满血迹，一条一条，如紫色的蚯蚓。

这列特殊的火车开到长沙车站时，已暮色四合。毛泽东早就等候在车站了。作为这次粤汉铁路罢工的指挥者之一，毛泽东悲愤之极。火车一到站台，便被惊讶和愤怒的长沙市民团团围住了。伤员立即被抬下来，送往医院，竹木担架一副接着一副。

毛泽东走近那节满载尸体的车厢。血迹斑斑的尸体正一个一个被抬出来。

“毛先生！”黑筐一见毛泽东的面，就忍不住泪水长流。

毛泽东问：“一共牺牲了多少兄弟？”

黑筐说：“二十八个。铁路上的二十四个，矿上的四个。”

“有妇女吗？”

“女工两名。”

“年纪最大的几岁？”

黑筐指一指正在被抬下车厢的一副担架：“就是他，七十二岁，老矿工，拉了整整五十八年的煤！”

“叫什么？”

“叫秦顺土。背脊像弓，弯了三十年了，可毛先生你瞧，死了才直起来。”

“年纪最轻的呢？”

“十岁。”

“十岁？”毛泽东大惊，“在哪里？”

刚刚被抬出车厢的这具瘦筋筋的尸体，正是那个十岁男童。毛泽东走近几步，一看，失声大喊：“小小油灯？”

果然是小小油灯，太阳穴上血迹斑斑。

泪水顿时模糊了毛泽东的双眼：“他……他也卧轨？”

黑筐哭了，说：“他说，要给爸爸报仇……”

毛泽东拉住担架，不让走。人群一时安静下来，注视着这悲惨的一幕。毛泽东一遍遍抚摸着孩子的手，抚摸着他的膝盖，抚摸着他的脚掌，最后，用一块手帕擦拭他的太阳穴。

晶莹的泪珠从毛泽东的脸颊上一颗一颗滚落下来。

“先生们！同胞们！”毛泽东抬起泪眼，大声说，“你们看看这孩子的手肘，他的手肘厚得像钉了两块皮掌！你们看看这孩子的膝盖，他的膝盖也厚得像钉了两块皮掌！你们有谁见过一个十岁的孩子会长出这么厚的茧？他的名字我知道，他叫小小油灯，他才十岁，他已经在伸手不见五指的煤矿里爬了整整三年！他拉煤，他点矿灯，他身上没有几斤肉，他只有眼睛和牙齿是白的！他的父亲是被工头害死的，而他自己，一个孩子，今天也被军阀枪杀了！他只活了十个年头，同胞们！一个中国的孩子，像条狗一样活着，也只活了十个年头！”

毛泽东说不下去了，哽咽起来。

人群像火山一样沉默。所有的人心里，都有东西翻滚着。毛泽东扬起脸，用更大的声音说：“为了救我们七十二岁的祖父，为了救我们十岁的孩子，我们长沙工人和长沙市民不能再沉默，我们一定要向吴佩孚和萧耀南讨回公道！”

“讨回公道！”长沙民众怒吼不息，“讨还血债！”

毛泽东迅即采取行动。他将长沙工人召集在新河车站工人俱乐部开大会，他大声宣读了这样四项决议：第一，通电交通部，历数粤汉路局长王世育罪状，请速撤惩；第二，通电徐家棚站联合会，务必坚持到底；第三，派代表赴徐家棚处理一切；第四，无论如何非达目的不止。

毛泽东提出的决议获得了雷鸣般的掌声和回应。罢工二十天之后，吴佩孚和萧耀南瘪了，脸色灰灰地答应了罢工工人的全部七项条件。

就在毛泽东向交通部发出通电的第二天，李立三和刘少奇准时在安源拉响了急骤的汽笛。一万七千名安源路矿工人自 9 月 14 日凌晨开始，自己做了自己的主人，大声吼出了“从前是牛马，现在要做人”的口号。毛泽东事后很肯定这句简练之言，说这句口号完全符合他提出的“要提出哀而动人的口号”的要求。

安源的人活了之后，矿死了。机车、绞车、煤车一齐停了轱辘，神气活现的是那些红布箍箍，罢工纠察队的工人们套着它，有力地晃动着左臂。

两天之后，路矿当局派人向工人俱乐部送来一封信，请罢工工人代表到戒严司令部谈判。

守门工人怒喝一声：“干什么的？”

“嘿嘿，两军交战，不斩来使。”肥头大耳的送信者双手递出信函，手上的戒指在阳光下烁烁闪闪。

“谁斩你了？”工人说，一边搜了他的身。

“嘿嘿，这辈子做梦也没想到，会被‘炭古佬’搜身。”

“你说什么？”

肥人赶紧鞠躬："如今的安源已是工人做了皇上，小的还敢说什么？小的活脱脱不像是个送信的，倒像个送乞降书的。"

刘少奇看了守门工人递进来的信，心里不快，递给李立三，李立三看了，一扔，心里也不快。

刘少奇说："什么乞降书？不是乞降书，是战书！你看看当局口气，还这么骄横！"

李立三觉得，谈判还是要去的，既然人家摆下了阵势，总得过他一招。他说："我是罢工总指挥，我去谈判！"

此话一出，俱乐部一片反对之声，大家都说现在不是谈判的时候，黑筐说得尤其激动："李主任，你不能轻易露面！总监工王鸿卿悬赏六百块大洋要你的人头，死的活的都要，这个情况你不是不知道！你不急，我们急！"

刘少奇拉拉衣服，扣紧衣领纽扣，说："立三同志不要去，还是我去，我先打个头阵。人家既然来探虚实，我们也不能置之不理，我去。"

"你也不能去，"俱乐部里照旧一片反对声浪，"明摆的鸿门宴！屏风后面都是刀！"

刘少奇下定决心走一遭，李立三是总指挥，不宜冲在头里，自己则可一试，大不了碗大一个疤。一万七千人的利益系在裤腰上，丢这条命，值。刘少奇说："大家别急，要得虎子，必入虎穴。屏风后面，可能有刀，我就是冲着刀才去的！我倒要看看他们举的是钢刀还是木刀！"

刘少奇首先看见的是钢刀。他从刺刀底下昂首走过。两边架起的一长排刺刀阵，每一个小单元都作一个"人"字形。刘少奇冷笑着想，他们哪里是人呢？真正的人正从他们底下走过呢。刘少奇自其间慢吞吞走过的时候，刹那间有一种自己是古人的感觉，表现古人的戏曲里常有这种可笑的穿过刀阵的造型。

这个刺刀阵布置在矿局办公大楼前头，一共大约有四十多把刺刀。刘少奇在走入刺刀阵之前，黑筐还在后头拉了他一把，劝他别钻进去了。黑筐在他耳边低声说："刘同志，他们今天调来的兵多，也许真会下手。"

刘少奇低声说："不必害怕，萍乡的李鸿程旅只发来一营兵，三百把刺刀。我们呢，有一万七千名罢工工人。我倒要看看，这三百把刀怎么杀一万七千工人！黑筐，你回吧，不必拦我。"

于是刘少奇就走进了刺刀阵。他一钻出刀阵，就踏上了矿局大楼的台阶。他看见一块新制的木牌挂在大楼门口，牌上的几个字像是绕口令：安源特别戒严区戒严司令部。

戒严司令姓李，在二楼会议厅等着他。四十二岁的李司令没想到今天的对手是一个二十四岁的人物。

这个二十四岁的人物推门而入，把邀请函往他面前一扔，顺手拖过一把椅子，安然坐下，一连串的动作非常熟练，自如得就像是在自己家里似的。

木椅子与褪了漆的木地板之间一声吱吱的摩擦，使得李司令牙根发酸。李司令咬咬牙，狠着劲儿说："犯上作乱，历朝历代都是诛杀之罪！你们工人俱乐部为什么鼓动'炭古佬'犯上作乱？"

路矿局的几个头一迭声帮腔："为什么犯上作乱？"这些参差不齐的声音像是李司令的回声，在会议厅嗡嗡作响，这又使得刘少奇想起衙役们在七品知县拍了惊堂木之后发出的那种虎威之声。于是，刘少奇把手交叉在胸前，不紧不慢地说："司令大人，你搞错了吧？"

"我搞错什么？"

"我看你是搞错了，全然错了。你是把谈判厅错当成审判庭了。司令大人，我与你今天是谈判，不是审判。若是审判，那就是这样一种审判：一万七千名安源路矿工人严厉审判无法无天的路矿当局！"

刘少奇说到这里，突然起立，双手叉腰，以一种发凶的目光狠狠瞪住戒严司令。

"当局一连几个月不发工资，"刘少奇厉声说，"工人饥饿至极，难道连要口饭吃的权利都没有吗？工贼以棍棒说话，惨无人道，工人鲜血淋淋牛马不如，难道连喊一声救命的权利都没有吗？当局面对罢工，轻则悬赏工人领袖之人头，重则调兵弹压，开枪肆无忌惮，难道你们在扣扳机的时候，就没想过是在射杀自己的衣食父母吗？"

"放肆！"李司令一拍桌子，"我今天就可以将你这个'炭古佬'代表就地正法，以明纲纪！"

这个李司令若是知道此刻黑筐奉李立三之命，率两百名矿工冲破了戒严士兵的刺刀，已经以水漫金山之势涌往矿务局大楼的话，他也许不会如此轻率地拍桌子。

刘少奇在他拍桌之后，松弛了神色，整整灰布衣衫，微笑着说："司令大人善于正法，想必已杀人无数了。我今日两手空空，手无寸铁，皮囊之中只有一颗红心，还有一腔热血，司令大人你想用枪挑，还是想用刀割，悉听尊便！”

话犹未了，会议厅外的木楼梯上已经轰鸣起了战鼓之声，紧接着，一大群黑压压的衣衫褴褛的工人像黑色的潮头一样汹涌入室。

李司令和矿局头头们吓得一齐站了起来。

黑筐张开双手，拼命拦住身后的汹涌，冲戒严司令厉声说：“听着，今天，谁敢动刘代表一根毫毛，我们就砸了这局子！”

砸！砸！砸！他身后满是潮水的吼声。

李司令急喊：“来人啊！来人啊！”

但却没有一名士兵进屋。

黑筐说：“楼梯太窄，你的瘟鸡一样的兵没一个能挤得上来。”

李司令惊得张大了嘴。

“你看，”黑筐把一柄折成两截的刺刀扔在地上，当啷一声响。“连刺刀都挤断了，真个没法子。”

李司令颓然落座，心想，娘的，只一营兵，戒什么屌严。

刘少奇回头对工人们说：“你们上来的人太多，恐怕这楼要塌。还是到楼外等着吧，我们双方尚在谈判。”

“对，对，双方尚在谈判。”李司令顺势接口，并且对在场的矿局头头们使个眼色，希望他们响应此言，但是这些头头没一个发出声响。

黑筐带着工人们下楼了，一齐聚在门外，与那些耷拉了刺刀的戒严士兵们混合在一起。他们现在知道，胜利距刘代表不会太远了。

果然，他们只等待了两天。两天之后，路矿当局被迫让步，共签订协议十三条，同意增加工薪，同意禁止工头殴打工人，等等。安源路矿工人这次大获全胜的罢工，如惊蛰之雷，震得全国各大矿山都抖了一下。

陈独秀也抖了一下，心里说，这个毛泽东，硬是了得，什么时候把他弄到中央来做事。

这一年的9月，既是中国共产党加速开展工人运动的重要月份，也是中国国民党加强自身改造的关键时刻。孙中山动作很快，这一天他在卫士们的护持下，大步走向会议厅。他召开国民党在沪骨干会议，将近百名各省在沪的国民党骨干聚于一堂。

孙中山这天气色很好。他特意穿上了他亲自参与设计的缝有四个口袋的灰色“中山装”，自己都感到精神很多。他走进会议厅时，掌声顿起。孙中山向掌声频频挥手，他知道他的党是拥护他的。尽管不少党徒存有疑虑，但从总体看，他的追随者在入党之时所按下的效忠手模，是不见褪色的。

他对此充满信心。两天前，他顺利召开了研究改进国民党计划的首次会议，会议一致赞成孙中山改组国民党的主张。今天，他要郑重宣布陈独秀等九人为国民党党务改进案起草委员会委员，负责起草中国国民党党纲和中国国民党总章。这是一步很大胆的棋。他知道会有人反对，但是他也知道会有更多的掌声支持他。他没有退路。其实退路是有的，但是上面布满了陈炯明的弹片，别人有可能看不见，或是故意看不见，而他是能看见的。

于是他在今天的会议上概述了改组国民党的要义之后，便毫不犹豫地推出他所必须要推的人物。他说：“现在，我特意要向诸位同志介绍一下陈独秀委员。请陈委员来这里就座。”

掌声响起，噼噼啪啪。陈独秀西装革履，踌躇满志地走向主桌。他在孙中山身旁落座，一点也没有谦虚。

孙中山说：“陈君多年来一贯呼吁民主科学精神，论著颇丰，深得国人信赖。去年又进而建党创业，成为中国共产党的领袖。七日以前，由张继同志介绍，由我主盟，又以个人身份加入了本党。孙文以为，本党有陈君的加入，在改进和革新党务方面，必能获大的推动！”

掌声如估计那样响起来了，甚至比估计的还要再热烈一些。陈独秀冲着掌声起立，笑容满面，点头致意。他此时清晰地听见会场后排有人在喊：“欢迎陈先生！”“国民党有希望了！”

他同时也看见了一个与会者——他后来知道是邓泽如——恼怒起立，狠瞪后排，喝令制止：“一片嘈杂，成何体统！”

张继维持秩序：“安静！安静！”

孙中山又宣布：“本总理委任陈独秀为本党党务改进案起草委员会委员，同时担任党务改进计划起草委员！”

掌声再度响起，陈独秀也再次起立。

也有始终不鼓掌的，譬如：坐在第一排的张继的鼓掌就很特别，他的双手几乎合不拢；林森不鼓掌，扬脸坐着，纹丝不动，面无表情；邓泽如两手抱胸，脸色比哭还难看。

这个情况，陈独秀早有预料，他心里很沉着。

但是几天之后，陈独秀与马林的一次谈话，却使他背脊后面升腾起了一股明显的凉意。那天，他与马林手扶桥栏，临风眺望黄浦江。上海外白渡桥一带是他们两人经常喜欢走走的地方。

“好的开头是成功的一半，”马林是这样说的，他说话的时候意气风发，“我又看见了一个成功的爪哇。我认为，只要孙中山能够接受反对帝国主义的口号，什么东西都可以归国民党。中共应当定出这样的方针：一切工作归国民党！”

陈独秀打了个哆嗦。使他打哆嗦的不是黄浦江上略带凉意的秋风，而是马林口中的寒流，起码陈独秀认为这是寒流。“你说什么，马林同志？”他惊疑地问，“一切工作……归国民党？”

马林十分肯定：“一切工作归国民党！”

陈独秀怎么也没想到马林会提出一项如此极端的方针，但是这一回他不想顶撞马林了。他现在有点怀疑自己。自从国共两党党内合作的方针确立，尤其是眼看孙中山如此倚仗共产党的骨干改造国民党，使得陈独秀越来越质疑自己以往的某种固执，独秀之独，看来也不是处处都能独成功的。马林的眼光，有时候真的会比自己瞄得更远一点。他觉得马林是匹中午的猫，眼睛眯得很细，而自己逢着正午的阳光，看什么都是白花花一片。

马林不但是牛林，而且是猫林。

从外白渡桥上缓步走下的时候，陈独秀徐徐叹道：“我自光绪二十八年在安徽组织励志学社起，就从来没有怀疑过自己。不因一事，不长一智。这两个月，我想得很多。我想，我应当更加客观地来看待周遭事物了。我这个人，向来恃才傲物，总是站在高处往低处看人。”

马林说：“人啊，确实要经常责备自己。”

“我想努力跟上你。”陈独秀这句话说得很诚恳。

“你说这句话，很不容易。”马林忽然觉得自己喜欢上陈独秀了。

陈独秀笑一笑。

马林指指脚下的黄浦江：“其实，我跟你一样，都是居高临下的脾气。”

“是啊，是啊，”陈独秀说，“前两个月，有位旧军人找我谈，请求加入共产党，我啊，唉，也是拒人千里之外。”

“什么旧军人？”

“不提他了，”陈独秀叹口气，“我只是有些后悔。”

朱德身着浅灰色的西装，走在通往旅馆的小径上。他的步姿，总是一种军人气度。

这位偶然被陈独秀记起的旧军人，于1922年的深秋出现在德国柏林。朱德已经知道周恩来是中国共产党旅欧支部的负责人，因此一打听到周恩来其时正在德国，便专程从法国赶到德国。他觉得自己必须面见周恩来，不仅要面见，而且要在面见时让对方见到自己的心。

因此当他坐到周恩来面前的橡木椅子上的时候，他的叙述是极其诚恳的。“周先生，我是乘法国邮轮离开上海到巴黎的，听说你在柏林办事，我马上赶来了。来欧洲的这一路上，我经过西贡、新加坡、印度、埃及，亲眼看见了殖民地国家老百姓的悲惨生活。这世界处处是苦难。我坚信马克思主义能够救天下百姓。周先生，我曾经是个旧军人，对此，我深感愧疚。我现在完全脱离了旧军队，彻底戒了鸦片烟。周先生，请你相信我的真诚，我恳切地申请加入贵党。”

一份申请书，他双手递出，端端正正递在周恩来面前。然后朱德又讲到了陈独秀先生，讲到陈独秀先生曾经在上海审视过他曲折的一生，最后将这种审视变为谢绝。朱德所有的叙述都显得客观和真诚。

周恩来读完了申请书，注视着朱德，心里感慨万千。

陈独秀同志啊，他想，在热血上浇冷水的事情我们应当尽量少做啊！

周恩来还没来得及开口说话，一位脸方方正正的十八岁青年，忽然就推门进屋了。

“啊，我们的油印博士赶来了！”周恩来笑道。

邓小平果然是风尘仆仆。他身穿一件蓝工装，背着一只鼓鼓的旅行袋，额头上满是细细的汗滴。

“刚从巴黎赶来吧？”周恩来请邓小平坐，“来，兄弟，坐下，先喝茶！哟，茶叶没了。泡杯咖啡吧？”

朱德说：“我带着云南茶砖哩。一路行船，全靠它！”

邓小平咧嘴笑：“云南来的？半个老乡！”

朱德也一下子听出了邓小平话中的川味儿。邓小平说："我是四川广安人哩！我姓邓，邓希贤。"

朱德跳起来说："哪里是半个老乡，我们就是四川老乡嘛！我是四川仪陇县马鞍场的，我读书也是在成都，后来才考到云南讲武堂去的。咳，羞死人，不提这一段了。我姓朱，朱德。"

邓小平的手一下子伸了过来，跟朱德紧紧握在一起。

周恩来兴致勃勃地从小茶砖上掰下一撮儿，冲入开水。

"家乡茶，香啊！"邓小平端过茶杯，啜了一口，满意地咂咂嘴，然后从旅行袋里取出一大沓油印刊物《少年》，递给周恩来。"第二期出刊了，发表的是张申府写的《中国共产党与其目前政策》。这一些，就在德国散发。"

"太及时了！"周恩来浏览了一下目录，"国民党、共产党为什么要精诚合作，这个道理，当前，一定要向旅欧中国学生讲明白！嗯，没有提一切工作归国民党，这就很好。"

邓小平问："下期稿子呢？"

"我已经准备了，希贤，你先过过目。"周恩来取出一叠文稿，交给邓小平，随即又转脸与朱德说话，目光十分和蔼，"朱德先生，我考虑好了，我愿意做你的入党介绍人。"

火苗顿时在朱德的瞳仁深处燃了起来。他对这句干脆的话几乎有些不相信。他在中国走南闯北找不到中国共产党，好不容易找到了，人家不要他；他在中国以外的地方一找，却马上找到了中国共产党，人家要他。

周恩来取出一册薄薄的书，中文版《共产党宣言》，陈望道译的。周恩来把这本书郑重地送给面前这位意志坚定的汉子，要他读至少三遍，并且说："古人有言，人不贵于无过，而贵于能改过。我们党应当大大欢迎像你这样勇敢的同志！这样吧，我与张申府同志联系一下，由我们两位介绍你入党。"

"贵党领袖陈独秀先生是谢绝我加入的。"朱德捧着《共产党宣言》，还是不放心。

"这我知道，你刚才已经讲过了。"

"我不能不再讲一遍，他对我不放心。"

"那是以前的事了，我会马上把你的申请书捎回国内。"

"陈独秀先生他，他会不会再一次对我说，你是一个旧军人……"

"他不会再这么说的，我深信这一点。他若是知道你为了求取真理而不惜漂洋过海，并且在德国找到了中国共产党，他一定会为你举杯的。”周恩来站起来，为客人续水，“为了中华民族的根本利益，国共两党都能亲密合作，我们党还能拒绝一位迫切要求投身无产阶级解放事业的勇敢战士吗？”

邓小平忽然惊讶地问：“你怎么了，朱先生？”

周恩来转过脸，发现朱德的脸颊上出现了两行亮晶晶的泪水。朱德大步走上阳台。10月的太阳很亮。他在阳光下拼命控制着自己的情绪。马克思是德国人，这个旧军人在尊敬的马克思先生的家乡，听到了人世间最为温暖的话。

在周恩来收下朱德入党申请书的前一天，二十九岁的中共湘区执委会书记毛泽东做了父亲。他在长沙湘雅医院里接过婴儿的时候，心头有一种异样的感觉。毛泽东将肤色红红的男婴捧在胸口，捧得小心翼翼。婴儿睡着了，没有哭。

他俯脸，轻声告诉躺在床上的杨开慧，他说他现在接过的是一种责任，这种责任与国家的命运几乎一样重要。

杨开慧听了这话，心里踏实。两个钟头之前，由于疼痛，她的嘴唇咬破了，但是她现在哪儿也没有痛的感觉。她觉得丈夫的这句话，特别入耳。

毛泽东仔细端详婴儿，又对妻子说：“啊，眼睛像我，虽然还没有张开，张开了一定更像。鼻子嘛，像你。头发呢，既不像我，也不像你，稀稀拉拉没几根！”

杨开慧疲倦地笑：“润之你好性急，总会长齐的嘛。润之，你想一想，起个名。”

毛泽东一听这话就推窗说：“何胡子，站窗外干啥呀？你进来，进来！何胡子呀，你正宗秀才出身，取名大事，一定得给谋划谋划。”

何叔衡进门，仔细看看婴孩面相，倒背起手，踱了几步，用一种深思熟虑的语调问：“毛家族谱上，怎么定的？”

毛泽东回忆起毛家老祖宗定过二十代子孙的族牒，那二十个字是这样排列的：立显荣朝士，文方运际祥，祖恩贻泽远，世代永承昌。泽字辈后面，应该是远字辈。毛泽东于是说：何胡子，我看，孩子的字，就叫远仁吧。

何叔衡斟酌一番，点头说：“远仁，取得可以，有底气！”

杨开慧说光是字不行，要有名，毛泽东便又想，想半天，忽然有了主意：

“何胡子，你看，我的名字是泽东，泽之东，何处也？”

“泽之东，岸也！”

“岸，就这个岸字，何胡子，你说好不好？”

“怎么不好？大泽之东，便是大岸，有泽才有岸，有岸才有泽，你们父子俩这就相通了。”

“那就叫岸英怎么样？毛岸英！”

“好极好极，岸上之英杰！”何叔衡觉得毛泽东今天发挥得很好。

婴儿忽然哇哇啼哭起来，毛泽东皱眉说：“啊，啊，啊，他该不是抗议吧，何胡子？”

“怎么？”

“他不想上岸，想做东海蛟龙呢！”

“润之啊，他不会抗议你名字取得不好，他是抗议肚子饿！你总不能把名字当奶喂他吧！”

“啊！”毛泽东赶紧把啼哭不止的婴儿递给妻子，“喂奶喂奶，何胡子，我们到外面去。”

走到医院门外，毛泽东又对何叔衡说：“你还得给参谋一个意见。我有个想法，想把鹤鸣聘来湖南，做我们湖南自修大学的学长，你看如何？”

“那敢情好，问题是，鹤鸣肯来不肯来？”

“亲不亲，家乡人嘛！”

“听说他一直对陈独秀有意见？”

“鹤鸣反对两党合作，反对得厉害。”

“也是一个倔脾气。”

“反正我们这个自修大学里，也不开‘两党合作’课，是不是？”

毛泽东的这句话说得何胡子哈哈大笑。

年底，脾气倔强的党内理论家李达，应毛泽东之邀到达长沙，就任毛泽东和何叔衡创办的湖南自修大学学长。他到达的当天，就对毛泽东讲述了他的激烈的意见，他说：“我是研究社会主义理论的，我就不相信分别代表两个对立阶级的政党能为同一个理想并肩作战！”

毛泽东有一天抱着三个月的婴孩专门去自修大学看望李达夫妇。毛泽东坐在炉子边，对王会悟说：你看，你是教会学校的学生出身，传统女红却又做得如此之好，你看，你给岸英做的小丝绵棉袄这么漂亮、这么贴身，开慧可夸死你了。又说：你看看这孩子的前脑门，这么宽，后脑勺呢，这么厚。一代胜过一代的道理绝对是不错的。他这一代大起来，一定比我们想得多，想得深。我们有时候自以为聪明，自以为人间至理尽在心中，咬文嚼字，牛气十足，到他们这一代大起来，再来看我们这些人，保不齐就会哈哈一笑，说真亏得你们这些人，还做了我们的父辈，你们那会儿种种的背时想法，闹糟了多少事！

岸英哇哇哭起来，小拳头一颠一颠，毛泽东说，啊呀呀，他现在就提意见了！年轻一代真是性子急！

毛泽东说着这些话的时候，李达正用一根细木棍捅炉子，没有插一句话。关于他反对陈独秀、李大钊加入国民党的意见，他再也没有同毛泽东提起。他当然听得出，毛泽东一直是话里有话。

这一年冬天，北京也是特别冷，出了年，更是天寒地冻，屋檐下的冰凌子粗得敲不断。陈独秀一早起身刷牙，满口白沫。他刷牙节奏一向很快，但他没有想到一辆有着同样节奏的马车，正一大清早载着李大钊急驶而来。

陈独秀最后漱了几下口。这里是北京中国劳动组合书记部的办公处，青砖地面，房高窗宽，但是有点不挡风，寒风正从窗缝里咝咝地钻进来。已任中共中央机关刊物《新青年》主编的瞿秋白起身也很早，此刻正弯着腰，一边咳嗽一边往炉子上搁茶壶。早上天冷，茶必须烫手。

窗外传来嘚嘚的马蹄声，蹄声越来越响。一会儿，就如一阵风似的，李大钊推门进屋，脸色相当可怕，一阵青，一阵白，两撇黑胡子抖得厉害。

"怎么了，守常？"陈独秀吓一跳。

李大钊嘶哑着声音说："吴佩孚，昨天……开杀戒了！"

陈独秀洗脸洗一半，愣住了。

李大钊说："昨天，湖北督军萧耀南奉吴佩孚命令，包围京汉铁路总工会，开枪了，镇压得厉害，罢工的工人死伤惨重！"

陈独秀的毛巾跌落在脸盆里，水花飞溅，湿了衣襟。

李大钊跌坐在炕上，讲述了血淋淋的情况。在中国共产党党内对国共合作方式还有不同意见的情况下，震惊全国的"二七惨案"在 1923 年初就这样骤然发生了。直系军阀吴佩孚悍然下令镇压工人罢工，向京汉铁路总工会江岸分会数万名赤手空拳的工人和纠察队员开枪，当场打死三十二人，伤两百余人。京汉铁路沿线各站罢工工人也遭到武力镇压，死了五十多人，伤了三百多人。

李大钊痛心疾首地说："罢工领袖林祥谦死得惨啊，被活活砍死，绑在电线杆上，一刀一刀地砍！武汉工团联合会律师施洋，也被杀了！昨天郑州有人连夜赶来北京，带来了血衣！"

说到这里，李大钊一下子拉开了自己的棉袍纽扣。果然，他身上穿着一件沾满鲜血的衣褂。瞿秋白吓一跳，推推眼镜，仔细看这血衣。血似乎还没有干，一块一块凝结在衣服的肩部、腰部和胸部。

瞿秋白张口结舌。他刚与陈独秀从莫斯科开罢共产国际第四次代表大会归来，回北京还不满一个月，谁知就风雨突来，京汉铁路遍地血水。瞿秋白一屁股跌坐在凳子上，说："这个吴佩孚，前几日还在叫保护罢工，伪君子！禽兽不如！"

陈独秀自从李大钊说话以后，一直黑着脸，两边嘴角不断地打战。李大钊指着陈独秀说："仲甫，你也被通缉了！马林也被通缉了！你马上跟我走。秋白，你也一齐走。快收拾一下文件，这里不能待了。马车就在外面。"

"啊，"陈独秀一把抓住李大钊的肩，"你又想赶车把我送到天津？"

"不必到天津，只是换个安全的地方。必须换，不能大意！地方我已经联系妥当。仲甫啊仲甫，军阀又给我们上了一堂大课啊！"

瞿秋白说："国共两党合作，必须加快步子！"

"说得好！"李大钊说，"这是很明显的道理：没有强有力的同盟军，没有自己的武装，工人阶级就只能挨屠刀！这回，算是看清吴佩孚的真面目了！我的同学白坚武总是说他同情工农大众，我还一直对他抱有幻想！这回，算看透了！"说完他手抚血衣，几滴眼泪落了下来。瞿秋白说："守常，别难过！……"

李大钊抬脸说："我难过的是，面对反革命的屠刀，我们党内还有不少同志依旧反对革命的联合！仲甫，刚才秋白说得对，为了中国革命，两党党内合作的步伐，一定要加快！"

陈独秀拍拍桌上的报纸，示意李大钊看。这是一份元旦的报纸，刊有《中国国民党宣言》。陈独秀说："这个孙中山，看来是有诚意的，看他的《宣言》就可以明白！守常的意思，我懂。我也再三说过，要加快两党合作步伐。可是一个国焘、一个和森，总是唱双簧拖后腿！秋白，你是《新青年》主编，你记住，当前，要着重宣传联合，要宣传‘一切工作归国民党’的方针，这一条不要动摇。”

瞿秋白心里咯噔一下。“一切工作归国民党”这种提法，他总觉得不妥，显得缺少自信。李大钊也有不同看法，说：“仲甫，我倒是想跟你商议，一切工作归国民党，这提法，有来由吗？是不是妥帖？”

陈独秀大声说：“怎么没来由？马林说的，说了不止一遍，这次我在莫斯科，莫斯科那些头脑都跟我这样说，除了托洛茨基没说。李守常，共产国际一说话，你不也是头一个举双手拥护的？你今日还怀疑什么？好了，今天别讨论这个了，没时间了，既然守常要赶我们上马车，我们就赶快躲吧，像只兔子一样躲起来吧，躲到帘子后面去吧。只是，守常，你把血衣脱下来，我穿！”

“不安全！”

“你就安全了？”

“还是先走吧！”

“不！”陈独秀咬牙切齿说，“偏你穿得，我穿不得？脱下血衣，我穿！守常，我今天心里难受！我也明白了，若再不跟国民党紧密配合，尽早结束军阀统治，那将是我们中国共产党人的失职！失职，懂吗？！”

几分钟后，陈独秀穿上了血衣，浑身上下成了个血人。

让我闻几天血腥气吧，他又跺地说，娘的，这就是中国！

坐进马车的时候，他又说：“据闻，孙中山在海上平叛之时要卧薪尝胆，薪没找着卧，胆倒尝了一颗。他有胆了。我陈独秀虽未上沙场，今日却也一身是血，我见血了！一个肚中有胆，一个浑身见血，血胆集于一身，何愁大业不成？”

李大钊在马车上对瞿秋白说，听仲甫这些话，我听出厉害来了！

四个月之后，陈独秀又说了一些斩钉截铁的非常厉害的话。这些话是在广州说的，但却是句句针对自己的同志。听这些话的是李达，李达听完这些话就脱离了共产党。

那天，一个重要的会议要开幕，身为委员长的陈独秀却迟迟不进厅堂，闹得张国焘心里发急，一会儿看看怀表，一会儿又仔细听听门外的声音。

门外的声音若是仔细听，隐约也能听见，陈独秀本来就是大嗓门，这会儿又在气头上，更是出言凌厉，所以张国焘听清了他的这些话，而且一听就听得心烦意乱。

张国焘忍住自己烦乱的心绪，对大家说："诸位，今天的日程是本党委员长作工作报告。他在隔壁有点事，请诸位稍候。"

此次会议很要紧，是中共的第三次全国代表大会，专门选在重新设立了孙中山革命政府的广州召开，主题是讨论国共合作问题。穿过二七大罢工死难者血衣的陈独秀很看重这次会议，他已经完全接受了马林的战略思想：要赢得中国民主革命的胜利，不能由中国工人阶级孤军奋战，而必须同中国的民族资产阶级、小资产阶级、农民赶快结成广泛的反帝反封建的革命统一战线。

这是给中国革命敲响的一阵很及时的钟声。

这两天，陈独秀经常在夜深人静之时听见这样的钟声，声音很清晰。他听见的不是"夜半钟声到客船"的寒山寺之响，也不是西子湖南侧的那口幽静超然的南屏晚钟之音，他听见有一大排钟声在一起敲，类似于莫斯科远郊苏兹达里教堂的那些编结在一起的二十四口铜钟。众多的铜钟一起翻滚轰鸣，那活脱脱就是一种军阵气势。陈独秀听到的，就是这样的钟声。他好几次半夜三更坐起来，盯着半明半暗的窗户看，他听见这种钟声就在不远不近的地方滚动，那个地方不是别的地方，是他灵魂的边缘。

他听见的是他自己胸膛里的声音。

这声音起初是别人说给他的，而现在变成了他自己的声音。作为党的委员长，他责无旁贷，必须要在这样的钟声里率军上阵。

因此他不能忍受李达。已经到了这么关键的时刻了，李达还来跟他纠缠共产理论问题。李达以为就他自己一个人是共产主义理论家了？他能比过人家马林？

会议其实已经开过一天了。会址就选在陈独秀所居住的永汉路太平沙看云楼。广州的6月，天气奇热，这些天太阳一直把一口透明的大锅热辣辣地倒扣在这个灰白色的城市上。代表们一边摇扇一边发言，态度却都出奇的冷静，连张国焘都不再持反对的意见，蔡和森的立场也大大缓和。蔡和森的变化，估计是毛泽东做了工作。至于李大钊、张太雷那些同志，就更不用说了，都同意中共正式确定实行国共党内合作之方针，建议全体共产党员均以个人名义加入国民党。而就他李达跑来，说一些类似“汉贼不两立”的话，直叫陈独秀伤脑筋。李达这个湖南人吃辣椒吃过头了吗？这个节骨眼上，他陈独秀怎么能放弃国共两党党内联合的方针？哪怕你李达的理论再铜墙铁壁！

陈独秀没有按时进入会场，他一直走动在厅堂东侧偏房的砖地上，并且拍了桌子。他厚实的手掌打在一张满是裂缝的红漆方桌上，生生的痛。而李达闻见桌响也冷目以对，处变不惊，一点不买账，他的圆眼镜子后面的那两道目光始终顽固而深邃。

他大声说：“独秀同志，你不用拍桌子。我并不想有意得罪你，我是为了党的原则，才特地赶到广州来与你讨论的。我认为‘一切工作归国民党’的提法绝对错误，我认为共产党员绝对不能通通加入国民党！国民党必将背叛共产党，迟早而已！独秀同志，你一定要掌好舵！现在纠正，还来得及，不然，必铸大错！”

“共产党员必须全部参加国民党！这是共产国际的决议！”陈独秀一下子就搬来了莫斯科，他觉得必须干脆一点，其实以前他是最反对这种搬运的。

“共产党员都成了国民党员，我们还叫什么共产党？！”李达不让步，“共产国际若是这样说，共产国际也是错误的！”

陈独秀火了，又拍桌子，砰的一声：“李达，我告诉你，你批胡适之、批梁启超、批张东荪、批江亢虎，都能批，都批得好，但是批共产国际，你还早！你别以为只有你才懂无产理论！”

李达再也忍受不住，一时热血上涌，对着红漆方桌，也像陈独秀一样举起了痉挛的拳头。

“你也想拍桌子？”陈独秀瞪出眼珠。

“我为什么不能拍？”李达立时拍桌，嘭的一声，比陈独秀下手还重，“对于无产理论，我不比你多懂，可也不比你少懂！”

话犹未了，桌上那只瓷花茶碗早已被陈独秀抓起，并且被狠狠摔在地上。

——砰！

瓷花碎片在青砖地上优美地溅舞，像单薄的友情一样刹那间碎裂向了东南西北。

陈独秀犀利的声音同瓷片一样尖脆：“共产党和无产阶级的独立性，此时此刻对中国而言，都是鬼话！你李达违反党的主张，我有权开除你！”

李达没有立刻回答陈独秀的威胁之言，他只是缓缓抬脚，踢了一脚瓷碗碎片，把一块最大的碎瓷片踢到墙角，而圆圆的头颅随之昂起：“开除不要紧！原则性绝不让步！陈独秀，我实话告诉你，我李达也并不重视你这个草莽英雄！”

什么？陈独秀气得直打哆嗦。

“你……你李达想干什么？！”他吼，吼得山响。

李达摘下眼镜，擦一擦，平静地戴上，说：“我不想干什么，刚才动动嘴，现在想动动腿。”

“你当然可以走！”

“我当然走！”

“走了就别回头！”

“回头不是李达！”李达说，摔门就走。

当然，李达要是能被吓住，还叫什么李达！

神色紧张的毛泽东忽然出现在门口，急走几步，迎头拦住李达：“鹤鸣兄！”

李达推开对方的手。他知道，方才茶碗的碎裂已经深深地戳痛了许多同志的心，毛泽东必是一个。毛泽东在厅堂里可能一直竖着耳朵听。李达明白，自己赶来广州找陈独秀，毛泽东一直是反对的，来广州临出发时毛泽东好说歹说让李达别冒失，但是脚长在他自己身上，毛泽东缚不住。

“鹤鸣兄，”额头冒汗的毛泽东此时对他低声耳语，“我们好好谈谈。”

陈独秀吼道：“谈什么？让他走！”

毛泽东垂了手，他两只手的手心都是汗。

李达昂首跨过两道门槛，推开大门。毛泽东默默盯着他的背影。李达脊背笔直，他的灰布长衫上，白花花的，皆是南国亮晃晃的阳光。

毛泽东转过身，看着陈独秀，一时说不出话。

“让他去！中国共产党不少他一个！”陈独秀恨声不绝。

“仲甫，鹤鸣反对国共合作，我也绝对不赞成他的立场。”

“这就对了。”

“我支持你的两党合作构想，赞成全体共产党员加入国民党。孙中山有很高的威望，国民党在北洋军阀统治区有合法地位，诸葛亮都知道要借东风，共产党为什么不借呢？再说，众人拾柴火焰高，只有很高的火焰才能照亮中国。这也是很明白的道理。”

陈独秀的情绪渐渐平复，他长长地呼出一口气。

“有理，润之，你的见解有理。”陈独秀说，“你湘区工作就做得很出色，你一向注意阶级的联合和民众的联合。润之，此次会议，你可以谈谈湖南。不，润之，你必须谈谈湖南！”陈独秀突然觉得毛泽东大可倚赖。

毛泽东却话锋一转，说：“话说回来，鹤鸣的想法，也有他几分理。”

陈独秀一愣，瞪眼说：“无理！”

毛泽东伸出拳头，动动拳头上的大拇指，耐心地说：“仲甫，共产党与国民党即使在捏成拳头之后，也总须有一根指头居于中心位置。我想，中国共产党，应该就是这只大拇指。鹤鸣刚才那些话的出发点，其实，就是这个大拇指的意思。”

陈独秀鼻子哼一声，说：“都说润之说话好比喻，果然如此。”

“我提议，本次代表会议的决议案，应当明确写上一段话。”

陈独秀注意地看着他，表情认真起来。

毛泽东说：“决议案上，是不是能这样写：我们加入国民党，但仍旧保存我们的组织，并须努力从各工人团体中，从国民党‘左派’中，吸收具有阶级觉悟的革命分子，渐渐扩大我们的组织，谨严我们的纪律，以立强大的群众共产党之基础！”

陈独秀眼睛一圆，手指对方，说：“润之，本次大会后，你就留在中央工作，别回湖南了。”

这个毛润之，绝对可以倚重！

毛泽东一时听不明白陈独秀的意思，问为什么留下，留几日。

“不是留几日的问题。”陈独秀斩钉截铁地说，“请你担任党中央秘书，处理中央日常工作。”

毛泽东更觉意外了，说：“仲甫，我怕是不能胜任。当然，仲甫信任我，我是明白的。”

陈独秀想了想，说：“真的，现在，我需要你的协助，润之。”

这句话陈独秀说得很轻。说完之后，陈独秀就注意地盯着毛泽东的眼睛。他希望这双眼睛里能迅速闪现出一些火花来。然而他看到的只是一双温和的眼睛，带着些许深思，带着些许智慧。

忽然就走了一个湖南人，而另一个聪明的湖南人，似乎又不肯来，一个微妙的感觉像一根火柴棍一样迅速划过陈独秀心底，但是还不等这根火柴闪出火花来，张国焘便挟着一股风冲了过来。

“独秀同志，大家在等你，都等急了！”

毛泽东说：“仲甫，我先去会场。”

陈独秀阴着脸，脸上没有表情。而毛泽东跨出门槛之后，又回过了头，清晰地对他说了一句话。

“仲甫，”毛泽东这样说，“我赞成你最后表示的那个意见。”

他走了。陈独秀松了一口气。

这个毛润之，看来是愿意跟自己走的。

于是，陈独秀心定下来，吁出一口气，轻轻问张国焘：“都等急了吗？不过，我还想抽根烟。”

他摸出一根粗粗的雪茄，点上。

张国焘说：“我见李达走了，脾气好大。”

“他下船了。前年上的船，如今下了。”

张国焘听不明白。

陈独秀喷出一口浓烟：“他脱党了。”

“怎么？”张国焘呆了。

陈独秀狠狠地说：“他观点同你一样，比你还凶。”

张国焘马上说：“独秀同志，我的观点是公开的。我不像有些人那样，骑墙！再说，我的观点，起初也是跟着你的观点来的。无非是你后来步子走快了，我想赶，一时赶不上而已。陈先生，你自己说，是不是这个情况？你扪住良心自己说！至于李达，李达今天确实凶，他要不凶，你也不会摔茶杯。我知道茶杯是你摔的，他惹得你很生气。我有一个疑问，这个李鹤鸣，怎么会那么凶？本党二次代表会议之后，他一直被毛泽东拉在湖南，做自修大学的学长，他的一而再再而三的对抗，有可能不是孤立的吧？”

陈独秀一愣，喷出一大口烟，这话是什么意思呢？他问：“你是说……润之？”

“我就是说他。”张国焘的表情又诚恳又贴己。“独秀同志，你要小心，别被他牵着鼻子走。”

陈独秀突然把点燃不久的雪茄按在桌沿上，按灭了。他的那股刚刚散去的焦躁情绪，顷刻间又回来了。

他举起手，指着张国焘的鼻子说：“湖南共产党的工作是跑在全国前面的，如果湖南能牵动本党的鼻子，我以为再好不过。你呀，国焘，我倒认为你很有点小团体主义呢，很有点宗派主义呢。你这个组织部长当得并不怎么称职，一会儿我在会上还要讲这一点。国焘，我是信任你、爱护你，才这样对你不留情面。不过，在这次代表会议上，你还能不能继续担任组织部长，那就要看大家的意见了，我也打不了保票。”

他说完，就大踏步走向会场。

牵什么鼻子不鼻子，张国焘乱说话！

陈独秀在中共“三大”上多次作了发言，他着重传达了中共西湖特别会议的精神。他说：“起初，我们党内大多数人都反对加入国民党，包括我本人。我本人也长时间地思想有疙瘩，可是共产国际执行委员会的代表，也就是马林，说服了西湖特别会议的全体参加者。最后，我们大家决定劝说我们的全体党员都加入国民党。因此从现在起我们党的政治主张就有了重大的改变，也可以说，我们党的政策此前是唯心主义的，是不切合实际的，现在我们要开始更多地注意中国社会的现状，并且参加现实的运动。”

他在说这些的时候，口气时而激烈，时而舒缓。他对国共两党党内合作的前景和果实均充满希望。他认为，北伐在国民党改组之后必定能迅速发动，中国反帝反封建的革命运动随之将会空前高涨。他饱满而激昂的情绪感染了每一个同志。他的手臂挥动如同重锤，以至于代表们顺着他的肘部关节的运动，仿佛已经清晰听见了北洋军政府的统治大厦行将崩坍的吱吱嘎嘎的声音。

这次代表会议对中共西湖特别会议的精神表示了完全的赞同，正式确定了实行国共党内合作的方针，决定全体共产党员以个人名义加入国民党，但是，同时也不赞成“一切工作归国民党”的方针，认为必须坚持中国共产党在政治上、组织上的独立性。李大钊在这一点上的坚持起了很大作用，毛泽东、蔡和森都是支持李大钊的。陈独秀也对此不表示反对。

当然，陈独秀在这次会议上也以很坚决的口吻，褒贬了党的工作。他的批评似乎远大于表扬。上海、北京、武汉、广州这些地方的党的工作都叫陈独秀数落了一番。特别是对广州，陈独秀明确指责“广州的同志在对待陈炯明的问题上犯了严重的错误”。但是毛泽东领导的湘区工作却没有受到陈独秀的批评，反而得到了表扬。陈独秀给出的评价是“很好”。毛泽东在听到陈独秀对湘区工作如此肯定的时候，一方面心里高兴，另一方面也暗暗地想，这是独秀同志为把自己安排在中央工作所做的铺垫，湘区的工作其实也并没有像独秀同志所赞扬的那样“很好”。

总的说，会议开得很顺利。最后，代表着四百二十个党员的这次全国代表大会选举出了党的中央执行委员会，执委一共九人，分别是陈独秀、李大钊、毛泽东、罗章龙、蔡和森、谭平山、王荷波、项英、朱少连。委员长当然仍旧是陈独秀。同时，大会也推选毛泽东任中央执委会的秘书，负责中央的日常工作。

对于大家一致同意把毛泽东送到中央工作，陈独秀很满意。

唯有张国焘的神色显得落寞，他的组织部长一职果然没有连任，也没有被选进中央执委。他心里想，国共两党合作，已是大势所趋，我再也不能唱任何反调了，连陈独秀这样倔强的牛头都被马林拉转了，我还犟什么呢？

他们肩并着肩漫步，并且长时间瞭望着珠江。珠江之夜，时近子时，风仍未转凉。挂着桅灯的小货轮不断拉响汽笛，短促而沉闷。

毛泽东要与李达话别。他当晚找到李达，把他约到了水汽迷蒙的珠江边。

“回长沙去是对的，鹤鸣兄。”毛泽东这样对他说，“你是知道的，湖南的同志不会对你有成见。今后，湘区各项工作，还是要请鹤鸣兄鼎力相助。”

“我已经不是共产党了。”

“你还是无产分子。”

“苦痛也在于此，润之。”李达慢慢地掏出一块手绢，按按眼角。毛泽东知道李达的心在沉淀之后，格外痛苦。

毛泽东也同时知道，杯盏落地，瓷片四溅，这些倔强而尖利的碎片就再难聚合成杯了。世界上有许多悲剧都是这样造成的。友谊过于炽热便会忽然蒸发，性格一放纵，也就转化成了历史。

李达说：“宣传社会主义的小册子，我还是要一本一本译下去的。润之，我不是为他陈独秀，我是为真理，为中国百姓！”

“鹤鸣兄，我一向敬佩于你的，一是学识，二是骨气。虽然，有些观点，我也不赞同你。”

风逐渐大起来，高高的椰树开始摇晃。李达一时走不动了，斜着身子靠在树干上。他用指甲轻轻地划着树皮。

他听毛泽东继续说："仲甫把茶碗打碎是不对的，不过，你把两党党内合作这个战略打碎也是不对的。敌人那么凶恶，革命阵线除了加强联合，还能怎么办呢？"

李达冷笑一声，说："我即便有所悟，也来不及了，我已经下了共产党的船了。再说，我从心底里，也不赞成你们那些言论。我知道国民党是不可靠的，他们代表的，毕竟是资产阶级利益，到了水火不容之时，共产党必然吃大亏。"

"我只问一句，鹤鸣兄，能不能再上船呢？"

"只要他继续当船长，我就不上船！润之，你是知道的，我李达这副皮囊，包的都是骨头！"

毛泽东当然知道。毛泽东的担心也就在这里。李达在离开珠江岸畔的时候，又对毛泽东说，他对留在中央的毛泽东也有几句忠告。"我的忠告是丑话。"他说。

"不是丑话的忠告，那就不叫忠告。"毛泽东说。他在夜色中努力地看着李达的脸。

"陈独秀很赏识你，把你留在中央。但是，润之，你不要受宠若惊。"

"鹤鸣小看润之了。"

"该说的，还是要说。我一向以为，你也是一个有独立见解的人。"

"我不装哑巴。"

"敢于表达独立见解者，常为君主所不容，也为世人所不容。但是不为此而表达呢，又为自己所不容。我这一回，是彻底地表达了自己的意见，而且还是特意赶来南国表达的，结果，撞到了南墙上，撞碎了一只茶碗。而你呢，润之，你话要说，但是，别像我那样说。话须硬，舌头须软。软舌头说硬话，尽见一个人的智慧。我没有这种智慧，你有。为革命大局，我希望你留在他身边能时间长一点。该说话处，大胆进言；该小心处，也务须小心。他是暴君，不折不扣的暴君。他治党，如同严父教子，手里不是板子就是尺子。他的目的是想叫中国民主，他自己呢，头一个不民主。这就是我们中国共产党的现实，不，我口误了，这就是你们中国共产党的现实。总之，记住我这句话，润之，伴君如伴虎。"

毛泽东思索了好长一阵子，说："鹤鸣，我不把他当君看。他不是唐宗宋祖，即便唐宗宋祖，在革命者眼里，也不过尔尔。我也不把他当虎看，虎者，威虽威矣，也有粗笨愚顽之时。我伴他，不是伴君也不是伴虎，我在中央工作，是伴全党同志，伴真理，伴中国百姓！”

李达瞪大了眼，他不得不认为毛泽东说得在理，于是频频点头。

毛泽东又说：“不过，你的软舌说硬话的忠告，我也记住了。我不会像鹤鸣兄这般拍案而起。”

“我知道，你比我高明。”

“我相信我会影响他。有理不在言高，他有理，我自然服他，我有理，我自会慢慢说服他。我相信水滴石穿。说真的，鹤鸣，我之所以同意担任中央秘书，也无非是想在这个位子上，努力发挥我的影响。”

“润之不愧是润之啊，湘江依旧是湘江！如此，我也放心了。罢，罢，我回长沙去，我也要在自修大学里好好自修一下。润之，你在中央，好自为之！”

珠江江中，货轮数声长鸣，最后一次鸣叫之后，毛泽东发现李达已经在夜色中消失了。李达走得很快，一次也没有回头。毛泽东知道他是一个彻底的共产主义理论信奉者，这辈子看来是不会改了。他人虽下船，心还会照旧航行，不然他就不是李达。

毛泽东的感觉没有错，李达在脱离了共产党之后，继续发愤地译著社会主义理论。三年后，他发表了《现代社会学》，系统地论述了唯物史观和科学社会主义。十二年后，他又发表了专著《社会学大纲》，再次阐述辩证唯物主义和历史唯物主义。1949 年底，李达重新加入中国共产党。李达的倔强呼吸是在 1966 年 8 月 24 日停止的，冤死于“文革”。在中南海的毛泽东那一天知道了这个信息，心里阴了一下，像掠过一朵阴云，或者是涌过了一排珠江的夜浪，但是，他没有说一句话。李达被彻底平反昭雪，是在 1980 年。

李达的眼镜，一辈子闪烁着学术之光，但他不近视。

第 12 章

交锋广州，党内如此硝烟弥漫

周恩来把一块湿手巾拧干，递给正埋首于案前的邓小平。

周恩来很喜欢这个像小弟弟的邓小平。邓小平那个时候还没改名，仍旧叫邓希贤，浑身的活力。周恩来好几次想，把这个人找来身边那是绝对找对了，这个圆脸的小伙子干起活来没有日与夜的概念。

邓小平的手腕不知道酸痛。铁笔和钢板从早到晚一直在叽叽作响，如巴黎6月夜里一只不知疲倦的夏虫。

我有个预感。周恩来递去湿毛巾，这样说。

这是在巴黎艾德鲁瓦街十七号《少年》编辑部，夜灯柔柔地亮着。

什么预感呢？邓小平问。

周恩来说："先洗个脸吧。你已经刻了整整八个钟头蜡纸了。"

"错了，"邓小平说，"七个半钟头。"

周恩来看着他的小伙伴洗脸，说："我有个预感，国内的革命形势就要起大变化了。敌人的刺刀将会很快促成革命者的同盟。我昨天听说了，刚刚在广州举行的中国共产党第三次全国代表会议，讨论的就是这个问题。"

"就凭恩来书记的这句大革命预言，你也要请我到楼下咖啡店喝一杯。"

周恩来说："下楼！下楼！想不到我们的油印博士还是一位敲竹杠博士！"

周恩来下楼时觉得有些凉意，便又回房，在衬衣外套上那件绣着六个小字的毛衣。

邓小平笑嘻嘻拉住毛衣。周恩来说："哎呀我的小兄弟，你不是看过又看了吗？"

"问题是你一遍也没有解释过！'给你温暖，小超'。小超是谁？一定是个姑娘！"

在楼下的咖啡店里，银勺子搅着浓浓的咖啡之时，周恩来承认了小超是个姑娘。咖啡店此时几乎没有什么顾客，只有一个瘦削的琴师在角落里操弄一把小提琴，正在演奏莫扎特小夜曲的第二乐章，周恩来说他对莫扎特这个奥地利的天才音乐家很熟悉。

“漂亮吗？”邓小平还在追问“小超”这个问题。

“记不准什么模样了，”周恩来望着白墙上的铜杆壁灯，作深深的回忆状，“真的有点记不得了，只记得她的活跃胜过她的漂亮。她为了救我，冲过天津警察厅。她非常勇敢，这一点没有疑问。”

“你对她说过那句著名的话吗？”

“什么话？”

邓小平用法语说：“我爱你。”

周恩来看着他的小兄弟认真的眼神，笑了，说没有，邓小平问为什么。

这是一个难以回答的问题。

周恩来搅动咖啡，半晌，说：“是啊，这句话，也该说了。我原先认为彻底的革命者必须独身，现在觉得，革命伴侣的存在，不会对革命有碍。我这几天，好几次想到马克思与燕妮。”

邓小平从怀里摸出一张明信片说：“给你。”

“什么？”

“明信片，昨天买的，原先是想给四川老家发去的，后来想想，也没什么好写的，先给你用。”

“你的意思是，那句著名的话，能用明信片的方式公开表示？”

邓小平嘻嘻笑了，笑完之后，凑过脸，像大人似的开导对方：“这你就不懂了，恩来书记，如果一句最秘密的意思，能用一种最公开的形式加以表达，那就是说明……”

“说明什么了？”

“说明板上钉钉。姑娘将会受宠若惊。”

“你这个小鬼灵精！”周恩来哈哈大笑，银勺子里的咖啡抖到了裤腿上，“你这是从哪本法国廉价图书上看来的？”

一个半月之后，盖着法兰西邮戳的这张明信片抵达了中国天津，以至于杨振德拎着破菜篮子回到家，就听见了女儿抑制不住的哭声。“小超？”母亲扔了篮子奔到女儿床前，她看见女儿脸上都是水，分不清是汗是泪。

“谁欺侮你了？”

“我是高兴。”

“高兴哭什么？”

“明信片！”

“什么明信片？”

邓颖超呜呜哭：“在桌子上！他写的！他说我们两个是人生伴侣！”

母亲取过明信片，一看就笑了，待到第二遍看时，又觉得鼻子发酸，泪水朦胧了双眼。

女儿翻身坐起，走到妈妈身边问：“妈，你怎么了？”

母亲说我像你一样也是高兴，女儿说他会是一个天下最好的女婿，母亲说这我相信，母亲又说可是我也有点伤心，女儿问为什么。

“他是共产党员，是不是？”母亲认真地把手按到女儿肩上。

女儿点头。

“还是个头儿，是不是？”

女儿又点头。

母亲说：“小超，你自小就没了父亲，你看着妈苦了大半辈子，你自己的命，可千万不要像妈一样苦啊！”

母亲的担心是一种爱，邓颖超非常理解，但是，她不能没有恩来。恩来放弃了独身主义，真好。晚上，邓颖超挤到了妈妈的床上，一夜都搂着妈妈。她盯着窗外静默的星星，思绪翻腾。她想，自己的人生道路其实早已选定，即便没有恩来，这条路也已经是荆棘遍布、充满艰险了，妈妈不必担心。人生之路，只要是自己选的，愿意走的，再怎么凶险都是幸福，何况现在还有恩来可以伴随，还有什么可担忧的？邓颖超的眼睛半睁半闭直到天亮，天亮之时她才发觉母亲也是一夜无鼾。她轻轻抽回自己的手臂，感觉到自己的手臂和母亲的脖子都是汗淋淋的。她从黑柜上拿起一柄小扇子轻轻地为母亲摇着，母亲在凉风习习之下依旧没有动弹。邓颖超知道，母亲的心也是一夜都在颠簸，现在才慢慢平复。母亲认了自己的命，也认了女儿的命。母亲真好。

邓颖超又想，现在共产党与国民党要联手了，革命声势壮大了，南方的火会马上要烧到北方来，革命道路除了凶险以外，还有胜利和希望呢，妈妈远不必担心。

关于国共两党党内合作的推进，蒋介石不管国民党内如何嘈杂一片，已下决心采取拥护的态度。一是考虑到孙先生的决策，总理决策他必须拥护；二是他也对一些中国共产党人的奋斗精神很是钦佩，这批人为了共产主义一个个都好像不怕死，比起国民党内处处充斥的投机分子那真是天壤之别。再说，孙先生的世界大同与俄苏的共产主义，说到底也并不矛盾，甚至异曲同工，或许俄苏的今日正是中国的明日呢！

蒋介石一身戎装，模样英武，又一次潇洒地从元帅府内厅走出。虽然广州大热，背脊上的汗水渗透出军装，但是蒋介石仍然衣领紧扣，纹丝不乱。他在大元帅府的每次进出，都一直很注意仪表。

他的军靴如匀称的鼓点一样敲下台阶，又敲出门厅。

位于广州河南士敏土厂的海陆军大元帅府是清代建筑，西班牙式的大楼沐浴在 6 月黄昏的余晖之中，蒋介石就在这紫红色的余晖中，看见邓泽如踱步在大楼门口。邓泽如脸色发紫，不知是不是反射了余晖的关系。

紫脸膛的邓泽如迎着蒋介石说："我在此守候介石老弟多时了，有句话要说。"

蒋介石脚下的鼓点停止了。蒋介石不作声，点点头，有点猜到对方要说什么话。大本营建设部长邓泽如这段时间话很多。

"中国共产党的第三次代表会议已经收锣，介石老弟知道了吧？"五十四岁的邓泽如问年轻人。

蒋介石没有表情。

邓泽如说："这是很明白的事情，所有中共党员都将蜂拥而入本党，即将大谈劳工斗争，大搞俄式运动。这样的可怕情形，能使介石老弟联想到齐天大圣钻入铁扇公主肚皮里的故事吗？"

蒋介石手扶指挥刀，眼睛看着很远的地方。他此刻看起来并不想作这样的联想。西边最后一缕阳光将蒋介石英俊的脸廓勾勒得很分明。

邓泽如见他不作声，又说："还有，两个月前，孙先生以大元帅名义，任命中共领袖陈独秀为大本营宣传委员会委员，这个混账的委员会又推举陈独秀为委员长。陈独秀已在本月 1 日启印视事，广州政府的宣传大权已由共产党掌控，我想问一问，此事，亦能使介石老弟高枕无忧吗？"

蒋介石双眼微闭。太阳在坠落，他的脸很快阴暗下来。

邓泽如没有得到预期的反应，感到某种失望。他忽然想到了一件事情，于是又用他浓浓的广东腔说:“介石老弟两月之前荣领大元帅府参谋长衔，我邓某人没有及时表达贺意，介石老弟不是在生我的气吧？”

蒋介石听了这话，忽地睁大眼睛，看着他，朗声道:“国共两党合作，是本党孙总理亲自决策，吾辈党徒，均应唯孙先生之命是从！再说，远秋兄是本党前辈，依我看，更须身体力行，以为表率！”

言罢，手扶指挥刀，转身便下台阶。

邓泽如默然。他没想到平日对党派政治言语不多的蒋介石会对两党合作如此拥护，这与他对蒋介石的多年观察情况不符。他正欲在蒋介石背后再喊一声什么，蒋介石却已在台阶下回过身来。

“远秋兄！”他说。

邓泽如快步赶下台阶。

蒋介石注视着这位在1907年就参加了同盟会的本党元老，轻声说:“您是本党元老，为孙先生多年筹款劳苦功高，党内说话一言九鼎，小弟我，一介武夫，有关本党大政方针，实不宜多多置喙。”

言毕，又转身而去，军靴一路打着鼓点。

邓泽如不想再喊住他。蒋介石心底琢磨着什么，他似乎已经把握住一些，但又觉得没有太大的把握。他只有一种预感，感觉到这位年轻的参谋长日后在本党内将有莫大的影响力。至于“一言九鼎”，蒋介石是故意夸张了，谁都知道，几个月以来，建设部长邓泽如的话已经不入孙中山的耳了。

蒋介石这一回晋见孙中山，是想求一件事，即去俄苏考察。蒋介石认为，俄苏共产党得以迅速受到本国大众拥护进而掌控政权，必有其独到之经验，不能不察，上次听马林介绍，他就心有所动。另外，去俄苏考察，本身就是一种宣言。这一类宣言在国民党目前的改组气氛中，应是能有很大的响声的。

果然，孙中山对蒋介石的请求十分高兴，说自己本来也有意派得力干部去俄苏实地看一看，看看苏联革命成功之后党的体制是怎么样的，政治和军事的组织是怎么样的，回来好好向他报告，将来中国革命成功以后，我们要决定到底能不能学人家的样，既然蒋中正这么踊跃，那就去吧。

于是，很快，孙中山就正式批准了蒋介石率领“孙逸仙博士代表团”出访苏联，一行四人，详察政治、军事和党务。代表团之所以挂孙中山的大名，也是强调规格，让对方更加重视。代表团的另外三位成员也是经孙中山斟酌过的，那就是沈玄庐、王登云和共产党员张太雷。8 月初，蒋介石就去上海与马林商谈了出访苏联的安排，9 月初，“孙逸仙博士代表团”就颠颠簸簸地到达了莫斯科。

蒋介石在莫斯科信心满满，他对热情接待他的共产国际朋友说，孙中山的以三民主义为思想基础的中国革命，将在两三年内就获得成功，他建议共产国际应当多派人去中国看看，因为他有一种感觉，觉得共产国际的人对他的国家并不是十分了解。

但是蒋介石错了，他是在接触到共产国际的一份内部文件的时候，忽然知道自己错了的。共产国际的人并不是不了解中国，他们也没有必要非常了解中国，他们认“敌我友”是有一套标准的阶级尺码的，中国共产党不管怎么着都是他们不可分离的嫡系，“工人没有祖国”，全世界的无产者都是兄弟，而他的国民党，在共产国际的眼里，不过是革命阶段里的一个暂时的过程。他在这个文件中，看明白了共产国际提到中国国民党时的轻蔑、傲慢、不屑一顾。

他当夜就对沈玄庐悄声说：“我太绝望了！看看那份文件都胡说了些什么，我们这么一个友好的党，他们却这么忽视，他们还做什么世界革命的中心？孙先生要是读了，肯定一口血好吐！”

沈玄庐说：“睡吧睡吧，管他娘的，明天还要起早去看军事训练呢。”

第二天，也就是 9 月 16 日，蒋介石带着他的三个团员就已经坐在了莫斯科军区第一四四步兵团所在军营的一个大树墩上了。蒋介石一晚没睡好，眼眶都是青的，他呆呆地观看着生龙活虎的军事操练，满耳都是苏军士兵的喊杀声。这种喊杀声他从来没有听见过，声震耳膜，近乎疯狂。一把又一把三棱刺刀戳在草靶上的那种凶狠劲，他也是没有料到的。他想起他曾经带过的粤军士兵，那种士兵简直就不叫兵了，不以大洋悬赏，他们还真迈不开步子、扣不了扳机。蒋介石忽然站起，走近一位脸带自豪的陪同军官，说：“你们的军装很神气，我能穿一下吗？”

那位军官听罢张太雷的翻译，马上脱下军装：“请蒋同志试穿，并请蒋同志参加二营一连二排的党小组会。”

几分钟之后，蒋介石就已经穿上笔挺的苏军军装，坐在兵营内的板凳上倾听党小组会了。这个党小组由八位布尔什维克士兵组成。蒋介石在这个小小的会议上又听见刺刀戳进草靶子的那种狠劲儿，那是一种思想的刺刀。他听见一位士兵出言凌厉地批评自己的战友："你今天的冲锋，算什么冲锋？你不勇敢！你见到敌靶为什么不扑上去？你要记住，你不是为你自己，你是代表一个阶级在冲锋！"

一经张太雷翻译完毕，蒋介石便起立鼓掌。他说："好，太好了，这句话说得太漂亮了，跟你们的军服一样漂亮！"

陪同军官说："蒋同志如果真的喜欢，这件军服就赠送给你了，尺寸也正合适。"

蒋介石说："谢谢，本人真的很喜欢。"

沈玄庐瞅着这位代表团长，摇摇腿，心里想，这位老弟还是蛮会演戏的。又想，演戏不是坏事，谁都在演，但要看演的什么戏。看起来，介石老弟是个好戏子，脸面上演的是一码子武生戏，心里头，演的是另外一码子文戏。

沈玄庐的判断没有错。晚饭前，他去蒋团长房间里招呼赴餐，果然看见蒋介石一个人又如佛陀一样端坐发愣，眼眶是青黑色的，身上还是那套笔挺的苏军军装。

"走呀，介石兄！"沈玄庐拉他，"发啥呆呀？在喊吃晚饭了，走呀。其实什么晚饭呀，干面包片儿，倒霉的鱼子酱，呕都呕死！我是只想早点回国，尝我家乡的萧山萝卜干去！介石兄你难道不想老家的霉苋菜梗？喂，怎么了，介石兄脑门子上怎么都是汗，你到底怎么了？"

"这句话太厉害了！"

"什么话？"

"你想想，'你是代表一个阶级在冲锋！'每个人都是这样想着去冲锋，还能怕死吗？"

"倒也是。他们不怕死，死怕他们。"

"比这句话更厉害的是什么，知道吗？制度！制度知道吗？共产党在每个排都建立了党小组！"

"共产党的制度，国民党可以拿来用啊！"沈玄庐想，这老兄，果然有一出大戏在肚子里走着呢。"就像我沈玄庐，也穿过两年的共产党衣裳，哈哈！如今我提出退党，人家还不准呢，哈哈哈！"

"你别大嗓门，小心张太雷！"蒋介石起身，拍对方的肩，"吃饭去吧，玄庐兄。真叫耳听为虚，眼见为实。到俄苏走一趟，才发现俄苏对中国的行动方针，就是千方百计扶持中国共产党，什么孙逸仙代表团，人家捧孙先生，是在做戏！”

沈玄庐笑，意思是不至于。蒋介石指指自己头上的军帽，皱眉说：“这颗红五星一贴近脑门，我就什么都明白了！”

蒋介石在余下的考察时间里，自以为又明白了许多事。他参观了彼得堡海军研究所，他看见人们的神情认真而又阴沉，政委们监视着研究人员的一切，而在参观克伦斯塔海军基地的时候，有人悄悄告诉中国客人这里曾在两年前发生了一次政变，结果被镇压了，镇压得非常血腥。

这一夜蒋介石又没有睡好，他半夜开了灯，写下了这样的报告：“我很快就察觉出苏联社会各部门及苏联共产党内公开的和秘密的激烈斗争，我比以往任何时候都确信，苏联政治体制是独裁和恐怖主义的统治工具，它与以三民主义为基础的国民党的政治体制完全不同，这是我出访苏联所得出的结论。如果我们一直待在国内，恐怕永远也不会发现这些。”

他想，回广州后，这份报告要送给国民党每一位常委。

沈玄庐睡眼蒙眬爬起来，凑脸来看，蒋介石语调冰冷地说：“睡觉去！”

但是在另一个场合，蒋介石却对苏联共产党人大献殷勤，直叫沈玄庐目瞪口呆。那是一个正式场合，蒋介石昂首在主席桌的麦克风前面，底下掌声雷动。蒋介石硬生生的宁波官话响彻全场：“我们希望在三五年之后，中国革命的第一阶段——民族革命将顺利完成。达到这一目的之后，我们将转入第二阶段——宣传共产主义口号。那时，对中国人民来说，将很容易实现共产主义。”蒋介石的表态使共产国际执委会主席季诺维也夫带头站起来鼓掌，于是暴风骤雨般的掌声响彻全场。

这场表态性的讲话发生在共产国际执委会主席团陈设华丽的会议厅，蒋介石知道自己是在代表国民党发言，也是在表露自己公开的面孔，他不能不慷慨激昂、热血沸腾。当晚沈玄庐对他说：我好歹还没有正式脱离共产党，你老兄比我还共产党！你是共产党里的共产党！蒋介石说：如果苏联人想的都跟你一样，那就对了。

因为蒋介石一直在琢磨一个问题，那就是为什么托洛茨基接见他的时候，表情是那么冷冰冰的，莫非托洛茨基火眼金睛，看出他的言不由衷了？列宁在病中，无法见客，托洛茨基的接见便至关重要。从托洛茨基的谈话来看，这位仅次于列宁的重要人物对国民党的效率充满怀疑，他甚至直截了当地说：即使我们给你们许多钱，给你们许多军事援助，你们仍然会一事无成！

蒋介石当时心里骂人：屁话！但他仍然正襟危坐，面露微笑。他知道，孙先生很希望得到北方邻邦的大笔军事援助，他不能坏了这一方针。只要拿到枪和子弹，什么都不在话下。

就在蒋介石率代表团一路颠簸考察苏联期间，苏联政府也应孙中山的请求，向中国国民党派驻了一位首席政治顾问。1923 年 10 月 6 日，这位曾经被共产国际先后派往美洲、欧洲的革命经验极为丰富的共产党人，一路跋涉来到了中国广东省。

他急于见到孙中山，所以他不顾随行人员的劝阻，毅然要来了一辆临时加满汽油的黑色小汽车。

他乘坐的这辆汽车此刻正蜿蜒于山路上，方向盘忽而左打，忽而右打，不断地躲避着爆炸的气浪。鲍罗廷显然没有想到，他是要一路躲着炮弹才能见孙中山的。

呼啸而至的一颗炮弹忽又在正前方轰然爆炸，削飞了一根粗大的树干。

汽车被迫在树干前停住，这位体格健壮的俄国人跳下车，仔细观察前方。随行人员慌了，用英语喊："鲍罗廷先生，过不去了！"

"继续往前开！"鲍罗廷搬开树干，跳回汽车，"孙中山元帅在哪儿，就往哪儿开！"

他知道孙中山正在惠州城外视察与陈炯明叛军的战事，于是再一次指挥汽车钻入了硝烟。他觉得孙中山是会喜欢他的这种风格的，而他也很喜欢一个大元帅亲临战壕的风格。他先后受共产国际派遣，去过墨西哥、苏格兰、土耳其，他见得多了，什么也不怕。

他的小汽车在山道上转到第八个弯的时候，翻了，前轮翘在半空中像风车一样转动。

孙中山是得到报告之后，才匆匆沿着山沟走向鲍罗廷所在的那座白色帐篷的。他快速地挥动手杖，他的"中山装"上有泥土和火硝的痕迹。

"他在哪里？"孙中山着急地问。

医官奔过来，指指树丛后面的白色帐篷。帐篷前面，飘扬着一面红十字小旗。

山背后传来时紧时疏的枪声，夹杂着滑膛炮的轰鸣。叛将陈炯明盘踞惠州城，负隅顽抗，决心坚定。

孙中山钻进帐篷，看见俄国人躺在担架上，破了一大块皮的那只白皙而粗壮的手臂上，搽满了红药水。

由于惊吓和疲惫不堪，这位洋顾问竟睡着了，脑袋歪斜，鼾声如雷。

医官向大元帅报告："他睡着了。"

"他就是鲍罗廷？"孙中山看见这个俄国人一脸络腮胡子，头上的长发卷卷的，闪着棕色的光泽。

医官说："这里有份东西，好像是他的介绍书。"

孙中山一看，笑颜大展："啊，苏俄大使加拉罕亲笔写的介绍书！"

医官说："他急着要见大总统。路上，汽车被炮弹炸翻了。"

孙中山点点头，走到帐篷门口，细看加拉罕的介绍信。加拉罕是这样写的："鲍罗廷为我布尔什维克党元老同志之一，曾长久致力于俄国革命运动，请你不仅把他当作官方代表，也视他为我的私人代表。你同他谈话就如同我谈话一样。"

这封介绍书写得如此诚恳和直截了当，以至于这位一脸络腮胡的俄国人还没有睁开眼睛，就博得了孙中山极大的好感和信任。医官搬过一只空炮弹箱，请大元帅坐下，并且建议叫醒鲍罗廷。这位洋人只是皮伤，未伤着骨头，叫醒无妨。

"不必。"孙中山说，"我当过医生。你出去好了。"

孙中山坐下来，听着这位洋人的阵阵鼾声，心里一阵阵高兴。他想，中共方面，来了个陈独秀，共产国际，又来了个鲍罗廷。什么叫天助，这就叫天助。共产党方面的贤才，俄苏政府的政治指点以及慷慨的军事援助，都是国民党成就国家统一的强大支撑！天既如此开眼助我，国民党新生大业，该是指日可待了。

一发炮弹在山坡上爆炸，帐篷在汽浪中猛烈地摇晃了一下，这一晃动，就叫鲍罗廷跳了起来。

孙中山用英语说："别动别动！"

"我这是在哪儿？"鲍罗廷看看周遭，"快放我出去，我要去前线！"

"这里已经是前线了！"

“不，还在前面，我要去的是前沿，都说你们的大元帅在最前沿！”

“不必急，你首先要休息好。”

“我是大元帅的首席顾问，你知道吗？！”

“知道。加拉罕郑重推荐的。”

“你知道就好，”鲍罗廷急急地找鞋，“所以我必须立即见到你们的大元帅！他需要我！他的党需要我！他的伟大的事业需要我！他是个伟人，而我将全心全意帮助他！请马上带我去见他！听见没有？我米哈伊尔·马尔科维奇·鲍罗廷，必须尽快向你们的大元帅报到！”

孙中山伸出手，将对方扶起来。孙中山说：“鲍罗廷同志，我是一位中国人，可是我懂得使用你们欧洲的礼节！”

鲍罗廷还不明白是怎么回事，激动万分的孙中山已经紧紧地与他拥抱在一起。

鲍罗廷挣扎：“快带我去，中国同志！”

三个医官急急慌慌冲进帐篷，紧接着就瞅着元帅和洋人同时大笑，这种笑声发出的气浪与炮弹的气浪一样，都能使篷布颤抖，抖下许多沙尘来。

“你已经到家了，鲍罗廷同志！”孙中山喊。

“什么？”

孙中山大声喊：“我就是孙中山大元帅！你到家了，鲍罗廷同志！”

孙中山动作很快，仅隔三天，就在悬着镀金枝形吊灯的大元帅府议事厅里，向国民党的众多骨干们介绍了这位英姿勃发的洋人。他先这样宣布：“中国国民党改组，必须加快步伐。此一改组计划，共产党方面，已决定倾全力相助。现在，孙文郑重宣布，正式成立中国国民党改组委员会，改组委员会由下列在座的五位同志担任：廖仲恺、汪精卫、张继、戴季陶、李大钊。国民党本部的改组，孙文就拜托五位同志负责办理了！诸位有什么意见没有？”

“诸位”都不想表达什么意见，所有国民党的重要骨干皆端坐不动，心里掂量着孙总理所说的这五个人各自的分量。

孙中山见众人不吭声，便要廖仲恺表态，廖仲恺就说：“先生如此重托，当倾全力。”

孙中山问其他四位改组委员：“你们呢？”

李大钊说：“中国国民党本部的改组，系全党改组的核心，非常重要，守常全力以赴！”

张继瓮声瓮气地说：“没有什么意见，唯诚惶诚恐罢了。”

“好！”孙中山转身，吩咐书记官，“立即将此委任电告本党上海事务所，并见诸报端！”

接着，孙中山开始介绍洋人。其实在他没介绍之前，国民党要员们就早以各种复杂的目光在鲍罗廷脸上扫来扫去了。孙总理要用此人是不容置疑的，但是怎么用，要看一看。传说是顾问，但“顾问”二字，大有讲究，可以是花瓶，可以是脊骨，也可以花瓶其外、脊骨其中，还可以表为脊骨、实为花瓶。

孙中山说：“鲍罗廷同志，是苏俄政府应我再三邀请，专门派来担任我的首席顾问的。我同他已长谈十余次，深感鲍君是一位无与伦比的同志。”

鲍罗廷听罢侧旁宋庆龄的翻译，连连摇手说：“孙总理过奖了。”

张继心里想，此人还有点自知之明。

孙中山继续说：“孙文以为，以党治国，须效法俄人。整顿党务，亦须借重俄人。我今正式宣布，中国国民党现在已经有了一位组织教练员！”

张继一愣：全党的组织教练员？这算什么衔？若欲借重此衔，此头衔可以压死党内任何人。他竖起耳朵听，又听孙中山这么说：“孙文今任命鲍君为组织教练员，就是为了借重鲍君之组织经验，训练国民党员，使本党改组得以顺利完成。诸位还有什么见解？”

全场鸦雀无声。半晌，美男子汪精卫起立说：“能向鲍君提个问题吗？”

孙中山低声与鲍罗廷交换了几句意见，抬脸回答：“可以。”

汪精卫知道此刻会有许多目光很有兴趣地看着自己，所以更显得不慌不忙。他问：“听说鲍君很有组织才能，我请问鲍罗廷，你此次来华，是第一次出使外国吗？”

鲍罗廷说：“我来中国之前，先后被共产国际派到美国、墨西哥、英国、德国工作过。”

“美国不是中国，墨西哥不是中国，德国也不是中国，你鲍罗廷充分意识到这一区别了吗？”

这句发问有点呛人，孙中山看看汪精卫，皱了皱眉。

鲍罗廷的回答针锋相对：“我充分意识到，民族解放斗争和人民革命，在全世界都有相同的趋势和相同的特征。”

张继有点忍不住，站起来说：“我想问个问题，鲍君今年几岁？”

鲍罗廷说：“我 1884 年生于俄国维帖布斯克省，今年应是三十九岁。”

张继说：“按中国说法，人生四十而不惑，你才三十几岁，便担任中国国民党的组织教练员，自己感觉能胜任吗？”

孙中山一听这问话，便觉得张继的话锋太过尖刻，于是一击茶盖，神情不悦地说：“如此相问，张溥泉难道不觉得过分吗？有朋自远方来，你如此不悦，何故也？溥泉，你坐下。”

张继神态固执：“请先生原谅。”

孙中山说：“你坐下！”

戴季陶忽然大声请求：“如无诸多不便，还是请先生准许鲍君回答溥泉兄的问题。”

孙中山厉声说：“不要多说了！你们几个还能说出什么有益的话来呢？对这类有失风度的提问，诸位竟不觉得害羞吗？鲍君乃苏俄政府所推荐，此人办党极有经验，我已经郑重请他起草国民党组织法，起草国民党党纲和党章！”

张继闻言失色。戴季陶愕然。林森紧闭眼睛。

汪精卫听了，也神情一怔。中国国民党的党纲党章及组织法，均由一个外国毛子操持办定，这叫什么中国国民党呢？

张继坐下，耳语林森：“我怕是听错了吧？总理是在说中国国民党还是在说俄国国民党？”林森没有答话，眼皮很重，像是睡着了。

孙中山对全场说：“我希望各位同志牺牲自己的成见，诚意去学他的方法。”

李大钊站起来，欠欠身，说：“孙先生，我倒有个建议。”

“请讲。”

“既然一些委员有疑虑，倒不妨请鲍罗廷同志谈谈他关于如何整顿党务的初步见解。”

廖仲恺一听，觉得此议妥帖，马上附议：“这个意见很好，我也极想听听鲍君想法。”

孙中山征询地看着鲍罗廷：“那么……”

“我可以谈一谈。”鲍罗廷大度地笑一笑，便开始说话，他的英语由宋庆龄翻译。“诸位同志，本顾问认为，孙总理改组中国国民党的决策，是英明而适时的。至于如何改组，我建议如下：第一，在国民党改组之前，修改党纲，并且在人民群众中广泛宣传党纲，力求取得必须按照党纲改组国民党的一致意见。第二，迅速制定国民党党章。第三，在广州，在第二中心上海，组织起党的坚强团结的核心，然后在全国建立国民党的地方组织。第四，尽快召开国民党全国代表大会，以便讨论和通过党纲党章，选举新的执行委员会。必须派出最优秀最积极的国民党员在广州进行国民党的改组工作。第五，在召集全国代表大会时，必须使每一个代表都懂得，他今后要做的事情是什么，以及怎样按照新的方式建立基层组织。”

就这样，鲍罗廷以其自信，以其经过深思熟虑的思路，在国民党的高层亮了个漂亮的相。这一出场出得很好，起码是稳稳地压住了阵脚，这一点从事后的掌声上可以听得明白。

在上海的陈独秀从李大钊口中闻知鲍罗廷的风采，深有感触。他说，鲍罗廷一点不逊于马林。马林是牛林，牛气得很，这个鲍君，看来也绝非是鲍鱼，同样牛得很，可以叫牛罗廷。

但是鲍罗廷的牛气在日后并未冲天，国民党右派对他处处设防、处处抵制，使鲍罗廷的各种指示大打折扣，这些方面鲍罗廷都是能明显感觉到的。鲍罗廷曾经有一回跟孙中山谈到半夜，他表示了某种纳闷：一个革命政党内怎么会有那么多的元老敌视共产党及其背后的工农大众。孙中山跟着他一起气愤，然后又在鸡鸣时分非常感慨地告诉他，这些人，对封建王朝的进攻都是很坚决的，他们对封建军阀的痛恨、对国家统一的决心是毋庸置疑的，他们不怕死，若剥开衣裳看看，身上都见伤疤。我们不要轻视他们。

在鲍罗廷将中国国民党的党纲和党章都起草完毕之后，这些身上见伤疤的元老不约而同齐集林森家，一个个都有祸之将至之感。虽然孙中山一再告诉这些同志，鲍罗廷和马林是真朋友，而且这两个共产国际的朋友不是只说不练的把式，是给国民党带来实货的。为了说明这一点，孙中山还兴高采烈地出示了一份来自莫斯科的援助清单，并且说明这仅仅是头一批：卢布两百万，步枪八千支，机枪十五挺，装甲车两辆，大炮四门。

尽管孙中山笑意满脸，但这些资深党员依旧忧心忡忡。武器自然好，可以拿来办军校，可以帮助北伐，但这些武器明明也是绑绳，会把国民党与世界共产主义运动紧紧绑在一起。什么装甲车两辆，明明是把中国国民党轰隆隆地往苏维埃方向拖。这个问题是很要命的。

11月的南国，风已带凉，林森的客人们一起端着茶杯坐在林府后院的葡萄架下。他们身后的花架上，是好几盆金黄色的鹰爪菊。时任大本营建设部长的林森，手里托着党纲草案与党章草案，仰坐在白藤椅上，脸色与他身后的鹰爪菊相同。

邓泽如这几天都是他的座上宾，说话态度最为激烈。这时候，林森就听得邓泽如这样说："俄国毛子起草的党纲，诸位都看看，什么混账东西！通篇鼓吹容共，开门揖盗，可以说是猖狂之极！"

林森放下党纲草案，从白藤躺椅上坐起来，瞧瞧诸位朋友，抖着花白胡子说："我林森1905年与孙先生一道发起同盟会，1913年又搞中华革命党，一生追随孙先生，疲于奔命。吾爱吾党，胜过性命。我真心祈望本党高举国民革命大旗，早日完成复国大业。谁料想，苏俄赤党竟趁吾党改造之际，借孙先生威望，唆使中共全体潜入，美其名曰国共合作，实是借吾党躯壳，行他党之私，狼子野心，一眼即能看破。眼见得党中有党，党将不党，怎不令人寒心之至！"

众人一番唏嘘之后，方瑞麟大声说："我以为，最可虑者，是孙先生公然宣布，他缺席之时，可由鲍罗廷主持国民党临时中央执委会。这一宣示，诸位是亲耳听见的。党务大权如此拱让给一个毛子，实在危险，太危险！鲍罗廷是个阴险之徒，他的卧房里不挂列宁像，也不挂托洛茨基像，也不挂斯大林像，挂什么像？挂孙中山像！你们说，阴险不阴险？他挂给谁看？就挂给孙先生看！孙先生一听说鲍罗廷这么做，激动得眼泪都要掉出来了！孙先生就是这样被这个俄国毛子一步一步牵着走的！我着急啊，我已经两个晚上彻夜未眠了，我真的不明白，孙先生为何非得这样做？"

戴季陶不安地扭动了一下身躯，扭得白藤椅咯吱咯吱响。他觉得矛头不能针对总理，这种情绪和方略，绝对有害，也于事无补，反有弄巧成拙之虞。于是他坚决地说："诸位，我们不能怪罪孙先生，先生有先生之思虑。但我们起码可以提醒孙先生，北边的俄人，身边的中共，都是最可怕的敌人。季陶早就看出共党之野心了。记得当初陈独秀成立上海共产党的时候，我就是深明大义，当众退场的！"

林森的鼻子哧一声响，用重重的福建腔说："听许多人说，你戴季陶当时流泪不止。”

戴季陶急了，说：“我是流给陈独秀看的，你明白吗？诸位应当知道，流泪也是一种学问。男儿有泪不轻弹，既有泪花弹出，其必有深意焉。我戴季陶最后参加了上海共产党没有？没有啊！这就叫学问！总而言之，我警告诸位，中共是无孔不入的！”

林森觉得，光是这样表示义愤不是个办法。挽狂澜于既倒，挽字是动词，从手，而非从口，光吐吐口水于事毫无补益。他想，应当即请廖仲恺来做一回客人。仲恺这个人一直围着俄国毛子转，他是这份容共党纲的译者，也是头号吹鼓手。第一步，应当把他叫来当众问个明白，杀他威风。第二步，大家再作上书孙先生的打算。

林森一说出这个想法，葡萄架下便是一片赞成之声。

电话响起来的时候，廖仲恺正在客厅里接待李大钊。

廖仲恺位于广州百子路的这座宅邸算不得宽敞，但是收拾得整齐且有趣味。客厅四周挂满了何香凝画的水墨画，有山之猛虎，也有水之游鱼。廖仲恺此刻正指着画案上的一幅并蒂莲告诉李大钊，这是香凝特意为即将召开的国民党首次全国代表大会作的。此会一开，党纲一获通过，国共两党就算正式联手了，并蒂之莲便是取两党本为兄弟之意。

李大钊在画案前连连拍掌，称赞这幅泼墨并蒂泼出了神韵，他说：“早听闻香凝女士毕业于日本本乡女子美术学校，但想不到画功竟然如此厚重！”

何香凝听了大笑，连说过奖、过奖。

李大钊说：“并蒂之莲，意境高远，愿我们两党为中国革命生生死死，始终联手，永远并蒂！”

林森的电话就是这个时候来的。何香凝一边走向茶几摘电话，一边说：“守常先生真会说话！”听罢电话，她就告诉丈夫，林森有请。

廖仲恺本不想去，但思虑再三，还是决定赴约。他知道一批党内元老在候着他并且准备咬他。他笑着对夫人说：总不会是铁链子绑三道吧？他出门时又说：“我该说什么就说什么。联俄联共是孙先生的最后出路，我是不会退让的！守常，抱歉，改日我们细谈。”

廖仲恺走下小汽车，步入林森寓所后院的时候，正好听见坐于葡萄架下的张继在说话。他听见张继这样说："陈独秀、李大钊加入国民党，是我做的介绍。每每回想此事，都不免心情沉重。我原以为是共产党几个头面人物来协助本党改组，哪里想到，整个共产党会倾巢而入。这就叫一失足成千古恨！"

方瑞麟眼一翻："谁叫你做介绍的？"

张继怒道："不要明知故问！"

然后廖仲恺就看见邓泽如站了起来。邓泽如推推眼镜，厉声说："一定要上书孙先生，不上书不行，务请孙先生当机立断，釜底抽薪！谁敢跟我一起签名？"

林森说："上书，我不反对。签名，你们签。我，诸位当然明白，地位毕竟特殊！……啊，仲恺到了！"

林森看见了脸色很不好看的廖仲恺。

廖仲恺听了刚才的一番话，心里不受用，但此时也努力堆出一些笑容，朝大家拱拱手，招呼说："诸位老兄都在此聚首啊！"

邓泽如拍拍党纲党章，两道粗眉耸起，似笑非笑地用他的广东腔说："仲恺兄的翻译，真可谓妙笔生花！"

"远秋兄过奖，我只是照直译来。"廖仲恺在林森的手势示意下，走向一张藤椅，准备落座。

方瑞麟单刀直入，咄咄逼人："廖仲恺同志，你个人赞同不赞同这种纲领、这种章程？"

于是众人的目光便一齐罩住廖仲恺，看他如何回答，唯有主人林森眯眼仰在藤椅上，一声不吭，像睡着了一样。

廖仲恺见着这么多咄咄逼人的眼睛，也不打算落座了，双手交叉抱于胸前，清清朗朗地说："仲恺与诸位一样，一生追求真理。这份党纲党章，是本党组织教练员起草，条条款款理正辞严，理直气壮，我廖仲恺哪有不赞同之理？"

邓泽如一拍茶桌，怒说："此份党章公开鼓吹容共，在我看来，句句鬼话！也只有鬼子才写得出这样的鬼话！"

"远秋兄过于偏激了吧？"廖仲恺也怒容上了脸。

这个邓泽如真是不像话，筹集党务资金他历来是有一套的，孙先生这么多年来仰仗他不少，但是政治观念却是死板得很，一听共产主义就冒火，这样的党内大佬目前是最难对付的，但也不能不好生对付。

“偏激的，不是我！”邓泽如直视比他小八岁的廖仲恺，“我邓泽如追随孙先生，虽比你廖仲恺晚两年，但也一直兢兢业业，视党的生命为自己的生命，何曾偏激过？！”

廖仲恺耐住性子，深深吸口气，环视葡萄架下的各位同党，说：“诸位，仲恺知道大家对目前本党的容共政策有疑虑。仲恺是这样认为的，容共，还是拒共，其取舍，要看共产党是真朋友还是假朋友。孙先生决心联共，是他经历了惨痛之后得出的教训。孙先生过去认为日本是他反清的朋友，结果呢？1900 年，日本人下令，禁止孙先生在台湾组织义军，脸翻得很厉害啊！1907 年，日本政府又禁止孙先生在日本居住。这种状况，林子超先生理应是有切肤之痛的。”

闭眼的林森若有若无地点点头。

“那么，法国是不是真朋友呢？”廖仲恺继续扳手指，“大家知道，1908 年，法国政府在它的南洋殖民地，公然驱逐了孙先生！这一点，远秋兄也曾是恨声不绝的，是不是？”

邓泽如不搭理，心里想，都是陈芝麻烂谷子的事。

廖仲恺继续扳指头：“那么美国呢？孙先生几次担任大总统，美国一不予承认二不给贷款。陈炯明这个‘社会主义将军’可靠不可靠呢？他很革命啊，1917 年帮助孙先生打护法战争，反抗袁世凯，勇敢得很啊，可是，诸位也是看见的，他一下子就反目成仇，悬赏二十万大洋要孙先生的人头！我方才讲的这些人，都是真朋友吗？很明显，都不是真朋友！本党敌友之教训，痛若切肤。诸位，烈火见真金，日久见人心。依我看，唯有苏俄，不压迫，不欺弱，真心待我！唯有中共，弃前嫌，弃成见，诚意助我！”

林森继续闭目，其余诸人均不置一词。年轻的女佣弯腰续水，茶杯盖子轮流响。

廖仲恺又说：“眼下，就中国而言，无论是本党，还是中共，都已无力靠一党之力量来完成反帝反封建的国民革命。为了救中华于水火，为了民族之前途，国共两党，亟待真诚合作！”

在廖仲恺慷慨陈词之时，不断有人起身弃座而走，最先是邓泽如，然后是方瑞麟，再后是戴季陶。

皮鞋踩着石地，咔咔响。

主人继续闭眼，无动于衷，不留客，也不送客。

廖仲恺说："我知道，现在有人骂我是本党叛徒。想我廖仲恺，自1905年追随孙先生入同盟会，从来没有想过要叛变革命。要说叛变，也只是叛变党内的反俄反共立场。这种叛变，也是逼的，谁逼的？西方列强逼的，中国的军阀逼的！"

他激动地挽起衣袖，手臂上有一条条无法褪去的鞭痕。

"是帝国主义，是军阀，是陈炯明之流，逼着我要鼓吹联合共产党！是天下大势，要求国共两党同舟共济相濡以沫！我以为，我廖仲恺的立场没有什么不妥帖。我在译鲍罗廷起草的党纲与党章时，两眼甚至涌出了泪水。同志们，这是本党历史上了不得的党纲党章啊，中国国民党新生有期，壮大了啊！"

廖仲恺这番话尚未说尽，人已走光，唯剩主人一人在座。

林森仰于躺椅，一动不动，死了一样。

廖仲恺放下挥舞的双臂，沉静下来。

他面对空寂的庭院，静默良久。他想，所有的牙齿今天都没有咬自己，这使自己得以完身，但是所有的牙齿看起来仍然都尖利着，它们还会在某些要害地方留下自己的齿印。上书孙先生，可能就是一途；而在国民党全国代表大会上竭力阻挠党纲党章的通过，也是极有可能的一幕。共产党与国民党的党内合作，不是一号召合作就能合作的。据说共产党内，对两党的党内合作政策，也有很大歧见，而国民党里面，于今看来，更是利牙游动，虎视眈眈，保不定他们在什么地方就狠狠地下口了。

这时候廖仲恺就听见林森有响动了，林森在叫他。

"仲恺兄。"

廖仲恺回脸，看林森。这位担任过民国参议长的五十六岁的党内大佬没有开眼，依旧如睡。

"我有一句忠言相劝。"半晌，林森仰起身来，捋一捋白胡须，用叹息的口吻这样说。

廖仲恺马上说："仲恺洗耳恭听。"

"木秀于林，风必摧之。仲恺兄若能向先生告一年病假，当是明智之举。"

廖仲恺一愣："一年病假？"

"两年也可。"

“子超兄差矣！”廖仲恺盯着这位比他年长九岁的长者，不温不火地回答，“仲恺若有病，当向先生告假，岂止一年两年，自此归隐也是无妨。采菊东篱，安见南山，当是人生至乐。可惜的是，仲恺自陈炯明用铁链子裹过三道之后，如历经太上老君之炉，自觉身轻气舒，脑健目明，身体非常之好！依鄙人这般健康之躯，实在无颜向先生告假，也无颜向本党同志告假！”

廖仲恺走的时候，林森没有起身送他，只是一遍又一遍地捋着自己的花白胡须。他心里寻思：这个廖仲恺，其实身子骨很单薄，但却也夜以继日，拼着命，以其理念襄助总理，精神殊为难得，然而只怕是歧途跋涉，越是前行越陷得深，党内同志再难以饶放他。到时候，他就不仅仅是三道铁链子的问题了，怕是六道也说不定。

林森闭着眼，睡着一般，嘴角却是冷笑。

国民党内拥护联俄联共的“左派”，没有想到党内右派的反扑会是如此激烈，连孙中山也没有想到，一份有十一人联署的请求弹劾共产党的用词激烈的报告，在 1923 年 11 月份，挟着广州的丝丝寒风，正式呈送到他的案头。

孙中山坐在圈椅上，以手支额，目光凝重。这份报告呈题吓人，叫作《呈总理检举共产党文》。宋庆龄看看呈文，也为文句的偏激而吃惊。

“本党改组，党章党纲之草案，全为陈独秀之共产党所议定，是其牵线之结果。”她念。

“共产党加入本党是别有怀抱，是借国民党之躯壳，注入共产党之灵魂，实为陈独秀共产党对于我党阴谋之纲领。”她又念。

宋庆龄放下报告，在灯光下注视着丈夫脸上的皱纹：“达令，你准备怎么答复？”

孙中山皱眉。他一皱眉，脸上纹路就更多。自去年广州事变后，宋庆龄觉得他又明显衰老了一些。

宋庆龄说：“我先问你一句，你能离开苏俄，离开共产党吗？”

“我不能离俄，不能离共，我也不愿离俄，不愿离共。”

“那么，很简单，达令，”宋庆龄说，“那就狠加驳斥！”

“驳斥，自然是要驳斥的，狠呢，还是不能狠。达令，这句话，我和你都要记住：厚将得众！我需要这些同志，党也需要团结。我想这样批示，达令，请你记下来：本党组织法、党纲、党章，并非陈独秀指示牵线，均是我亲自委托鲍君起草，由廖仲恺负责翻译的，你们不要……不要……不要……疑神疑鬼！对，不要疑神疑鬼！既不苛，也不纵，就定这个调门，行不行？”

宋庆龄还在咀嚼“疑神疑鬼”这四个字的时候，孙科忽然来了电话，说他就在门外，想见父亲，不知行不行。接着，这位矮矮胖胖的广州市长就推门而入了。

孙中山觉得意外：“广州出了什么事，阿科？”

“没出什么事。”儿子笑眯眯地说。

“深更半夜什么事那么要紧？”

“父亲，我想跟您聊聊。我半个月没见父亲了。”

宋庆龄得体地笑一笑：“你们父子俩就好好聊聊吧。”

孙科看看比他小两岁的后母，说：“母亲，你在也无妨。”

宋庆龄还是离开了房间，一路步子轻盈。

孙中山让儿子坐，儿子坐下说：“父亲的胃痛，这几天没发吗？看气色，倒是好多了。”

孙中山直截了当地说：“这两天我倒是想找你，张作霖那边怎么回事？他再三答应给的枪呢？给的军费呢？怎么到今天为止，一子儿不见？”

“父亲，在奉天那阵子，张少帅可是亲口答应我和汪精卫的，张作霖后来也见了我……”

“我算是知道张作霖的肚肠里打的什么结了！嘴上说得好，什么结成孙中山、张作霖、段祺瑞反直三角同盟，其实，没一天把我孙文放在眼里！”

孙科见父亲生气，急忙说：“是张作霖亲口说的，推倒直系之后，一定恢复法统，选举你当总统，选举段祺瑞当副总统。”

“屁话！”孙中山恨声说，“我活到五十七岁，还常常辨不清真朋友假朋友！天下竟有我这样的傻元帅！我现在不能听他的鬼话了！”

“父亲，我再走一趟奉天？”

“不是朋友，再去也白搭！见落水能抛绳的，天下有几个？想来想去，还是共产党。”

儿子沉默了，过了一会儿，说：“党内元老们现在流传着一句话，不知父亲听说没有。”

“什么话？”

“宁可与一支军队联姻，也不要与一个政党联姻。”

“谁在说？”孙中山皱眉。他其实知道谁在说。

“都在说！张继！林森！邓泽如！”

孙中山突然双眼如炬：“你有没有说？”

“父亲！”孙科脸有悲戚，“孩儿是为您考虑，为国民党考虑！”

“这就是说，你也说了。”孙中山站起来，踱了一圈，拈拈胡须，“你知道邓泽如他们的弹劾案？”

“不知道。”

“没找你商量过？”

儿子否认，否认得很坚决。孙中山盯着儿子，叹口气，说：“我也是形势所迫，无路可走。我不是不知道，一个党的党员，以个人身份，参加另一个党，这种做法，说起来，不甚顺嘴，听起来，也不甚顺耳。党内老同志反对，也是事出有因，他们怕时候一到，大权旁落，国民党徒有虚名。”

儿子听到这里，忽觉泪眼迷蒙。他掏出手绢，拭拭双目。他深知父亲处事的艰难。这时候他又听父亲说：“本来，我总想，凭我孙文的威望，国民党的号召力，军队的效忠，朋友的支持，何愁建国大业不成？何必国共两党联姻？现在，你也看见的，孙文威望有限，国民党号召力不强，军队忽而效忠忽而倒戈，朋友顺境时握手逆境时翻脸，你看看，是不是这样呢？现在你要记住，为了中国的前途，为了力量的壮大，我们中国，两个革命政党，必须携起手来，精诚合作。”

儿子说我有话，能不能说，父亲便允诺他说，于是孙科用不急不慢的语气斟酌着说：“父亲，孩儿以为，党与党的合作，兹事体大，在开党代表大会正式决断之前，务请慎重再三！”

“你半夜三更就是为这个事来的？”孙中山突然瞪住儿子。

“父亲！”

“不用多说了，阿科，回去吧。”孙中山挥挥手，“共产党那帮朋友，我细细观察过。应该说，这一些人思绪敏锐，心境豁达，救国心切，建业有才，信奉共产主义，也拥护三民主义，不像张作霖，不像吴佩孚，更不像陈炯明，若是见这样的人我都不敢纳贤，我孙大炮也只能在嘴巴上放放炮了。当然，若是他们在我们党内宣传他们的共产理论，我也是不容许的，我们党也有党纪党规嘛。阿科，你要懂你爸爸！”

儿子叹息一声：“是啊，我们党内，也实在良莠不齐，想想也心寒，可是，父亲……”

孙中山忽然想起了什么，双目一瞪：“你自己是不是莠草？”

儿子一愣：“什么？”

“我两次催你给滇军桂军送军饷，你为什么迟迟不拨款？”

“我不是有意违抗，实在是筹款艰难……”

“你要逼滇军桂军造反？”

“孩儿不敢。”

“你真是缺钱？”

“老天爷作证！我……”

“有人检举，你身为广州市长，在政府维艰之时，竟动用公款建造私人别墅，日日摆酒席，夜夜推牌九！”

孙科突然心里发紧，此类生活琐事，竟也有人检举，可见人心之不测，但这种事情既然传到了父亲耳里，便也需马上消弭影响。孙科很明白自己父亲疾恶如仇的脾性。孙科说：“冤啊！父亲，这分明是有人造谣中伤。你想，父亲，孩儿再胆大妄为，也不敢在革命时期建造私宅呀！”

其实，许多人都在建造私宅，这在广州不是秘密。

“如果实有此事，我毙了你！”孙中山似乎火气越来越大。

“父亲，孩儿除了你，这世上，还有什么好维护的？父亲，你务必明察秋毫！”

宋庆龄款步进屋，说：“先生，并无实据，不要冤枉阿科。这位孙市长，依我看，日里夜里，还都是挺操劳的。”

孙科暗中冲后母点点头，后母经常这样帮他。他想，不错，说得很得体。

孙中山略略平静了一下，说：“去吧。”

“是，父亲。”儿子告退，知道父亲基本消气了。

宋庆龄说：“阿科，请你妈妈再来广州玩玩。要不，我陪先生再去澳门看她。”

“好的。”孙科连连拱手，“谢谢母亲。”

孙科退了出去，脚步很快。他要赶快去处置那套别墅。既然曝光了，就决计不能再往下走，如果父亲察觉，借此大义灭亲，那自己就惨了。自己平时也是兢兢业业的，父亲可不能一叶障目不见泰山啊。但是，孙科怎么也没有想到，父亲竟会第二天就出现在别墅现场。

他当时正在这幢新建别墅里奔进奔出，指挥下人抢运家具箱笼和细软。他这几天实际上已经把旧房子里的一应家具统统搬入了新居。

“快点！别磨磨蹭蹭！”孙科一边大声督工，一边转过身，对身边垂泪的夫人细声劝说，“哎呀，别这么想不开，不是我不要新房子，是不让我要！人家造新房子是人家的本事，谁叫我是孙大元帅的亲生儿子！喂！快点，先把这块牌子挂起来！”

一块临时写就的“广州灾民救济公署”的木牌于是被急急忙忙地钉上漂亮的小别墅门檐。这是孙科想了一夜才想到的法子，他同时已经通知下属，对所有人都要用一个口径说话，再说，他本来也对“广州灾民救济公署”一直挤在一间破旧的房子里办公有所不忍。但是，这样的机构牌子与这样的家居别墅相配，给人的感觉也是有一些不伦不类。孙科正在思索这个问题的时候，钉子的锤击声中忽然就出现了一句冷冷的评论。

“挂偏了！知道为什么挂偏了吗？因为太慌张！”

分明是孙中山的声音。

孙科闻声，回头一看，腿脚立时就软了。

“父……父亲！”他说。

孙中山突然对儿子举起手杖，颤着声音说：“我打……打死你！”

宋庆龄与卫士死死拉住气得浑身哆嗦的大元帅。

“父亲……孩儿不敢了……”孙科赶快抱头求饶，这个时候隐瞒与狡辩都已为时过晚。

宋庆龄拼命劝解丈夫：“先生，息怒！阿科犯错，改了就是了，他已经在改了！”

孙中山高举手杖骂道：“银洋不拨到前线将士身上，拨给自己造安乐窝！你还算是 1907 年的同盟会员？！你老子是瞎了眼，给你当什么广州市长！”

儿媳妇眼泪汪汪说：“父亲，阿科他认错了……阿科你跪下！快跪呀！”

孙科闻言，马上扑通一声跪倒。这时候最关键的是浇灭火焰。广州市长一职来之不易，多少人眼热这个实权位子，孙科知道父亲也是挑了担子的，这时候让父亲为难也真是于心不忍。宋庆龄说：“好了，先生，你看，阿科都跪下了！”

孙科心里想，后母真是不错。

宋庆龄从丈夫手中夺了几次，才夺下手杖。孙中山余怒未息，说：“怪不得中国的好人、贤人、能人，一个个都往共产党里跑！国民党败就败在你们这帮不肖子孙手里！你还反对过两党的党内合作，反对我接纳共产党，我孙文要是依靠你，革命还有出头之日？！”

孙科跪行几步，伸手从宋庆龄手中抓过手杖，自己杖击自己屁股。

“父亲息怒，”他说，“孩儿从今之后再也不敢枉法行事，一定把广州管好……”

“我不要你管广州了！”

“父亲，”孙科急了，“孩儿发誓，一定当好市长，为前方将士效力，为劳苦百姓谋利！”

孙中山仰脸，长叹一声。说实话，他心里也矛盾得很。广州市长位子重要，不是亲生儿子，还真是不敢轻易给他。

宋庆龄低声劝他：“回去吧，先生。”

“回去？回到哪里去？回到依靠军阀的老路上去？”孙中山举手，打打自己的额角，“张作霖答应出资，一子儿不给！吴佩孚同意合作，背后使刀子！奉系、直系、皖系、陈炯明，一丘之貉！有人还要弹劾共产党，这不逼我孙文走死路吗？！”

孙科从地上爬起来，垂了脸面。

孙中山一边走回汽车去，一边对宋庆龄说：“国民党首次全国代表大会，不能再拖了！我想，至多再过两个月，必得召开！我要在会上重新解释三民主义，郑重宣布本党的联俄联共政策，国民党必须改组成功，全国民众将会看见一个力量非常强大的全新的国民党！”

孙科听着父亲远去的声音，松了一口气，心里想，市长的帽子，一时是不会让风给吹跑了。

过了一会儿，又想，父亲也真是不容易，我可不能再给父亲添什么麻烦了。邓泽如再来耳边吹什么风，也不能言听计从了。

孙中山关于两党合作的坚定不移的态度，使陈独秀备受鼓舞。

陈独秀在冬风中行走，围巾围得严严实实，连下巴也裹上了。过了1924年元旦，大上海奇寒，陈独秀心里却越来越热。他刚从鲍罗廷那儿出来，两人细细磋商了如何协助国民党开好他们的全国代表大会的事项。鲍罗廷是年底时特意赶来上海专会陈独秀的，两人相见甚欢。鲍罗廷告诉他，孙中山这个人还是很坚强的，他根本不理会十一人弹劾案，批评他的某些追随者“疑神疑鬼”，他改组国民党的步伐未见动摇，且大大加快，并且他接受了鲍罗廷的种种建议，组建了国民党改组委员会，指派了国民党临时中央执行委员，召集了二十余次会议，议决了四百余件议案，同时作出决策，中国国民党第一次全国代表大会于 1924 年 1 月 20 日于广州召开。鲍罗廷建议陈独秀不要参加此次大会，也别做国民党中央的候选人。鲍罗廷说，不管从哪个方面看，这样做都有好处。陈独秀想一想，立马同意了，说：“有道理。”

他从鲍罗廷那儿出来，便去了五马路的亚东图书馆。老友汪孟邹这几天一直在找他，说有要事。陈独秀在汪孟邹房里烤了好一会儿炭盆子才觉得身子骨暖了，脸色也大见红润。陈独秀告诉汪孟邹，月底，他不去广州了。原先考虑去的，现在不去了。

“你是老朋友，了解我。我陈仲甫并不是个喜好出头露面的人物。我向鲍罗廷提议，让李守常去，让他做国民党中央候选人。我这个人目标大，肚肠又不转弯，容易招怨坏事。”

汪孟邹说：“李守常确实比兄沉稳。”

“你说得对，此次会上要表决通过联共案，估计会有一场风波，他去，能审时度势，把事情办妥帖。毛润之也去，他脑瓜子灵，能配合守常。”

“是不是那些俄国人不放心兄弟？”

“瞎说！他们像你一样信任我。”

“弟信任兄吗，仲甫？”老朋友用铁钳拨拨炭火，“大多数时候是这样，有时候，也难说。”

陈独秀听得话中有话，觉得奇怪，皱眉，问其故。

“莫问弟，其实兄心里，早已有数。”汪孟邹抬起脸，小心翼翼地说，“虽言‘江山易改、禀性难移’，但是该移处，还得移。兄与君曼嫂子，毕竟患难夫妻……”

“别提此事！”陈独秀明白是怎么回事了，“你就喜欢啰唆这种事！”

“嫂子找过弟六次，都是哭着来的。”

“别提此事！”陈独秀不高兴了，“此事不是你提的。”

“这么多年的兄弟，弟为何提不得此事？”汪孟邹很有些着恼，“兄是一党之主，不能正其身，又如何正人？”

陈独秀有些发怔，他知道他的这位老乡是难得恼火的。

“如果我没有猜错的话，”陈独秀缓缓说，“她现在还在你这里哭。”

“不然，弟为什么请兄来？”汪孟邹站起，推开门，吩咐一位伙计。“把女客扶到这里来。”

不一会儿，眼皮肿肿的高君曼便被扶了进来。汪孟邹让她坐稳椅子，然后，关上门。

“好了，嫂夫人，”汪孟邹说，“我呢，已经把你失踪三天的夫君找回来了。嫂夫人呢，也不必再哭哭啼啼了。”

高君曼拭拭眼角，怒视陈独秀，狠声说：“你这个没良心的，嫌我四十了没颜色了是不是？我起码还没人老珠黄嘛！就算人老珠黄了，也是救过你命的人嘛，你怎么不想想？”

陈独秀双手抱胸，并不示弱，回答说：“救过我命的，多着！要是没人相助，我一天都活不了！”

“那你还有没有夫妻情分？想当初我不顾亲姐姐的颜面，跟着你跑出来，容易吗？我背脊上被人戳满窟窿，你是最知道不过的，如今你还来添一个窟窿！在北京你拈花惹草，我虽则嘴唇咬破，但也忍了，谁知跑来上海，你还风流，几天几天不回家，我颜面没有倒也罢了，孩子的颜面你还顾不顾？孟邹不是外人，今天当着孟邹的面我也摊开了，你今天非得给我一个说法不可！”

“好了好了，”汪孟邹打圆场，“嫂夫人也别多说了，仲甫兄今天不是回来了吗？仲甫兄如今是一个党的委员长，每天也忙若陀螺，有时候顾不上家里，也难免。仲甫兄啊，你办党也该适可而止了，政治这东西不仅忙，还凶险，如今年纪大了，该歇下来静心做做学问了，你不是一直想研究中国文字吗？我等着给你出书呢！好了好了，现在，我送你们两个一起回家，我也有好长时候没见黑子、喜子了，我给他们带了几本小画书。走走，回家回家！”

于是三个人一起回家。陈独秀一路无言，心里想，这高君曼也真是，芝麻绿豆大的一点事，犯得着在人前哭诉吗？也太愚笨了！北京女子师范学校是怎么教她的？

蒋介石也终于回家了，从苏联归来。他跨上广州大元帅府的台阶，锃亮的黑皮靴在石级上敲出咔咔的快节奏。在苏联整整考察了三个半月，他早就想着回家，终于在12月中旬回到广州。那几天一时没见着孙中山，蒋介石给他留下一份报告就回浙江溪口老家去了，直到孙中山连连催他才回广州。

孙中山急于听他汇报。

在国共两党即将实行党内合作之时，蒋介石的苏联考察，备受国民党各派关注，蒋介石本人也非常明白这一点。

他更明白孙中山在读了他的访苏报告之后的焦虑。

他一见孙中山便咔地立正，极恳切地说："听闻陈炯明两个月前又反扑广州，先生亲率军队迎击，中正却远在苏俄，未能与先生共患忧难，内心尤其抱愧！"

孙中山拉住蒋介石的手说："介石为振兴本党考察苏俄，劳苦功高，何愧之有？仲恺，你说是不是？来，我们听介石说说考察感受。"

蒋介石神情松弛下来，除去白手套，一屁股坐在太师椅上，说："这一趟，累坏我了。"

蒋介石见廖仲恺在场，便知道该怎么说话了。

孙中山笑："知道，知道。先喝茶。"

蒋介石说："列宁先生生病，没见着。苏俄的军事人民委员托洛茨基接见了我。"

"怎么说？"

"态度非常友好。岂止友好，非常亲热！他说，苏俄对中国革命的援助，除了不能派军队直接援助之外，凡武器、经费，均当给予力所能及的援助！"

廖仲恺在一旁连连点头："真朋友，真朋友。"

蒋介石说："弟以为，苏俄有许多经验非常之妙，妙不可言。尤其是红军的管理，共产党在军队中均设有党代表，这一条就很好，彻底使军队听命于政党而不听命于军阀……"

孙中山高兴地打断对方："介石啊，我建议你先去给张继、邓泽如他们讲一讲，上他们一堂课。四天之后，本党全国代表大会就要召开，我要正式发布联共政策，党内有的同志惶恐不安，上书进言不断。今日我要学学诸葛亮，借一借介石这股东风！"

蒋介石显出了犹豫："我去讲？"

孙中山说："你去讲，介石，你一定要去讲！东风化雨，你就是我要借的东风！"

蒋介石辞别元帅府时，廖仲恺急步跟出来。廖仲恺对他说："介石兄，现在时局很微妙，党内不少同志反对孙先生决策，竭力排斥共产党，你作演讲，便是及时雨，这太好了，你务必消除本党同志对苏俄的疑虑。”

“仲恺兄，”蒋介石表情沉稳地说，“既要我说，我就说。但是我不会在太阳底下说今日下雨，也不会打着雨伞说今日晴天。”

廖仲恺连说当然当然，又说介石兄一向是有风骨的，但是事后一想，却又不知蒋介石这句话到底是什么意思。

廖仲恺走后，蒋介石想一想，又折回了大元帅府。孙中山见他回来，有点诧异。蒋介石对孙中山说，他有句心里话，不能不及早向大元帅报告，于是他就对孙中山说了以下的话：“先生，我的访俄报告，先生想必是看了。你叫我去给林森他们讲讲苏俄的好处，我自然也会去讲的，我知道先生现在要努力做什么。但是我实实地要向先生禀告的是，苏俄，是靠不住的，苏共，是不值得信赖的。我有一个很深的感受，苏共对孙先生的尊重全是表面功夫，苏共对中国之唯一方针，乃在造成中国共产党为其唯一正统！”

孙中山眉头大皱，挥挥手说蒋中正你不要说下去了，你的书面报告我没有看完，看了一半就撕了。

蒋介石沉默了一下，孙先生反应激烈，他也有所预料，孙先生的骨子里有天下大同的共产思想，他一直心里明白，当然，这也不是什么坏事。孙中山曾经告诉过他，自己早在1905年赴欧洲之时，就去过布鲁塞尔的第二国际总部，提出他的党可以加入第二国际，他明明白白地对第二国际的主席王德维尔德说：“我说的民生主义就是社会主义，又名共产主义，即是大同主义！”后来，他甚至又想加入共产国际，想做共产国际的党员，这些，蒋介石也全明白，不仅明白，也很赞同。中国的北方邻居让工农大众坐了天下，也是鼓舞人心的事，但就是实地去了一趟苏俄，蒋介石的梦就此轰毁，蒋介石自认为看到了骨头里的东西，而孙先生看到的还只是皮肤和肉。

苏俄的今天绝对不能成为中国的明天，蒋介石对此很坚定，因此，尽管孙先生现在对苏俄充满好感，但蒋介石觉得，还是要把自己真实的心里话向孙先生讲明白、讲透彻，这是他的责任。他敬佩孙先生，他觉得孙先生不能犯糊涂。

于是蒋介石依然不急不慢地说：“先生既撕了我的报告，就不要再撕我的嘴巴，中正虽不才，但还是想把话说完。中正要禀告先生的是，即便我们的革命成功了，军阀打倒了，国家统一了，我们亦不可走苏俄的路，那条路不好，那是一条独裁的路、恐怖的路，在那样的社会里，人民绝无自由民主。”

孙中山的脸色越来越黑，最后实在忍不住，挥手说：“好了好了，介石你别说了，你是一叶障目，不见泰山，苏俄新建一个国家，他们容易吗？至于他们对共产党更亲一点，也好理解嘛，谁叫他们的名称是中国共产党、我们的名称是中国国民党嘛，是不是？现在这个形势，我还能不与苏联合作吗？不与中国共产党合作吗？共产党确实有共产党的问题，但是，对待共产党的唯一办法，就是将他们置于我党的领导之下。现在我们两党一定要精诚团结，联合北伐，只要我们北伐了，北伐成功了，我们就能在中国实行三民主义，这才是至关重要的！至于苏俄有人对我不尊敬，我也不管，至少列宁是对我尊敬的，托洛茨基是对我尊敬的。苏联人嘛，自然不是个个好的，但也不像你讲的那样都是敷衍我孙中山的，起码鲍罗廷就不是这样的。你还是去给林森他们讲讲苏联，你知道你该怎么讲，记住，你是‘孙逸仙博士代表团’的团长，不是你蒋介石本人！”

蒋介石说我明白了，于是立正敬礼，姿势很标准。他想，我该说的都说了，我对孙先生，尽心了。

当日，假座大元帅府小会议厅，一群党内元老奉命来听蒋介石的访苏观感。孙先生要大家听，大家不能不听。众人默然齐坐，只是，茶盅里的头遍茶喝了一半了，还不见报告人登场，林森、张继、邓泽如、戴季陶、方瑞麟这些人，不由面面相觑起来。

张继摸怀表，说：“介石老弟怎么就姗姗来迟？他不是军人吗？”

戴季陶表现得胸有成竹：“再等等，诸位先喝茶，喝茶。”

有人忽然尖叫：“他来了！”这声尖叫显得怪异，待众人一起抬头看时，就觉得这声奇怪的尖叫是有理由的，只见蒋介石穿一身苏军所赠之军装，闪出屏风，大踏步行进，作战士之勇武状。

蒋介石咔咔咔走到桌前，忽然脸一板，厉声说：“你今天的冲锋，太不勇敢了！”

众人皆吓一跳，不知什么意思。

蒋介石继续声色俱厉说：“你要知道，你不是为你自己，你是代表着一个阶级在冲锋！”

突然有人醒悟，啪啪啪鼓掌，说：“介石老弟只用一句话，就把苏俄红军的魂给摄回来了！”

说话者是张继，他睁圆眼睛，作顿悟状。

戴季陶也突然哈哈大笑，连拍三下桌子：“一鸣惊人！一语中的！一针见血！”

蒋介石摘下头上戴的红五星帽，扔于桌上，环视众人，说：“诸位党内前辈同志，三个半月之考察，中正一时不知从何说起。孙先生要我说说，我就说，我先说个比喻，好不好？”

林森说：“我是最喜欢听比喻的，请讲。”

蒋介石清清嗓子，说：“共产党好比是一把利斧，太锋利了，往哪儿砍，都能伤人。但是，这把斧头，也可以握在我们手中。这是中正细细观察共产党之后得出的结论。不过，其斧柄，须握得很紧很紧。”

林森说：“掉于脚背，就见自家血了。”

蒋介石说：“对。”

林森说：“这个比喻好，这个比喻好。”

蒋介石正待讲下去，忽听见门口屏风后面有人在轻唤“介石兄”，蒋介石回脸，见是廖仲恺在招手，于是向他走去。

廖仲恺待蒋介石走近，一把拉他到屏风后，脸一板，低声说：“介石兄，你知道你在说什么吧？你怎么能这么说？”

蒋介石平静地说：“不能这么说，又叫我怎么说？我是直说！我已经给共产党留了很大的面子了。我自信这三个半月，我的眼睛一天也没有背叛过我。同时，仲恺兄你也明白，我蒋中正并不反对两党的党内联合，对孙先生的这个决策，我非但不反对，还竭诚拥护！”

张继离座，几个跨步走到门边，转入屏风，一把拉开蒋介石，冲廖仲恺低声说：“仲恺兄，小弟有一句忠告。”

廖仲恺说：“洗耳恭听。”

张继说：“我劝你不要太过分，党内许多同志都在怀疑你是不是中共秘密党员！”

廖仲恺一听，怒气上脸，说：“岂有此理！我从未听说本党同志有如此谬见！溥泉兄，我劝你也不要太过分！”

张继说：“本人光明磊落，想说什么就说什么！晚上孙先生召集开会，我仍旧要仗义执言！”

廖仲恺说：“溥泉兄要思虑后果！”

张继举拳击屏风：“我只思虑党的后果，不计个人后果！”

哗啦，屏风竹架坍塌了。他们看见了会议厅内坐着的所有与会者，所有的与会者均作目瞪口呆状。

张继直挺挺地站着，双手叉腰，气喘吁吁，他想：豁出去了！今天晚上就是豁出去了！豁出去了又有什么呢？我不是为自己，我是为党。历史上抬棺死谏者不乏其人，孙先生真能把我杀了？

张继在当晚的会议上，果然大发作。张继深知，党内许多老同志都是站在他一边的，他不是一个人。晚上的会议是孙中山亲自召集的，在大元帅府举行，商议召集国民党首届代表大会事项。张继是故意迟到的，不仅迟到，脚步还很重。正在讲话的孙中山果然抬起眼睛，注意到了他，说：“张溥泉同志，你迟到了。”

张继重重地拉开椅子落座：“我本来不想来了。”

孙中山一愣：“为什么？”

张继大声说：“先生，我不是对你不满，我是对这一份《中国国民党章程》不满。”

孙中山不悦，说：“既然这样，溥泉可以提嘛。”

张继扫视了一下正襟危坐的廖仲恺、汪精卫、胡汉民等人，忽然以哆嗦的手指笃笃笃敲击桌面，热血上涌：“先生，你还记不记得我为你起草第一个国民党章程的情形？真是此一时彼一时也！我张溥泉郑重声明，我绝对反对本党章程以苏俄布尔什维克的党章为蓝本！诸位同志，大家冷静想一想，我们为什么要效法俄人？……”

“错了！”孙中山厉声制止对方，“我们为什么不能效法俄人？俄苏革命卓有成效，万民仰止，中国革命不以俄为师，还以何人为师？”

廖仲恺赶紧说：“溥泉兄，坐下，有话慢慢说。”

“先生！”张继依旧是高嗓门，“苏俄，信不得！向他们要军火，给了没有？我到北京跟苏俄使者越飞谈的，还拿了先生亲笔信！嘴巴上给，实际上，一颗子弹也没有！俄国人跟张作霖有什么两样？！”

孙中山忍住火气，说：“这一回蒋中正去了苏俄，托洛茨基亲口说了，他们给！”

“先生信，我不信！共产党倡导阶级斗争之说，以搞乱社会秩序为能事，若全体混入本党，必将把本党意志搞乱，把我们鼓吹的三民主义改变成他们的共产主义！”

“这个问题嘛，是要注意。”戴季陶站起来帮腔了，他觉得火候到了，此时应该说几句相援之言，张继扮演燕赵之士，如此慷慨悲歌，实殊难得，必得帮他一把。“我的意思，即便共产党参加进来，也只能把他们作为酱油或者醋，绝不能作为正菜。”

孙中山听不明白：“你说什么？”

戴季陶说：“我只是打个比喻。”

孙中山皱眉：“这算什么比喻？”

戴季陶说：“就这比喻：酱油、醋。”

有人窃笑。

戴季陶说：“我看同志们都听清楚了。”

孙中山听得笑声，火气一下子上来了：“谁在笑？谁在笑？你们反对国共合作是不是？不赞成国民党改组是不是？那好，那就解散国民党！”

全场皆一愣，这话太重了！

孙中山拍桌：“至于我个人，可以加入共产党！”

此言一出，众人更为震惊。

孙中山把话说得这么决绝，这么狠，没一个人能想得到。

戴季陶赶紧坐了下去，脸色惨白。

廖仲恺用很和缓的口气对继续板着脸的张继说：“溥泉兄，你的意见，确实不对。本党经总理亲自决策，容纳共产党员，实属国民革命之需要，实为全国民众所欢迎，应是光明磊落之行为，你说对不对？”

张继狠瞪廖仲恺一眼，怒不可遏，拎起茶杯盖，砰一声拍在桌上，瓷盖四分五裂。“你胡说，”他大喊，“你廖仲恺一直蛊惑人心，胡说八道，欺瞒总理，断送本党！”

孙中山猛拍桌面：“太放肆了！”

张继喊：“先生，千人之诺诺，不如一士之谔谔！你要亲君子远小人啊！”

孙中山气得打战：“卫士长！”

卫士长说：“到！”

孙中山直指张继：“你张继无理取闹，咆哮会场，扰乱秩序！拉出去，关禁闭！关他一个晚上！”

“忠言逆耳，先生你千万不要偏听偏信啊！”张继被两名卫士强行架往大元帅府的卫队值勤室，一路走，一路还喊，下楼梯时竟然把鞋也踢掉了。

半夜时分，张继还枯坐卫队值勤室，没有人理他。天凉下来，他打了好几个寒战。门外亮着灯，两名脸色平板的卫兵荷枪实弹站着，也不拿正眼瞧他。张继忽觉委屈，闹出这么一个关禁闭的结果，他真是没有想到的。待火气平息下来之后，他怨气就上升了，一怨自己不识时机，二怨总理不辨黑白，三怨弟兄同室操戈，尤其是这廖仲恺，二毛子一个，特别可恶。

他这么想的时候，门忽然拧开了，进来了卫队长，手里端个托盘，盘内一杯牛奶，一盘小笼虾包。

冒着热气的食品被小心翼翼地置放在张继面前的木桌上。

卫士长轻声说：“张部长，这是先生特意省下来给你的。”

张继说：“是先生？”

卫士长证实：“是先生。”

张继盯着牛奶，鼓凸的双腮抖动起来，一会儿泪水便夺眶而出，继而呜呜声大作。

卫士长说：“不要哭，不要哭，今后不要与先生为难就是了。”

张继号啕：“我是怕先生上当呀，赤化势力包围了他呀，我张继忠心可鉴呀……”

清晨时分，这位关了一夜禁闭的国民党宣传部长才被放出大元帅府。谁知半个钟头还不到，一肚皮懊恼的张继又在街上被一伙士兵绑了起来，他压根儿也没想到厄运会连着来。

当时是在回龙桥街头，他看见有七八个粤军士兵在贴标语，长柄糨糊刷子在墙上来回涂抹，鲜红鲜绿的标语一幅连一幅地上墙：“联俄联共，铲除军阀！”“拥护孙总理三大政策！”

他当时无非是心有怨愤，就骂了一句：“共产党笑里藏刀！当兵的没有头脑！”

然后就是好几位士兵一齐回头，怒视着他，说：“你胡说！”

“我胡说什么？”他当时只觉胃部发酸，哇的一下，倒呕了一口牛奶。

"你们当兵的才胡干！我就是说你们胡干！你们为他人张目，自己反倒瞎了眼！"

于是他听见一位排长模样的人怒不可遏地命令："把这个反动分子捆起来！"

方头大耳的张继像只猪一样被捆在板车上，嘴里塞着一块擦枪布。他与糨糊桶一起摇晃着，被慢吞吞地拉往广州市郊的粤军一师三团团部。板车进院子的时候，团长邓演达正在召集营连长会议。邓演达当时嗓门洪亮地宣布："昨天，军部来电话，大元帅很关心军队，近几天要下部队视察，也可能来我们一师三团……"

正说到这里，他听见了营房门口的嘈杂声，透窗一望，便看见了胶轮平板车、糨糊木桶以及一个被捆绑得像猪一样的人。

邓演达吃一惊，急忙出门，问怎么回事。排长愤愤然向他报告："报告团长，我们在回龙桥贴标语的时候，有人捣乱，骂人，就是这个反动分子，弟兄们把他捆来了！"

邓演达注目一看，大吃一惊："张继先生？快松绑，松绑，哎呀恕罪恕罪！"

张继被七手八脚扶下板车，他的西装衣襟上沾满了黏糊糊的糨糊。当擦枪布从张继嘴里拔出的时候，张继跳脚大骂了："娘的，这不反……反……反了！"

邓演达对士兵大光其火："你们发昏啦？啊？张继先生是国民党中央宣传部长！你们长不长眼睛啊？还不快给张部长赔礼道歉！"

"他……他……"急傻了眼的排长赶忙凑到团长身边，叽咕了几句。

"胡说！"邓演达脸一沉，"张部长亲自介绍共产党领袖陈独秀加入本党，还能反对国共合作？张部长是国共合作的鼓吹者和实践者，我们全体国民党员和革命军人，都要向张部长致敬！张部长，您光临本团，机会实殊难得，务请部长给本团军官训话，讲解阐发孙总理联俄联共政策之精要！"

张继连连摇手，一张脸涨得通红。

邓演达说："当然，对目无纲纪的军人，本团是要严肃查办的！不过，张部长，有时候也难怪他们，他们入伍不久，跟诸位官长不熟，请张部长抬抬手饶了他们这一回。"

张继鼻子哼一声，擦擦手肘上的一块糨糊。

邓演达吩咐备酒压惊，张继阻止了，说肚子不饿，昨夜一杯牛奶，今天见什么都倒胃口。若有床，倒是想闷头睡一觉，站不住，犯困了。

邓演达立即命令门口那位排长：“把张部长扶到我房间去！”

一位参谋急奔而来：“军部来电！大元帅马上就到！”

邓演达下令：“全团紧急集合！”

张继一听，急了，说：“快！快！”

邓演达说：“张部长，您正好陪陪大元帅！”

张继说：“不，不，快到你房间去！我不见大元帅！我脸色不好！我要睡觉！我太困了！”

张继躺到邓演达的那张行军床上不到半个钟头，就听见了操场上传来“向大元帅致敬”的风暴般的吼声，然后他听见了孙中山的声音。声音穿过一排凤尾竹传过来，隐隐约约，但是竖起耳朵仔细听，能听清楚。

他听见孙中山在问邓演达：“你们团，支持不支持联俄联共政策呀？”

邓演达的回答听上去十分自信：“本团官兵立场高度统一，大元帅可以随意点本团官兵询问！”

“好吧，那么，本大元帅就学学韩信点兵了。”孙中山大约是举起了手，随便点了一点，“这边数过去，第二排第三名。”

邓演达立即发令：“陈诚出列！”

张继若在现场，便会看见一位二十五岁的英俊军人应声而出，向大元帅啪地行一个军礼，动作刚健有力。

孙中山问：“你哪里人？”

“浙江青田。”

“青田，不就是大明军师刘伯温的隐居之地嘛。你什么军职？”

“上尉连长！”

“国民党员吗？”

“是！”

“你对本党实行联俄联共新政策，有何想法？”

陈诚回答得斩钉截铁：“友俄联共，壮大阵营，总理决策，革命急需，北伐前提，胜利泉源，革命军人莫不拥护！”

孙中山至为满意：“很好，很好，你同你家乡的青田石头一样有骨气！”

邓演达喊：“入列！”

陈诚退回队列。邓演达满意地想，这个陈诚真是不错，去年把他收留到粤军真是对极了，大元帅府急需加强警卫，他的连完全可以担当。

孙中山登上一个木制的检阅台，开始讲演。

张继把头歪在窗边上，清楚地听见了孙中山的大嗓门："孙文知道，真正的革命军人，是拥戴我的！是拥戴革命的！是拥戴中华民国的！国民党过去的奋斗，多是依靠兵力的奋斗，所以，胜败无常。若长此以往，国民党一定没有成功的希望。本总理决心改组国民党，决心依靠党本身的力量，人民的心力，去争取北伐成功和国民革命的成功！"

孙中山的演讲词，犹如重锤，句句击在张继心上，张继知道孙先生已是铁石心肠了。这时候他听见了官兵们犹如滚雷般的吼叫："誓师北伐！革命成功！孙文万岁！中华民国万岁！"

然后他又听见孙中山高声宣布："我要郑重告诉大家，三天之后，本党的全国代表大会，就要在广州召开了！"

张继想象着孙先生此时脸上的阳光，阳光一定使他的面容更为明亮，这一想象与张继自己心间的阴郁恰成对比，于是张继更加难过起来，身上掸擦不尽的糨糊味也更重了。

门是什么时候推开的他不知道。他恍惚中只知道口号声和演讲声早就停止了，待到他睁眼一瞧，已经瞧见了孙先生，还有脸上笑眯眯的邓演达团长。

他赶紧跳下床，双脚乱伸，一时却又找不见他那双棕色皮鞋。

"先生！……"他慌乱地说。

孙中山弯腰，帮他捡回了一只鞋："昨天晚上，我对溥泉兄失礼了。"

张继忽然哽咽："先生，我追随你二十年！……"

"你现在仍然追随我嘛。孙文追求民主的新中国，张溥泉哪有理由不追随孙文？穿上鞋吧，跟我的车走，怎么不穿鞋？"

张继忽然以拳击床，说："先生，我穿上鞋也没有用，我已经不知道怎么走路了！"

"先不必忙于走路，坐下来，读点书，知书而后达礼嘛。你可以读读你老同学李大钊近来写的几篇文章，那不是文章，那是剑，一把把剑，入木可达九分。溥泉同志，你还是本党的好党员，在三天后召开的本党代表大会上，我还要提议选你担任国民党中央监察委员！"

张继捧着头，大恸不已。

两天之后，广州有许多灯窗，都是彻夜不灭的。

有一个灯窗，就属于李大钊和毛泽东。

李大钊和毛泽东，一个静坐床头，一个默立窗前，均夜不能寐。这是 1 月 19 日的夜间，客栈灯火难熄。这家旅社离广州高等师范学校不远，出入方便。定于次日召开的大会，就在高师礼堂举行。

毛泽东盯着横过窗棂的水墨似的芭蕉叶子，轻声说："还有九个钟头，会议开幕。"

李大钊摸出一只新怀表，瞧瞧，微笑着说："润之，你神算子呀！"

"只是算不准风浪到底会有多高。"毛泽东说。

"孙中山深明大义，他自会稳坐钓鱼台。"

"我信。"

"张太雷刚才带给你一封信，长沙捎来的，你见着没有？"

"见着儿子了。"

"什么？"李大钊听不明白。

毛泽东从枕头底下掏出信封，从中取出用红丝线捆住的一小绺黑头发。

李大钊明白了："你儿子的？"

"对，"毛泽东又一次闻闻头发，头发有奶香味。"毛岸英的！"

"啊，你的杨开慧真是聪明！"

"我本来就嫌儿子头发稀拉，这个开慧，真是的，又偏偏再剪一绺。"

"这是有讲究的，这叫青丝一绺慰人心。"李大钊说，"你的岸英，有十五个月了吧？"

毛泽东点点头说是，李大钊感叹说这日子过得真是快啊，感叹过后忽然又兴奋起来："润之，你说，到这头发长得又黑又浓又硬的时候，咱们中国，什么样儿了？"

毛泽东摇摇孩子的头发，侧脸想一想，说："那时候，国家该是统一了。孙中山在北京做大总统。共产党国民党一齐大发展。租界嘛，肯定是全部收回了。洋人的炮舰嘛，一艘一艘都离开吴淞口，一律滚到太平洋上去了。守常先生，您说是不是？"

李大钊陷入了遐想："我在想呀，等到这绺头发也白了的时候，就是说，再过七八十年，咱们中国，一定该是东方最强盛的国家了。"

"再过七八十年，那是什么年头？"

“哟，那是公元两千年之后了。”

“对了，21 世纪了，那时候嘛，”毛泽东眯起眼，又仔细想了想，“那时候，我们为之奋斗过的中国，一定是人间仙境了！共产主义社会建设得非常繁荣！每一位工友农友都能使上电灯和电话，每一个市镇都会有铁路通过，坐车不用买车票，因为不要钱。为什么不要钱呢？因为那时候没有钱币了。没有钱币是个什么样子呢？你想吃鸡，政府就给鸡，你想吃鱼，政府就给鱼。守常先生，您信不信？您肯定不信，您肯定认为我毛润之瞎想，我这人啊，就好瞎想，其实世界上所有事情都是在晚上瞎想之后才在白天做成的，守常先生，您不信，反正我信！”

“我怎么不信呢，润之？就是为了这样的日子，我们才活着的。”

到天蒙蒙亮的时候，这个灯窗才熄灯。

再过四个钟头，一个政党的心房里，要点上一盏明灯了。

四个钟头之后，孙中山准时出现。他一出现在台上，掌声便如暴风骤雨。

坐在礼堂中间的毛泽东盯着孙中山看，觉得孙中山那件“中山装”果如传闻一样，很是气派。反褶的半领，四个口袋，七粒纽扣，简洁而又丰富，代表了他本人也代表了一个国家的风度。毛泽东想：这个人日后当大总统，很好。

会议是 20 日上午 9 点准时开始的，孙中山画像和国民党党旗悬于主席台正中。“中国国民党全国代表大会”的巨幅会标非常醒目。

各省选出的代表以及由孙中山指派的代表共计二百零八名，其中共产党代表有陈独秀、李大钊、毛泽东、林伯渠、谭平山、瞿秋白、王尽美、李立三、李维汉等二十三名，占代表总数的百分之十一。陈独秀因事请假。

当然，他是故意不来的。毛泽东觉得陈独秀这样安排挺好。

毛泽东很认真地听孙中山致辞，觉得孙中山讲话依旧如常，底气很足。于中国而言，这个孙中山百折不挠，的确算得上是个伟人。毛泽东相信，这一回孙中山的底气之足，那是由于他已下定决心走友俄联共之路，感觉到自己觅着了一条真正的民族复兴之路，所以孙中山在大会上一开始就这样昂着脸，满怀激情地说：“革命党推翻满清，第一次成功，是在武昌。那天的日期，是双十日。今天，是中华民国十三年的一月双十日，所以这个会期同武昌起义的日期，都是民国很大的纪念！”

掌声暴风骤雨般响起。孙中山扫视鼓掌的海洋，双目有些湿润。他掏出手绢，拭拭眼角。

掌声更加热烈。

孙中山又说："今天，在此召开中国国民党全国大会，这是本党自有中华民国以来的第一次，也是自有革命党以来的第一次。"

全场顿时手臂林立："中国国民党万岁！中国国民党万岁！中国国民党万岁！"

毛泽东有力地挥动手臂。他看看李大钊，李大钊也在有力地挥动手臂，神态跟他一样激动。所有的共产党人都同国民党人一样激动了。

孙中山继续说："我们革命党，用了三十年工夫，流了许多鲜热的心血，牺牲了无数的聪明才力，才推翻满清，变更国体，但在这三十年中，我们在国内从没有机会开全国国民党大会，所以今天这个盛会，是本党开大会的第一次，也是中华民国的新纪元！"

全场再次爆发掌声。毛泽东一次又一次为这些掌声激动。他想，两党联手，果然气势不凡。又想，国民党内的那些右翼人士在山呼海啸的掌声面前该作何感慨呢？可能会想到两党合作毕竟是大势所趋，从而就此罢手？再想，若是本党委员长陈独秀也来会场感受一下这种万马奔腾之势，可能亦有裨益。一个党，既要想到自己，又要同时想到对方，这样的合作才能长久。

毛泽东不知道陈独秀此刻正在上海家中生闷气，这场气生得还真不小。

陈独秀的老乡汪孟邹又一次赶到陈独秀家灭火，为了家庭和睦问题，苦口婆心地劝说陈独秀。汪孟邹这一天是这样说的："仲甫兄，看在嫂夫人咯血病的分上，你也不能夜夜外宿不归呀！这回又是四日不归，听嫂夫人说兄是与一个什么女大夫去扬州游玩了，这种事不要说嫂夫人听了心里烦，作为兄弟，我心里也不是味……"而陈独秀则截断他的话头，这样干脆地回答他："家庭之谓，绊马索而已！"

陈独秀这句大声的话叫门外呜咽着的高君曼听见了，高君曼一下子想起了陈独秀当年在陈家与她相见时所说的那番悄悄话："我主张男女都可以退婚，男的找了坏女人，女的找了坏男人，怎么不可以退婚呢？若是这样终身抱恨委曲求全在一起，男女双方都受罪，于己于国都不利。婚姻不幸福，天天不是东家吵，就是西家闹，闹得国家不得安宁。"当时的高君曼听得多入耳啊，当然高君曼一直不认为自己的姐姐是坏女人，只看着自己的这位姐夫是一个无可奈何的好男人，现在，姐夫成了丈夫，却越来越像个坏男人了，不但在北大教书的时候常干风流事，到了上海当了党首还禁不住女人的诱惑，这可叫做妻子的怎么安心？当然，那个黏着陈独秀去扬州去杭州玩的姓施的大夫，肯定也是个坏女人。高君曼想到气恼之时，便脱下高跟鞋，狠狠向门砸去，砰的一声，仿佛是砸上了夫君的脑门，当然她也知道，陈独秀脑瓜里的那种古怪的男女观念，是十双高跟鞋也砸不碎的。

陈独秀听见木门这样响，又听见女儿的哭声，对汪孟邹说你看你看，一副无奈的样子，后来就甩手离开了家。汪孟邹见调解无效，也走了，走的时候轻声告诉高君曼，说仲甫在气头上，一时犯糊涂，总会想明白的，男人的事须得慢慢来。但是高君曼性子烈，她说她已打定了主意，过这样的日子不是个办法，总得有个了结。

客人走后，高君曼就把两个孩子叫到卧房里，问他们愿意跟妈妈走，还是跟爸爸走。

黑子和喜子都没有办法马上回答。大柜上的座钟滴答作响，孩子们心里的发条却越上越紧。

女儿的眼泪又一次流下来，说："妈妈，我要你，也要爸爸。"

黑子也说："妈妈，我要跟你跟爸爸一起走。"

高君曼说："不是妈妈不肯跟爸爸走，是爸爸不要妈妈跟他走。"

她停了一会儿，又说："我现在总算明白了，跟你爸爸这样的人，只能随着走几步，不能跟着走长路。"

她说这句话的时候，鼻翼一颤一颤地翕动，泪珠不停地从旁滚落。

这一天的下午，在广州高师礼堂，国民党全国代表大会继续召开。孙中山上台作《中国之现状及国民党改组问题》的报告。

邓泽如与方瑞麟一起站在会场外侧的小便处。他们小便完了还站着，都觉得腹部胀胀的，事情看来没有完。

他们各自纠着两条眉毛，听着从会场传来的本党总理慷慨激昂的声音："现在的问题，是国民党改组问题。此次改组，就是从今天起，重新做过。古人有言：'从前种种譬如昨日死，以后种种譬如今日生。'由今日起，将十三年前种种可宝贵、最难得的教训和经验，来办以后的事！此次改组，各种办法已由临时中央执行委员会筹备许久，今提出《中国国民党宣言》草案，请秘书长将原文朗读。”

“坐以待毙，是下下策。”邓泽如坚决地对方瑞麟说。

“远秋兄高见？”方瑞麟问。

“明日大会就要通过国民党宣言草案，救人须救急，救党也须救急。”

方瑞麟当然同意这样的观点，问题是如何救。厕所里有人进来了，邓泽如一看，是个戴眼镜的，认识，共产党代表瞿秋白，于是马上耳语方瑞麟说，晚上，我们去广州市党部再会商。

当晚，国民党广州市党部的小会议室里，两人聚了首，喝苦丁茶。邓泽如神色严肃，说了很长一段话，意思是，能不能请小老弟方瑞麟委屈一下，当一只出头鸟，在大会表决前的最后关头送出提案，坚决要求党员不得跨党。他说，只要拒共党分子于国民党门外，这两党合作就成了一个空架子了。

邓泽如说到这里，伸过手去，拉着比他小十一岁的方瑞麟的手，一遍遍摇着说：“为本党前途计，也只有靠悟庵兄挺身而出了！”

方瑞麟说：“我方某人不是不肯发难，你远秋兄怎么就不能仗义执言？你是本党的广东省支部长，登高一呼，我们广东的党员自会一齐响应，这不是很简单的道理？愚弟建议，愚弟跟远秋兄联合发言！”

“我还能登高一呼？我不是没有呈过提案！孙先生在提案上批了我四个字：疑神疑鬼！这个事你是知道的，我还能再言？”

方瑞麟仍旧犹豫不决，邓泽如开始激将，说孙先生手书与你的“懋著勋劳”四字还在吗？又说孙先生一直赏识你，说你悟庵兄做人正直清廉，打仗视死如归，本党难得人才，我们听了孙先生对你的夸奖，都妒忌啊！真的，悟庵兄，你是同盟会最早的党员，黄冈起义的头，你一身的功劳，你开口说话，孙先生能怪罪你吗？

方瑞麟还是犹豫，摇摇头说我毕竟资格还嫩，孙先生这段时期脾气特别大，没有一身硬护甲，真不敢往枪口上撞。他后来又想到一个人，说：“那么，张继！”

“张继？”邓泽如说，“悟庵兄说笑话吧？他还能行？他在大元帅府关了整整一夜禁闭！你自己说嘛，孙先生还能听他的？”

邓泽如的一系列分析，都有道理。方瑞麟想半天，又想到一个人。这个人也是代表，进会场的时候，他听见这个代表大骂了半天共产党。

“那个从加拿大来的代表，叫黄季陆的，我看那个人要立场有立场，要冲劲有冲劲！”

邓泽如说：“黄季陆我当然认识，人是不错的，只是年方二十五，太嫩，压不住台面。”

方瑞麟大叹一声，说：“我这个人呢，也不是胆小，但是独要我做孤胆英雄，我也发怵。远秋兄你是知道的，孙先生的脾气要是大起来，谁都被他骂死！”

“脾气？”邓泽如笑笑，“悟庵兄啊，脾气这东西，再硬，也只一股气而已。依我看，气场，是会变的，之所以今日东风，明日西风，就缘于气场如蝇乱飞乱舞之故。只要你老兄送上的提案获一半以上的掌声，孙先生脾气再倔，也会改变！知道吗？你方瑞麟同志将是本党的第一大功臣，全党同志都将感谢你，我相信，孙先生日后也将会感谢你！”

方瑞麟思忖半天，突然站起来说：“你远秋兄别用芭蕉扇扇我屁股了，方某人临危受命就是。日后我被孙先生毙了，远秋兄莫忘为我戴个孝！”

“哪里话！悟庵兄你说的是哪里话！”

方瑞麟于是站起来，拉开门，准备回住地起草提案，谁知刚拉开门，他就怔住了。他看见七八位本党要人均默默地站在门外。这些人物中，有林森，有谢持，有张继。

他们一个个伸出手，与出门的方瑞麟紧紧相握，情状十分悲怆。

“拜托了！”“拜托了！”“拜托了！”

方瑞麟一个个握将过去，忽然一阵感动，五脏六腑仿佛都换了个位置。

再组织一次黄冈起义吧，他想。

方瑞麟的发难，是在1月25日的上午。他果然选准了历史的节骨眼。国民党章程草案，就要在这个上午进行大会表决，所以，端坐于会场的方瑞麟一直盯着汪精卫，一直盯到这位国民党章程审查委员会的头头说出“关于中国国民党章程草案，就说明到这里”这句话，恰在这时候，方瑞麟气血上涌，觉得救党的关键时刻已临，于是一咬牙关，迅即起立。

他大声喊：“广州特别区代表方瑞麟对章程草案有紧急提议！”

刹那间，全场的目光都集中到他身上。谁都知道，交战的时刻来临了。

尤其是中国共产党方面的代表，个个目光如炬。

毛泽东向李大钊使了个眼色，李大钊点点头，仍然是不慌不忙的样子。李大钊是准备当场反击的，他昨夜与陈独秀通了电话，并且拟了一夜的腹稿，他准备以理以情晓之于全体会议代表，说明中国共产党人对于两党合作的诚意和决心，总之，李大钊对于国民党容共党章之最终通过，还是充满信心的。

方瑞麟就是在中共方面最警惕的目光之中，在国民党一部分党代表最殷切的期望之下，大踏步走上主席台的。他在听到"请方代表上台发言"之后就起身离席了，在挤出座位的途中他连握了好几双手，这一握手使他的情绪安定不少，他甚至听见了自己如战鼓似的脚步声，咔，咔，咔，皮鞋的硬掌一声声击着水门汀，重如锤击。他这才知道全场是多么安静，这种安静使他顿感肩头之分量。一个精疲力竭的跋涉者在走到一个没有路标的岔路口时是会非常安静的，一个精疲力竭的政党也是如此。

正当方瑞麟通过主席台左边的踏步登上主席台之时，会场的大门忽然洞开，并且传来卫兵雄壮的吆喝之声："向大元帅致敬！"

所有的目光齐刷刷投向大门，缺会一天的孙中山出现了，并且大家在刹那之间一起惊愕地注意到，孙中山的脸容竟如铸铁一般沉重，左臂还套了一块醒目的黑色袖章。这块突兀的黑色袖章使得所有目光的惊愕之状一直保留着，直到孙中山登台发言为止。

大会主持人及时地拦了一下方瑞麟，方瑞麟便像一截木头般地僵直在主席台边沿了。

孙中山走到讲台正中，他说："同志们！"

话一出口，他眼眶就湿了。

全场静得掉下一根针的声音都能听见。

孙中山顿了一顿，抬起头，说："本总理刚刚获悉噩耗，世界革命的卓越首领、共产国际的卓越首领、苏俄政府的卓越首领、中国国民党的伟大朋友弗拉基米尔·伊里奇·列宁，他……逝世了。"

泪水顿时模糊了孙中山的双眼。

而最感震惊的是会议代表中的中共党员，一种突如其来的哀痛犹如鹰爪一般攫住了他们的心。他们目瞪口呆。

李大钊甚至张大了嘴巴。

国民党方面的代表也震惊不已，廖仲恺取出一块手帕，按住发湿的眼角。

邓泽如也取出了自己的手帕，他按的是自己发凉的额角。

孙中山继续说话，哀伤的声音在大厅里回荡：“列宁先生去世了，于俄国和国际上会生出什么影响来，我相信是绝没有的，因为，列宁先生之思想魄力、奋斗精神、一生的工夫，全结晶在党中。他的身体虽不在，他的精神仍在！此即为我们最大之教训！”

会场中，有代表啜泣出声。邓泽如侧脸看过去，好像是中共代表瞿秋白。他在拭眼镜，双肩颤动。

于是邓泽如也闭起眼，他只对自己嘟哝了一句：“孙先生怕是再……再也听不进任何话了……”

此言一出，忽然便听得耳边有个轻轻的声音在说：“我们华侨的话，他或许能听。”邓泽如睁开眼，看见了海外代表黄季陆的圆脸。

这个年轻人，邓泽如心里一动，行吗？

黄季陆低声说：“我可以找他，我愿意这样做。”

邓泽如默不作声，静静听着情绪激动的大会正在通过的三项决议：第一，电唁苏联致哀；第二，休会三日，以示哀悼；第三，广泛宣传列宁的生平和事业，广州各机关下半旗三日。

散会的时候，邓泽如赶上几步拍了拍黄季陆的肩，说：“年轻同志，你不愧为十二岁的四川保路同志会会长，今年你二十五岁，你不是在保路，你是在保党！我邓某人钦佩你！”

黄季陆是在国民党顾问鲍罗廷的寓所外截住孙总理的。他一直守候在孙中山的轿车前面。

鲍寓设了一个列宁灵堂。前一天夜里邓泽如便向黄季陆透露了总理的行踪，说总理夫妇都要去灵堂吊唁那个共产国际的头头。

这样的哀悼仪式，孙中山当然是一定到场的。

列宁遗像安置在鲜花丛中。孙中山和宋庆龄向遗像三鞠躬，然后他们紧紧握住了鲍罗廷的手。鲍罗廷看上去老了不少，眼睛发青，脸上有明显的泪痕。在他们握手的时候，廖仲恺、何香凝、李大钊、毛泽东、张国焘等人也分批走向遗像。

孙中山没有多说话，他知道自己的悲伤程度，也担心着自己情绪失控，于是他早早地就退出了鲍宅，夫人在他下台阶之时小心地扶着他。

在上小汽车之前，他耳边响起了一句语音清晰的话。

“对不起，孙总理，季陆有一句话面禀。”

孙中山猛然回头，注视对方，思绪一时回不过来。

黄季陆一笑，说：“季陆是加拿大《醒华日报》主笔，季陆曾在加拿大看到过美国《大西洋》月刊的一则报道，极有意思。”

孙中山无力地点点头，示意对方可以说话。黄季陆便款款地说：“美国有个农民党，这个党曾经被共产党员渗透，结果，很不幸，整个党被把持了。”

孙中山夫妇一下子明白了这位海外代表的意思，于是脸上显出不高兴来。这都什么时候了，还来说这种话，亏得这个黄姓代表的左臂上还缠着黑纱。

“本党人多，共产党人少，何言把持？”孙中山不想更多地说话，一边在宋庆龄的扶持下跨进车门，一边冲黄季陆摆摆手。

黄季陆急了：“孙总理，老子有言：祸莫大于轻敌！”

孙中山从车窗探出脸，认真地说：“共产主义并非吾敌。你们海外同志处于帝国主义政府管辖之下，很受帝国主义国家宣传的影响，恐俄、惧共。其实，共产主义与我主张的民生主义并无冲突。”

“总理，有冲突的！”

孙中山厉声：“没有冲突！无非是范围大小而已！开车！”

黄季陆垂落双手，眼睁睁看着小汽车呼呼地启动。

孙中山忽然又说：“停车！”

宋庆龄问：“怎么了？”

孙中山探出车窗：“季陆，你过来。”

黄季陆喜不自胜，急奔过去。他以为孙中山要说一句什么特别的话，谁知孙中山却说：“我建议你进灵堂去，向列宁先生鞠一躬。”

黄季陆垂落了眼帘，说：“是，我去鞠一躬。”

一个钟头后，黄季陆就把进言孙总理一事从头至尾汇报给了邓泽如。邓泽如半晌不作声，心里想，牛犊固然不畏虎，然毕竟初生，腿脚不硬，一上去就被轰了下来，也是正常。拒共一事，看来，还是由方瑞麟继续轰炮为好。虽则，为列宁去世而悲戚的孙中山，再也难听从拒共建议，但大会在审议党章之时，代表们聚众抗议，讲究斗争方式，把握分寸火候，还是有可能让总理勒马于悬崖的。想到这里，邓泽如好言抚慰了几句黄季陆，让他走了，不再对他的会外进言提什么要求。

方瑞麟的提案，还是努力地提了出来。那是在三天举哀期已过，国民党全国代表大会复会的当天上午。尽管大气候对国民党右翼不利，而且共产党方面也已经研商数次，拟订了应对方案，善于指挥战斗的方瑞麟还是知难而进，代表着一种极端而坚决的意见，大步登上主席台，慷慨激昂地开了腔。

他说："本代表紧急提议，在国民党章程总章第一章第二条之后，务必增加一款条文，内容为：本党党员不得加入他党。为什么？理由当然很简单，一个党员，只应有一个党籍！"

说到这里，他马上听见了台下的掌声，先是稀疏的几下，然后噼里啪啦一阵，再后来更加势众，像是燃放了一串长长的百子鞭。

于是方瑞麟说下去，说得更加来劲："如果有了一个以上党籍的人，那么，他就必须脱离一个！鱼和熊掌，岂可兼得？天下没这般好事。他的选择很简单，要么，加入这个党，要么，加入那个党，不得骑墙！不得跨党！"

会场又是一片掌声，有人大声叫好。

林森从主席台的座位上站起来，走了几步，走到当日大会主席胡汉民身边，郑重提醒："此提案，若有十人以上附和，应予成立！我看可以成立了，胡汉民主席想必也听见了如此密集的鼓掌之声了。"

胡汉民于是宣布："广州特别区代表方瑞麟之本党党员不得加入他党提案，附和者已达十人，宣布成立，可予以辩论！"

一听大会主席这般宣布，会场顿时一片喧杂。张继、邓泽如、戴季陶均作鼓动之状，其中尤以黄季陆的声音最大。

黄季陆尖声说："共产党有了党，为什么还要混入本党？跨党之害，就是亡党之源！这个提案提得好，必须通过！"

张国焘低声骂了一句："浑小子！……"

毛泽东凑过脸去，对他耳语："沉住气。"

"我本来就沉得住气。他们不要我们，我们当场就离开！对这种党，我本来就不感兴趣。"

"不，我们要据理力争！"毛泽东目光炯炯。

"争吧，争吧！"张国焘叹一声。"好了，李先生该发言了。"

李大钊的发言是早就准备好的，他不慌不忙举起手，说："胡汉民主席，我要求发言。”

然后他就走到了主席台的中央。他和蔼地扫视了一下全场。他很明白，现在到了非常时刻。他的两撇很有特色的浓浓黑黑的胡子，现在已经挂上了中国最主要的两个革命政党的目光，这些目光将会随着他的胡子一起振动。

“主席同志，各位代表同志，”李大钊清清嗓子，举起手。会场渐渐安静下来。“本人原为共产国际共产党员，此次，偕诸同志加入本党，是为服从本党主义，遵守本党党章，参加国民革命事业，绝对不是想把国民党化为共产党，乃是以个人的共产国际共产党员资格加入国民革命事业，望诸前辈同志指示一切。”

李大钊停顿了一下。

会场鸦雀无声。

李大钊知道自己恳切的态度已经发生了作用。这不是他个人的恳切，是一个政党的恳切，于是他继续说：“我们加入本党的时候，自己先从理论上、事实上作过详密的研究。本党总理孙先生亦曾允许我们仍跨共产国际在中国的组织。所以，我们来参加本党而兼跨固有的党籍，是光明正大的行为，不是阴谋鬼祟的举动！”

听到这里，林森闭上了眼睛，他已经明白李大钊完全是有备而来，对方的手肘已储备了扭转乾坤的力量。

张继则瞪圆双目，邓泽如攥紧了手掌。

而中共代表们的神情都有所松弛，他们从整个会场聚精会神的状态中捕捉到了一种正在起变化的情绪。瞿秋白开始微笑，李立三显得自信，而毛泽东则自始至终细察全场，等待着自己的出击时间。

一定要选准时机，要沉住气，毛泽东这样叮嘱自己。

台上的李大钊继续发言，语气更加恳切：“同志们！我们加入本党，是几经研究、再四审慎，而始加入的，不是糊里糊涂混进来的。我们是想为国民革命运动而有所贡献于国民党的，绝不是为个人的私利与团体的取巧，而有所攘窃于国民党的！”

李大钊发言完毕，走回自己座位时，会场还一片安静，继而才掌声轰起。很明显，代表们普遍地被打动了，不少座位都在交头接耳：“在情在理，在情在理。”“容共也没什么不好，不积小流，无以成江海嘛。”

廖仲恺紧接着发言，他由于深受李大钊讲话的感染，所以情绪也格外激动："本人第一要问：我们的党是什么党？是不是国民党？第二要问：我们的党是否有主义的？是否要革命的？如果对于我们的主义能拥护，革命能彻底，则一切皆可不生问题。此次，共产党员的加入，是本党的一个新生命！在座诸君如果不以为然，请先闭目静思：他们的用意究竟是什么？很显然，共产党不是来拖累我们的，是来与我们国民党同做革命工作的！是不是这样，请大家思之！再思之！"

全场响起掌声，这次的掌声又热烈了许多。

大会主席胡汉民说话了："我看，也没什么太大的争执，主要是有的代表怕违反本党党义。这种顾虑嘛，也有道理，不过，只要申明纪律就可以了，似不必在党章上增加条文。诸位代表还有什么意见？"

邓泽如走到方瑞麟身边，两人紧急会商，黄季陆见状，也起身赶过去参加。

这几位代表眼看又像是要提出什么动议。

是时候了，毛泽东眼一亮，此时不抽出快刀以斩乱麻，更待何时？

于是毛泽东迅速起立，他的高而瘦削的身影在会场里很是引人注目。

毛泽东用他高亢的湖南腔，冲台上大声喊："主席！主席！三十九号发言！"

会场迅即安静了。前排的邓泽如、方瑞麟与黄季陆不约而同地回过头来，看着站得笔直的共产党方面的代表毛泽东。

坐在后排边缘的列席代表蒋介石，也注意地看着这位姓毛的共产党代表。他只能看着毛泽东的后脑勺。这也是他第一次与毛泽东相见，而且一时间看到的还只是背影。至于这个毛泽东后来会成为改变自己人生轨迹的一个最重要的人物，蒋介石是无论如何也没法预见的。

这一刻，主持会议的胡汉民身体前倾，注视着台下。他已经看清了如礁石一般挺立着的毛泽东："三十九号代表请说！"

毛泽东大声说："本席坚决主张：本案观点已清楚，停止讨论，立即付诸表决！"

大会执行主席扫视全场，思考了一下。这时候他没有看见会场里还有什么代表举手提出动议，尽管整个会场都在交头接耳，嗡嗡嘤嘤一片。

"好吧，"胡汉民说，"现在付诸表决。赞成中国国民党党章不再加入其他条文者，请举手。"

顿然间，手臂林立。

绝大多数国民党代表都表达了拥护国共合作的原则立场。

这是一个重要的历史时刻。

历史的三岔路口，虽然没有路标，但是中国的两个革命政党毅然于 1924 年的 1 月挽上了手，选择了同一个方向。

“中国国民党党章，表决通过！”胡汉民这样说。他说的时候声音很大，他知道他说的是一句雷霆万钧之言，这句话孙先生是非常爱听的，虽然孙先生此刻并不在主席台上。

当然，从内心说，胡汉民对国民党容共也是有所顾虑的。他很怕共产国际，知道这是个威力无比的王国，他甚至想向孙中山建议成立一个“民族国际”，由中华民国牵头，拉菲律宾这样的国家一起参加，在国际上靠拢英美，以与共产国际造成鼎足之势。这些念头像闪电一样从他心间掠过，但是他脸面上仍保持微笑，他与全场代表一起鼓掌，甚至还转过身去，伸出手，迎向李大钊，表示祝贺之意。

胡汉民与李大钊紧紧握手，廖仲恺也来加盟了，三双手握在一起。这是公元 1924 年 1 月 28 日上午。共产党的掌心贴着了国民党的掌心，两党的掌中均有热汗而无利器。

毛泽东后来在一篇文章中写了这样一段话，非常简练地点明了国共两党第一次合作的意义所在，毛泽东是这样说的：“由于两党在一定纲领上的合作，发动了一九二四年至一九二七年的革命。孙中山先生致力国民革命凡四十年未能完成的革命事业，在仅仅两三年之内，获得了巨大成就，这就是广东革命根据地的创立和北伐战争的胜利。这是两党结成了统一战线的结果。”

在上海的陈独秀后来也详细地了解了大会的全过程。他对李大钊入情入理的发言和毛泽东审时度势的提议特别赞许。他后来对瞿秋白说：“润之这个人一定读过许多兵书，特别精通出击的时机。不被人打倒其实很简单，只需懂得何时出拳何时收拳即可，但做好这条也是最难的。我这个人就是容易被人打倒，鲁莽之徒和迟钝之徒总是要倒在地上的。”

会议结束那天，瞿秋白兴冲冲穿过旅馆走廊，推开毛泽东寝房的门，见毛泽东正在收拾衣裤毛巾，不由一愣：“润之要去澡堂子？”

毛泽东抬头说:“国民党这个代表大会开得酣畅淋漓，冷汗三身，热汗三身，晚上哪有不洗澡之理!”

瞿秋白来了兴致:“我也跟你去澡堂子!”

“我选的澡堂子，不是你去得的。”

“润之去得，我怎么就去不得?我今天出的汗，不比你少!”

毛泽东见他态度坚决，便将他领到了珠江岸畔。瞿秋白吹着阵阵凉风才明白过来，毛泽东的澡堂子是什么地方。

扑通，一声水响，毛泽东跳下去了。

毛泽东在水中哈哈大笑:“你既名秋白，为何不做个浪里白条?”

瞿秋白伸手试水，打个哆嗦:“彻骨之寒!”

“珠江可是中国最热的一条江喽!广东再不热，中国哪里还热?”

瞿秋白听出来了，毛泽东还在为中国南方的革命形势而激动。两党一联手，南中国眼看就要空前猛烈地燃烧起来了。

哗，哗，入水者的击水之声富有节奏。瞿秋白犹犹豫豫脱了鞋，试着站到水中，只一忽儿便抽脚回到了岸上。

“润之啊，”瞿秋白说，“我的汗出得再多，也不想洗这种天下最冷的澡堂子!”

毛泽东在水里笑，笑几声之后，扎一个猛子，不见了。

瞿秋白等着等着，忽然恐慌起来。他好几回推推眼镜冲江里看，黑色的江水始终平静无波。

“润之!润之!哎哟，这可怎么才好呢!润之啊!”

他围起手喊，喊了好几声，才见远处暗黑的江面上，有颗脑袋露了出来。

“痛快也!一下去就见到龙王爷了!”那颗脑袋在笑。

“还龙王呢!”瞿秋白的眼镜反射着清冷的月光，“龙王怎么没留你啊?”

毛泽东一步步走上岸来，在寒风中抖落一身水珠，说:“都什么时候了，龙王爷能留我吗?龙王爷说:大海之深，乃天下之水汇也!如今，天下之水均已汇集珠江，中国马上要掀革命巨浪，你们国共两队人马不赶快携手行动，还等什么?”

“是啊是啊，”瞿秋白说，“国共合作，大地春回，眼见中国的地气就动了，我也是激情难抑啊。润之，我还写了首诗呢!”

毛泽东用毛巾擦身:“念来听听!”

“万郊怒绿斗寒潮，检点新泥筑旧巢。我是江南第一燕，为衔春色上云梢！”

“好个江南第一燕，壮士才情，皆在燕翼之中！咦，我的衣服呢？”

“在这儿！”瞿秋白解开衣襟，将毛泽东的内衣从自己怀中取出。原来瞿秋白一直在用自己的体温捂着游泳者的内衣。

“快穿上，”瞿秋白说，“其实我知道，你是冷的。”

毛泽东感动了，一边披上带着瞿秋白体温的衣服，一边晃着头说：“知我冷暖者，大有人在，长沙有开慧，广州有秋白啊！”

“我还知道一件事。”

“什么事？”

“刚才龙王爷的话，句句都不是龙王爷说的，是你毛润之说的！”

毛泽东哈哈大笑，笑过一阵，说：“真的，秋白，作为共产党员，我们要趁国共合作之势，赶快让中国的工人运动和农民运动都掀起排浪来！我这两天一直在考虑这个问题！你想做江南第一燕，我也想做江南第一燕啊！燕子多了，中国自然就大地春回了！”

蒋介石嫌冷。

“太冷！”蒋介石皱着眉头喊，“再加！再加！”

蒋介石躺在黄埔军校办公楼大卫生间的白瓷浴缸里，头枕一块毛巾，不住地喊冷。

副官把一只热水瓶里的热水加入浴缸。副官倒得很小心，让热水由边沿淌入浴缸，以免烫伤入浴者。

蒋介石感到热了不少，但嘴里仍嘟嘟哝哝：“真是寒入肌骨！”

他不能不寒心。自国共两党党内合作之后，中国共产党人尽力帮助国民党整顿和发展组织，动员大批工人、农民、学生加入国民党，使国民党在短时期内，从分布于南方小块地区的资产阶级、小资产阶级政党，发展成为遍布全国各主要地区的具有各革命阶级联盟成分的新型资产阶级政党，同时，广泛发展的工农运动，也壮大了中国共产党自身。

蒋介石看在眼里，凉在心里。这几天，他老是做着访苏的梦，梦中所溢，并非友谊之酒，而是那份贬损国民党内部文件的字字句句、练兵场上那种可怕的杀声、托洛茨基接见他时那种冷冷的目光。

浴缸里的水又凉起来，但是蒋介石不再吩咐加热水，他觉得身体凉一点，有助思考。他在思考辞职事项。

有些事情不舒服，不舒服的差事，是做不下去的。他琢磨，提出辞职，当是改变现状的一种有效的手段。1 月 24 日，孙中山组织成立“陆军军官学校筹备委员会”，任命他为筹备委员会委员长，他起始觉得有用武之地，但后来发觉无孔不入的共产党在筹备阶段就介入太深，而与共产党穿一条裤子的廖仲恺哪方面都要置喙，关键是孙中山又对廖仲恺言听计从，这就使局面复杂了，筹备委员会委员长的决断权根本无法保证，日后的校长必定也是难当的角色，既有人处处掣肘，不如趁早走人，他蒋介石可不是随人捏的面团。

他知道孙中山最终还是会要他回来操办军校的，除了他，孙中山一时找不出合适的人选。两党合作创建陆军军官学校、组编革命军以北伐统一中国，毕竟是孙中山的夙愿，而他在永丰舰上救驾孙中山的蒙难岁月，早已使孙中山对他的忠贞与军事天才深信不疑。更早的时候，他在粤军任职期间向孙中山呈报的《今后南北两军行动之判断》《粤军第二期作战计划》都曾引起孙中山的赞叹，称他为军事奇才，所以，孙中山是决计离不了他的，最后是非让他回来不可的，此时打一打辞职牌，必有助于日后的行事。

他喊：“来人。”

他躺在浴缸里，闭着眼，开始拉着嗓音面授辞函，由外间的副官录写成文。

“前蒙总理委办陆军军官学校，自维愚陋，不克胜任，请另选贤能接替，所有该校筹备处，已交廖仲恺同志代为交卸，以免贻误党事！——写完了吗？”

“写毕。”副官应。

“明日的轮船票买好没有？”

“买好了。”

蒋介石从浴缸爬出，擦身。他的身板瘦削而挺拔。

“准备行装，我明日就动身去上海。你把辞呈送到大元帅府，我的行踪，哪个都不要告诉！筹备处的人，发遣散费。邓演达、叶剑英什么的，统统叫他们回去！”

“是！”副官说。副官果然于第二天把蒋介石的辞呈准时递到大元帅府。

孙中山看过辞呈，喝了一半的桂圆汤就喝不下去了。

“达令，”他对宋庆龄说，“西游记里那个沙和尚，论本事，比齐天大圣差多了，但是沙和尚有一大优点，就是从来不撂挑子，也没有个水帘洞可以三番五次逃回去。”

宋庆龄劝丈夫不必心焦。

“他怎么说撂挑子就撂挑子了？”孙中山还是很大声地说。被临时召来的廖仲恺从宋庆龄手中接过一杯热茶，端坐着，不吱声。

孙中山说：“广州蒙难之时，他是一呼就到。如今百事待举，他倒是不辞而别！”

宋庆龄说：“有句老话，‘死了张屠夫，不吃混毛猪’。蒋中正同志不肯挑，别人也不一定担不起来。仲恺，你是军校党代表，你说是不是？”

“死了张屠夫，不吃混毛猪”的道理，孙中山当然是知道的，但叫谁去创办军校，孙中山很费心思。军校是革命复国、实行三民主义的希望，兹事体大，非派最忠于革命又最精于军事的才俊去主持不可。他曾经列过一个不下十人的名单，但后来一个一个都画去了，最后只剩下两个名字，一个是四十岁的尹昌衡，一个就是三十七岁的蒋中正。尹昌衡自是不消说的，早在日本士官学校就读时其人就参加了同盟会的秘密组织“铁血丈夫团”，辛亥革命时又被举戴为四川都督，十一年前以“中华民国平叛征藏军总司令”之名仅率五千川军就大败十万叛乱藏军，吓得六世达赖慌忙取消西藏独立，举国欢庆，其军事天才无可匹敌，但后来被袁世凯罗织罪名关入陆军监狱，可能关得失了锐气，昭雪之后沉迷于做学问，又想蒙孙中山之邀南下主持军校，又想离开政治旋涡回四川老家深究佛道，犹豫再三，三月不至广州，这样，就迫使孙中山最后选了蒋介石。

除了蒋中正，真的还没有人可以堪此大任呢。

孙中山为此事的烦恼，可以想见。当然，他也认为蒋介石的撂挑子，并不是冲着他来的，更不是对北伐复国或者三民主义信念的动摇，他是有自己的担心，这种担心，自他从莫斯科考察回来后孙中山就明白了。

蒋中正的内心，还是对自己忠心耿耿的，孙中山这样想，无非是这位小兄弟有一时的意气。

廖仲恺此时见宋庆龄问自己，由于考虑到蒋介石的情绪或多或少牵涉到自己，实在不便于开口，就说唯听大元帅裁示吧。

廖仲恺在离开之前，只听大元帅敲着乌檀木桌子这样明确地说：“党军，我是一定要建的！军官，我是一定要培养的！我不能再依靠小军阀打大军阀，这是个基本道理，这是国民党生命所在，也是三民主义生命所在！仲恺，蒋介石不当筹备委员会的委员长，你就去代理这个委员长，你马上去黄埔开会，你给我维持住！遣散费，不准发！教官，不准散！”

于是廖仲恺当即就赶去广州南堤二号的黄埔军校筹备处，召集起一个紧急会议，将十余位已经报到的教官叫在一起。这些教官中，有不再带兵一心想搞教育的邓演达，也有二十六岁的原粤军二师参谋长叶剑英。

廖仲恺说：“蒋先生虽然走了，但是你们大家要了解，黄埔军校，不是某个人想办的，是党要办的，而且是一定要办成的！”

邓演达说：“代理委员长同志，你讲到点子上了！”

廖仲恺说：“你们中间不少人，是蒋先生请来的，你们应该以‘君子爱人以德’的态度，帮助蒋先生。如果党要办，蒋先生说不要办，或者因此办不成，那么，蒋先生要开罪于党。将来，他如果想回来参加革命，怕也很困难了。所以，在座诸位都不要走，筹备处一切工作，照常进行！”

邓演达递出一只信封，扔于桌上：“我交还遣散费！”

叶剑英也递出一只：“我也交还！”

十几只信封啪啪啪先后扔在会议桌上，扔的手势都很重。廖仲恺摸摸这只信封，摸摸那只信封，一时间很有些感动。

他沉默了片刻，轻声说：“请允许我代表孙先生，在这样的困难时刻，谢谢诸位同志！”

他的眼里，泪光闪闪。

这样的泪光，是真诚的。

第13章

黄埔学员出枪操练，湖南农民押人游街

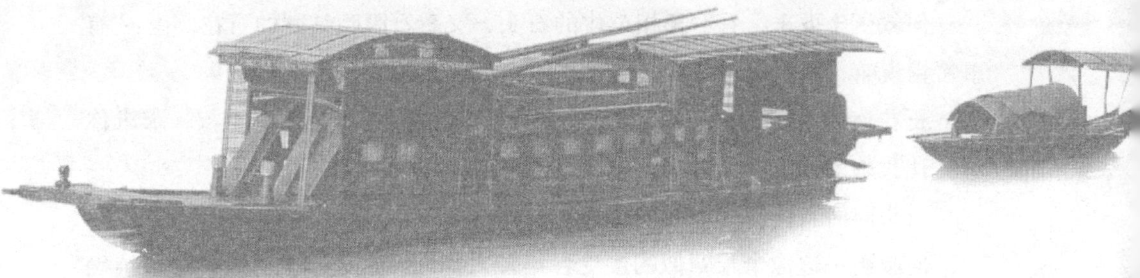

泪流满面的石花带着垂头丧气的弟弟，一路啜泣着，直奔清水塘而来。有人告诉了他们一个地址。

这是毛泽东在长沙城外清水塘的租宅，虽小，却隐蔽，因而进出很忙。

开会多，访客多，商议多，毛岸英的哭闹声也多。

到了 3 月，更忙。毛泽东常不在家，有另外的人在这里办公。

长沙 3 月，已是池塘生春草，泪流满面的姐弟俩走得趺趺撞撞，杂花乱草踩了一路。

在走近这幢瓦房的时候，姐弟俩一齐缓了脚步。黄埔军校在各省区招募学员，是非常保密的，这一条，他们明白。告诉他们地址的好心人再三说，进毛先生家之前，最好先两边看看，没人了再进去，别惹人眼。

何叔衡听见了脚步声，探头出房，立即把哭泣着的石花及其弟弟拉进房内，复又探头，警觉地看看周围有无动静。毛泽东虽已去上海中央机关工作，难得回清水塘，但这个清雅之屋，仍是中共湘区执委会的联络场所，湖南的同志是十分精心地维护着的。

何叔衡坐下来，看看长相英俊的石头，又看看眼睛红肿的石花，说："有事慢慢说嘛，眼泪鼻涕一大把的，也不怕人家起疑心？"

石花连说对不起，然后用她的无牙之嘴含含混混说："何大叔，求求你了，让我弟弟扛枪吧！石头，你怎么木头似的，快向大叔鞠躬呀！"

石头向何叔衡深鞠一躬。石头的心此刻真的非常迫切。

何叔衡一边像个长辈似的接受着年轻人鞠躬，一边心里打鼓。这事情确实是难，毛润之派的名额太少，湖南青年性情又特别刚烈，争着要当扛枪打军阀的革命军，这情势真个是又喜人又急人。何叔衡把住在对门的杨开慧叫过来，让她暂时安顿一下石花姐弟，以便自己喘口气。

石花姐弟跟着杨开慧走了之后，何叔衡便走入了里屋，屋里早已候着十余位青年人，这些穿着长衫和短衫的小伙子都是经过了何叔衡眼睛的初选合格者。

何叔衡郑重地在桌上排开一叠船票，对青年们说："你们到上海之后，找着环龙路四十四号，那里是国民党的上海执行部。你们直接找毛润之先生，江南各省的复试由他负责。复试通过者，再去广州考试。"

"比考状元还难哩！"有人叹气。

"你们考的就是状元，武状元！"何叔衡点点小伙子的鼻子，开始分发船票，"比我当年考大清秀才，那是要难上十倍。考军校，当革命军的军官，那是天底下最光彩的事情！都给我认认真真考，听见没有？黄埔军校若能取更多的三湘子弟，你们长脸，我何某人也长脸！若考不取呢，你们也把心给我放宽了，你们不必顾我这张老脸，也别懊恼，为什么呢？因为哪儿都能革命，明白吗？"

大家都说明白。

何叔衡说的这些话，石头耳朵尖，在隔壁都听见了。听着听着，便觉丧气，痛感自己读的书少，这个月请轿店隔壁的魏老师突击教授数学，也往往是十题错四题，难以长进。

杨开慧抱着一岁半的毛岸英，再三安慰石头说："石头啊，我三年前坐过你抬的轿子，哪怕只抬了几步路，也算是你帮着抬了。你那天是帮我往毛润之那里抬，你说，我今天能不帮你往毛润之那里抬吗？"

石花一听这话，就看见了希望，在弟弟肩上打一掌说："就是，就是嘛！"

何叔衡掀帘进屋，笑呵呵地说："石头啊，你在我表侄的花轿店里做了两年工，我表侄教你读了《三字经》《弟子规》，你姐姐又是当年驱张请愿团的同志，你说，我这个胡子大叔还能不使劲帮你吗？"

石花一听这话，高兴得又想哭。

何叔衡坐下来，伸出修长的指头，细细为石头分析利弊。他认为石头文化底子尚可，为花轿店写的几副楹联都能见其底气；数学功夫差一点，但也过得去，心算尤其好，加减乘除都是一眨眼的工夫，去年还改进了轿杠子，用的就是杠杆原理，这杠杆原理可小觑不得，属于几何学理，世上很尖端的东西。只是石头有一种毛病，为当兵之大忌。何胡子叹息着说："石头啊石头，你打呼噜地动山摇，我虽未吃过一天兵粮，可也知道这呼噜对于军营是个大忌讳。呼噜者入了兵帐，还不把军营给震坍了？你就是过了我胡子这一关，又怎么过润之这一关？润之这人一向不徇私情，一是一，二是二，连洞房花烛夜都不肯给新娘子一个承诺，开慧是最晓得的，开慧你说是不是？”

杨开慧说是，润之不好对付，他是一定要对黄埔军官学校负责的，不会徇私情，可是现在看看石头和他的姐姐，为父报仇无门，也是可怜。

石花一听到“报仇”二字，眼泪就像断了线的珠子，她口舌不清地对何叔衡说：“何大叔知道我爹我妈是怎么死的，知道我满口牙齿是哪个打掉的，我弟弟这辈子若不能扛枪报仇，我死不瞑目，他也死不瞑目呀！”

杨开慧忽然想出一个主意：“石头，你复试的时候，硬是撑着晚上不闭眼行不行？不闭眼，就没呼噜。”

石头急忙说：“那成，那成，不闭眼还不成？一定成！”

何叔衡说：“到时候只怕你眼皮重如泰山。瞌睡虫这东西，小虽则小，就是不能上眼帘，一上眼帘，那帘儿就得掉，一掉，硬是没的法子。”

他说着，便摸出最后一张船票，晃摇着，盯视着，半天不给人。“这一回，军校招生要求高，我只怕润之说：何胡子啊，长沙这个月吹什么风啊？你胡子怎么乱长了，往上长了，长得把眼睛都遮瞎了？”

听得这话，石花双手捂脸，肩膀又抽搐起来。杨开慧看得难受，忙对石花说：“你莫哭，我看出来了，何大叔这最后一张船票绝不是留给他自己的，大叔心善，他会成全石头的。”

何叔衡站起来，走到门外，从屋檐下拔落一根红辣椒，连同船票，一起交给石头。何叔衡说：“石头，记住，考试之夜，你整夜都嘴里含辣椒，辣得流一夜眼泪你也别给我吐出来！”石头一听就明白了，说那我就一定睡不着了。

石花跳起来，打一拳弟弟：“还不谢何大叔！”

石头赶紧鞠躬：“谢何大叔！”他回家，当晚就试了这法子，还果然灵，三只辣椒含在嘴里，口腔如火灼着，第二天嘴角边就起了个疖子。姐姐心疼，弟弟说：“姐，你想想地下的爹娘，心就不疼了。”

石头到了上海，复试还顺利，许多人陆续淘汰回籍，就没轮到他。石头几次想去拜见考官毛泽东，但是不敢，一则是见长官忙，二则也是怕自己弄巧成拙，给长官落个不好的印象。但是复试的第三天晚上，毛泽东却认出这个考生来了。

那是后半夜了，毛泽东与邓演达巡游考生宿舍。办公楼里几间宽大的屋子都临时腾空了，铺起草席，安排长江流域各省推荐来参加复试的考生住宿。身为黄埔军校筹备处教练部临时主任的邓演达，是专程来上海担任主考官的。负责学生复试的国民党上海执行部组织部秘书毛泽东，这几日一直都陪着他。邓演达退走了几个纨绔子弟，下手毫不犹豫，但他对长江流域各省考生的整体质量还比较满意。

"择生，这房间住的是浙江、安徽考生。那边，是我老家湖南的考生。"毛泽东边走边指点。

"湖南好像人数不少。"

"三湘子弟，报国心切，来了十八位哩！"

邓演达停了步："什么声音？"

鼾声。

毛泽东也听见了。鼾声如风，如石，如雷，每一个回合都是相同的节奏，听得人心惊肉跳，而且，非常明显，鼾声就出自湖南考生的寝房。

邓演达入房，伸手，按亮了灯。光线和响动使许多考生都睡眼惺忪地坐起来，唯有屋角的一个考生，依旧仰天安睡，嘴巴半开，将阵阵滚雷从自己喉中送出。

邓演达与毛泽东走到他跟前，慢慢蹲下。这名考生毫无反应，照旧呼呼大睡。

邓演达看出了名堂："这是什么？"

毛泽东顺着邓演达的目光，从石头半开的嘴边一拉，便拉出了一只咬裂的干红辣椒。

"呵！"毛泽东失惊，"我算是会吃辣椒了，谁知天下还有这等口含一夜辣椒之人！"

石头惊醒，跃起，忽然心生恐惧。怎么能不恐惧呢？他眼前晃动着邓考官和毛考官两张大脸。

"你叫什么？"邓考官这样问他。

"回邓考官，我叫石头。"石头的心快跳出喉咙了。

一地考生都坐了起来，一张张脸都吓得发白。

"石头，对了，"邓演达说，"卷面成绩勉强及格的，就是你？"

“回邓考官，是。”

“把辣椒吐净了，漱漱口，然后再睡，睡醒了，回湖南去。”

石头如遭雷击，一下子呆了，然后就呜咽起来：“邓考官，我……我要当兵杀敌啊！”

邓演达起身就走，仿佛没听见。邓演达觉得这没什么好商量的。石头跳起来，忽然就在邓考官身后跪倒，并且跪行了几步，大声号啕起来：“邓考官啊！……”

邓演达早已消失于门外，头也没有回。

毛泽东说：“莫要哭。一哭，大家都睡不好。”

石头捧住自己的脑袋，拼命抑止自己的悲伤，他记起了何大叔关于瞌睡虫的话，他恨虫子也恨自己，归根结底还是自己不争气。他看见房间里所有的考生都在呆呆地望着他，所有的目光都是愕然和惋惜。

石头呜咽着告诉毛泽东，自己的呼噜其实没有很响，伙伴们其实都睡得很好，没有受多大影响。毛泽东叹口大气，惋惜地拍拍他的肩说：走吧，到我房里去坐一坐，我看你今晚也睡不安生了。

毛泽东走回他在上海执行部的临时住房，吩咐工友烧两碗面条。

“吃吧。”毛泽东亲手把葱花面端到这位不走运的考生面前，“小兄弟，这是我第一次吩咐煮面条不加辣。你的舌头整个都是一根红辣椒了，再不能辣了。”

石头捧碗吃面，眼泪扑簌扑簌流到碗里。

“不要难过，回到家乡，也能革命嘛。”

“毛团长！……”

“怎么叫我毛团长？”毛泽东奇了，“我不是团长。”

“你是团长，我姐姐一直叫你毛团长。”

“你姐姐是？”

“石花。她跟你去北京驱逐张敬尧的，她说她是团员，你是团长。”

“没了牙齿的石花？她是你姐姐？”毛泽东一下子明白了。

“毛团长，你知道我爹妈是怎么死的吗？都是张敬尧的兵害死的。我爸死在他们车轮底下，我妈死在他们枪口前面。我原先睡觉哪有呼噜？自从我在爹妈的坟上哭了整两天，喉咙就沙了，就哑了，夜里睡觉，喉咙也像卡着什么，一直呼噜呼噜。”

毛泽东望着这个小伙子，心里难受。

“毛团长，我知道我不能参军，我会害大家睡不着觉。可是我不甘心，毛团长，我只想扛枪杀敌呀！我不是想吃兵粮，想做官，想出人头地，我只想复仇啊！为天下穷人复仇啊！毛团长，我会迎着敌人的子弹冲锋，我一丁点儿都不怕死！”

“含辣椒，不睡觉，何叔衡教的法子？”毛泽东猜出来了。

石头点点头，说：“我偏不争气，眼皮只撑了两晚。”

毛泽东说：“毛团长再教你一个法子。”

石头抬脸，诧异地看着毛泽东。

“先把眼泪擦了。”毛泽东说，“以后到了军队，别睡营房，跟长官求求情，睡走廊上去，这样呼噜就减一大半了。或者，等弟兄们都睡着了，你再合眼。”

石头惊喜了：“我……我还有希望参军，毛团长？”

“也说不定，我去跟邓考官说说看，邓考官可是个黑脸老包哩！”

石头就是这样通过的上海复试，毛考官起了很大的作用。湖南籍考生一共只取了三名。之后，在广州的总复试中，石头也勉强过关了，过夜这一关，还是用何大叔教的法子，尽管他舌头的两侧都起了大泡。

石头穿军装的模样是很英武的。

他穿着黑靴子，戴着白手套，规规整整站在黄埔军校校旗下的这一天，是 1924 年 6 月 16 日。这一天，石头的身份是军校开学典礼的护旗兵。

在铜管鼓号队昂扬的军乐声中，石头看见了他仰慕已久的孙中山。孙中山走进军校大门，一路招手，神采奕奕。军校大门两侧，高挂意气风发的对联：“升官发财，请走别路；贪生怕死，莫入此门。”

孙中山走过石头面前的时候，还似乎向他点了点头。孙中山满脸春色。这个 6 月 16 日，不仅对石头而言，而且对全体国民党员而言，甚至对全体共产党员而言，都是一个极其振奋的日子。孙中山之所以选定 6 月 16 日，是因为他记起了两年前的那一天，那天是陈炯明炮轰总统府的日子。

黄埔军校共录取学生三百五十名，备取学生一百二十名。孙中山兼任黄埔军校总理。蒋介石在打了“辞职”牌、发了一通脾气之后，仍然听从孙中山的召唤，回军校担任校长。孙中山再三表示最充分地信任他，蒋介石觉得自己的目的也是部分地达到了，再摆架子未必有利，所以雷厉风行地上了任。

当然，他面对的仍旧是两党办军校的格局：军校的国民党党代表为廖仲恺，总教官是何应钦；政治部主任是戴季陶，副主任则为周恩来；李济琛、邓演达分别为教练部正、副主任；王柏龄、叶剑英分别为教授部正、副主任。

对于这种格局，孙中山是很满意的。现在，孙中山看着面前站得整整齐齐的一个又一个军容威武的方阵，心情特别畅快。他今天演讲的题目是《革命军的基础在高深的学问》。

他说话的时候，身穿崭新军服的蒋介石、戴季陶、张申府、邓演达、叶剑英始终站在他身后，一律气宇轩昂。

站在台上的，唯有两位未穿军服：一位是廖仲恺，依旧一身白色西服；一位是站在孙中山左侧的宋庆龄，上穿素花中式大襟女衫，下着黑色长裙，朴素而大方。宋庆龄听着丈夫大声讲话的时候，也一直想着两年前的这一天晚上，她是怎么装扮成农妇在炮火底下逃来逃去的。她想，枪与炮，对一个革命的政党来说，真的是必备的东西。

“我们今天要开这个学校，是什么希望呢？就是要从今天起，把革命的事业重新来创造，要用这个学校内的学生做根本，成立革命军。诸位学生就是将来革命军的骨干。有了这种好骨干，成了革命军，我们的革命事业便可以成功！如果没有好革命军，中国的革命，永远还是要失败！所以，今天在这里开这个军官学校，独一无二的希望，就是创造革命军，来挽救中国的危亡！”

当晚，宋庆龄对丈夫说，你有了一个共产国际来支持你，又有了一个军官学校来撑住你，你两只手臂就全了，我看，你能完完整整当个中华民国总统了。孙中山说，我甚至想好中华民国首都定在哪里了，我不想在北京，我想在武汉，武汉为九州通衢，国之中心，在那里吆喝一声，东南西北都能听见，你说是不是？

宋庆龄把脸埋在丈夫胸前。她听见了咚咚跳动的声音。她笑着说：“达令，我听见首都了。”

6月16日，是孙中山夫妇特别伤心的日子，也是孙中山夫妇特别开心的日子。

毛泽东一家人顶着6月的太阳走路，他们往一条窄窄的里弄走。

杨开慧一手抱着出世才半年的次子毛岸青，一手挽着老母亲，东张西望，对大上海充满新奇。是毛泽东坚持要她来上海住的。毛泽东时任中共中央委员兼中央局秘书、中央组织部长，忙得不可开交，一忙，他就不愿意他的开慧老是待在长沙城小吴门外了。再说，他也特别想念他的两个儿子。快来上海吧，他写信给杨开慧说。

他现在落在杨开慧后面十来步，满头大汗。他的落后有着明显的原因：一手牵着近两岁的蹒跚行走的大儿子毛岸英，一手提着两只箱笼，腋下还夹着一只大花布包袱，他整个人都歪了。

毛泽东喊："就这里！就这里！用那只铜钥匙开门！"

杨开慧放开母亲，取出丈夫给她的那把铜钥匙。

这里是英租界，慕尔鸣路甲秀里，毛泽东选了个闹中取静的住所。

"妈妈就住这一间，岸英可以跟外婆住。"毛泽东进门之后，连续地打开房间，"这是大卧房，我们带岸青住。"

杨开慧发现了一个问题："这是什么？"

门边，并排摆放着三个红色木桶。

"马桶。"

"怎么那么多？"

毛泽东呵呵笑，说："我毛泽东从今天开始，可是大家庭的家长啦，我原先还打算买六只哩！"

杨开慧也笑："上海的马桶就是比长沙的小。"

"大城市的人，讲究进去，不讲究出来。"

听着丈夫这种不伦不类的解释，开慧直乐，还没乐几声，母亲就在一边急叫："岸青出来了！"

原来是岸青的尿布湿了。小家伙不哭，只是手脚动弹。

"哎哟，说到出来就出来！"杨开慧急忙解开包袱取尿布。

"什么出来不出来！"门外忽然响起陈独秀的大嗓门，"是润之在享天伦之乐吧？哦，好香好香！"

陈独秀闻到了尿布的味道，用手在鼻前掸掸。

毛泽东一见陈独秀就叫："仲甫，你这一礼拜又到哪里去了？怎么打听也打听不到你，真是急死人！"

陈独秀乐呵呵地说："既名独秀，独往独来，便是其中应有之义，润之何足奇哉？哎哟哟，开慧胖了！听说你在长沙讲课讲得好，上海这边纺纱女工多，开慧你也给大家启蒙启蒙。”

杨开慧说：“只怕是进了大城市，轮不到我们讲哟！”

陈独秀又指着毛泽东说：“润之，我今天要学学你的岳父给你改字了，你今后可以不叫润之，改叫润子：两年就是两个大胖儿子！”

这句话，杨开慧听得脸红。毛泽东则无所谓，他抱起乖巧的岸英，双腮亲一亲，心里甜滋滋的。

陈独秀说：“不过，还赶不上我，我已经四个儿子了，延年、乔年、松年、和年，外加一个女儿。四子一女。女儿偏也有男子气，起个大名叫作子美，也带一个子字，真可谓结结实实的五子登科！开慧你呀，你还须努力哟！”

杨开慧脸更红了。陈独秀见状，知道自己话多了，忙说，不说了不说了。

毛泽东说：“仲甫，我倒有话说。我有几件急事汇报。”

他把陈独秀引入侧室，紧闭房门，脸色也随之沉重起来。

“仲甫，我要紧急汇报五件事，也算个五子登科吧。头一件，对张国焘的营救，尚无眉目。”

一说起张国焘在北京被捕之事，陈独秀心里就痛。张国焘是跟他的女友杨子烈会面时被捕的，两人一起落入了京师警察厅侦缉队之手，时间是上个月 21 号。据说是遭受了严刑拷打，情况很不好。毛泽东告诉陈独秀，他已经两次去电北京，务请北京的同志千方百计营救，目前正在进行之中。

陈独秀连抽两口雪茄，心间略有宽慰。这时候毛泽东开始汇报第二件事。毛泽东说他有个怀疑，这第二件事是不是与第一件事有所瓜葛。这第二件事，就是京师警察厅已明令通缉李大钊，警察赶去铜幌子胡同李大钊的新宅抓人，幸亏没有逮着，李大钊已及时避往河北乐亭老家。

毛泽东低声对陈独秀说：“北京党内有同志猜测，是不是张国焘在狱中有所交代，致使李先生遭受通缉。”

陈独秀闻言，眉毛一跳，似乎是吃了一惊。

“无依据之猜测，不足为信。”陈独秀后来说。

陈独秀对张国焘是信任的，直至后来张国焘出狱，他也没有对张国焘在鞭刑之下的惶恐程度有丝毫的猜测。

毛泽东后来也不提这一茬了。他认为陈独秀的这一制止是对的，无端的猜测历来不好。一直到 1949 年北平和平解放、新中国成立之后，有人报告毛泽东一些敌伪档案的情况，毛泽东才明白张国焘在 1924 年确实由于承受不住拷打而供出了李大钊。那是一份纸页发黄的公文，题为《京畿卫戍总司令部咨请转令严拿共产党李大钊等归案讯办文》，内容是这样的："案据京师警察厅解送拿获共产党人张国焘等一案，业将审讯情形函达在案。兹经派员将张国焘提讯明确，据称：伊等以私组工党为名，实行共产主义。陈独秀为南方首领，有谭平山等辅助进行；北方则李大钊为首领，伊与张昆弟等辅助进行。北方党员甚多，大半皆系教员学生之类，一时记忆不清。时常商量党务，男党员有黄日葵、范体仁、李骏、高静宇、刘仁静、方洪杰等，女党员有陈佩兰、缪佩英等。查李大钊充膺北京大学教员，风范所关，宜如何束身自爱，乃竟提倡共产主义，意图紊乱国宪，殊属胆玩不法。除张国焘等先行呈明大总统分别依法判决外，其逸犯李大钊等相应咨行贵部查照，转令严速查照，务获归案讯办，以维治案，而遏乱萌。"

历史在掀开自己面纱的时候，于细节部位，总是撩得慢一些的，有时就要慢几十年。

而在 1924 年的那个湿热的 6 月，毛泽东向陈独秀汇报的第三件事，就是共产国际第五次代表大会的代表问题。关于这个问题，他已按陈独秀的意见，设法通知李大钊作为中国共产党首席代表，赴莫斯科开会。这样的安排，也正好让躲避追缉中的李大钊有一段更从容的时间。

"很好。"陈独秀说，"守常接到通知没有？"

"接到通知了。他将扮作一个商人，从哈尔滨、满洲里秘密入境苏联。"

"这样安排很好。"陈独秀宽了心。国焘已身陷囹圄，守常再也不能有丝毫的闪失了。

第四件事，毛泽东继续汇报，国民党内之右派势力，恐惧两党合作之后的革命局面，又取反扑之势。据我们所获消息，在这股势力之中，张继一个，邓泽如一个，最为起劲，本月 18 日，他们又上了书。

陈独秀问他们上书给谁，难道孙中山还能听他们的？毛泽东告诉他，这一回他们上的书与先前不同，竟是血书，上送孙中山和国民党中央执委，内容是再次弹劾共产党，声称"绝对不宜党内有党"。问题是这次孙中山看了血书之后，不置一言，罕见地保持了沉默。

情形似乎有点微妙。

但陈独秀还是判定，孙中山不会受这股逆流左右，说这个人是有底气的。毛泽东则再三建议，廖仲恺传来的这一消息，务必要引起中央足够的重视。

“好了好了，”陈独秀胸有成竹，不慌不忙熄了雪茄，“你要说的第五件，是什么事？”

“这第五件事，与前四件事，性质迥异。”

“快说吧，我还有要事。”

“作为中央局秘书，我也许多嘴。然而作为你的学生与同志，我还是想说。”

“说吧，说吧。”陈独秀皱眉，不知对方卖什么关子。

“仲甫，你又是一个礼拜没回家了，我看嫂夫人眼睛都哭肿了。”

“润之，你烦不烦？”

“嫂夫人找不到你，我是你秘书也找不到你，你到底住哪儿了？你一个礼拜不来中央局看文件了，我不烦心谁烦心？”

“我比你还烦心！我实话对你说，润之，我陈独秀降生于世，是为主义为事业而来，欣赏我陈独秀，就须欣赏我之事业！君曼不欣赏我的事业，我也无法再欣赏君曼。说穿了，就是这么回事！潮起潮落，月圆月缺，虽则令人感叹，终也合理！”

杨开慧忽然推门进来，冲着陈独秀说：“陈先生，你叫我去讲课，若是要讲你的这套理论，我是讲不来的。”

陈独秀听了，忽觉有些尴尬，愣了一会儿，哈哈冲天一笑，说：“哎呀呀，真叫是女承父业！你父亲一上讲台就是伦理，你跟我一见面也来论理，我陈独秀一张嘴巴，怎么敌得过两代杨家将？哈哈哈哈！”

毛泽东使使眼色，示意妻子赶紧退走。

陈独秀笑毕，用手搭着毛泽东的肩膀，认认真真地说：“润之，别再说了。无论是对中国女人，还是对中国政治，我都比你懂七倍。”

陈独秀话已至此，毛泽东也只好沉默。

又一个礼拜之后，毛泽东发火了，起因是陈独秀又失踪了一个礼拜。

在发火的前三天，毛泽东耐住性子，千方百计去找了一次陈独秀。作为中央局秘书，他知道自己的职责所在。国共两党合作之后，全国工农运动高涨，各地报告雪片般飞来中央。而北洋军阀政府的镇压与国民党右派的聒噪也不容轻视，许多状况需要及时应对，在这种局面之下，陈独秀的经常性失踪实在是不能容忍的。毛泽东这次去找陈独秀，拖了一个向导，这位向导便是陈独秀的老乡汪孟邹。高君曼透露给毛泽东说，汪孟邹不可能不知道陈独秀的隐秘住处。

汪孟邹同意做毛泽东的向导，虽然他的答应很勉强。汪孟邹戴着一顶铜盒帽，慢吞吞地走在法租界 7 月的烈日下。毛泽东步步紧跟，脸上也有豆大的汗珠。报童从他们两人之间的缝隙里鱼一样穿过，尖声喊叫："请看国民党元老反对共产党！请看广州沙面工人罢工！"

报童飞走之后，又有一个尖嘴猴腮之人迎面而来，神秘地拦住他们："先生，阿要领你们到东洋堂子和罗宋堂子白相白相？"

摆脱这个猴腮之后，再前行二三十步，走到一处里弄口，汪孟邹便止步不走了，嘿嘿一笑，搓搓手，脸上显露难色。

"毛先生，"汪孟邹不无歉疚，"不是鄙人一定不肯带你去寻，仲甫这个人的脾性，你是知道的。"

"汪先生，若不是火烧眉毛，我也不会请你出山。"

"毛先生，你的心境我知道，只是我实在不便做这种事情。俗话说，得饶人处且饶人，毛先生你还是抬抬手饶了我吧。"汪孟邹一边说，一边就招手叫黄包车。

毛泽东见他执意如此，也不再勉强，只是心头又添了一重恼。

陈独秀到底去了哪儿呢？又去扬州玩了？

三天之后，一辆黄包车在三曾里的里弄口停下，车杠放低。

闸北区三曾里是中共中央局机关所在地。

陈独秀一边从黄包车上跳下，一边还朝车上招招手。车上有一女子坐着。

所有的这一切，都叫站在二楼窗口的毛泽东瞧见了。毛泽东心里一紧：哎呀，这个委员长啊！

所以当陈独秀走上楼梯时，就看见毛泽东倒背着手，站在楼梯的顶端候着他。陈独秀注意到这位中央局秘书脸上黑云重重。

"我带来了两个香瓜，你吃。"陈独秀说。

毛泽东说："我可以不知道中共中央委员长的住地在哪儿，可是中共中央委员长也不能让外人知道中央局的驻地在哪儿！"

陈独秀将香瓜往桌上砰的一拍，强词夺理："谁知道了？"

"起码黄包车里还有一个人知道。"

陈独秀看着汁液从裂开的香瓜里黏黏地流淌出来，半晌不作声。他也感到了，这个漏子有点不大不小，确实有点理亏。

陈独秀压住满肚子的火气，低声说：“除了马林，满天下，没一个人可以在我陈独秀面前大声嚷嚷的，看来，我还得允许我的秘书对我发火。”

“独秀同志，我不想发火，我宁可你发火。说实话，这段时间，面对国民党右派的挑衅，我最为担心的，就是中国共产党的委员长不敢发火！”

陈独秀伸手蘸蘸桌上的瓜汁，像个孩子似的吮吮手指。他说：“你发那么大火，我哪还敢发火？润之，你快吃香瓜，真的甜呢。好好，我以后常来就是了。今天你是委员长，我是你秘书，行不行？”

陈独秀这么说话，还是很罕见的。毛泽东听了，不由笑出声来。毛泽东开始吃香瓜。

“好吧，”陈独秀说，“关于国民党右派的情况，你说吧，润之。”

毛泽东说：“对于国共两党合作之现状，我认为，本党实有统一立场之必要。一方面，我们要像爱护眼睛一样爱护国共合作的成果。现在国民党大发展，共产党大发展，组织工会、农会已形成全国风潮，黄埔军校也办得很顺利，北伐之基础正在形成，我们党没有任何理由不维护两党合作。第二方面，我以为，本党与国民党之合作，绝对不应是消极合作，而是积极合作。什么叫积极合作呢？也就是把主动权抓在自己手里的合作。共产党一定要把组织工人、农民、学生的实权抓在手里，这一条，共产党谦虚不得，也义不容辞。道理很明白，只有自己壮大，才能有效合作。我在家乡踩过水车，只有两只脚一样强大，一样有力，一上一下，一下一上，水车才能哗哗出水。”

“别多说了，”陈独秀说，“我们也一起来踩个水车。”

毛泽东一时听不明白。

陈独秀说：“一只脚是我陈独秀，一只脚是你毛泽东，我们两个联署，发一个中央通知，统一全党的立场！”

毛泽东忽然又觉得，陈独秀在处理大事方面，是不糊涂的，他心里可能始终有个谱。毛泽东把香瓜吃完了，也像陈独秀一样吮吮手指。陈独秀看了，呵呵笑，心里很高兴。

对于毛泽东今日的发急，陈独秀其实也是颇为欣赏的，把他调来中央真没有错，毛泽东是个称职的秘书。但是，有时候，陈独秀也会觉得，这股湘江之水奔流得太急了一点。处于舵手之位，是不能操之过急的。看来毛泽东还是显得毛躁了一些，还须用黄浦江之水好好打磨打磨。

7 月 15 日，中共中央以陈独秀和毛泽东联合署名的方式，发布了中共中央第十五号通告。通告虽声称：“我们为图革命的势力联合计，决不愿分离的言论与事实出于我方，须尽我们的力量忍耐与之合作。”但还是鲜明地指出：“须努力获得或维持指挥工人农民学生市民各团体的实权在我们手里，以巩固我们在国民党左翼之力量，尽力排除右派势力侵入这些团体。”

陈独秀在关键时刻并未放松舵柄，并且同意采用毛泽东提出的策略，终于使毛泽东松了一口大气。

就在中共中央于上海发出第十五号通告的这一天，远在法国巴黎的旅欧中国共青团结束了第五次代表大会。在这次会议上邓小平当选为执委会委员。也就是说，从这一天起，邓小平自然成为中国共产党党员。这一天晚上，邓小平在小咖啡馆举起杯子，说：“请允许我以咖啡作酒，为我的兄长恩来同志辞行。”

周恩来环视一齐举起咖啡杯的诸位同志，说：“谢谢希贤，谢谢诸位！我是不舍得走的，但是，广东革命形势大发展，北伐就要开始了，中国就要新生了，现在急需骨干回国，我不能不走，过几日，就动身上船了。希望诸位同志，坚持学习与斗争，学成之后，也立即回国投身革命。希贤，咖啡毕竟不是酒，我不干完可以吗？”

“那就喝两口。”

“为什么要喝两口。”

“一口代表你，一口代表国内另外一位同志。”

“谁？”

邓小平咬他耳朵：“一位天津的同志。”

周恩来立即放下咖啡，举起手，把邓小平的鼻子揿扁了：“好哇，你这个希贤，倒是有本事来调侃兄长了！”

其实邓小平没有说错。周恩来内心的激荡，除了国内的革命形势这一主因之外，天津的那位同志，也常使他浮想联翩。五年过去了，他不知道她出落成什么模样了，只知道她没有丝毫的布尔乔亚情结，她像一团火，敢哭敢笑敢说，她身上有一种他祖籍绍兴的那位巾帼英烈秋瑾的泼辣劲儿。

周恩来于 9 月份回到广州，不久就担任了中共广东区委的委员长兼宣传部长，后来又到黄埔军校接任政治部主任一职。他很注意在军校中发展中共组织。在军校的首期学员中，共产党员和共青团员占了十分之一，这个数目在秘密状态中还在不断地扩大。国民党“左派”人士对共产党组织的发展，也是抱有善意的，他们知道共产党的壮大对中国革命运动的发展没有坏处，因为这是一个年轻的党，年轻的党需要成长，这是正常的。邓演达对此，也是睁一只眼闭一只眼。

邓演达之巡夜，如一只猫，虽有军靴在脚，却不闻步声。作为黄埔军校教练部副主任，他经常在校区巡夜。军校学生中，酗酒狎妓者发现了好几个，一经发现他便报经学校予以除名。军校应为开封府，不留情面。

邓演达是个严格的人，他知道蒋校长也很严格。蒋校长每天 5 点钟准时起床，那时候天还蒙蒙亮，他就已经在学员卧室里闯进闯出了，大声喝令起床，有时还亲自动手，把蒙头大睡的学员从被子里拖出来。邓演达更知道，蒋校长对学员的地下党派活动，更是控制严格，一经发觉党派秘密活动，也坚决执行纪律，严惩不贷，当然，邓演达对此不以为然。

乌云遮月，一切都影影绰绰。但是，邓演达站住了。在这影影绰绰之中，他听见有隐约的脚步声传来。

邓演达突然大喝一声：“站住！”

黑影不动了。

邓演达急走几步，看清了对方。对方昂首立正，身姿丝毫不动。邓演达认识此人，这是一个训练中最能吃苦的学员，其实早在上海时邓演达便认识此人了。

石头憨厚地说：“邓主任，晚上好！”

邓演达看看树影后面亮着一盏灯的教室，心里便有数了。他知道石头是往那个小教室去。这些天，教室常在晚上开灯，有人活动，而且往往说话声音很低。

眼下，邓演达仔细观望那个教室，也看见那里有人影晃动。

“石头同学，现在，应当是你打呼噜的时候。我知道你还有这毛病，只是不再口含辣椒了。”

石头不好意思地笑笑，又点点头。

邓演达说：“不是为了怕呼噜吓着同学，才来当夜游神的吧？”

“不是。”

“那，为了什么？”

“邓主任，因为……”石头支支吾吾了。

“好了，别编什么理由了，看你这个老实头，也编不出什么理由。我知道你们是在开会。”

石头一声大气都不敢出。

“我知道你参加了共产党。依你的经历，石头同学，你也该参加。说句实话，贵党集中了一批忠勇之士，而我本人，也是非常敬仰贵党的。”

石头抬脸，望着邓主任。

邓演达的脸廓在昏暗的夜色里显得模糊，但是这张脸上，有一种很生动的东西。

石头又听见邓主任这样告诫：“只是，你们开会要小心。学校里，耳朵多。开会时间，也不要太长，别影响第二天上课。还有，碰到什么人问话，你呢，最好还是事先准备一个理由。”

石头赶快立正：“我懂了，邓主任。”

“去吧，别迟到了。”

“是！”石头敬礼，转身走了。

邓演达继续前行，没走十几步，便碰上了军校教授部副主任叶剑英。

“择生兄，感谢你的宽容。”叶剑英这样对他说。

显然，刚才一番话，叶剑英全入耳了。

邓演达笑一笑，他知道叶剑英跟共产党的周恩来关系很密切，而且听说叶剑英已经递了要求加入共产党的申请，于是他说：“沧白兄，我不是从一党之角度观察问题，而是从一国之角度思考问题。”

“哦？”

“我经常想着北京城，想着怎么叫那儿的军阀政府尽快垮台。我希望国民党壮大，共产党也壮大，两党的拳头都早日粗大起来，把直系、皖系、奉系统统打倒，让全国民众过上好日子！”

叶剑英说：“听君一席话，我忽然就明白了一个道理：怪不得择生打仗打得这么好！”

两个月之后，邓演达所时刻关注的北京局势突然就有了戏剧性的变化。

第二次直奉战争于1924年夏天爆发后，直系将领冯玉祥乘北京防务空虚，毅然回师京城，于10月23日凌晨发动北京政变，包围总统府，软禁上台不久的大总统曹锟。时局急转，由直系军阀控制的北京政府瞬间宣告结束。

北京街头阒无人迹，不时有西北军士兵一队一队跑过，几百双靴子打得街道啪啪啪响。

有一个胡同口，已经摆出了一摊子小锣小鼓，穿着大棉袍的市民开始敲打，以示庆祝。

现在，就在这样的锣鼓声中，从胡同口忽然钻出来两个人，一男一女。男的很虚弱，头发蓬乱，像个鸟窝。女的搀扶着他，无微不至的样子，也不嫌他身上那股难闻的酸臭之气。

亏得这次北京政变，被囚禁了五个月的张国焘迎来了命运的转机。

"站不住了。"他说。

杨子烈蹲下来，在街边砖石上铺了块手绢，让气喘吁吁的张国焘坐下。

咚锵，咚锵，老百姓手里的锣槌鼓槌不知疲倦，震得他们耳膜痛，但是张国焘并不觉得难受，牢里太寂寞，听闻这声音，他高兴。

杨子烈擦尽男友额上的虚汗，说："对面铺子里有切糕卖，我去买一块。"

"吃不下。"

"打得你很厉害吧？我扶你哪儿，你就说哪儿痛。"

"天下最惨无人道的地方，就是中国的监狱了。陈独秀说监狱是研究室，胡说一气。警察打，狱吏打，同牢犯人打，喊痛都来不及，还研究什么呢？"

杨子烈叹口气，忽然说："李大钊被通缉得四处逃，家也被抄了，我当时就猜，是不是你吃不消皮肉之苦了。"

张国焘顿时大惊失色，嘴唇也青紫起来，他急忙按住女友的嘴说："说什么，你说什么？嗨，你说这个干什么？"

杨子烈说："怎么啦？看你慌的！"

"他们都还不知道吧？"

"没人知道。连我也不知道。我只是心里知道。"

张国焘哆嗦着身子说："人在屋檐下，没法不低头。钢丝鞭子每天指着你，你总得吐一两个名字吧？子烈，我告诉你，鸟儿抓住翅膀，没一只不喳喳叫的。"

"我只是心疼你！"

“但是，子烈，我告诉你，至今，我张国焘的人生信仰不变。我还是要在共产党里干下去的，共产主义是个好主义，我还是要勤勤恳恳为全国工农群众的利益服务的，我无他路可走。你说呢？子烈，你不要乱说，我的招供，若是让李先生知道了，让党组织知道了，你说，我张国焘这张脸还往哪儿摆？”

“国焘，你想，我怎么能忍心你这张漂亮的国字脸‘国将不国’呢？你放一百个心，就是钢丝鞭子每天指着我，我也不会说出你的这段经历。”

张国焘慢慢抓起女友的手，抖抖颤颤握着，说：“我要娶你，我们好好过日子吧。我下决心了，我就跟你过一辈子，直到老，直到死。关于今后的日子，我这么想，共产党如今在南方很红火，我是共产党‘一大’‘二大’的组织部长，算是老资格了，我要将功补过，我要更加努力地工作。陈独秀还是很信任我的，我还会在党内发挥很大的作用。这一点，你要相信我。子烈，跟着我吧，我们做个患难夫妻，我这辈子都不会抛开你的。”

“杀！杀！杀！”又一队西北军士兵奔跑于街，喊杀声突兀而来。

杨子烈突然在喊杀声中抱住张国焘，抱得很紧，她觉得张国焘身上满是香味。

瞿秋白手持一份新出的报纸，挟着一股油墨香，兴冲冲地跑上楼梯。

在发生北京政变的这个鼓舞人心的月份里，中国南方的面貌也在起着大变化。以黄埔军校学生军为主力的武装力量歼灭了盘踞于广州的反革命商团武装，之后又两次兴兵东征反叛的陈炯明，使广东革命根据地得以稳固。中国革命形势所发生的这些深刻变化，天天如狂风一样吹动着各式报章的头版，摇动全国。

上海大学是国共合作之后，由两党协力创办的一所大学。时任上海大学社会学系主任的瞿秋白，一直关注着南方革命形势的每一个进展。他今天读到报纸之后又显得特别开心，上楼脚步轻快如兔。他大步走入教室，问：“咦，同学们呢？”

他当然是故意这么问的。他看见唯有一个女同学坐在自己座位上。他当然知道，她可能就是在等他，他早已有这个感觉，只是他有时候不敢往深里想。人家是有丈夫的。

他轻轻地走近她，并且看着她。她是共青团员杨之华，沈玄庐的儿媳妇。

杨之华当年在萧山衙前农民小学教书，现在又专门来上海大学读书，读的就是社会学系。

“怎么就你一个人？”他又轻声问她，明知故问。

“瞿老师，你是知道就我一个人在这里，才跑上来的。”杨之华毫不回避他的目光。

瞿秋白的脸一下子红到了脖子根。

“杨之华，”他赶紧回避了这个愚蠢的话题，指指报纸，“黄埔军校的学生军真能啊，一个顶十个，党的军队就是不一样！以后的北伐，我断定能顺利打过长江！”

“瞿老师，不说黄埔军校行不行？”

瞿秋白的脸又红了。

杨之华慢慢站起来，说：“我就是那天到苏联顾问鲍罗廷那儿去谈上海妇女运动，遇见你，才知道你的夫人因病去世了。我知道你很爱她，常给她写诗。”

瞿秋白说：“我现在也知道了，你是明白我会来找你，你才一个人留在教室里的。”

“我留在这儿，是想得到你的诗。”

“我没有资格赠诗给你。”

杨之华的泪水悄无声息地流了下来，她说：“瞿老师，我的男人，长得很是英俊，可是我后来才知道，他是一个许多女人共有的男人。我的婚姻，是很不幸的。不是你没有资格赠诗给我，是我没有资格接受你的诗。”

瞿秋白有点小小的紧张，他四下里望望，轻声说：“你不能哭，之华，你现在兼着国民党上海执行部青年妇女部的工作，你是女中豪杰。男儿有泪不轻弹，女儿有泪也不能轻弹。”

“我是为天下女儿哭。”

瞿秋白搓搓手，又推推眼镜。

“之华，”他忽然说，“我想去一趟你的老家，找你丈夫谈谈。”

“什么？”杨之华睁大了泪眼。她一时不相信瞿秋白会说出这样的话。这个文静的老师，能有这么大的胆量？但是三天之后，瞿秋白果然就成行了，他是带上杨之华一起出发的。

现在他们看见的是满坡黄叶，这与上海的景色大大不同。山坡底下，一只只清涟涟的湖塘，在阳光下像镜子一样闪闪烁烁。

瞿秋白与杨之华走在坡间小道上，一前一后，保持着两三步的距离。两人的脚步都很快。

杨之华经常停步，等瞿秋白赶上来。她问："累了？"

"不累。"瞿秋白笑笑，"没想到你的家乡萧山会这么美，美得就像一首诗，使人想起了陶渊明。"

杨之华说瞿老师诗写得好，也能写出陶渊明那样的诗来，瞿秋白连说那差远了。总之他们走在乡村的路上，心境都很好。

当天晚上，瞿秋白便没有了陶渊明的心境。他以最严肃和最书生气的态度，约杨之华的丈夫到坎山镇杨家晤谈。沈剑龙果然如约而至。沈剑龙梳了一个很水滑的头，穿着新衫，一副很洒脱的样子。他的模样果然英俊。他对瞿秋白笑嘻嘻地说，我知道迟早有这一谈，之华一定会领来一个男人，但没想到出现在我面前的竟然是一个老男人，是之华的老师。

秋夜很凉。杨之华在屋里特意燃了一盆炭火。两男一女，和和平平一直谈到天亮。隔壁鸡棚里雄鸡叫响的时候，沈剑龙用刻薄的语言笑着对瞿秋白说："你是个带流氓气的书生，我是个带书生气的流氓，所以我们吵不起来。"

杨之华瞪眼说："瞎说！"

这两个男人，无论从哪方面说，都不是一个天平上的人。

鸡啼三遍之后，两扇雕刻着精美图案的木门还是紧闭着。

杨之华的妹妹杨之英蹑手蹑脚走到木门前，想推不敢推，想敲不敢敲，半天，喊一声："姐，早饭要不要送来？"

杨之华说，不用。

妹妹说，鸡叫三遍了你们有没有听到？你们谈了一夜了，到底怎么样了？你们没打起来吧？

杨之华打开门，对妹妹说，我们没打起来，我们也不饿。

妹妹探头里望，果然没有血淋淋的模样和气氛，只见姐夫沈剑龙拱着手，坐在瞿老师对面，用长长的指甲一遍遍地捋头发，模样潇洒而诚恳。

"说我坏，我这人，也真叫坏，"沈剑龙在门重新关上之后，又诚恳地说，"没有女人，不逛窑子，我这个人，难活下去。我也不信天下男人有不沾腥的，也许你瞿先生是个怪胎。其实嘛，沾了腥的男人也不是坏男人。吃条小鱼还沾腥呢，更不用说吃虾吃蟹吃泥鳅了。既然之华认为我坏，那我就坏吧。不过我看你瞿先生也坏，之华还是我老婆，你怎么就跟她成双成对地跑到乡下来了？好吧，就这样吧，我是不想离的，但是不离，看来也过不了之华这一关。”

瞿秋白舒一口气，说：“你算是开通的，我要谢你。”

杨之华说：“什么好，什么坏，我也不想多说了，我只有一个条件，独伊，我要。”

沈剑龙翻起白眼，想了一想：“我倒无所谓，爸爸可是喜欢独伊的。”

“我是独伊的亲妈，我不能没有独伊。”

门突然被推开，推得很猛。沈玄庐出人意外地站在门口：“哈哈哈，鸿门宴竟然化作彻夜长谈，一地干戈尽为玉帛也！”

瞿秋白吃一惊，赶紧站起来，招呼道：“沈先生！”

杨之华也被沈玄庐特意赶来坎山镇的举动吓了一跳：“爸爸！”

沈玄庐盯着儿媳妇呵呵笑：“现在我倒不要求你直呼我沈玄庐之名了，叫我爸爸吧，多叫叫，看来以后也不会叫了，更不用说一块儿戏水了。戏水之乐，何其乐也！”

沈玄庐的笑声听起来有些毛骨悚然，杨之华不敢接口。沈玄庐收笑之后，突然转身，眉毛倒竖，伸手直指儿子：“我老早就知道你是个不争气的东西！人家之华是仙女在九天，你剑龙依我观察，早是十八层地狱的货！一天一地，这等婚姻，还能有法子维持？拢不到一块儿就散伙！散伙，我是赞成散伙的，革命的就该跟不革命的散伙！”

杨之华低声说：“谢谢爸爸。”

沈玄庐又说：“我去年考察俄苏，那儿的女人才叫女人！之华若有俄罗斯女人的半颗胆儿，早在没生独伊之前就扔掉你这个孽种了！”

沈剑龙低头，抽抽鼻子，不敢接什么话。他这人怪，一进堂子就打情骂俏生龙活跳，但在父亲面前却没一回不笨嘴笨舌的。他知道今天的结局，也是自己找的，世上确有报应这东西。

“不过，”沈玄庐又回过脸，双目看定儿媳妇，“沈独伊是沈家的孙女，你杨之华既愿随他瞿某人而去，就不许再见沈独伊之面！我这句话，也应该是合乎道理的！”

杨之华急了："爸爸！"

"我想，我的话你是听见了！"沈玄庐不再理会眼泪夺眶而出的儿媳妇，只是堆起笑脸，重重地拍拍瞿秋白的肩。"我虽在去年 8 月份就提出退党，但一直未见除名，因而如今也还算是共产党员。既为共产党员，便也应当推崇共产道理。对今日媳妇之婚变，玄庐如此大度如此慷慨，亦符合共产之要义吧？哈哈哈哈！"

他仰天大笑起来，声若洪钟。瞿秋白虽心里不自在，但也保持镇定，面带微笑，自始至终显得不卑不亢。他心里想，我没有什么做错的，我只不过是促使一段早已死亡的婚姻加速腐烂罢了。因而他眼镜后面的那道目光，始终平静无痕，波澜不惊，就像他昨日一路看见的那些闪闪发光的江南水塘。

回上海之后，他就选了个吉日，办了婚事。

两盏红灯笼是从闸北小商铺买来的，屋中一挂，就算是新房了。

前来贺喜的人不少，红灯笼底下，济济一堂。毛泽东夫妇也在其中。毛泽东原来是想准备贺礼的，后来决定不带了，他对开慧说："我跟秋白在珠江下过水，都是赤条条同泳之人，不在乎身外之物，就不备礼物了吧。"

杨开慧久久看着红灯笼底下笑不掩口的杨之华，觉得这个同姓姑娘真的是很漂亮。瞿秋白拥着她，文文静静地说："今天是 11 月 7 日，苏联十月革命胜利七周年，我与之华商量了，就选这个日子，结成终身伴侣，以示我们对十月革命理想的终生信仰。"

毛泽东忽然作跌足状："哎呀秋白，这就是你的不对了！"

瞿秋白一愣："润之怎么讲？"

"这么好的主意，也不在我们大家结婚之前告诉一声。你看，我同杨开慧的婚礼办在 12 月，只需提前一个月，那就是十月革命三周年纪念日！你看，平白无故的就失了一个双喜临门的机会，真是可惜呀可惜！"

毛泽东演得越认真，大家乐得越厉害。

新娘子见新郎一时憋不出话，便大大方方站出来解围："毛润之同志看来是没法补救了，还没办喜事的同志，可以借鉴我们的经验！"

"听见了！"有人笑着响应。

瞿秋白又说："今日婚礼，我也不备酒了。同志相聚，就算同喜。我想以一首歌代酒，敬敬同志们。什么歌呢？就是我配译的中文的国际歌。"

毛泽东说：“别说敬我们，就说教我们，行不行？这支歌，我和开慧都一直想学呢。”

大家都说想学，于是瞿秋白取出一架紫红色俄制手风琴，试了一下音，说：“先说明一下，法文‘国际’一词，音为‘英特纳雄耐尔’。为了与八拍的音节相配，我就不翻译成‘国际’两字，决定采用原文，便是‘英特纳雄耐尔就一定要实现’。现在，我唱一句，同志们跟唱一句。”

他开始拉乐曲的过门，然后，国际歌的歌声就响起来了。

毛泽东学得特别认真，后来他甚至站到一张方凳上，主动为大家打起了节拍。他觉得这场婚礼确实办得别开生面，比比四年前他的婚礼，他甚至还同意为杨开慧备一顶花轿，那真的还是瞿秋白的“革命”更彻底了。

婚礼结束的时候，他已经把国际歌唱得很熟了。走出瞿宅，天下雨了，毛泽东撑起一把伞，搂着妻子的腰，一步一步走回家去。

“这首歌好听，”毛泽东说，“唱了，长志气。”

杨开慧说：“我怎么就很少听你唱歌？我只听你读诗吟词。润之，你吟词之情，一点不逊于唱歌。一年前你离长沙时吟赠给我的《贺新郎》，我至今还句句记得。‘热泪欲零还住’，‘人有病，天知否’，你忘了？”

毛泽东当然没有忘。那首《贺新郎》是他苦思一夜的拈须之作，句句深情。“挥手从兹去。更哪堪凄然相向，苦情重诉。眼角眉梢都似恨，热泪欲零还住。知误会前番书语。过眼滔滔云共雾，算人间知己吾和汝。人有病，天知否？今朝霜重东门路，照横塘半天残月，凄清如许。汽笛一声肠已断，从此天涯孤旅。凭割断愁丝恨缕。要似昆仑崩绝壁，又恰像台风扫寰宇。重比翼，和云翥。”

毛泽东当时吟罢不写，写罢不赠，直教开慧满眼含泪。但是比起今日反复吟唱的国际歌来，毛泽东又觉得自己的离别诗过于纤弱了。

他对妻子说：“诗与歌毕竟不同。前者吟来，虽是深情，终归凄清。而秋白所译之歌，一唱，胸腔便涌血。这是最后的斗争，团结起来到明天，英特纳雄耐尔就一定要实现！呵呵，开慧，我一唱，伞柄上都是热汗了。”

杨开慧轻轻笑。毛泽东的这种私情，她喜欢；毛泽东的看轻私情，她也喜欢。一个男人，该是如此。

她又听丈夫这么说：“开慧，我曾经为真理之求索，钻天入地，彷徨半生。现在，国际歌一唱，就觉得全身的血都有了方向。为英特纳雄耐尔奋斗终生，是我们一辈子的幸福。”

“怪不得你要把儿子取名岸英。”

哦，这句话，毛泽东听不明白，眼睛眨了一下。

“岸英的英，不就是英特纳雄耐尔的英吗？你的意思是：岸上全实现英特纳雄耐尔了，你就幸福了！”

“你什么时候变得这么聪明的？”毛泽东呵呵笑，伞抖个不停，“真是开慧，智慧洞开哟！”

客人走净了，瞿秋白抹桌扫地，忽然发现新娘子在床头轻轻呜咽。

瞿秋白大惊，急忙赶过去，搂住妻子双肩：“又想起什么了？”

“想起一个同志了。”

“谁？”

“一个小同志。”

瞿秋白明白了：“你的三岁女儿独伊？”

“应当说是我们两个的女儿独伊。”

“对，对。”瞿秋白推眼镜。

“不知怎么的，特别想她。瞿老师，我真受不了，心里刀绞似的。”

“叫我秋白。”

“秋白，我心里有刀在绞。”

瞿秋白慢慢松开妻子，起身走了一圈。红灯笼使他白皙的脸如同火炭。“之华，你说得对，你的女儿就是我的女儿。我不能让你心如刀绞，我们就是抢也要把独伊抢到上海来。”

“抢？”妻子抬起泪脸，“你说抢？你在苏联学过军事？”

“既然你认为我不懂军事，不宜言抢，那就改抢为偷好不好？之华，我保证，我一定要把独伊偷到上海来！这些天，我要好好学学鼓上蚤时迁，设计一个偷窃之策！”

杨之华走到丈夫身边，紧紧抱住了他。丈夫标标准准一介书生，但是做出的决定，往往又是天下最勇者之策。六年前他参与过火烧赵家楼，六天前他又敢直面沈剑龙，六秒钟之前他又敢说出抢或偷的字眼，这个秀才，心里燃烧着一盆什么样的火哟！她真的很佩服他的眼镜后面埋伏着的胆魄。因此在三年之后，当杨之华得知瞿秋白忽然取代了陈独秀，被历史推举到中国共产党的舵手之位时，也没有表现出太大的吃惊。

瞿秋白的新婚之夜没有睡稳。他的脖子感受着妻子后半夜均匀的呼吸，而脑海里却开始沉浮萧山沈宅的争抢之行。

三个月之后，在瞿秋白设计完毕了一个去浙江萧山偷窃三岁女儿的计划之时，北京突然传来令国人极其震惊的消息，中国民主革命的先行者孙中山，走到了生命的最后关头。

宋庆龄拖着沉重的步子，走到庭院里，软软地倚靠在一堵白墙上。京城3月，风很凉，举目一片枯色。这里是铁狮子胡同顾维钧的私宅，孙中山在京的临时行辕。

她慢慢抬起脸，苍白的双颊上，两行泪水悄然流落。她实在没有想到变化会这么快。孙中山是在冯玉祥发动北京政变之后，应冯玉祥及皖系、奉系首领的再三邀请，毅然北上商谈国是的。他意欲借此推进国民会议，制定宪法，建立中国的新政府。这是大事。大事当头，万难不辞。他尽管身体已相当不适，但仍是谢绝医嘱，毅然成行。

其实宋庆龄也再三劝过他慎行，说远行必加重病情，可孙中山说，达令，健康事大，但大不过国是啊。

孙中山十分了解自己的病情，他11月12日上船，次日路过黄埔岛时，忽然决定上岛，在黄埔军校宿夜，他想见一见蒋介石。当晚他就对蒋介石说了这样的话，而且是握着蒋介石的手说的："我此番上京，能不能活着回来，很难说。许多人要劝我不要去，我觉得这一趟还是要走，不管怎么说，我是去斗争的。今天看到了黄埔军校的精神面貌，我觉得自己的身体舒服多了，肝区也不痛了，我感到军校这样办下去，能完成我的革命任务了。这样，哪怕我死，也能瞑目了。"

后半夜，蒋介石躺在自己的卧床上，眼泪流湿了半个枕头。其实，他是难得掉眼泪的。

孙中山于12月底到达北京，便患病日重。三天之后经由美国、德国、苏联的医生会诊，确认肝区有炎症，是一种肿胀的急性病。这几个国家的医生都建议孙中山开刀治疗，但宋庆龄面对这一诊断意见却是内心纠结。她当然很愿意看到孙中山通过开刀治疗恢复健康，却又怕孙中山年事已高，手术后不容易恢复。问了孙中山本人，孙中山也认为无须开刀，说自己肝区的疼痛已经有十年了，尽管痛苦但最终也不至怎样。然而没过二十天，孙中山的病情就骤然加重了，体温的升降也失常了，再不开刀怕是不行。

然而，在 1 月 26 日的开刀之后，有个更为令人沮丧的消息沉甸甸地压在了大家的心头。北京协和医院作出了“肝癌晚期”的确诊。实际上，医生已经无法进行手术了。孙中山的整个肝脏表面都长满了黄白色的结节，腹腔内整个脏器都已粘连，所以手术只进行了二十五分钟，切开后就缝合了。

孙中山生命垂危。

多灾多难的民族突然又迎来了一个大不幸。孙中山患绝症的消息如冬日之雷，震惊了大江南北，来自全国的慰问电雪片般飞向北京。

这一年北京的雪特别厚。

对于孙中山而言，病魔轻易不会动摇，它的肆虐一日甚于一日。宋庆龄已经看到了这个不可挽回的结果。

她那天看见何香凝走到回廊上，便轻声唤她：“香凝！”

宋庆龄看见何香凝的双眼已肿若核桃，就很为这个真性情女子所感动。宋庆龄对她说：“你今天的观察是对的，瞳孔正在放大。已经到了不能不立遗嘱的时候了。”

何香凝咬紧嘴唇，但是泪水还是夺眶而出。

宋庆龄把自己的一块绸手绢递给对方，说：“天下最沉重的两个字，就是遗嘱。可是事到如今，也应理性视之。我不但不愿意阻挠你们，我还要帮助你们。叫宋子文、孙科、戴季陶他们都进去吧，再念一遍遗嘱给先生听，待先生签名之时，由我把着他的手腕来签。”

说到这里，她自己也泪如雨下。宋庆龄所言之“阻挠”，是指她前几日不忍心看见夫君立遗嘱，而在侧房里抽泣起来。这一抽泣，便让孙中山止笔了。孙中山听见了夫人的声音，心就抽紧了。他说：“你们暂且收起来吧，我总还有几天生命的。”当时，他的病榻旁站着儿子孙科及宋子文、孔祥熙、汪精卫，他们是拟罢了遗嘱，一起到榻边请示孙先生的。孙先生出言之时，他们均饱含热泪。其实请先生立嘱也是无奈之举，肝癌晚期扩散，不可能用刀割治，给予大剂量的镭锭放射治疗，也无收效。为了党与国家，这些人商量到通宵，觉得实在不得不这样做了。何香凝对立嘱一事也是支持的，她连续呜咽了三个通宵。

三份遗嘱宋庆龄都看过，她认为写得都不错，当属先生的肺腑之言。国事遗嘱这样写："余致力国民革命，凡四十年，其目的在求中国之自由平等。积四十年之经验，深知欲达到此目的，必须唤起民众，及联合世界上以平等待我之民族，共同奋斗。"

家事遗嘱则这样写："余因尽瘁国事，不治家产，其所遗之书籍、衣物、住宅等，一切均付吾妻宋庆龄，以为纪念。"

致苏联遗书则说："我在此身患不治之症。我的心念此时转向于你们，转向于我党及我国之将来。"又说："当此与你们诀别之际，我愿表示我热烈的希望，希望不久即将破晓，斯时苏联以良友及盟国而欢迎强盛独立之中国，两国在争世界被压迫民族自由之大战中，携手并进以取得胜利。"

这份致苏联的遗书，写得充满感情，前几日孙科一句句念时，孙中山也甚为动容。其实这份遗书他并未叫人代拟，而是他亲自以英文口授，请鲍罗廷、孙科、陈友仁、宋子文记录的。宋庆龄知道丈夫在最后的时刻满意这三份文件，但更知道他在最后的时刻特别不愿夫人伤心。其实，奇迹是不太可能会出现了，孙中山每一次从昏迷中醒来，都从心底里知道这一点，但是他还是不愿签字，他拖延着。宋庆龄知道这一份拖延，实际上是一份刻骨铭心的感情。

她记起十年前，他如何当着自己的面，何其洒脱地签下大名。那是在东京，在一个日本著名律师家中。他签下名之后朝她笑了笑，然后把笔恭恭敬敬递到她手中。他签署的是一份誓约书，她至今还能全文背诵。"此次孙文与宋庆龄之间缔结婚约，并订立以下誓约：一、尽速办理符合中国法律的正式婚姻手续。二、将来永远保持夫妇关系，共同努力增进相互间之幸福。三、万一发生违反本誓约之行为，即使受到法律上、社会上的任何制裁，亦不得有任何异议；而且为了保持各自之名声，即使任何一方之亲属采取何等措施，亦不得有任何怨言。"

泪水从宋庆龄的眼眶中流出，流过整整十年，落下脸颊，泪水跌碎在北京铁狮子胡同顾家庭院的青石地面上。

不能再拖了，该让他签下这个名了。宋庆龄想。

你扶着我，宋庆龄轻声对何香凝说，于是何香凝扶着她慢慢进房，又由她慢慢扶起孙中山的手腕。十年前，他们分别签了两个名字，面前站着的是一个日本律师；十年后，他们合力签了一个名字，面前站着的是一个即将佩上黑纱的政党。

不光是国民党佩上黑纱，共产党人也是一个个胸有重石。

李大钊当院摆开大桌，黑着脸面，在自己的铜幌子胡同家中书写挽联。

他笔锋凝重，字迹酣畅淋漓。

写毕，他便用一种打颤的声音，敞喉而念：“……丧失我建国山斗，云凄海咽，地黯天愁，问继起何人，毅然重整旗鼓，亿兆有众，惟工与农，须本三民五权，群策群力，遵依牺牲奋斗诸遗训，厥成大业慰英灵！”

念毕，他扔笔于地，踉跄几步，一屁股坐在了厚重的门槛上。他写的是一副长联，长达二百四十四个字，准备亲自送去孙中山灵堂。孙中山是 3 月 12 日上午辞世的，李大钊闻得噩耗，当时就踉跄了好几步。今日也是如此，他只觉得头晕目眩，特别没有气力。

赵纫兰扔下锅铲，去门边扶丈夫。她弯腰，问怎么了。其实这句话不问也罢。

李大钊举手，重重地拍几下门槛，一声大叹：“门下有槛，倒也作罢，路上有坎，车马难行了。”

妻子问：“什么路？”

丈夫不语。

“两党合作的路？”

李大钊慢慢抬起脸。这张脸真个是铁的颜色。

妻子说：“你不要拍门槛。胡同口的王先生说过：有力拍栏杆，无力拍门槛。你拍门槛，就是无力了。”

李大钊看妻子，他没想到妻子会说出这种有筋有骨的话来。

“你从来都是有力气的。”妻子又说。

李大钊盯着妻子，说：“纫兰，你这不是送了我一句话，你是送了我一双鞋啊！真的，路再难行，只要有腿有鞋，就什么都不怕啊！”

他当夜就给已经离沪回湘养病的毛泽东写了一封信，他知道毛泽东也特别担忧两党合作的前景。北伐尚未开始，国民党右派就寻衅不断，想方设法排挤共产党。毛泽东在上海操持国民党上海执行部的事实，令国民党右派叶楚伧坐卧不宁，“想尽办法，把毛赶走”成了上海国民党右派的行动方针。在这种情况下，陈独秀也同意毛泽东携妻带子回湖南养病。李大钊在这封信中告诉毛泽东，病体要善于调养，一个政党亦是如此，国民党由于失了卓越的领袖人物，肌体亦受大损，也应及时调养。中国共产党人在此刻务须沉下心来，注意冷暖阴晴，善于调养这个庞然大物。

走路长了，是需要坐一坐的啊，毛泽东读信之后，这样对杨开慧说，但是坐一坐的目的是扎紧鞋带，农人是扣紧草鞋带，军人是打紧绑腿，路还是要一步一步走下去的。要走通中国革命之路，就是要不断地寻路标，不断地紧鞋带。杨开慧知道，毛泽东的病是不会好好养的，他只想着一个党的病，他的心始终煎着。果然，半年之后，经汪精卫推荐，毛泽东又离开湖南赶赴广州，职务是国民党中央的代理宣传部长。

在孙中山辞世的这个3月份，瞿秋白终于携妻悄悄离沪，并且精心选择了一个日子，实施他的“偷”与“抢”的计划。

他们悄悄埋伏在浙江萧山衙前村外的一个小山坡上，闻着早春的青草气息，按住各自怦怦乱跳的心，以一种世上最警觉的目光，朝村庄方向张望。抢女儿独伊或者叫偷女儿独伊的行动计划就这样在这一天的早上开始了。他们没有雇请人，也无钱雇请人，他们自己直接行动。

没什么的，君子动口也动手。为这次大胆的卷袖之举，杨之华在以后的几年里都非常感激她的这位书生气十足的夫君。

当时，她只感到他的紧张，他的下巴戳着了灌木丛。其实她当时也紧张，一颗心贴着湿润的土壤，咚咚咚响，像要跳出胸腔。

“我不是为偷独伊紧张！”丈夫这样对妻子嘟哝，“我只是想着，往后，还有哪个领袖人物再能来如此积极地推动两党合作。”

“苏联的鲍罗廷不还是国民党的总顾问吗？”

“顾问只是顾问，要有人去他那里顾才行。”

“来了，来了！”杨之华忽然抓住他的手，眼珠子滚圆。

顺着妻子的目光，瞿秋白也发现了村口小道上的异常。他们盼望已久的那个长辫子丫鬟终于出现了，她怀抱独伊，慌慌张张直向小山坡跑。

“快！”瞿秋白跃起，他与杨之华不约而同奔下小山坡。小丫鬟的买通是瞿秋白与坎山镇杨家共同策划多时的结果，很不容易。

“快！”瞿秋白又说。他跌跌撞撞地朝小丫鬟冲去，途中眼镜掉了一次，幸亏没摔碎。

这时候他听见身后的妻子又惊叫了一声“坏了”，他抬眼朝前看，果然看见村口又追出两个黑衣大汉，脚步飞快。

瞿秋白撒腿向丫鬟冲去，一路上泥浆溅起。

两股力量几乎是同时搅在一起的。这是一场白刃战般的争夺。汗流浃背的瞿秋白夫妇要从丫鬟手中抱过三岁的女儿，而自沈宅追来的两位黑衣大汉则蛮横地进行抢夺，双方动作均很激烈，但又都不敢对孩子过分用力。

独伊大哭：“妈妈！妈妈！”

丫鬟吓得号啕：“呜！呜！……”

这种格斗结局是不言而喻的，呼喊不已的独伊被一个黑衣大汉抱着奔回去了，而长辫子丫鬟则被另一个黑衣大汉拖着往回走。

杨之华追了几步，突然无力地坐在地上，双手打着泥地，痛哭失声。

瞿秋白只抢到一只小花布鞋。

沈玄庐浇花的动作始终慢悠悠的，弯弯的细流像他的笑容一样柔软。他放下水壶，又举起小剪刀修剪花枝。沈宅的庭院在江南 3 月间已经呈现出完整的春天情状。

沈玄庐也是满面春风，村口外的那场闹剧的最终结局，早在他意料之中。

所以他对于求情之声毫不留意。求情的是在沈宅帮佣多年的老保姆。老保姆颤着声说：“三老爷不是一向反封建的吗？人都快打死了，求三老爷发个话，饶了这丫头吧！”

仔细听听，除了花圃上的扑蝶之声外，还有一种若有若无的拷打声和惨叫声，从柴房里隐隐传来。

沈玄庐慢吞吞说：“叫沈玄庐！”

老保姆说：“沈玄庐，求求你饶了这丫头吧！”

沈玄庐停了小剪刀，抚抚枝头的几颗花骨朵，极诚恳地说：“家贼，还是要做规矩的。反封建与打盗贼，并非水火不容。”

后来又说：“放心，打不死的，我早就关照过了。”

杨之华醒来，发现丈夫一夜没睡，在床头的灯光下静静坐着。

“你在干什么？”她吃惊地问，“补鞋？”

自鸣钟响了五下。瞿秋白在钟声里笨拙地放下针线。他手中的那只小花鞋，已经缝上了一块粗糙的补丁。

“你在为独伊补鞋？”

丈夫告诉她，小花鞋上，有个小洞。妻子接过小花鞋，抚摸着补丁，很感动，说独伊已经不穿了，你还补。

“我是不忍心。”

“你非常爱独伊？”

“是的，”瞿秋白说，“因为我非常爱独伊的母亲。”

杨之华把头移在丈夫怀中，睁着大眼说：“会补鞋的人，也会补天下。整个世界，在你心里，就是一个孩子。你说，我的话有道理吗？真的，秋白，我经常想，我能遇上你，是我的幸运。”

“你记住，之华，中国共产党人的力量现在正在壮大着，中国的工人和农民正在组织起来，帝国主义和封建恶势力已经是兔子尾巴长不了了。我把独伊的小花鞋补好，是深信独伊会回来的，你也要相信这一点。不用多久，她会回来的！”

杨之华点点头。她当然相信丈夫说的话。

瞿秋白对于中国工农群众运动发展的粗略估计没有错。这一运动在中国共产党的精心推动下，日渐强劲，这就使帝国主义的在华势力如坐针毡了。

1925年5月15日，上海日商枪杀罢工工人、共产党员顾正红。面对上海学生的群起抗议，英国巡捕又悍然开枪射击，死伤学生数十人。由此，五卅惨案震惊全国。愤慨万分的陈独秀适时发出了一系列的指示，中共各地党组织纷纷响应，指挥全国各大城市和几百个城镇的人民，游行示威，罢工罢课罢市，这一斗争揭开了中国大革命高涨的序幕。

那个时候毛泽东还在湖南韶山养病和做社会调查，还没有去广州。他闻风而动，立即以“打倒列强，洗雪国耻”为口号，以秘密农协为核心，在家乡韶山一带一下子组建了二十多个“雪耻会”。

毛泽东冒着大太阳，在7月10日走进韶山地区郭家亭郭氏祠堂之时，情绪非常饱满。

噼噼啪啪，一串百子鞭炮像条红蛇似的，在他脚边炸响。他参加的是湘潭西二区上七都“雪耻会”成立大会。

毛泽东的青布长衫，是昨天洗的，很干净。他的胡子是当日清早刮的，脸上也很精神。他就这么精精神神对围坐在祠堂中的几十名农民代表说：“今日成立雪耻会，雪的什么耻？雪的是帝国主义强加给我们中华民族之耻！雪的是上海工人顾正红惨遭杀戮之耻！我看，不但我们雪耻会的会名取得好，而且雪耻会的宣言也写得好！”

一个叫福顺大叔的中年农民笑呵呵地说：“毛先生改过的《宣言》，每个字还不都像鲜虾一样跳？”

毛泽东说：“好吧，我现在就把《宣言》念一念。”

于是他这样念道：

> 不好不好真不好，洋人杀到眼前了。
> 讲起此事真伤心，大家听我说分明。
> 东方有个日本国，想必人人都晓得。
> 自从乙丑四月底，青岛纱厂罢工起。
> 日本鬼子真凶横，杀死工人顾正红。
> 上海同胞都不服，游街讲演个个哭。
> 英国巡捕没良心，拿起枪炮就打人。
> 死死伤伤有几百，这样横蛮还了得。
> 内中有的是商人，多的工农和学生。
> 英日美法四国人，道理不讲专逞凶。
> 此事交涉未解决，汉口英人又猖獗。
> 复杀同胞百余人，你看伤心不伤心。
> 大马路上血如海，好比牛马遭屠宰。
> 青岛上海和广东，处处杀死中国人。
> 同胞被杀心里痛，各省各县各乡镇。
> 报仇雪恨一条心，工农商人与学生。
> ……

正念到半途，忽听祠堂外一片嘈杂声。毛泽东侧耳听听，他听见有人在喊：“揍你这个卖国贼！”又听见有人喊：“打倒洋婆娘！”

众人皆惊，一齐回首向祠堂外看。毛泽东放下手中的《宣言》，也是一脸惊讶。其后，他就走出了祠堂。在7月的阳光底下，他看见了一群粗衣破衫的农民，这群农民正押着一对面容斯文的年轻男女，推推搡搡地向祠堂走来。

年轻男人是中国人，大热天还穿着西装，而那个穿高跟鞋的女人金发碧眼，分明是个洋人。

毛泽东奇了，喝问一声："怎么回事？"

于是他就听得一个年轻农民激愤地报告："这个该死的陈少爷，竟敢说洋人不是坏人！你看，他娶的老婆也是英国鬼子！他还说洋油灯就是比中国的灯草亮！还说洋烟就是比中国的旱烟香！"

话犹未了，福顺大叔便从毛泽东身后钻出来，劈胸抓住陈姓少爷，气歪了脸说："放你娘的臭屁！"

洋女人用变了调门的中国话说："放开他！"

她声音很尖，尖得刺耳。这女人鼻子很高，眼睛深凹，看模样三十还不到。

福顺大叔一弯腰，取下自己的布鞋，高高举起鞋底子："放开他？我还要打倒你这个女帝国主义！"

毛泽东不高兴了，说："福顺大叔！"

福顺大叔说："毛先生，刚才念《宣言》，是动嘴皮子，眼下见洋人，该动鞋底子！"

对帝国主义的愤恨当然是对的，但是福顺大叔的这句话，毛泽东听了不高兴。如果对每一个鼻梁高的人都摆出架势来，那就只能是义和拳的架势，不是共产党领导下的雪耻会的架势。所以毛泽东用重重的声音说："放开他！"

福顺大叔有些愕然："放开卖国贼，毛先生？"

"是不是卖国贼，得弄清楚。你放开他。"

福顺大叔愤愤撒手。毛泽东问："你是哪家的陈少爷？"

乡人纷纷说："他就是上七都团防局长陈济生的三少爷！上海教书的！"

"哦，教书的。"毛泽东点点头，"陈三少爷怎么回乡下来了？"

"上海学生均已罢课，无书可教，只得回乡省亲。"

又有乡人喊："他是省他老子，他老子是土豪劣绅！"

毛泽东又问："把夫人也带来了？"

陈三说："玛丽亚是我英国房东的女儿。"

玛丽亚对毛泽东笑一下，用结结巴巴的中国话说：“我同陈，上个月，拜天地。”

毛泽东点点头又问：“陈三少爷，你怎么就惹怒了农民兄弟了？”

“我说了真话。”

农民们纷纷检举：“屁个真话！说洋货比国货好，这还不是卖国贼说的话？”

陈三面对众多的激愤之口，也横下一条心了，说：“话既然出口，我也不收回。”

毛泽东笑：“你倒不怕孤立。”

陈三说：“依我说，洋货，有坏的，也有好的！洋人，有坏的，也有好的！毛先生，你看看我的玛丽亚，玛丽亚可以什么都不是，她的眼睛长坏了，绿的，是狼眼睛！她的头发长坏了，是烧过的，焦了！她的鼻子长坏了，太高，是马鼻子！但是她的脚，你们看看她的脚，她的脚起码是人脚！她的脚起码比中国女人长得好，比我妈长得好！她没有缠过，大脚一双，能走天下路！”

“娘的！”福顺大叔跳脚，“给她缠脚！”

有人尖喊：“祠堂里就有裹脚布！”

福顺大叔：“去拿来！”

好几个农民把玛丽亚按坐于地，黑色高跟鞋立时扒了下来。

裹脚布被风风火火地取来了，好几个农民一齐动手裹，高兴得手舞足蹈，而玛丽亚则始终沉默。

陈三被农民们架出很远，声嘶力竭地跳脚：“玛丽亚！我后悔把你从伦敦带出来呀！”

玛丽亚用中国话说：“让他们裹吧！就让我做第一个裹小脚的洋女人吧！我可以告诉这个世界，中国女人要吃多大的苦！”

洋女人的话还没说完，缠了一半的裹脚布便被一个人死死拽紧了，这一拽，顿使裹脚的男人们全都无法动弹。

福顺大叔叹口气，说：“算了。”

因为他这时候看见了脸色很不好的毛泽东。

毛泽东伸手拉住裹脚布，说：“农民兄弟们，你们这是做什么游戏呢？帝国主义不是靠一条裹脚布能裹住的，再说，她玛丽亚也不是帝国主义！”

农民们有的挤眼，有的跺脚，有的扁扁嘴巴，谁也不说话。

毛泽东厉声说:“福顺大叔!”

福顺大叔马上说:“饶了这女帝国主义!”

于是大家都散开了。玛丽亚站了起来。陈三从两个方向找回来两只高跟鞋，帮妻子扣上。

毛泽东说:“陈三少爷，依我看，你太太的红头发，是革命的头发。马鼻子，那是说明能像马一样吃苦耐劳。眼睛的绿，绿得好啊，那是秧田的颜色，庄稼的颜色。依这个道理说，你太太很革命哪!当然，我这些话，是玩笑之言，但是，我要说一句公道话，一个不知裹脚布为何物的女人，是个健康的女人!如果我们把正义的五卅运动歪曲成一个裹小脚的运动，那就不是一场好运动!福顺大叔，你赞成我的话吗?”

福顺大叔搔搔头，不吭声。

毛泽东大声问:“乡亲们赞成我的话吗?”

“赞成。”一些人犹犹豫豫地说，声音参差不齐。

毛泽东点点头，表示对这个回答满意，然后又转脸，对陈三说:“陈三少爷，我赞同你的话，洋人并不是个个坏的，只有那些用枪顶着我们中国人胸脯的洋人，才是坏洋人!”

陈三说:“谢谢毛先生指教。”

玛丽亚说:“毛先生，看得出来，你是个教授。”

毛泽东说:“我想问一句，你爸爸是做什么的?”

“我爸爸是农业机械师，但是我爸爸的爸爸，也耕过田，用马耕过田。”

“啊，”毛泽东点头，“看来，你爸爸，比你爸爸的爸爸，更见光荣。因为你爸爸的爸爸用的是马，而你爸爸，就敢用机器了。机器比马比牛，力量就要大许多。机器是洋人发明的，这就说明，洋货也有好的。我看，我们中国的农业，以后，也不能只靠牛，也要靠机器。”

玛丽亚说:“我可以送给先生书，我爸爸写的。”

毛泽东说:“不用了。我已经送许多朋友去欧洲留学了，他们回国的时候，会带回来。”

“先生，我也想带一样东西到英国去，不知你肯不肯?”

毛泽东问是什么东西。

玛丽亚就指一指福顺大叔手里的黑布带子，说:“裹脚布。”

福顺大叔恼了:“你是笑我们?我告诉你，裹脚布，是中国女人的辫子，是土货，不是可以给你带到英国去的！”

毛泽东摆摆手，制止了福顺大叔，说：“玛丽亚小姐，中国有句俗话，叫作家丑不可外扬。国家也是家，国家也有家丑，这根裹脚布就是家丑。我们中国眼下也革命了，这种侮辱妇女的方式，许多地方都不用了。但既为家丑，我说，也就不要外扬了吧，好不好？”

陈三说：“我赞成毛先生的说法。”

玛丽亚说：“我很遗憾。我是专修妇女史的，这块布，是教材。”

毛泽东说：“玛丽亚小姐，你给我们留点面子吧。中国人是最重脸面的。一个中国人犯了死罪，要砍他的头，他会不忘对刽子手说：你要好好干活，别坏了我这张脸。这说明中国人特别讲究脸面。脸面其实就是骨气，一个讲究脸面的人，是能够干大事的人！我为什么把长衫穿在破衬衣的外头？是因为我这件衬衣有八块补丁。你看，我毛先生也讲脸面。所以，这块裹脚布，也就别当你的教材了。福顺大叔，叫他们拿回去，以后别再拿出来了，最好一把火烧掉！”

福顺大叔说：“烧了吧！毛先生，我三个女儿都不缠脚了！”

毛泽东说：“你看，我们的人也都在告别家丑呢！福顺大叔，是不是让人家回家呀？他们好像不是帝国主义分子，也不是卖国贼呢！”

福顺大叔朝农友们挥挥手，挺有权威似的。团团围着的乡民们立即让开了一个口子。

陈三走之前规规矩矩鞠个大躬：“谢毛先生！”陈三对这个毛先生，很是折服。尤其是当他后来知道这个毛先生曾主持过中国国民党上海执行部时，对毛先生更加钦佩了。因此当二十天之后，毛泽东通过秘密农会和雪耻会，领导韶山地区农民开展了一次强有力的“平粜”斗争时，陈三站到了饥苦的农民一边。韶山地区 8 月大旱，土地龟裂，庄稼枯焦，农民饱受饥荒之苦，而地主土豪包括陈三少爷的父亲陈济生在内，却乘机囤积谷物，不肯平价卖给农民，只图高价出售，牟取暴利。

陈三这一天起身不久，就听见了陈家大宅外面农民的阵阵喊声。几百个农民铁桶似的围着陈宅，带着空箩筐以及空拳头。他们要求平粜。他们的脸如同 8 月的太阳一样发黑发焦。而这些心情焦虑的农民也看见团防局长陈济生的宅院墙头，露出了好几支枪的枪口以及团丁们的像枪口一样的黑脸。

团丁喊：“告诉你们，陈老爷家没谷子！谁再闹事，枪子儿不认人！”

乡民喊:“我们要吃饭!”

“谁喊老子毙了谁!”

福顺大叔审时度势,在两个钟头之后,让农民撤了包围。毛泽东对福顺大叔这一成熟的做法,评价很高。毛泽东说,硬攻不如智取,看来福顺大叔还是很懂章法的。

农民撤围之后,陈济生便被几个儿子搀扶着,从谷仓里战战兢兢地爬出来了。他的头发上和眉毛上都挂着黄澄澄的谷粒,像停着一群金色的虫子。

“暴民真的都走了?”他问,声音也轻如虫子。

“回老爷,都走了。”一个团丁回答。

陈济生还是不踏实:“再看看。”

陈三说:“爸爸,不用看了,真的都走了。”

一只托盘举在陈济生面前,几个儿子一齐动手,把沾在陈济生身上、脸上的谷粒取净。

陈济生指指托盘,说:“都送回谷仓去!”

大儿子心里好笑,嘴上说:“是,爸爸。”

陈济生又说:“慢。”

大儿子站住。

陈济生说:“我这里还有一粒!”

他侧过脸,让三儿子仔细看他的左耳朵。

陈三看不清,笑着叫妻子玛丽亚来看:“你是狼眼睛,你来看。”

玛丽亚仔细地伸出小拇指,轻轻掏。果然,又捡出一粒。陈济生接过这粒稻谷,小心翼翼地放入托盘,像是放入一粒贵重的珍珠。

“畜生!”他忽然把脸拉得像马脸一样长,杀气腾腾,“这帮畜生!我陈家的谷子哪怕烂了臭了,也不会给这帮饿鬼一颗一粒!也不看看自己是什么脸面,一个个都想做陈胜吴广了!”

玛丽亚说:“爸爸,什么叫陈胜吴广?”

陈三代父亲回答说:“陈胜吴广,就是中国秦代造反的农民首领。”

玛丽亚问:“爸爸,你卖给他们一点稻谷,他们还做陈胜吴广吗?”

陈济生怒喝:“小三子!”

“我在,爸爸。”

“叫你的洋老婆闭嘴!”

陈三愣住。陈济生又喝：“小二子！”

二儿子应声：“我在，爸爸。”

陈济生厉声吩咐：“所有谷子，连夜装船，运往银田镇米行，统统给我藏起来！风声过了之后，再转运湘潭，卖好价钱去！”

父亲的这种凶猛态度不能不使得在上海做教书先生的陈三大受刺激。他想起了农民以及农民的头毛泽东。于是他悄悄雇了一顶轻轿，于天黑时分赶到韶山冲。他的洋老婆玛丽亚坚决鼓励他去做这种举报，玛丽亚说：“我的祖父用马耕过田，我不忍心看着用牛耕田的人挨饿。每一粒谷子，包括从你父亲耳朵里掏出来的那一粒，都是用牛耕出来的。”

杨开慧在韶山冲家门外的莲塘旁边，发现了探头探脑的陈三，盘问了好一番，才把这位穿西装的年轻人带进门。

陈三在油灯底下，看见了毛泽东，也看见了福顺大叔。他说：“我爸爸已经把谷子偷运到银田镇了，两大船，连夜运的。我们全家人，明天都要逃到银田镇去。”又说：“是我妻子一定要叫我来报信的。她说，她家祖祖辈辈也是英格兰农民。”

福顺大叔说：“陈三少爷，求你告诉你老婆，我福顺再不骂她女帝国主义了，我向她赔礼了。”

毛泽东说：“陈三少爷，谢谢你的报信。我看，明天一早，乡民就会采取行动的。你父亲不关心农民的肚子，你与你父亲不一样，你是关心农民肚子的。一切关心农民肚子的城里人，农民肚子里都会永远记住他的，包括记住你，也包括记住我。”

毛先生的话，陈三觉得很受用。他想，这位毛先生，实在是位人物，将来在中国必大有出息。所以，当他第二天在银田镇看见毛先生指挥两百余个农民将银田米行团团围住时，他心里充满了激动和敬意。

米行后面的空地上，堆成小山般的稻谷麻袋，尽陷于农民的锄头与扁担之中。脸色黝黑的农民们，耸动锄头也耸动声带，气势如大海之潮：“开仓平粜！”“农民也是人！”

在这样排山倒海的气势面前，几个团丁是根本无济于事的。陈济生看到了这一点。

所以陈济生只有自己豁出去了，稻谷是他的性命，他不能不作殊死斗争。

于是他张开双臂，声嘶力竭地护在成堆的麻袋前面，一副意欲殉死之状，他说："敢抢？光天化日，你们敢抢？这里的谷子都姓陈！是我陈济生的谷子！我陈济生今天拼了，我死也死在这里了！"

陈家二少爷也跳脚喊："你们若是把我爸爸逼死了，你们逃脱不了人命干系！"

毛泽东使劲分开人群，走到陈济生面前。

陈济生发红的眼睛突地亮起来："我知道你，毛泽东！暴民抢粮，就是你在捣鬼！你就是当年编《湘江评论》的！你煽动暴民！你什么湘江啊，一江祸水！"

毛泽东说："陈老先生此言差矣！他们是农民，不是暴民。他们想粜谷，不是想抢粮。我毛泽东也并未上梁山，不是第一百零九将。打劫的事，我是不做的。"

陈济生狼一样嗥："你不做强盗又做什么？！"

毛泽东转过脸，吩咐说："把米仓里那杆秤取来！"

一杆黑杆子大秤立马抬来了，秤杆有小孩的胳膊那么粗。

毛泽东抚抚秤杆，又掂掂硕大的秤砣，说："我毛泽东今天什么也不想做，只想看看你陈老先生是怎么把秤杆子的，是怎么把谷子平价卖给农民的！陈老先生，你想想，哪户农家没有老婆孩子？他们一家一家都断了炊，眼看就要饿死了，哪个知书达理的人能见死不救？我就想看看陈济生老爷今天能不能济生救人！"

"你这……不就是强盗吗？"陈济生急了眼。

"陈老先生，强盗是拿刀不拿秤的！"毛泽东说。

农民们紧着声喊："平价粜谷！""开仓救人！"

毛泽东进逼一步，说："陈老先生，接秤吧？"

陈济生后退一步。站在陈三后面的玛丽亚忽然举手说："三，我要给爸爸讲一句话。"于是陈三马上说："爸爸，玛丽亚有一句话要说。"

玛丽亚手指秤砣："爸爸，这叫什么？"陈济生瞪圆眼睛不说话。福顺大叔代为回答："这叫秤砣，称秤用的。"

玛丽亚说："爸爸，为什么你们中国的秤砣，像一颗人心？我想，你们祖先，造出这种秤来，就是希望你们，用秤的时候，凭一颗心！"

"说得好！"毛泽东说，"这话说得好！"

陈三突然跪在父亲面前："我跪下了，爸爸！我求你粜谷了，爸爸！玛丽亚，你也来跪下！”

“不，”玛丽亚昂头说，“我不跪。我虽然不是中国人，我也讲究脸面！”

福顺大叔说：“啊呀，说得好！说得好！”

“好啦！”陈济生突然之间疯了一样，手舞足蹈，泼天大喊，“那我跪下好不好？我给你们大家跪下好不好？我陈济生今天下跪啦，我屈服啦，来人呀，开仓平粜，我豁出去啦！”

米行四周顿时沸腾，铁锄与扁担举满半空。“开仓啦！”“平粜啦！”“胜利啦！”

陈济生就是在这种欢呼声中软瘫下去的。半个月之后，他抖抖地下了病榻，当桌摆开笔墨，挥毫书写函件，满脸的愤懑之情。

他直接向省长告状。他不能不告。农民翻天，事情很严重。

事情确实很严重。在毛泽东成功地组织了银田镇的平粜斗争之后，韶山永义亭、瓦子坪、如意亭等地在 1925 年 8 月都开展了平粜斗争，且均获胜利。湖南韶山地区的农民运动，明显地动摇了当地的统治秩序，而土豪劣绅向湖南军阀赵恒惕的紧急呼救，就成了很顺理成章的事情。

二儿子探头进屋，把陈济生吓一跳。

陈济生问：“小三子没跟进来吧？”

“没有。怎么了，爸爸？”

“我写信请求赵省长派兵抓毛泽东，这等大事，能让小三子瞄着吗？该死的小三子，还有他的洋老婆，都是家贼！”

告状信奏了效。省长赵恒惕对各地爆发的平粜斗争本来就恼火至极，一发现有人举报肇事头目，马上就摔了令箭。据福顺大叔带到毛泽东家里的消息说，赵恒惕是这样拍桌子的：“电令湘潭县团防局，速往韶山逮捕共产党首要分子毛泽东，就地正法。”

福顺大叔还带来一顶青布轿子，催促毛泽东立即上轿离开韶山。他说，就地正法，太危险了。

毛泽东磨磨蹭蹭，说：“书还是要带上吧？”

杨开慧说：“别带了，带什么呀！若遇路上盘查，不是不打自招吗？”

毛泽东舍不得：“还是带几本吧？”

福顺大叔说：“毛先生，省长密电是怎么写的？”

毛泽东说："你不是说了吗，立即逮捕毛泽东，就地正法。"

福顺大叔恼了："那还磨蹭个啥？树伢子，水根，马上抬走毛先生！"

两分钟后，钻进轿子的毛泽东忽又掀帘，笑嘻嘻钻了出来。"路上遇着盘查，我应当是谁？"

一个抬轿人说："东家。"

另一个说："掌柜。"

福顺大叔又恼："跟你们说过，是郎中！毛先生衣服上都有补丁，能是东家吗？"

杨开慧听闻此言，心里不好受："润之，你看，一身上下，也没一件好衣服。"

毛泽东说："就是郎中吧，郎中好，郎中好。一个穷郎中，不骄不奢，医遍人间，志气得很嘛！记住了，我是郎中！"

两个年轻的轿工一声应诺，都说记住了。

毛泽东掀帘进轿，又回头问："岸英岸青呢！"

"都睡着了。"妻子说。

"代我亲亲他们，"毛泽东小声说，"我到了长沙，就来接你们。"

你倒是快一点呀！性急的杨开慧不由分说，把毛泽东推进了轿子。

轿子在 8 月的村道上走得飞快。路上缺风，太阳大，这种天气下抬轿不能停，一收步，满脸通红的抬轿人顿时就会浑身湿淋淋，如同水里钻出来一样。

毛泽东在轿内也热，他把轿帘卷高了，才仿佛感觉到有些微风。发白的土路在太阳的炙烤下，远远望去，好像有水汽蒸腾，晃晃悠悠的。毛泽东在晃晃悠悠中一路思考，思考着这几个月之中在这块土地上发生的所有事情。他没有想到湘潭团防局的十几个兵丁正在前方两里地的地方摇摇晃晃地走着，直奔韶山而来。他只思索着中国革命的动力问题，思索着韶山的农民、湖南的农民和全国的农民。

他想，中国农民如汪洋大海，中国的情况与俄国的情况大不一样。在那个工人众多的国家，产业工人拿起枪走上街头就可能解决问题；在中国，相当大的革命原动力存在于乡村，若是全国的锄头都举在半空了，则中国的风云立马就能搅成另外一个模样。关键的问题可能就是启发、教育和组织农民，因此，需要培训一批善于发动农民运动的行家里手。他在这么考虑的时候，那个患着哮喘的湘潭团防局的汤排长，业已把十几个兵丁带到离他五百米的地方了。这是一个危险的距离，思考着中国农民的毛泽东其时还根本不知道这一危险。

汤排长哑着嗓音骂人。

他的心情不好并不在于这些天的哮喘，而是他的部下的那种蔫不拉唧的德性。十几个兵丁横挎着枪，走得像小脚女人一样歪歪扭扭。

汤排长不能不喘着气骂人："还不提点气？要蔫也蔫在窑子里别蔫在今天！若是跑了毛泽东，老子怎么交差？老子干脆把你们一个个阉了！"

骂过三巡之后，走在最前头的一个士兵手搭凉棚喊起来："报告排长，来了一顶轿子。"

汤排长大喘几口气，问："空轿满轿？"

"满轿，里头有人。"

"男人女人？"

"遮着帘儿，看不见。"

待轿子吭哧吭哧抬近，汤排长便看见了两个呼呼直喘的年轻轿夫，轿夫的破背心都叫汗湿透了。

汤排长心中起疑，哑着嗓音喝问："喂，抬……抬的什么人？"

轿夫不停脚："回长官话，郎中。"

汤排长从腰间拔出一柄短枪："郎中不是新娘子，干啥闷着帘儿不吹风，不怕闷死？"

"回长官话，郎中说，这个月的风是邪风，不能吹。"

"这倒是，这倒是，"汤排长猛然醒悟，倒抽一口凉气，"风有正风邪风。我爹的嘴当年就是给邪风吹歪的。我看这郎中神，我从小最敬的，就是郎中。"

轿子吱吱扭扭地擦过队伍，一刻不停地走了。

汤排长瞅着轿子走远，忽然又想起什么，直着脖子大喝一声："站住！"

嗓子太哑，喊不响。

汤排长踢一个士兵："你喊。"

那兵丁声若洪钟："站住！给我站住！"

轿子不走了。

兵丁喊："停下！"

轿子稳稳地停下。轿夫身上的汗水也顿时如瀑布一样流下来。

汤排长摇摇摆摆走了过去，兵丁们呼啦啦一齐围上半个圈。两个轿夫一时都显出了紧张，流淌不停的汗水里已有一半是冷汗。

青布轿子则纹丝不动，如死了一样。

"既是郎中，我就要看看郎中了。"汤排长喘着急气说，"我这喉咙拉风箱，足足拉了八个年头，灌的汤药少说也有三百帖，外加两炉香灰。今儿天上掉下个郎中，八成是观音娘娘看不过眼，特意给我汤某人送来的！卷起帘儿看病了，郎中！"

两个轿工吓得面面相觑。

汤排长问怎么不掀帘儿，两个轿工于是更显局促，不知说什么好。恰在此时，便有浑厚的声音自轿帘内传出："病家若要看病，便将手伸进来！"

汤排长闻声一愣，忽然跌足："啊呀，碰到好郎中了！"

打头的兵丁问："怎么，排长？"

"啊哟哟，你要知道，好菩萨从来都是闭脸闭眼的！"

轿内继续传出平稳之声："贫医虽无刀圭圣药，也无上池神水，但于今云游八载，却也视病无数，自有手到病除之功，尽收枯木回春之效。"

汤排长听得双眼滚圆。

打头的兵丁骂人了，说："娘的，排长，这郎中的牛吹得比踩猪尿泡还响，拉他出来，看看是什么脸面！"

汤排长听得拍手："有门了！"

士兵说："怎么？"

"有门了，有门了！我这辈子碰上的十八个郎中，没一个像他这样敢说满话的！你们要知道，好和尚念的都是大经！"

轿内人说："将手伸进来！"

汤排长伸出右手，想想不妥，赶紧先问一句："左手还是右手？"

轿内的回话声气很重："将那只不拿枪的手伸进来！"

汤排长立时抽回右手，赔着小心问："郎中先生，为什么要伸左手？"

"拿枪之手，杀气太重！"

"对，对，"汤排长哑着嗓音感叹，"真菩萨都是大慈大悲的！"

他的左手如蛇一样悄悄移动，小心翼翼伸进轿帘儿。

轿内之人说："这才像人手。"

汤排长一抖，说："喔，搭上了。"

那个满眼疑惑的兵丁轻声问："搭脉？"

汤排长说："自然是搭脉。"

"搭得对头不对头？"

"对头，对头，五指撮药，三指搭脉，郎中先生用的正是三指。"

那兵丁凑前一步，咬他耳朵说："排长，弟兄们总以为……"

汤排长瞪眼："你想胡说什么？你他娘的还疑心人家？立正！向后转！齐步走！稍息！"

他把所有的兵丁都赶得远远的。

"你这病家，痼疾在喉，用药不灵。"轿内人又这样说。

汤排长吓一跳："为什么用药不灵？"

"骑人脖颈者，是为人上人。人上之人，高高在上，既身高于上，必难接地气，接不上地气，服药如何能灵？"

"服香灰灵不灵？"

"因你并非佛门弟子，所以口服香灰也难以灵验。"

"我老母初一十五都吃素！"

"那是度她自己，不是度你。"

汤排长心里一急，说话的气就更喘了："那，郎中先生，那我喝什么汤药呢？"

"你要积善，善行便是天下好药。当初十八罗汉在修成罗汉果之前，至少有八个是犯哮喘病的。"

汤排长失声问："是吗？"

两位轿工互相看一眼，心里都发笑。

轿内人又说："行善可成正果，无药便是有药，听见没有？"

"听见！"

"退手！"

汤排长赶紧缩回了手。

"起轿！"轿内人不急不慢地喝令。

两位轿工定了心，毛巾一搭，立马抬起了轿，甩开脚板。

汤排长喘着气向队伍喝令："敬礼！娘的听见没有？都给我敬礼！"

众兵丁一齐敬礼。

汤排长一边走回他的队伍里去，一边感叹："活菩萨啊，阿弥陀佛啊，阿嚏，阿嚏！咦，真的是好多了！"

几位兵丁见着发愣："排长真的不喘气了？"

"果然不喘了！快走！娘的，还不快走？人犯若是跑了，老子找你们算账！"

两天之后，毛泽东安然避入长沙城。韶山之老宅，由于杨开慧及时凑了点钱，打点了一下垂头丧气的汤排长及其兵丁们，也避免了一次查抄。

年轻的毛泽东有好几次逢凶化吉，这次算一回，当然比起两年后他被保安团逮捕、拎着自己的两只鞋子在死亡之路上走，这只是小菜一碟了。

第14章
驶进谜团的中山舰

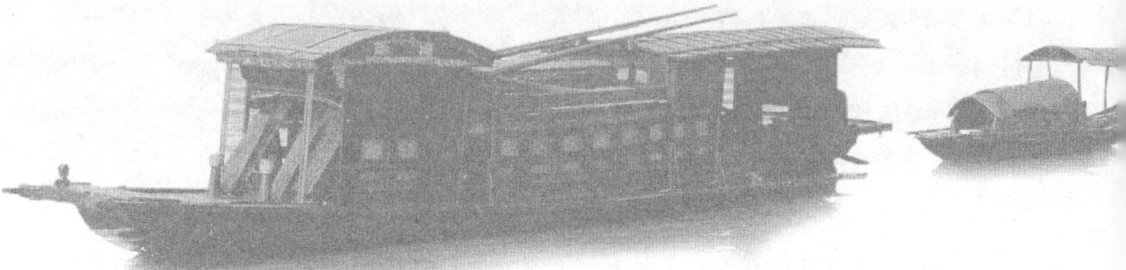

毛泽东步出亭阁，遥望远山近水。

长沙郊外，湘江之中的橘子洲，历来是迎江眺望的好去处。

四下里十分安静，秋山秋水之间，唯几声鸟雀啁啾。

毛泽东这么迎风眺望的时候，便有一番热热的感慨涌上心头。这份感慨，是他即将去广州出席国民党“二大”并就任国民党中央代理宣传部长之前的一个礼拜生出的。这天，他早上向中共湘区委员会报告了韶山地区农民运动的状况，一番话讲得热气腾腾，下午便来到橘子洲头，再次拜会湘江。他先是游了一会儿水，然后便来了诗兴。在他预感到两党合作将要推动中国革命的新一轮高潮之时，便不能不抒发一下胸中豪情。

他吟的是词，词名《沁园春·长沙》。他此刻迎着江面上湿润的风，吟得抑扬顿挫：

独立寒秋，湘江北去，橘子洲头。看万山红遍，层林尽染；漫江碧透，百舸争流。鹰击长空，鱼翔浅底，万类霜天竞自由。怅寥廓，问苍茫大地，谁主沉浮？

身后亭阁之中，隐约传出一声沙哑的赞叹：“好！”

毛泽东没有在意，也没有回身，继续昂首而吟：

携来百侣曾游，忆往昔峥嵘岁月稠。恰同学少年，风华正茂；书生意气，挥斥方遒。指点江山，激扬文字，粪土当年万户侯。曾记否，到中流击水，浪遏飞舟？

"好！好词！"背后亭阁中，有人拍栏杆。"好词啊，峰回路转而又直泻无余，好词啊，书生策马，畅快淋漓！"

毛泽东回身，见是一个老头。这是一个草帽罩头、破衣缠身的精瘦老头，一根稀稀拉拉的细辫子戳出草帽，如一条小蛇一样盘在草帽的尖顶子上。

"请问先生是谁？"毛泽东问。

辫子老头倚亭而坐，又拍拍亭栏："久不闻如此慷慨之词了，好词，好词呀！"

"请问先生是谁？"毛泽东又问。

辫子老头摘下草帽，又撮起三根指甲很长的手指，将细细的灰白辫子捏住，轻巧地向后一甩，说："老朽虽不才，形如废履，当年也曾是三榜状元，经过殿试的。"

见毛泽东露出好奇之色，辫子老头更为得意了，说："天下者，早已不是我辈的天下了，老朽我，原本是应该一头投在江里的。中国为什么有那么多江？中国之江河就是为志士仁人留着的。屈原大夫不就投了汨罗江吗？啊，啊，我为什么不死，看来上苍是要我再见到一个奇人。今日，果不其然，让我见着你了！能吟如此奇词之人，还不是奇人吗？照我看来，能唱出'粪土'二字之人，就已了然全部人间历史了！"

毛泽东点头："对，我的心境，你一半懂了！"

"不瞒先生说，自老夫中了状元之后，也曾蒙圣恩封为监考官，官阶至从二品。上苍既让我做监考官，总要让我见几个真秀才吧？果不其然，今日见了你。见了你，也不枉苍天一番心意了！"

听完老者这一番啰唆之后，毛泽东还是觉着疑惑："那你为什么不问问我姓甚名谁呢？"

"老夫不但不问先生贵姓，也不问先生贵庚。"

"这又为什么？"

辫子老头翻眼望天，说："苍天已知，何必老夫赘问！"

毛泽东哈哈大笑，笑毕，说："你也是个奇人，起码你头上这根辫子就奇。你这根辫子说明你不懂政治，不明现实，不知百姓，不晓寒暑。其实呀，你并不明白'粪土当年万户侯'之吟！"

"懂是懂的，先生，寒暑彻骨，何人不明？只是情感难以割舍罢了！"

亭阁之外忽然匆匆走来一个人。来人是何叔衡，一见毛泽东，两眼就亮。

“润之，总算找着你了，估计你在江中之洲，果然没错！”何叔衡挥动手中的一本小册子，“快看，天下又出奇人了！”

“奇人是谁？”

何叔衡没有回答，表情却是愤愤然：“真是岂有此理！”

“谁呀？”

“你读读这篇奇文，就知道奇人是谁了！”

毛泽东接过小册子：“戴季陶？”

何叔衡带给毛泽东看的，正是戴季陶刚刚出版的小册子《国民革命与中国国民党》。中国共产党在五卅运动中所表现出来的卓有成效的领导作用，不能不使国民党新老右派大为震惊。戴季陶以三民主义忠实信徒自居，公开谴责中共，反对国共合作。他的观点与理论，一时在全国形成了颇有影响的“戴季陶主义”。

毛泽东放下小册子，皱眉说：“山雨欲来，风儿满楼！”

何叔衡也同时注意到了乞丐模样的辫子老头，仔细一端详，不由大惊：“这不是我的远房三叔公吗？润之，这个老东西一肚子坏水，他就是张敬尧当年的头号门客！”

毛泽东说：“是吗？”

“张敬尧若有十个坏点子，起码有八个是他出的！我以为他早就投江了，谁知还活着！”

辫子老头以手遮脸，似显示无地自容之状。毛泽东心里不忍，便说：“何胡子啊，你就别苛求这根辫子了。”

“怎么？”

“知粪土者，必知天下。”

何叔衡还是不明白。

毛泽东说：“他对我说，他已知晓了‘粪土当年万户侯’的道理。此人虽当年作恶，但如今既已明了事理，你也就别再苛求，让他走吧。”

辫子老头重新戴上草帽，掩面作哭状，凄惶而走。

毛泽东盯着他的背影，对何叔衡说：“在中国，这一类人，是没有什么市场了，他们的货，明眼人一看就知是破烂，少有人问津。可是，戴季陶叫卖的东西，还是很有人要买的。”

“你是说，山雨肯定要来？”

毛泽东点点头，神色严峻地说："中国共产党人，现在比任何时候都要提个心眼儿了。既要盯着北面的军阀，又要防着身边的同盟者。"

他有一个强烈的预感：两党合作的车轮，要面临一个大大的坎儿了。

孙中山辞世之后，许多国民党人物的发言便轻松多了，原来顾忌着不敢说的话，现在都可以一吐为快了。国民党的右翼自不消说，一闻戴季陶之锣，便手舞足蹈起来，而像沈玄庐这样一向以红色著称的人物，也按照新的节拍跳起舞来。

沈玄庐今天手中的道具是一袋萝卜干。

他知道国民党全党响应"戴季陶主义"者甚众。戴季陶言之凿凿，其损及中共之言论，他觉得非常动听。于是他再三恭请，把中央委员戴季陶请来了萧山衙前村他的老家，同时邀请的有浙江省四十余名国民党代表。他的打算是以新近成立的国民党萧山县党部的名义，邀集全省各地党部代表会集他的家中，举行国民党衙前会议，使浙江的国民党员一齐集合于孙中山的三民主义思想旗帜之下，这面旗帜的图案则是戴季陶新绘的。

沈玄庐带着这袋萝卜干出现在客厅里。

各位委员见沈玄庐到了，一齐起立。

"坐下坐下。"沈玄庐笑容满面。在请戴季陶坐于圆桌上首之后，他便开始说话，一边说一边举起手中纸袋。"开会之前，先请诸位代表尝尝我家乡的特产，萧山萝卜干，来，一人取一根。"

众人均乐，纷纷伸出手指，取萝卜干品尝。

"有滋味吗？"

"有味，"来自浙南的代表称赞，"醇郁柔韧，口舌生香，有味，有味！"

沈玄庐问戴季陶，戴季陶也点头，说很有滋味。于是沈玄庐大声说："诸位，萝卜这东西，就一个字：贱！你怎么烧都没味。可是，萝卜一旦晒干，其味便显，既香又醇，赛过野参。所以说，所有学问，都在一个'晒'字里。我看孙先生的三民主义，先前就是萝卜，怎么嚼都没味，现在给这位戴季陶先生一晒、两晒、三晒，晒好了，就晒出真味道来了！"

戴季陶闻言，抿嘴而笑，觉得沈玄庐此人还是相当有趣。

沈玄庐又说："本人热烈拥护戴季陶先生重新解释三民主义！共产党连我的儿媳妇都要抢，连我的孙女儿都要偷，还能做什么真朋友？"

忽有一位代表起立说：“今日之萝卜干，没有白嚼，本人提议，以国民党浙江临时省党部的名义，立即发表一份拥护戴季陶先生的宣言！”

沈玄庐哈哈大笑：“你老兄的这个提议，也是一晒。好啊，我们此次衙前会议，就凭你老兄的一句建议，晒成一根萝卜干了！”

陈独秀约张国焘与瞿秋白到上海四马路上的春来面馆吃面。由于辣油的缘故，三人都吃得脸上冒汗。

“干脆，共产党员一齐退出国民党！”陈独秀在闷热的小包间里这样说，他心底里始终存在着对两党党内合作的某种根深蒂固的怀疑。爪哇是爪哇，中华是中华，何必马林来强扭瓜。“国焘，当初，你也是不赞成的，后来怎么又赞成了呢？原因在我，是我，强扭了你的瓜！”

提起两年前的事，张国焘只笑笑。他一直认为国民党不是一个好党，后来陈独秀牛头一转，他也只好跟着摇牛尾巴了。

陈独秀见两人只管吃面不吱声，便从自己的一双竹筷中抽出一根，又伸手从张国焘手里拔出一根筷子，再从瞿秋白手里也拔出一根。

“何必用两根筷子呢？”陈独秀说，“依我看，一根就够了。你们看，一根筷子照样吃面！”

他低头吃了几口。张国焘学样，也用一根筷子扒了几口，然后评论说：“老实说，用一根筷子扒，比两根筷子挑着吃还快！”

陈独秀与他相视而笑。在某些方面，张国焘率直的性情，很合陈独秀胃口。

瞿秋白则一直不吱声，后来，他伸出手，默默地从陈独秀手中取回属于自己的那根筷子。

陈独秀用手绢抹抹自己油晃晃的嘴，饶有兴趣地看着瞿秋白。瞿秋白低首低眉，依旧用他的一双筷子吃面，从容不迫。

“秋白虽未吭声，却已经用他的筷子表态了，他还是坚持两党紧密合作的。”陈独秀看出了名堂。

瞿秋白继续吃面，哧哧有声。

陈独秀又感叹说：“唉，我这人，就是没有秋白这等好脾性。我呢，往往是遇上锅子烫，还想撒把盐，一急，就容易把事情急炸。把话说回来吧，国共合作，来之不易，我们还是得冷静，不能让戴季陶这颗老鼠屎坏了一锅汤。”说罢，摇摇头，重新握起自己的一双筷子，又把从张国焘手里取来的一根筷子也递还给对方。

谁知张国焘接过那根筷子，瞧也不瞧，随手就朝窗外一扔。

啊，此人也表明态度了，陈独秀想。陈独秀知道，张国焘之不悦，与其说是恼火戴季陶，还不如说是冲着自己来的。但是陈独秀对此不反感。张国焘是很不喜欢自己的领袖摇摇晃晃的，这应该是他的优点。同样，瞿秋白的斯文也是可数的优点，特别斯文又特别执着，真个不错。想想也是，两党合作毕竟已带来了两党的组织大发展，陈炯明之叛业已扫平，广东革命根据地也已经统一，全国的工农运动日渐高涨，这些毕竟都是事实。瞿秋白坚持用两根筷子挑面条吃，实是一种合理的进食之姿。

于是陈独秀起身，掀开油腻腻的花布门帘，喝一声，来人，取一根干净筷子来！

此刻，邓颖超也正路过上海。

邓颖超坐在火车的三等车厢里，随着车轮的节奏，左右摇晃。她一身灰布衣裤，头上梳着一个横S髻，一副家庭妇女模样。

她于津浦铁路秘密南下，经上海去广州，与周恩来团聚。

在中国共产党人严重关切着国共两党合作前景的这一年夏天，邓颖超由于在五卅反帝爱国斗争中担任天津各界联合会的主席，遭到当局通缉。因此她不得不辞别母亲，辞别生活了十三年的天津，化装成家庭妇女，连夜南下。周恩来信中说：“你来广州工作吧。广州的空气闻着就心热，我们分别时间也长了，我等你。”

邓颖超接到这封信，心里开了花一样。

这个“五号”，终于能说“我等你”这样意味深长的话了。

邓颖超踏着1925年8月7日的南国阳光，满头大汗地找到了周恩来寓所，是一个水淋淋的人力车夫把她一路拖着来的。广州的空气闻着心里就热，邓颖超可是真真切切地感觉到了，但怎么会热成蒸笼呢！

她拎着手提箱，以手作扇，汗淋淋地站在门房前。没有钥匙，她无法进屋。周恩来既没有来码头接，也没有在家等候。当然他是忙，她想。除了忙之外，他可能也有一些其他的理由。

他的信上同时还有一句话，他对她说：人生伴侣的选择自然是需要慎重的。

邓颖超想：这句话是作为他对待感情问题的一般指导原则呢，还是对他与她之间关系的特指，从而别具深意？她在前往上海的火车上左右摇晃的时候，激动人心的憧憬和某种不祥的念头总是交替出现。

周恩来毕竟这么英俊，又留过洋，现在又担任了这么重要的职务。

陈赓向邓颖超大步奔过来，其实他还没跳下小汽车就看见了候在寓所大门口的这位姑娘。陈赓是周恩来的副官，黄埔军校一期毕业，年方二十二，办事特别干练。

"哎呀，你就是邓颖超同志吧？我叫陈赓，是周主任的副官，周主任太忙，叫我来码头接你，可是我没找到你，我猜你就会到这儿来。"

"没关系没关系，他忙，革命工作总是大事。"

"先进屋休息一下。"副官摸钥匙。

邓颖超犹疑了一阵。

"你有什么想法，尽管跟我说。"

邓颖超大胆地说出口："我想马上见他，马上，越快越好。"

"那……也好，我这就带你去。他这会儿，在总工会谈工作呢！"

邓颖超冷静地想，不管怎么样，风也好，雨也好，见面再说。不能不见面，而且得马上见面。当然，她又想，周恩来或许真的是忙得无法分身呢。

半个钟头之后，她就在一间大房子的门口看见了他。

周恩来穿着军服，剑眉大眼，一脸英气。他的模样跟她无数次的想象一样，无甚出入。这间大房间看来是一个会议室，在广东省总工会的楼房里面，门口贴着"省港罢工委员会"字样。她看见一批人围着一张大桌子在商量工作，许多人进进出出，因此褪了漆的地板老是在震颤。整个房间的气氛，类似那种战斗开始时的前沿指挥部。

她看见邓中夏、陈延年、苏兆征在紧张地向周恩来叙说着什么，当然邓颖超那时候都叫不出这些人的名字，这些人对她而言全是陌生人。她只站在门口盯着周恩来看，她看见他正在埋头写着什么字。她希望他在这时候就抬起脸来，看见她。

陈赓说："进去吧？"

"我就站在这里，他会看见我的。"

于是陈赓就走过去了，她看见陈赓俯身向他的主任悄声汇报了几句，然后她就看见周恩来抬起了他的双眼。

他们对视。邓颖超有一阵轻微的战栗。但是她的心很快就平静下来。她从对视的目光中霎时间发现了很多，又像是什么也没发现。

对视就是对视，一对昔日战友的对视。天津的白刺刀和巴黎的白鸽子同时从他们的视线之间无声地掠过。

周恩来站起来了，挺拔的个子。

邓颖超盯视着他。但现在，这只是单方面的视线。视线中断了。她是多么希望他朝她走过来，将视线重新接上。她希望他的步子很快。

周恩来的步子确实很快，但是他消失了。

他与陈延年、苏兆征分别说了几句话，一个转身，便从会议室的另一扇门里消失了。

邓颖超笑了笑。她没有在脸上笑，而是在心里笑。她在心里对自己笑了一笑。因为她有这样的准备多时的心情，所以她在面对陈赓充满歉意的解释之时，表情是轻松的。

陈赓说："周主任实在太忙！他要同陈延年委员长赶去广东区委开会。"

邓颖超说："我知道。你也去忙吧。待会儿我雇辆车，自己回去。"

陈赓说："不不，我送你回去，你先坐一会儿，我马上送你。"

当晚，邓颖超在周恩来寓所安顿下来之时，周恩来正坐在广东区委办公楼内的陈延年房间里。这是一个相当闷热的深夜。窗户洞开，地板上铺着草席，没有风。他们对坐。沉默的时间比说话的时间多。

两把扇子啪啪啪不停地响。扇空气，扇蚊子，扇心情的烦躁。

"吃回头草的，不一定都是劣马，也有好马。"陈延年摇着扇子，慢条斯理地说，"我就吃过回头草。你是知道的，我一直信奉无政府主义，为了这个主义问题，我挨了独秀同志多少回骂，不听，后来，还是吃了回头草，改信马克思主义。变了信仰，好不好呢？我认为是好的，向真理投降是天下最光荣的事情。我始终不认为自己是一匹劣马。"

"那么，我是一匹什么马呢？好马还是劣马？"

"恩来，看得出你很矛盾。想喝点酒吗？我这里剩着半瓶白酒。"

周恩来打了一下自己的脖子，然后从肩胛骨处捻下一只花脚蚊子。"我不想喝酒。”他说。

陈延年说：“她入党了，你知道吗？”

周恩来摇摇头。

陈延年说：“她还是中共天津地委的妇女部长，这次来广东区委工作，我考虑了，也还是叫她做妇女部长。”

周恩来觉得这样的工作安排是妥当的。

“我不鼓励你吃回头草，也不鼓励你勇往直前。婚姻是终身大事，主意，得牛郎织女自己拿。真不好意思，你我同岁，我却像长辈一样在这里唠叨。”

“一个人于苦恼之时候，只愿碰到的人都如长辈。延年，你再说吧，我很入耳呢。”

珠江里，船笛几声，低沉如牛吼。

“那我就再多说几句。”陈延年说，“恩来，你现在是站在门槛上，跨一步，进房了，你想想，不甘心，退一步，出屋了，你想想，又不情愿。”

周恩来暗想，确实如此，什么叫进退两难，这就叫进退两难。

“女大十八变。你们分别时，她才十六岁，如今过了五年，她已经二十一岁。你可能一直在想，这个小姑娘如今变得怎么样了？在你的睡梦里，她像一朵花，一旦见面，看她又不是一朵最美的花，你心里头就大大地犹豫起来，是不是？”

周恩来摇着扇子，越摇越慢。

“第二种可能是，你先前一直抱独身主义，后来，破了禁忌，愿意找个革命伴侣。然而一见面，只见一个活泼泼的女子就站在眼前等着你去娶她，等着你承担她一辈子的幸福，你就怕了。因为你的生活太动荡，枪林弹雨是你的一日三餐，你觉得你这辈子只能对自己负责，你害怕承担他人的责任。”

“你还有第三种可能吗？”

“我可以说出十种可能。”

“不用讲了，”周恩来轻声说，“延年同志，我很感谢你，打心底里感谢你。你讲的每一句话，都能像子弹一样打中我。是我先向她表明爱情的，我应该承担责任，我没有理由后退，在这个问题上，我若吃回头草，当是劣马无疑！”

听周恩来这么说，陈延年的心轻松下来。他起身，拿起周恩来的茶缸续凉水。

“明天就回家吧！”

“明天回家。你跟我一起回家。”

陈延年眉毛一跳，这是什么意思？

周恩来说：“主持我的婚礼。我明天就结婚。”

陈延年忽然觉得很感动：“恩来。”

“怎么了？”

“我很羡慕你。”

这句话，周恩来不明白。陈延年说：“你的动摇和你的选择，都是很美丽的。”

周恩来听了这句话，侧脸想一想，也为自己感动起来。当然，感动之中，还夹杂着许多歉疚之意。

第二天早上，周恩来起得早，一漱洗完就回家了。他看见邓颖超在阳台上收拾花盆，系着一个围裙。同时他听见陈赓在兴高采烈地提醒她：“邓颖超同志，主任回来了！”

邓颖超猛然回头。

周恩来看见他的小超有了黑眼圈，淡淡的。而她，也看见了他。周恩来就抱着手站在门口，满脸阳光，笑容如盛开的花朵。

邓颖超没有挪步，也没有招呼，一时不知怎么办才好。她确实很意外。

周恩来说：“小超！”

邓颖超微笑，笑容也如一朵花了，但还是没有挪步。

周恩来扭头说：“陈赓，暂时没你的事了。”

陈赓应一声“是”，赶紧转身走。

周恩来又招呼一声：“小超！”

邓颖超突然跳起来，一阵风似的扑向周恩来，一下子把头埋在了周恩来胸前。周恩来除下军帽，紧紧拥住恋人。他的脸颊贴住了又黑又柔的头发。屋内没有风，但是他感觉到她的头发在飘动。

“我工作太忙。”他轻声说。

“什么都别说。”

“我昨天就应当回来。”

邓颖超伸手，坚决地捂住了周恩来的嘴巴。

"什么都别说。"她真的不希望他再说什么。他若再说什么，她反而难受。

大片的阳光扑进窗户，包裹着这对恋人。阳光使他们的温度又升高了一些。周恩来说："把妈妈接来广州，我们在广州安家吧。"邓颖超点点头。

周恩来接下来的一个建议，使邓颖超吃惊不小了。周恩来建议当晚就举行婚礼，不是明天，也不是后天，就是当晚。邓颖超慌忙解下围裙，说："那怎么来得及呀？"

周恩来雷厉风行，立即就吩咐副官去置办新被褥和买酒。邓颖超则去衣铺买了一件紫红色碎花短衫。婚礼于当晚准时举行，中共广东区委书记陈延年亲自在洞房门口，为新人燃放了一串百子鞭炮。鞭炮噼噼啪啪顺利炸完，陈延年说："记住，你们要生两个孩子！"

1925年8月的广州街头，声响很多，有鞭炮，也有类似鞭炮的刺耳的冷枪。8月20日，一位著名的国民党党员倒下了，由于一颗冷冷的子弹。

廖仲恺被人暗杀于国民党中央党部门前，终年四十八岁。枪声很刺耳，枪口的硝烟染黑了第二天全国的报纸。

这当然是国民党右派打击"左派"、破坏国共合作的一大阴谋。

一个月之后，一支被查获的手枪被重重地拍在国民党中央党部的会议桌上。

蒋介石站起来，指着枪，声色俱厉地说："现在查明，这支枪，就是暴徒陈顺所用手枪，其执照号码，为粤军南路司令梅光培签发！军事部长许崇智难辞其咎，我命令，立即包围许崇智公馆！"

蒋介石说这些话的时候，义正词严。没有人反对他，也没有人对调查的广度与深度提出有力的质疑。蒋介石与一个历史的契机相逢了，这种机遇是不容易遇到的。蒋宅彻夜灯火通明。在接下来的时间里，蒋介石连出重拳，他借廖案先后赶走国民党中央常委、前广东省长胡汉民和他的拜把子兄弟、军事部长、粤军总司令许崇智，如愿并吞了许崇智的粤军，并当上了广州卫戍司令，取得全部广东军政大权，一跃而为国民党的中心人物。

蒋介石在国民党内的迅速崛起，使陈独秀颇费思量。陈独秀沿江行走，神情显得焦虑。他的周遭是此起彼伏的轮笛和江鸥的白色翅膀。

陈独秀的烟量明显大了起来，眼袋也常见松弛。国共合作的前景，一时充满变数。如何准确地分析和把握中国的时局，对于正在不断壮大队伍的中国共产党来说，始终是个大课题。在 1925 年的这个多事之秋，陈独秀的苦苦思虑，还牵涉到自己的家事。家事常是烦恼之源，尤其是对于陈独秀这样的人来说。

陈独秀走来走去，心神不宁。他的前额在夕阳的映照下，泛着暗淡的光。

他终于从码头边看到了出差返回上海的老朋友汪孟邹。

陈独秀边招手边挥手，非常高兴。汪孟邹拎着皮箱快步奔向他，问他怎么知道老朋友今天的归程。

陈独秀告诉他，是他侄子汪原放告诉的行程。陈独秀又告诉他，自己家里的矛盾已经到了白热化时刻，他目前需要老朋友直接插手。

陈独秀夫妇终于在这个月正式分居。汪孟邹从中穿针引线，费了很多心思。分手协议最终还是由眼泪浇成了，高君曼带着两个孩子去南京东厂街草屋生活，那儿由于房子是自己的，生活开销可以很低，陈独秀则承诺每月邮寄生活费。

送家小到北火车站的时候，陈独秀的心难得地抽搐了一下。他把行李一件一件递进车厢，由汪孟邹接着。

准备上车的黑子忽然哽咽地大喊一声“爸爸”，并且一下子扑上去，勾紧了他的脖颈。喜子也喊一声“爸爸”，泪流满面地抱住了父亲。

陈独秀抱抱儿子，又抱抱女儿。他没有更多的话好说，他只说了一句“听妈妈的话，要多认字”。

一听这话，高君曼的眼泪又扑簌簌地下来了。陈独秀见不得眼泪，便大叫汪孟邹下车帮忙。“孟邹，孩子要上车了！”

汪孟邹连哄带劝，将两个孩子送上了车。陈独秀走近妻子，说：“君曼。”

“还有什么话可说？我真恨你！”高君曼擦泪。

“难为你了，君曼。”

“我恨你，恨死你！”

“我也很恨我自己。但是，没有办法，爱情袭来时，任何男人都会束手无策。当年我带你离开安庆老家，就是如此。真的要请你原谅，你我分手之时，我还再提这件事。”

“你这人如此没良心，世上少有。”

“这你说错了，君曼。我这人，一生反对假道学，表里如一，心口一致。

我喜欢女人，就说我喜欢女人。我离不开女人，就说我离不开女人。其实，我这副心肠，你是每一寸都有数的。”

“所以我说你这人没良心，一点没错。”

陈独秀叹口气：“上车了，君曼。”

高君曼上车之前，对陈独秀说了最后一段话。她说：“我真想抽你两个嘴巴子，一来看在你共产党委员长的分上，二来看在孩子和汪先生的分上，不抽你了。你晚上自己抽自己两个嘴巴子吧，抽完之后，再扪心想一想，自己对不对！”

晚上，陈独秀确实想到了这句话。他是在施芝英家中想到这句话的。电不足，灯光发黄。他在黄黄的灯光里很阴郁地说：“君曼要我晚上自己抽自己两个嘴巴子。”

火车启动时的鸣叫声和孩子的哭喊声一直揪着他的心。他以前感觉不到这种揪心，这一刻却觉得有些痛。于是他说：“我现在抽了。”

“你要抽？”

“要抽。”他说，接着就轻轻打了自己一个嘴巴。

施芝英按住他的手。她说：“另一个，留给我。”

她打了自己一嘴巴，打得比陈独秀重。

“你真好。”陈独秀捧着她白皙的圆脸庞说。

“两个嘴巴就结束了一段姻缘，值。”女人说。

陈独秀躺到床上之后，叹一声，说：“我跟高君曼，说分手就分手了，可是共产党跟国民党，是不能说分手就分手的。”

“哎呀，你每天想的，都是党。”

“现在出了一个‘戴季陶主义’，想赶我们。戴季陶就是那个笔名‘天仇’的人，你或许看过他的文章。他过去视袁世凯为仇敌，现在视共产党为仇敌了。他想赶我们，他是做白日梦。孙中山的联俄联共政策，体现了中国的民意，这不是一个戴传贤能改得了的！”

“戴季陶这个人，说了算吗？”

“拿笔杆子的，说了不算。”

“谁说了算呢，拿枪杆子的？”

“拿枪杆子的，是蒋介石，他赶走了许崇智，把粤军全收编在自己手里了。这人肚子里很有文章，腕力也很大。他究竟是一个什么样的人呢？说老实话，雾里看花，我还看不透这个人。”

受拜把子兄弟蒋介石委托，瘸子张静江滚着轮椅去看望宋庆龄。

他的轮椅有些年头了，转起来吱嘎吱嘎响。年近半百的张静江由一名士兵推着，在徐徐前行的时候他心里想，该往轴子里上点油了。

他的轮椅推进广州南堤的一幢欧式洋楼，并且被直接推在花廊里。这幢楼临时安排给孙夫人居住，孙夫人是为出席国民党第二次代表大会来广州的，要住一段时间，所以张静江有了机会。有些重要的事情，须赶快出口。

张静江是国民党元老，同盟会时期就以巨额资金支撑孙中山，中华革命时期又任孙中山的财政部长，一张沧桑老脸摆在那里，总理遗孀多少是要买上一账的。孙夫人果然客气，一迭声吩咐上茶，又详询了足疾状况，然后再客客气气说：“静老，既然蒋中正有话托你来说，你就说，不必顾虑。”

张静江说：“那我就斗胆了。”

“说吧。”宋庆龄低头啜茶，心里似已猜着了二三分。

张静江斟字酌句了一番，缓缓说：“孙先生乘鹤西去，算来也有一年了。全党节哀之余，也特别盼望夫人生活安定，精神有所寄托。”

“听静老这话，有弦外之音。静老不是来做媒的吧？”

“孙夫人所言，一针见血。我这人，月下饮酒，恐怕也有百回了，但是没有热到要做一回月下老人。孙夫人，静江此次上门，正是来做大媒的。”

宋庆龄合上茶盅，茶杯盖不轻不重：“真是受蒋中正校长之托？”

“正是受中正之托。蒋中正一向仰慕夫人，谓夫人日为高山流云，夜为皓月当空，实可望而不可即。然仰慕已久，情真意切，也就不能不托我这个瘸腿前来冒昧相求，由我代言，愿结秦晋之好，执行总理遗训，共赴国难，拯我中华。此情绵绵，此意切切，不知夫人肯垂怜否？”

宋庆龄含笑望着这位瘸子元老，说：“说完了？”

“此事过于敏感，静江实在不敢多言一句，唯听夫人教诲。”

“静老可以去转告蒋中正，”宋庆龄端端庄庄地说，“他的这一举动，不是爱情，而是政治。”

张静江急了：“孙夫人，允我斗胆说一句，眼下时局混沌，国民党一举一动皆为全国瞩目，爱情与政治，本身就难以分割。”

“静老，你两只鞋，为什么一只鞋干净，一只鞋脏？”

张静江低脸看看鞋，扑哧笑了，说："孙夫人，我腿瘸，偶尔下轮椅走走，走偏了的那只鞋，不免沾泥。"

"我不是取笑静老的腿，我只是想告诉静老，爱情，或许也会掺几分政治，但这个政治，像你的鞋一样，有干净的政治，有肮脏的政治。蒋中正托你捎来的政治，是你的这一只鞋！是肮脏的政治！"

张静江告辞孙夫人一路回府，心里一直愤愤。第二天他去广州东山蒋宅，将此话告诉蒋介石，蒋介石倒是不在意，笑了一笑。

"我早知是这么一个结果。也是静老热心，一定要这么来撮合。不过，什么叫肮脏的政治？"蒋介石又笑一声，"政治本来就是合纵连横，干净得了吗？"

纱窗半开着，一位脸庞如满月的二十一岁女子倚窗而站，偷偷谛听廊檐下传来的对话。她是蒋介石在广州的同居夫人陈洁如，对丈夫今天的敏感话题，她不能不表示关切。其实张静江的轮椅一进门，就是她先跑出去迎接的。当年她就是在上海张静江家中结识蒋介石的，那时她才十三岁，后来又是张静江夫妇做大媒，在她十六岁的时候，撮合她同蒋介石成了眷属。而这一回蒋介石在与瘸子对话之前，硬是把她支开了，那个瘸子呢，对她笑起来态度也很暧昧，她一眼看去就觉得味道不对了。

她现在听着他们的悄悄话，心里也是一阵阵发紧。

张静江看起来很有些懊丧，不停地抚摸着轮椅扶手。

"本来，倒是一步好棋。"他叹息一声，"说实在话，谁驾驭了孙夫人，谁就驾驭了国民党，谁驾驭了国民党，谁就驾驭了国家大局。可以预计，国民革命成功之时，便是你老弟登基之日。"

窗后的陈洁如听得脸色黯然。一些她日夜担心的事，偏偏会无情地浮出水面。而接下去蒋介石说的一番话，更使她心如沉铅。她听见蒋介石拍了一下轮椅的扶手，轻声轻语说："静老，其实依我看，宋美龄比她二姐宋庆龄要漂亮得多。说起来，也是四年前了，我在孙先生家一见她，就舍不得移眼睛。我看她对我也是蛮有意思的。我同她后来还通过电话，各写了几封信，虽然彼此间没有把纸捅破，但那种意思，静老，真的是很有一点的。我想，我应当向宋美龄求婚。我蒋某人做不成孙科的父亲，兴许倒可以做成孙总理的连襟呢？"

张静江听得呵呵笑。蒋介石经常有些绝妙的构思，他是想都想不到的。

他越来越琢磨着蒋中正这个人，将来必有大出息。而悄悄伫立在窗后的陈洁如，此刻则除下了她精致的金丝眼镜，开始揉眼。她满眼都是泪。

蒋介石如愿与宋美龄成婚，是在两年之后。而在他正式成婚的两年之前的这个诡谲的1926年早春，他却在广州为实现他宏阔的政治抱负而进行了一次极为大胆的预演，这就是后来震惊全国的中山舰事件。他的舞台由水面和陆地两部分搭成，气势极为不凡。

3月20日零时，蒋介石借口海军局代局长、共产党员李之龙擅自调动中山舰进黄埔港，突然宣布广州紧急戒严，下令立即缴工人纠察队枪支，扣押第一军和黄埔军校学生中的共产党员，严密包围苏联顾问团驻地。

凌晨3点，在广州文德路海军局大院文德楼内的一处住所里，响起了惨叫声，海军局代理局长、共产党员李之龙在家中遭到逮捕，逮捕时被士兵施以毒打。

李之龙在黑暗中连打几个滚，避蜷于房间角落，床头柜子倒翻的药瓶子和军衣落在他头上。李之龙以薄薄的军衣遮脸，举手抵挡着黑暗中不断袭来的皮靴，尖声喊："别打了！你们太不讲道理！"

他的新婚妻子则被一杆枪逼在阳台上，蓬头散发，号哭不止。

参与执行逮捕的秘密共产党员石头心里发急，好几回喊："算了算了，别打了，押走他算了！"

打得性起的士兵还不肯歇手。石头使劲挤向屋角，试图以身掩护，黑暗中自己也挨了好几拳。

"你们打谁了？长不长眼睛？"石头捂住右脸，发火了。这一发火，倒十分奏效，几个士兵气咻咻地说："好了，拉这小子起来，下楼吧！"

鼻青脸肿的李之龙被拉起来，几乎站立不住。士兵们前后夹着他，推推搡搡下楼。在楼梯转弯之处，走在李之龙后面的石头突然一手拉住李之龙，一手猛推前面的士兵，直教士兵在黑暗的楼梯上滚作一团。

在这一阵混乱的闷雷中，石头飞起一脚，旁边的玻璃窗便整个儿倒了下来。楼梯上烟尘弥漫。

"快逃！跳下去！"石头对李之龙耳语，"地势不高！"

李之龙弯腰呻吟："我，不逃。"

楼梯下传来摔伤者的惨叫声和咒骂声。

“什么？”石头不相信自己的耳朵。

李之龙说：“我要讨还清白，我没有做任何亏心事。”

石头叹口气，猛然大喝一声，一把拎起李之龙的后领子：“你小子想逃？没门！”

李之龙确实没做什么亏心事，他是奉命调中山舰进黄埔港的，他怎么也没想到这条突然出现在广州水面上的军舰，当时会被蒋介石疑心为是汪精卫与俄国人合谋将他绑架到苏联去的工具。那些天蒋介石一直如惊弓之鸟，他一直觉得有人要暗杀他，广州出现了称他为“新军阀”的传单，仿佛他是共产党的敌人。蒋介石觉得很不妙，他已被推上了“众矢之的”的位置，蓄意造成这种情况的，可能是汪精卫。中山舰的出现，顿使他感觉到摊牌的时机成熟了。

一辆小汽车卷着阳光和烟尘，疾风似的开到广东造币厂大门口。周恩来曾经到这里来过，他知道造币厂是国民革命军第一军的惠东升团团部所在地。他看见门口警卫比往日森严。

周恩来跳下车，一脸怒容。他昨夜也是被零乱的枪声惊醒的，他起身才知道全城戒严了。接着就是蜂拥而来的大逮捕和大缴械的消息。他坐在床头吃惊得张大了嘴。邓颖超急忙给他递水压惊，他也没有接杯子。他刚从东江平叛前线回来没几天，征尘还未洗净，就遭遇上了毫没来由的风暴。天亮之后，他打听到蒋介石的行踪，知道他正在惠东升团坐镇指挥，造币厂已成为蛛网中心，于是周恩来便直扑造币厂而来，纵然被蜘网粘住他也在所不惜。

“我有要事见蒋校长！我知道他在你们团部！”被大门口的卫兵拦住之后，周恩来更加怒不可遏。

“有特许通行证吗？”

“我是陆军军官学校政治部主任周恩来！”周恩来大喝一声，一把推开横栏似的手臂，强行闯进大门。

卫兵手足无措了，好一会儿，才抓起一只铜哨子拼命吹起来。

蒋介石听见了铜哨子，也听见了副官的紧急报告。他平静地说，见见他吧，人家既然闯营了，我不见也不好。所以他见周恩来的时候，心境波平浪静。

“校长，这难道是正常的吗？一军和军校学生中的所有共产党员都被扣押了！”周恩来一见他就嚷。

蒋介石请对方坐下，吩咐上茶，然后说：“事出有因啊，情形如一团乱麻呢。有人要置我于死地。至于一军中的共产党员，并非逮捕，是集中保护，恩来你不必着急。”

“我们在东江前线与陈炯明残部浴血奋战，可是后方呢，我们的同志却被五花大绑！我今天要向校长讨问个明白！”

“告诉过你了，事情很复杂。有人要谋害我，要谋害国民革命！这不光是一条军舰的问题，是一个大阴谋，恩来啊，你不了解实情。”

“我们共产党人视两党合作为生命，校长你打人板子不能没有证据！校长不放人，我不走了！”

蒋介石脸色一板，不高兴了，说：“不走，也好，留在我这里吃饭！来人，送周主任休息！”

一下子就扑上来四个士兵，扭住周恩来的手脚，卸了手枪。

周恩来想挣扎，但是手脚已被制住，围着他的所有的手臂都硬如铁钳。

“校长！”周恩来的身子歪了，双目依旧喷火，“历史会证明，你是破坏两党合作的罪人！”

周恩来的咒骂声渐渐远去之后，蒋介石转了个圈，生气地喊：“来人！”

一个连长应声而进。

“你们这个团部是怎么回事？几十个兵，三层岗哨，就挡不住一个周恩来？”

连长说：“弟兄们不敢挡。”

蒋介石说：“难道士兵里还有共产党分子？”

连长嗫嚅着不敢作声了，最后才说：“校长放心，从现在起，哪怕一只鸟，我也不叫它飞进来！”

话犹未了，又是一阵令人吃惊的踏踏踏的脚步声，还夹着一个女性的喊叫声。冲进门的，是一个更为泼辣的女性，那扇被突然推开的木门像一个耳光一样打在连长脸上，连长哎哟一声捂了脸。

蒋介石一看吃了一惊，女人是何香凝。这个多事的女人竟然也知道他坐镇于造币厂了，看来内贼确实不少。

何香凝一见蒋介石就气得眼睛出血：“好你个蒋中正，你是无法无天啊！”

蒋介石心里直叫苦，但脸容还是平静无波：“请不要动怒，廖夫人！”

何香凝几乎要扑过去：“孙先生和仲恺尸骨未寒，你蒋中正就敢公然背叛三大政策！你抓共产党，你缴工人的枪，你包围苏联顾问团，你说你对得起谁？”

蒋介石慢慢坐到椅子上。何香凝抓住椅子背就要掀翻它：“你像什么校长！我刚才见周恩来了，也被关押了！军校的政治部主任你也说抓就抓，你发昏啦？”

椅子摔倒了，蒋介石及时蹿了起来，没有同时倒下去。“廖夫人，”蒋介石跺着脚说，“这打打闹闹的，成何体统？我不是想反共，也不是想反俄，我都把亲生儿子送到莫斯科中山大学去读书了，我能把苏联人当仇敌吗？我离了共产党，还谈什么北伐？是有人要害我，欲把我置于死地，我是没有办法才出手反击！”

连长带了两个士兵，跃跃欲试，意欲制住气喘吁吁的何香凝，但是没有蒋介石的示意他们一时不敢动。他们认得这女人是廖仲恺遗孀。

天下尚有“忌讳”两字，忌讳是天大的事，一根毫毛都不能碰的。

对于连长的虚张声势，蒋介石忽然不满意了，他击桌骂连长：“长不长眼睛？她是廖夫人！你们想怎么样？你们都给我滚出去！”

士兵们退走之后，蒋介石又召进副官，脸色阴沉地对副官说：“既然苏联顾问团已有三次抗议……”

副官说：“四次了。”

蒋介石说：“那么，就撤岗吧。我蒋中正是对人不对俄。还有，那个周恩来，请他一顿饭，要有压惊之酒，要有鱼。吃饱了，请他走路。”

副官应声走了之后，蒋介石对何香凝说：“廖夫人，中正这么做，你消气了吧？”

何香凝满眼泪水，一时被蒋介石的几个动作弄迷糊了，不知从何说起。于是蒋介石马上喊：“来人，送廖夫人回府休息！用我的车送！不准再有闲人打扰廖夫人休息！”

当天夜里，毛泽东与被拘押了半天的周恩来不约而同赶到了李富春家中。李富春是中共党员，其时任国民革命军第二军副党代表。客人一进门他就拉拢了所有的窗帘子。在前一天刚刚就职广东农民运动讲习所第六任所长的毛泽东，一坐下就对李富春说：“这里有三只茶杯盖了，你再取三只来。”

李富春不明所以，拉开方柜抽屉，又找出三只杯盖。

毛泽东迅速将茶杯盖分成两堆，摆成五比一的模样。

毛泽东说："蒋介石这块石头，并不是一块怎么了不得的大石头。他能抓住的，只有第一军。恩来你看，富春的二军，还有三军、四军、五军、六军，这五个军的军长都跟蒋介石有矛盾，不是一般的矛盾，而是明显的矛盾，因此，都可以争取他们反蒋！"

李富春听得有理，说："起码我们二军是有把握的！"

周恩来突然跳起来，抓过那只孤零零的茶杯盖，也一同归入了五只茶杯盖的阵营。

"润之，"他说，"你也没有摆对！"

毛泽东请他解释。

周恩来说："就是蒋介石直接指挥的一军，大部分政治骨干，也是共产党员！因此，不是五比一，可以说是六比零！"

门砰地推开了，激动的陈延年出现在门口。陈延年大声说："润之这笔账我听到了，算的是对的，五比一！恩来的意见我也听见了，很好，六比零！不管是五比一，还是六比零，都说明一个明显的道理，那就是革命者占绝对优势！现在我们广东的共产党员就有近万名，遍布工农兵学商各界，我们区委一发动，可以拉十万民众站出来！我们要立即反击，事不宜迟，动作要快！"

周恩来说："应当立即通电讨蒋，削其兵权，除其党籍，公布事实真相，办他一个违反党纪国法！"

毛泽东说："同时鼓动工人罢工，以民众之力量呼应！"

"哎呀，"陈延年忽然叹一声，站起来又坐下去了，显得焦躁不安，"我现在千怕万怕都不怕，就有一怕！"

大家不知道他怕什么。他说："我怕一个人。此人不是国民党的蒋介石，而恰恰是共产党的委员长。"

一说到陈独秀，大家都沉默起来。反击与否，总决策，当然应该是陈独秀作的。然陈独秀远在上海滩，他于黄浦江畔想象珠江风浪，这份想象很可能就是夹生的，更何况情况又是瞬息万变，不在广州实施紧急指挥，事情很难奏效。陈延年说："真的，我真的是怕，我真的怕独秀同志！我怕他前怕狼后怕虎！我有个明显的感觉，自从孙中山去世，他整个情绪都是担惊受怕！"

在上海滩的陈独秀果然神情激动，他并不认为自己是害怕，大牢都坐过几回了，这世上还能怕什么？要说怕，就怕自己人盲动。贼偷一半，火烧全完，现在就怕党内邪火乱窜。

陈独秀面前的写字桌上散落着好几个茶杯盖，陈独秀当着张国焘的面，拎出其中两个，摆在一边，瞪着这两个茶杯盖说："我千怕万怕都不怕，就怕我们党内出一两个冒失鬼！"

张国焘双手抱臂，坐在上海北四川路安慎坊中共中央宣传部的办公室里，瞧着陈独秀发火，觉得很有趣。

陈独秀直截了当说："一个是周恩来！一个是毛泽东！"

张国焘心想，还好，没有把我列入其中，脸上却笑嘻嘻地说："仲甫经常把我也看作是第三个冒失鬼吧？"

"你现在不是了。"陈独秀说，"以往，你也算一个。其实我告诉你，最大的冒失鬼，是我。我同你一样，常以血气代替志气，闻及一星半点即拍案而起，逞一时痛快。现在，你与我，都能学点孙猴子了，眼观六路，耳听八方，什么都要先抬眼望一望，或者拿在手心里掂一掂。"

陈独秀不是没有掂量过，广州的突然事件一传来，他浑身都冒火星子，甚至马上就想发讨蒋宣言，宣布两党合作破裂。他连夜派彭述之去广州，要他紧急与共产国际的代表洽商，把苏联运到广州港的一批军火别再交给蒋介石，最起码，也要从中拨出五千支枪给共产党人，比如，立即拿这些枪武装广东的农民。但是彭述之从广州给他打来电报，说国际代表，那个大胡子鲍罗廷，开口闭口要慎重，要巩固蒋介石的北伐计划，这么一来，陈独秀便又一次猛醒了，心想，还是躁动不得，先学孙猴子吧，眼观六路，耳听八方，谋定而后动比较好。

昨夜，陈独秀又掂量了一夜。他越想越觉得此时此刻不宜与国民党新贵蒋介石对决，对决就是引爆，国共合作的架构将会瞬间崩裂，合作的破局国民党自然受损失，但共产党损失更大。更何况，蒋介石的这一场莽举，可能真的就是起因于一场误会呢？蒋介石说的那番话，比如：中山舰无端"落械走火，经一昼夜"，比如"中正防其扰乱政府之举，为党国计不得不施行迅速之处置"，也许真的是有几分道理呢？某些共产党人冒冒失失的言论和行动也是大量存在的，早先针对蒋介石的传单也可能是共产党内的冒失分子搞的，这些都是摩擦的火星子，有时候也真怪不得人家，起码不能百分之百地怪人家。

再说，蒋介石与汪精卫一向不和，蒋介石埋怨汪精卫与俄国人走得太近，汪精卫也埋怨蒋介石左右摇晃，两人找个岔子火并，也说不定就是这次广州事变的真相。陈独秀听说过，广州不少地方出现过这样的对联，上联是“精卫填海”，下联是“介石补天”，这说明蒋介石胜利地打了东征一仗后在广州地位急剧上升，几可与汪精卫平起平坐，但同时也点燃了“一山不容二虎”的火种。事后汪精卫毅然离开广州出洋法兰西，不正验证了这一事件的本质吗？兴许蒋介石搞这个花招的本意，根本不在中国共产党人！

总之，陈独秀在起初几天里，都不甚了解广州事变的确切原因，中共中央没有电台，无法及时捕捉广州详情，只有从沪上各报中关注事件的发展。陈独秀起初还以为周恩来被捕了，震惊和伤心了好一阵，后来听说迅即放了人，又舒了一口气。只是，共产国际对此事的冷静态度，他是很早就知道的，所以他也秉承指示，千方百计稳坐钓鱼台，努力控制住全党的情绪，不叫出错。直到3月底，从广州回俄国的苏联布勃诺夫使团路经上海，陈独秀才知道当时广州的一些详情。

布勃诺夫也是个对蒋介石很宽厚的人。他的使团虽然在事变中被黑黑瘦瘦的国民革命军士兵软禁了好一阵子，但他还是认定蒋介石这匹勇夫是情有可原的。当时，他关起门窗，对苏联使团的全体人员作报告说：“这次事件，是由于军事工作和总的政治领导方面的严重错误引起的。”他还作了这样一个比喻：中国将军脖子上戴着五个套，这就是参谋部、军需部、政治部、党代表和顾问。他说，这种情况，与中国军队历来的习惯是毫无共同处的。因此，他请求苏联顾问们，要特别注意中国军阀们过敏的民族主义，外国军事专家的任何一个压力都会引起他们的强烈不满。这次他到了上海之后，也握着陈独秀的手说：我以为，你们中国共产党人，必须十分审慎地行事，决不能突出自己作为助手和领导者的地位。

听得这话，陈独秀的情绪就更加冷静了。他过去看不得高鼻子蓝眼睛的人指手画脚，现在听听这些高鼻子缓和局势的言论，还真寅是寅，卯是卯，很成一番道理。他为了心里更踏实，还一再追问布勃诺夫：“我党对国民党的政策是否照旧？”这位高鼻子对此提问沉吟再三，说：“不久的将来，莫斯科会作出决策的。”布勃诺夫虽然没有明确作答，但他对中共最高领袖的这种谦逊态度一时颇为满意。

陈独秀事后对张国焘说起这番请示时，也觉得自己的话挺窝囊。但是自从党的“二大”确定了共产国际的领导地位之后，陈独秀也慢慢习惯了接受，他知道从自己鼻孔喷出来的浓浓的雪茄雾里，有一大半是人家吸的，这个人家，一大部分是斯大林，一小部分是托洛茨基。他闻着烟雾不停地咳嗽，但是没有办法。然而，从另外一个方面说，他也认为，稳健行事确实必要。对蒋介石要斗争，但这种斗争应是适度的，不能撕破脸面。国民党毕竟是个有四十万党员的大党，共产党在与它的紧密合作中也获得了空前的发展，这种使得帝国主义和直奉军阀惊惶不安的局面，决计不能轻易断送，若断送这种局面，正好中了国民党右派的计。这些国民党右派分子的能量还不可小觑，他们从处理廖案中遭受惨败之后，已经从情绪上翻过身来，并且于去年11月聚在北京西山碧云寺孙中山灵前，召开了所谓的“国民党一届四中全会”，之后又在上海成立中央党部，与广州的中央党部公然唱起了对台戏。他们人不多，但能量大。林森、邹鲁、张继、谢持这些“西山会议派”，从骨子里恨透了共产党，他们时刻准备着看共产党的笑话，也准备着看广州国民党的笑话。当然，陈独秀想，两党的笑话都是不能让他们看的，一个重要的前提，那就是两党都不能发生笑话。

陈独秀认为，形势如此微妙，共产党人做事实在应当“如履薄冰”，这绝不是右倾，是稳妥。所以陈独秀对广州共产党人当时的激愤是大不以为然的。他再三对张国焘说：“此蒋介石，绝不是一块小石头，不是一块寻常石头，虽然此石拦路了，但这只是眼前，是暂时的，对于整个中国革命运动而言，这是一块柱石。”

柱石？张国焘听到这个词汇吓了一跳，他想，老头子怎么了，也太高看这块不大不小的蒋介石了吧？但是陈独秀坚持说：“该争取者，定要争取！”

张国焘说：“仲甫之意思，是让这块石头始终抓在人民手里，去砸军阀？”

“就是这个意思。”陈独秀说，“所以，派你去一趟广州。你马上动身。你去，任务有二：一是查明真相，第二，也是更重要的，是与那块拦路之石协商妥协之路。我总觉得，蒋中正不是什么新军阀，不应归属国民党右派，此人立场，与此人之名可能相仿。”

“仲甫什么意思？”

“他的名字不是叫中正吗？”

“是啊，蒋中正。”

“他的政治立场可能也是中正的，他既非‘左派’，亦非右派。”

“仲甫，你怎么成测字先生了？”

“测字，那是迷信。我不测字，我是测心。我是从他的种种行动和种种宣言中，测他的心。”

在陈独秀于上海议论蒋介石之名的那些日子里，蒋介石也没有少议论自己的名字。他曾专门走了一趟广州大东路的苏联顾问团驻地，并且是带夫人陈洁如一起去的，那天他给他们详解了几个中国字。陈洁如学过俄语，将他的意思详细地译给了这些北方洋人听。

那一天，蒋介石在未开口之前，先指使副官将一张大纸抖开，临时覆盖了墙上的一张中国地图。他笑嘻嘻地对这些表情严肃的俄国人说：“苏联同志在事变中受惊了！今日，中正特来教几个中国字，给同志们压压惊。”

纸上写有硕大的四个名字：吴佩孚、张作霖、孙传芳、蒋介石。

蒋介石严肃地说：“同志们千万不要以为，我蒋介石，跟这些中国反动军阀是一丘之貉。我告诉同志们，他们是邪人，我是正人！何以见得？请看这些中国字，中国字奥妙啊，千古是非曲直皆在其中啊！首先请同志们看吴佩孚之‘佩’字，这个字里面，就躲着一个邪人！”

他从副官手中接过一支红笔，勾出了“佩”字的单人偏旁。

“同志们看，明明是一个站得正坐得稳的人字，融在这个‘佩’字里头，就写斜了，写偏了，写歪了。能不能把这人字写正呢？不行，写正了，这‘佩’字也就不是佩字了。这说明什么呢，只能说明吴佩孚是个不折不扣的邪人！”

蒋介石看着这些蓝眼睛。他从蓝眼睛里看出了迷惑与好奇，这种迷惑正是他所需要的。他已经将计就计用一艘军舰迷惑了两个政党，现在是让这艘说不清楚的军舰尽快地隐藏于烟雾之中的时候了。事情操弄过头，必弄巧成拙，适可而止乃是胜途。他现在就是做适可而止的文章。他志向远大而羽毛尚未丰满，他不能让苏联人和中国共产党人把他看作是一个标准的反革命。于是，他又自信地说下去：“诸位同志请看，张作霖也是邪人，请看这个‘作’字！人，站得很斜啊！孙传芳也是邪人，请看这个‘传’字！人，也站得很斜啊！他们这三个军阀，人全做斜了！”

蒋介石之言，铿锵有力，看得出他对中国这三个大军阀的极度憎恶。吴佩孚有二十五万兵马，占了河南、两湖、川贵；孙传芳比吴佩孚兵马少一点，也有二十万，华东都叫他占了；张作霖占的是东北、察哈尔、河北、山东，兵马最多，有四五十万。他们三家加起来的兵力就达八十多万，甚至逼近百万，绝大部分国土都在他们手里，而南方政府的革命军队呢，只有区区几万，蒋介石算过，六个师，至多八万多人，九万都不到，比喻鸡蛋，比喻石头，都可以，但蒋介石今天要表达的，不是兵马与土地的多寡，而是道义的正确与否，中国人心的向背与否。他发誓要实现孙中山的遗愿，以少胜多，以寡敌众，统统扫平这些封建军阀，他蒋介石就是为这个目的而生的，因为他蒋介石占了真理，占了道义，为三民主义出生入死，他是个堂堂正正的人。所以他接下去就挥起拳头，慷慨激昂地说："而我蒋介石呢？同志们，我绝不是一个像他们一样的军阀，我蒋介石，乃是堂堂正正一个正人！我的名字里也有一个人，什么样的人呢？请同志们看这个介字。'介'字，就是两竖支撑着一个正人君子。是什么样的两根支柱把我这个人支撑住了呢？很清楚，一根支柱，是国民党，一根支柱，是共产党！同志们啊，没有这两根支柱，我这个正人，还能做人吗？那就坍了，绝对就做不成人了！"

那天，苏联顾问们闻言很是吃惊，吃惊之后又很是兴奋，原来复杂的中国方块字里面果然埋伏着复杂的道理。

蒋介石的神情越发慷慨："我是正人，是革命者，他们是邪人，是反革命者，我有了两党的鼎力支持，就能一正压三邪！"

洋顾问们忽然不约而同地鼓起掌来。布勃诺夫后来在上海之所以再三嘱陈独秀不要把蒋介石看成反革命，看来就同这一回的掌声有关。

陈延年的估计没有错。尽管他紧急地向上海方面写了报告，提出了立场鲜明的建议，但是他的父亲仍然于3月29日发出了措辞明确的中央指令，指令称："从党和军队的观点来看，蒋介石的行动是极其错误的，但是，事情不能用简单的惩罚蒋的办法来解决，不能让蒋介石和汪精卫之间的关系破裂，更不能让第二军、第三军和蒋介石军队之间发生冲突。"

几天之后，陈独秀又在《向导周报》上发表了公开文章，题目就叫《中国革命势力统一政策与广州事变》，他在文章里坚决否认国民党右派的攻击言论，那种言论指称中共要在广州建立工农政府。陈独秀说，中国共产党不是"疯子的党，当然不会就要在广州建设工农政府"，又说："蒋介石是中国民族革命运动中的一个柱石，共产党若不是帝国主义者的工具，决不会采用这种破坏中国革命势力统一的政策。”

党内许多同志不满意了，都说老头子怎么能这样赞扬蒋介石？这蒋介石抓了那么多共产党员，还差一点把周恩来给杀了，能夸他是“柱石”吗？“老头子”是不是雪茄抽过量了？广州的共产党人这么说，上海的共产党人也这么说。

陈独秀听到这种言论，好长时间不作声。他在北四川路的中共中央宣传部办公室里走来走去，手里摆弄着一块镇纸石。这是一块圆形的带凹的青石头，黄浦江边捡来的。

“诸位，”陈独秀把镇纸石重重放于桌面，声色俱厉地对宣传部机关的同志说，“一块石头，放在写字桌上，可以镇纸。它若是掉下来，横在路上，这才成为绊脚石。”

机关的同志，郑超麟、彭述之，还有两个二十才出头的小同志，一齐瞪大眼睛望着他。

陈独秀点着了雪茄，又说：“我提请大家注意，蒋介石这块石头，现在还在桌面上，尽管已经在边沿上了，但是它还没有掉下来。不掉下来，就不成其为拦路石，也不成其为绊脚石，诸位同志，听明白我的意思了吗？”

“明白了。”大家一齐说。

“明白了就好。我们共产党的每一个错误决策，都会被帝国主义和军阀利用，都会授国民党右派以把柄。我们现在是秉烛走路，大家务要战战兢兢，如履薄冰。这不是胆怯，这是智慧。延年他们年少气盛，剑还没有开锋就想刺人。我们不能这样做。做孤胆英雄是冒失的。中国共产党人没有本钱犯致命的错误。”

见陈独秀说得这么诚恳，大家也就一而再再而三地点头了。

陈独秀又告诉大家一个明确的事实，国民党“西山派”对蒋介石操弄“中山舰”欢欣鼓舞，说姓蒋的这一回总算闹明白了，但是蒋介石在一封信中是这么回答的：“孙先生认为，容纳共产党是我们的革命原则。我也认为，如果不容纳共产党，革命战线就不能统一。”

陈独秀对大家说，看看，这就是蒋介石。郑超麟说，没说的，仲甫，你就把舵吧。

蒋介石把了一回中山舰的舵，陈独秀也把了一回中山舰的舵。中山舰在黄埔港的政治旋涡里颠簸了好一阵子，终于没有倾覆。

第15章

北伐军在上海一头撞上四一二

蒋介石凝视着那人的一双瘦骨嶙峋的手。

这双手反复摆弄着一只木制的罗盘。罗盘上的指针不停地晃动，真像是有神灵附着一样。

这是一双看上去很可怕的、青筋暴突的手。蒋介石一直凝视着这双手。蒋介石在广州东校场慢慢地走，跟在这个仙风道骨般的黑衣风水师身后，走着一个又一个圆圈。他一边走圈子，一边在心里仔细琢磨一个日子。

出征之日的选定，至关重要。这个日子若是犯了什么，无论犯三神六煞还是朱雀白虎，都为不智，将来若招致将士血肉之躯乃至党国命运之无端损失，那是极不划算的事。“天命地而四时成，汤武革命，顺乎天而应乎人，革之时大矣哉。”顺是第一个要紧的事。四个月前处理中山舰一案，他就找人卜过一卦，说是下雷上风，雷上有风，风雷并至，雷厉风行。雷属阳，风属阴，阴阳交错，吉卦。果然，四处出击雷厉风行了一番，处处无碍，呈现吉相，既削弱了苏联顾问的控制、限制了共产党，又制止了西山派那帮家伙的聒噪，同时也逼走了他在国民党内的最大政敌汪精卫，巩固了自己的地位。他认为，国民党必须集权，一个意志集中的党才有战斗力，否则，广州群龙无首，吵吵嚷嚷，怎么能凝聚心力北伐，实现总理遗愿？

两个月前，蒋介石又乘胜追击，在国民党二届二中全会上提出“整理党务案”，规定共产党员在国民党中央到省市党部的执行委员都不得超过总数的三分之一，共产党员不得担任国民党中央机关之部长。此议又获顺利通过。为此，国民党组织部长谭平山、代理宣传部长毛泽东、农业部长林伯渠均被迫辞去了职务，赶走了一大帮虎狼人物。

蒋介石一时对自己充满了信心。尤其是由于他的一再进逼，竟然造成苏联顾问连连退却，这更是他的得意之笔。从莫斯科回到广州的苏联顾问鲍罗廷面对他咄咄逼人的整理党务案，竟明确表态说：“不管蒋介石三月政变的后果多么严重，国共合作的政策应保持不变。中共应接受三月政变所造成的局势，承认蒋的军事独裁，接受他的‘整理党务案’，同时协助他领导北伐。”于是蒋介石看着无奈的张国焘指挥中共党团的成员一齐上桌签字，心如灌蜜。

他的顺势业已成形，自然应当有更为雷厉风行的扩展。而此番发展，非北伐莫属。北伐乃两党一致呼声，体现全国民意，也是孙先生毕生奋斗之愿望，国家复兴之基础。北伐义旗一举，全国自会沸腾。蒋介石于是特别专注北伐，立誓就此统一国家。国民党中央执委会立即通过“迅行出师北伐”议案，国民政府接着又任命蒋介石为国民革命军总司令。诸事发展，皆为顺畅。实际上已集国民党党权、军权、政权于一身的蒋介石，要登上广州东校场的检阅台，用他高高举起的白手套舞动全国风云了。这是一个重要的时刻，为了这个重要的时刻，他必须琢磨一个日子。

日子很重要，中国人讲究的就是日子。一个日子好了，所有日子都跟着好了。

风水先生现在已从万般思虑中抬起脸来，蒋介石也跟着抬起脸来。蒋介石面对的是一个已经竣工的检阅台。在这个检阅台的正中，“北伐誓师大会暨国民革命军总司令就职仪式”的横幅已经挂毕，几十个工人爬上爬下，在做最后的装饰。

蒋介石恭恭敬敬地问：“先生有何指教？”

风水先生凝视半晌，忽然一个跌足，干瘪的唇间吐出一个词：“狼烟！”

蒋介石听不懂：“先生说什么？”

“狼烟，”风水先生说，“一股狼烟。”

蒋介石心里顿时就打开了鼓。他知道风水先生手中那只罗盘的分量。罗盘上经天，下纬地，包罗万象，至精至微，苟能消息阴阳，辨别吉凶，福祸不右，鬼神莫逃。

蒋介石的态度于是更为谦逊，他甚至微微弯下腰来，凑近风水先生那几根稀疏的山羊胡子，用柔和的嗓音说：“愿闻其详！”

风水先生抽口冷气：“啊呀呀，堂堂总司令，怎么会是一股狼烟呢？”

蒋介石心里更急：“恭请先生指教！”

在国民革命军总司令部的膳堂里，新任革命军总司令部政治部主任的邓演达正在吃饭，他边嚼边听汇报，一听便大吃一惊。

“什么？”他停止了咀嚼，“拆掉重建？不是说后天就要开誓师大会了吗，重建怎么来得及？”

汇报的军官说：“蒋总司令亲自下的令。”

“为什么要拆检阅台？”

“不知道。”

邓演达扔下碗，抓起军帽，大喊一声：“备车！”

等他赶到东山蒋介石私邸时，蒋介石正在二楼卧房里慷慨挥拳，试演就职演说。陈洁如告诉他，说邓演达在门外紧急求见，蒋介石心里知是怎么回事，就是不搭理。

蒋介石后来说：“回复他，说我不在。”陈洁如还想说什么，蒋介石恼了，重着嗓音说：“我不在，听见没有？他这个邓演达，还有脸来见我？”

陈洁如下楼之时，心情不佳。她觉得很难回复邓演达。邓演达乃忠勇正直之士，她心里是明白的，但蒋介石给他调了如此稠的一份闭门羹，她觉得太腻嘴。

陈洁如细步走近坐在门房里的邓演达，她的金丝眼镜在阳光里一闪一闪。

“对不起，校长不在家。”她说。

邓演达说：“我好像听见校长的嗓音了。他是在练习演说吧？”

陈洁如笑一笑，轻声说：“他说他不在家。”

邓演达立即从这句有趣的话里听出了苗头，于是说：“好吧，我知道校长不在。可是我闹不明白，校长到底为什么要重建检阅台？钱款要大大浪费，时间也实在不够。”

陈洁如说：“再见吧，邓主任。”

“慢！”邓演达表现出了倔劲儿，“你转告校长，我邓演达坚决请求他收回成命！”

陈洁如淡然笑笑，慢慢伸出皮鞋尖，在门房边的泥地上，画了三道，勾出一个“丁”字。

邓演达念出了这个字：“丁？”

他不明白。什么丁？他问。

陈洁如说："丁先生。一个风水先生。"

没费多少时间，邓演达便摸清这个可恶而著名的丁先生藏匿于何处了。两个钟头之后，他的小汽车开进了窄长的高第街。在小街顶端的一个残破门垣之内，他一把扭住了那个满脸阴谲的精瘦老头。

他是扭住对方耳朵的。

"哎哟哟，哎哟哟，"丁先生腰弓成虾米，"邓长官且听老朽吐露端详！"

"说！"

"老朽不敢说。"

怒火中烧的邓演达不仅重扯其耳，而且狠揪了一把他的山羊胡子。

"老朽说！老朽说！"丁先生惨叫一声，满脸悲苦，"老朽这就禀告邓长官。自纣王搭鹿台起，自古搭台，都是有讲究的。依老朽看，邓长官此番所搭，不是检阅台，不是司令台，乃是烽火台。"

"胡说！"

风水先生弯着腰，黑衣拖地，但仍坚持说："若建的是烽火台，那登台之人，就不是三军司令，只能是一蓬狼烟而已。"

"我操你八辈子祖宗！我建的明明是检阅台，你为什么说是烽火台？"

"邓长官息怒。检阅台也罢，司令台也罢，皆寓揭竿举事之意。揭竿举事，不为其他，只为取天下耳！"

"混蛋，说下去！"

"邓长官所建检阅台，若是南向而设，便存金殿之意，紫禁之势，顿显取天下之吉兆，就看那登台之人，他脚下所穿之鞋，也绝非军靴了。"

"不是军靴是什么？"

丁先生说："那乌黑的军靴，顿时将化作明黄缎面龙靴。登台之将，必定所向披靡，今日登检阅台检阅三军，明日即可登祈年台祈全国丰年。若是这检阅台不是南向而设呢，那就只能是一个烽火台，三军司令登台口号一呼，嘴中所吐，只能是一蓬狼烟！"

邓演达瞪眼说："我这检阅台朝向哪里？"

"回邓长官，朝西。"

"朝西？"邓演达当时根本没有想到这一点。

风水先生的声音得意起来："朝西之台，不是烽火台又是什么台？"

邓演达大怒:“真的要我拆掉重建?”

“邓长官一定知道‘南面称孤’这四个字吧?检阅之台,若不改为南向而设,依老朽看,邓长官是过不了蒋总司令这关的。”

“我叫你先过不了我这关!来人啊!”

两位副官和建检阅台的工程负责人应声而上,七八个士兵也从旁虎视眈眈。

“传我两条命令!第一条,检阅台立即重建!由西向改为南向!”

工程负责人惊得连连摇手,说:“实在来不及,邓主任!”

“来不及你就搬架天梯上天,把太阳给我绑住!我告诉你,龙贵师傅,你必须给我连夜动手!人不准下来,饭桶、菜桶和便桶统统给我抬到工地上去!”

龙贵师傅只好应诺。

“第二条命令,把这个胡说八道的老东西给我捆起来!”

兵士一拥而上。

“邓长官饶命!”风水先生这下子真的害怕了。

“放心,不打你脑袋,打你屁股!听着,给我把这老东西的瘦屁股打得像检阅台一样肿!若是事后敢向总司令告状,这房子给我一把火烧了!”

丁先生狂喊:“救命啊!”

军用皮带清脆地揍在他无肉的屁股上,他杀鸡般的惨叫只叫了七八声就哑了。

工程队的加班加点还是奏效的。检阅台的临时改建没有延误1926年7月9日的盛大典礼。

蒋介石沿着一条窄窄的地毯踏上检阅台时,神情踌躇。两夜没合眼的邓演达在鼓乐声中一直盯着蒋介石。他想,这位北伐总司令现在的每一个脚步总算都能踩在“南面称孤”的感觉上了。他看见蒋介石今天的穿戴特别神气,一身草绿色毛呢军服,又佩短剑,又佩长指挥刀,这种特殊的打扮必有特殊的感觉。

面对站得如海洋一般广阔的北伐将士,轻易不动感情的蒋介石也动了感情,他把洁白的细纱手套庄严地举在帽檐上,手套在微微颤抖。共有五万北伐将士集聚在此,举拳宣誓北伐,蒋介石心里明白,此日此时此地,恐怕就是全世界舆论的焦点了。

他始终站得笔直，用他的浙江官话大声发表了就职宣言，之后，又高声领呼北伐誓言。

蒋介石喊："国民痛苦，火热水深！"

众将士吼声如雷："国民痛苦，火热水深！"

"土匪军阀，为虎作伥；帝国主义，以枭以张！"

众将士跟呼，声若排浪。

"本军兴师，救国救民！"

石头作为一名副连长，也跟着总司令振臂高呼，此时突觉热泪盈眶。爸爸，报仇了！他心里喊。妈妈，报仇了！他心里又喊。姐姐，你没牙齿不要紧，我要代你咬人了！他心里又这样喊。

蒋介石又呼："总理遗命，炳若日星！"

东校场声浪翻卷，开了锅一样。第二天，全世界各大报纸热气腾腾的大标题，果然都是这只沸腾的大锅煮出来的。

石头在三个月之后丢了一条手臂。石头的左手臂是 1926 年 10 月 10 日，也就是武昌辛亥革命十五周年的那一天，在武昌城头丢掉的。那一天砖城上枪弹如织，刀光飞舞。石头的胳膊断裂处，动脉血管如一个喷口，鲜血喷溅不息。

在这之前，石头一直随大军挺进，一路钻枪林弹雨不计其数，却奇迹般没有负过伤。他是神枪手，击毙的最高长官是吴佩孚手下的一位参谋长。他是随着全国民众的欢呼声一起北上的。他所在的军队挺进到哪里，京沪穗各大报的大字标题便像只行军锅似的颠到哪里。北伐军确实不负众望，自 1926 年 7 月开始北伐，八个军，十万人，以叶挺独立团为先锋，克湖南，攻汉阳，激战汀泗桥，勇夺贺胜桥，连续作战，节节胜利，不到十个月，就收复了湖南、湖北、江西、福建、浙江、安徽六省和河南的一部分，把国民革命从广东地区迅速推进到长江流域，大大地摇撼了封建军阀在中国的统治，全国形势顿时转为北伐军与奉系军阀南北对峙的局面。

北伐军的数量随着胜利迅猛扩大，从出发时的十万扩充到将近三十万，这是最叫领兵的蒋介石开心的事。他面对北洋军的态势，已经从"以小博大"过渡到了"以较大博大"，他的底气已经前所未有地充沛。

但是蒋介石还是比较谨慎，继续命令攻城略地的国民革命军不得掠夺商人，不得占用民房，不得擅自征用劳力，军队入城后一律住宿庙宇或者公共建筑物内，不得骚扰民众。

石头在所有的城市和集镇都看到了民众高举双臂的欣喜若狂，他觉得自己已是革命的化身，他每一次大呼着冲锋都伴随着一种无比神圣的感觉，他丝毫不惧怕死亡，他想一直呼喊着冲进北京城。

但是他的左手臂却在冲锋的中途断裂了，连皮肉、连骨头、连袖管，创面整齐。那是在武昌城头，一支迎面的机关枪扫射甚烈，当时击倒了好几个国民革命军的弟兄，在一个礼拜前升任为连长的石头毫无二话就钻过硝烟冲了上去，一个飞扑之后，便一把托起了正在喷射火舌的机枪管。他的掌心钻心般地痛，但是他那时候似乎已不觉得，他只觉得敌人的子弹当时只能一串串地射往深不可测的天空。同时他也没有看见一个长得像屠夫一样的敌人从城垛后头钻出来，并且举起了一把雪亮的马刀。

他没有感觉到自己的左手臂有什么异常，只看见发烫的机枪管从空中轰然坠落下来，并且听到了身后战友的喊声，这是一种惊恐的尖声大喊："石连长！！"

这一年年底的时候，石花终于打听到负了重伤的弟弟住在武汉野战医院，便跌跌撞撞地从长沙赶来了。她抱着弟弟的空袖管，泪水扑簌簌地掉。

"痛不？"她问。

"早不痛了。姐，知道不，我一只手，换了狗娘养的军阀三十多个兵！"

"当上连长了？"

"进步还不快。"

"别进步了，才当上连长就剩一只手了。"

"姐姐，你七年前丢一口牙，我七年后丢一条胳膊，为了打倒军阀，打倒帝国主义，你我都不会后悔，是不是？"生锈的铁床底下有一只扁圆形的陶坛子，石头用独臂将之拖了出来。"姐姐，这只石灰坛，里面有我的一只手。"

石花吓了一大跳。

"我之所以保留这只手，就是想托你带回长沙，埋在爸爸妈妈的坟边上。"

姐姐一直打愣，她不知道弟弟为什么会这样想。

石头说:“我这只手，虽是长在左边的，但力气也大，就让它在阴间帮爸爸妈妈干点粗活吧，也算是我石头的一份孝心。求你了，姐。”

姐姐瞧着弟弟，半晌，说:“你心里，还有话。”

石头真是还有话，他说:“是的，姐姐，我还有话。你既然问，我也就说到底了。我想，我的另外一只手，另外两只脚，另外一颗脑袋，大概都不会埋在长沙了。埋在哪儿，不知道，反正在中国吧。因为我还想打仗，我是神枪手，右手还能百发百中，打短枪也行，打长枪也行。姐姐，我的报仇没有完，我杀红眼了，我还得跟队伍走。我这辈子跟定共产党革命到底了。姐姐，我若真的埋在外面了，你告诉爸爸妈妈，我石头就委托这只左手尽儿子的孝心了。”

弟弟这番话是言之成理的，但石花听了，还是忍不住呜咽了一阵，说:“我不忍心你再丢手。”

“姐姐，还记得吗，当初你送我上船，去上海找毛团长参军，你不也是准备我一去不复返的？你抱住我哭了一场。”

姐姐点头。是这样。她记得送别时分的情景。

“姐姐，这些天，我好几回做梦都梦见毛团长。”

姐姐告诉他，她昨日碰到毛团长了。毛团长在武汉开一个党的会议，也知道了石头负伤的事情。他还把半罐子英国产的饼干带给石花，一定要她送到医院来。末了，石花还告诉弟弟，毛团长在跟另外的官长说话的时候，好像很不高兴。他们在争论什么事情。

“是吗？”弟弟说，“谁能惹毛团长生气呢？”

姐姐肯定地说:“一定是比他大的人。”

石花不认识陈独秀，但她说到的比毛泽东大的人，就是陈独秀。

陈独秀在某一个正午时分，拉着毛泽东，走了一趟黄鹤楼。

黄鹤楼耸于长江边的蛇山，相传三国时所建，与湖南岳阳楼、江西滕王阁并称“江南三大名楼”，楼层五重，飞檐五舒，一步步登上去，也要花不少脚力。

冬风拂过江面和檐铃之后，就开始往骨头缝里钻。陈独秀上了二层，打了两次哆嗦，上了三层，打了三回哆嗦。毛泽东问他怎么了，他说他西装里面着了两件毛衣，还嫌冷。而毛泽东一点不觉冷，他在贴身布褂外面只套着一件薄薄的灰棉袄，还觉得燥热。

他燥热的原因，可能跟他受到指责有关。他是在会议上受到指责的。12月中旬，中共中央在汉口召开特别会议，会议争论激烈，毛泽东被指责为有“包办农民运动”的倾向，好几个人都这么发言，这就使得特别重视农民运动的毛泽东感到了不安。在这次会议上，陈独秀作政治报告，明确提出要反对党内存在的“左稚病”，指出中国革命的性质是资产阶级民主革命，要由资产阶级领导，只有民主革命胜利了，才能进行社会主义革命。这就使得毛泽东更不痛快了。午饭后，他硬扯着陈独秀聊天，他觉得现在北伐形势很好，全国民众都在呼啸而起，中国共产党人决不能像小脚婆婆那样走路。

陈独秀则为这位前中共中央秘书的激进感到惋惜。他所言的“左稚病”，毛泽东明显是一个患者。只是陈独秀嘴下留情，没有直截了当地点他的名罢了。毛泽东要聊天，陈独秀便说，上黄鹤楼去聊吧。三国的道士以橘皮在楼壁上画下了一只黄鹤，说“酒客拍拍手，鹤下即飞舞”，我们今日虽不喝酒，但黄鹤或许认为我们是饮江之人，也喜欢飞下墙壁来伴我们舞蹈一番呢？毛泽东阴郁地说：据我所知，那只黄鹤，早已在三国时期就随那道士飞走了，再没回来。

话虽如此，他还是钻进了陈独秀的小汽车。

他们终于走到了第五层。陈独秀遇风不再打抖，摸摸前额，竟微微有汗了。

“润之，”陈独秀一手扶栏杆，一手遥指长江之水，“你看看长江，看出什么来没有？江上写着字，看出来没有？”

毛泽东扶栏眺望，觉得长江之水确实气势不凡。他这些年已登楼三回，每回登楼都会有一种心壑洞开之感。他想，等到家眷迁来武汉之后，他一定要带开慧来登此楼，从高处看看这条气势不同于湘江的大江。

“看见没有？”陈独秀继续指点江面，“密密麻麻的，都是字。每一排浪，都写着字。”

“我的眼睛几乎能看清江对面的树叶子，可是我看不出江上有什么字。”

“我告诉你，润之，写在水上的字，我们中国，大概有两个人能看得出来。”

毛泽东不明白陈独秀指谁，“哪两个人？”他问。

“一个人的名字叫孔丘。孔夫子说：逝者如斯夫。他在江面上看到的字，叫时间，或者叫恒久。”

言之有理，毛泽东点点头。

“第二个人呢？”他又问。

“我，陈仲甫！”

“哦，你也能看出字来，仲甫兄？”

“我看见的字，不是孔夫子看到的字。我只看见满江写着两个字：阶段。”

“阶段？”毛泽东侧脸，想一想。

“或者说，秩序。”

“秩序？”毛泽东悟明白了，知道陈独秀想说什么。

“润之，我觉得你我二人，在许多时候，都彼此心通。你有不快之处，我也理解。今日我特意约你登楼，就是想让你从高处看看长江。从高处看长江，与你喜欢浸到江水中感觉江河，那是境界各异的。你感觉到了没有？”

“是啊，是啊，”毛泽东拍拍栏杆，“仲甫看见了阶段，也看见了秩序。”

“浩浩长江，就如浩浩历史，也就如浩浩荡荡的中国革命。你仔细看，一浪接着一浪，一浪咬着一浪，满江秩序井然。有没有这一排波浪忽然跃起，跃过了三四排，直接跳到前面去的呢？没有的。大自然的铁律，证明这种情况是没有的。它们永远是排着队，浪浪相挽，浪浪相扣，井然有序，直泻沧海。这就是河流的逻辑，河流的逻辑也是历史的逻辑。”

“我明白仲甫兄指的是什么了。你昨日的会议上，也讲的这个道理。眼下的中国，只能进行资产阶级民主革命，这就是你的逻辑。你把你的逻辑，称作是历史的逻辑。今日还特地拉一只黄鹤来作证，不巧的是，那黄鹤在一千七百年之前就载着老道士飞走了。”

毛泽东有点不满意陈独秀时时刻刻讲述他的秩序与阶段，革命风起云涌，历史能呈现出那么明显的一道又一道的藩篱吗？其实，这种“阶段”论调，国民党的蒋介石倒是常说，苏联顾问曾告诉过毛泽东，蒋介石访苏之时，曾这样明确地回答共产国际的同志所问：“中国革命要分两步走，第一步是解决民族独立的问题，第二步才是建设社会主义、共产主义的问题。”

正午的太阳底下，陈独秀黄褐色的眼球放出奇异的光。他没有听出毛泽东话中弦外之音，或许是根本不愿意听这种话中之话，他依旧顺着自己的思路开导毛泽东。

“我过去也没有想通这个道理，”他说，“现在倒是豁然通达。我们完全不必要去同资产阶级争夺革命领导权，让人家好好去做他们的民主革命吧。等到将来，中国的生产不落后了，工业强大了，我们再来领导社会主义的革命吧。这才是顺乎历史的。看着浩浩长江，润之，应该是什么都想通的啊！这真是一条好江啊，满江的历史满江的哲学啊！”

“也有白浪滔天山呼海啸之时，仲甫兄！”

“白浪即便滔天，也是后浪推动前浪！海洋即便啸叫，啸声也是节律有序。总之，我们没有办法超越阶段，即便神仙皇帝，对此也无灵丹妙药。所以，润之，当前的工农运动，尤其是农民运动，千万不要过火，要有节制，不然就会不必要地刺激蒋介石，就会危害资产阶级民主革命。不必要，我说不必要，懂吗？”

毛泽东摇摇头说不懂。又一股江风从对岸过来，檐铃一阵乱响。毛泽东在叮咚作响的铃声里说：“长江之水，浩荡东去，大小强弱自如，谁在节制？农民运动，好与不好，都须用事实说话。我想回湖南做一次农民运动的实地考察，考察之后，我自会以事实说话。”

陈独秀觉得毛泽东实地考察一下乡村也好，遍布乡村的一些过火行为，毛泽东应该能看出来。

“仲甫兄，”毛泽东又说，“站在高处看长江是一码子事，到江水里游一游，又是一码子事。”

陈独秀问，这话怎么讲？

毛泽东说：“我在水里游泳的时候，一蹬腿，一抬手，就会把身边的浪花推出好远，连连跃过前面三四排波浪，我每一个动作，都会见这种效果。仲甫兄，这说明什么道理？为什么我劈水了，蹬腿了，水波之秩序就会打破了呢？水，当然有水的逻辑，人，也有人的逻辑，人的逻辑，有时候，就是会制约水的逻辑。”

为毛泽东这番话，陈独秀想了好些时候。

他举起手，手搭凉棚，极目凝视江水中央的过帆，也仔细看了看江边的那些小划子的船桨。最后，他叹息一声，对毛泽东说：“看来，我是在江面上看字，你是在江水里写字。”

毛泽东笑笑，说：“既要看字，又要写字，这江河之逻辑，就能识全了！”

陈独秀看着这个上任半年不到的神情顽固的本党农民部长，不由得大叹一口气。

陈独秀说："下楼吧，下楼吧。江风一大起来，这楼角翘檐之外的铜钟就叮叮当当响。润之，你是没有听到钟声的，我却声声都听到了。这江水，这江风，这江钟，都是同一个声音。你即便听到这声音，也是耳朵听见的。而我，则是用我的心听见的。我每一根血管里的血都与这钟声一个节拍。有些感觉，润之，你是知之不深的。"

毛泽东下楼途中，还是恭恭敬敬地对陈独秀说愿闻其详，陈独秀于是就发作了，说我是特别看重你毛润之才对你说这番话的，我为什么忙里偷闲邀你来黄鹤楼，我是担心你啊，担心你们那一帮子毛毛糙糙的同志啊，你们太幼稚啊，工人罢工罢过头了，农民斗地主也斗过头了，铁锅都已经烧干了，你这个农民部长还在往灶膛里添柴火！再这么闹腾下去，润之你自己说，北伐军那些连长、营长、团长，那些有钱人家的子弟，会把手中的刺刀再对准吴佩孚张作霖呢，还是直接对准我陈独秀对准你毛泽东？我不是危言耸听，为这个可怕的趋势我是日夜揪心啊，两党合作来之不易啊，相携北伐的局面须得精心维护啊，别一味斗斗斗啦，别你死我活啦，两党合作要真是破了局，中国革命就是大倒退！

"听着，润之，"陈独秀猛地按住对方的肩膀，说，"这个后果，你我承担得起吗？"

陈独秀瞪了半天眼，松了手，放缓些口气说，其实，你们斗地主斗富农那一套，不过也是听共产国际那些人鼓噪学来的。我老实跟你说，苏联做的那一套我也是揪着心的，我们中国不能学，现在不能学，将来革命成功了，也不能学。苏联对两百万富农都采取消灭、流放的政策，这怎么行呢？他们说第一类，反革命的，顽固的，统统枪决；第二类，流放边地；第三类，扫地出门，赶出原来的村子。也就是说，不是杀，就是赶，两百万人哪，我是听得毛骨悚然的！将来我们中国共产党人不能这么做，不民主，也不人道，看起来痛快淋漓，实际上后患无穷！

在陈独秀这么一刻不停地激动地说着的时候，毛泽东一直没有插言，他只看着这位心情焦虑的党首，心里充满了同情。毛泽东心里说，我党领袖啊，你也过于沉不住气啦，须知革命本来就是逆水行舟，它的持续发展绝对是遵循气可鼓而不可泄的规则的。

陈独秀在毛泽东的眼神里看出了一点什么，他忽然觉得自己今天刻意为之的谆谆教导很是失败。上车的时候他拉着毛泽东的手说：润之啊润之，你我之间，这些日子，总是有芥蒂，一江大水都难冲尽啊！

登楼归来，毛泽东对陈独秀的同情以及对他的担心，一点也没有散去。陈独秀在会议上的发言，依然固执己见。毛泽东认为，这种固执，既体现了陈独秀的思想状况，也体现了共产国际目前的“一切通过国民党”的指挥方针，是莫斯科的一些蓝眼睛，通过黄鹤楼上的陈独秀，在观察着中国的长江之浪。无论如何，陈独秀的两次革命论的判断，他是不能同意的；中国农民运动的现状，是值得充分肯定的，所谓“左稚病”的帽子，他拒绝戴上。于是，已经强烈地意识到中国农民将在中国革命进程中扮演举足轻重的历史角色的毛泽东，于1927年的1月4日至2月5日，以国民党中央执委会候补委员的身份，一口气考察了湖南省湘潭、湘乡等五县的农民运动。

毛泽东用一身灰色棉袄，一把油纸雨伞，一双黑面布鞋，外加一双极锐利的眼睛，在凛冽的冬风之中，于整整一个月的时间里，细细地观察了一回肤色发红的中国乡村和中国农民，他很想打消陈独秀无谓的担心，如果中国的农民运动真的是十分健康的话。

毛泽东的那把红纸伞，老远就能见着。

湘潭这几日连续冷雨，然而毛泽东走过的七八个村村乡乡，每寸土地都热得发烫。扁担、木棍、梭镖、红色袖章，体现着大革命时期中国土地最初的觉醒。

韶山地区的农协负责人福顺大叔欢天喜地奔出村口，迎接毛泽东：“快，快，毛先生，请你看戏！”

“什么戏啊？”毛泽东其实不用问也知道是什么戏。他这几天看到的都是戏剧性场面，泥腿子成群结队地到土豪家中吃大户，敢于对抗的老财被戴上高高的纸帽子敲锣游乡，活像个白无常。毛泽东认为这不是农民在演戏而是历史在演戏。启幕的时辰到了，历史不能不演这种戏。

“你要是再迟点来，这出大戏就演完了！毛先生啊，韩老爷家里闹翻天了！”

毛泽东笑着跟福顺大叔走。石桥对面的一座黑瓦高墙宅院，就是大土豪韩思贵家宅。门外的旗杆上早已是光秃秃的了，大门两侧唯见两只无所事事的石狮子。

门外冷清，门内却热闹。在毛泽东和福顺大叔还没有进门之前，戏已开演。一个叫铁锁的年轻农民是唱戏的主角。在这些非同寻常的日子里，这一类激动人心的戏一般都在乡村的高墙大院里上演。

蜂拥在这里的农民们高兴得大喊大叫，厅堂卧房到处走闯，毫无顾忌。现在他们赞叹地看着和抚摸着雕梁画栋以及小姐闺房中的精美陈设，大土豪韩思贵夫妇及其子女们则面无人色地畏缩于一角。

铁锁拍打着小姐精致的牙床，竭力鼓动他的瞎眼姐姐到床上坐坐。他说，来来来，姐姐，你做了半辈子丫头，小姐的牙床，如今你也坐坐！

瞎眼姑娘双手摸索着软绵绵的枕头和棉被，说："鸭子绒毛一样哩！"

铁锁推她："你坐！你坐！"

瞎眼姐姐想坐，忽然想想不对，脸上显出害怕的神色来，她说："不是我坐得的。"

听得姐姐这么说，铁锁便恼，恼得大喊："如今天地颠倒了，谁家床上不能坐？"

他一蹦就蹦上小姐的牙床，一个歪歪的前滚翻，又一个夸张的后滚翻，翻得男女农民哄笑。

韩思贵的千金小姐像哭一样说："爸爸，他脚上有牛屎呀！"

韩思贵急忙按住女儿的嘴，他知道现在绝对不是可以开口指责什么的时候。他甚至挨到铁锁身边，壮起胆子，鞠一躬，殷勤万分地说："铁锁大哥，小弟还有上好的云烟，大哥若肯赏光，就是小弟的面子了。"

"呸！"铁锁跳下床，"你以为我在你女儿床上打个滚，就是你女婿了？"

韩思贵在众人的哄笑声中赔笑脸说："小弟哪敢呢？"

"云烟旱烟的，都留着熏你自己的肚肠子去！倒是你这身光鲜衣服，我看中了！"

土豪看看自己茄紫色的缎面暗花衣服，听不明白："大哥说什么？"

铁锁说："革命了，我们农友是上人，你土豪是下人！"

"是，是，我是下人。我韩家不是下人，谁个下人哩！"

"做了上人，得有上人衣！你是下人，该穿下人装！来，脱衣服，我们换着穿！"

众人听了这个新鲜倡议，大为振奋，一起唤："换衣！换衣！"

土豪的一大帮儿子女儿以及管家，闻此言皆如闻惊雷，一个个都往韩思贵身后躲。

铁锁睁圆大眼说："到底是换不换？"

韩思贵说："换！换！怎么不换哩？"

他心里想，损几套衣服，才划算哩。前村后乡的几个人物，所有家产都像切瓜一样切了，几套绸布衣服算个啥呀！所以韩思贵立马对老婆孩子吹胡子瞪眼说：快脱快脱，磨蹭什么！

铁锁对瞎眼姐姐说："姐呀，你也换上一身好衣服，今日不光鲜，什么年月光鲜？喂，荷花，你把少奶奶衣服扒下来，给我姐穿上！"

毛泽东就是在农民们闹哄哄换衣服的当儿，翻下石桥，走到韩宅大门口的。

他进门前还顺手摸了摸石狮子。狮子的牙齿又冷又尖。狮子背后的墙上，花花绿绿贴了许多小标语："打倒土豪劣绅！""社会换乾坤，农民做主人！"

还没等毛泽东和福顺大叔跨上门院石阶，打斜里忽然窜出一声热情而小心的招呼。

"嘿嘿，这不是福顺大叔吗？"

福顺大叔停步，瞧瞧这位不知从哪个疙瘩里蹦出来的头戴暗绿色瓜皮帽的小乡绅。

小乡绅摸出几块光洋，赔笑说："福顺大叔，我也想参加你们农会哩，想了三天哩，你们收吗？"

福顺大叔瞪眼说："不收！你也没少干坏事！"

小乡绅委屈了，指着宅门说："我再怎么个排，也排不上他们那种土豪劣绅。福顺大叔，我这辈子拢共只打过农民一次嘴巴子，也没打出血来，这你是有数的。"

毛泽东在一旁听得咧嘴笑。

小乡绅又说："福顺大叔，你们农协不会把我打入另册吧？"

"你还想入正册？"福顺大叔瞪眼，"门口撒泡尿，照照自家脸！"他朝小乡绅挥挥手，像撣一只绿头苍蝇。

屋里的男女农人都穿上了亮晃晃的缎子袍服，大家你看我笑，我看你乐，谁都觉得不像谁，而土豪韩思贵及其老婆子女和管家，十余号男女，则一律换上了灰灰黑黑破烂不堪的农人之衣，互相瞅着，也不忍看。

哈哈哈哈，农民们互相打闹着乐。韩思贵在农民的乐子里灰着脸想，天地着实是颠倒了咧。

毛泽东见着这台农民的大戏也悄悄地乐。他看见破衣烂衫的下面，都是一双双哆哆嗦嗦的绣花裤腿、镶金珠鞋。而在那些闪亮的缎子棉袍下面，则一律是破旧的裤腿、黑褐色的脚梗、露出一团团破棉絮的烂鞋。

毛泽东看见那个叫铁锁的年轻农民倒背起手，学着老爷派头，走几步，问众人："是不是铁锁老爷？"

众人一齐摇头，说："不是，不是。"

铁锁问为什么不是，大家说是不像。

铁锁叹一声，说："其实呀，老哥们，狼有狼皮，虎有虎皮，什么肉配什么皮。我们做羊的，就是披上狼皮也没本事吃羊！"

"是啊，花花绿绿，浑身起鸡皮疙瘩。"众人说。

铁锁于是说："我们下人，还是披下人的皮吧！下人有什么不好？下人下田，下人下地，下田下地是人间正途，谁人能说他离开田地能活？"

"好！"毛泽东喝彩，"这话说得有底气！"

铁锁听得喝彩，高兴了，大喝一声："换回来！"

众人连喊换回来，换回来，纷纷解衣扣。

韩思贵慌忙摇手，说："不用换，不用换，我今生能穿铁锁大哥的衣服，是我祖上积阴德，实乃三生有幸！"

"你有幸，我恶心！"铁锁说，三下五除二就从韩思贵身上扒回了自己的那件补丁破衣。

众人纷纷换回衣服。

"大家听着！"铁锁扎紧自己的灰布破衣，拍拍手，指一指人群中的毛泽东，"刚才这位先生叫好，说我说了一句有底气的话，我这会儿，就想再说一句更有底气的话！"

然后铁锁就说了，说得有板有眼："天下的衣服，都是认人的。若不是你的，你纽扣儿扣死，也不是你的！天下的土地呢，都是不认人的，没有说那块土地今天姓张，那就年年月月姓张，今天姓赵，那就世世代代姓赵！衣服和土地，长的是不同的眼睛，各位父老乡亲，你们听懂我铁锁的话了吗？"

大家听不懂。毛泽东听懂了。毛泽东心里称赞，这个铁锁不错，有政策水平，一说话就说到了锁眼里；另一个听懂的是韩思贵，他一张脸霎时惨白得像身后的墙。

铁锁高声说:“我铁锁的意思，很明白，那就是，我们今天打土豪，进韩家，不图衣服，图土地！”

“对了！”毛泽东啪啪啪鼓掌，“这话说到点子上了！”

铁锁说话的声音更响了:“我们要叫韩思贵把以前霸占去的土地，统统还给我们！”

“还土地！还土地！”众人手臂如林。手这一举，这出大戏就上了高潮了。

韩思贵双手作揖，嘴唇发白且打哆嗦:“铁，铁锁大哥，你，你没说错吧？”

他知道大祸临头了。

“没错！”铁锁说，“一点没错，就是要你韩思贵交出地契来！”

众人一起喊:“地契！地契！地契！”

铁锁点着韩思贵的鼻子说:“你们尽管做你们的上人，上殿也好，上天也好，我们既是下人，下人就要下个决心，争一个下田下地的权利！”

韩思贵苦起一张脸，四面八方作揖:“大哥们，大叔们……这田地，韩家几辈人的辛苦……”

福顺大叔一把揪住土豪的肩膀，手心里的丝绸感觉如泥鳅一样滑溜:“你说说，今天我们为啥上门？你是真傻还是装傻？我们上门，一不图你饭吃，二不图你衣穿，就图你韩思贵交出地契，一把火烧了！”

韩思贵差点背过气去。

福顺大叔继续说:“你姓韩的睁眼看看，今天进门来的都是什么人？他赵进德认识不认识？他的一亩半水田，你当年是怎么逼着他画押抵高利贷的？她水珍大嫂认识不？她拢共只有半亩地，你前年是怎么叫人把她丈夫的腿打断的？还有这个铁锁，你今天口口声声叫他大哥，四年前，你是怎么把他爹娘一根绳索捆到乡公所的？他爹娘后来是怎么死的？铁锁他姐姐是怎么哭瞎了眼睛的？”

瞎眼姑娘顿时“哇”一声哭了出来，哭声听上去特别凄凉。铁锁伸手扶住姐姐，眼圈子也红起来。

福顺大叔斩钉截铁地说:“不烧地契，天理难容！不分土地，天道不公！”

韩思贵不言不语，突然就软瘫了下去，慌得几个子女一起喊:“爸爸，爸爸！”

毛泽东分开众人，走到戴黑色绒线帽子的管家身边，说："你是管家先生吧？"

"是，是。"管家弯腰成虾米。

毛泽东说："既是管家先生，便应当知道今日如何管家了。"

管家听出了这话的分量，急忙说："是，是，鄙人知道钥匙在哪儿，鄙人这就去拿地契。"

当日下午，涌出韩家的人们手里都有了土地。

铁锁就是把地契烧在田头的。许多农人围在田埂边看着他怎么向土地磕头。铁锁磕头磕得满额角都是泥，像戏台子上的花脸。

铁锁说："爹，妈，今天烧给你们的这只元宝，是用地契折的。两亩田再不姓韩了，回家了！"

他的瞎眼姐姐在一旁嘤嘤直哭。

福顺大叔一声喊："铁锁，牛给你牵来了！"

果然，一头赭黑色的水牛，驮着犁，出现在田头。

铁锁接过犁，扶着，喊一声"驾"，便在长满紫色苜蓿的不软不硬的土地上犁开了一道口子。

黑色的土地像糕团一样被掰开了。

铁锁把烧剩的"元宝"捧入深沟，说："爹，你就看看地契吧！"

毛泽东一时兴起，撩起长衫，也下了田。他扶起犁，说："许久不摸犁了，我也来推一圈。"

铁锁一愣："先生也会犁田？"

福顺大叔说："铁锁啊，你别看毛先生是国民党中央大员，天大的官儿了，他也是犁田出身啊，他老家就在我们湘潭县的韶山冲呢！"

毛泽东说："驾！"

田埂上几十个农民笑嘻嘻一齐说："驾！"

毛泽东推着犁，走了几步，只觉别别扭扭，不对劲。

"吁！"他喊，牛停了。"我也是从小犁田的把式啊，这土地真的不认我毛润之了？"

毛泽东干脆脱下长衫，卷起衣袖，认认真真地扶起犁来。

他犁了一圈，徐徐翻起的赭黑色的泥块又厚又直。

毛泽东满意了，喝停了牛，说：“土地，看来还是认我毛润之的。”

大家在田埂上笑。毛泽东走上田埂，穿回长衫，问：“这里有多少人参加了农民协会？举个手我看看。”

大约三十几位男女农民举起了手。

“没参加的呢？”

剩下的八位农民举手，大多是老者。

“准备参加吗？”

八位农民一起说：“今天就参加！”

毛泽东说：“对啊，该参加啊，农协为大家撑腰，分田分地，减租减息，大家为什么不入会呢？连小土豪都想当会员呢！”

“毛先生，”福顺大叔笑着说，“我们发展会员够彻底了，这里除了你毛先生，除了这头牛，都是农民协会会员！”

“你这话有两个不对，”毛泽东说，“第一，我毛润之是农民运动讲习所所长，所长都当得，该不该算得农民协会会员？”

众人一齐说：“算得！算得！”

毛泽东又说：“第二，这头牛，天性勤劳，我看，也该算是农协会员。你看它两只弯角，耿得很呢，这也像我们会员的脾气。乡亲们，我们就是要用牛，用牛的精神，用牛的毅力，一步一步地，把全中国的土地都犁好！诸位听听，我这话，有没有道理？”

农民们用掌声回答他，田埂上噼噼啪啪声响成一片。农民们认为这个毛先生说话很有趣，也很在理。尤其是农民们觉得，他们今天分到土地，同这个会犁田的大官的出现有着直接的关系。所以他们信任这样的官，以及这样的官所代表的政府。

这样的政府才能叫作革命政府。

反过来说，毛泽东回到武汉之后碾着砚墨想，这样的农民，才是革命政府赖以生存的基石。没有中国的农民，革命就不能出政府。

中国农民们的思想感情和他们所演的戏、他们的向往以及他们的潜力，都被组织在一篇颇有兴味的文章里。

1927年3月，在汉口英租界辅义里二十七号的一幢二层楼房里，这篇有趣的文章正在灯下被瞿秋白细细看着。看着看着，这位新任中共中央宣传部长就发笑，笑声震得带纸罩的白炽灯都微微摇晃起来。这篇文章叫作《湖南农民运动考察报告》，毛泽东在文章中敲起大锣大鼓为农民运动叫好，他一再说湖南农民运动好得很，他的论点是直接针对某些人所作出的“糟得很”和“痞子运动”的结论的。

妻子杨之华在洗脚，问：“真的这么好笑？”

“太生动了！”坐在床头的瞿秋白拍拍棉被，“毛润之这个人，真可谓是中国农民运动的王！他调查得很深入呀！他看见土豪劣绅家里那些小姐、少奶奶的牙床，农民也可以踏上去打滚。”

杨之华擦脚，笑。

“大土豪和小土豪的态度，也是全然不一样。润之举了两个例子：大土豪，逃到长沙避乱，到处攻击农民运动，说：那些一字不识的黑脚杆子，翻开脚板皮有牛屎臭，也当了区农民协会的委员长，弄得乡里不安宁！而小劣绅呢，还没有到逃的地步，依旧留在乡里，但是日夜提心吊胆，怕打入另册，所以，愿意出十块钱要求参加农民协会。”

“准确极了！”杨之华说。

“妇女也解放了！她们原先是不得进祠堂的，如今也成群结队地拥入祠堂，一屁股坐下，坐下便吃酒席，族长老爷没法子，也只好听便。”

“秋白，毛润之写的，不是湖南农民。”

丈夫一愣，不知道妻子这话什么意思。

杨之华说：“是我们浙江农民。”

“不对，润之并没有去浙江农村考察。”

“你是知道的，我是萧山坎山人，又在衙前教过书，我了解浙江农村。毛润之写的，就是我们那里的情况。”

“你的意思是说，毛润之写的农民，不光是湖南五个县的农民，而是全中国的农民，是不是？也就是说，他那支笔，把中国的农村和中国的农民，全都画了像了！”

“我觉得在我们党的领导人里面，还没有一个能像毛润之这样，真正懂得中国农民的。”

“是啊，这不容易。”瞿秋白感叹说，“我要为润之的考察报告写个序言。我要呼吁中国的革命者，个个都来读一读毛泽东的这本书！”

国民革命军总司令蒋介石在一帮军官的簇拥下，缓步登上江南初春的山坡。这里是安徽战区。在相隔两个山头的地方，隐约响着零星的枪炮声。

蒋介石踩着野花和露水，边走边说："毛泽东写的文章，我是没有工夫去读的。毛泽东说中国乡村里没有痞子，那是毛泽东瞎了眼。还有一个可能，那就是毛泽东这个人，本人就是痞子。痞子的眼里，是不会有痞子的。他是湖南哪里人啊？"

随从中有人说："听说是湘潭。"

蒋介石又走，黑靴子上沾满草茎和花瓣："痞子就是痞子。中国的革命，假如都依靠痞子去做，将来的社会，一定是个痞子社会。他毛某人可以做痞子的头，我蒋某人，就是杀了头也是不愿意做痞子的。人各有志，不能强求。他毛某人，可以在湖南乡下打他的旗子，我蒋某人呢，就是要去中国最大的城市去打我的旗子！"

山顶是一片稀稀拉拉的马尾松。蒋介石接过副官递上的望远镜，瞭望云遮雾罩的东方。

副官打开文件夹报告："陈独秀和周恩来，已经在上海策动第三次工人武装起义。今日中午12点整举事，各奉军据点都受到工人攻击。中共此举，是为配合我北伐军解放上海。"

蒋介石放下望远镜："配合？你以为是配合？这分明又是痞子举动了。"

副官听不懂总司令的话。

蒋介石说："陈独秀比毛泽东还要痞子！毛泽东在湖南给地主戴高帽子，脸上是不笑的。陈独秀今日在上海给我戴高帽子，脸上还要装笑。配合？他哪里是配合？他是赶在我进上海之前，先把上海抢到手！"

看副官的表情，还是没有听得很明白。

蒋介石说："上海是个袋子，钱袋子。哪个抢到了上海，哪个就是抢到了中国。"

"听明白了。"

"东路军白崇禧已到哪里？"

"龙华。上海南郊。"

"传我命令，东路军立即停止进攻。"

3月21日下午2点钟，身穿蓝工装头戴鸭舌帽的一个年轻共产党员奔入上海龙华北伐东路军前沿指挥所，气喘如牛，满脸黑烟和血污。

他叫陈云，上海商务印书馆的工会委员长。

陈云摇晃着一位北伐军官的双手，像是握上了救星。

“我奉上海总工会命令，前来接洽求助！”他喘着气说，“上海北站的奉鲁联军很顽强，我们轮番冲击好几次了，久攻不克！我们盼望北伐军老大哥赶快出兵上海！不远了，就是前头！”

军官低头看军事地图：“我们知道，不远。”

“求你们赶快出兵！我们机关枪太少！你们一到，敌人就顶不住了！”

“我们白总指挥已经说了，我们在龙华待命！”

“你们白总指挥不会这样说的！我们工人现在在流血啊！”

军官英俊的脸上露出微笑，摊摊手：“我们白总指挥就是这样说的！他也只能这样说，因为他是奉命这样说的！哟，你是怎么过来的？你很悬啊，兄弟，你帽檐上三个弹洞啊！”

工人武装起义总指挥部就设在上海商务印书馆俱乐部内，战斗打响之后，这里的人都如同长了翅膀似的飞进飞出，里里外外一片紧张气氛。

周恩来蹲在窗边打电话。窗外，枪声如炒豆般爆响。

他接到陈云的电话。某个意思，陈云讲了三遍，他终于听明白了。他心里是恼火的，嗓门也明显地沙哑：“你不要掉眼泪，陈云同志！白崇禧不打，我们打！我们可以不依靠北伐军拿下北站！你告诉他们：上海工人，完全可以依靠自己的力量消灭军阀残余部队！”

他搁下电话就冲出了指挥所。

就在周恩来日夜沐浴着上海滩的硝烟之时，他的妻子却在广州整日闻着医院里的那股安静的药水味儿。

医院是德国人开的，是德国教会所属医院，位于广州长寿西路，一应设施尚属齐全，然而也有叫人担心的地方，那就是那个姓王的主治医生总是对邓颖超那个特大的肚子皱眉头。4 月 4 日，临盆的那一天，产房气氛骤然紧张，胎头果然是久久未下，王大夫额上的汗珠一直滚滚而落。

汗水流得最多的是邓颖超。她的那张脸苍白如身上的薄被单。她疼痛，但始终紧咬嘴唇，她不想发出呻吟，哪怕一丁点。母亲杨振德被破例叫进了产房陪伴女儿。杨振德自离津赴粤与女儿团聚之后，心中最大的惦念就是女儿腹中的那团骨肉。现在她的心也紧张得缩成了一团，她把自己日渐粗糙的脸紧贴在女儿滑腻腻的额头上，她感觉到两张脸都在打战。

她说："小超，叫吧，别忍，叫唤出来，好受一点。"

"妈，再给我念念报纸。"女儿只是这样要求，声音无力。

"哪一段？"

"还是那一段。"

于是杨振德再念一遍："暴动之上海工人，历经三十小时激战，歼灭奉鲁联军官兵三千余名、警察两千余名，缴枪四千余支，占领了上海全部华界地区。据上海共产党方面陈独秀、周恩来、赵世炎称，上海已经召开市民代表会议，民主选举出上海特别市临时市政府，由各界人士十九名组成。"

邓颖超说："妈妈。"

"什么，小超？"母亲放下报纸。

"我会给恩来生个儿子的。"

母亲点头。

"生女儿，他也喜欢。他说过。"女儿又这么说。

母亲点点头。

王大夫忽然说："用力！再用力！"他说完话之后，产房里就只有器械的声音。

再后来，就是邓颖超的一声撕心裂肺的尖喊："妈！生出来了！"

生出来的，是一个死胎。

灰头灰脸的王大夫在值班室对杨振德悄声说："很对不起，胎儿太大，只能动用产钳。由于婴儿头颅钳伤，产下就夭折了。"

杨振德盯着大夫那双从手臂剥下来的浸满了血的胶皮手套，没有说一句话。后来，她请求大夫帮她一齐疏通女儿的思想。她告诉大夫，孕妇是周恩来的夫人。

王大夫说，周夫人一进医院，他就知道了，他这么说的时候，眼眶先红了起来。王大夫在坐到邓颖超床边之前，就先控制好了自己的情绪。他对眼神发滞的邓颖超说："周夫人，你年轻，才二十二，以后一定还会有孩子。对今天的分娩，我很抱歉，但是你无论如何不要太伤心，这样的情况在我们医院是常有的事。"

邓颖超脸上慢慢有了活气。她看着大夫，又看看妈妈，甚至还笑了一下。她知道大家心里都一样难过。她说，妈，你再帮我擦一把脸。

擦过脸之后，邓颖超对大夫说："我不怪你，王医生，真的是我自己不好，我过分保胎，把胎儿弄大了。我只问你一句话，是男的，还是女的？"

王大夫说是个公子。

"我想看看他。"邓颖超说。

"别看了吧？"

"小超，别看了。"母亲也急了，她知道死胎儿模样的刺激性。"小超，还是抬回病房休息吧？"

但是女儿说："我想看看他。"

她的声音没有加重，但是平静里却透出极大的固执。

主治医生只好吩咐护士端过产盆来。产盆是白色的，里面静静蜷卧着嫩红皮肤的婴儿。邓颖超注视良久，然后从枕下吃力地取出一块自己的手绢，轻轻覆盖于产盆之上。

"妈妈对不起你。"她喃声说，"你爸爸在打仗，也顾不上你。这是你爸爸从法国带回来的一块手绢，就当了你的被子吧。"

杨振德紧紧捂住自己的泪眼，她根本不敢看。她只听见女儿平静地说："再见，我的宝贝儿子。"

这一天的傍晚时分，周恩来的小汽车驶过上海北四川路。他推门进入安慎坊那幢房子的时候，面如堆铅。陈独秀在洗脸，扭头望望，说："你也洗把脸吧，恩来？你的脸像昨天一样黑，肯定没有好消息。"

"有两个孩子死了！"

两个孩子？陈独秀绞着手巾，双眉皱起来。

"一个孩子是我儿子。我刚才得到消息，我妻子在广州分娩，婴儿夭折了。"

"果然不是好消息。"陈独秀挂回毛巾，"对此问题，应对措施有二。第一，叫你女人多吃点鸡蛋红糖。第二，叫你女人再生。只要女人在，就不怕没孩子！还有个什么孩子死了？"

"第二个死的孩子，就是我们的上海临时政府！这个政府是上海工人的儿子，是上海各界民众的儿子！刚生下来，蒋介石就下命令说暂缓办公！蒋介石企图把我们的孩子掐死在摇篮里，这种狼子野心，独秀同志难道还看不出来吗？”

周恩来说这话的时候，神情是气愤的。陈独秀也听得出来，这种气愤之情，有相当一些是冲着自己来的。他欣赏周恩来的冲闯之志和务实之态，但不欣赏他的莽撞和不妥协。他知道周恩来对自己不满，这是水手对舵手的不满，海洋上经常发生的事，不足为怪。所以陈独秀在踱了一圈之后，这样说：“汪精卫已经从国外回到上海，他应该是代表整个国民党的，我同他会见了，他的态度还是诚恳的。”

“汪精卫的态度不是关键，眼下的要害是蒋介石！蒋介石把薛岳的师调开，把刘峙的师调来闸北，不就是想向工人纠察队动刀子吗？独秀同志，我原先也对蒋介石抱有一定的希望。蒋介石进上海之后，我还动员黄埔同学联欢会来欢迎他，使他不敢再说反革命之言。我还建议过你，派人去南京联络右路军总指挥，争取他革命，再派人去安徽联络左路军总指挥李宗仁，努力使之保持中立，这样，就能迫使蒋介石不敢轻易举刀子。但是现在看来，蒋介石有恃无恐，他的顾虑并没有我们想象得多。他代表的是中国大资产阶级的利益，这种代表性，我看，已经像秃子头上爬虱子，看得清清楚楚了。我总记得他去年策动中山舰事件的可怕情形，一个晚上，说干就干了。他扣扳机，那是毫不犹豫的。独秀同志，我希望我们全党都保持高度警觉，现在上海滩火药味都已经很浓了，你哪怕紧闭门窗这股味儿也能钻进房间里来了。我们一定要作最坏的打算，制订应急计划，我们再不能对蒋介石抱有任何希望了！”

“多虑了，恩来！”陈独秀觉得现在应该制止他了，年轻人过于激动就是暴躁，七分暴躁必坏事十分。“是不是你儿子死了，你特别容易冲动？”

周恩来愣呆了，久无言语。

陈独秀走到窗前。

夕阳很红，像一只熟透的苹果。

熟透的苹果挂在天上迟迟掉不下来。掉不下来，也不能性急。

所以陈独秀盯视着夕阳说：“不要冲动，不要冲动。武汉方面处处对抗蒋介石，视友为敌，军事上不予配合，这个政策，完全是不对的。而我们上海方面呢，工人纠察队有些话也是说过头的。对这些，蒋介石难免都不高兴。我曾经说过，蒋介石这块石头，还是能砸帝国主义的，还是能砸封建军阀的，他现在还不至于成为中国大革命的绊脚石。现在，我仍旧坚持这个观点。恩来，你不要冲动，你务必要记住我的这个判断！”

陈独秀在夕阳里一脸红光，显得强硬而自信。

“独秀同志，”周恩来走到他身后，尽量保持耐心，“在中国的千百条成语中，有一句成语，我始终以为是最可怕最无奈，也是最血淋淋的，那就是：一失足成千古恨。”

说到成语，陈独秀笑了。他挥挥手，对周恩来说：“至于成语，我比你懂二十倍。我也说一个最可笑最无奈，也是最没有意思的一条成语，那就是：疑人偷斧。”

话说到这种程度，周恩来只好不再开口。他只觉得心里有点堵，就像此刻窗外的西坠之日，沉夹在西面高高的楼屋之间，渐渐失了圆形之状。

周恩来见着这残破之殷红，忽然又想到，小超的血不知流得多不多。

就在陈独秀与刚从法兰西回上海的汪精卫亲切会商的第二天，蒋介石登上了泊于上海黄浦江中的一艘铁甲小艇。小艇的后甲板上摆了一圈靠背藤椅，茶几上有瓜果。

重要的会见安排在水上，有助于避人耳目。

蒋介石今天的重要客人是上海滩极为有名的帮会老大，一个是黄金荣，一个是杜月笙。蒋介石想请他们演一出前台戏。

黄金荣其实也很乐意演这样的戏。他上艇之前，就已经猜度到了这位北伐军总司令的用心。早先，蒋介石曾经给他递过帖子，他对这个已经飞黄腾达的前弟子，应当说一直是了然于心的。蒋介石进入上海之后不久，便指使召开国民党中央监察委员会常委会，毅然通过了吴稚晖提出的《纠察共产党谋叛党国案》，决意公开反共。蒋介石认为孙中山的容共政策，目前已经走到头了，该是改变的时候了。他紧接着又发布命令，解散上海工人纠察队，收缴工人枪支。蒋介石的这几着棋，都使黄金荣拍案叫绝，连连称赞这位前弟子的果敢，因此他在落座之后，便立即开腔，说蒋介石的好话：“蒋总司令下令缴枪，是釜底抽薪，绝妙之着！”

“只怕是，”头发梳得滑溜溜的杜月笙说，“人家不肯就范。”

蒋介石笑了，他请两位不必多虑，他说：“我已经准备了第二道命令了，来人，取旗！”

副官应声而来，微笑，将手中的一面红色缎面锦旗抖开。

锦旗是以国民革命军总司令部的名义，赠给上海市总工会、上海工人纠察队的，上书四字："共同奋斗"。黄金荣读了一遍，明白了，杜月笙读了一遍，也明白了。

蒋介石继续笑眯眯说："中正过去是黄先生之学生，现在，当上了总司令。既当上司令，便要司令。所司之令，无外乎两种，一种是板着面孔的命令，一种是笑眯眯的命令。这面锦旗，就是笑眯眯的命令。"

黄金荣说："笑眯眯的命令，就是比板着面孔的命令管用。你来硬的，他硬顶，你来软的，他骨头就酥了。其实玩女人也是这种玩法。"

蒋介石说："这是黄先生当年的赐教。"

黄金荣起身拱手，说："不敢当，不敢当！过去我当过你的先生，但那是过去，过时了，你的门生帖子，我还是要叫虞洽卿找出来还给你的。"

蒋介石说："帖子，不用还我了。历史总是历史先生总是先生嘛！来人，今天就把这面旗给工人送过去，让陈独秀周恩来他们高兴高兴。"

杜月笙文质彬彬地建议："送旗之时，提请总司令派个军乐队去，吹吹打打。"

"杜先生的提议很有趣！"蒋介石表示重视这个建议，"那就派军乐队去！吹吹打打是一门学问，要打必先吹，吹后才能打。凡事只要一吹一打，胜算便有八分九分。"

副官应一声是，收了旗，急急走了。

蒋介石的脸突然一拉，严厉地说："若是他们不识抬举，不肯缴枪，那就强行收缴！民国十三年两党合作，共产党徒像孙猴子一样钻进了国民党这个铁扇公主的肚子里，无时无刻不闹得我们肚子痛。他们借合作之名趁势发展组织，滋事生非！他们一进工厂，工人就罢工；他们一到乡村，农民就变痞子。我们中国，这么薄弱的一个国家，经得住他们这么闹腾吗？我们还要不要打倒军阀了？还要不要统一中国了？北伐军到了武汉，我们国民党中央的许多同志就受了他们的分化，把武汉跟南昌对立起来，处处跟我们国民革命军为难，情况之危急，令人寝食难安！"

江心有大货轮走过，船笛震得耳膜嗡嗡响。接着，绵长的波浪便像一把大扇子似的扫过来，直叫铁甲艇上下颠簸了好一阵子。

"所以，"蒋介石在颠颠簸簸之中说，"我如果现在不立志清党，不把共产党赶走，不把中央迁到南京，建都南京，国民党就要被共产党篡夺！国民革命就要毁于一旦！我蒋中正跟随孙先生那么多年，别的本事没有，护党救国的志向还是有的！”

杜月笙毕恭毕敬地说：“总司令中流砥柱，可敬可佩！总司令只管吩咐，要我们做什么！”

黄金荣插话说：“鄙人已经明白蒋总司令要我们做什么了。”

蒋介石闻言，看定了这位先前的先生。蒋介石忽然觉得，自己与黄先生总是有些心气相通。这时候他听见黄金荣又进一步解释说：“打仗，要有中军，也要有先锋。缴上海工人的枪，我们帮会弟兄愿为先锋，北伐军只管做中军！”

一语破的！蒋介石除下军帽，点点光头，赞叹说：“先生毕竟是先生！先生之智，总让学生佩服。今日，我邀两位来，就是商议这个事情的。”

黄金荣伸手入怀，取下身上的一块金表，双手捧上：“此表并不高档，只因它救过我一命，为我挡过一把尖刀，所以我一直带在身边，以为吉祥之物。值此国民革命危急之时，金荣愿将这块表赠送蒋总司令，让这块表见证，蒋总司令一定能安渡艰难，领导革命成功！”

蒋介石站起，接过表，凝视片刻。他看见表面上有一排罗马字母，十分精巧。

“蒙先生相赠，”蒋介石说，“那么，这块吉祥之表，现在就是我的了？”

黄金荣说：“只要蒋总司令不嫌弃。”

蒋介石突然扬手，砰的一声，把表重重拍在茶几上。

所有的目光都为之一惊。黄金荣按住胸口，胸内砰砰急跳，他不知道自己做错了什么。

蒋介石剑眉扬起，大声说：“既为吉祥之物，历史见证之表，中正就让这块表停在今天，停在此刻！中正要让这个时间作证：中国，已经没有共产党了！”

黄金荣嘘出一口气，知道自己在昔日的学生面前并没做错什么。他伸出手，取起表，一看：“果然停了！”

随后他站了起来，高高举起表，说：“从这块表上，我已经看见蒋总司令的伟大决心了！就让黄浦江作证，蒋总司令马到成功！”

手一扬，金表画了个弧线，落入金光闪闪的江水。

扑通，一朵小小的水花溅起。

金表在水中悠然下沉。

江水越来越浑浊，金表发出的光彩渐渐模糊。这是一块死表，或者说是块坚硬的石头。机芯摔凝固之后，历史的时刻便锁定了。

这是一块蒋介“石”。

这块石头下沉得很慢，于1927年4月12日才沉到江底。在接触江底的一刹那间，枪声像雨点一样洒遍了上海滩和黄浦江。上海总工会委员长汪寿华是赴青帮头头之邀而被装进麻袋沉入黄浦江的。这只江底的麻袋就睡在那只死亡的金表旁边，相距不过半尺，只是两者都已没有了生气。

蒋介石以青帮为先锋，军队作主力，公开发动的四一二政变，刀锋极为凌厉。他的公开说辞是："为了防止共产党暴动，国民革命军在上海工会和商会的配合下，收缴了工人纠察队的枪支，并将共产党破坏分子置于监视之中。"他的部下开列了战利品清单：步枪三千支、机关枪二十挺、毛瑟枪两百支、手枪四百支、子弹八十万发、长矛两千支、斧头几推车。

三天里，共产党人有三百人被打死，被捕有五百多人，失踪者达五千多人，上海一片白色恐怖。轰轰烈烈的中国大革命运动在1927年暮春遭到了突如其来的挫败，仿佛是一次带来机器散架后果的无可挽救的急刹车。

第16章
反抗，全国的枪和矛都在滴血

陈独秀独坐船头甲板，望着迎面而来的一江春水。

长江如练。逆流而上的这艘江轮就如一粒小小的黑色甲虫，在白练之中慢慢爬动。

陈独秀坐得一动不动。江面阳光细细碎碎地闪烁，如无数小鱼儿的涌动。陈独秀脑海之间，此刻，似乎也有数不清的鱼儿在闹腾，细细碎碎乱成一片。

陈独秀是在蒋介石发动四一二政变之前的一个礼拜离开上海的，他要前往武汉，去主持中共临时中央局的工作。同志们又是电话，又是电报，一定催他早一点去。在坐船逆江而上的途中，陈独秀想得很多，也想得很细，但是根本就没有想到蒋介石会在一个礼拜之后挥起屠刀，他只想到两天前他与刚刚回国的汪精卫的会谈，那次会谈真的很友好。

他觉得汪精卫的手很绵，柔柔白白，可能是抹了半年多的法国护肤膏的缘故。

会谈气氛自始至终很融洽。他们发表的《汪陈联合宣言》也是软绵绵的。

这个宣言对蒋介石抱有很大的幻想，表示一切离间国共两党合作的说法都是谣言。由于签订了这项“宣言”，陈独秀离开上海的时候，心境并不见得特别烦躁。他只是觉得周恩来的脸色不甚好看，但是这也没啥，年轻同志就这个样，他想。

他只是特别揪心地思念着他的密友李大钊。就在《汪陈联合宣言》发表的第二天清晨，李大钊在北京被张作霖军队逮捕了。

据陈独秀得到的不完整的消息，李大钊是在北京东交民巷苏联大使馆西院的一个旧兵营里被捕的。陈独秀起始很怀疑这条消息，因为他想象不出一大群穿灰制服、脚蹬长筒皮靴的奉军宪兵，以及京师警察厅的穿黑制服的警察，怎么会不顾国际规则，如一股灰灰黑黑的污水翻过他国大使馆的围墙，忽然就将李大钊暂时避居的一幢破旧平房淹没了。李大钊事前由于风声吃紧而避入大使馆，陈独秀是知道的。然而大使馆的围墙高度竟然矮于张作霖的军靴，这就叫陈独秀愕然万分了。

李大钊自己也没有料到，奉军的铁腕会来得如此迅捷和无情。他甚至连几分钟逃避的时间都没有。

那一天，穿一身灰布棉袍、青布马褂的李大钊是在七八双手臂的强行扭送下，跌跌撞撞离开苏联驻华大使馆的。不管苏方如何强烈抗议，奉系军阀还是这样强行查抄了设在苏联驻华大使馆内的国共两党北方领导机关。李大钊的遭受致命打击，似乎是早晚的事。由于他这些年踏踏实实地领导着中国北方的革命斗争，大力发展共产党组织，推动直隶、山西、热河、内蒙古等地的农民运动，并且努力在军队中进行策反工作，早已被军阀视为眼中之钉了。

李大钊一被逮，就受到了巨大的肉体折磨。

他的双手被死死地绑在木架子上，人成十字形。京师警察厅的刑室一向是这样对待人犯的。此时在长江上逆流航行的陈独秀，根本无法想象李大钊所遭受的痛苦。

一位奉军高官手持一只托盘，阴沉沉地俯向遍体鳞伤的李大钊。他闻到了从李大钊脖子里散发出来的血腥之气。

他手持的托盘之内，是十根削得尖尖的竹签子。“李先生请睁眼看，这里有十根竹签子，看见没有？每一根竹签，都有三厘米长，头上削得尖尖的，李先生看见没有？”

李大钊并不言语，也看不清他的眼睛睁开没有。

这位奉军高官说话时的嗓音又尖又细，像个女人。“我相信李先生是看清楚的。但是，这十根竹签子究竟是什么东西，那全凭李先生自己决定了。有一种可能，它们是筹码，李先生可以用它换回自己的自由，也可以去换官职。我们张大帅还是很怜惜人才的，北京政府里还有许多官位找不到年轻才俊去填补。还有一种可能，这些竹签子，是刑具，它们可以钻到你的指甲缝里去，使你的手指延长一倍，手指长了一倍，那会像什么呢？那就像个十指尖尖的菩萨，可是其中滋味，却没有菩萨那么有趣了。李先生啊，是葱是蒜，今儿，全凭你一句话了！”

军官说完话，仔细地看着李大钊脸上的表情，但是这张血污斑斑的脸上似乎没什么表情。半晌，李大钊忽然动弹了一下，嘿嘿一笑。

李大钊咧嘴笑的时候很吃力。

奉军高官说："对，你快说。我知道我这番话你全听懂了。"

"大丈夫生于世间，"李大钊抬起血迹斑斑的脸，开始说话，他眼神锐利，语句清晰，"宁可粗布以御寒，蔬食以当肉，安步以当车，就是断头流血，也要保持民族的气节！绝不能为了锦衣玉食，就去向卖国军阀乞讨残羹剩饭，做无耻的帮凶和奴才。"

奉军军官听完这位人犯的话，显然失望了，将托盘往旁边一放，对刑卒说："阿弥陀佛，那就成全他吧，成全李先生做个十指尖尖的菩萨吧。"

军官缓步走出刑室，还没推开厚重的铁门，就听见了身后钝钝的敲击声和受刑者突如其来的惨叫声。

军官浑身一抖，赶紧加快步子。对人犯行刑的惨状，他是一向不忍看的，他只是担心张大帅对李大钊的不肯屈服又要摔一次茶杯。

李大钊长时间地躺着，他从昏迷中醒来以后甚至没有力气从木床上坐起来。关押他的监舍是京师警察厅监狱的单独小号，也就是当年关押过陈独秀的那间监舍的斜对面。对他而言，十指上的痛感倒已是不觉得了，那里已是一片麻木。他脑海里长时间地跑动着一大群一大群的名字。他担心的是，这里有哪些名字被留在了来不及收回的文件里，以至于哪些人可能被逮了，哪些人可以逃逸，哪些人则可能安然无恙。尤其是一些已经打入军队的名字，他们的安危至关重要。

由于那几天狱中的内线还没有跟他接上头，他一概不知道在他被捕以后外界所发生的情况，不知道要求对他进行宽大处理的电报和信函从全国各地雪片似的飞向张作霖和张学良，不知道4月15日的《世界日报》用很大的篇幅刊登了一封致张学良的公开信，不知道他的河北老家有三百多位乡亲联名写信要求保释他，更不知道莫斯科红场甚至有十万人集会，愤怒抗议中国军阀政府袭击苏联驻华使馆并且逮捕李大钊的暴行。这些情况，他一概无法得知，直至一个使他吃惊的情况传进了他所在的小号，突然使他揪心万分。

那是一封按着二十四个血手印的劫狱敢死队宣言，藏在送饭的碗底，由一个走路蹒跚的老头递进狱窗的。

李大钊震惊了。提出劫狱方案并准备实施的，是一群北京的铁路工人。他们认为所有的呼吁和请求都是没有用的，最痛快淋漓和最有效的方式就是闯进监狱把人带走，为此他们以最快的速度组成了一个人数为二十四人的劫狱队。

那个晚上，按血手印的时候，铁路工人们咬牙切齿："李先生是我们工人的恩人，自然要拼死相救。李先生救不出来，我们二十四条汉子宁愿死在大牢里！"

"不，"有工人说，"我们即便死在地上，也要让李先生踩着我们的尸体走出大牢！"

接着，这位穿黑色布褂的工人便一口咬破手指，在一张写有"以死救人"四字的白纸上按上了自己的血手印。

"此生不算白活了！"一个工人按上血手印时这样说。

血手印二十四个，白纸上血糊糊一片。

这二十四个血手印使李大钊非常吃惊。送饭的胡子老头把嘴巴伸进铁栅，悄声说："给李先生过过目，让李先生放个心，他们自会冒死相救。"

"党组织知道劫狱吗？"

胡子老头四周看看，又将嘴伸进铁栅："研究过了，同意劫狱。"

李大钊说："请你转告那些按血手印的工人。"

"我听着。"

"你告诉他们，他们今天已经把我救出去了，他们已经成功了，我已经新生了，我感谢他们。你一定要告诉他们这句话，我就是死了，也是虽死犹生。若是为了救我，而牺牲了新的生命，那就是将我李大钊重新推入苦海。我就是活着，也是虽生犹死。"

胡子老头忽然泪眼迷蒙，说："我没法子转告，李先生。"

李大钊说："你必须转告。敌人的力量目前还很强大，冒险是不足取的。让同志们的血就流在这张纸上吧，绝对不要再流新的血了。"

"我不想听这些话，李先生。"老头哽咽起来。

"我以中共北方党组织的领导人身份，请你做这件事。务请你转告党组织，转告劫狱队。"

两天后，二十四名铁路工人被告知了上级党组织的一项决定。一位长着两根粗眉毛的党组织代表这样告诉他们："李大钊同志说：你们今天已经把我救出去了，我就是死了，也是虽死犹生。若为了救我而牺牲了新的生命，那就是将我李大钊重新推入苦海，我就是活着，也是虽生犹死。"

二十四名工人泥塑木雕般站着。

"李大钊同志还说，让同志们的血就流在这张纸上吧，绝对不要再流新的血了。"

按着血手印的只有四个字的宣言书被置放在木桌上。二十四位工人一齐热泪长流。

"党组织决定，取消劫狱计划，解散劫狱队。"

"李先生啊，"按下第一个血手印的那个穿黑色布褂的劫狱队长一屁股跌坐于地，双手掩脸而泣，"你怎么就不珍惜自己的命啊！"

此刻，陈独秀独坐于长江江流之上。他并不知道北方的劫狱计划以及这份计划的流产。他只在吐着白沫的水流声中和轰响不停的轮机声中，想象着北京京师警察厅监狱那种可怕的寂静。他熟悉那种带臭味的阴森森的环境。他关在那里的时候，李大钊去看过他。如今守常身陷囹圄，自己却只能从上海赶去武汉而无法赶去北京。

暮色渐浓，江轮悠悠远远地鸣叫了一声，如大猫鸣春。陈独秀纹丝不动地坐着，屁股上都是红色铁锈。他拍拍屁股的时候，就会红尘飞舞，而红尘之中会浮现出一个肤色白皙的女子。这个人物也使逆流而上的陈独秀一想起就感到心酸。

施芝英是在一个月之前把一扇门对他关上的。门轴发出的吱吱声使人的牙根和心一齐发酸。她对他说出那番冷寒入骨的话时，正是在她的家中。她开门，把风尘仆仆的陈独秀迎进房中，然后她说出了一个女人的决定。

"陈先生，从明天起，你就不要来我这里过夜了。"

陈独秀刚脱下一只皮鞋就愣住了。这时候他才发现这个女人并没有像往常那样把一双软软的花布拖鞋放置在他椅边。

"陈先生，"他又听见那个嘴唇发白的女人说，"我不是不恋你，不是不敬你，我到现在还很愿意跟你在一起，这是我的心里话，甚至，这些话，我说出来，也不怕我的男人听见。”

“什么？”陈独秀大惊，“你有男人了？他在？”

施芝英指指里屋。陈独秀从椅子上侧身，歪头一瞧，果然瞧见了里间一个男人肥肥的背影。

那个男人静静地坐在床沿上，垂着脸，始终没有抬头。陈独秀没有看见他的脸，甚至也不想看见他的脸。反正是个男人，中年男人，这就够了。反正这个中年男人也听见了施芝英刚才所说的所有的话，这就够了。

足够使一幕戏落幕了。

但是陈独秀总觉得还是快了一些，他有些猝不及防。他已经在两个人的共同生活中，看见了一些属于感情的东西，他是很难得看见这些无形的东西的。

施芝英为他泡了最后一杯茶，并且把茶盅轻轻地递到他手中。她说：“我恋着你，可是我仍旧要你走。你一定要走。你有一个党，你是总书记，你很忙，做的事也伟大，可是我呢，我只需要安全。我是一个寻常女人，我有孩子，我找的男人第一条就是要给我带来安全。真的，我此生还能再求什么呢？陈先生你走吧，我再舍不得你也要舍得你。”

陈独秀愣了好长时候，终于扎紧鞋带，站了起来。

“那么他是干什么的？”他问得很轻，但却是瞪出眼珠子问的。

女人说：“反正他不是共产党，更不是总书记。”

陈独秀知道自己已经没法子再说什么有意义的话了。他出门的时候，只回过头来嘟哝了一句：“芝英，你太怕牺牲了。”

“我自己不怕牺牲，我怕牺牲孩子。”女人说。待陈独秀出门之时，她又说，“你等等！”

她打开衣柜，捧出一叠陈独秀的烫得很平整的换洗衣服，一件一件地塞进他的提包里。她的眼泪滴在陈独秀手上。

“你走吧。”她低声说。

陈独秀挟起鼓鼓的包，走了出去。这时候，他就听见了房内传出的猝然而起的哭声，哭声非常凄婉，其间还夹着一个男人细声细语的安慰声。

陈独秀凝视着长江。长长的眼泪流在施芝英脸上的形状，与这条长长的江河流在中国脸上的形状，似乎有某些相似之处，当然这是两个截然不同的概念。眼泪一个晚上就擦净了，而长江几千年都擦不尽。

4月8日，江轮减速，靠泊南京，陈独秀突起一个念头，临时下了船。

他想起了在南京苦苦生活着的高君曼和他的两个孩子。

陈独秀在草厂街一住就是好几天。说说话，喝喝酒，抱抱儿子和女儿。他有一种无尽的疲惫一朝得到舒展的感觉。高君曼没有跟他大闹，也没有问及那个上海女人，只是提醒他每个月的五十元钱不要总是延期寄。陈独秀每天黄昏都把喜子和黑子轮流抱在腿上一次，这时候他黝黑的脸上就现出日轮般的暗红色，心里洋溢着久违的安详。

孩子大了，屁股沉起来，但陈独秀一点不觉得腿酸。

上海滩的剧变是陈独秀在13日吃中饭的时候听到的，他当时正匆匆从凳子上起身，对着木门上挂着的一面圆镜，在自己的牙床上拔一根鱼刺。鱼刺扎得很深。

他着恼地说："什么鱼，腥味足，刺也小。"

高君曼不乐意了，扔了筷子，说："嫌鱼腥？嫌鱼小？一个月五十块，我们母子三人还能吃上大鱼？你来了我才买鱼，你不来，孩子们还闻不着鱼腥呢！"

她说着又咳了，咳得很凶，手绢上又见着了血。

"妈妈，你别说了。"黑子一边扒饭一边说。

"妈！"喜子也叫，"爸爸难得回家，你就骂人！"

陈独秀拔了刺，咂咂嘴，继续坐下，埋头吃饭。

黑子说："爸爸，这条鱼真是腥，你说得对，我也闻到了。"

喜子也马上说："刺也太小，我的嘴巴也戳痛了，爸爸你看。"

陈独秀大口吃饭，一边吃一边点头。孩子真懂事，他想。

这个时候，窗外隐约传来了报童的跑动声和叫卖声。

叫卖声之尖利，也如鱼刺，一下子便惊起了陈独秀。

"号外！号外！请看上海清党！蒋介石与共产党决裂！"

"号外！号外！请看上海大镇压！血染宝山路！三百工人被杀！"

陈独秀的喉咙这一回真的被鱼刺卡了，他跳起来，蹲到屋角，吐出了满嘴的饭，大口大口地干呕。

高君曼慌了，拼命拍他的背，并且试图用手指去夹他咽喉深处的小鱼刺。

陈独秀一边干呕，一边手指窗外："报！……报！……"

高君曼慌着说："怎么了？怎么了？"

还是黑子懂得父亲的意思，兔子一样蹦起来，伸手从父亲衣袋里摸出几枚银毫子，奔出门去。

陈独秀看了买回来的报纸，只看了几眼，便一屁股坐在了沾满黑泥的门槛上，两只手捧住了头。

他的手指深埋在黑黑的发根里。

高君曼愣愣地朝丈夫看。

黑子走到父亲身边，像个大人似的说："爸爸，你别生气。是不是坏人又想抓你了？"

喜子也走过来，一屁股坐上门槛，摇着爸爸的腿说："爸爸，别害怕，妈妈会把你藏起来的。"

一直到掌灯时分，陈独秀才开口说话。床头灯色昏黄，陈独秀和高君曼都无心睡觉，分别披衣坐着。孩子们在隔壁睡着了。

雪茄烟使房间烟雾弥漫。"我现在的感觉，就像下油锅似的。"他哑着嗓子对妻子说。

"你哪天不在油锅里！"

"君曼，我又一个人过了。"

"那个女人，她，踢开你了？"高君曼一愣。其实，她这几天，好几次想问这个问题，"我早知道她会踢开你！总有这一天的！"

"我后悔的是，是她踢开我，而不是我踢开她。"

"什么意思？"高君曼回脸，瞪着这个她又爱又恨的男人，她不明白他表达的是什么意思。

陈独秀叹一声，说："应当是我踢开她。所有指望着依靠我的女人，我都应当及早踢开她们。我不能害她们。我是人吗？我是祸水。我后悔自己觉悟太晚。"

高君曼心里一沉，用鼻孔冷笑一声，说："看得出，你还喜欢这个女妖精！"

"君曼，我马上会遭到蒋介石通缉。南京，也是住不下去的。你我缘分，已经尽了。"

"我知道，你我早成破镜，难以重圆了。你以为你在这里住几天，我就会生浪子回头的感觉吗？”

“你说得对，”陈独秀说，“镜子已经破了，就像你挂在木门上的那半块圆镜子一样。镜既破，也就不必重圆。重圆的破镜，怕是会碎得更厉害。君曼，你是知道我的，我这人，一辈子缺不了女人。现在我真正悟出来了，革命才是唯一的一个能永远守在我身边的女人，而且也永远不会来问我讨安全。我要马上去武汉，我乘夜班轮船去，我再不能连累你了，何况还有黑子，还有喜子。”

高君曼平静地说：“你滚吧。”

陈独秀静默片刻，掀被下床，慢慢穿齐衣服。

他走到桌边，把拎包里所有的银洋都倾倒在那张摇摇欲坠的木桌上。

然后他走到隔壁。

他在亲吻熟睡的儿子和女儿的时候，听见了高君曼的啜泣之声。

陈独秀夹着拎包，走出大门。

在他出门的一刹那，满脸泪水的高君曼蹦了出来，一下子就从后背抱住了他，把她的那张湿乎乎的脸庞贴在了他的后脖颈上。

然后她又一下子松开了他，在他屁股上踢了一脚，骂一声：“滚！”

她是咬牙切齿说出这个滚字的，这一脚也踢得很狠。

陈独秀走了出去，隐入黑暗。他的左边屁股一直到武汉还是很痛很痛的。高君曼不仅踢着了他的肉，还踢着了他的骨头。

陈独秀在武汉经常过一种焦虑的日子。1927年4月底的这一天，他又相当焦虑。他早早就候在汉口黄陂会馆门外，等着迎接一位重要人物的与会。这个贵宾的来与不来，对于这一年4月份的中共而言，似乎至关重要。

中共假黄陂会馆召开第五次全国代表大会。在蒋介石坚决地捺大上海于血泊之中的时候，中共召集这次全国代表大会，重要性不言而喻。会议的开幕式，是借武昌第一小学的场地举行的，代表全国五万八千名中国共产党党员的八十二名代表神情严肃地齐聚小学校园，共产国际代表罗易、鲍罗廷、魏金斯基也出席了开幕式，校长王觉新奔进跑出，西装革履满面笑容地接待大家，但是没人笑得出来，连洋代表都个个板着脸。开幕式一完，会议就移到了汉口的黄陂会馆。会议挪地方，主要还是为了安全的考虑。

谁都提着心，武汉会不会起变化？谣言这些日子满天飞，中国革命好像真的到了十字路口。所以，武汉的一个最重要的人物会不会来中国共产党的大会上说说好听的话，绝对是一个信号。开幕式已经缺席了，在余下的会议日程里，总该露露面吧？

毛泽东从会馆内走出，到大门口，轻声招呼陈独秀："仲甫，你是本党总书记，也不必亲自迎候在门口吧？"

陈独秀翻他一眼。他觉得毛泽东不知轻重。

瞿秋白也走出来，扶扶眼镜，说："独秀同志，你还是进会场吧？我在门口接接就行了。"

陈独秀说："你们都快进去，不用啰唆。我必须在这里等。"

他一直眺望着街路的尽头，他的暮春的心情煎如盛夏。

开会时间早已过了，应该及时赶到的那辆汽车却还是没有出现。陈独秀所焦急等待的重要人物，当然就是武汉政府的国民党党首汪精卫。汪精卫答应这一天到中共第五次全国代表大会上来发表演说。这种答应，有一种雪中送炭的深意。陈独秀前一天晚上一接到这个信息就心涌热潮，连夜命令大会秘书长蔡和森布置会场，把大会主席台正中挂着的马克思画像和列宁画像赶快移到边上去，把孙中山的大幅画像挂到正中，又换了会场上几乎所有的标语，比如把"共产主义事业万岁"换成"国共合作，革命必胜"，因为陈独秀觉得自己面临的政治选择实在有限，在大革命的生死关头，他几乎把推进中国革命的全部希望都寄托在武汉政府身上了。

此刻，汪精卫正坐在武汉国民党中央党部自己的写字桌后面，慢慢地啜饮咖啡。他在思考蒋介石，也在思考陈独秀。蒋介石手里有军队，陈独秀手里有工农，但是工农手里只有棍棒，而军队手里是弹药。他知道，就是归属于武汉政府方面指挥的军队，骨子里也多是倾向蒋校长的。不能不考虑军队将领的动向，他们握有中国革命发言权的很大一部分。大革命以来，中共方面操持的工农运动搞得过火，军人已多有不满，这一点汪精卫是心里亮堂的。

副官推门禀告说："汪主席，时间到了。"

汪精卫问："这么大一个汉口，怎么就没有好咖啡卖？"

"汪主席，是不是先去开会？"

"知道了。"

武汉国民政府的最后出路，汪精卫不能不再三再四地斟酌。

蒋介石在发动上海清共政变之后第六天，就于南京另组了国民政府，悍然宣布3月份从广州迁至武汉的国民政府和国民党中央的一切均为非法，并且发布了南京国民政府秘字第一号命令，公然通缉一百九十三名共产党人士和国民党左派人士，陈独秀、毛泽东、周恩来、鲍罗廷均在其列，国民党左派人士邓演达、柳亚子等人也名列其中。武汉国民党中央虽然及时表态，对蒋介石的反共行径大加谴责，但是汪精卫此时此刻的所思所虑，显然是隐藏于公开谴责背后的种种事情。

汪精卫一遍遍地玩弄着咖啡，看浓黑的汁液一滴滴顺着小调匙落入杯中。自打去法国走了一遭，他对咖啡的喜好更加强烈了。

若是闹得好，汪精卫想，他的国民党和国民政府，在政治的沟沟壑壑之间，还能觅到一条生路；闹得不好，他可能又得被迫到法兰西喝咖啡，甚至身首异处也说不定。蒋介石出拳时的果断和利索，他是领教过的。

陈独秀不知道汪精卫此时还在玩弄咖啡，他仍然在会馆门口引颈翘首，候着一份悲壮的诚恳。

远远望着焦急万分的陈独秀，毛泽东和瞿秋白均觉着了几分可笑，又觉着了几分悲哀。出席中共“五大”的一些代表，都希望能在这次会议上纠正中央的妥协路线；而陈独秀则坚持按共产国际的指示行事，千方百计使汪精卫的武汉国民党中央能坚守原有革命立场，继续保持两党的合作，进而继续北伐，推进中国的民主革命事业。陈独秀认为，他坚持的这个方针既是共产国际一贯的指示，也是符合五万八千名中国共产党人和全国民众的根本利益的。共产党人区区五万八，仔细算算，是五万七千九百六十七名，输不起啊。中国产业工人人数不多力量不强，也输不起啊！

毛泽东对瞿秋白说：“老头子的眼睛，此时根本不该盯着汪精卫，而是应该盯着汪洋大海。”

瞿秋白明白毛泽东所说的汪洋大海指的什么，他也是赞同这个观点的。中国的工人和中国的农民，真的是能够掀动波浪的汪洋大海。所以瞿秋白叹息一声，说：“此汪和彼汪，老头子真是分不清楚啊。”

毛泽东笑了。毛泽东很欣赏瞿秋白为《湖南农民运动考察报告》所写的序言，也知道两人在大政方针尤其是农民问题上总是彼此心通。毛泽东那天读瞿秋白写的序言读到半夜，瞿秋白在序言里说：“中国革命家都要代表三万万九千万农民说话做事，到战线去奋斗，毛泽东不过开始罢了。中国的革命者个个都应当读一读毛泽东的这本书，和读彭湃的《海丰农民运动》一样。”毛泽东读到这里，眼睛就湿了，陈独秀不让《湖南农民运动考察报告》全文在中央机关报《向导》上全文刊登所带来的委屈，靠着瞿秋白的撑腰一下子消弭了。毛泽东那晚就断定瞿秋白是个外表柔弱却骨质铁硬的汉子，是个心心相印的同道，所以此刻毛泽东低附在瞿秋白耳边说：“秋白呀，虽说你瞿秋白的秋字带火，我毛泽东的泽字有水，你我倒真是水火相容。”

瞿秋白看定毛泽东，说：“说句老实话，我是双手赞成你这个农民王的。润之，我不能忍了，我要说话，我要在这次会议上散发我写的那本小册子《中国革命中之争论问题》，我要明确反对老头子的投降主义！”

文质彬彬的瞿秋白再一次表现出了一种特有的倔劲，毛泽东非常喜欢这种脾性，于是两人便伸手紧紧地握了一握。瞿秋白甚至还咬耳朵告诉毛泽东，说共产国际已有撤换陈独秀的意思，消息是从张国焘那儿来的，虽然陈独秀在中共“二大”之后已经很听共产国际的招呼，但是共产国际认为，两党合作走到这一步，中国革命走到这一步，中共的党首还是要承担责任的。瞿秋白说，莫斯科现在想找一个更能与汪精卫的国民党打交道的人，正在物色人选。毛泽东说不会吧？瞿秋白说有这个可能，反正，照现在这样下去肯定是不行的了，路不能越走越窄。

毛泽东还是对瞿秋白透露的消息感到疑惑。于是瞿秋白咬着毛泽东的耳朵进一步透露说，共产国际确有这样的想法，那是共产国际的一个重要人物透露给张国焘的。共产国际是这么考虑的：虽然中共这六年来的方针，事实上都是遵循着共产国际的指示进行的，但局面演化到这种濒临失败的地步，也不能让共产国际来承担责任，如果共产国际承认自己政策失误了，威信便要大大丧失，而威信的丧失必将影响世界共产主义运动的发展，也会助长托洛茨基派攻击斯大林的气焰，更会使中共党员不信任共产国际的领导，那种后果，将是严重的。那么，怎么解决这个问题呢？为了使共产国际今后能够继续权威地领导世界革命，只有一个办法，那就是由中共挺身出来承担起这个责任，这才是个大事化小的办法，而且，这个办法的核心，就是党首承担一切，也用不着由中央集体承担，陈独秀在这次失败中，原本就有过失，现在的态度又消极，那就不如把全部的失败，请他一人承担算了。毛泽东听了还是不相信，对瞿秋白说你不能全相信张国焘的，他说话有时候不实际，我上当好几次了。

瞿秋白说："我倒是有一些相信的，你看吧，这些天共产国际的那些人对老头子的态度是越来越冷谈了。"

不管怎么说，在这次中共"五大"上，将会有一场激烈的路线争论，对这一点，毛泽东和瞿秋白显然都已经感觉到了。

正在毛泽东与瞿秋白双手相握之时，大门外的陈独秀也握上了一双热乎乎软绵绵的手。

陈独秀边握边说："值此危难之时，兆铭兄亲临本党代表大会讲话，独秀殊为感佩！"

陈独秀苦等的这位人物终于赶到了。

汪精卫诚挚地笑一笑，说："兄弟虽然来迟，可是汪兆铭对蒋介石反共清共的愤慨之情，始终是及时表达的。仲甫一定看见，十日之前，国民党中央已经发布明确命令：蒋中正屠民众，摧残党部，甘心反动，罪恶昭彰，已经中央执行委员会议决，开除党籍，免去本兼各职。着全体将士及革命民众团体拿解中央，按反革命罪条例惩治！"

陈独秀觉得自己的鼻腔有点热："兆铭兄，中流砥柱啊！"

"砥柱有二，你我并肩！"

陈独秀抓过汪精卫的手，两手相携，一起走入会馆。

站在门内的瞿秋白、毛泽东等人一齐鼓掌，欢迎两位党魁入内，然而毛泽东的脸色一直是严峻的。他注意到汪精卫见任何人都笑，笑若艳花，但是收笑的速度却很快。毛泽东一年半之前供职于广州国民党中央时就熟悉这种笑容，他知道汪精卫绝对是个华而不实的人，虽然说起来，当年还是汪精卫本人亲自提名毛泽东代理国民党中宣部长的职务的。

就在居心叵测的汪精卫慢吞吞走入中共"五大"会场的这一天，在北京，一座令人震惊的绞刑架在一位著名的中国共产党领导人面前竖立了起来。

1927年4月27日下午，在北京西交民巷京师看守所，白墙前的黑色绞架被刽子手的大手拍了三下。小轱辘开始转动，无情而粗大的绳圈缓慢地挂下来。

身穿灰布棉袍的李大钊从容走上刑台。由于反复受刑，他已有点瘸。自从被捕的那一天起，李大钊就料到会有这一刻。他只有三十八岁，但是他已经感觉到此生活得漫长而充实。他一生做了很多事情。如果今天的绞圈是一个句号，他也认为相当合适。

他此刻一点也没有想到赵纫兰以及他钟爱的葆华和星华，他只想到他的生命即刻就将终止在政治之中。为信仰、理想、道路、政治而献身，应该是一个男人的光荣，何况是在中国这个充满着血腥、暴力、愚昧、黑暗、压榨、恐惧的国度里。就这个意义而言，绞架简直是个花环。

他抬起脸来，凝视着这个赭黑色的花环。他从这个花环中看见了春天。中国的 4 月，从南至北，春色都该是很浓了。

然后，李大钊转过了脸。他直视如临大敌的警察和刽子手，沉着而语音清晰地说："不能因为你们今天绞死了我，就绞死了伟大的共产主义！我们已经培养了很多同志，如同红花的种子，撒遍各地！我们深信，共产主义在世界，在中国，必然要得到光荣的胜利！"

黑色的绞圈已经降到了李大钊的脸边。他已经感觉到绳子的粗粝。

李大钊仰起脸，高呼："中国共产党万岁！"

作为监刑官的奉军东北宪兵营营长高继武很反感这位北方共党领袖的临终"猖狂"。他向刽子手耳语了几句，刽子手便会意了。在对李大钊行刑的时候，刽子手的动作变得特别的不利索，对别的十九位受刑人所用的处刑时间都在二十分钟左右，而偏对李大钊绞了四十分钟。

穿着灰布棉袍的李大钊始终保持着镇定的神色，他只是顽强地一遍又一遍地呼着"中国共产党万岁"的口号。只要绞索还没有扣紧脖子，只要声带还能勉强发出响声，他就一直反复呼着这句对他而言最直接最炽烈的口号。

他的热烈而断断续续的呼声，通过一只不太好看的花环，直接进入了中国的春天。

汉口前花楼的陈独秀寓所，毛泽东不常来，但是今天他忍不住要踏踏踏地上楼来，他要见陈独秀，并且任凭泪水遍脸。

"你听见李先生的呼喊声了吗，仲甫？"毛泽东揩揩眼睛，对坐在一张花梨木圈椅上的陈独秀说，"我记得，七年前，他送一车木炭到福佑寺来，那时候我在北京驱张，他对我说：你驱张，我赞成，可是你想把张敬尧驱到哪里去？可不要驱到我的家乡河北来，不然，我也要组织驱张请愿团了。那时候我多幼稚！我以为驱张之后，湖南就天下太平了！七年之后，中国依然那么黑暗，李先生又叫另一个姓张的军阀杀害了！仲甫，我们共产党人无论如何不能再把希望寄托在军阀身上了！”

“守常就义，我也悲痛。可是我，润之，我发现我越来越听不懂你的话，我寄希望于哪个军阀了？”

“我不是指老军阀，是指新军阀。”

“蒋介石？”

“当然是蒋介石！还有一个就是汪精卫，汪精卫也必须提防！他可疑得很啊！”

陈独秀站起来：“疯了，润之？你这叫为渊驱鱼，为丛驱雀！你把眼泪擦干净吧，我这个人见不得眼泪。”

“仲甫，中国大革命的命运，已是千钧一发！”

“这我知道！”

“北方，是张作霖的奉系军阀政府，东边，是蒋介石的刺刀。两广和四川的军阀，也是节制于南京的。所以武汉方面，实际上已是四面楚歌。”

“正由于四面楚歌，中国共产党人才尤须注意与汪精卫的合作！”

从逻辑上讲，陈独秀这个结论是可取的。但是毛泽东有另外的逻辑，毛泽东针锋相对说：“正由于四面楚歌，中国共产党人才尤须警惕同盟者的可靠问题！”

毛泽东的这个结论，从逻辑上讲，也是正确的。

陈独秀想了半天，说了一句带结论性的话，他一板一眼地说：“我觉得汪精卫还是可靠的！”

陈延年推门进来，他一听父亲的话就来气。

“独秀同志！”陈延年狠声说，“汪精卫可靠什么呢？你是真不知道还是假不知道，他已经派人在跟蒋介石联络了？”

“这是他的兵不厌诈！”

“说句老实话，独秀同志，”儿子的大眼睛瞪着老子，“我自从法国回来之后，每遇一次危机就对你失望一次！”

陈独秀拍桌：“昏话！”

毛泽东赶紧打圆场，说：“仲甫，我总以为，我们现今的视线，还是应该顺着党旗上那柄弯弯的镰刀，弯出城市去，去看看中国的农民！我们务必要认真地看一看，中国的农民跟别国的农民不同，他们是汪洋大海，这种大海所掀之浪，具有意想不到的力量！”

陈独秀摸摸鼻子。

陈延年说：“独秀同志，请你仔细听一听泽东同志的意见！”

毛泽东又说：“我拟订的那个重新分配土地的方案，请仲甫无论如何在这次代表大会上组织审议，这个农民决议案若是实行，中国农民将能立即成为推进中国革命的一个非常强大的力量！”

陈独秀还是没有言语。陈独秀后来说，都几点钟了，我要睡觉了。毛泽东心里一沉，他知道他与瞿秋白的提议在这次重要的会议上都得撞墙了。

陈独秀后来果然拒绝在中共“五大”上讨论毛泽东提出的重新分配土地的方案。陈独秀认为，只有在继续北伐、打倒军阀之后，才可进行土地革命。第二天，心情苍凉的毛泽东携妻去蛇山，再登黄鹤楼。

面对茫茫中国，他吟了一首诗。

毛泽东登楼，走得很慢。

杨开慧抱着出世才二十几天的婴儿毛岸龙，轻步跟在他身边。毛泽东问她累不累，因为毕竟月子还没有坐满。杨开慧说，难得跟你出门，我开心得很。毛泽东便从她手里接过他的第三个儿子，怀抱着登楼。

毛泽东登上第五层，站住了。

望远山近水，皆阴沉沉一片。没有太阳，没有风，整个江面都滞滞地走着陈独秀去年所说的“秩序”。毛泽东心里发闷，说，我填一首词吧，开慧你要不要听？

毛泽东又说，吟诗有两种境况，一是喜极而唱，二是悲极而吟，我今天就属于后一种。

妻子没有听明白丈夫话中的意思，只对丈夫怀中的婴儿说：岸龙，睁开眼睛，你爸爸作诗了！

毛泽东一边斟词酌句，一边慢悠悠吟：“茫茫九派流中国，沉沉一线穿南北。烟雨莽苍苍，龟蛇锁大江。黄鹤知何去？剩有游人处。把酒酹滔滔，心潮逐浪高！”

妻子问，黄鹤上哪儿去了？毛泽东说不知道，叫道士骑走了，骑走一千七百年了。

妻子说："黄鹤的事情我不明白，但我明白你的心潮逐浪高，你是想起了李大钊李先生！"

"不光是李先生。"

"你在想中国。"

"能不想中国吗？"丈夫紧一紧怀中的婴儿，"中国革命如何拯救，如何深入，如何对付武汉政权以外的敌人，如何看待政权内可疑的同盟者，我们共产党人，一时都很难有良策啊。"

"小岸龙呀，这几年来，我从没见你爸爸的心境如此苍凉过。"

"开慧，我知道你担心我。要不，你也不会月子没坐满，一定要陪我出来散心。"

"陈独秀总书记还是那么固执吗？"

毛泽东弯腰，亲亲熟睡的岸龙，没有言语。

他想，陈独秀如果改弦易辙，或许大家的劲头还会大一点，共产国际也不会考虑"换马"，如果一切照旧，那就什么都说不定了，张国焘传出来的说法或许就会是真实的。但，共产国际这么做了，前景又会是什么呢？毛泽东不敢再想下去了，所以他也没有回答妻子的问题。

陈独秀当然是固执的。中共"五大"虽然接受了共产国际"七大"关于中国问题的决议，批评了陈独秀的一系列方针政策上的错误，但是大会对于如何争取革命领导权等重大问题，仍旧拿不出什么得力的措施。八十二位代表的心境，自始至终，都复杂得要命。新一届的中共中央执委会选举陈独秀、张国焘、蔡和森、瞿秋白为政治局常委，党的总书记一职，依然由陈独秀担任。

老头子总是老头子，毛泽东在会议闭幕之后重重地叹息一声。

毛泽东这次没选进中央委员会，只选了一个候补中委。他向大会郑重地提出了一个"关于加速深入农民斗争，立即解决农民土地问题"的提案，陈独秀坚决不让大会讨论，陈独秀知道这样讨论下去中国农村又要乱成一锅粥，不要说蒋介石已经反咬一口了，连汪精卫也会拉不住的；陈独秀甚至还剥夺了毛泽东在会议上的表决权，他认为，像毛泽东这样只善于拉闸放湘江之水、只善于歌唱"好得很"和"浩浩汤汤"的"弄潮儿"，虽忠心可嘉，但必须有所节制。许多事情并不是坏在右的处事方法上，恰恰是坏在"左"的处事方法上。

陈独秀只在表面上作了几句检讨，他知道是共产国际要他检讨，他没有办法，他想，就给共产国际一个面子吧，都说中国人好讲面子，哪里晓得共产国际和斯大林也那么好面子，明明都是莫斯科来的大政方针，一旦在中国碰壁了，都不是莫斯科的错，而是中国人的错，尤其是他陈独秀的错！不然，共产国际怎么下台，指挥棒指挥了半天，原来方向都弄反了，这叫神圣而正确的共产国际怎么再去指挥全世界的革命？

会议就这样开完了。许多人都像毛泽东一样，重重地叹息了一声，当然也包括陈独秀。

当晚，陈独秀谁也不想见，一个人在木头澡盆里泡了一个澡，热水一直浸泡到他的下巴，他有一种被淹的感觉。

毛泽东发出的叹息，倒是很短促的，他依旧浑身热血，现在他在汉口街头奔跑。他摆动双臂，跑得很快。他是赶去辅义里中共中央宣传部。有人告诉他，一批受伤很重的湖南民众从长沙赶来了汉口，他们身上都是血。

问题在于，他们身上的血都是国民革命军打出来的。

长沙情况突然紧急起来。5 月 21 日，在汪精卫政府急剧右转的背景下，驻长沙的许克祥率所部第三十五军独立三十三团发动武装叛乱，时称“马日事变”。军队查封了湖南省总工会、农协、左派国民党省党部，解除了工农武装。湖南的工农运动顿时血花四溅。

整个形势继续急剧恶化。6 月 6 日，江西的朱培德又以“礼送出境”的说辞，大批驱逐共产党员和国民党左派人士。6 月 10 日，汪精卫又赶去郑州与冯玉祥、唐生智密谈。九天后，冯玉祥又赴徐州同蒋介石会谈。

幕后的大量交易传递出一个很明显的信息：蒋汪携手，宁汉合流，反共反苏，已是迟早的事。

毛泽东气喘吁吁地奔到辅义里，他果然看见中宣部机关办公楼门前，围着一大群武汉民众。这群民众则惊愕地看见了来自长沙的血。长沙的一批工农代表，抬着七八副担架，正在声嘶力竭地控诉许克祥的暴行。

石花的腹部扎着厚厚的满是血污的绷带。她躺在担架上，手中无力地举着一面“惩办许克祥”的小纸旗。

毛泽东分开人群，一见担架上的石花，就愣了。

“毛团长！”无牙的石花刚喊出一句，头一歪，便昏了过去，手中纸旗颓然落地。

毛泽东怒喝："都伤成这样了，还抬到汉口来干什么？还不赶快送医院！"

黑筐慌了，赶紧下令："抬医院去！"黑筐头上也扎着绷带，他其时已在湖南省总工会工作，他觉得毛先生的批评是对的，于是他马上指挥大家赶紧就医。但还是迟了一步，石花被送进医院不到几分钟，两只大眼睛就永远闭上了。

毛泽东缓缓拉起白被单，亲自盖上了石花的遗体。毛泽东后来知道，是两把刺刀同时戳进石花的腹部的。

石花当时护在湖南省总工会办公楼前，张开双臂死死护住总工会的牌子。石花喊：不准封门！工人运动万岁！她没有来得及喊出第三句，鲜血就从她的腹部喷了出来。

来自安源的"煤黑子"黑筐当时也与许克祥的兵搏斗了一场，前额挨了一枪托，血流满面。黑筐告诉毛泽东，何叔衡在长沙也被抓了，他一口咬定自己是私塾先生，没露破绽，才侥幸逃脱。这两天他每天把着鸟笼子，扮作算命先生，躲来躲去。

长沙已经快被乌云压塌了。

毛泽东听了，沉默良久，最后，他轻轻抚摸了一下黑筐头上的白绷带，看看石花遗体周围众多的湖南工农代表，说："对许克祥，如果不绳之以法，那是天理不存！我们要力争武汉方面有所动作！你们，都要尽快回到原来的岗位，恢复工作，拿起武器！山区的，上山！滨湖的，上船！坚决与敌人作斗争，武装保卫革命！黑筐同志，听清楚没有？"

"听清楚了。"

"大家听清楚没有？"

大家一齐说："听清楚了！"

"就是这样！"毛泽东斩钉截铁地说，"在中国共产党人面前，只有这一条路了！"

独臂军人石头忽然出现了，他跌跌撞撞扑进医院大门。

"姐姐？这是我的姐姐？"

他掀开白被单，突然后退两步，狼一样嚎叫起来："姐姐！！"

6 月 13 日上午，毛泽东出席国民党中央军委会议，报告马日事变情形。他拉开黑色的靠背椅，故意坐在汪精卫的正对面。他要近距离掂量一下汪精卫。

“诸位委员，在报告之前，请允许本人先做两件事情。第一件事，我想展示一件衣服，一件女人的衣服。”

听毛泽东这么说，汪精卫打了一个愣。

毛泽东从脚边取起一件蓝底白花布衫，摊在会议桌上。布衫上皆是大团大团的血迹，血腥气很重。汪精卫皱皱眉，赶紧端起茶盅喝茉莉花香茶。

“第二件事，我想展示一位军人。诸位，我们现在开会的地方，是一年前英勇的北伐军将士用生命和鲜血夺来的。他们当中，有不少人牺牲了，有不少人伤残了。今天我请来的这位年轻的连长，就为从军阀手中夺取这个城市，丢了一只胳膊。”

毛泽东拍了三下手。丢了左臂的石头在第三下掌声中默然走进会议室。

毛泽东又说：“诸位委员同志，这件血衣的主人，是个姑娘，牺牲之时才二十四岁。她就是这位北伐军连长的亲姐姐。这位北伐英雄用自己的手托起敌人的机枪，被敌人用大刀砍去了手臂，而他的亲姐姐，一个善良的总工会工作人员，却被许克祥的兵用刺刀戳穿了肚子！”

汪精卫闭起眼睛。整个会议室鸦雀无声。

毛泽东突然击桌：“革命何罪之有？！许克祥无耻之尤！”

他爆发了。他实在控制不住自己的感情。湖南工友和农友的鲜血，他特别不忍看。

石头用独臂默默脱下自己的军衣，又从桌上取过姐姐的血衣，将之穿在身上，然后再套上自己的军衣。

独臂军人脚跟一碰，咔的一声立正，向全体与会者敬了一个无言的军礼，然后便转过身，踩着沉重的步伐走了出去。

汪精卫目送这位年轻的伤残军人，木无表情。他听说过许克祥这个名字，但是不认识这位团长。但他心里非常明白，许克祥不是许克祥一个人。

当天下午，在汪精卫宅邸的客厅方桌上，琳琳琅琅地摆满了来自长沙的印章、报表、文件。

汪精卫仔细察看。印章刻得很粗糙，图案有斧头，有镰刀。汪精卫直起身，看看桌旁的军官们。这是许克祥专门派来向汪精卫密报情况的三个军官。他们在汪主席面前站得笔直。

“禀汪主席，这是湖南总工会的工人武装计划。”其中一个国字脸的军官报告说，“这是农民协会斗争地方绅士的计划。汪主席，湖南农民共产共妻，兵士六个月不回家，老婆便被农协共去。汪主席，不反击不行了。许克祥团长对汪主席，忠心可鉴。”

汪精卫沉默。

国字脸军官又啪地立正，音带哭腔：“我的舅舅，两百亩地契，都给农民烧了！那些黑脚梗，还在我表姐的牙床上打滚！汪主席，我们全团对许团长的决断都是拥戴的！”

汪精卫说：“来人。”

副官应声走进。汪精卫说：“把桌子上的这些东西全都扔进灶膛，烧一顿饭，请请这几个长沙来的弟兄。吃了，就让他们回去。他们有些话，也是说过头了，我是不相信的。但是肚里有气，不放出来，怕也不行。就这样吧，别的，也不用多说了。”

三个军官似乎明白了一切，挺身立正，一齐说：“谢汪主席！”

个把钟头之后，还没等这三个酒足饭饱的军官走下汪宅大门台阶，忽然就被一个旋风般的扫堂腿扫倒了两个，另一个还不明所以，又被一个像狼一样的独臂军人扑倒在地。

石头挥动独拳，痛打着这个长着一张国字脸的军官，只可惜没打几下，便被一批守卫军警死死扭住了。

“你们这群狗日的！”石头拼命挣扎，“我要报仇！”

汪精卫走出门外，阴沉沉地盯着这位活蹦乱跳的石连长。大门口的这场突如其来的吵闹声终于惊动了这位美男子。

他看了半天，挥挥手，说：“放了他吧，看在北伐的分上，放了他。他若再要生事，滋扰大局，就问问他，他剩下的那只手还想不想要了？”

汪精卫说这句话的声音极其轻柔，而扭着石头的那几双臂膀却如铁钳般硬。

长江灰灰白白，在6月的阳光下一直延续到天边。

陈独秀与蔡和森、毛泽东一起漫步江畔。有一项要紧的工作，他们要商议。

“和森，”陈独秀说，“你力主改组湖南省委，提议润之去担任省委书记，我也不是不能同意，只是时局微妙，我怕润之鲁莽行事。”

他现在想问题总是这么想。他对毛润之越来越不放心。

毛泽东说：“仲甫，湖南的阵营打散了，必须尽快整理。我以为对付反革命的枪杆子，只能用革命的枪杆子！”

陈独秀说：“润之，你握过枪杆子没有？”

“没有。”

“我当年参加暗杀团，成天摸枪杆子，而今却非常慎言枪杆子。你毛润之没有摸过一天枪杆子，却满口枪杆子，我不能不担心你开枪走火！”

蔡和森婉转地说：“仲甫，润之坚持针锋相对，从战略上讲，没有错。”

陈独秀说：“就我不主张反抗？我怕针锋相对？你们两位知道吗，今天上海来了电报，说我儿子延年昨天被蒋介石抓了！你们以为我不想报仇？”

毛泽东与蔡和森闻言，一惊，面面相觑。

陈独秀说：“是昨天下午 3 点钟被抓的，在北四川路的江苏省委里面。我派延年去江苏省委工作时间还不长呢，省委内就出了叛徒。延年被捕之时，据说十分英勇，同警察大打出手，反抗到了最后一刻。我为有延年这样的儿子，很骄傲。我陈独秀生到这个世界上来，别的本事没有，一是会骂人，二是会反抗。我生来就是个反抗者。我为什么迟迟不叫大家同汪精卫对着干呢？那是因为汪精卫的脸皮还没有撕破！他同蒋介石的秘密接触还没有结果！他还有不做反革命的可能性！他还没到这个路上，我们为什么要逼他？连共产国际代表罗易同志都说汪精卫是可以争取的。我作为党的总书记，一定要顾大局！我必须把好这个舵！”

毛泽东和蔡和森都说不出话。江水拍岸，一阵一阵地呜咽。

陈独秀说：“我知道你们每天都睡不好觉。我作为领路人，这些天，也是常常睁眼到天明的。好吧，路走远了，回去开会吧！”

这一天的深夜，邓演达的汽车开到汪精卫宅邸门口。卫兵认出了车，知道来者是国民党中央执委、中央军委总政治部主任，于是立即在车灯的光柱中立正，向下车者敬礼。

这些天，像中国共产党人一样对革命前景忧心忡忡的，还有坚定的国民党左派人士。邓演达深夜来找汪精卫，已经不止一次。

卫兵敬礼完毕，仍然试图挡驾："报告邓主任，汪主席已经休息了。"

邓演达伸手，"啪"的一下打开卫兵的手，走了进去。

上一回他也是这样的。他豁出去了。

汪精卫只好起身。他坐在藤椅上，默默地听邓演达慷慨陈词。

"兆铭，以我们之力，还是可以压倒蒋介石的，只要你能明确昭告，我们依照总理遗嘱，联合共产党，团结革命阵营，我想，我们一定能渡过难关！"

汪精卫打一个哈欠，说："已经分崩离析喽。"

"兆铭，现在就看你了！天下人都在看你！你竖起脊梁来，我们听你的！"

"择生，不要孩子气了，武汉的国民政府，大厦将倾，我晚上一闭眼睛，就能听到梁啊、柱啊，嘎叽嘎叽响。共产党，共产党能联合吗？他们只有嘴巴硬，什么一个幽灵，在欧洲徘徊。徘徊到中国来，还早着呢。他们根本靠不住，他们那几杆破枪，你说能顶什么用？"

"兆铭，共产党发动民众还是有本事的。万不能小看民众，涓水成海，海能覆舟！"

汪精卫又打一个哈欠："民众？什么叫民众？对这个字眼，不必盲目崇拜。你若说是乌合之众，可能还更准确一点。择生啊，你若是想在武汉再待下去，就到我这里来，我们好好谈谈。你若另有远图，我汪精卫也没法子约束你的鸿鹄之志了。"

他们谈到鸡叫。汪精卫打了四十多个哈欠。来访者在鸡叫第三声时默然起身，敬礼，然后退出。

来访者想：完了。

6月29日，一夜未眠的邓演达去寻找陈独秀。

他坐在汽车里就想，共产党人有一首《国际歌》，有句词儿叫"这是最后的斗争"，一听就是悲愤之词。我今天去找共产党的领袖，也可算作"最后的斗争"，除去悲愤之外，还有几分苍凉。他不知道陈独秀这个人愿意不愿意做"最后的斗争"，看来悬乎，陈独秀的骨头似乎不如他想象中那么硬，许多共产党人也是这么说的。

他坐在汽车里，盯着窗外。

街道上三步一岗，五步一哨。

前一天晚上，武汉又发生事变。武汉卫戍司令部悍然派兵侵占全国总工会、湖北省总工会机关。苏兆征、李立三、刘少奇先后向第八军军长李品仙交涉，李品仙才勉强命令士兵撤离。风声是越来越紧，共产党的陈独秀总书记应该都看见了这一些吧？如果皮肉都看见了，那么骨头有没有看见呢？汪精卫的骨头？

邓演达的汽车悄然停在陈独秀的临时住宅前。邓演达下车的脚步声也是悄悄的。他只对司机说，你等着我。

陈独秀听见汽车声，从二楼窗口一望，见下车的竟是邓演达，不禁一呆。他知道这又是一个愣小子。形势越吃紧，愣小子就越多，事情也就越难办。

秘书黄文容外出采买东西了，不在，幸好乔年在家，于是陈独秀赶快布置乔年去应付客人。他打定主意不见客。

陈乔年勉为其难，步下楼梯。

邓演达迈入客厅，开门见山说："我要见陈先生。陈先生的住址，我是千辛万苦才问到的。"

"我父亲不在。"陈乔年搓搓手说。他说这句话时，明显的底气不足。"邓主任，你请坐，我泡一杯茶。"

邓演达坐下，说："我等他！哪怕他半夜回来，我也等他！"

陈乔年又说："他……有时候不在这里住。"话说完，脸腾地红起来。

邓演达焦急地踱了一圈，看看陈乔年，又看看天花板。

陈乔年越来越觉得不好意思。邓演达之风骨，广州和武汉均有口皆碑，父亲今天为什么视其如敌呢？

邓演达走到门口，忽然又回过身来，抬脸，冲天花板大叫："陈先生！我是邓演达！我知道你在家！事到如今，你还不愿意见我，不愿意武装工农起来暴动，到时候你悔之晚矣！"

陈乔年听得目瞪口呆。

邓演达喘了几口气，又砰砰击桌："我还可以争取掌握第四军、第十一军的实力！我们还有一个新编二十军，军长是倾向贵党的贺龙！你还可以大规模武装工人和农民！这是最后的一步棋了！陈先生，唯有这步棋子！陈先生，演达恭请你下楼！"

楼上悄无声息。

"唉，"邓演达长叹一声，"前两天，汪精卫完了。今日，陈独秀完了。

这两人都完了的话，陈公子，中国完了！”

说毕，他大步而出。接着就响起了汽车声。

陈乔年奔上楼梯。此时此刻，他简直恨死父亲了。他对呆呆坐在床上的父亲说：“独秀同志，邓主任的话，我听着句句在理。再不反抗，全盘皆输。要是哥哥今天在这里，他会骂死你。”

父亲皱眉，声音很轻地说：“乔年，你懂什么。邓演达当然是个很有本事的军事家，但眼下是什么时候？眼下不是商议军事的时候，是商议政治的时候！武装工人农民？暴动？他怎么跟毛润之想的一样？真是笑话！”

邓演达于这一天回到宅邸，突然就发现苗头不对了。窗外出现的异常情况，还是他妻子指点给他看的。

郑立贞脸色苍白地说：“演达，我不能不告诉你了，你来看！”

邓演达放下饭碗，从饭桌起身，盯视窗外。他看见了成群的鬼鬼祟祟的士兵。

他被监视了。

他没有料到对方动作这么快。早上，他还去出席国民党中央政治委员会会议，他在会议上怨愤地提出了《辞职宣言》，而仅在黄昏时分，驻武汉的第二十五军军长何键就发出了“反共训令”，要求武汉政府“明令与共产党分离”，同时派兵盯住了邓演达的住宅。

这出戏幕后总导演，该是很明白的，就是汪精卫。

妻子突然抱住邓演达，颤抖不已。

“演达，怎么办？”她说。

邓演达轻轻地拍拍妻子，说：“我真没有想到，一向有风骨的陈独秀先生，如今也患上软骨病了。这年头，连共产党都不硬了，我还硬得起来吗？事情其实很简单，我们不动手，他们就动手了。蒋介石很知道先下手为强，汪精卫也很知道先下手为强，就是共产党不知道，他们只知道后发制人。须知道后发制人，是需要先期支付许多鲜血和生命的呀！”

“你的生命不要紧吧？”

“别慌。照样吃饭，照样睡觉，看几天再说，他们一时还不敢怎么样的。也许明天，或者后天，陈独秀的骨头突然硬起来了呢？我今天对他说了一番话，相信他是听见的。”

武汉工人纠察队的枪械库很大，推门便能闻到浓烈的机油味。

刘少奇踱步在枪械和弹药之中，已经一个钟头了。他心里有点绞痛。

为维护国共合作之大局，陈独秀继续对汪精卫实行退让，由他主持的中共中央政治局常委会决定，公开宣布解散工人纠察队，所有枪支上缴武汉国民政府。全国总工会负责人刘少奇被强迫执行这道令人痛苦的命令。

门开了，阳光扑了进来。有人向他小声报告："刘少奇同志，贺军长来了！"

一位魁梧的军人大步而入，进门就笑，说这么多啊，这么多啊。此人便是驻九江的国民党二十军军长贺龙。

"贺军长，全交给你啦！"

"照单全收，刘先生。"

"第一，枪给你！工人纠察队有好好孬孬三千条枪，凡是好的，你统统拿走！第二，人给你！工人纠察队中的共产党员，你都带走！"

贺龙真切地感觉到了这些话的分量。这不是刘少奇之托，而是共产党之托。

他久久注视着刘少奇，然后说："放心！贵党的血肉，就是我的血肉！我的血肉，也是贵党的血肉！"

"有你这句话，我们当然就放心了！"

"我感谢贵党相信我，我也相信只有共产党才能救中国！这句话，人家怕讲，我就敢讲！蒋介石这个王八蛋，我一定跟他拼到底！还有汪精卫，这个半王八蛋，我也时刻准备着跟他拼！"

贺军长的性格，一向直爽如剑。刘少奇心里舒口大气，觉得今天的此番托付，托对了。

刘少奇说："贺军长，你带走好枪之后，我就把破枪、童子团的木棍上缴给武汉政府，算是交差了。"

"刘先生，你们很聪明。可是，恕我老粗说一句，你们有时候，又不聪明。"

刘少奇一怔："此话怎么讲？"

"三千支枪，让工人一人一支扛着，这该是一支多大的队伍！我两把菜刀起家，也劈出个天地来了。你们随便一拉，就能拉出三千人。三千人呀，兵马的数量，我一向是最讲究的！"

刘少奇很觉得贺军长的话在理，于是便说："我也说句实话。共产党，有时候也会犯糊涂。眼下，天太黑，我们许多同志，一时间连自己有几根指头也数不清楚了。但是，我相信，贺军长，你也要相信，我们中国共产党人是会马上找到一条通向光明的道路的！”

“我相信，怎么不信？我要不相信，今天我也就不秘密来武汉了！”

“这几千支枪，一定还会响的！”

“而且握枪的手，还是共产党的手！”

刘少奇笑出声来，说：“你这话说得太好了！”

贺军长怎么是老粗呢，刘少奇想，一个大战略家哩！

毛泽东走进大门，刚转过走廊，就差点被一个小个子青年撞上。

这个敦敦实实的小伙子笑起来很灿烂，他说：“哎哟对不起，我踩你脚了。”

毛泽东说：“你这小同志，眼生得很。”

毛泽东走路其实也走得很快，兴许是他先撞上了这个小伙子，但却被小伙子抢先道了歉。毛泽东于是对这个老实小伙子顿生好感。毛泽东是急着来中共中央政治局办公处参加会议的。7月4日，政治局常委会举行第三十四次会议。

小伙子说：“我回国不久，我是来报到的。这是介绍信，我要向中央军委报到。”

“你走错了，军委办公室在楼上。你从哪一国回来？”

“苏联。”

“哟，苏联！”毛泽东来了兴趣，“你尊姓大名呀？”

“我姓邓，”小伙子说，“原先叫邓希贤，现在叫邓小平。”

“喔，邓希贤！听周恩来讲起过你。你能告诉我，苏联的农民组织得怎么样？”

“苏联也有农会，农民组织的程度相当广泛。富农，也就是地主，全都被驱逐了，很彻底。”

毛泽东高兴了：“小同志，我从任何地方听到的，都是苏联的工人怎么样怎么样，就从你口中，听到了苏联的农民怎么样怎么样！”

毛泽东正要在这次会议上谈谈农民和农会。邓小平关于苏联农民的那几句简单的介绍，给他印象很深。毛泽东一直觉得中国的农民是关乎中国革命全局的大问题，哪怕陈独秀再不入耳，他也要说。他后来果然在这次会议上强调了农民和农协的问题。

他说：“我还是要讲讲中国的农民，在目前情势下，我不能不讲农民。我认为，现在，农民协会的策略有两条：第一条，上山！枪支不交，上山去，上山打游击！第二条，投入到军队中去！同志们，我们一定要有自己的武装！若不保存武力，则将来一到事变，我们毫无办法！”

“这个，”陈独秀说，“枪，实在藏不了的，当然也可以上山。但是，同志们，上山毕竟不是正道。润之，你不必再说下去了。”

毛泽东显得特别刚强：“意犹未尽，我还得说！我请你原谅，总书记同志！”

这次会议上，陈独秀又被这个毛泽东弄得心烦意乱。

当天夜里，陈独秀排除杂念，数数助睡。刚数过一千，有点迷迷糊糊，又忽闻楼下门响。陈独秀叹息一声，敲敲墙，叫隔壁的黄秘书去开门。

来者是蔡和森，从门外的黑夜里摸索着进来，一张脸竟然也如黑夜。陈独秀下楼，一边披衣一边对他嘟嘟哝哝说：“你睡不着，弄得我也不能睡。我知道你又是来进言的，说我不听毛润之的建议。和森啊，对汪精卫，我也不是没有警惕，你不是听见了吗？在今天的会议上，我提出了党的机关转入地下，要警惕国民党动刀子。可是，他毛泽东还是只想上山，当他的山大王。山大王，什么形象？土匪的形象还是共产党的形象？”

蔡和森一直没有吭声。

陈独秀奇怪了：“你怎么不说话？站着干啥，坐呀。”

蔡和森递出一封电报，说是刚刚收到，江苏省委拍来的。

陈独秀接过，一看，眼睛就黑了。蔡和森抢上一步，急忙扶住他。7月4日，就是这一天夜里，中共中央委员、中共江苏省委书记陈延年在上海龙华赴难，被乱刀砍死。电报说的就是这个事。

“延年！……”陈独秀低声叫唤一声。

极为凄凉的声音叫人听得心酸。泪水同时流出陈独秀和蔡和森的眼眶。

陈延年的赴难极为壮烈。他的脾性之刚烈与其父相比，可说是有过之而无不及。

7月4日夜里，上海龙华刑场有月亮。

监斩官在清冷的月光下喊："跪下！"

陈延年虽被五花大绑，但那头是绝没有低下去的，他喊道："革命者光明磊落，视死如归，只有站着死，决不跪下！"

监斩官喝一声："按他跪下！"

刽子手们号叫着将陈延年按在地上，然而等刽子手一松手，陈延年便蹦跳起来，每次都使屠刀落了空。

捆绑着双手的陈延年使劲用头撞刽子手，撞了不够还用脚踢。一个刽子手被踢中裤裆，两手按着屁股痛苦地倒了下去。

监斩官连连躲闪，大惊失色："杀！杀！从没见过有这么凶的共产党！杀了之后，分他的尸！"

陈延年果然是被乱刀砍死的。砍死之后，又被分尸。刽子手知道他是共产党党魁之长子，恨之入骨。离陈延年的流血处仅半里之遥，便是龙华寺老和尚法印之墓塔。法印在十年前对陈延年的父亲说：尔命如钟。

十年后，法印收了陈独秀的长子之血。

龙华寺的钟声在当夜的响声，比风声更凄凉。

陈延年就义之后，蒋介石下令不准收尸。第二天，上海各大报纸欢呼铲共胜利，说是清共取得又一重大战果。

烈日当空，烧了好几日了。武汉7月，闷若蒸笼。陈独秀走得汗流浃背。失子之痛如尖利的猫爪子一下一下刨着他的心。延年在世时，没少顶撞他，但是一旦延年走了，陈独秀才知道自己是多么的喜爱这个孩子。

陈独秀走累了，靠着墙，站了一会儿。他以前走路是从来不需在街上站一会儿的，这几天，他实在心力交瘁。今天，他是去看另一个儿子。

陈乔年生病了，老咳。由于发热，他一张脸总是红扑扑的，眼睛也特别水汪汪。陈独秀已经看过他好几次。这次，得了长子噩耗，他又特别想念次子了。二十五岁的乔年时任中共中央组织部副部长，工作勤勉，只是多病。

陈独秀推开黑漆木门，踏入天井就问："乔年，病好一点吗？"

房内病榻上，陈乔年支起身子。

"爸爸，"他虚弱地说，"妈妈来武汉了。"

"哪个妈妈？"陈独秀进屋，还没坐下，就愣了。

儿子说："我的亲妈妈。"

陈独秀当然更吃惊了。他回头一看，果然看见自己的结发妻子正迈动着小脚，从天井跨入堂屋。她的身姿一如既往，颤颤巍巍。

陈独秀第一个直觉就是想避开。他不想见自己的发妻。

于是他匆匆对儿子乔年说了一句“我隔天再来”，就想隐遁。

刚到门口，便听儿子一声叫唤：“爸爸！”

陈独秀站住了。他看见了儿子的充满希冀的目光。这目光是从黑乎乎的病床上亮过来的。

乔年又说：“爸爸！”

陈独秀迟疑了一会儿，说：“好，我不走。”

高晓岚颤颤地走进堂屋，又颤颤地走入内屋。陈独秀坐着，不言不语，一直盯着比自己年长三岁的发妻。高晓岚虽眉目清秀，然年过半百，毕竟是个老太婆了。

陈独秀招呼一声：“晓岚。”

妻子一愣，揉揉眼，说：“是我。”

“怎么出远门了？”陈独秀站起来。

高晓岚凝神地朝自己的丈夫看，她发现也有一张细细密密的蛛网覆盖在丈夫黝黑的脸面上了，如同自己一样。岁月啊，岁月就是一只大蜘蛛呢。高晓岚咧了咧嘴，算是冲丈夫笑了笑。她说：“是啊，怎么出远门了，我也问自己，我一双小脚，怎么就出远门了！我是个从来不出家门的人啊！都五十一了，这还是第一次跨出陈家的门槛啊。若不是听说乔年病重，我哪里会出门，出省，从安徽跑到湖北来？”

“你受累了。”

妻子闻言一愣，泪落了下来：“这么多年，头一回听你说这么好听的话。”

乔年说：“爸爸，妈妈走了太多的路，脚痛，你让她坐！”

陈独秀二话不说，去天井取来一只木脚盆，兑上热水。他说：“晓岚，过来，我为你洗一洗脚。”

高晓岚不相信自己的耳朵：“乔年，你爸爸说什么？”

儿子倒受了感动，对妈妈说：“他说，他要给你洗脚。”

陈独秀扶妻子坐下，说：“夫妻一场，你今日既脚痛，我洗一洗又何妨？”

水声响起来，陈独秀为其洗脚。脚很小，一把就能握在掌心里。

高晓岚盯着哗哗有声的洗脚水，问丈夫：“我们拜天地至今，几年了？”

“二十八年了吧？不对，二十九年了。”陈独秀蹲着说。

“三十年了。”

“三十年了？”

“三十年缺四个月。”

陈独秀默然无语，取过毛巾，为妻子擦净脚。他在擦的时候，感觉到有好几粒热乎乎的东西溅在头顶上。他知道那是眼泪。

眼泪是眼泪，洗脚水是洗脚水，同为液体，自不可同日而语。所以陈独秀端起木盆时，平平静静地对妻子说：“世上很多事情，泼出去就泼出去了，也难收回来了。你呢，虽然受了委屈，也该知道覆水难收的道理。”

乔年在病榻上翻了个身。他听着父亲这话，心里难受，但是他想，这也是没法子的事。“穿破才是衣，到老才是妻”的感觉，陈独秀不会有。

高晓岚说：“你去泼水吧。这泼水的道理，三十年来，我是没有一年想不通的。”

可是当陈独秀的一脚盆水重重地泼在天井的青石板上时，高晓岚仍然是浑身一哆嗦。

陈独秀回房，对自己的结发妻子说：“我今天为你洗脚，也是在偿还一笔债。”

高晓岚听不明白丈夫的意思，抬眼看着他。

“有个噩耗要告诉你。若是我今天不说，你日后也会知道的，还不如今日说了罢。”陈独秀说。

噩耗？高晓岚吃惊了。她知道噩耗两字，是天下最不吉祥的字眼。

陈独秀说：“延年他……”

高晓岚失声了：“延年怎么了？”

乔年霎时从床上坐起来，瞪圆了眼：“爸爸？”

陈独秀说：“延年遇难了。”

“天哪！”高晓岚顿时头晕。陈独秀冲上前一步，扶住了她。

乔年呜咽起来：“哥哥！……”

乔年早知道身陷囹圄的哥哥会凶多吉少，但此刻真的闻知噩耗，他的一颗心也顿时剧痛起来。

高晓岚以手捂脸，泪如雨下：“延年呀，那么多年，妈妈都没有见你！你怎么说走就走，连妈都不见一面呀！”

她哭了一阵，站起来，从碗橱里拿出一瓶酒，递给陈独秀，说："你给延年喝！"

陈独秀拔出瓶塞，将酒洒于地上，说："延年，爸爸一辈子都在磨炼你，叫你吃苦受苦，今日，你也算是走到头了。你做了你自己该做的事情，爸爸也不说对不住你了，只盼你一路走好。"

高晓岚闻言又哭，哭几声，指着陈独秀说："我现在一点都不恨君曼妹妹了，只恨你！要是没有你这样一个一辈子都在闯祸的父亲，儿子怎么会死在人家刀下！"

陈独秀以手扶额，不语。

"你还不说一声对不住，是不是？你心狠啊！是你害了延年！"高晓岚又这样说。

陈乔年呜咽着爬下床来，拥住母亲，说："妈，我说一句实话，我和我哥，都不怪爸爸，而且，我和我哥，打心眼里，一辈子都感谢爸爸！"

母子俩忽然间抱头痛哭。

陈独秀受不了这种哭声，起身就出了门。

踏出门外，他一时不知往哪里走了。他又一次感到了浑身无力，便一屁股坐在门槛上。一个鹤发童颜者慢吞吞走过来，手持"麻衣神相"四字之幡。"这位先生，天庭饱满，双目有神，只是眉心发青，双颊带乌，只恐近日有难，在下给先生算一卦如何？"

陈独秀挥挥手，不耐烦地说："我这人，命硬。我生来就知道自己会有如何下场。请先生走开！"

麻衣相士走开了，觉得这人挺无趣。

但是陈独秀这句话没有说对。他自己的未来变数如何，他其实并不知晓。

仅隔一个礼拜，他就不是中国共产党的总书记了。

1927 年 7 月 12 日，共产国际终于通过鲍罗廷传来了指示，陈独秀停职，由张国焘、李维汉、周恩来、李立三、张太雷五人组成临时中央常委会。毛泽东听到这个消息，长长地叹了一口气，他想，瞿秋白听到的传闻，还真是可靠的。

共产国际是一个说了算的组织。一支令箭扔在地上，只能听响，不能有其他想头。毕竟，中国共产党是他的一个下属支部。

7月12日，就是这个日子，陈独秀事后多年还一直记着这一天，甚至在十五年之后的那个5月27日，他在四川江津的病榻上弥留之时，还记着这个7月12日，这是一个云层很厚的日子，他在这一天的晚上突然感到全身的骨骼关节都松了开来。

那一天，陈独秀的表情还算是平静的。起码，他在说话的时候，语气还算是平静的。他前一天刚搬家，搬到汉口前花楼的“宏源纸行”楼上。纸行的经理就是中共中央出版局局长汪原放，老友汪孟邹的侄子。楼下堆满了各色纸张，楼上住人，倒也清静。他就这样平平静静地坐在自己的藤椅上，闻着不断从楼梯口飘上来的纸香。他哑着嗓音问：“就这样？”

鲍罗廷用英语说：“还有，请陈独秀同志、谭平山同志去莫斯科，向共产国际汇报工作。请瞿秋白同志、蔡和森同志去海参崴办党校。”

为了使陈独秀比较平稳地离开中国共产党的舵手之位，鲍罗廷所提出的这种安排，也不能不说是煞费苦心的。

陈独秀的藤椅子嘎叽嘎叽响了一阵。他心里琢磨，这到底是共产国际深思熟虑的决策，还是这个大胡子鲍罗廷自己拍拍脑袋的包办？现在大胡子一开口，都是莫斯科的风，也不知是不是假传圣旨？但是谁去核实，又怎么核实？反正他就是国际，国际就是他，他开口说莫斯科怎么怎么，中国共产党人就信，就听，就照做，这实在是不正常的事。但是恶习已经养成，又有谁来纠正？

“你要喝咖啡吗？”陈独秀忍住气，“还是喝中国的茶？”

鲍罗廷说：“我想听陈同志的答复。”

陈独秀笑一笑，缓缓说：“中国有句名言：士可杀，不可辱。”

“陈同志，你怎么能说出个杀字来？没杀你呀！”

“怎么没杀？脑袋里有什么？不就是思想吗？思想杀了，脑袋不也杀了吗？”

鲍罗廷吃惊地看着对方。他知道陈独秀虽说话平静，但心海之中自是波涛万丈的。

陈独秀沉默了好一阵子，忽然说：“你看我这张脸，像什么？像一口钟吗？一口铜钟？”

不像。俄国人耸耸他的宽阔的肩膀。

不像？陈独秀又笑一笑，然后他点起雪茄，对鲍罗廷讲了下面这层意思，他用英语讲，讲得很慢：我觉得我这张黑面孔，也不像一口钟。可是有一个中国和尚说我面相如钟。那和尚的寺庙就在上海龙华，龙华那地方，就是三个月前，蒋介石冷眼看我领导上海的武装工人与奉鲁联军拼杀而故意勒马的地方，也就是八天之前，我的大儿子被五马分尸的地方。我后来明白了，龙华的和尚说我面相如钟，其实不是指我这张丑脸，是指我的命，指我的命运。我的命运是一口钟。我是依靠着钟声才能活着的。没有钟声的召唤，我的血就热不起来，就失了做人的味道。做人有什么味道呢？做人的本身就是在做一种信仰，人是靠信仰活着的，这就是人禽之别。鲍罗廷同志，我知道你也是非常赞同这一人生理念的。所以，你在按照莫斯科的节令打钟的时候，我是多么的心驰神往。因为我认定那是一口好钟。你们俄国有个叫苏兹达里的小城，那里一根钟绳一拉，能牵动二十四个钟铃，二十四口钟一齐响，那是多么惊心动魄的号召力！你们的号召力一向是很强的，我陈独秀也是闻钟起舞，不稍懈怠的。而且，我从主办《新青年》起已经感觉到，我本人也是一口钟。老和尚说得不错，我就是钟命。我的号召力也是很可观的，我曾经是德先生和赛先生的门铃。我请的客人，我们中国人都是举双手欢迎的。可悲哀的是，由于帝国主义和新老军阀的屠刀，他们的双手只能举起一半。但是我这口钟一直没有懈怠，我在不停地发出声音。中国的雄鸡每天都啼三遍，你们俄国的鸡大概也是这样，我也是每天都在敲钟，勤快不亚于雄鸡。我觉得我不曾做错什么。而今天，鲍罗廷同志，你突然就伸来一只手，摘了我的钟铃了。你以为，我陈独秀的钟铃被摘了，陈独秀的钟声就哑了吗？我可以告诉你，我这人生就是钟命。我这口钟是被钟铃狠狠摇响过的，尽管失了钟铃，但整口铜钟还在嗡嗡嗡响着，他不会哑掉，他还是一口好钟。所以，一口好钟，是不在乎其中心有没有一根钟铃的。没有了钟铃反而好，那就是说，牵着钟铃的钟绳也没有了。凡一口好钟，风雨雷电都能叫它轰鸣。不信，你可以听听，我陈独秀以后还会不会发出声音！

陈独秀喷着这样的烟雾的时候，鲍罗廷一直沉默，沉默于浓烈的雪茄味里。他或许听懂了一些什么，但或许什么也没有听懂。关于钟的问题，他不感兴趣。那个叫做苏兹达里的小城，他也从来没有去过。他只知道，陈独秀在抒发一种强烈的感情。人在关键时刻的心潮澎湃，他能理解。

最后，陈独秀按灭雪茄，冷笑一声，说：“我去莫斯科干什么？我这个中国人，从来不懂俄语。”

鲍罗廷不言语。陈独秀十有八九是不肯北上的，他有预料。

陈独秀突然站起来，大声说：“中国的革命，都不让我领导了，我去苏联做什么？要么，苏联的革命请我来领导，我倒是可以去的！”

这话说得那么狠，倒叫鲍罗廷吓一跳。陈独秀看出了这位洋大人的吃惊，也知道他这些话传到莫斯科会给人产生什么样的印象，但他已经顾不了这些了。让他去传好了，他鲍罗廷，还有更大的斯大林，都是瞎指挥，起先说蒋介石汪精卫是怎么怎么好，怎么怎么可靠，离了他们中国的革命毫无希望，逼着中共处处让步，如今他们一个个反目了，中国大革命失败了，忽然就把脏水全部泼到他陈独秀身上，要他一个人来顶罪，这是什么逻辑？斯大林怎么能这样干？陈独秀可以没有威望，但斯大林也不见得因为找到了一头替罪羊而继续光耀全球！

鲍罗廷保持沉默，他让陈独秀发火。他不止一次听马林说过，陈独秀要真的发起火来，房子都能烧了。

但是陈独秀没有继续说狠话，反而静静地坐了下来，半晌，冷笑一声，说：“这条船，舵手原来是一个，还能勉强开着。现在舵手变成了五个，再怎么开？”

鲍罗廷耐心地说：“那五位同志，现在都等在楼下，专门想听听你的意见。”

“不用了吧，我一百句意见还不如你一句意见，别让他们为难了。我刚才说过了，今天，是我大儿子死于蒋介石刀下的第八天，八方来风，都是血腥气。我特别累，也不想见什么人，就让我闷头睡一觉吧。请鲍罗廷同志离开的时候，叫楼下黄秘书把门关死。”

鲍罗廷无奈地站起来，道一声再见，就下了楼梯。

他在楼下看见了等候着与陈独秀见面的张国焘、周恩来等五位临时中央常委。他朝他们笑一笑，做了个出门的手势。

五个人便都站了起来，一言不发，鱼贯而出，在黑暗中悄然离开了宏源纸行。

走出门外之后，周恩来站住了。

“我们应该立即行动！”他对他的同伴说，“再不能拖延了，我们要立即举行第一个没有陈独秀同志参加的中国共产党的最高层决策会议！”

他的同伴们一起点头。确实，中国共产党人再没有多余的时间了。

在陈独秀悄然离开中共舵手之位的第二天，汉口邓演达宅邸内也在悄然发生一种戏剧性的变化。

这种变化在一面立式穿衣镜里上映。

邓演达在精心化装。

蓝工装，黄球鞋，鼓鼓凸凸的一只帆布工具包，一支铁壳手电筒。

穿衣镜里映出一个活脱脱的电线查线工人形象。

邓演达在几分钟内顿然变了另外一个人。事情到了这一步，他不能不变。陈独秀停职的第二天，中共五位中央临时常委便一致通过了一份对政局的宣言，公开揭露汪精卫所控制的武汉国民党中央和武汉政府的反革命活动，决定所有参加武汉国民政府的共产党员一律退出政府。两党合作的局面基本终结了，被监视多日的邓演达决定化装出逃，不逃必然是瓮中之鳖。逃往何处，他不知道，但是必须立即离开武汉，他是知道的，他不想听到那些监视他的士兵们用枪托砸门砸窗的声音。

邓演达从穿衣镜前回过身来，发现妻子郑立贞在掉眼泪。郑立贞的旁边，呆然地坐着邓演达的一位表弟。

"子英，谢谢你给我准备了这身衣服。"邓演达对表弟说，"你必须再帮我一件事。我走了以后，你无论如何护送立贞回广东。她文化不高，想读助产学校，你帮助她进学校去。"

表弟应诺。

邓演达掀开窗帘的一角，仔细看看外面，说："正门出不去了，我翻后面围墙走。现在每一分钟对我都很危险。"

妻子突然奔上去，紧紧抱住了他，颤抖如一片树叶。

邓演达抚着妻子的后背，轻声说："别为我担心。中国革命，还会东山再起的。我们会有团聚的一天。"顿了一顿，他又说："你以后当了助产士，要相信，你接生的每一个孩子，在中国，都会过上好日子！"

妻子突然伸出手，坚决地推了一把丈夫。她觉得丈夫实在不该再说这些书生之言了，在窗外都亮着狼眼睛的时候。

邓演达很快就消失了。

第二天晚上，国民党中央党部灯火通明。汪精卫主持国民党紧急会议，这个会议对于汪精卫及其武汉政府来说，委实是太紧要了。

大吊灯底下，皆是一张张铁色的脸。

汪精卫把一张纸重重拍在会议桌上，阴着声音说："共产国际派驻中国的代表罗易，把共产国际的一个'五月指示'的副本给了我。依共产国际的想法，国民党只有变成共产党才有活路，而我汪兆铭，是正宗国民党员，我是绝对不愿意看到镰刀斧头绣到青天白日上去的！"

"请原谅，兆铭兄。"一位在炎热的季节里还穿西装打领带的人站了起来，"我不得不说几句！"

汪精卫皱起眉，心里不悦。左派发言，没有好话。

此人就是国民政府的外交部长、左派人士陈友仁。

孙科看见陈友仁站起来，便急忙制止他："兆铭还在讲话，你怎么就打断他？"

陈友仁愣了一下，强压着自己的情绪，坐了下去。于是汪精卫继续说："一条船，决不能有两个舵手！现在，很显然已经到了同船争舵的关头。若是我们还想把国民革命带往三民主义道路，那就只能采取两个办法：一个办法，把共产党变为国民党！另一个办法，消灭共产党！"

陈友仁听到这里，再也忍不住了，拍案而起："我现在一定要说话！不是我要说话，而是孙夫人要我代表她在这里说话！她知道今天要开什么会！她拒绝参加这样的秘密会议，但是她要我来，让我明确表达她的立场！"

孙科说："啊哟哟，别说了。她的话，不说也知道！"

"不，我要说。"陈友仁说，"我们绝对不能分共！诸位必须要清楚，联俄、联共和扶助农工的三大政策是总理亲手定的！有了三大政策，革命才能发展到今天这个局面！抛弃三大政策，就必然要向帝国主义和蒋介石屈服！……"

孙科突然跳起来，慷慨激昂说："你陈友仁给我住嘴！你过去是我父亲的好朋友，这我们都知道，但是你动不动就搬我父亲的帽子吓唬人，这样就不对，这样就叫狐假虎威，你就是狐狸！"

陈友仁忍无可忍，击桌喊："你骂什么人？！"

一时间会议室一片大乱，嚷嚷声劝架声顿起，汪精卫砰砰砰击桌半天，还是不能压住阵势。

汪精卫后来也不拍桌了，他叉起双手，像看戏一样地看着这混乱的场面。他想，反正大局已定，这里大多数人都是拥护他的，蒋介石的南京政府也彻夜开着电报机在等候他的好消息，几个左派人士哪怕把桌子拍得山响，终也是杯水风波。

这一天夜间，在汉口中国银行大楼顶层的宋庆龄住所，打字机的键盘一直在嚓嚓作响。

心情悲愤的宋庆龄料到陈友仁一定会在秘密会议上遭遇被围攻的局面，她知道武汉的天已经很黑了。但是她觉得她还是要有所行动，且是针锋相对的。她敲着打字机连夜写作了那篇震惊中外的《为抗议违反孙中山的革命原则和政策的声明》，以表明自己的严正立场。

“我认为，我现在必须以国民党中央执行委员的身份来说明，我们目前有必要作明确的解释。本党若干执行委员对孙中山的原则和政策所作的解释，在我看来，是违背孙中山的意思和理想的。因此，对于本党新政策的执行，我将不再参加。

“孙中山曾明确地说明，他的三大政策是实行三民主义的唯一方法。但是现在有人说，政策必须按照时代的需要而改变。这种说法虽然有一定的道理，但是政策决不应该改变到如此地步，以至成为相反的政策，使革命政党丧失了革命性，变为虽然扯起革命旗帜而实际上却是拥护旧社会的机关！

“孙中山的政策是明明白白的，如果党内领袖不能贯彻他的政策，他们便不再是孙中山的真实信徒，党也就不再是革命的党，而不过是这个或那个军阀的工具而已。我对于革命并没有灰心，使我失望的，只是有些领导过革命的人已经走上了歧途！”

邓演达是两天之后从一份传单上听到孙夫人的悲愤之声的。那时候他的脚步正精疲力竭地接近郑州城。

自出武汉城后，邓演达日夜兼程，沿着京汉铁路直向北走，一走就是五百公里。他的化装角色的选择没有错，在广阔而炎热的江汉平原上，几乎没有人对这位孤独的忠心耿耿的查线工人发生怀疑。追逐着他的，只是黄昏时分一群顽固的蚊子。

当邓演达拖着两条近乎麻木的腿走近郑州城头的时候，发现暮色笼罩的城门口正在发生一场殴打。皮带声和惨叫声挤满了并不宽敞的门洞。殴打是单方面的，是士兵殴打工人。门洞里翻倒着一只糨糊桶，糨糊正在发出麦子的香味。

邓演达顿时明白了，这是工人张贴的传单惹怒了士兵。

“别打！打什么人？让我看看贴的什么！”邓演达喘着气说。

他让自己两条麻木的腿停下来，停下来的腿一直筛糠不止。

两个士兵惊疑地瞧瞧这个疲惫不堪但说话口气很大的查线员。这查线员说话的口气百分之百像长官。

邓演达看墙上。他的目光首先接触到一张告示，那是汪精卫于7月15日签署公布的《统一本党政策案》。这个文件表明武汉的国民党中央正式宣布与共产党决裂，也表明了1925年至1927年轰轰烈烈的中国大革命的最终失败。然后，邓演达的目光停留在了一张糨糊未干的传单上，他的耳边就这样响起了宋庆龄的悲愤之声。

邓演达知道，这位张贴传单的工人，心情也是同样悲愤的。现在连悲愤之情的某种偷偷的表达，也不被允许了，也要挨皮带了。

“你们不要打他，更不要撕这份东西！”邓演达说。

士兵们脸上挂不住了：“喂喂，关你屁事！我们不仅要打，还要抓他呢！”

皮带又朝工人夹头夹脑下去，刚刚站直的工人又“哎哟”一声跌倒在地。

邓演达的疲惫之感顿时一扫而空。他自己也不知道是什么时候出手的，反正他的出手非常凌厉，两个士兵还在摸不着头脑的时候，就已经一起倒在了地上。

士兵们很快就爬了起来，一个上起刺刀，一个摸出铁哨子嘟嘟地吹。吓慌了的工人赶紧从地上爬起来，一个劲推邓演达：“好人，你快逃！”

又有三个士兵出现了，踢踏踢踏奔过来，并且很快就扭上了邓演达。

邓演达不示弱，继续挥拳，左打右击，但渐渐有些力不能支，尤其是连续走了几百公里路的两条腿，不再怎么听使唤。

突然一个班长模样的喊起来：“你不是邓主任吗？”

“你好眼力。”邓演达喘着气说。

“弟兄们，住手！他是我们的邓主任！”

士兵们全愣住了。

班长在浓重的暮色里说：“邓主任，我听过你的演讲。我知道你是反对汪主席的。你快走吧，现在太危险了！”

邓演达拉拉衣服，说：“我当然要走，我穿这身衣服就是为的走。但我想留一句话。吃兵粮的弟兄们，你们不要打工人。你们家庭里，也有兄弟姐妹当工人当农民的，他们日子很苦。你们这些扛枪吃兵粮的，也是辛苦人。苦人无论如何不要打苦人。”

士兵们一听这话，垂了枪也垂了脸。张贴标语的工人很快就被放走了。于是邓演达说：“我走了，谢谢你们！”

但他这时候又被墙头上的一份快报吸引住了。那份快报上有几行字还能依稀看出来：“鲍罗廷被武汉政府礼送出境……自武汉去陕西……取道西安回俄国……”

老鲍，他喃喃地说，我要跟上你，也许还来得及。

邓演达在郑州城的墙洞内念叨老鲍的第三天，蒋介石也在黄浦江畔念叨上了鲍罗廷。

那一天，他正与几位南京政府的军政委员，以及几位上海经济界大亨一起漫步走过外白渡桥。“汪兆铭说过很多废话，”蒋介石在桥的中央站了下来，抬眼眺望波光粼粼的江面，“‘礼送出境’这四个字，他倒用得恰如其分。鲍罗廷这个老毛子留在中国还能做什么事呢？除非每天参观共党分子一批批抓起来，一批批枪毙。”

有人掩嘴笑。蒋介石又忽然想起：“我从苏俄带回来的红军制服，不是还在吗？”

副官说：“在汽车尾箱里。”

蒋介石兴致勃勃地说：“给我拿过来！”

副官跑向桥头，从桥头停着的汽车尾箱里，仔仔细细捧出那套神气的苏军军装。蒋介石含笑接过军装，抖开，手心掂一掂，忽然间双手高高一扬。

军服飞了起来，飞过桥栏，像只黄褐色的大鸟一样，飞落江中。

蒋介石说：“我也学学汪兆铭，礼送出境！”

众人大笑，都说有趣有趣。

蒋介石文文静静地说：“从今之后，俄国人是俄国人，中国人是中国人了！所谓布尔什维之路，我们中国人是不屑于踩的！什么马克思主义，什么共产党宣言，一律礼送出境！”

7 月下旬，阳光如瀑布一样烈烈地泼着南北整个中国的时候，被“礼送”

的鲍罗廷车队过境陕西。

车队一路颠簸，驶近西安临潼温家附近的公路时，鲍罗廷大喊一声“停车”，他的黄褐色的脑袋甚至撞在了车顶棚上。

他眼尖，看见了一个人，熟人。

一位蓝工装查线工人高高摇晃手电筒，站在道路中央，拦下了这列由四辆道奇旅行车和一辆帆布顶别克小汽车所组成的车队。

鲍罗廷推开车门，走到明晃晃的阳光下。“邓演达！”他喊。

邓演达摇摇晃晃走了几步，说：“老鲍！我守候整整一天了！”

“准备去哪儿？”

“还能去哪儿？去你们要去的地方！”

“这是正确的选择！”鲍罗廷大笑，手一挥，“上车！”

“上车之前，先给我一个面包吧，如果你们还有面包的话。”邓演达再也不掩饰自己的窘迫，“我已经一天半没有进食了。我这人，除了向朋友求助之外，实在不善于向任何陌生人乞讨。”

武汉下了一夜的雨，雨激如瀑，击瓦砰砰有声。

毛泽东还没有听见过这么大的雨声，如鼓，如雷，如锤击砧。毛泽东在黑暗中仔细听听自己的三个孩子，孩子幸好都没醒，要是醒来，肯定会吓着的。

毛泽东又想，瓦一定是击碎许多了，早上起床得补瓦。

黎明时分，雨停了。毛泽东吩咐杨开慧以两凳相叠，扶着自己爬了上去。他眼睛探上屋檐一看，黑瓦却齐整整的，没一块碎。毛泽东摸一摸，摸了一手青苔。

早饭后，毛泽东离开武昌都府堤四十一号这个临时住所，去送一批离开武汉的农民运动讲习所的学员。途中，他专门去了宏源纸行一下。他想把自己的一个强烈的感受告诉陈独秀。

他提到了昨夜那阵击瓦很凶的暴雨。他对陈独秀说，我以为瓦会碎一批，结果，雨是雨，瓦是瓦，貌似轰轰烈烈，倾盆大雨，仔细看看，也没击碎什么。

陈独秀也是一夜未睡稳，满眼眼屎。他一边擦脸，一边说，润之你这话对一半，错一半。大革命是败了，中国还是军阀统治着，租界还是洋人把持着，好像什么也没变。但是共产党党员人数多了，全国民众的觉悟比以前高了，一夜之雨，还是击破了一些东西的。

陈独秀洗罢脸，又说，润之，你这话不是在说我吧？是不是怨我连任五届党魁，只是一场暴雨，一块瓦也没击碎？

毛泽东连连否认，只说是看到大革命如此结果，心境悲凉罢了。

陈独秀说，大家都好好总结吧。毛泽东说，仲甫兄你是不是也得总结总结呢，你若是总结好了，再来率领我们走路，革命又可能会出新气象了。

陈独秀听了这话，半天不言语，后来说，润之在我这里吃早饭吧？我打两个鸡蛋？

毛泽东说吃过了。陈独秀于是激烈地说，我总结什么？成也萧何，败也萧何，共产国际就是萧何，结果账都算到我一人头上。反正我现在也不管事了，张国焘周恩来他们也不来看我了。毛润之你也跟着那五个舵手去做事吧，看那五个人怎么把柳弄暗了，怎么把花弄明了，弄他个共产主义又一村出来。

毛泽东离开宏源纸行的时候有些后悔，他其实不应该来。他觉得，现在的陈独秀已经不是一个领袖的样，也不是一个先生的样了。

身穿工装的毛泽东在码头送走一批学员后，慢慢走回家去。

一路上，他还在想着在大革命与大暴雨之间的某种关联，以及陈独秀的至死不渝的固执。

在走下武昌六渡桥的时候，毛泽东突然发现身后有异样。于是他便弯下腰拔鞋跟，果然发现有两个便衣盯上了他。毛泽东心里一紧，面上佯装不知。这些日子，武汉的白色恐怖已是一日甚于一日，警察几天就查一次户口，大批共产党人和工农群众都遭到逮捕。毛泽东每次出门，杨开慧都告诫他小心再小心。今天，祸水果然找上来了。毛泽东看那两个便衣的模样，凭一种直感，觉得他们要比两年前湖南的那个患哮喘病的汤排长聪明。

毛泽东还没想定脱身之计，两个便衣已急走几步，突然一齐拦在毛泽东面前。

“你看见毛润之没有？他刚才同一群农民运动讲习所的学员在一起。”其中一个问，口中金牙一闪一闪。

毛泽东的心立即就镇定下来，说：“毛润之？哪个毛润之，是那个毛所长吗？”

“对，中央农民运动讲习所所长，共产党头目，受通缉的！刚才有人见到他了！”

“我认识，我们湖南老乡哩！”

另一个便衣忽然眼睛一直：“我看你就是毛润之！”

毛泽东笑：“对，我就是毛润之，我也想当当所长哩！”

金牙便衣说：“不，他不是毛润之，毛润之我见过，还要瘦，还要高。”

毛泽东解释说：“我今天穿的这双布鞋底子薄，我有双厚鞋底的皮鞋，那鞋一穿，我就成毛润之了。”

金牙便衣发怒了：“你别给我说笑话，我们在做正经事！告诉你，我们要搜捕毛润之！这个共党分子特别危险，一贯鼓吹工农暴动，非逮住他不可！你说，你刚才到底见过他没有？”

毛泽东显出了为难：“我要是对你们实说了，不就是卖朋友吗？我是他老乡，隔壁村子的！”

金牙便衣堆起笑，伸手摸口袋，摸出两块银元：“你要说了，这个归你。”

毛泽东说：“君子一言，驷马难追。”

“我是卫戍司令部的高级特工，还能骗你？”金牙说。

“那我告诉你，”毛泽东盯着那两块银元，“我看见毛润之刚才与八个年轻人在一起，鬼鬼祟祟的。”

金牙便衣的眼睛里放出金光来：“对！对！是八个！”

毛泽东手一指：“都往武汉关方向去了，去码头了！”

“追！”两便衣拔脚就追。

毛泽东急了，也追上几步：“喂，赏金呢？”

便衣边跑边回头喊：“快滚！你找死？”

有路人掩嘴笑，明显是笑讨赏金的毛泽东不识抬举。

毛泽东见人跑远，也赶紧撒腿，闪身避入桥逸小巷。

一回到都府堤四十一号，毛泽东便行动起来。他在挨个儿与五岁的岸英、三岁的岸青、婴儿岸龙吻过之后，就从厨房里招呼出了系围裙的杨开慧。

“开慧，”他说，“马上转移。”

杨开慧一时弄不懂：“什么转移？”

“就是换地方住。敌人已经盯上我了。这个地方迟早会被他们嗅到的。”

“爸爸，”岸英听懂了一点名堂，“是不是躲猫猫？”

“对，就是躲猫猫。你爸爸，你妈妈，都是好人，坏人要抓好人，好人就要跟坏人躲猫猫，叫他们抓不着。”

“嘻嘻。”岸英感到好玩，笑个不停。

毛泽东对妻子说：“要很快。”

“饭也不做了？”

“顾不上了。”

杨开慧立刻明白了问题的重要性，马上表现出了一种干练：“我马上收拾东西！”

摇篮里婴儿啼哭起来。“先喂奶吧！让小岸龙先睡着！”毛泽东吩咐说，一边打开旧皮箱，把床边的书籍文件一股脑儿往里装。

门忽然被推开，倒是叫毛泽东吓一跳。一看，进门的却是笑嘻嘻的周恩来和张国焘。张国焘除下草帽，说：“怎么了？”

岸英对这个常来的叔叔说：“爸爸要躲猫猫，让坏人抓不着好人。”

毛泽东为客人倒出两杯凉茶，说刚才在六渡桥，差点让两个便衣逮住，因此想马上换个地方。周恩来很赞成转移，说共产党人也应当学学狡兔，没有三窟不行；又说可以让中央秘书处的邓小平出面安排，他这几天已经连续安排许多人遁入地下了，遁得都很成功，警察根本查不到户口。

“现在，应该说到正题了。”周恩来说，“临时中央已经开会研究了，觉得你的发动土地革命的意见是对的。中央准备马上发出关于《目前农民运动总策略》的文件，文件将这样提出：中国革命已经进到一个新阶段，就是土地革命阶段。要求每个省的农民运动，都把人力和财力集中在政治军事或交通重要的区域，树立起领导全省运动的中心基础，实行土地革命，必须夺取政权，必须建立农民的革命政权！”

毛泽东听着就兴奋起来，这样的提法，一直他是梦寐以求的。他说：“我提议，补入这样的内容：农民武装，可以三种形式存在。能补入吗？”

周恩来说：“你说，润之！”

张国焘笑笑说：“毛润之总是有新名堂。”

毛泽东走几步，说：“第一，以合法的名义存在，比如挨户团、保卫团、联社之类；第二，平时分散，秘密训练，一遇战事，随时集中；第三，在这两种形式都不可能的情况下，则可以上山！”

张国焘说：“哎哟哟，你又是上山！若是老头子还在，又要骂你山大王了！”

周恩来忽然提议："润之，你能不能去四川工作？"

"四川？"毛泽东没有想过。

张国焘说："四川人口多，但是党的工作基础非常薄弱。"

毛泽东略作思考，觉得入川不妥。他说："如果可能的话，我还是回湖南吧？毕竟我对湖南熟悉。"

周恩来说："也可以这么考虑。国焘，你看呢？"

张国焘叹一声，说："看来润之要当湖南的山大王是当定了。"

周恩来说："润之，临时中央常委会已经作出了南昌暴动的决定，争取拉出一支五万人的部队。我们还准备拟一个秋收暴动的计划。"

"农民暴动？"

周恩来说："是啊，农民暴动。"

"太对了，"毛泽东兴奋地击桌，"我可以参加秋收暴动计划的拟订！"

毛泽东这一天一直兴奋着。中央领导层的方针政策的顿然改变，他觉得非常正确而且及时。当晚，他与一家人挤睡在武昌一家铁工厂潮湿的机器仓库里的时候，他还是圆睁着眼睛。

杨开慧在迷迷糊糊之中老觉得木板床叽嘎叽嘎响。五口人挤睡一张临时搭起的大木板床，谁动弹一下，都会牵动他人。

她发现丈夫一直醒着，没有睡意，于是便也支起身，拿过小芭蕉扇为三个睡得汗涔涔的孩子打扇，一边摇扇一边轻声说："润之。"

"嗯？"

"你说起暴动这个字眼儿，说得特别顺溜。"

毛泽东转脸，看妻子。如水的月光透过窗户，湿了妻子白皙的脸庞。

"你经常在想暴动？"妻子又轻轻问。

"我们的同志牺牲得太多了，工人死伤太多，农民死伤太多，共产党若再不组织暴动，就只有任人宰割的分了。你说是不是这个道理？"

妻子不作声。毛泽东从妻子手中取过扇子，接着为孩子们打扇："这个教训，也是用血换来的。陈独秀头仰得太高，看不到这个教训，但是，共产党里面，许多人都看到了。"

"你真的会拿枪？"

"我怎么不会拿枪？枪是天下最有用的东西之一。中国的国字怎么写？

国(國)，就是一口人，手持刀戈的戈，守护一方土地。过去叫戈，现在就是枪。”

“我看你不会拿枪。”

“啊，开慧，你小看你丈夫了。”

“你打的子弹，都是你文章里的字。你只会打笔仗。你是秀才。”

“中国自古就有一句话，叫作‘投笔从戎’。还有一句话，叫作‘逼上梁山’。”

“这么说来，这杆枪，你是非拿不可了？”妻子盯着丈夫。

“但是，开慧，我开过枪之后，还是会放下枪支，回到家里来看你和孩子的。”毛泽东理解妻子的不安，他觉得应该安慰一下妻子。

杨开慧沉默半晌，说：“我爸爸曾经说，你是个汹涌澎湃大江东去之人。”

毛泽东笑笑。他知道杨怀中老先生会这么说。

妻子又说：“我看也是。泽东的泽，有水。润之的润，有水。你办的《湘江评论》，更是一股大水。你这一辈子，注定是汹涌澎湃的命。过去，我总是想，为妻之责，就是推你向前。现在，为人之母了，我有时却想，你能不能经常回头看看。”

“回头是岸？”

“你说是不是？”

“是啊，回头当然是岸喽，”毛泽东数指头，“岸英，岸青，岸龙，都是岸。”

“我不叫你上岸。我也是共产党员，知道党的利益在哪儿。我只叫你经常回头看看，看看岸上。岸上有我，还有你的三个儿子。”

毛泽东伸过汗湿的手臂，搂住妻子的脖颈，说：“开慧之言，尽开智慧，我毛润之今天字字句句都记住了。开慧，你听着，我是这样打算，你带着孩子们先回长沙去，我呢，不久也就回湖南来了。”

话还没说完，忽听仓库大门砰砰砰有人敲。毛泽东一惊，跳起来。岸英也惊醒了，猛推爸爸：“快躲猫猫！”

毛泽东估计情况不妙，但也力图镇定：“你们别慌，照旧睡，我去看看。”

他披衣下床，走了十几步路，一直走到笨重的仓库大门背后，轻声问：“谁敲门？”

“是毛团长吗？”门外之人声音激动，“总算找到你了，我是石头啊！”

果然是独臂的石头。

石头站在仓库外清朗的月光下，脸上眉上都是笑。“毛团长，你搬家了，我找你找不到，都急得哭了！”他不好意思地揉揉眼睛，“千打听万打听，我才摸到这里，真好，真好，又见到你了！毛团长，听说你要回湖南拉队伍，你可一定要带上我！”

他突地扯开自己的军衣，裤腰上赫然别着七把手枪。

石头轮流挥动着手枪，说：“毛团长，我是有名的神枪手，我已经弄到了七把手枪，你一定要带我走！毛团长，别看我只剩一只手，我一只手能抵半个连！”

“好吧，石头，我若回湖南，一定带上你。”毛泽东确实是愿意带上石头的。

石头哽咽起来：“毛团长，我替我爸爸，替我妈妈，替我姐姐，谢你了！”

毛泽东说：“擦去眼泪！”

石头擦泪。仓库墙角边，夏虫在鸣叫，叽叽声一片。毛泽东感慨地说：“我们共产党，已经被人砍了一条膀子了，剩下的一只手若是还不拿起枪，我们就要成无臂之党了！石头，你今天带着七把手枪来半夜敲门，就是送我毛润之这条道理！”

周恩来推门，穿过黑黑的甬道，走入一个狭小的房间。

这是武昌的一个工人住家，他与邓颖超是前几日临时搬进这户工人家住的，他半个月已经换了三次地方，都是机警的邓小平帮助安排的。

杨振德一见女婿就说：“快吃饭！小超今天买了一条鱼。”

邓颖超抱歉地说：“鱼小了一点。”

周恩来端起饭碗说：“我明天要去九江，要化装着去。”

“大热天干什么去？”岳母问。

周恩来笑笑，吃鱼。“去几天？”岳母又问。

周恩来又笑笑，吐出鱼刺。邓颖超说：“妈，别问了，恩来的保密观点你不是不知道，他除了吐鱼骨头，什么都不会吐。”

周恩来当然不会说什么。

7月24日，已经将办公地点秘密移到武昌镇的中共中央召开常委会，周恩来向其他几位中央常委以及共产国际代表罗米那兹和加仑汇报了他去九江秘密召开“九江谈话会”的情况，坚决要求中央从速决定南昌起义的名义、政纲和策略。这次会议决定，以国民党革命委员会的名义在南昌举行武装起义，起义后部队南下，占领广东，取得出海口，以便获得国际援助，然后再举行第二次北伐。作为前敌委员会书记的周恩来决定第二天就赴九江，具体筹划起义。

“我也是，”见女婿老是笑，杨振德自己也笑出声来，“我怎么就犯傻呢，恩来怎么会跟我说什么呢，他是党的人嘛。”

周恩来嘴里没说任何话，肚子里却是翻江倒海。他一夜没睡踏实，脑海里一直盘旋着各路军队的实力和各位将领的情况。走武装反抗之路，是中国共产党人的重大战略选择。这一选择的实施，必须慎之又慎。

鸡叫时分，邓颖超睁开眼，发现丈夫盯着窗户发愣。

“一夜都没睡？”她问。

周恩来不吱声。邓颖超鼻孔一酸，忽地就哭了起来，哭得没有声音。

“别流泪，让妈见着，以为我欺侮你了呢。”

“我明白你的九江之行，意味着什么了。”

周恩来笑笑，说：“现在看来，当初成立觉悟社的代号还是有用的。如果发生特殊情况，我还是叫‘伍豪’，你还是叫‘逸豪’吧。”伍豪就是“五号”，逸豪就是“一号”，邓颖超懂得其中奥妙。

“恩来，不会真的是生离死别吧？”她轻声问。

周恩来说：“其实呀，革命的同志间、夫妇间，每一次的生离，就意味着死别，我们都不要太伤感。我们哪怕是到了马克思面前，在那里相见，也不要流眼泪，要笑，要快活。为什么快活呢？因为我们的一生，过得很有意义。”

他坐起身子，拉过床边的一只破皮箱，抽出一件毛衣。那毛衣上绣着的字，还是清晰可辨的：给你温暖，小超。

“给你。”他说。

“为什么？”

“你要收着。”

“什么道理？”

“一件衣服，贴在身上整整五年，也就有了人气，像个人了。我若是真的走远了，回不来了，小超，你就把它当个人吧。”

“我不能收！”邓颖超一把推开毛衣，推开后又说，“好吧，我收下。”

她这么说的时候，眼泪又下来了。周恩来取过一块手帕，为妻子揩泪。

邓颖超说：“真是怨天下没有后悔药。”

丈夫有些奇怪："你后悔什么？"

"能不后悔吗？前年，不跟你商量，就随便打了胎。以为工作忙，其实哪一年工作都忙，真的，那是我不懂，你还骂了我一顿。去年，又过分保胎，弄得胎儿很大，4 月份生孩子的时候只能用产钳，结果，孩子夭折。想起来，真后悔，后悔死了。"

"小超，"周恩来再次听得鸡叫，便起身下床，"别难过，我们为天下的孩子谋幸福，也一样。我的马褂呢？"

邓颖超下床，为丈夫取来了长袍马褂，还有一只小药囊。

片刻之后，周恩来成了一位浓髯的郎中。他问妻子像不像。

"还像不像呢，"邓颖超说，"我都不敢认你了。"

"好吧，"周恩来说，"你把妈妈叫来，看她认不认得我。"

邓颖超去母亲房里，一会儿就叫来了母亲。"哟！"杨振德擦擦眼，"你以为我认不出你了？你就是恩来嘛！当年在天津，你演新剧化装成女人，大家还不照样认出你来！"

几句话说得直叫周恩来乐。周恩来笑过之后，说有几句话要跟妈妈单独说，让小超出门一会儿。

邓颖超嘟着嘴巴出门之后，周恩来就对岳母说："妈，我提一个小小的要求。"

"说吧，郎中先生。"

"若是我真的发生了意外，小超一定要嫁人。她才二十三，路还长着。"

岳母一听，脸一下子阴了，但是周恩来仍旧说："我只有这个要求，妈，我求你答应。"

杨振德的泪水流出眼眶，说："恩来，我也想过了，我们母女俩，都是一样的黄连命。既然有你这句话，我也会劝女儿的，叫她千万不要走我这条路。"

"好了，"周恩来笑了一下，"现在，了无牵挂了，在下云游四方行医去也。"

张国焘匆匆走进南昌江西大旅社，他的脚步很重。

他心里很有些恼怒。他觉得，他必须制止可能出现的盲动。周恩来生性慎重，这他知道，但失蹄的事，也可能会发生。他总觉得，现在聚义举事，还是过于草率。

周恩来的动作，确实很快。

他 7 月 26 日赶到九江，向李立三、邓中夏等传达了中共中央关于举行南昌起义的决定，又于 27 日赶到南昌，主持成立了由他本人、李立三、恽代英、彭湃组成的中共前敌委员会，决定于 7 月 30 日举行南昌起义。张国焘忽然就发表了不同意见，他以中共中央代表身份，于 29 日接连给前委发出两封急电，称起义宜慎重，无论如何等他赶到南昌后再作决定。

周恩来在江西的一所女子职业学校门口迎接张国焘，这是 30 日凌晨。“国焘同志，”周恩来在黑暗中满面笑容，“大家都等得心焦死了！”

张国焘一点笑容也没有，他只问人到齐了没有。周恩来告诉他，全在楼上等他，他这才有点放心。

他在楼上看见了李立三、朱德、叶挺，还有贺龙。

他说，请大家坐，然后说：“诸位，首先是问好。我代表中共中央，向前敌委员会诸同志，向在座诸位将领问好！其次是提问：起义时间定在什么时候？”

周恩来说：“今天，7 月 30 日，深夜。”

“诸位，不要起义。”张国焘说，“起义，应有两个前提：第一，如果有成功把握，则可举行起义，否则，不可动！第二，起义应征得张发奎的同意，否则，也不可动！”

房间里一片寂静，忽然间，有人哈哈大笑。

张国焘看见是李立三在笑。李立三笑得打哆嗦，说：“你是开玩笑吧？我们一切都准备好了，哈哈哈哈，为什么还要重新讨论？哈哈哈哈！”

张国焘说：“请严肃，这是中央的精神！”

屋子里安静下来。周恩来不作声，黑黑的浓眉拧了起来。

忽然，屋角又发出了一阵笑声，张国焘转眼一看，是贺龙在哈哈大笑。

张国焘盯着他。他想，这个贺龙又是什么意思？这笑声也过于夸张了嘛。

“张发奎？”贺龙还是笑个不停，他看着张国焘说，“你还以为张发奎拥护共产党？他去庐山了！”

张国焘不明白：“去庐山干什么？”

“干什么？这还不是小葱拌豆腐一清二白的事？策划反共！不反共他去干吗？会议是汪精卫这狗日主持的！汪精卫一声叫唤，张发奎就摇着尾巴去了，你还想让张发奎支持我们造反，老虎能借出皮来吗？哈哈哈哈！”

张国焘瞪眼说：“贺军长，你说话要有根据，你敢保证张发奎已经投向汪精卫了？”

张国焘对张发奎的革命言论一向是印象颇深的。这位国民革命军第四集团军第二方面军总指挥是北伐名将，历来表示对中共友好，也坚决地讨伐过蒋介石。张国焘绝不相信他会一头投到汪精卫那里去。

贺龙嘴上笑着，心里却在说：你这个中共中央代表，像个学生娃嘛，太书生气喽！

贺龙的情报没有错。张发奎此刻正架着腿，坐在庐山半山腰的一幢双层别墅的厅堂里。

庐山夏日阴凉，空气湿润，从窗外流进来的一丝丝白云能直接吸到鼻孔里去。

别墅是汪精卫订的。汪精卫还邀请了几位京剧名角上山，这会儿他正在笑嘻嘻地将几位角儿介绍给已聚于庐山的孙科、张发奎等人。

汪精卫说：“这位盛先生，大家知道，是演刘备的，这位刘先生演红脸关公，这位欧阳先生，不消说，演的是环眼虬髯的张翼德了！”

“演的什么曲啊？”孙科问。

汪精卫说：“一出折子戏，《桃园三结义》。”

“好戏！”张发奎哈哈一笑，“我已经明白兆铭兄何以要在时局诡谲之时大赞兄弟结义了！”

汪精卫吩咐副官：“电请贺龙军长、叶挺师长即刻前来庐山饮酒，兆铭特邀京戏名角助兴。”

副官说：“已急电两次，均未回电。”

汪精卫说：“打第三遍电报！”

屋角，几把京胡开始轻轻地试音。汪精卫坐在圈椅上听了一会儿，转脸对张发奎说：“向华老弟，你与贺军长、叶师长，同为北伐名将，值此时局危艰之时，当与兆铭同声相应，同气相求。我相信贺军长、叶师长也不会生异动之心，行萁豆相煎之举。只要把道理说透了，把共产党乱国扰民的恶行讲白了，把我汪兆铭的心捧给他们，那个贺龙军长，那个叶挺师长，想来也是会把我当兄弟看的，就如你向华老弟一样。”

听汪主席这么恳切地说，张发奎的心便热起来，他说：“兆铭兄言东，向华何敢言西？”

而此刻，在南昌的江西大旅社里，有关张发奎动向问题的争论仍然没个结论。

张国焘在听了大家的发言后，还是不相信张发奎有投汪之心，他说：“你说别人投汪，我信，但是你说到张发奎身上，我不信。你们也知道，他东征过蒋介石，打仗勇猛，疾恶如仇，他不是个朝三暮四之人！”

“国焘同志，”周恩来耐心地说，“张发奎的右倾，这几天已经是很明显的了！”

“不管怎么说，无把握之仗，还是不可打。”

“国焘同志，时局千钧一发，共产党必须要有自己的武装。我以为，起义不能拖延，也不能停止！”面对张国焘的犹豫，周恩来再也忍不住，终于把自己的意见明确亮了出来。

李立三接上周恩来的话说：“这是我们前敌委员会的一致意见！”

朱德也说：“当断不断，反受其乱！”

张国焘听得众人这么七嘴八舌，心里无名火起，把茶杯重重一放，站起来，大声说：“请注意，起义停下来，绝不是我张国焘个人的意见，而是共产国际代表罗米那兹同志的意见！”

砰！忽然有人一掌拍在桌子上。众人回脸，看定周恩来。

周恩来激愤得满脸通红，说：“对不起，诸位，这是我生平头一回拍桌子。”

张国焘想，喔哟，头一回拍桌子，就拍到我头上来了。于是张国焘干脆坐了下去，啜一口凉茶。演戏吧，他想，你们演戏吧。

周恩来敞着嗓子说：“我本来不想拍桌子的，而且，在国焘同志面前，我也无权拍桌子。可是，我不能不拍！国际代表和中央给我周恩来的任务，就是叫我来主持这个运动，现在，给你的命令又是如此，这不是自己打自己嘴巴子吗？如此自相矛盾，我又如何执行？我不能负责了，对不起，我要即刻回汉口去了！”

“不要走，恩来同志！”谭平山跳起来，站到门口，挡住周恩来的去路，“我有个意见。”

周恩来说：“有意见你就说。”

谭平山说："这里不说，门外说。"

他把周恩来拖到门外，咬牙切齿地说："把那个家伙给绑起来！"

"绑谁？"周恩来听不明白。

"张国焘！"

"张国焘是党中央的代表，怎么能绑？"

门内所有的人都听到了门外语言清晰的对话。张国焘的脸一阵青，一阵白。他没想到南昌会给他这么难堪，他一下子感到胃隐隐痛起来。为了赶路，他早饭都没来得及吃。

周恩来回进会议室，看着脸色发青的张国焘，一声不吭。

张国焘决定退让。他想，这些人急红眼了，只想早日放枪。若是硬拦着，说不定自己真会给绑起来。绑起来的滋味，他三年前在京师警察厅已经尝够了。于是，他便缓了口气，说："其实，我也不是非要你们停止。如果张发奎确实参加反共会议去了，那也可以不用他同意。"

这句话，周恩来听得还算顺耳，于是周恩来便说："起义，可以延迟一两天，但是，一个原则必须坚持，这就是，我们中国共产党，一定要把枪杆子牢牢地抓在自己手里！这件大事，再不能久拖下去！"

南昌起义推迟了一天，于8月1日凌晨爆发。

年轻的臂上缠着红布条的国民革命军军人，首次舞动着红旗奔跑在中国的大城市里。他们跃起、卧倒、呐喊、负伤或牺牲，最后他们举起枪支欢呼胜利。他们欢呼的声浪和鸣枪声是如此之大，以至于南昌四郊的雄鸡们都不敢再报晓，这个城市8月1日的黎明是由旗帜映红的。

暴动以贺龙率领的第二十军、叶挺率领的第十一军第二十四师、朱德原先领导的第三军军官教导团为主力，暴动军人共三万余人。由中国共产党领导的武装反抗国民党反动派的第一枪，就这样打响了。

时至清晨6时，南昌城内的敌军便已全部肃清，共歼敌三千多人，缴枪五千多支。

满面硝烟的朱德见到周恩来的第一句话就是："恩来同志，我今天高兴得像什么，你知道吗？"

他不等回答，又说："高兴得像在德国第一次见到你！"

怎么不高兴呢，中国共产党第一次有了自己的军队。

在庐山那座云雾缭绕的别墅里，气压却是特别的低。

厅堂里，小型戏台前面，汪精卫默坐，双眼微闭，像是打瞌睡。刚才副官念的电报，每一个字，都如一粒子弹。

他身边，孙科以及张发奎等一批将领，均无言而坐。

汪精卫抬起脸来，朝厅堂角落的戏班子一挥手，大声说：“客，不来了。戏，照唱！”

于是戏台上便同时出现了英气满脸的刘、关、张，锣鼓强弱有致，唱腔豪放悠远。

歃血为盟神灵鉴，
义字当先对地天。
不求同生求同死，
祸福共当肝胆悬。
……

刘备在香炉里插上了香。

汪精卫有气无力地冲台上招招手，说：“刘备，你下来。”

刘备没听见，还在道白：“两位贤弟……”

副官一声吼：“刘备下来！汪主席有话说！”

刘备急忙撩起袍子下台。

“汪主席有何指教？”刘备说。

台上，关羽、张飞垂手瞪眼，他们都不明白这位国民党党首想说什么重要的话。

汪精卫对刘备说的是：“若是关公、张飞背叛了你，偷了你的枪，卷走了你的兵，逃了，你会杀他们吗？”

“这个……”

“你会杀吗？说！会杀吗？”

“刘某人手无缚鸡之力，使不动刀，舞不动剑……”

“别废话，”汪精卫将一支精巧的手枪啪地拍在他手心，“你会朝他们开枪吗？”

刘备吓得赶紧推还手枪：“不会，不会，兄弟一场，情义尚在，刘某人至多只会踢翻香炉。”

“那好吧，”汪精卫说，“上去，踢翻香炉给我看。”

刘备走到台上，关公与张飞以袖遮脸，均作撤逃之状。

“香炉啊香炉……”刘备临时唱了一句，想飞脚去踢，却又踢不下脚，又苦着脸唱，“汪主席啊，一个义字比天大，怎忍提脚踢翻它！”

哈哈哈，汪精卫在台下大笑起来，笑得双腿直抖。他的漂亮的国字脸由于笑得太厉害而扭曲成多边形。

台上的刘、关、张以为被这阵笑声解救了，于是便又抖起精神来一齐开腔。

桃园弟兄躬身拜，
乌牛白马祭苍天。
虽不同生愿同死，
扶保汉室锦江山。
……

还没等唱完，只见汪精卫突然起立，飞步上台，一把推开刘备，然后抬起一脚，踢倒香炉。

砰！刘、关、张吓得一齐倒在台上。

汪精卫脸色铁青。

在座诸将领迅即全部起立。汪精卫咬牙切齿地说：“传我的命令：第一，通令各地，告知贺龙叶挺已经叛乱，着各地党政军民一体缉拿！第二，令朱培德、张发奎调集赣东、赣南各处驻军，速进南昌，肃清南昌共党军队！叛乱将领，就地枪决！”

工人装束的毛泽东撑一把红色油纸伞，一脚深一脚浅地走在武昌的一个工人棚户区中。他去看望陈独秀。他觉得自己必须去看望一下陈独秀，这个他曾经极度钦佩而现在却使他感情极其复杂的一位人物。

薄暮中，雨声淅沥。

南昌起义后第七天，中共在武汉召开了中央紧急会议，也就是历史上著名的“八七会议”。就在会议召开的前一天晚上，毛泽东冒着雨，专门走了一趟宏源纸行，去看望他昔日的导师陈独秀。有些话他觉得自己必须要向陈独秀当面说。

毛泽东敲门之时犹豫了一下。几次私下里见陈独秀，事后感觉味道都不好。他几乎放弃了敲门的打算，但最后还是举起了手。

陈独秀倒是没有想到毛泽东会来拜访自己。他这几日身体欠佳，连楼也不下了。他已经习惯于闻纸张的香味了。

已经病愈的陈乔年把药汁倒在碗里，递到父亲的病榻前，对他说："爸爸，毛润之来看你了，已经进大门了，黄秘书问您见还是不见？"

陈独秀闻言，放下药碗，皱起眉。他已不能再参加明天即将举行的会议，但是他知道这个会，也关心着这个会，他知道这个会议将是一把大舵，将直接把握中国共产党未来的航向。他说："请润之。"

毛泽东上楼后，陈乔年就退到了楼下，与黄秘书对坐。

"病好点没有，仲甫兄？"毛泽东问。

"别谈我的病，谈谈党的病吧。"毛泽东一怔，他没料到陈独秀一开始就有这么大的火气。

陈独秀说："我不是郎中，所以我治不好共产党的病，但是我也不相信你们都是再世华佗！"

"仲甫兄，"毛泽东轻声说，"你先别在意我们是不是华佗，党有病，病很重，这倒是真的。七天之前，南昌一声枪声，就好比党打出了一个大喷嚏，顿时来了精神。当然，仲甫兄，你是一直不赞成打出这个喷嚏的。"

陈独秀端碗喝药汤。

毛泽东切入正题："学生就要在明天的紧急会议上向先生全面开火了。你是我多年的先生，开火之前，我想，我还是要来求教于你。我这么做其实也是按你的教导行事的。你当年的《新青年》发刊词上就这么号召年轻人：我有手足，自谋温饱；我有口舌，自陈好恶；我有心思，自崇所信；决不认他人之越俎，亦不应主我而奴他人；盖自认为独立自主之人格以上，一切操行，一切权利，一切信仰，唯有听命各自固有之智能，断无盲从隶属他人之理。仲甫兄，你这番话，我真是可以倒背如流的！"

"润之，你有什么话都说吧，开火吧，"陈独秀抹抹嘴巴，"你们都对我开火吧！其实，你们这些孩子，又懂得什么呢？你也想指责我投降主义？"

"有这一条。"

陈独秀闻言，气不打一处来："我投降？我投降哪个？蒋介石把我的大儿子杀了，还分了尸，我投降他吗？说我看不清汪精卫的反革命肚肠子，你们就看清了？汪精卫到处喊：革命的到左边来，不革命的滚开去！你们不也都认为他是左派领袖吗？连斯大林都说他是左派，共产国际一而再再而三不准我们反汪，你们又怎么能指责我一个人是投降主义呢？”

陈乔年悄悄上楼，进屋坐在床沿上，眼眶里泪花闪闪。他听着这些话，心里很矛盾。他爱父亲，非常爱，但不爱父亲的那种一点都不肯通融的固执。

毛泽东轻轻叹了一口气，说：“独秀同志，你说你不是郎中，你错了，你一直自认为是医生，你在医党。但是，恕我直言，你的医术这几年明显地不高明了。你的处方，多有错误，大约有这么四项：第一，国共两党合作以来，你一直不注意坚持我们党政治上的独立性；第二，你总是抑制国民革命；第三，你主持的党中央总是不善于听取下级和群众的意见；第四，你放弃军事领导权。”

这些话都是小小的锤子，能直接敲到心尖尖上的。

毛泽东的这些小锤子一响，就不能不使陈独秀激动得大拍床档子了：“乔年，乔年，你把毛泽东带来的这四条东西都放进药罐里煮一煮，给我喝下去！”

“爸爸，”乔年说，“润之的话，起码有几条，你是得喝下去！你想想，那天邓演达要见你，你就躲在楼上不见人，我都气得要哭了！”

陈独秀说：“我现在看着你们，也都气得要哭。我好几次说过，中国生产落后，只能走两次革命的道路。先是国民革命，由资产阶级领导；然后才能再走一步，完成无产阶级革命。所以，目前阶段，工农运动无论如何不能过火。工农运动的过火，不是工农的光荣，只能是工农的悲哀。润之啊，你的评论，多少年了，还只在湘江阶段！”

毛泽东站起来：“陈先生，我永远尊重你，但是从今天起，我不做你的学生了，你允许我放学吧。”

他深深鞠了一躬。鞠躬的时候，毛泽东觉得自己肚肠里像打了个小小的结。

陈独秀的眼神很灰暗，脸也更黑了。他看着毛泽东，说：“润之啊润之，你今日出此言，我自然很难过。不过你我从此两路，也是人之常情，人大了嘛。但是，我还要告诉你最后一句话：润之，你还不懂得中国，你会绊在它身上的。”

毛泽东点点头，喃喃地说：“放学了，回家了，先生再见。”

毛泽东轻手轻脚下了楼。他知道陈独秀的目光是一直在自己的脊背上的。这一趟也可以不来，但是来了，把话当面说清楚了，毛泽东觉得值。七年前陈独秀把陈望道译的《共产党宣言》交到他手里之情状，他历历在目。他觉得他现在也应当把自己真实的感情交到这位老师手里，以示负责。道不同，不相为谋。但是不相为谋，情分还是在的。情分毕竟是由历史保管的，现实之手再长，也偷它不去。

“伞！”陈乔年追上来，把湿漉漉的伞交到毛泽东手里，“润之，你的话，若是我哥听到，他会很高兴的。”

“你呢？”

“我也高兴。”

毛泽东点点头，仔细摸衣袋，摸出三块银洋：“你父亲瘦多了，多买点鸡蛋补补。”

陈乔年迟疑了一会儿，还是伸出手，接过了银洋。

中共八七会议第二天在汉口三教街四十一号举行。

这幢房子不新不旧，是英国人七年前修建的一幢三层楼公寓。代表们的报到都是分批的，悄然到达，悄然进门，悄然上楼。在鹰犬如云的武汉三镇，要秘密地召集这么大一个会，实属不易。

由于是李维汉主持会议，所以许多原先不能充分表达的党内意见，现在都得到了痛快淋漓的发挥。邓小平担任会议记录员，快笔如飞。此刻的邓小平甚至有一种在巴黎刻钢板的感觉。他觉得这绝不是一般的会议记录，他有刻印一种道路的感觉，一种车辙的感觉，一种脚印的感觉，一种里程碑的感觉，他现在把自己所有的这些感觉都刻在了历史的钢板上。

比如毛泽东这样说，毛泽东总是站起来说话的，并且辅以幅度很大的手势：“在全面总结陈独秀同志的右倾错误之前，我想先说说军事运动。从前，我们骂孙中山专做军事运动，我们呢，则恰恰相反，不做军事运动专做民众运动。蒋介石、唐生智都是拿枪杆子起家的，我们独不管！”

邓小平手快如飞，笔尖嗞嗞有声。

毛泽东继续打手势：“继南昌暴动之后，我党已决定要组织秋收暴动。秋收暴动，则非有军事不可！我以为，党要非常注意军事，须知政权是由枪杆子中取得的！”

毛泽东这句斩钉截铁之言，突然引来了掌声。除了邓小平在埋头刻印历史之外，整个会议室都在鼓掌，而且数瞿秋白鼓得最起劲。

历史证明，由二十几位中央委员参加的中国共产党的这次八七会议非常紧要也非常有效。在武汉最闷热的这一天召开的这次秘密会议，确立了实行土地革命和武装反抗国民党反动派的总方针。中国共产党历史上的一个重要篇章，就此掀开。

邓小平在放下钢笔的时候，挥了挥手腕，大为舒心。

这次会议选出了以瞿秋白为首的临时中央政治局，毛泽东当选为政治局候补委员。这是一个显著的事实：在这次会议之后，中国共产党就开始独立领导中国革命了。

陈独秀没有让秘书黄文容去打听会议的任何情况，他只呆呆地躺在床上，嗅着从楼下一阵阵飘上来的纸张的香味。他知道那些有香味的纸张都是白纸，没有一个字的。

中国的字，是不好写的，他对自己说。

第17章

可以脱他的鞋，但取不了他的头

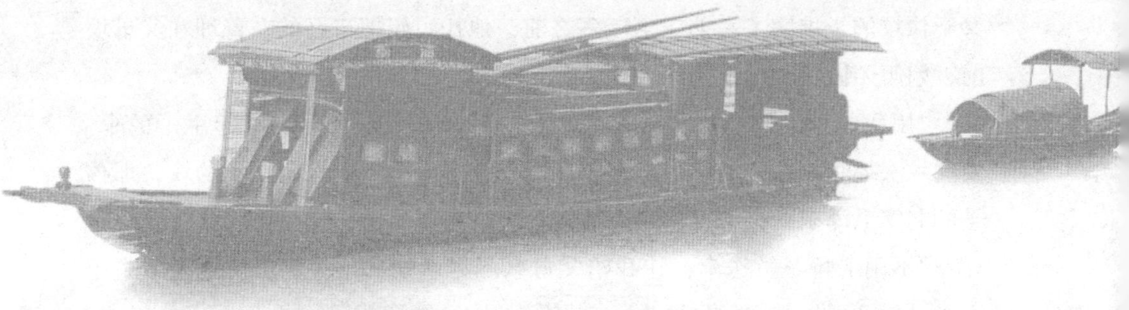

雨声很大。

两个背影往山坡上走。一个撑红色油伞，一个披军用雨衣。雨水在他们身上肆意作响，沙沙沙一直不停。

长沙城东郊的山坡，在整个1927年的8月中旬，一直都笼罩在阴雨之中。毛泽东于8月12日以中央特派员身份回到湖南后，没过两天，就决定冒雨陪同石头来走一趟东郊。毛泽东已经有一个严肃的计划，石头是这个计划中的一员大将。

毛泽东和石头走到坟前的时候，两人的鞋面彻底湿了。

湿漉漉的草坡中趴着三座低矮的土坟，这是石头父母以及姐姐的坟。

独臂军人用一只手灵巧地划亮火柴，分别点燃三束线香。点香的时候，雨水忽然稀了起来。石头一边点火一边喃喃地说："爸爸，大贵人毛特派员来看你了。妈妈，大贵人毛特派员来看你了。姐姐，毛团长来看你了。"

毛泽东把伞撑低，为他挡着若有若无的雨丝。

"还有，我的左臂啊，我带着我的右臂来看你了！"石头又向一个像坟又不像坟的土堆鞠了一躬。半年多之前，他托姐姐把自己的左臂埋在父母坟前，姐姐照做了。

"用我的伞，护一护长眠之人吧！"毛泽东上前几步，举起手中的伞，要向坟头插伞。在安源，毛泽东曾用雨伞护过一个点矿灯的孩子的坟，那孩子的名字毛泽东一直记得，叫小油灯。

"不用毛特派员送伞，让我给父母亲尽尽孝吧！"石头很快地脱下军用雨披，摊开，护盖在父母坟头。

他说："爸爸，妈妈，姐姐，长沙的瓦房让军阀烧了，我没有家了，这里就是我的家。孩儿不孝，长年征战在外，我今天就用雨衣做个屋顶，给二老挡挡风寒吧。”

军用雨衣如大鸟的翅膀，静静护住了坟头。

毛泽东听了这话，很有些感动，毛泽东说：“石连长。”

石头转身。他的眉毛上闪亮着细细的水珠。

毛泽东说：“坟墓，对有些人而言，是人生结束的地方。对有些人而言，是人生开始的地方。石连长啊，你前一回上坟之后，成了北伐军的连长。这一回上坟之后，你就要成为共产党军队的官长喽！”

“毛特派员，你只管下命令。你指哪儿，我奔哪儿。”

“我今天跟你来上坟，就是想当着你父亲、你母亲、你姐姐的面，对你下一道命令。”

石头闻言，脚后跟一靠，啪一声就立正了。泥水溅了起来。

毛泽东说：“你是神枪手，你懂军事训练。我今天任命你为军事教官，去湘赣边界的铜鼓报到。”

铜鼓？石头皱眉想了一想，他大体上知道铜鼓在哪个方位。

毛泽东从怀间取出一封信，交给石头，叮嘱说：“浏阳工农义勇队在那儿，起义枪声一响，那支队伍就将组建一个团。我相信，今天，你去那儿当教官，明天，那支部队射出的子弹，就能打在敌人的鼻梁正中！”

石头受命，一连行了五个礼，他说，毛特派员、爸爸、妈妈、姐姐、我的左臂，我接受命令了！

毛泽东说：“石大伯，石大妈，石花，我毛润之给石头下这样的命令，叫他参加共产党的暴动，你们该是安心的吧？”

军用雨衣无言。芳草无言。唯有树间鸟儿扑哧哧地飞出几只，溅落一片水滴。

“好了，”毛泽东说，“出发吧，带上我这把伞。”

石头一愣：“我拿了你的伞，你不就淋着雨了？”

“你有三百多里路要走。”

“我无论如何不能拿。”

“你若不当着你父母的面拿这把伞，你父母能安生吗？你父母会说：这个毛泽东啊，你怎么就让我儿子淋着雨跟你干革命呢？”

石头鼻腔一热。

他伸出独手，接过伞。这把伞真重，他想。

石头转身，向另一条山路走去，一直举着红伞。这一天，他带了八个旧属一起去铜鼓。这八个弟兄都是自愿提着枪跟他跑回湖南的。

毛泽东送走石头后，走下芳草蔓生的山坡。坡下凉亭里，杨开慧等着他，五岁的岸英等着他，一辆胶轮驴车则憩歇在凉亭对面的客栈里。

"他走了？"杨开慧问。

"对于这个神枪手来说，秋收暴动已经开始了。"

"一个下雨天，你把我带到这里来，一定是有理由的。"

"今天把你带来这里，确实是想托你一件事。"毛泽东在凉亭里坐下，用手揩揩湿了的黑发，"若是石头献出了生命，你要帮助一下，把他跟他的父母、姐姐葬在一起。让他的右臂与左臂葬在一起。"

妻子觉得难以理解："我来帮助安葬？"

丈夫点头，说是。"你的意思是，"杨开慧说，"他会牺牲？"

"暴动了，什么事都可能发生。他是军人，可能发生任何事。"

"为什么要托我？你不能帮助他安葬吗？"

"也许，那个时候，我也没办法托你了。"

妻子松开孩子，吃惊地看看丈夫。

"是的，"毛泽东盯着凉亭外密密的雨丝。随着风的强强弱弱，雨丝会织成各种各样的图案。"也许，我真的会没有办法。"

妻子低头，思索了一会儿，明白了丈夫的意思。

"润之，你的话，我听懂了。"

"握枪之人，为枪所伤，是最容易发生的事情。"毛泽东轻声说。

"妈妈，饿了，"儿子说，"回家。"

杨开慧抱住孩子，突然问丈夫："能不暴动吗，润之？"

"我们共产党，要是现在还不下决心建立自己的武装，小岸英日后大起来，就不会有幸福日子过。"

"这个理，你说过好几遍了，我懂。"

"只是还有点怕？"

妻子没有回答。半晌，她说："怕失去你。"

毛泽东细想一下，说："开慧，只要我们组织得好，秋收暴动是能够成功的！我们全家五口人，也不会少了哪一个，你就放心吧。岸英，你真饿了？爸爸也饿了，我们这就上驴车，好不好？”

武汉像长沙一样闷热。隐蔽在汉口的中共中央机关，准备分批撤往上海租界。周恩来已着手开始做这工作。邓小平所在的中央秘书处进入了有条不紊的忙碌之中。

主持中央工作的瞿秋白在汉口深居简出，静着心注意着全国的局势。但是这几日他的心境却被搅乱了，关于秋收暴动的一些筹备问题叫他心烦意乱。问题又是湖南的毛泽东从湖南提过来的，毛泽东这人总是有新见解。

瞿秋白一直觉得自己与毛泽东彼此心通，但是有些问题提得突兀，他也难以决断。别说舵手不划桨，坐在船尾，舵手是最难做的。上台不久的瞿秋白对此已深有感触，因此对下台的陈独秀也更多了几分体谅。

他听着各种议论。这些议论接连两日来都在船舵周围嗡嗡回响。

“暴动应该打什么旗帜，不是毛润之一个人说了算的，党是有明确决议的！”“秋白同志，你现在处于中国共产党舵手的位置，我们都是支持你的，原则问题你不能让步。领导秋收起义不是办一期《湘江评论》，信口开河怎么行？不能由着他毛泽东的性子来！”“你是临危受命，秋白同志。现在全党对你期望很高，你一定要坚持真理。你的形象，不是你个人的形象，是党的形象！”

瞿秋白坐在半开的窗户前面，解开衬衫扣子。杨之华及时递来一把扇子，他说一声谢谢，然后就摇扇，摇得很慢。瞿秋白原来是想请毛泽东去上海的，中央机关要搬到上海租界，瞿秋白想与毛泽东一起在上海共事。但是毛泽东说不愿住高楼大厦，还是愿意到农村去，愿意上山结交绿林朋友。毛泽东说话做事脾性倔，但也倔得合理，湖南没他看起来真不行，瞿秋白也便同意让他去筹备秋收暴动，头衔是中央特派员。谁知这个特派员在一头扎到湖南农村开了一系列的调查会后，马上就土地革命问题和暴动问题，提出了一系列与中央口径不统一的见解。比如，他主张不能光没收大地主的土地，中小地主的地也要没收，也就是整个地主阶级的地都要没收，否则，据他说，就不能满足农民要求。比如，组织秋收暴动的名义问题，毛泽东不同意中央提出的“打国民党招牌”的做法，他认为民众早已唾弃了这块牌子。

据说他出席了 8 月 18 日在长沙市郊沈家大屋召开的湖南省委会，他在会上的发言慷慨激昂，这位中央特派员当时是这样说的：“这次秋收暴动，为什么非得要像南昌暴动一样，打国民党的旗子呢？农民对之是不满意的。工人对之也是不满意的，‘国民党’这三个字已经没有号召力了，青天白日之旗，几乎已成为军阀之旗了！同志们，我坚决认为，我们应当高高地打出共产党的旗子！”

据说大家闻言雀跃，掌声一片。

有些意见，瞿秋白想，可以赞同毛泽东和新改组的湖南省委的，有些意见，中央也不能一味听信下面的，比如说旗帜问题。这个问题中央确实是有明确的意见的。

所以，瞿秋白在中央局的一次碰头会议上，深思熟虑地说：“就暴动旗子而言，我坚持，仍然要以国民党名义赞助农工的民主政权，也就是说，秋收暴动的义旗，仍然应是青天白日旗。”

一面肮脏破损的青天白日旗，现在铺在木桌面上。

毛泽东招呼：“来来，福顺同志，你数数，旗帜上有几个鞋印子。你先别张罗着泡茶。”

福顺大叔刚调到湖南省委跑联络不久，见毛泽东招呼他数鞋印子，不知何故，便老老实实站到旗帜面前，弯下腰，一五一十数起来。旗帜皱巴巴的，鞋印子深深浅浅，还真不好认。

“毛特派员，”他说，“旗上有十八个鞋印子。可能还不止，因为一些鞋印子是叠在一起的。还有一个，是小孩的脚丫子印，可能他还撒了一泡尿，一泡童子尿。”

见福顺大叔说得有趣，许多眼睛都凑过来一起看。

毛泽东卷着一份《民国日报》当扇子摇，一边摇一边说：“你们大家知道中国有句话，叫作‘摇旗呐喊’吗？对，都知道。”顿一顿，毛泽东大声说，“要呐喊，必先摇旗，摇什么旗，至关重要。古人打仗，重旗而轻兵器。刘备出征，有刘字旗，关公上马，有关字旗，一个大字不识的张翼德，也有一杆张字旗，连宋江造反，杀下梁山，也有一杆宋字旗。福顺同志是喜欢看京戏的，戏台上出个花脸将军，脖子后头是不是都要插靠旗？”

“当然插靠旗啦，而且是插四面。”福顺大叔点点自己的后脖颈，“靠旗是令旗变来的，发号施令的啊！”

毛泽东说，对，这就说明旗帜的重要。旗帜就是军心，就是民心。如今共产党领导暴动，打什么旗？我们是工人的党，农民的党，我们打旗，就打镰刀锤头旗！我们把镰刀锤头高高举在旗帜上，全国的工人和农民就会把他们的镰刀锤头高高举在手上。

福顺大叔说，没错，就这个理。

有人大叫，行不通啊，秋白同志的复信很明确啊，不是镰刀锤头，还是青天白日！

毛泽东请福顺同志连夜搭车上武汉走一趟，他说，你马上走，连夜去武汉，把这面旗带上，去见瞿秋白同志。你送给他这面旗，告诉他，这是你亲手从湘潭带来的国民党湘潭县党部的旗。汪精卫叛变革命当天，这面旗就被农民扯了下来，上面至少有十八个鞋印子，依你的说法，还有一泡童子尿。你把我毛泽东的这个问题带给瞿秋白同志：我号召农民揭竿而起，竿子上又要绑这面有十八个农民鞋印子和一泡童子尿的旗帜，能行吗？

那当然不行，福顺大叔说，这是面什么旗啊，青天不青，白日不白！

毛泽东叹息一声，说："这面旗帜，我在武汉还不觉得，一回长沙，看见唐生智的国民党省党部是那样不得人心，看见工人和农民朝这面旗帜吐口水，我就断定，我们再不能依靠国民党的旗帜号召群众了。福顺同志，你今天从湘潭县带来的这面旗帜，更加坚定了我的判断。好吧，请你马上就动身，辛苦一趟。"

瞿秋白在第二天就看到了这面带着稍许尿臭味的旗帜。他在中央秘书处的办公室里，围绕着这面摊在桌子上的旗帜，慢慢踱了一圈。

闻着这面旗帜的气味，瞿秋白不能不认为毛泽东的意见有可取之处。现在南昌起义部队为避强敌，主动撤出南昌以后，正南下广东，他们后有张发奎尾追，前有盘踞两广的国民革命军第八路总指挥李济琛堵截，正在运动中争取保全和壮大。至于新发动的暴动，其名义，其号召力的强弱把握，倒真是可以斟酌一番的。

他又想到毛泽东三年前在珠江里的那次游泳。毛泽东这个人会扎猛子，他一扎下去就知江水深浅了，而自己擅长的，却只是在江边吟诗。诗歌讲究平仄，不测深浅。

这时候他听见有人在说："秋白同志，哪有十八个鞋印子，我数过了，顶多十二个！”

瞿秋白踱到窗子前，在一抹阳光底下站定了。

他回过身，说：“十八个也好，十二个也好，全是毛泽东的鞋印子！”

办公室里所有的人都愣了一下，唯有在屋角捆扎文件的邓小平无声地笑起来，他听懂了瞿秋白的意思。

瞿秋白压低声音说：“他毛泽东啊，在湖南走了很多地方，满湖南都是他的鞋印子。他的结论，都是调查研究之后得来的。这种结论，我以为，应该是值得所有同志尊重的。你们还有意见吗？”

他说了这番话之后，再没有听见不同意见。

瞿秋白转身下楼。他决定马上给湖南复信，同意换旗。是共产党就大声说共产党的话，真话就是号召力。毛泽东的建议，其实是一个洞见。

走在楼梯上的瞿秋白对湖南秋收暴动的成功，一瞬间充满了信心。

陈独秀的心绪，却仍旧灰暗。

天色已近黄昏。夕阳如一只独眼，醉醉地注视着炎热的长江。江面宽阔而平静。泳于江面者，大多是一些摇摇晃晃的铁壳船和小舢板。

英国江轮“公和”号背着夕阳，离了武汉，顺流东下。时任中共中央出版局局长的汪原放事先包了一个官舱，嘱陈独秀尽量不要出舱，免得危险，因为他们一上船就看见前甲板舷栏处贴着一张硕大的英文布告，写的是“若遇国民政府在船上逮人，本船概不负责”云云。陈独秀本来也不想多说话多走动，他一直坐着，额头缠布，肩上披一条褐色的粗夏布大围巾，原来就有些灰暗的脸色就显得更加灰暗了。

陈独秀不想多说话的主要原因，还是心情惆怅。要不是心情不好，他也不会下决心东走上海。他这一趟赴沪，还是准备住到亚东图书馆汪孟邹那里去。汪孟邹通过侄子汪原放带话，也欢迎他去，汪孟邹并且叫这位在武汉当《民国日报》经理的汪原放也同时回上海。汪原放参加共产党两年，还当了共产党的出版局长，再待在汉口也危险，不如仍旧回亚东图书馆来当编辑的好。汪孟邹说，你明白吗？汪原放说明白。汪孟邹着重对侄子说：无论如何，你把陈先生接回上海来！共产党不养他了，我养他！他八年前逃出北京来上海我就对他说了，做什么党首啊，你不过是一介书生嘛！看看，弄得什么下场，共产党不要他，汪精卫还要抓他！还是叫他来上海做学问，写书，我给他出版，他饿不死！

汪原放拿着船票来找陈独秀，陈独秀立马就应允了，说走吧走吧，见孟邹去吧。确实，陈独秀对于武汉，已无眷恋之处。八七中央紧急会议之后，瞿秋白与李维汉悄悄来到前花楼宏源纸行楼上来看望了他。他于是知道了南昌暴动之后的一些情况，也知道由于八七会议已经产生了新的中央领导机关，瞿秋白、李维汉、苏兆征三人已为政治局常委，他自己的总书记一职也就不复存在了。他当时很想问一问瞿秋白，你们这个八七会议只有二十来人参加，只二十来双手怎么就能把我扶下总书记的位置了呢？三个月之前的中共“五大”不是选出了三十一个中央委员和十四个中央候补委员的吗？那加起来就有四十多个人呢。他当时只嘴唇动了动，并未吭声。他始终没有说出一句很大声的话，只喷着很长的烟，以至于在楼下望风的黄秘书一点也没听到楼上有什么动静。陈独秀这二十年中打碎过许多茶杯或者茶杯盖，但那个无风的晚上，一直十分平静。

他现在坐在官舱里也十分平静。顺流而下的江轮所发出的轮机声并不大，两岸隐约可见的树木与小房子移动得很滑润。但他知道现在的每一天，中国的日子都过得很不平静。撕破脸皮的蒋介石与汪精卫的刺刀每天都在滴着中国共产党党员和革命群众的极为新鲜的血，而怒火中烧的中国共产党人也正在全国各地掀起着大大小小的暴动，他们正在亮出洋枪土枪以及梭镖大刀来对抗全副武装的国民党新军阀。

他突然想到了毛泽东。毛泽东现在会在什么地方说着什么话呢？他说话一定还是那么慷慨激昂的，并且他，十有八九，是跟武装的农民在一起。

陈独秀所猜，八九不离十。毛泽东在陈独秀辞离武汉的这一天，也就是 9 月 4 日，正身处安源张家湾的一处大瓦房，并且确实在大声说着话。这个大瓦房里开的是湘赣边界秋收起义军事会议，毛泽东是以湖南省委秋收起义前敌委员会书记的身份说话的。陈独秀当然听不见他说的话，也想不到他究竟说些什么。

毛泽东那一刻身姿挺拔。他是站着说话的，手中拿着一张纸。他在用很大的声音宣布一件很重要的事项。

“现在我宣布，正式组建工农革命军第一军第一师！师长为余洒度，副师长余贲民，参谋长钟文璋。第一师下辖三个团。第一团驻在修水，以卢德铭警卫团为骨干，由平江工农义勇军和崇阳、通城农民自卫军组成，团长由钟文璋兼任。”

掌声之后，毛泽东继续宣布：“第二团，驻安源，由安源工人纠察队、安源矿警队和安福、永新、莲花、萍乡、醴陵部分农民自卫军组成。团长王兴亚，副团长黑筐。”

大家又鼓掌，有人小声喊万岁。来自安源的黑筐当上了副团长，自是满脸激动。

毛泽东又宣布：“第三团，驻铜鼓，以浏阳工农义勇队和警卫团一个营组成，团长苏先俊。”

除了单调的轮机声，陈独秀什么也没听到。他脖子里的褐色夏布围巾潮乎乎的，都是汗水。陈独秀这一天出了很多虚汗，他明显地感到自己的身体虚了许多。他慢慢扭过脸，透过舷窗看江面。

这般看长江，与站在黄鹤楼第五层上看长江，境界就迥异了。陈独秀现在既没有看到“阶段”，也没有看到“秩序”，只看到从舷边不断喷溅出来的乱七八糟的水花。对此，他也没有细想。确实，他不想再仔细地分析什么、归纳什么、推演什么了，他不想再作结了，结论都已经叫人家作去了。

但是他对于自己曾经服务过的种种信念，并没有丝毫的动摇，只不过他目前不想去思忖罢了。只有两个人的话在突突作响的轮机声中反复地浮现出来，一个是湖南人，一个是俄国人。

湖南人是李达，陈独秀清晰地听见了四年前李达在与他吵嘴时的话，李达当时叫喊说：“我认为一切工作归国民党的提法绝对错误，我认为共产党员绝对不能通通加入国民党！国民党必将背叛共产党，迟早而已！”后来就是瓷花茶碗砸在地上，声音很大，当然是陈独秀砸的。前些日子有人告诉陈独秀，说湖南的许克祥也在通缉李达，罪名是“著名共首”，李达已经开始东躲西藏。陈独秀听了心里难受，自己四年前一句话就把李达赶出了共产党，而李达如今还要以“著名共首”的帽子逃避追捕，这真是从何谈起？但愿戴眼镜的李达能目光锐利，觅见藏身之所，安然躲过利爪，免受牢狱之灾。

陈独秀听见说话的俄国人，是托洛茨基，当然不是亲耳听见的，也是别人传来的，说受斯大林排挤的托洛茨基在莫斯科倒是说了几句公道话，他说陈独秀不是机会主义者，陈独秀在中国大革命中的做法没有错，是共产国际和斯大林强迫他采取共产党国民党两党党内联合的方针的，而如今要他来承担失败的责任，这不公平。托洛茨基还语带嘲讽地说了另外一句话，他说蒋介石叛变的不是自己的阶级，而是我们的幻想。托洛茨基这话当然让斯大林听出了味儿，斯大林认为托洛茨基是在责难他对于中国革命的糟糕的指导，恨得咬牙切齿。但是托洛茨基这些话，传到了中国武汉，倒是有人入耳了，起码陈独秀当时听了这些话，两滴眼泪就一下子集中在了眼眶里。后来，据说，也由于托洛茨基的关于中国革命的这些话，斯大林彻底与他翻脸了，共产国际执委会第八次全会解除了托洛茨基的共产国际执行委员职务，然后，托氏被开除出苏共。

陈独秀其实是很不相信托洛茨基的“一次革命”理论的，但托氏在 1927 年夏天所说的这些话，真的使陈独秀的眼眶里涌出了感激的泪水。

托洛茨基能这么说，毕竟还体现了几分公道，斯大林就不地道了，莫斯科《真理报》怎么能写这样的社论呢——“这个死不悔改的机会主义者，实际上是汪精卫在共产党内的代理人！”斯大林怎么就能把屎盆子往他陈独秀一个人头上扣呢？鲍罗廷和马林不是带来共产国际的一个又一个的指示，要他紧密团结汪精卫吗？其实，他不得不执行的，也不都是斯大林的指示？好了，现在腥风血雨了，有人也血口喷人了。

轮机突突突响，声音低沉，像有人说着一句句的俄语。

陈独秀忽然还想到了恩格斯的一句话，来源于一册新书。汪孟邹在陈独秀最寂寞的时候往武汉寄来了一捆书，供他消遣，都是英美原版的。陈独秀那天读到恩格斯晚年的一段话，便在句子下画了一道粗杠杠，那话记得是这样的：如果说有什么是毋庸置疑的，那就是，我们的党和工人阶级只有在民主共和国这种政治形式下，才能取得统治。民主共和国甚至是无产阶级专政的特殊形式，法国大革命已经证明了这一点。

陈独秀合上书，鼻子哼了一声，意思是恩格斯临死了倒是吐了真言，其实陈独秀自己早就这样认为了，靠民主以求取专政，当然是一条路，取得专政地位了当然更要讲民主，作为最是光明磊落的无产阶级，没有理由不讲民主，动辄肉体消灭，动辄流放边地，这不是共产党人该干的事嘛。共产国际那种指挥棒、那一套极端的做法最终是行不通的，木偶一样什么都由他们牵着，临了就叫你什么都兜着，真是不堪言说。

不堪言说就不去言说了，甚至想也懒得去想了，陈独秀又倒在窄窄的床上，把脑袋埋在潮乎乎的枕头上，直到水手奔过舱外甬道大声说“安庆到了”为止。

在江轮于暮色之中驶经他的老家安庆的时候，陈独秀站起来，悄步离舱，走上凉风习习的甲板。

安庆啊安庆，他闻到了久违的家乡的空气，一时百感交集。

在一只印有英文字母的破木板箱上，他坐了下来。

一位蓝眼睛高鼻梁的传教士走上甲板，转了一圈，在佝偻着身子的陈独秀面前站定了。“这是什么码头，先生？”

这位洋人的中国话说得别别扭扭，但是能够听懂。

“天下最好的码头，安庆。”

“为什么安庆是天下最好的码头？”

“因为天下最好的人就是从这个码头走遍天下的。”

洋人显然听不懂这种绕口令。“先生，你病了吗？”他弯下腰。

“病得很重。”

“哪儿不行？”

“浑身不行！”

“某个地方不舒服，可以求教大夫。浑身不舒服，只有求教上帝。”

“我早有上帝了。”

“啊，我的孩子，”传教士兴奋起来，眼睛像蓝宝石一样闪着光，“你已经入教了？”

江轮这时候拉出一声悠长的汽笛，仿佛天国的回声。陈独秀看看对方的蓝眼睛，平平静静说：“我自从出生起，就有我的上帝了。”

传教士听不明白：“你说什么？”

“我的上帝，姓陈。”

传教士更加不明白：“先生说什么？我不懂。”

“我的上帝，就是我自己！”

“天哪，”传教士画个十字，“你应当这样说，上帝在我心中。”

“不，”陈独秀说，“我的上帝就是我本人。我走的每一步路，都秉承自己的意志。如果说我以前也走错过几步路，那就是我秉承了人家的旨意，信了人家的上帝，所以我走错路了。我这场大病生好之后，每一步路，每半步路，都要秉承我自己这个上帝的旨意！我会继续走到底的，我不要什么人帮助，包括你这西洋神父。”

“可怜的孩子，你不能拒绝善意的帮助。你不是对我说，你浑身不舒服吗？”

“上帝也会有不舒服的时候。你的上帝钉在十字架上，他舒服吗？”

传教士愣了好长一会儿。暮色越来越沉。

“这里风大，我的孩子，回船舱去吧。”传教士说。

陈独秀双手支着膝盖，吃力地站起来，叹息一声：“你说了这么多话，就这句话还中听。”

他回官舱去。皮鞋踩在甲板上，发出咚咚咚的空洞的声音。他觉得走回去时的精神比出舱的时候好多了。他斜眼看长江，心想我可是一点也没有“秋风吹渭水，落叶满长安”的心境，周身也没有那种“战罢玉龙三百万，残鳞败甲满天飞”的破败之相，那个洋人怎么会这样看我，真是小瞧中国人了！

陈独秀回上海的这一路倒是安全，毛泽东却赫然被捕了，而且只差一点点就丢了脑袋，幸亏当时毛泽东身上带了几枚银洋，他很机灵，就用这几枚银洋，实行了一次卓有成效的贿赂。

毛泽东精心筹划的湘赣边秋收起义，是于 9 月 9 日正式打响的。工农革命第一师第一团和师部率先在修水城宣布起义。

这一天，毛泽东本人却是在急急的赶路之中。他急着赶往江西铜鼓，亲自组织第三团的起义。毛泽东路过浏阳张家坊村的时候，突然遭遇险情，他怎么也没有想到在这个 9 月 9 日竟然会发生他一生中唯一一次被捕的事件。这个日子很有点玄乎，自然，在四十九年之后的这个 9 月 9 日，他会在北京的中南海离开这个世界，而使全球震动，他更是不可能预测。

毛泽东在 1927 年的这个 9 月 9 日，穿一身白色绸褂子和长裤，凉帽遮脸，商人打扮，一路走得飘飘洒洒。他当时正顶着白花花的烈日，走近张家坊的一家供应膳食的小客栈。客栈的屋檐诱人地悬着一个大大的“酒”字招贴和一个大大的“鱼”字招贴。

客栈主人闻着脚步，老远就挥手打招呼：“天热，歇歇脚啰，客人来碗姜盐黄豆芝麻茶？”

毛泽东抓下凉帽扇一扇，说：“肚饥了，吃饭！”

“有鱼！好吃不过鲫鱼脑袋鲳鱼嘴，鳊鱼肚皮鲢鱼尾！凡鱼，本店应有尽有，客人任挑任点！”

毛泽东走进遮阳篷，拉开木凳刚坐下，便惊讶地听见一片由远而近的嘈杂之声，回脸一看，不由更惊。那是一伙短衣短衫的团防局清乡队的团丁，挎着长枪短枪，一路喧喧嚷嚷而来。

“通通检查！”团丁队长冲着客栈喝令，“省政府唐主席有令，严防共产党中秋节暴动！共产党嫌疑分子，一律处死！这里有共产党嫌疑分子没有？”

“没有没有，”客栈老板忙说，“只有几个吃鱼的客人。”

“我看你就不像个吃鱼的！”团丁队长忽然看定毛泽东，脸上的两条眉毛一下子拧成了一条，“你是吃肉的！你是专吃我们国民党肉的共产党！”

毛泽东站起来，客气地点点头：“官长，鄙人不是，鄙人是做生意的。”

“生意？卖枪还是卖刀？还是卖小娘子的？”

“鄙人做棉布生意。”

“哈哈哈，”满脸络腮胡子的团丁队长冲天大笑，“好呀好呀，棉布生意！我们这支队伍不缺做烟土生意的，大烟天天能过瘾，我们也不缺做稻米生意的，肚里从不欠板油，我们这帮弟兄，好歹就缺个做棉布生意的。天要凉了，弟兄们正愁少几套团服，这不，棉布老板说来就来了，我好福气啊，瞎猫都能撞上死老鼠，哈哈哈哈！”

团丁们跟着大乐。团丁队长说：“你姓什么？总不会姓鼠吧？”

毛泽东说：“鄙人姓石。”

“石老板，隔壁就是布店，请！”团丁队长举手推毛泽东，一直把他推到村街上的小布店门口。

几匹黄褐色和黑色的布匹很快就被勒令搬到柜台上，嘭嘭地响。毛泽东镇静地面对布匹，尽管他对这一突发事件心中完全无数。

无论如何不能慌张，他对自己说。

“怎么样？”团丁队长拍拍毛泽东的肩膀，手势很重，“请石老板写个条，先从这家店号里赊几匹布？”

毛泽东沉吟一番，说：“这个，这个，是不是允鄙人先回长沙，与本号老板磋商一二？”

团丁队长听罢，一阵冷笑，说：“你石先生既然不是石老板，那就是石伙计了，那么就请石伙计给量量布，看看我们一个弟兄制一件团服要扯多少布。给他尺子，聋了？”

布店老板赶紧递出一根布尺。

毛泽东接过尺，翻开布匹，开始丈量，无奈手势笨拙，片刻之后，尺子竟然没有拿稳而咣当落地。

团丁队长伸过毛茸茸的手臂，一把揪住毛泽东的领子：“你做屁个棉布生意，分明是做军火生意的！你是共产党中秋暴动分子！给我抓起来！”

两个身背大刀的团丁虎狼般喝应一声，立即扭住毛泽东双臂。毛泽东痛得一时弯了腰，呻吟了好几声。

团丁队长一挥手，说：“押到团防局去，立即处死。”

毛泽东顿觉有一股热血往脑袋上涌，他开始挣扎：“我是生意人，我犯了什么法？快放了我！”

“放人？你少啰唆。”两个团丁把毛泽东的双手又反扭得紧了一些，“有废话，一会儿见了阎王爷再说。”

团丁队长忽然说：“把他的鞋脱了！”

毛泽东抗议：“脱了，脚痛。”

“一定要脱，一定要脱，”团丁队长说，“你脱了鞋，枪毙你之后，你就没法子从阴间跑回来吊我们的命了。”

团丁们哈哈笑，一齐说：“脱鞋，脱鞋！”

毛泽东被迫脱了鞋。两只黑布鞋被团丁拎起，一东一西扔得老远。

松了手臂之后，毛泽东感到整个背部都热辣辣的。

现在怎么办？毛泽东问自己，却一时没有答案。杨开慧与岸英、岸青、岸龙的脸庞倒是飞速地掠过脑际。

现在不能想这个，毛泽东警告自己。

毛泽东仔细看团丁队长。这个队长看上去很野蛮，也很狡猾，比起湘潭团防局的那个患哮喘病的汤排长，比起武昌六渡桥的那个闪着金牙的便衣，这个团丁队长明显要难对付多了。

天下一物降一物，总有办法对付的，毛泽东想，首要的是冷静。

“磨蹭什么？走！”两个背大刀片的团丁对俘虏一声吆喝。

这两个团丁紧紧地夹着毛泽东走，一前一后。他们料定光着脚丫子的毛泽东已经跑不掉了，而且，看上去这是个书生，脚脖子白白的。

这一行队伍二十来人就这样慢吞吞地向团部走。他们逶逶迤迤出村，翻过石桥，绕过凉亭，沿着一条长满星星点点的野菊花的山道行走。

团丁队长走在最前头，仰着阔脸，高吼一支谁也听不懂的山歌。毛泽东则走在队伍最后，被两个大刀片一前一后小心翼翼地夹着。

毛泽东觉得脚底板越来越痛。更痛的，则是心。他想，一定要走，要快走。秋收暴动已经开始了，若今天这条命害在这支小小的团防队手里，实在太冤。这时候，忽有一计上了心头。

于是，毛泽东在山道转弯的地方，悄悄回过脸，朝身后说："老总，行个方便。"

团丁眼一瞪："少废话！"

毛泽东低声说："你湘潭人？"

团丁一愣："你怎么晓得？"

毛泽东见他口气有松动，便摸出两枚银洋，悄悄递在身后："我见老乡，你见银洋。"

走在最后的这名团丁既不高声叫唤，也不敢接银洋，只是一遍又一遍瞧瞧前面的队伍。毛泽东又说："我晓得，团丁都是受雇的，日子其实也苦。我好几个亲戚，都当团丁的哩。"

团丁悄声说："你也要给前面的！"

毛泽东心里一喜，又拼命掏摸口袋，加递了两枚银洋。

团丁接过四枚银洋，自己数下三枚，藏好，便一个箭步上前，将剩下的一枚银洋塞在前面一个团丁的手里。那团丁眼珠一转，便明白了是怎么回事，也不声不响收起银洋。

毛泽东霎时心定了不少，真庆幸自己多带了几块银洋出门。

脚越来越痛，毛泽东东张西望，寻思着脱逃的最佳时机。他望望队伍的最前面，团丁队长还在那里"山妹子情妹子"地吼，走得摇摇晃晃。

毛泽东还在犹豫不决的当儿，忽然就感到腰上被一个指头戳了一下。他触电般地一回头。

走在最后的团丁神经紧张地指着半里路开外的一幢白墙黑瓦平房，悄声说："石老板，团防局！"

再不走不行了。生死之距，只有半里地。毛泽东再不管地形是不是有利，忽然就一猫腰，赤脚一窜，窜过路旁树丛，奔上了山坡。

眼看毛泽东跑得没影儿了，队伍最后的两个大刀片子互相眼神一使，同声大喊："跑啦，跑啦，中秋暴动分子跑啦！"

队伍顿时大乱。团丁队长急忙冲过来："往哪儿跑了？"

"那边！"大刀片乱指。

"怎么不追？笨蛋！——快追！"团丁队长气歪了脸。他的队伍这么没用，他是没想到的。

毛泽东接连跑过三个山坡。他觉得脚踝子上起码已经有二十来根茎刺扎上了，但不觉得痛，只觉得辣。他身后传来的号叫声一直很清晰，声音像狼一样追踪着他，使他根本没有时间去感觉鲜血和疼痛。

在毛泽东觉得渐渐有些跑不动的时候，正好看见一个黄昏中的水塘。水塘很大，满塘皆是浮萍。水塘四周的荒草丛，有一人多高。毛泽东停下来，气喘吁吁地向前走几步，又悄悄后退几步，然后下水，把整个身子都投入到水里。

他现在感觉到双脚钻心的疼痛了，整个脚底板仿佛都削去了皮。但他已顾不得这些，只把半个脑袋露出水面，让塘边的荒草做了他长长的头发。巨大的危险正在迫近，他必须躲过这一劫。

他听见了脚步声，接着又听见了喘气声。团丁队长沙哑的声音他是熟悉的，那声音现在更沙哑了："跑不了，就在这儿！他还能跑到哪儿去？快搜。搜草丛，给我仔细搜！"

毛泽东在自己的耳朵旁边，看见了胶鞋。

荒草丛中嘎叽嘎叽踏来踏去的，皆是团丁的胶鞋。鞋底把草茎的汁液都踩了出来。

"姓石的，出来！别以为老子没看见你！只要你出来，可以不枪毙你！你小子听见没有？"

砰！砰！砰！接连几枪打在水塘里，水花儿啸叫着跳起来。

这时候毛泽东忽然就看见了鱼，塘里的一条鱼。

这条鱼就在他面前三尺远的地方，浮着，一动不动，与他对峙。毛泽东有些惊异。他的记忆深处，仿佛游动过这条黑红两色之鱼。

毛泽东一直盯着水中的这条沉稳不动的鱼，他祈望它此刻千万不要打个水花儿，以免无端勾起岸上追踪者的兴趣。那鱼也争气，始终不动，看上去沉静而又听话，圆圆的鱼眼睛非常凝重。毛泽东忽然想，人有时候，真的是要学学鱼的，要安心潜于水中。人在岸上走，风刀霜剑，常有不测。而在水中，周身都涌动着一种受依托之感，这种感觉是一个人一生中都不可少的。水是鱼的地方，也应该是人的地方。一个政党也是这样，一种政策也是这样，若无广大的有力的依托，必败凋无疑。

鱼还是不走，继续与他对峙。毛泽东举眼望天，天上浮着一团云，也是红肚皮黑边，浑如一条空中之鱼。

毛泽东暗叹一声：这不是一条阴阳鱼嘛。今日活着，上黑下红，明日死了，上红下黑，这红黑两道，不就是乾坤运动之至理吗？

就在屏心静气的毛泽东胡思乱想之际，岸上传来了这样的叫嚷："报告队长，暴动分子是不是顺这条坡滚下去了？队长你看，草像是压过的！"

然后毛泽东就听到一声吆喝："快追！"再就是一阵噼噼啪啪的由近而远的脚步声。

毛泽东再看鱼，那鱼此时已倏忽不见。毛泽东抬手，重重推一下面前的水波，塘水荡漾起来，但毛泽东再也没见着那鱼游上来，只有一丛深绿色的浮萍上下颤动。

毛泽东水淋淋地爬上岸，一直等到天黑才敢赶路。他不敢走大路，只在月光下接连翻山。后半夜的时候，他筋疲力尽地坐下来，靠着一棵大树，一面掸着蚊子一面揉着脚板，睡着了。奇怪的是他一夜无梦，没有枪声，也没有鱼，甚至也没有他的开慧和他的三个儿子。他实在太疲倦了。

早上他没有被林子里的晨鸟叫醒，而是被一阵伐木声惊醒的。他扒开半人高的荒草一看，看见了一位砍柴农民，这老农看上去已近花甲。

"老伯，我遭土匪抢了，脚也走烂了。"毛泽东衣衫褴褛地走出荒草，"这里是两个银元，你帮我到前面村子买双布鞋，再买一把雨伞。用不完的，都归你。"

樵夫手中的柴刀当啷落地。他目瞪口呆地望着这个头发蓬乱的赤脚中年人，半天回不过神来。

太阳爬出一竿高的时候，毛泽东穿上了一双新鞋，还得到了一把油纸伞。

他试着走了几步，两脚掌依旧痛得钻心。他龇牙咧嘴，倒抽着冷气，但是心里非常快活。

两天之后，毛泽东昂首挺胸，亲率工农革命军第三团的大队人马向浏阳东门市进发。他走着走着忽然就来了诗兴，虽然脚板底下还一直隐隐作痛。

“石教官，”他挥手说，“你上来！”

石头甩着一只膀子，从队伍后头跑上来。

毛泽东说：“我吟一首词你听听，名唤《西江月·秋收起义》。这一回工农大起义，我不能不诗兴大发。”

石头说：“我不懂诗。”

“特别好懂，特别好懂，你听了就明白。”毛泽东边走边吟，“军叫工农革命，旗号镰刀斧头。匡庐一带不停留，要向潇湘直进。地主重重压迫，农民个个同仇。秋收时节暮云愁，霹雳一声暴动。”

石头听罢诗吟，直冲诗人笑。这是什么诗呀，还西江月呢，跟说话似的。这两天石头特别高兴。先是前一日午后，毛泽东如天神降落般地，突然于中秋节出现在铜鼓县城萧家祠的浏阳工农义勇队队部，只是衣服脏了点，走路瘸了点。当晚，毛泽东在排以上干部参加的中秋聚餐会上，稳稳地举起一只大酒碗，高声说，在中秋聚餐开始之前，我以秋收暴动前敌委员会书记身份，宣布命令：浏阳工农义勇队正式改编为工农革命军第一军第一师第三团！

在众人欢呼万岁声中，毛泽东又说：“我要求第三团全体官兵坚决响应湖南省委号召，立即武装起义，根据省委的秋收暴动计划，明天就进攻浏阳，痛击国民党反动派！”

石头当时泪流满面，手中的一只碗砰地摔在地上，号啕一声：“总算有报仇雪恨的一天了！”他记得当时有十多个人都跟他一样哭出声来。

又使石头兴奋不已的一件事是昨天，昨天第三团旗开得胜。三团的第一仗是打白沙镇，这个镇是铜鼓通往浏阳的要道。由石头精心调教的十个神枪手个个身手不凡，第一排枪，就撂倒了八个敌兵。

昨夜大队人马宿在白沙镇，毛泽东半夜起身，又专门敬了石头一杯酒，毛泽东说，石头啊，你父母，还有你姐，都听到白沙镇的这排枪声了。

毛泽东昨晚兴奋了一夜，却没作诗。今日在飞兵浏阳东门市途中，却大声吟诵，而且，这位毛书记刚才的吟诵就跟说话呼口号没啥两样，石头听了开心，止不住大笑，笑了又笑。

石教官，笑什么哟？毛泽东只想听听诗作的效果。

石头说：“毛书记，你这诗就像说话一样，我也能作。”

“你也能作《西江月》？好，你也作，你也作！”毛泽东拍手，“好，好，又出一个诗人了！”

石头挥着独臂，盯着前方的天空，俄尔，大声念：“地主重重压迫，农民个个同仇。我们拿枪去打，敌人屁滚尿流！”

毛泽东起先一愣，继而哈哈大笑。走在前后的士兵都一起笑起来。毛泽东说：“啊呀，石教官，你的诗不比我的差，以屁入诗，以尿入诗，不是大诗人还没这个胆呢！”

正说到这里，便有个指挥官慌慌忙忙从队伍前面下来，冲毛泽东报告：“前面就是十二墩，发现敌人！”

队伍一下子紧张起来。毛泽东问：“多少人？”

“据先头部队侦察，大约三四十人。”

毛泽东说：“投入战斗！”

队伍一下子分散开来。东门市是个大市镇，敌人看来是要扼守的，麻痹不得。

听楼梯的响声，脚步快速而轻捷，瞿秋白就知道是邓小平来了。这几日，又有胜利的捷报，又有沉重的快讯，瞿秋白从来没有遭遇过这么密集的消息，密集得就如突然而至的秋雨一样。而且这些消息又是与拿起枪杆子的中国共产党的命运息息相关的，这就不能不使瞿秋白的心一直悬在喉咙口了。杨之华说他整张脸都小了一圈。

精干的中央局秘书处长邓小平还没等杨之华给他递上茶，就开始简洁地向瞿秋白报告。“秋白同志，秋收起义军第二团，已经攻下醴陵县城！据报，俘敌一百余名，缴枪七八十支。第一团情况，在一团和师部越过修水、平江边界，并且占领平江县龙门厂之后，混入起义部队的邱国轩团突然叛变，致使第一团腹背受敌。”

瞿秋白问损失情况，邓小平说：“很严重，损失大约两百多人，团长钟文埠已经失踪。卢德铭与余洒度已经率余部向第二团、第三团靠拢。第三团情况不错，在毛泽东同志率领下，继攻占了白沙镇之后，又在攻打浏阳东门市！”

瞿秋白想，湖南总体情况还算好，合围长沙应该是没有问题的。他又问南昌起义部队现在到了哪里。

“南昌起义部队在打下会昌以后，刚刚又打下汀州，但是伤亡很大。会昌一战，虽大破蒋介石嫡系钱大钧部，俘敌官兵九百余人，但起义军也有八百余人的伤亡。周恩来同志原先的秘书、第二十军三师六团一营营长陈赓也负了重伤，脚筋都打断了。现在南昌起义部队的前委正在讨论攻取东江计划，意见也有分歧。据情报，国民党第八路总指挥李济琛正在调重兵围堵我起义部队，战事很紧。”

邓小平还告诉瞿秋白，贺龙军长已经加入中共了，还有郭沫若也加入了，都是在起义军的转战途中加入的。邓小平的情报汇集得这么及时这么细腻，瞿秋白没有想到。

在下一个钟点里，瞿秋白详细布置了中央机关分批从武汉撤往上海的计划。这是一种战略性的转移，十里洋场可以看作是一种眼花缭乱的保护色。瞿秋白说，各地起义军的战事情况和中央机关的秘密转移，皆为当前要务，疏漏不得。

邓小平是在天黑时分悄然离开汉口英租界瞿秋白所租公寓的，他没有受邀留饭。他说他不饿。

他其实已经有两顿饭没有吃了，只恍惚记得早上在码头边啃过一个葱油烧饼。他这几天一直很担心他的兄长周恩来。从得到的各路情报看，蒋介石是视南昌起义部队如肉中之刺的，已下死命令在广东境内歼灭之。起义部队能否在强敌之下得以周旋，真是一门艺术。他觉得他的兄长周恩来是聪明的，必能驾驭得过来。他后来才知道南昌起义军就于这一刻在广东三河赶集镇作了致命的分兵决定。周恩来、贺龙、叶挺率主力攻打潮汕，再取惠州，以取得出海口，寻获国际援助，而让朱德率第二十五师扼守三河填，监视梅县之敌。

分兵，有时候是体现自信，不失为良策，有时候却是自杀预兆，是一种湮败之举。弱者分兵，尤须慎之又慎。然而他们却分兵了，弱势队伍一分为二，各自打大仗。

在这之后，邓小平一直难以得到周恩来的确切消息，一颗心一直悬着。所以，当一身小老板打扮的邓小平于两个月之后在上海法租界的一家杂货店门口，惊讶地看见了又黑又瘦的周恩来进店时，心情之激动是不言而喻的。

这个年轻的中共中央秘书长兼杂货店掌柜一改往日之慎态，小孩子一样蹦了起来，扑了上去。

毛泽东是在9月12日这一天，高高兴兴率秋收起义军第三团进入浏阳东门市的。这一仗打得也还顺手，敌人丢下一批尸体，向浏阳县城逃跑了，逃得很快，起义部队伤亡很少。

满脸阳光的革命军战士神气地走在狭长的镇街上，街边屋檐下，提壶捧碗的献茶市民，不在少数。

几个农民用木杠子抬来一只热气腾腾的大水缸，满缸皆是粥。一位农民大伯一勺勺地盛于蓝瓷花碗，强行拉住一个又一个的战士，一定要战士喝。

战士们不喝，农民大伯就急："你们为我们穷人谋翻身，一口稀饭也不喝，我们心里怎么过意得去！喂，这位官长，他们刚打过仗，不会不饿，你让他们喝一口吧！"

农民大伯拉着毛泽东的衣袖，他认定这是一位官长，这个人有官长相。

毛泽东说："那好，我带头喝一口！要喝的士兵弟兄，都来喝一口！石教官，你也来，你别忘了把银元付给这位老伯！"

战士们一下子围聚过来，开始喝粥。可是农民大伯又急了："我怎么能收官长的钱？"

毛泽东说："老伯一片心意，我们领了。银元，老伯还是要收的。你看，我们一会儿就已经喝了你半缸粥，还有半缸，我们也要全部买下来！"

农民大伯听不明白："买下来？抬到官长的队部去？"

毛泽东手一挥："抬到大狱门口去！我看见反动政府在东门市设有监狱，反动派逃跑了，受欺压的群众还不该马上放出来吗？义旗到处，开监放人！"

"对！"围聚的市民们一齐大喊，"开监放人！"

开监放人很顺利，狱卒点头哈腰，所有的监门都打开了。

衣衫褴褛的人们一伙一伙踉跄出狱。有的坐在门口砸镣，有的拥挤在粥缸边大碗喝粥，有的则与跌跌撞撞跑来的亲人抱头痛哭。

毛泽东走近粥缸。他看见有人正趴近粥缸狼吞虎咽，仔细一看，是一个瘦骨伶仃的小囚犯。"不可一下子吃得太多，看你小肚子都圆了！"毛泽东戳戳他发黑的肚皮。

掌勺的农民大伯笑："他都喝了六碗喽！"

毛泽东蹲下来，问孩子："多大了？"

"十五。"

"叫什么名字？"

"小扁担。"

"小扁担，这名字好记啊。是不是你瘦得像根小扁担呢？"

"不是，官长。"掌勺的农民大伯抢着说，"他十岁那年就拿起一根扁担做挑夫了。我认得他，他自小就没爹娘。"

小扁担放下碗，看着毛泽东黑黑的长头发说："你就是放我出来的官长？"

毛泽东应："啊，是啊。"

孩子忽然放下碗，就跪下了。毛泽东急忙扶起孩子，说："我们这支队伍不兴跪。皇帝老儿不跪，军阀洋人不跪，自己人也不跪。"

小扁担小着声音说："官长，你什么都懂，我能问你一句话吗？"

"问吧。"毛泽东说。

"我为什么要坐牢？"孩子问，一双眼睛睁得好大。

毛泽东看着孩子，一时没有作声。这问题挺小，也挺大。

"我知道，"一个喝粥的囚犯回脸说，"狗咬他，他用扁担打狗，那条狗是县长儿子养的。官长，他一坐就坐了两年大牢。"

毛泽东坐下来，拍拍孩子的肩，说："现在我告诉你，小扁担，你为什么要坐牢。因为你是受苦人，是好人。在坏人当道的世界里，好人就是容易受委屈。好人坐牢是很平常的事。随便弄个什么理由，好人就被推到牢房里去了。这是一个简单的道理。小扁担，现在你明白了吗？"

小扁担说："我只用扁担打了一下狗屁股，我屁股上，挨了一百扁担。"

毛泽东说："现在，太阳出来了，你可以举起扁担，打反动派一百屁股！"

石头走过来，报告说："毛委员，共一百零二人放出大狱，其中四十八个要求参加革命军，都在那边集合了。"

正在喝粥的一个长胡子囚犯立即放下碗说："有四十九个！官长，我算一个！"

另一个囚犯也急着嚷："五十个！我也算一个！"

小扁担尖着声音说："五十一个！官长，带上我小扁担吧！"

毛泽东笑了，拍拍孩子肩膀："你才十五岁，太小。我们是打仗的队伍，要打大仗！我们要打到长沙去呢！”

小扁担说：“官长，你打哪儿，我挑哪儿！我能为你们挑稀饭！别看我瘦，我肩膀硬！我能一路挑到长沙！官长，让我当兵吧，我当上了兵，就能每天吃上稀饭了。”

毛泽东有点犯难，说：“你问问这个石叔叔吧，他是管招兵的。”

孩子一下子跪在石头面前：“叔叔，你行行好带上小扁担吧！”

他忽然想到了不兴跪，赶紧一个鲤鱼打挺跳起来，规规矩矩朝石头行个举手礼，说：“报告长官，小扁担想吃粮当兵，求你长官收下小扁担！”

毛泽东哈哈哈笑出声来。

毛泽东自东门市监狱门口的这一次开怀大笑之后，后来几乎就没再笑过，一颗心一直如石头一样沉重。随后的几天，对秋收起义军而言，形势是急转直下。由于一团军事失利，三团失去右路配合，国民党新八军两个团迅速向起义军三团迂回过来，两天之后，东门市便爆发了激战，敌人由两路包围第三团，重机枪扫得秋叶哗哗哗直掉。起义军伤亡严重。三营长汤采芝牺牲得尤为壮烈，他把打出的小肠子塞回肚子。石头也打红了眼睛。他以独臂挥动着一杆步枪，呼呼舞圈，沉重的枪托接连砸倒几个跃上山坡的敌兵。

砰！他的枪柄砸在树根上，半截子断了。

满脸是血的铁龙奔上来，说：“快撤，石大哥！”

铁龙是石头带回湖南参加革命的八个好弟兄之一，也是百步穿杨的神枪手，但是杀红了眼的石头此时已经听不进铁龙的话。他亲眼看见八个好弟兄中已经有两个牺牲了。石头狂喊：“我不撤！我打死他八辈子祖宗！”

铁龙抱住石头的后腰，吼叫一声：“是毛委员叫你撤！”

石头喘着粗气，站着不动了，在硝烟中垂下了枪。

越不想打败仗，偏偏就打败仗。

遭受重创的秋收起义军第三团被迫撤出东门市，于14日退至上坪。

“领兵打仗，有胜有负，不足为道。”在上坪村外小河边召集的军事会议上，毛泽东这样说。毛泽东觉得，必须要给大家好好打气，尤其是给指挥层打气。“我们这一仗，为什么败了？第一，蒋介石汪精卫的兵还像蚂蚁一样多。第二，我们起义军确实也缺乏打仗的经验。所以，一时打不过人家。胜败兵家常事，不奇怪。不过，败了，就要有败了的思考。我看，我们不宜再按原计划打长沙。”

石头一听就愣：“什么？不打长沙？打长沙不是省委的计划吗？不是中央的命令吗？”

“这是你的枪吗，石教官？”毛泽东指指他的那支断了枪柄的半截子步枪，“你应当看到，你的枪断了。”

石头说：“这枪照样好使，毛委员你信不信？你叫我打天上哪只鸟儿？”

毛泽东指着断枪，对所有面目阴郁的指挥官说：“同志们，如果说我们第三团的枪全像这支枪一样，断了，这不是事实。但是，我们手中的许多枪，确实都像这把枪一样，断了。我们的伤亡人数太多。我们每个连，每个排，都出现了逃兵。暴动五天来，敌强我弱的局面已经很清楚了。古人有言，审时度势。我们不能再按原计划攻打长沙。”

“长沙，还是要打的。不然，逃跑主义就是一顶现成的帽子！”有人这样说。

毛泽东说：“有一句大家都知道的古话，叫作‘将在外，君命有所不受’。做人做事，贵有自知之明。大家可以想一想，我们该不该做以卵击石的蠢事？我看，我们不打长沙，避开强敌，到敌人势力相对薄弱的山区去，交绿林朋友去，做红色好汉去，这是一条可行之路！当然，中央和共产国际驻长沙的代表，可能会对这样的做法不满意，可能会指责我们，但是我们无法指责现实。现实的情况是，敌人数十倍于我们，一味蛮干，只能全军覆没！”

毛泽东作出的这个应变之策是正确的，但也是不易的。他后来果然被斥为逃跑主义，并于两个月之后在上海召开的中央政治局扩大会议上被解除了政治局候补委员职务，但就是因为毛泽东的这一及时决策，为中国革命带来了莫大的生机，井冈山道路隐约闪现。

当时，福顺大叔第一个表态拥护毛泽东的意见：“毛委员的想法在理，我赞成毛委员的话。”

团长苏先俊也说赞成毛泽东的意见。

石头始终不语。他的脸上伤痕斑斑。他是想打长沙的。他的父母和姐姐都在长沙东郊等着他冲锋的红旗。他要把护盖在坟头上的军用雨披拿开，换上红旗，如果那件军用雨披还在的话。他正想再发表什么意见，却看见有一个士兵通通通跑来，上气不接下气地喊他石教官，说是有人要跑。

石头惊问是谁，回说就是他从湖北带来的那几个弟兄，都是班排骨干，他们要跑，是真的。

三分钟后，石头用他沉重的军靴，砰地一声踢开了上坪村的一家农舍。以铁龙为首的六个班排干部果然都在这里，并且惊得一齐起立。这六个人均已换上粗布便衣，谋划逃跑看来确有其事。

石头踢开门之后，阴沉着脸，大步进屋，谁也不看。心已经看透了，脸色可以不看。

六个人一声不吭。空气寂静，但仿佛会像手榴弹一样突然爆炸。谁都感觉到了这一点。

“我操他八辈子娘——！”石头忽然仰脸，冲着屋顶，狼一样怒嗥。

然后，他从腰间拔出一把手枪，往破桌子上砰地一摔。

众人一声大气不敢出，仍旧站得笔直。

石头回过神来，举起目光，依次看着他的被硝烟熏黑了脸的弟兄。然后他开始说话，声音却是出奇的平静，他这样说：“如果我石头没有记错的话，我们当年的北伐军弟兄赶来加入第三团起义的弟兄一共是九个。”

“是，连你九个。”铁龙说。

“现在剩几个？”

“连你七个。”

“是啊，连我七个。这就是说，已经死了两个了。一个埋在了白沙，一个埋在了东门。现在，你们要走，那么，留在第三团的，就剩一个了，我石头一个！”

铁龙小声说：“老连长，你也走。”

石头转过目光，盯着说话者。

铁龙垂了脸，他知道自己说出这句话很冒失。

石头怒喝一声：“都伸出大拇指来看看！”

众人伸出拇指，低头看。石头说：“我们离开武汉的时候，九个弟兄，都伸出大拇指，伸在桌沿上，记得吗？我举起这把枪的枪托，砰砰砰砸，砸出九股血来！九股血滴在两斤白烧里，大家一齐喝了！都说要随我石头跟毛特派员去湖南暴动，都说革命不成功，誓不还家！娘的都还记得吗？”

农舍里一片沉默。

石头冷笑：“如今，仗还没打两天，血里就没有一丁点儿酒味了？”

铁龙小声说："老连长，部队号称一个团，实际上只剩下几百个人了，这仗还怎么打？老连长，你是学过黄埔的，你知道不能往虎口送食！"

石头不言，忽然，他取过一只粗瓷碗，又从一只米酒缸里倒出些许米酒，然后把自己的右手大拇指按住桌沿，干干脆脆对铁龙说："举枪，砸！"

铁龙愣了，石头说："砸！"

铁龙不敢走近，反而后退了一步。

"铁龙！"石头喊，声色俱厉。

铁龙只得走过来。

"砸！"

铁龙举起手枪柄，咬牙，狠狠一击。只听砰一声，便见血了。血从指甲盖的四周一齐渗出来，鲜红鲜红。

石头把自己的血滴入碗中。众人失色，你看我，我看你，都猜到下一幕戏怎么演了。果然，老连长又是一声暴喝："大拇指，伸过来！"

六个人一齐上前，六只左手大拇指逐个排列在桌沿上。老连长这样发话，他们不能不听。石头以独臂抓过手枪，举枪柄就从上往下砸。

砰！砰！砰！砰！砰！砰！

六股细血先后流了出来。六只流血的手，先后举在瓷碗上。碗里的米酒越来越红。石头说一声"喝"，便端起酒碗，自己喝一口，然后六个弟兄学样，一人喝一口。

石头厉声说："上回喝的是什么血酒？"

铁龙说："出征酒！"

"今天喝的是什么血酒？"

铁龙想不出是什么酒，看看众弟兄，大家也发愣。

"告诉你们，"石头说，"今天喝的，是来世酒！因为你们要走，我与你们六个弟兄今生再无法见面，唯有来世相逢！所以要喝来世酒！"

铁龙说："石头大哥，你真的不走？"

石头说："我走？我走哪里去？我身上每一滴血，都是共产党的！"

"老连长，"铁龙说，"那……我们就走了。"

六个人一齐慢慢转身。

"等等！"石头又喝一声。

六个人站定了。

石头指指自己眼睛："你们走之前，先把我眼睛刺瞎，我石头不能眼睁睁看着你们走！若是眼睛瞎了，啥也不见，心里还好受一点。"

六个人泥塑木雕似的，一动不动。

石头暴跳："刺我眼睛！快！"

所有的人都不敢动。谁敢动呢！石头抓起手枪，说："既然你们手软，不敢刺我眼睛，那就别怪我石头手硬，今天要拿弟兄们开刀了！"

众人大惊。石头厉声说："走一个，老子打一个！刚才喝了什么酒？来世酒！谁敢逃离革命，老子就打死谁，来世相见！"

六个弟兄全傻在那儿了。铁龙说："石头大哥，你不能这么做！"

石头怒不可遏："北伐军老规矩，哪个临阵脱逃，就叫哪个的后脑勺开喇叭花！"

看来，空气中的导火索快烧到尽头了。就在此时毛泽东进了门，他几乎是悄无声息地走进来的。毛泽东伸出手，轻轻按下了那支平伸在空中杀气腾腾的短枪。"把枪放在桌子上。"毛泽东小声说。

石头把手枪往桌上一扔。

毛泽东抬脸，平静地望着这六位已经换上了便装的班排长。毛泽东问："都想回家了？"

六个人均不吭声，脑袋垂在胸脯上。毛泽东说："告诉我，回去干什么呢？"

铁龙小声说："回去种田。"

"哦，那就回去吧，好好把田种好，"毛泽东说，"种田，也是一件大事。不管怎么样，我们一起参加暴动，总是朋友了一场。过去江湖上有句话，叫好聚好散，何况我们这支部队还不是江湖上的人马，而是共产党领导的专为穷苦人谋利益的军队呢！所以我们更加讲究同志间的情分。"

石头听着毛泽东的话，脸色更见阴暗，如一尊年久的断臂泥塑。他的弟兄要逃跑，他觉得自己特别没面子，尤其是出丑出在毛委员面前。

毛泽东说："今天，你们看看，你们的这位石头大哥是生气了，生大气了。不生大气，他是不会举枪的。我毛泽东呢，今天也有点生气，气你们。我生气在哪方面呢？我生气你们不讲个礼数。你看，你们六位弟兄要走，走就走吧，但是，你们就是不跟我毛泽东事先打个招呼。铁龙，我有句话，一直想告诉你。我知道你家里的田是冷水田，你这趟回去种田，我看，就不如不灌水，别再种稻了，改种豆子，这样，收成兴许会高一点。”

铁龙点点头。毛委员这么说话，他没想到。

“还有你，国成，你说过你爷爷是两条橡皮腿。这种粗腿病，别说中国郎中治不好，外国洋大夫也治不了。前几天打下东门市的时候，我专门问过东门庙里的那个老和尚。那和尚说，拿干桑叶，用水煮，搽在粗腿上，连搽一个夏天，就会消肿。这法子不管灵不灵，你回去之后，一定让你爷爷试一试。”

那个叫国成的排长拼命忍住泪水。“记住了，毛委员。”他说。

“还有你，你这个小颜，你是喜欢上了地主家的千金，被民团吊了三天三夜，打出村子的，你怎么能回老家去呢？你还是投亲靠友吧，换个地方住住，别回老家，不然又把你吊到梁上。想到你又要吊到梁上的那番情景，我毛泽东心里也不安生的。”

那个叫小颜的班长泪水汪汪。

“好吧，”毛泽东说，“今日分别，该说的，都说了，该给的呢，我毛泽东却一时没法子给。”

石头粗声粗气说：“还要给他们什么？”

毛泽东拍拍衣袋：“既然要上路，按道理，盘缠是要给一点的。可是我今天衣袋里裤袋里硬是没一文钱，真个是一无所有。”说着，毛泽东又走到桌子边，拿起石头的那支手枪。“其实，不光是我衣袋里一无所有，我看，他石教官的这支枪里，一定也是一无所有。”

毛泽东拉开枪机，抖一抖，果然不见一颗子弹。毛泽东叹息一声，说：“你们其实根本不用紧张，他石教官枪法再准，对自己的弟兄，也是下不了手的。”

呜！铁龙首先哭了出来。其余几个弟兄见状，也一齐哭了。

铁龙扭头就奔出门外。紧接着，其余几个弟兄也随之而去，像一阵风似的，刹那间都没有了。

毛泽东慢慢走到石头身边，拍拍这位独臂军人的肩，说：“石头，莫要焦心，队伍嘛，就如大河里的浪头，一波一波的。一波下去了，新的一波又会上来，你信不信？”

石头无言，低着头，随毛泽东走出门外。

他们抬头。在他们远望的视线里，六个退却者在遥远的秋野里慢慢地小成了六颗小黑豆儿。

石头说："毛委员，我石头出大丑了。我虽然不至于打死他们，可是心底里，确实是恨死他们了！"

"把恨留给帝国主义和新老军阀吧，别恨自己弟兄。再说，石头，你敢担保这六位弟兄今后就一定不再投身革命了？"

石头没有回答这句话，忽然间就张大了嘴巴，尖叫一声："毛委员！"

"怎么？"

"他们回来了！"石头惊喜地大叫，"毛委员你看，他们……回来了！"

远远望去，果然能看见六粒黑豆儿正在跌跌撞撞地往回滚动。毛泽东凝望片刻，长叹一声："好鸟知林！是一群好鸟啊！"

石头说："毛委员，你可以给我更大的官做了！"

毛泽东觉着意外："怎么？"

"我现在真正明白，怎么样领兵打仗了！真的，毛委员，我想，我能够领更多的兵了！"

正在毛泽东凝视着他手下的逃兵在慢慢返回时，在离他们二三十里地的山头上，国民党新八军军长也在慢慢地放下手中的望远镜。

副官从旁报告："被击溃的共产党中秋暴动军第一团、第二团与第三团残部，已奉毛泽东命令，正在合为一股。"

军长放下望远镜，微笑："毛泽东做得很好，正好让本军长瓮中捉鳖。"

"据侦察，三个团的残余兵力仅为一千余人。"

军长继续微笑："这就不好了，本军长不喜欢不堪一击。"

所有站在军长周围的军人都笑起来。

军长又慢声慢气地说："残兵败将全部集中，也只有一千多号人，本军长真是为这个毛先生可怜啊。毛泽东看来也是个不服输的人，困兽犹斗，可是他又斗得过谁呢？在中国这块土地上，共产党再折腾，也成不了气候。副官，记录！——电告汪主席，同时电告蒋总司令：本军抓住毛泽东、剿灭湘赣境内暴动军残匪，指日可待！"

第18章

中国革命现在走进了山里

青石板铺就的小街在一双坚硬的皮鞋底下，不时发出咯噔咯噔的响声，这是歪歪斜斜的石板在先后叫唤，不时有一些昨夜的雨水飞溅起来，搞得这位路人很是狼狈。

走路的是一个头戴礼帽身穿白西装的年轻人。在这一天的拂晓时分，他走过湿漉漉的小街。他走路的样子有点张皇，这种步姿容易使人起疑。

就在这条文家市小街上，天色微明时分，这位来不及狼狈的年轻人拦住了一位挑水的孩子，拦得果断而又客客气气。

他小声说："小哥呀！"

小扁担站住了。他头一回听到一个有钱人喊他小哥。"革命军毛润之先生住在何处？"那人问，笑嘻嘻地。

小扁担轮流看着对方的两只打湿的裤管，说："你是什么人？"

路人一脸和气，说："小哥，鄙人姓陈名三，在此不远之处筹开一家机器厂。鄙人是毛润之的朋友。"

小扁担心里越来越警惕。小扁担看看天，天正亮起来。

这是敌情，小扁担心里想。

现在的时间是9月20日的凌晨。秋收起义军第一团、第二团和第三团的余部是昨日才会师文家市的，拢共有一千五百人光景。小扁担昨日晚上还看见过毛委员，毛委员独自在一家祠堂门口散步，像是在思考什么很窝心的问题。小扁担自然不知道这一天中共中央仍旧作出了攻打长沙的决定，也不知道毛泽东内心晃着多大的水花。但是有一点他是知道的，那就是仗很难打，大家说法很多，军队不好带，许多弟兄想脱离队伍。在这样的时候，一个有钱人一大清早就鬼头鬼脑地来文家市打探毛泽东，绝对不是好事。

小扁担于是说，好吧，这位大哥，我告诉你。他笑眯眯地放下水桶，抽出扁担，突然用扁担一个横扫，一下子便将那个戴礼帽的家伙打跌在地上。

陈三叫：“哎哟！哎哟！”

小扁担像一头小狼一样扑上去，熟练地按住对方手肘，大声喊：“抓国民党探子呀！”

探子顷刻就被很多手臂扭住，送到了第三团军事教官石头住宿的瓦房。他被强行按坐在小竹椅上。石头甩着独臂，绕着小竹椅子慢吞吞走了一圈，神情有些焦躁。“看你这副嘴脸，就是国民党探子！”石头说，“你赖什么？”

陈三说：“鄙人实是有要紧之言面禀毛先生。官长有所不知，毛润之先生在韶山救过鄙人的命，鄙人也曾捎信让毛先生逃避追捕，说起来也算是救过他的命。”

“一派胡言！”石头以独臂拍桌，“你以为我胳臂缺了一半，脑子也少了一半？来人，搜身！”

搜身结果，并无发现携带行刺器械。石头思索一下，努努嘴，示意战士们退出门去。

门一关上，石头便拖过一张板凳，在这位可疑的年轻人面前坐下来，表情忽然和颜悦色了，说：“现在请你告诉我，你见毛润之先生想说什么话？”对方顽固，只说鄙人请求面禀。石头说，我请你告诉我，听见没有？你若不告诉我，你将是第九只鸡。你知道吗，昨天这镇子上一共杀了八只鸡，今天还没开杀呢。

陈三说，我能抽根烟吗，长官？

点上一根美丽牌香烟之后，陈三说，鄙人素来敬佩毛润之，鄙人认为，润之先生是我们国家的栋梁之材。值此时局严重关头，鄙人想当面对毛先生说，该偃旗时偃旗，须息鼓时息鼓，万勿死撑苦斗，力避全军覆没，留有火种为上，以图他日再起。

石头说，放你娘的狗屁！说你是国民党探子还是小看你了，你是国民党说客！

“我就是来当说客的，可不是给国民党当说客，长官您可知道，共产党南昌暴动之军队已经没有出路了？”来人说。

你有屁就放，石头说。

于是那人说，长官，鄙人订了不下二十种报纸，每天都看。据鄙人所知，南昌起义军已经在广东陷入重围，国民党方面的第七军、第十六军、新编第一师、第四师、第二十师正在全力围堵，双方实力，实在悬殊得很。半个月之前的会昌一战，光是贺龙的第二十军，就死了一千人。长官，不是鄙人危言耸听，南昌义军已是穷途末路，难以逢凶化吉了。

石头听得双眉打结。南昌起义军打得苦，他是知道的。但是今日这个说客直接说出“穷途末路”四字，他一听还是觉得心惊肉跳。

在广东这个潮湿多雨的秋天里，分兵之后的南昌起义军如河中的树叶一样，漂散了。最后被打散是在陆丰附近，敌东路军的两个师狼群一样咬上来，厮杀三个钟头，二十军余部彻底溃散。在这以后，发烧高达四十度的周恩来，一连几天都忙于安排起义领导人和党政干部的秘密撤退。

贺龙很固执，他不听周恩来的安排。一个军打光了，很惨，贺军长的心境可以理解。

这是海陆丰地区一个村民的茅屋，身患恶性疟疾的周恩来从担架上支起身子，用深凹的目光，长久地看着贺龙军长，说：“你还是换吧。”

“我偏不换！”贺龙把战士递上的一件灰布长衫扔在一边，“为什么要换下军装？我贺龙自从穿上这件军装起，就没想到过脱！我可以对不起天，对不起地，对不起爹娘，甚至可以对不起这支枪，可是不能对不起这身军装！”

周恩来坐了起来。他的脸是青颜色的，眼窝如井。周恩来坚持请贺军长化装转移。他吃力地说：“贺军长，今日脱下军装，就是为了日后重新穿上军装。这个道理，你应该是懂得的。今天，你无论如何听我周恩来一句。”

贺龙终究没有顶住周恩来凹陷的目光，他举起手，解了几颗衣扣，又停了下来，说：“恩来同志，我贺龙没有读过多少书，可是有一句话，我是记住了的，那就是：丈夫立志，如山有根，不可移也！这身戎装，就是我的丈夫之志！人凭衣装，佛凭金装，好佛不也是靠了一身黄皮吗？”

“贺军长丈夫之志，恩来素来钦佩，只不知贺军长所言之丈夫，是大丈夫还是小丈夫？”

“当然大丈夫！”贺龙瞪眼。

“那好，”周恩来说，“有一句话，我也是记住了的，那就是：大丈夫能屈能伸！”

贺龙沉默了。后来，他脱下了军装。

“就当蛇蜕一次皮吧。”他这样说。

“贺龙同志，你哪里是蛇蜕皮，你是龙蜕皮！只要是一条好龙，就不怕蜕皮换甲！”

这句话叫贺龙感动了。贺龙突然上前一步，蹲下来，与担架上的周恩来紧紧地拥抱在一起。

“我是新党员，”贺龙说。贺龙是在起义部队南下途中才加入共产党的，由谭平山、周逸群当介绍人。“我贺龙这辈子跟定共产党了！恩来同志，你放心，我回湘鄂西去，我蜕皮换甲！我不重新拉出一支队伍来我不叫贺龙！”

周恩来用虚弱的手轻轻拍着这位汉子魁伟的肩膀，他感觉到这副肩膀一直在轻微颤抖，仿佛像自己这副打着寒热摆子的病体。

南昌起义军主力所处的这种绝境，远在湖南浏阳文家市的石教官是不可能想象得到的，但是局势的危急程度，他已是充分感受到了。此刻，坐在他面前的这位穿着白色西装的“国民党探子”的每一个面部表情，都使他感到紧张和厌恶。他觉得这个探子就是一条狠狠咬你一口之后还要卖乖的狼，它在分析你的肉的香味和耐嚼的程度。

他继续听这个探子说话。他说：“你说！”

“长官，南昌的暴动军，是没有出路了。而对你们的中秋暴动之军，鄙人也着实捏一把汗。”

“说下去。”石头说，他觉得自己额上的青筋在噗噗直跳。

来人胆气大了，继续说下去：“贵党贵军虽有志为民造福，公平天下，但依目前情形而言，仍显势孤力单，兵寡枪稀。兵寡枪稀之军，实不可硬拼。定要硬拼，必以卵击石，以溃告终。长官，恕鄙人直言，你们是当局者迷，鄙人是旁观者清。若今日鄙人不将这番话面禀毛润之先生，及时送一帖苦口良药，则实是对不起他当年的救援之恩了。”

石头耐住性子听着这个探子的絮絮之言，但不愿意接触这个探子可憎的目光，尽管探子一直满怀希望地盯着他的脸。

石头又垂眼走了一圈。

陈三看着这个独臂军官的背影，忽然眼泪汪汪了：“长官，鄙人本不该前来冒死相谏，实在是感念毛润之先生多年为湘民奔走呼号，侠肝义胆，高风亮节，鄙人真不愿看见毛润之先生于今慷慨赴死啊！”

石头眼睛看着窗户，问：“说老实话，你到底是什么人？”

“官长，我不说谎，我真是毛先生的朋友，”陈三急了，“官长只要禀告毛先生，说我的太太是英国人，叫玛利亚，毛先生一杯茶是一定会泡给我喝的。两年前，有人要缠我太太的小脚，就是毛先生死死拉住裹脚布不让缠。”

“他不让缠，我来缠，我缠死你！”石头嘟哝着说。

陈三不明白这位官长嘴里嘟哝一些什么，但总觉得事情有点不妙。

“来人！”石头果然怒喊一声，两位士兵应声而进。“扒下这小子的衣服！”

陈三惊愕，从椅子上蹦起来：“官长！”

“对不起，借你一身皮用一用！”石头狠狠说。

任凭这位探子如何挣扎，白色西装还是一下子就被剥下来了，外裤也扒了下来，礼帽也被收缴。

陈三忽然不再作抵抗了。他穿着白衬衣，光着腿，似笑非笑地看着这位喜怒无常的独臂长官。

你笑什么？笑个屁！石头的眼睛冒着兽一样的凶光。

“官长，”陈三一下子显得非常顺从，话音充满体谅，“鄙人已明白长官为何要这身衣服了。这里还有一把小木梳，鄙人经常梳头用的，长官一并带上。”

石头抓过小木梳，塞进西装衣袋，然后对战士们冷声命令：“把这位先生的眼睛蒙上，赶出文家市三里地！”

毛泽东的寝房设在文家市里仁学校，毛泽东起身很早，他喝一碗稀粥，一边喝一边琢磨今天的全体官兵大会怎么开。

天还没有大亮，窗外鸡叫声一直此起彼伏。这时候他就听见门外有人小声喊报告。那声气，仿佛是石头。

“进来！”毛泽东放下碗。

果然是独臂石头，手里端着一个很大的布包。毛泽东问他什么事，他说：“毛委员，你眼圈都黑了。你是一夜没睡？”

“我一夜没睡不是稀罕事，你石头一大清早来敲我的门，倒是稀罕事。说吧，什么事？”

石头一时无言。毛泽东用毛巾擦擦嘴，奇怪了：“有什么事不能说的？”这时候石头就抖开布包，取出白色西装和西裤，还有一顶礼帽。他把这些东西一股脑儿往毛泽东面前一推，但是毛泽东还是看不明白。

“毛委员，你要赶快走。”石头急了。

毛泽东一时打愣：“我走？”

石头小声而急速地说：“国民党新八军从四面八方上来了，我们三个团加起来拢共一千五百个兵。我想过了，没法子拼的。毛委员，你不能作无谓的牺牲。我们留在这里掩护你。这套衣服，你合身的，你赶快穿上走。这里还有把小梳子，你常梳梳头。毛委员，你拿出这种派头，敌人不会认出你！”

毛泽东走了两三步，心里想，这个石头，这个石头。

“毛委员！”

毛泽东坐下，说：“前几天，你要枪毙逃兵。今日里，你又动员我毛润之当逃兵。”

“毛委员，你亲手领我参加了北伐军，走上革命道路，你是我的大恩人，也是我全家的大恩人。我早看出来了，中国革命不能没有你！这一回暴动倒了旗，不是说今后中国就没有暴动了。毛委员，只要有你在，中国的大革命迟早会成功！”

毛泽东接过小梳子，梳梳头。头发太硬，一下子梳不通。毛泽东笑了几声。

石头求告地说：“毛委员！”

“我走了，你们呢？”

“我们？我们就跟国民党反动派拼了！杀一个，够本！杀两个，赚一个！我们怎么办，毛委员你别管，大帅别管小兵，管小兵的就不是大帅了。毛委员，你只顾自己赶紧走，你南走香港也行，北去俄国也行，你一定要避一避，避过这一劫，再拉队伍，保不定就成功！我石头要是此番不死，过几年，千山万水也再来投奔你毛委员！”

毛泽东想，这些话，倒是石头的真心话。

“毛委员，你别担心我们，你可以听听，我们三团的官兵都是怎么说的！”石头突然把门拉开。

门口站着铁龙，还有五六个士兵，他们一见门开，便一起涌进来，一迭声地说：“毛委员，你别担心我们，我们能坚持！我们就是拼光了，也要打开一条血路，让你毛委员走！”

毛泽东感动地看着这几个士兵，说：“你们都把大拇指伸出来看看，大拇指上都还有伤啊。”大家说：“是啊。”毛泽东说：“我很感谢你们的勇敢啊。”

毛泽东后来说，大家还是先参加官兵大会吧。

一个钟头之后，全体官兵大会召开了。大会场就是里仁学校那个坑坑洼洼的大操场，一千五百多名官兵全站到了一起。

司令台上出现了毛泽东，但是他此刻的装束显得特别奇怪：头戴浅色礼帽，身穿白色西装，下面却依然是一条老蓝布裤，脚蹬一双草鞋。

队伍顿时叽叽喳喳一片，如蜂群飞起。

起义军总指挥卢德铭举起手，挥半天，喊："请同志们安静，现在请中央来的毛委员给大家讲话！"

毛泽东看着大家，满脸都是笑。一千五百多名官兵渐渐安静下来。毛泽东说："工农革命军的同志们、弟兄们！我们不少同志都觉得，这一回的秋收暴动，已经没有胜利希望了，他们动员我毛泽东化装撤退，看看，他们就送来了这身衣服。他们说：我们能打开一条血路，让你毛委员走！同志们，打开血路，这四个字分量足呀，这是一句好话呀！就凭这句打开血路的誓言，我就可以断定，我们革命军的士气，还是足够高的！我们革命军的力量，还是足够强大的！我们的革命，还是有胜利的出路的！只是，你们不要为我毛泽东一个人打开一条血路，你们要为中国革命打开一条血路！"

起义军士兵们穿着被硝烟熏黑的军服，扶着枪，一个个瞪圆了眼睛。

"要夺取革命的胜利，没有破釜沉舟奋战到底的决心，行不行呢？我看是不行的！这次武装起义，受了挫折，算不了什么！胜败乃兵家常事，哪一次胜利，不是从失败中得来的呢？既然暴动了，我们就豁出去了，我们就要像古人说的那样，敢于破釜，把锅子砸掉，敢于沉舟，把后路断掉！我毛泽东今日无釜可破，无舟可沉，但却是有帽可弃，有衣可毁！弃帽毁衣，也就是破釜沉舟！我们决不后退，我们一定要拿出全部的力量与国民党反动派斗争到底！"

说到这里，微笑中的毛泽东以坚决的手势拉下礼帽，脱去西装，露出一身老蓝布衣服。

全场忽然活跃起来，有人喊口号，手臂举起："破釜沉舟！""革命到底！"

来自第二团的黑筐一遍遍振臂高呼。他听过这位毛先生讲过许多话，也看见过毛先生在长沙车站抱着小小油灯尸体之时掉下了眼泪，但是这一回，他听毛先生讲话，比任何时候都觉得热血沸腾。

石头站在讲台边，没有举手喊口号，他低着头，很有些泪眼迷蒙，也很有些悔意。

队列里唯有小扁担一声不吭，他眼睛里带着些许迷惘。有些革命道理，他还并不怎么懂，他只知道毛委员在说他带头不做逃兵，他还准备继续打仗。

毛泽东待口号声平静一些，继续说：“当然，有些人走了，他们经不起考验，从革命的队伍中逃跑了。这算不了什么。革命队伍中少了一些三心二意的人，只会更加巩固。俗话说得好，万事开头难。革命嘛，就万万不要怕困难！”

士兵们又高呼：“不怕困难！”“攻打长沙！”

“不，同志们！”毛泽东举起手，让大家安静下来，“我听见许多同志在喊：攻打长沙！攻打长沙！按秋收暴动原先的计划，是要攻打长沙的。大家也都想进长沙。我毛泽东家居长沙，我也想打回去。长沙好不好呢？长沙好。可是，长沙现在打不下来。别说打长沙，就是去长沙的路，我们也走不了几步。敌人已经用重兵在封锁、包围我们了。长沙那样的地方，目前阶段，还不是我们去的地方。既然不能去，那好，我们就不去。不去长沙，我们又到哪里去呢？我们到敌人管不着或者难得管的地方去！到乡下去！在乡下站住脚跟，养精蓄锐，发展我们的武装力量！今天开过大会之后，我们就出发，到湘赣边界的罗霄山脉中段去，在那儿好好找个落脚的地方！”

蜂群又飞起来了，里仁学校的操场一片嗡嗡之声，一种崭新的思路开启了众人的心，像打开一只蜂箱。

毛泽东知道自己的演说成功了，或者说，基本成功了。在最黑暗的环境里引入一线真实的亮光，在最困难的时候紧密地集聚人心，是一门艺术。

毛泽东大声说：“同志们啊，我们现在好比一块小石头，蒋介石反动派好比一口大水缸。但是，同志们，总有一天，我们这块小小的石头，能够打烂蒋介石那口大水缸！”

毛泽东听到了掌声。掌声似潮。毛泽东很满意。但是，同时，毛泽东从这些分布不均匀的掌声里，也听出了许多犹豫和不安。

在接下来的几天里，部队一直在行军。

部队情绪两极分化，振奋的非常振奋，颓唐的更加颓唐。各营、连陆续出现了开小差的。对于沿罗霄山脉南下，对于向江西萍乡、莲花前进，准备上山，许多人疑虑甚至恐惧起来。上山，不就是为匪了吗？若老躲山上，不能下山，不能入城，革命还有什么出路呢？逃兵于是越来越多，有的甚至出现了成班逃跑的。眼睛发红的石头开始抓逃兵，有一个晚上他与铁龙一共在树上吊起了八个人，皮带都抽断了一根。

毛泽东对好几个营、连出现的“官多兵少、枪多人少”的现状，越发忧虑。他想，部队只剩千把人了，该整整行者的绑腿了。共产党领导的人民军队与传统意义上的“绿林好汉”，应该是有非常本质的差别的。这种差别应该仔细找一找。溃散，只能以思想阻止，皮带不行。

毛泽东连续几天脚都很痛。石头拉来一副担架要抬他，毛泽东摇手拒绝。“走走好，”毛泽东对石头说，“走路的时候，我就能更好地想想如何走路的问题。”

对于正在走路中的一千名工农革命军官兵而言，9月25日的芦溪镇一仗，又是大伤元气。国民党朱培德部特务营和保安团在芦溪镇外进行了一次成功的伏击，子弹的呼啸声和咒骂声像密密的罗网一样罩上来。

面对弹雨，毛泽东镇定自若。他半跪在一株灌木丛后面，不断地下命令指挥突围。石头奔过来，冲毛泽东狂喊：“趴下！快趴下！”

毛泽东没理会，继续喊：“快抢占左边高地！”

石头推倒了毛泽东，并且一下子伏在他身上，几乎同时，一枚炮弹在他身边爆炸，灼热的气浪使毛泽东的耳朵聋了好长时候。

他爬起来的时候，突然发现石头不动了。石头的太阳穴上，出现了一根弯弯曲曲的血蚯蚓。毛泽东惊得失声大喊：“石头！石头！”

石头仰脸看天，瞪着空洞的眼睛，说：“姐姐……我……见你来了……”

毛泽东说：“你说什么，石头？”

中午过后，一切都沉静下来了。到处都是掩埋尸体的铁锹声。工农革命军官兵死伤两百余人。黄埔二期毕业生、二十二岁的起义军总指挥卢德铭也中弹身亡。卢德铭北伐时曾是叶挺独立团的干将，后来任第二方面军总指挥部警卫团长，拉着警卫团赶南昌暴动没有赶上，就顺势参加了秋收暴动队伍。

掩埋卢德铭的时候，毛泽东掉了眼泪。五分钟以后，毛泽东又再次泪流满面，那时候他看见了那副以树枝和草绳编就的简易担架。那副担架一路抬了过来，放在简易墓穴的边上。毛泽东一眼就认出了担架上军事教官石头那血迹斑斑的遗体。

石头的一只空袖管耷拉着。

铁龙放下担架，泣不成声，连声喊老连长。

毛泽东在担架边蹲下，伸过手，抚抚石头的血脸。毛泽东说："石头啊石头，我毛泽东曾经托付过人，说万一发生不测，一定要想办法让你跟你父母和姐姐团聚于长沙。于今看来，我毛泽东只能食言了。石头啊，这里离三湘之地不远，看来山色也青翠，你就安睡于此吧。"

铁龙准备搬动遗体，毛泽东忽然说："慢！"

士兵们停了手。毛泽东问："这就是石教官的枪？"

"是啊，"福顺大叔把一杆半截子步枪递给毛泽东，"他的枪托早就打断了。"

毛泽东说："中国人讲究全尸。石教官凭一条臂膀，教会了大家枪法。如今他走了，不能再让他空袖而去。他这把打断的枪，我看，就是他的左臂。"

众人一愣。

毛泽东仔细看看半截子枪托上刻着的一个"石"字，一声叹："好手！"

福顺大叔涌出眼泪，说："好手！"

黑筐也说："好手！"

毛泽东说："石头啊，我毛泽东虽然没有学过医，但是今日，也让我来为你接接臂吧。"他复又蹲下，轻轻托起石头遗体的一只空袖管，拉直，将步枪管缓缓塞入。

石头顿时有了饱满的两只手。

毛泽东站起，行举手礼。举手之时，他晶莹的泪珠就跌落下来了。

半个钟头后，毛泽东转到了山坡的另一边，这时候他又惊讶地看见了小扁担。小扁担活着，但是这个十五岁的孩子此刻的状况是躺在担架上，脖子上胸脯上都是血。

小扁担吃力地睁开眼，看看毛泽东，嚅动起嘴唇来。他说："官长，你什么都懂，我，还能问你一句话吗？"

"问吧，小扁担。"看见小扁担脸白如纸，毛泽东心里难受。

"官长，我才十五岁，我……为啥要死？"

毛泽东一皱眉。这是个什么问题？这问题，想想最可笑，想想又最不可笑。毛泽东一时真想不好怎么回答。他看着小扁担暗淡的大眼睛，眼神里满是渴求。

毛泽东想一想之后，俯下脸去，轻轻说："我告诉你，小扁担，你今天负了伤，是因为你今天打了仗……"

"我为什么要打仗？"

"因为你是士兵。你参加了工农革命军。"

"我当兵，只是想吃兵粮。我不想饿肚子。"

士兵们静悄悄地围拢过来。其中有许多是挂花的，满头绷带。他们一起聚拢，听来自中央的毛委员解答一个十五岁伤者的疑惑。

毛泽东继续说："'竖起招兵旗，自有吃粮人'这句话，小扁担，你听说过没有？"

"听说过。"小扁担虚弱的眼睛眯成了一根针。

"这句话，其实不对。当革命军的兵，就不是光为自己来吃粮的，而是为了让天下穷苦百姓都有粮吃。我们中国，什么都缺，就是不缺招兵旗！历朝历代，都有招兵旗竖在那儿，可是又有哪朝哪代，天下人不饿肚子？我们要把'竖起招兵旗，自有吃粮人'这句话改掉，改成'竖起招兵旗，天下有粮吃'！这才是我们参加工农革命军的目的！我们的招兵旗，就是党的旗！工农的旗！镰刀锤头的旗！"

所有的眼睛都看着毛泽东。毛泽东自己也觉得这些语句铿锵有力。于是毛泽东又俯下脸，问："小扁担，你现在知道你为什么当兵了吗？"

福顺大叔在一旁代为回答："毛委员，他不知道了。"

毛泽东一怔："什么？"

福顺大叔说："他已经没有了。"

小扁担安详地闭着他的深凹的眼睛。毛泽东除下了自己的灰军帽。

四天之后，毛泽东双手捧过小扁担一直在使用的一根油光滑亮的青竹扁担，将之放在一张充作会议桌的黑色八仙桌上。这时候，马灯的火苗将毛泽东的半边脸庞映得通红。

时隔芦溪镇之败四天，在江西永新县三湾村，中共前敌委员会举行了扩大会议。毛泽东在这次会议上又一次提到了小扁担。

毛泽东说："昨日晚上，直到鸡叫，我还没睡着，我一直想着这根扁担。这根扁担的主人才十五岁。我们革命军打下东门市的时候，他才从国民党的监狱里放出来。我记得他一口气喝了六碗粥，死活要求当兵吃粮。四天之前，他牺牲了。他闭上眼睛之前问我：我才十五岁，我为什么要死？我为什么要打仗？”

福顺大叔的眼睛很圆，黑筐的眼睛也很圆。

“是啊，”毛泽东看着悬在头顶的马灯。马灯嘶嘶作响。“为什么要死？为什么打仗？这句问话，虽然出自一个十五岁的孩子，但是，做人的道理，天下的道理，都尽在其中了。此话之大，犹如乾坤啊！”

门外有风，树叶沙沙作响。毛泽东知道在门外的风里弥漫着的，不是细细的黄沙，而是不可遏制的失败情绪。

毛泽东顿一顿，继续说：“现在，摆在我们起义部队面前的问题，严重得很。军队疲惫，士气不高，每天都有开小差的。几天前我们还有一千多人，现在连一千人不到了。不少士兵每天都互相问：你走不走？我们的战士在大会上呼口号很响亮：打倒军阀！革命到底！可是，许多人心底深处，还是悬着个大问号，就如这根扁担的主人在牺牲时候问的：我为什么要死？我为什么打仗？这个问题不解决，我们革命军的军心是不会巩固的，我们是承担不了长期抵抗的任务的。那么，谁来告诉我们的战士：你们为什么打仗？你们为什么要死？你们为什么而死？我，当然可以告诉大家，但是我毛泽东只有一张嘴巴。你们也可以告诉大家，但是你们的嘴巴加起来，也不超过十张。而且，这个犹如乾坤般大的问题，我们须得年年讲，月月讲，日日讲，每一日不讲都不行。那么，这么多的嘴巴，又从哪里来？”

黑筐提议：“每个团都成立一个宣讲队！”

毛泽东说：“不是每个团，而是每个连！也不是宣讲队，而是中国共产党的支部！”

许多人听了发愣，党的支部？怎么建？毛泽东说：“这个问题，我整整考虑了一夜。我建议，我们这一回在三湾，将部队好好整编一番。我们一定要建设一支新型的人民军队！首先是整编组织，把全师缩编为一个团，也就是：工农革命军第一师第一团，下辖的营呢，也就两个，就两个营，共七个连！另外，设立军官队、卫生队。对于军队中动摇不定的人，采取自愿原则，愿留者留，不愿留者，欢送，发给路费。”

罗荣桓站起来说：“欢送？毛委员，能欢送吗？欢送，不就走光了？”

“我们队伍中的坚定者，还是居大多数。他们对蒋介石、汪精卫叛变革命根之入骨，他们愿意跟着中国共产党革命到底。至于我们队伍中有些小知识分子，有些旧军官出身的人，他们确实看不到革命的前途，悲观动摇，这些人留，留又何益？他们要走，我们根据路途远近，每个人发三元到五元钱路费，还可以开一张证明信允许离队，并且希望他们回到本地，继续革命，将来愿意回来，还可以回来！这样行不行？”

大家议论半天，最后统一思想，说行，而且这个法子还是挺好的，于是毛泽东点着福顺大叔说：“这件事，福顺同志，你办一下。”

福顺大叔应得干脆，说：“我办我办，我这人，自小就会刮痧子挤脓包。”

毛泽东继续说：“同时，我们要在部队内部，实行官兵平等的民主制度，废除打骂，经济公开。在连、营、团三级，建立士兵委员会。同志们，建立新型人民军队，还有最重要的一条。最重要的一条是什么呢？那就是在部队建立党的各级组织。我们要将党的支部建立在连上，班、排设党的小组。过去，我们起义部队也有党的支部，党的支部建在团上，实践证明，建在团上没用，高高在上，掌握不到士兵的实际思想情况。支部建在连上，就可以每天了解士兵的情况，更好地教育和团结士兵，发挥支部的战斗堡垒作用。如果哪一天，有同志产生疑惑：我为什么当兵？我在为谁打仗？我为什么要死？我们连队党支部的同志，我们班排党小组的同志，就会明确地告诉他们：你们是为全中国受压迫人民的根本利益在战斗，你们是为你们的父母、兄弟、姐妹不再受帝国主义和封建主义的奴役在战斗，你们就是战死了，也是为在中国实现共产主义的理想而死，为中国的光明前途而死！”

“对，对。”与会者频频点头。

毛泽东又说：“我们若是在每个连队都高高竖起镰刀锤头的旗帜，我们若是有了一支由中国共产党领导的新型人民军队，我们就会有一种磐石一样的力量，我们哪怕人数很少，也永远打不败拖不垮，我们将百折不挠、无往不胜！”

这些建议，都是毛泽东潜心思考之后提出来的。最后，前敌委员会完全同意毛泽东的这些意见。于是，在三湾这个有五十多户人家的大村庄里，整整五天，不到一千人的部队像被放在砧石上轮流锤打了一遍，直打得嗽嗽出声，通体透亮。

毛泽东很满意这次三湾改编，他认为这是中国共产党建设新型军队的重要开端，军队的营、团都建立了党委，他第一次为工农革命军建立了党委集体领导制度，共产党对军队的绝对领导由此起始。

那一天毛泽东大声宣布了工农革命军第一师第一团新的干部名单：团长陈浩。一营营长原一民，党代表宛希先。三营营长张子清，党代表何挺颖。特务连连长朱建胜，党代表罗荣桓。军官队队长吕赤。卫生队队长曹镑，党代表何长工。

10 月 3 日，毛泽东率领整编后的工农革命军离开三湾，向井冈山进军。出发的这一天他神清气爽，站在路边对着行进的部队大声说："同志们，贺龙两把菜刀起家，后来就带了一军的人！我们有两营人，还怕干不起来吗？我们今天胜利上山，为的是明天胜利下山，明天，我们一定能打到长沙去，打到北京去！"

士兵嗷嗷叫："打到长沙去！打到北京去！"

毛泽东知道，这些士兵统统是铁着心革命到底的士兵，他们能一直走到罗霄山脉的心脏里，并且能在那里安心地住下来，并且最终还能从那里走出去。

而在同一个金秋十月，由朱德、陈毅率领的南昌起义军一部，也辗转进入了江西。这支队伍在激战三河界之后，一无供给，二无援兵，连打带跑，处境很有些惨，连日来都有人丢了枪跑的。

"朱军长，"行进在树林里的队伍忽然有人大喊，"人一天比一天少，我们怎么办呀？"

没有朱德的命令，队伍就先停了下来。穿着一身破烂军装的朱德也只好站住了。林间厚厚的枯叶在他磨烂的鞋底下叽喳作响。他看见了许多眼睛。这些目光都带着思想和肌体的双重饥渴。朱德很明白他的队伍的状况，一路上他说了许多话，做了许多工作，但是他知道他还必须说更多的话。

陈毅也说："朱军长，你说几句吧。"

朱德说："好，我再来说一说这个怎么办的问题。"

人群围拢过来。遮天蔽日的树林子哗哗哗响。朱德看见了越来越多的眼睛。

"下一步，同志们，我们怎么办啊？"朱德高声说，"这当然是个大问题，谁都在问这个天大的问题！能够大声问出来的，不拖枪逃跑的，是好同志！那么，怎么办呢？好办，打游击呀！江西这一带有大革命时期的农民基础，只要我们跟农民运动结合起来，找个地方站住脚，然后，我们就能大发展啊！”

“没人发饷了。”有人喊。

朱德说：“我们干革命，有饭吃就行了，要什么饷呀！”

“不发饷，拿什么买米呀，朱军长？”

朱德说：“没钱买米，也好办，我们就直接到土豪家挑谷去！”

有人笑起来，笑的人越来越多。笑声未了，忽然有个喘着气的士兵来报告，说是逃跑的林连长回来了。

一阵树叶响之后，一个二十岁的瘦削的小伙子就被推到了朱德面前。小伙子说：“报告朱军长，我说明一个问题，我不是逃跑，我是往山下去看情况。”

“你是七十三团的？”朱德看着他那一身褴褛的军衣。

“报告军长，我是第七十三团第二营第七连连长林彪。”

“离开部队的时候，跟谁打了招呼没有？”

林彪一时语塞，左看右看，似乎想找什么人作证明，朱德马上说：“没关系，没关系，林连长走也好，去查看一下敌情也好，都没关系。回来了，跟上队伍了，就是大家高兴的事。你看，你腿都伤了，一边流着血，一边还能找回部队来。你不容易啊！”

陈毅走上前说：“林连长，你先坐下，歇一会儿。”陈毅取过一块白色绷带，蹲下来，亲自为林彪缠裹小腿肚子。

其实，陈毅是知道林彪的想法的。三天前林彪就找到陈毅说，现在部队打不了仗了，一碰就垮，一忽儿一个营长跑了，一忽儿一个连长溜了，甚至还带着部下走，带着老乡走，与其等部队彻底垮了大家当俘虏，还不如现在大家都穿上便衣就地疏散，到上海去，东山再起。陈毅当时就给他打了气，说部队不能散，打游击还是有发展前景的。这一会儿林彪下山，可能是去查看敌情，也可能是脱离队伍，但林彪这个年轻人是有人生理想的，即使是脱离队伍，也不至于脱离革命。

林彪沉默了一会儿，说话了，声音有些哽咽：“军长，同志们，你们不要误会我，我真是去查看敌情的，知己知彼才能百战不殆，不然我也不会瘸着跑回来。军长，真的，看着部队涣散我很难过，我愿意革命到底！”

“好，这句话，就说出革命军人的志气来了。”朱德很满意这位瘦削的小伙子的表态，他听说过这位年轻的连长打仗很勇敢，此刻这句话应是他的肺腑之言。这样的小伙子是值得信赖的。朱德想了一想，一个虎跃跃上土坡，挥起手臂，对聚集在树林里疲惫不堪的部队大声说：“同志们，大家都知道，中国的大革命，是失败了；我们起义军，也失败了。但是，大家要把革命的前途看清楚。我有一个比方，1927 年的中国革命，就好比 1905 年的俄国革命。俄国 1905 年革命失败之后，革命者没有退却，所以他们在 1917 年就把革命干成功了！我们中国，也会有胜利的‘1917 年’的，大家说是不是？所以，我们一定不要气馁，我们要坚持到最后胜利！”

朱德说得很实在，树林里的许多人都被他打动了。一只松鼠从朱德头顶的一根树干上纵身一跳，蹿到了另一根树干上。

“同志们！”朱德又说，“虽然我们每天都在走，前面有堵的，后面有追的，我们还不知道哪个地方是我们的家，但是，我们会找到一个家的。我们一进入江西，江西当地的同志不是先后都来联络了吗？他们告诉我们，这里的群众还是非常欢迎共产党的队伍的！当然，眼下我们很艰苦，天凉了，大家还穿着 8 月份发给大家的单衣，每夜冻得发抖，我朱德看了，也难受。革命，确实是艰苦的，有人不适应，也是难免的。现在我宣布，要革命的，跟我走，不想再革命的，可以回家，我们不勉强，真的不勉强，把枪留下就行。”

有几个士兵犹豫了一下，当场就放下了枪，低了头，转身就走。

朱德回头，低声对林彪说：“林连长，你若是家里有困难，也可以走。”

林彪说：“我不走，我本来就没有打算走！我跟定朱军长了！朱军长还是不信任我？”

朱德拍拍这位年轻人的肩，说：“好小伙子，我永远信任你。”接着，他又抬脸，朗声地问大家：“那么，还有要走的同志吗？”

林子里响起了一片悲壮的回音：“我们不走！我们要革命！”

声音轰轰响，惊得一大群鸟飞了起来。鸟飞走之后，忽然又一阵树叶响，那是王尔琢惊喜万分地跑来了。王尔琢是原国民革命军第三军第二十六团的参谋长，奔跑起来像只山鹿。

“朱军长！”他喘着大气报告，“毛泽东的秋收起义部队，已经进入罗霄山脉了！”

“哦！”朱德一惊，“什么地方？”

“地方叫井冈山。老百姓反映，井冈山周遭的几个县都红了，分田分地，忙啊！毛泽东的部队，人也越来越多，经常打胜仗！”

当晚夜营时，朱德就把队伍中的毛泽覃找来了。他叫毛泽覃化上装，赶紧去找兄长毛泽东。朱德说：“你无论如何要找到你哥哥，你告诉他，我们这支队伍盼着与他相见，听听他怎么说。”

“明白了！”毛泽覃说。

“等等，”朱德又示意对方坐下来，“你名字也得改一改。”

毛泽覃一时没听明白，如坠云雾。陈毅笑着解释：“朱军长为了你的一路安全，建议你别再姓毛了。你要是说你叫毛泽覃，敌人还不把你跟毛泽东扭在一起？”

“那我就不姓毛了。名字也不叫泽覃，颠倒过来，姓覃名泽，叫覃泽。这样，朱军长放心了吧？”毛泽覃反应很快。

“放心了，放心了！覃泽同志，一路上千万小心哪，要是蒋介石知道你的使命，知道朱德的枪想同毛泽东的枪加在一块儿，他就是当了新郎官，夜里也睡不安稳哟！”

陈毅听朱军长这么说，奇怪了，问：“蒋介石要当新郎官了？”

朱德说：“他要跟宋美龄结婚，风声都很大喽。孔夫人宋霭龄专门在上海开了个记者招待会，说：将军要同我的小妹结婚啰！然后把蒋介石和宋美龄拉在一块儿，让镁光灯啪啪啪地闪。我前天在小镇上捡到半张破报纸，才知道这事。”

陈毅笑着说：“朱军长倒没有把这张报纸给我们看。我也想看看镁光灯怎么个啪啪啪哩！”

朱德不好意思地说：“当手纸了。”

好几个人捂嘴笑。朱德说：“我说句大实话，蒋介石这个人，现在两只手都是共产党人和工农群众的血。他做孙中山的连襟，中国历史可以承认，他想跟孙中山齐名，中国历史恐怕不会认账。”

蒋介石如愿做了孙中山的连襟。宋家小女儿宋美龄为蒋总司令的英武以及多年追求所打动，断然与男友刘纪文分了手；当然，蒋介石在家乡为办妥离婚证件也是颇费了一番周折的，他与“如夫人”陈洁如之间也是好一场谈判，会说俄语的陈洁如被迫同意拎一包金钱去美国“读书”。同时，蒋介石也根据宋美龄之母倪桂珍的要求，表示愿研究《圣经》，认真考虑皈依上帝，以便在信仰上与宋家保持一致。

对这一婚姻，宋家最后两个表示反对的，一个是宋子文，一个是宋庆龄。宋子文的转向比较容易，做过湖南督军的国民党元老谭延闿受愁眉苦脸的宋美龄委托，向他反复絮叨，宋子文终于阴着脸允诺了。而宋庆龄则一直反对，她一想到蒋介石毫不犹豫地将共产党人捺于血泊这件事便浑身毫毛直竖，宋庆龄说别人我都点头，就他不行！蒋介石深知宋庆龄是一道关，难以破，但也非得破，于是在赶去日本见宋母的同时，也千方百计找到了宋庆龄，好话说了一箩筐，终于让孙先生的这位遗孀沉默了，不再提出反对意见。

尽管不再公开反对蒋介石成为其妹夫，但宋庆龄心里对此始终有些别别扭扭。她当时也是不愿意在日本见到蒋介石的，她一听说蒋介石要来日本见自己的母亲，就急急忙忙从东京躲到了镰仓，但蒋介石在取得了宋母倪桂珍的允肯后，还是一路追踪到镰仓，找到了躲避不迭的宋庆龄。蒋介石的军事不是白学的。

蒋介石没有在宋庆龄面前为自己的上海清党行动作任何辩解，甚至没有说一句共产党的坏话，他知道在联俄联共的问题上宋庆龄没有丝毫动摇。再说，他也没有必要为自己的战略决策向任何人致歉，他只是压低嗓音，用极其诚恳的表情表达了愿成为宋庆龄妹夫的迫切心情，说了自己对宋美龄强烈的爱慕之情，说了如何妥善处理自己的家庭问题，说了宋美龄这段时间的郁闷与憔悴。说到动情处，他甚至眼角含泪。他注意到宋庆龄也眼角一红，而宋庆龄的这个细微的表情正是他这些日子梦寐以求的。女人毕竟是女人。

蒋宋婚礼于 12 月 1 日在上海大华饭店跳舞厅举行，白俄乐队自始至终奏着优雅的欧洲名曲。蒋介石当天下午把脑袋刮得精光，穿上了定制的欧式燕尾服和条纹裤子。他在孔祥熙的陪同下挥手出场，步伐越过红地毯，潇洒而自信。他的踌躇满志之态与婚礼主持人、南京政府教育部长蔡元培拉腔拉调的夸张语气相得益彰。

当蔡元培高声宣布“向国父孙中山三鞠躬”时，蒋介石与身披白色长裙礼服的新娘及时鞠下躬去。

孙中山在国民党党旗与国旗的簇拥下，在镶有金边的画框里微笑着，接受着一对伉俪的致意。蒋介石在向孙先生鞠第二个躬时，忽然想到了广州。

他想到的不是五年半之前的广州，那时候他在永丰舰的甲板上为孙中山遮挡了五十天的海风与弹片；他想到的是眼下冬日的广州，据汪精卫和开进广州的张发奎的密报，四天以前，中共的广东省委已经作出了在广州发动武装起义的决定。

张发奎还派人捎来了一份中共广东省委的起义宣言，那宣言中的口号句句是呛人的火药味：

“工友们，农友们，兵士们，下级军官们，学生们，及一切贫民们，联合起来反对共同的敌人！”

“为拥护省港罢工工人原有权利而斗争！为提高一切工人的工钱而斗争！为恢复广州各工会而斗争！为复用旧有被驱逐的铁路工人而斗争！用强力夺回自己的工会！实行示威和群众大众的自由！”

“打倒反革命的国民党！夺取政权在我们自己手里！准备为广州苏维埃政权而战争！用群众革命及苏维埃政权反对帝国主义军阀及资本家！”

蒋介石在鞠第三个躬的时候，一下子就想起了所有这些口号。他直起身来，看见孙中山正冲着他微笑。当然，孙中山在辞世的最后一刻，还说过他的心向着苏俄。但是，毕竟此一时彼一时了，形势总是比人强，于是蒋介石盯着微笑的孙中山，心里默念道：广州是先生的发祥之地，也是我蒋中正的发祥之地，因此广州决不能成为中国共产党的发迹之地。今天虽是我蒋中正大喜之日，但我也绝不会允许共产党在广州用机关枪为我放鞭炮，先生您会理解这一点的，先生您是知道我蒋中正永远是您的忠实信徒的，先生您包涵了！

就在蒋宋婚礼之后的第十天，广州城烈焰冲天，枪声炒豆般爆响，共产党组织的起义终于爆发。也就在这一天，在上海开了一礼拜会议的国民党中央执委会，宣布恢复蒋介石的国民革命军总司令职务。

蒋介石虽然还没有正式上任，但他忧虑的目光没有放过广州。可以说，国民党在广州的反击是极其果断有力的，军队人数和实力都在他们这一边。

在这样的实力面前，共产党人起义的结果几乎是可以预见的，起义总指挥张太雷倒在血泊里的速度很快。

这是很使人感到揪心的一刻。几个臂上缠红布条的年轻士兵这一刻正奔过广州的一条街道，在一辆刚刚被炸翻的小汽车旁扶起一个鲜血模糊的指挥官。他们一见这张血肉模糊的脸便凄惶地大喊：“张总指挥，张总指挥！”

鲜血流在张太雷脸上。黑色眼镜滑落在一边。这是一张二十九岁的年轻人的脸。

中国共产党人组织的这次广州起义，由叶剑英领导的第四军军官教导团担任主力。起义是在 12 月 11 日的凌晨 3 点半开始发动的，三声突然的炮响震动了整个广州。起义的开始不能说不成功，仅仅两个小时之后，广州就基本上被起义部队占领了。天刚刚亮，在被占领的广州公安局的楼顶上，镰刀锤子的旗帜就高高地飘扬起来了，“广州苏维埃政府”的红色横额也悬在了公安局大门口。那是一个激动人心的白天，全广州都震响着节奏明快的工农兵之歌：“工农兵，联合起来向前进，我们起来！工农兵，联合起来向前进，杀绝敌人！我们前进，我们奋斗，我们胜利！推翻那帝国主义走狗国民党统治，一切权利归于我们工人农民士兵的！”

就在当天的中午，神情激动的起义总指挥张太雷就宣布了广州苏维埃政府成立的喜讯。他是在广州丰宁路西瓜园宣布这一喜讯的。他的话音还没落，沸腾的起义士兵与市民们就把手臂举成了森林。

这次庆祝起义胜利的群众大会足足开了两个小时，张太雷的信心满满的激动也持续了两个小时。他是以一个战士的面目出现在众人面前的。他的左肩上挎着一支步枪，腰间的皮带上插着一把手枪，两侧的衣袋里也鼓鼓囊囊地装着两个手榴弹。他即使在欢迎胜利的时刻，也已经预见到了即将来临的血战。

他的倒下离刚刚结束的庆祝大会还不到两个小时。

当时，有人向他报告在广州的大北门发生了激烈的战斗，他一听就急着往那儿赶，他要去那里指挥。就在他的汽车经过大北直街的时候，一股埋伏在那里的粤军就向他倾泻了一排又一排无情的子弹。顿时，鲜血淹没了一个二十九岁的生命。

确实，敌我力量太悬殊了。对共产党发动的这次广州起义，粤桂军阀勾结帝国主义势力进行了联合反扑，英、美、日、法的军舰甚至从海上向起义部队阵营直接开炮，他们的陆战队也直接登陆参战。起义部队抗不住这种联合进攻。仅两天，起义就宣告失败。

广州街头，除了血，还是血。

虽说这个 12 月特别寒冷，烈火在广州只奔腾了两天，但在罗霄山脉中段的井冈山地区，工农革命军的火把却一直熊熊地燃烧着。

这是一个注定要出现一次小小的戏剧性场面的夜晚。在这个夜晚，清冷的月亮在宁冈升起来的时候，毛泽东和他的伙伴龙超清、袁文才、贺子珍、朱亦岳、福顺大叔一行打着火把出现在茅坪的一条山路上。他们刚开完一个小会，研究了宁冈、永新、莲花三县尽快重建党组织的问题。

毛泽东忽然听见前面传来嘈杂声，马上停了步子。黑筐与铁龙在黑暗中同时出现了，两个人都喘着大气。

“毛委员，抓到一个国民党特务，”他们气咻咻地说，“他竟敢冒充你兄弟！”

毛泽东闻言一怔。

“哥哥！”黑暗中有人喊，声音一半是窒息的。

毛泽东凝神看。

“哥哥！”声音还在喊。

毛泽东大惊：“泽覃？！”

“是我，哥哥！”毛泽覃一下子挣脱了铁钳似的手臂，飞快地扑向毛泽东，“我是泽覃呀！”

毛泽东张开双臂。亲兄弟一下子就紧紧地拥在一起了。贺子珍则笑弯了腰，这就叫兄弟相会，她想起了大革命时期在永新县经常说的街头小戏。

惊愕的黑筐与铁龙均在黑暗中张大嘴巴，半天合不拢。

毛泽覃说：“哥，是朱德军长亲自派我来跟你联络的！”

毛泽东说：“先吃饭，先吃饭，我看你饿坏了。”

毛泽覃一进哥哥在茅坪洋桥湖的房舍，就开始狼吞虎咽地吃饭。

大米饭，红薯，南瓜，鱼汤。

“慢点吃，慢点吃。”毛泽东怜爱地说。弟弟瘦多了，乱蓬蓬的头发如乌鸦之窝，载着广东、湖南、江西三地的黑尘与硝烟。

毛泽覃终于被一根小鱼刺卡着了喉咙，不停地干呕起来。

“你看，你看！快把嘴张开！”毛泽东细心地将马灯放到饭桌上，凑着光线，用手将弟弟喉边一根银光闪闪的小鱼刺拔了出来。

“行了，”毛泽东很满意自己的手艺，“你再咽一下。”

毛泽覃吞咽了一下，果然没有了刺痛感。

毛泽东说："知道吗，刺小，是因为鱼小。"

弟弟说："这还用你说。"

"啊，不用我说。你既懂得刺小是由于鱼小之故，那么，你懂不懂得鱼为什么小呢？"

弟弟停止了吃饭，看着哥哥。

毛泽东说："我的炊事兵，每天都到对面山溪里网一些鱼回来。可是最大的鱼，也只有小拇指这么长。溪中之鱼，一条条游得都很快，那是因为水急。但正因为水急溪浅，便又生出了另外一条道理，那就是：溪中无大鱼。"

毛泽东说到这里，站起来，打一个幅度很大的手势："只有这么宽的江，才有这么长的鱼！只有这么深的湖，才有这么大的鳖！泽覃，你明白我说什么了吗？"

弟弟点头，似乎明白，又似乎不明白。

毛泽东说："井冈山方圆五百里，是个大湖，唯大湖才能养出大鱼。所以，应当赶快请你们的朱德军长上井冈山来！"

弟弟激动了："朱军长就等着哥这句话！我这就赶回去报告！"

毛泽东说："不，泽覃，你不用走了。前些日子，我已经专门派何长工同志去找你们了！"

何长工终于看见了一间村舍。

他山路走累了，直喘大气，所以看见村舍就高兴。他敲敲门，接着就推开走了进去。快 12 月底了，辗转打听南昌起义军下落的何长工来到广东韶关犁铺头，走得腿都发肿。打个尖吧，喝口水，饱餐一顿，再作道理，他对自己说。

穿着破衣烂衫的老老少少十几口人，一齐抬脸，惊疑地盯着这个皮肤黝黑的不速之客。

何长工问："老伯，请问，这里是不是刚路过一支部队？"

没人回答他。

"听说是参加过南昌暴动的部队？他们的司令姓朱，叫朱德？"

依旧没人回答他，但却有个精瘦的小伙子在他身后悄悄地把门关上了。

何长工突然意识到了什么，叫喊起来："你们想干什么？！"

但是，来不及了，一只麻袋从天而降，罩住了他。

片刻之后，在犁铺头的另一处瓦房里，陈毅就接到了气喘吁吁的报告，一个飞奔而来的战士说："报告纵队指导员，抓到一个可疑分子，是当地老乡帮助抓的，说是井冈山毛委员派他来的，要找朱军长。"

陈毅放下手中的地图，问："他叫什么名字？"

"说是叫何长工。"

陈毅拔脚就走。他在那家农舍门外的溪边，发现了蠕动的麻袋。

麻袋解开之后，何长工的头就伸出来了。他揉揉眼，看看四周。

"你是何长工同志？我就是陈毅啊！"

"陈毅同志！"何长工兴奋得大喊，想钻出麻袋，结果又摔倒了，"我可找到你们了！毛泽东同志让我带来了口信。"

陈毅急忙扶其出袋，说："进屋坐！进屋坐！"

"不，我想先转告朱德军长和你，毛泽东同志这样说：我们工农革命军上了井冈山之后，什么都不缺了，就缺一个军长！"

陈毅愣了，半晌，一拍大腿："果然是毛润之，一说话就是这么大气磅礴！"

"毛泽东同志说，井冈山是我们的家，也是你们的家！"

"快见朱军长去！"陈毅知道，朱德要是听见这样的话，眼眶子会湿的。

江西宁冈砻市的龙山书院，在1928年的4月28日，也成了一本大书中的一页。这一天，朱德率南昌起义军余部终于到达井冈山砻市，与毛泽东会师。

朱德在陈毅、王尔琢的陪同下，大步走向迎面而来的毛泽东。两人脸上都是阳光与笑容。

两双手紧紧相握。

八七会议前后，中国共产党人在全国发动的武装起义多达百次。其中有黄麻起义、平江起义、桑植起义、渭华起义、百色起义，规模最大的起义是南昌起义、秋收起义和广州起义，虽然都未成功，但是这些起义所点燃的烈火，一直断断续续地没有熄灭。

井冈山就是一盏硕大的灯笼，里面一直亮着火种。这火种后来就逐步燎原了。二十年后，一个国家燃成了一片红色。那时，毛泽东和朱德在并肩检阅着这片望不到边的沸腾的红色时，他们的双手握着的是北京天安门城楼光滑的扶栏。

而此刻，这两双手却相握在井冈山。两双手都有些粗糙，掌心有枪械的机油味。

毛泽东与朱德就这样手拉着手，走到山坡上。

阳光满山。朱德说：“好山啊！”

毛泽东指着山峦说：“朱军长，你看，这里方圆足足五百五十里，虽说人口不足两千，产谷不满万担，然而地势险要，风起云生，进宜攻，退宜守，实在是龙藏虎卧之地。从今之后，蒋介石心中最大的石头，就将是这座山了。”

“想我朱德，这四十年，也就是这样爬山爬过来的啊。当年，我向陈独秀先生请求参加共产党，参加革命，陈独秀一时没有同意，想不到，今天，我已经站在革命的大山顶上了。”

“朱军长啊，你提起陈独秀，倒叫我也想到他了。他可以说是我的老师，我走上布尔什维主义道路，受他影响很大。但是这条道路是一条山路，山路弯弯曲曲非常难走啊，他一时就迷失方向了，现在也不晓得他在山下哪个地方呢。”

朱德一时也沉默了。山风很大，朱德那半个月没有洗的头发飘了起来。朱德后来这样说：“润之啊，山路再崎岖，我们打紧绑腿，一步一步走，终也能走通它的！”

“听朱军长这番话，我就知道你我同心了！”

两双手如山峦相连一样，再度紧紧地握在了一起。

显然，中国革命现在走进了山里。这也是显然的，若干年后，待它呼啸出山之时，整个东半球都能感觉到隆隆作响的岩浆。

革命，这是个谁也无法撼动的东西。它就是那样存在着，带着它所有的纹理和特征，嵌在历史之中。

并且，直视你我，以及大家。